中國當代雜文史

袁勇麟　著

第四輯

總序

　　福建師範大學已歷經百又十年春秋，回想晚清帝師陳寶琛弢庵先生創立「福建優級師範學堂」時所題校訓：「化民成俗其必由學，溫故知新可以為師」，將教育宗旨植根於「學」字，堪稱高瞻遠矚。百多年來，學校隨著時代的更替發展變遷，而辦學理念始終沿循校訓精神，學高為師，身正為範，英才輩出，教澤廣布，為學術建設與文化教育作出了富有意義的貢獻。從我校文學院協同臺北萬卷樓圖書公司編選出版的「百年學術論叢」前三輯三十種論著，以及這次推出的第四輯十種作品，均可印證這一觀點。

　　第四輯又再現「四代同堂」的學術勝景：已故李萬鈞先生的《中西文學類型比較史》開拓了中西文類比較研究的遼闊視野；資深學者中，林海權先生的《李贄年譜考略》以精密的考辨展示了明代著名思想家李卓吾的生平事跡，歐陽健先生的《中國歷史小說史》以史論結合方式展現了中國歷史小說的發展脈絡，賴瑞雲先生的《孫紹振解讀學簡釋》昭顯了孫紹振先生文本解讀學體系的理論與實踐意義，譚學純先生的《廣義修辭學研究——理論視野和學術面貌》開拓了修辭學發展的一個嶄新局面；中青年學人中，祝敏青《當代小說修辭性語境差闡釋》就修辭性語境差問題作了細緻的解析，王漢民《傳統戲曲與道教文化》將戲劇連同宗教作有機的思考，袁勇麟《中國當代雜文史》梳理了兩岸三地雜文五十年的發展演變，呂若涵《另一種現代性——「論語派」論》對論語派散文作出切實的價值評估，蔡彥峰《元嘉體詩學研究》對劉宋時期詩學進行了系統的深入探討。

　　以上只是簡約提示本輯各位作者各有專攻和創獲。綜觀這四輯四十種論著，可謂蔚然大觀，並有學脈貫通。六庵先生之經學，桂堂先生之散文學，喆盦先生之詩學文說，穆克宏先生之六朝文學，李萬鈞先生之比較文學，陳一琴先生之詩話批評，孫紹振先生之文本解讀學，姚春樹先生之雜文史，齊裕焜先生之小說史，陳良運先生之詩學史，莊浩然先生之話劇史，陳慶元先生之福建文學史，以及其他學者的專題著述，不僅體現了我校人文學術的特色優勢，也呈示了我校文學院薪火相傳、嚴謹精進的治學傳統。溫故知新，繼往開來，理應為我輩後學義不容辭的學術使命。

　　近幾年來，我校文學院持續開展和加強兩岸文化教育的交流合作活動，以文會友，廣結善緣，深獲臺灣學界同仁的鼎力支持和真誠勉勵，我們對此感念於心，永誌不忘！兩岸一家親，閩臺親上親，血緣割不斷，文緣結同心。在此戊戌仲春之際，我依然深信，兩岸的中華文化傳人，秉持同種同文的民族自尊心、自信心和責任心，必將跨越歷史鴻溝，進一步交流互動，昭發德音，化成人文，為促進中華文化復興繁榮而共同努力！

汪文頂

西元二〇一八年夏正戊戌仲春序於福州

目次

代前言

誰主沉浮

——當代雜文的發展特徵和規律

　　當代中國經歷了新中國成立、抗美援朝、反右、「大躍進」、史無前例的「文化大革命」和舉世矚目的改革開放等歷史大事件，是大曲折和大發展、大動盪和大變革、大倒退和大前進交織在一起的歷史時期。當代雜文的發展因此也歷經坎坷，幾起幾落，道路曲折。在經歷了二十七年的掙扎和沉寂的艱難處境之後，當代雜文在粉碎「四人幫」後，終於又迎來了它全面復興和繁榮拓展的歷史新時期，這其中反映了豐富的時代特徵和歷史規律。

一　雜文家的憂患意識、使命感和責任感，同當代雜文發展的關係

　　有著自覺的憂患意識和強烈的歷史使命感與社會責任感，可以說是中國文學的優秀傳統之一。這種優秀傳統在二十世紀中國雜文家身上得到了發揚光大，成為促進近、現代雜文滋榮發展的一種動力。

　　新中國的建立，為中國的發展帶來新的契機。建國之初，社會穩定，生產繁榮，人民認為社會主義社會無比優越，無須在自我批評和自我揚棄中求得自我完善和自我發展，那麼雜文也就不見得需要。公劉說：「解放了，我和許多同志一樣，萬分虔誠地奉〈在延安文藝座談會上的講話〉為圭臬，確信『雜文時代』、『魯迅筆法』和舊中國一

道，從此一去不復返了。於是，我的精力集中於詩。」[1]秦似也認為：「全國解放，天翻地覆，這個變化是那麼大，使我完全拋開了雜文。」「我的確覺得『不是雜文時代』了，這時我便全心轉到了戲劇工作上。」[2]於是，現代雜文家面對新時代、新環境，感到英雄無用武之地，雜文就刀槍入庫，馬放南山。

　　歷史證明，只有像魯迅那樣始終保有自覺的憂患意識和強烈的歷史使命感與社會責任感，才能成為第一流的雜文大師。不僅魯迅時代如此，當代也仍然這樣。改革開放的歷史新時期，不少優秀的雜文家，對妨礙中國實現現代化的種種腐敗、醜惡的社會現象和社會思想表現了深深的憂慮和可貴的義憤。雜文家于浩成說：「在我們中國，寫雜文不但並不那麼輕鬆好玩，而且說不定還會招災惹禍。一九五七年一大批雜文作家的不幸遭遇以及一九六六年鄧拓、吳晗等人的悲慘下場就是前車之鑒。但是好像有一種也許可以稱之為中國知識分子的使命感和憂患意識的無形的力量，驅使我仍然自覺自願地拿起了自己的這枝筆。……我確信，魯迅時代並沒有過去，而魯迅的筆法也仍然還是需要的。」[3]另一位雜文家胡其偉也說：「八十年代重新握筆，也想過改行寫寫比較保險的散文、隨筆、微型小說之類。但一拿起筆，老毛病難改，還是寫雜文……追求的仍然是一種社會責任感：對各式各樣的歪門邪道不正之風，抒發一通忿懣和感慨。」[4]因此，唐達成在談到新時期雜文以其思想深邃、憂國憂民、愛憎分明、針砭時弊而

1　公劉：〈孽緣——我和雜文的一段親情〉，見《不能缺鈣》（銀川市：寧夏人民出版社，1995年，第1版）。

2　秦似：《秦似雜文集》〈前言〉（北京市：生活・讀書・新知三聯書店，1981年，第1版）。

3　于浩成：〈我與雜文〉，見《雜文創作百家談》（鄭州市：河南教育出版社，1989年，第1版）。

4　胡其偉：〈雜文的苦樂及其它〉，見《雜文創作百家談》（鄭州市：河南教育出版社，1989年，第1版）。

受到廣大讀者的歡迎時，指出：「以邵燕祥等為代表的一批雜文家的雜文，體現了作家主體意識的覺醒，體現了中國知識分子的獨立的人格力量，顯示了人民作家的良心和膽識。如果沒有熱愛社會主義、熱愛光明和未來、熱愛祖國和民族、熱愛一切善良美德的深厚感情，沒有對一切愚昧、專橫、腐敗、自私、違法亂紀、顛倒是非的深切痛恨，就沒有一批雄大沉鬱、鋒芒四射的好雜文。」[5]

二　雜文家的理性批判精神，同當代雜文發展的關係

　　古希臘的亞里斯多德曾稱人類是一種理性動物。理性無疑是人類區別於動物的本質特徵之一。而理性批判精神則是要求人類以理性為標尺來批判和否定一切反理性和非理性的思想言行，帶有鮮明的批判性、揭露性、諷刺性和感情色彩。理性批判精神與人類同在，有極其豐富多樣的歷史和階級內容，滲透在一切意識形態的形式之中，滲透在一切文學形式之中，通過對假惡醜的揭批來肯定真善美。像喜劇、諷刺詩、相聲、漫畫和雜文等等文藝形式，主要是以否定性和諷刺性的形式來表達藝術家的社會審美理想，其中的理性批判精神表現得尤為鮮明突出。

　　近代以來的雜文家是高舉著理性批判精神這一戰鬥旗幟的。這種理性批判精神是雜文家社會審美理想的核心，是雜文的靈魂。「五四」以後，魯迅受到日本廚川白村的啟發，把雜文概括為一種「社會批評」和「文明批評」。這種社會批評和文明批評，實際上包含了雜文家對現實和歷史中的社會現象、思想現象、文化現象、國民的性格和靈魂，以及雜文家自我的分析、批評和解剖，縱橫結合，有著廣闊深刻的內容。雜文家的理性批判精神就體現在這種「社會批評」和

5　唐達成：〈散文雜文的繁榮時代必將到來〉，《散文世界》1989年第7期。

「文明批評」之中，魯迅開創的「魯迅風」雜文，始終高舉著理性批判精神旗幟，創造了中國現代雜文的奇觀，成為二十世紀中國雜文最寶貴的傳統，成為後代雜文家提高自己雜文創作思想和藝術水準的典範和原動力。

但是，令人遺憾的是，在一九四九至一九六六年和「十年浩劫」中，這種雜文的理性批判精神失落了，雜文創作趨於沉寂。與此相反，張春橋、姚文元等人反理性的、充滿大批判精神的極「左」雜文則暢通無阻，大行其道。只是到了歷史新時期，人們才在老中青三代優秀雜文家的創作中，看到了雜文理性批判精神的復興和高揚。正如何西來所指出的，新時期萬象紛呈，新舊遞嬗，充滿矛盾，「這也是一個需要理性並且理性被磨礪得光華四射的時代」[6]。無論是清理舊的觀念體系、價值體系、文化傳統、政治經濟體制，以至人們的生存方式、思維方式等，還是建立新的觀念系統、價值系統、文化格局、政治經濟體制，直到新的生存方式與思維方式，我們都需要理性。正是在這樣的歷史需要中，雜文「成了這個看起來混混沌沌、迷迷茫茫的現實的良心、良知和理性」，而「雜文的理性，基本上是一種批判理性，這是它的鋒芒所繫」[7]。

新時期雜文所高揚的理性批判精神，以現代的科學、民主、自由、平等、人道、科學社會主義為思想基礎。在雜文家眼裡，這種自覺的、徹底的、執著的理性批判精神，「不是小打大幫忙的搔癢癢，不是『寧彎不折』的變通靈活，也不是盲目莽撞的隨幫唱影。而是要像魯迅那樣，『沒有絲毫的奴顏和媚骨』，以最硬的骨頭，代表全民族的大多數，向封建主義、官僚主義以及我們民族和人類一切醜惡的東

6　何西來：〈論當代報告文學大潮中的理性精神〉，見《文學的理性和良知》（北京市：人民文學出版社，1995年，第1版）。

7　何西來：〈當代中國的理性和良知〉，見《文學的理性和良知》（北京市：人民文學出版社，1995年，第1版）。

西，進行最正確、最勇敢、最堅決、最徹底、最不懈的戰鬥」[8]。因此，邵燕祥說，人們在描述新時期雜文的時候，往往提到作品數量的繁多、質量的提高和作者陣容的擴大，而他認為理性批判精神的復活和高揚才是新時期雜文所取得的「最可貴」的成就。

三　雜文的理論建設，同當代雜文發展的關係

中國古代和外國雜文創作相當豐富，成就極高，但是雜文理論卻相當貧乏。「五四」新文化運動的先驅們特別重視和倡導雜文創作，與此相應，當時的雜文理論建設也取得了創造性的豐碩成果，尤其是魯迅，他在這方面做出了特別重要的貢獻。他對雜文的社會功能和審美特性有精湛深刻的論述。瞿秋白、馮雪峰、王任叔、茅盾、聶紺弩、朱自清、徐懋庸、田仲濟等對魯迅雜文和以魯迅為代表的「魯迅風」雜文也有較系統深刻的闡發。此外，周作人、郁達夫、林語堂、王了一、朱光潛等，也從不同方面為豐富中國現代雜文理論做出了自己的貢獻。現代雜文理論的建設既是旺盛的現代雜文創作在理論研究方面的反映，也促進了現代雜文的蓬勃發展。

一九四九至一九七六年間，雜文創作很不景氣，與之相一致的是，雜文理論建設也很不樂觀，在此期間，只有黃裳、徐懋庸等人發表了屈指可數的幾篇雜文理論建設文章，但它們很快就成為批評和否定的對象。黃裳的〈雜文復興〉一文，主張復興魯迅式的雜文。但是，他的主張，受到嚴厲的批評，「主要的責難是解放後的新社會不再需要魯迅式的雜文了。今天而要雜文復興，就無異於提倡反調，這是不能容許的」[9]。在一九五六年「雙百」方針提出後，當代雜文迎

8　朱鐵志：〈雜文的政論　政論的雜文〉，《甘肅社會科學》，1995年第2期。

9　黃裳：〈雜文的路〉，見《雜文創作百家談》（鄭州市：河南教育出版社，1989年，第1版）。

來了第一次創作高潮。但是，與此同時，一股教條主義的「寒流」瀰漫文藝界，「揭露我們現實生活中的缺點和錯誤的雜文受到無情的非難，……凡是批評生活中陰暗的、不健康的、甚至是畸形的東西的文章，凡是描寫人民群眾的困難和疾苦的作品，不管其動機如何，效果如何，大都被不公正地指責為『歪曲現實，詆毀生活，誹謗社會主義制度』」[10]。當時雜文創作的代表人物徐懋庸在一九五七年四月十一日的《人民日報》上發表〈小品文的新危機〉，指出雜文是不民主時代的產物，雜文的本身是代表民主的，因為它要代表人民利益來發表意見，可是現在民主了，有人就提出可以不要雜文了。他認為如果不解決這一問題，小品文（雜文）就有可能出現「消亡的危機」。果然，在兩個月後的「反右」運動中，雜文不僅消亡，而且許多雜文家未能倖免於難，包括徐懋庸在內，都被打成「右派」，被迫擱筆。在這二十七年間，人們一再重複的是那些僵化的違背雜文創作規律的教條，雜文理論的貧血和虛脫，同雜文創作的沉寂和掙扎，形成惡性循環。

　　一九七八年夏天，通過「實踐是檢驗真理的唯一標準」的大討論，在全國掀起了一場轟轟烈烈的思想解放運動。雜文家的思想得到了空前的大解放。特別是一九七八年十二月十一屆三中全會的勝利召開，標誌著中國進入了一個全面建設社會主義現代化的新時期。過去備受極「左」路線摧殘的雜文，在一九七〇年代末開始中興，到一九八〇年代全面繁榮，直至一九九〇年代雜文隨筆熱持續升溫，無論從創作到理論，從思想內涵到藝術形式，都大大突破了舊的模式，整體水平有了顯著的提高，取得了令人矚目的成就。在雜文創作空前繁榮的同時，許多研究者開始有意識地自覺地追求建立一種具有中國特色的雜文學理論，在雜文理論方面有牧惠的《雜文雜談》、宋志堅的

---

10 黃秋耘：〈刺在哪裡？〉，見《黃秋耘自選集》（廣州市：花城出版社，1986年，第1版）。

《雜文學初論》、徐乘的《雜文學》等專著，在雜文史研究方面有姚春樹主編的《二十世紀中國雜文史》、張華主編的《中國現代雜文史》、邵傳烈的《中國雜文史》等論著，在雜文寫作藝術方面有林帆的《雜文寫作論》、王保林的《雜文的寫作藝術》、姚春樹的《怎樣寫雜文》等，在雜文鑒賞方面有樓滬光主編的《中國雜文鑒賞辭典》、杜文遠主編的《中國隨筆小品鑒賞辭典》等，在魯迅雜文研究方面有閻慶生的《魯迅雜文的藝術特質》、王獻永的《魯迅雜文藝術論》、彭定安的《魯迅雜文學概論》、袁良駿的《現代散文的勁旅》等。這些新時期雜文理論研究所取得的豐碩成果，將有助於推動中國當代雜文學的建立、成熟和興盛。那久違了的現代雜文史上雜文創作和雜文理論建設相輔相成、良性互動的大好局面，將會重新出現。

四　寬泛辯證的雜文觀，同當代雜文發展的關係

　　長期以來，人們形成一種思維定勢，即認定一個事物只能有一種本質，而且它又是凝固不變的。其實並非如此。列寧曾摘錄黑格爾如下論述：「人的思想從現象到本質，由所謂初期的本質到二級本質，這樣不斷地加深下去，以至無窮。」這啟示我們：本質是可以多級多向多層面的。以不同的方法和視角，可以窺見事物的多重本質；隨著認識的深化，事物的本質也會多維多向地顯現出來。我們對雜文本質特性的理解也應該如此。然而，由於現代雜文是在激烈複雜的思想、文化、政治鬥爭中產生、發展和壯大的，雜文的社會功利性特別強。從瞿秋白到毛澤東，都把雜文視為一種戰鬥性的文體（如瞿秋白稱魯迅的雜文是「戰鬥的阜利通」），在其影響下，人們也習慣於把雜文看作是「直接而迅速地反映社會事變的文藝性論文」，「是一種戰鬥性的文體」（一九七九年版《辭海》「雜文」條目）。這就帶來兩種後果：一是價值取向、評價標準的單一化；二是對雜文創作自身藝術規律的忽視。

縱觀古今中外的雜文，真正「直接而迅速地反映社會事變」的政治性、戰鬥性強烈的雜文畢竟不占多數（即使魯迅也是如此，他無疑寫了不少這類雜文，但他大量的雜文是對人情世態的評論，對中國國民靈魂的解剖，對社會倫理道德和舊風陋習的針砭，這些都同「急劇發展的社會事變」並無「直接」的關係），絕大多數是縱談國計民生、歷史人物、學術文化、民俗人情、草木蟲魚，大大越出了政治的窄小疆域，而馳騁在文化的廣闊天地裡。魯迅在〈小品文的危機〉中，雖然大力倡導「匕首和投槍」式的戰鬥雜文，但他也指出人們除了「戰鬥」和「勞動」之外，也需要「休息」和「愉快」。從「五四」至一九四九年前，周作人、林語堂、豐子愷、錢鍾書、梁實秋都是寫作知識性、閒適性和趣味性雜文的高手。但是，在一九四九年後的相當一段時期裡，那些有著理性批判精神的雜文不時成為批判對象，那些有益無害的知識性、閒適性、趣味性的雜文隨筆，更是被稱為資產階級的「閒情逸趣」而被否定禁絕了。秦牧在一九五九年就曾呼籲，應該有知識小品、談天說地、個人抒情一類的文章，通過各種各樣的內容給人以「思想的啟發、美的享受、情操的陶冶」，他說：「如果一個人一天有一點兒時間在閒談、下棋、看花、打康樂球並不算做『脫離政治』的話，為什麼在出版物裡面登一些拉雜閒談的知識性的文章，就叫做『脫離政治』？」[11]

只有到了改革開放的新時期，廣泛寬鬆的建設性的文化意識為全社會接受，古今中外、海闊天空、縱意而談、雅俗共賞的雜文隨筆小品才日漸旺盛起來。雜文家謝逸認為：「從內容看，擺生活，談思想，發感慨，抒衷情，天文地理，花鳥蟲魚，學術理論，歷史政治見解等等，都可以用雜文形式去寫，有的不妨投一下槍，但更多的卻以

---

11 秦牧：〈海闊天空的散文領域〉，見《花城》（北京市：作家出版社，1961年，第1版）。

心平氣和如談家常為宜。」[12]

　　這是因為隨著人們物質文化生活水平的提高，社會環境和氣氛都發生了深刻的變化，大眾的價值觀和審美趣味也相應轉變。雖然雜文「社會批評」和「文明批評」的使命並未改變，但是，人們的文化需求呈現出多元化的選擇趨勢，既需要嚴肅深刻的「社會批評」和「文明批評」，也需要健康向上的閒適性、知識性、趣味性的雜文隨筆。尤其是當今時代緊張激烈的社會競爭，使人們精神疲憊，心理失衡，更加渴求心靈的慰藉，這類雜文隨筆便成了「理想的精神度假村」（柯靈語）。但是，需要警惕的是，我們不能矯枉過正，「使雜文成為市井文化的小小點綴，成為沒有脊樑的獅子和拔掉利爪的雄鷹」[13]。

五　文化專制和藝術民主，同當代雜文發展的關係

　　長期以來，由於極「左」路線的干擾，雜文命運多舛，經常受到極其苛刻的指責和批判，「成了不僅要承擔風險，簡直可以說是一個凶險的領域。許多卓越的、具有先進思想的雜文家，受到極不公正的待遇，甚至為雜文獻出了生命，真是『頭顱擲處血斑斑』」[14]。因此，雜文家林放在一九八一年說：「回顧二十多年來的『雜文史』，倘從消極方面吸取教訓，那麼，可以得到一條『經驗』：寫雜文是要擔當一定的風險。為了個人的安逸和太平，洗手不幹是上策。」[15]

　　一九四九年之後，在意識形態領域開展的批判，就有過火鬥爭的表現，把思想認識問題、學術問題提升為政治問題，甚至把被批判者

---

12 謝逸：〈點化〉，見《雜文創作百家談》（鄭州市：河南教育出版社，1989年，第1版）。

13 朱鐵志：〈論新時期雜文、散文的相互滲透〉，《雜文報》1994年7月12日。

14 唐達成：〈散文雜文的繁榮時代必將到來〉，《散文世界》1989年第7期。

15 林放：〈雜文之春〉，《文匯報》1981年5月3日。

一下子打成「反革命集團」。一九五五年的《胡風反革命集團材料》
的〈序〉和〈按語〉，開創了把革命文藝隊伍內部有不同意見的同志
打成反革命的先例；一九五七年「反右擴大化」，又把許多著名的雜
文家錯劃為「右派」；一九五八年〈《再批判》編者按語〉，重提十五年
前延安對王實味、丁玲、蕭軍、羅烽、艾青等人「反革命的文章」的
批判；一九六三年十二月十二日和一九六四年六月二十七日關於文藝
問題的「兩個批示」，全面否定一九四九年以來文藝的成績，嚴厲批評
文藝界已經走到了「修正主義的邊緣」，直至發動對鄧拓、吳晗、廖
沫沙「三家村」的無情批判，「從『剿滅』所謂『三家村』開始，擴
大至於株連全國，到處揪挖所謂『三家村』的『分店』和『夥計』。
雜文成了不祥之鳥，被稱為『雜家』的幾乎被一網打盡了」[16]。這種
「以言治罪」、「以文治罪」的批判運動一浪高過一浪，直至「十年浩
劫」，林彪、「四人幫」實施封建法西斯文化專制統治，使中國文壇出
現了「萬馬齊喑」的局面，從根本上摧毀了當代雜文生存和發展的生
態環境。

　　當代雜文家屢遭厄運，命運多舛，在很大程度上與文化專制主義
和缺乏藝術民主有關。「雜文似乎還未能充分而自由地發揮其批判的功
能，不少雜文作者恐怕也還未能完全免除『下筆如有繩』之感」[17]。
雜文家牧惠指出，長期以來，雜文理論的出發點和主要根據是「給革
命文藝家以充分民主自由」，但是，一個「給」字說明，文藝家並非
天然擁有民主自由的權利。既然是「給」的，當然可以時多時少，甚
至隨時收回。何西來指出：「社會不義的存在固然是雜文生長的沃
土，但還要有相對開放的文化環境，……從五十年代的胡風和他的朋
友們被嚴厲的毛澤東打成反革命集團以後，……文字之獄迭起。文化
專制主義的濃雲，鉛一樣沉重地壓著文化界，壓著幾代有良知的知識

---

16 林放：〈雜文之春〉，《文匯報》1981年5月3日。
17 胡靖：〈龍與雜文〉，《雜文界》1988年第6期。

分子的心。輿論受箝制，思想不自由，文網之密，文禁之嚴，在中國
歷史上是罕見的。……在這種情況下，不會有真正的雜文。」[18]這個
歷史教訓太深刻了，這段悲劇的歷史絕不能重演。

六　新聞出版事業，同當代雜文發展的關係

　　新聞出版事業對雜文的重視、倡導與否，對當代雜文的興廢存
亡、生死榮枯起著至關重要的作用，有人甚至認為「當代雜文史就是
報刊雜文史」。當代雜文創作的第一次高潮就形成於一九五六年七月
一日《人民日報》改版增設文藝副刊後，改版第一天副刊稿約的第一
條就是：「短論、雜文、有文學色彩的短篇政論、社會批評和文化批
評」。當時領導《人民日報》改版工作的胡喬木特別強調，雜文是
「副刊的靈魂」，副刊要繼承和發揚魯迅的傳統，在新的歷史條件下
繁榮雜文這一文學形式。《人民日報》參考過去《申報》「自由談」的
經驗，將雜文加上花邊，放在副刊的顯著位置。從一九五六年七月一
日至一九五七年六月六日，不到一年時間，《人民日報》文藝副刊共
出了三○三期，發表郭沫若、茅盾、巴金、夏衍、鄧拓、徐懋庸、巴
人等作家的雜文五百多篇，影響之大，實屬空前。改版後的《人民日
報》在大膽提倡和刊登雜文這一點上，對全國報刊起了帶頭作用，糾
正了一九四九年以來報刊忽視雜文的偏向，促成了當代雜文創作的第
一次繁榮興旺。

　　但是，長期以來，由於極「左」路線的摧殘和迫害，使許多報刊
對雜文敬而遠之，雜文園地日趨萎縮。到了新時期，由於整個社會文
化環境的漸趨寬鬆、和諧，雜文創作便迎來了興盛繁榮的可喜局面。

---

18 何西來：〈當代中國的理性和良知〉，見《文學的理性和良知》（北京市：人民文學
　　出版社，1995年，第1版）。

許多報刊紛紛開闢雜文園地，著名的有《人民日報》的「大地」副刊，《人民日報》（海外版）的「望海樓隨筆」，《光明日報》的「東風」副刊，《文匯報》的「筆會」副刊，《解放日報》的「朝花」副刊，《羊城晚報》的「花地」副刊，《南方周末》的「芳草地」副刊，《北京晚報》的「百家言」專欄，《新民晚報》的「未晚談」專欄，《中國青年報》的「求實篇」專欄，《文匯月刊》的「自由談」專欄，《現代作家》的「亂彈」專欄等，而且，一九八四年十月二日，中國歷史上第一家專門刊登雜文的報紙《雜文報》在河北省石家莊市創辦。臧克家說：「《雜文報》為雜文開路，打響了第一炮，回應之聲，不絕於耳，足徵時代需要，讀者歡迎。雜文，這個文學品種，在眾人眼目中，附庸蔚然成了大國了。」[19]一九八八年吉林省雜文學會出版了《雜文家》雙月刊（現已改名為《雜文選刊》月刊），一九九四年安徽省淮南市文聯出版了《雜文》雙月刊（後已改名為《語絲》）。此外，四川省雜文學會出版《當代雜文》報，湖南省衡陽市雜文學會出版《雜文與生活》報，都為新時期雜文的發展和繁榮貢獻了一份力量。

　　上述推動和制約當代雜文發展的六種基本關係，實際上包含著雜文家主體和社會客體這兩個基本方面。一般來說，前三種基本關係，主要取決於雜文家的主體狀況，後三種基本關係則取決於社會的客體。當然，任何獨立主體，絕不能超時代超社會、自我封閉自我孤立地存在，他們必然受制於也受惠於特定時代的時代精神、社會的思想解放和變革運動，這是顯而易見的。但是，社會客體對獨立主體的支配和制約不是絕對的。在史無前例的「十年浩劫」中，極「左」思潮支配了整個思想界，登峰造極的文化專制主義壟斷了新聞、出版、廣

---

19 臧克家：〈誇《雜文報》〉，《雜文報》1986年12月16日。

播、電視，壟斷了全部精神文化產品的製作，但是，真理如同陽光，誰也無法剝奪。即使在那不堪回首的「瘋子帶著瞎子走路」（莎士比亞語）的「十年浩劫」裡，仍有如惲逸群這樣的「精神界之戰士」，在獨立思考，以現代理性批判精神寫作雜文。就中國當代雜文發展和演變的歷史與現狀看，現代理性批判精神是至關重要的，是雜文的生命，決定著當代雜文的消長、興衰和起伏。

　　　　　　　　——本文原刊於《當代文壇》一九九八年第二期

第一章
思想的解放和禁錮與雜文的消長和興衰

第一節　二十世紀五十年代初期的雜文論爭

　　誕生於「五四」新文化運動中的現代雜文，始終繁榮昌盛，蓬勃發展，不僅名家輩出，佳製連篇，而且出現了像魯迅這樣世界一流的雜文大師。這種景觀，在中外文學史上也是一種罕見的奇觀。著名作家茅盾在文學回憶錄中說：「中國的現代文學史有一個既不同於世界各國文學史，也不同於中國歷代文學史的特點，這就是雜文的重大作用。」[1]可是，二十世紀五十年代初期，各種文體充滿生機，新作迭出，唯獨在現代文學史上取得輝煌成就的雜文卻處於一種停滯與徘徊的局面，甚至面臨著嚴峻的生存危機。

　　這一方面是由於一九四二年延安文藝整風運動消極一面的影響，雜文作者心有餘悸，視雜文創作為危途，於是，雜文就刀槍入庫，馬放南山。而且，當時中國的報刊「片面強調學習《真理報》，生硬地照搬外國的經驗，連副刊都取消了，當然談不上雜文的繁榮」[2]。另一方面，中華人民共和國的建立，對中國人民來說，無異於是一個嶄新的體驗。二十世紀五十年代初，社會萬象更新，人民歡欣鼓舞，但人們對建設社會主義缺少必要的思想和理論準備，「對新建立起來的社會主義社會沒有客觀的、充分的、全面的認識」，「從空想社會主義以

1　茅盾：〈多事而活躍的歲月——回憶錄（十六）〉，《新文學史料》1982年第3期。
2　姜德明：〈希望雜文創作出現新的生氣〉，《文藝報》1980年第3期。

來就沒有解決過這個問題，都認為社會主義社會是個最理想的社會，應該一切都是和諧的，都是合乎理想的，……都以為建立了社會主義社會，就什麼問題都沒有了，一帆風順地前進」[3]，根本沒有認識到在有幾千年封建主義傳統又是小生產王國的中國搞社會主義，是必須在不斷的實踐中探索，在失誤和挫折中總結經驗教訓，不斷完善自己的認識和實踐，是異常曲折艱難，甚而還要付出沉重的代價的。因此，「新社會剛建立的幾年，人們（包括雜文家）大多好意地簡單化地把新社會當作一帆風順地前進、經濟高潮文化高潮接連不斷的過程，當作一片光明、純淨無雜質的實體，那麼雜文也實在不見得需要」[4]。

　　雜文家面對新的時代和環境，感到英雄無用武之地。巴人就曾在〈「肯定」與「否定」〉一文中描述了他的困惑，他說當時雜文所面對的天地，同一九四九年前已有根本的不同，雜文家和讀者都是國家的主人，雜文家已不是「處屠夫與惡魔共同統治的舊時代」，不能「專事破壞」。如果在「社會主義大廈」的「藍圖」前，雜文家既沒有「肯定藍圖的精神」，又缺少「鋪磚疊牆的本領」，而偏欲以雜文筆法「指手畫腳，專門指責辛勤勞動者的缺點，以求快意」，那是會妨礙社會主義大廈的建成。巴人說：「我之所以怕寫雜感，就因為恐有類於此種情形而會犯下過錯！」[5]

　　因此，在批評性的雜文得不到充分發展的同時，「歌頌性雜文盛極一時，對解放，對土地改革，對民主改革，對鎮壓反革命，對抗美援朝的英雄們等等的歌頌是很多很多的」[6]。如秦似在一九五〇年到

3　胡喬木：〈對《歷史決議》學習中所提問題的回答〉，見《胡喬木文集》第二卷（北京市：人民出版社，1993年，第1版）。

4　張華：《三秦花邊文苑》〈序言〉（西安市：陝西師範大學出版社，1992年，第1版）。

5　巴人：〈「肯定」與「否定」〉，《學習》1957年第4期。

6　曾彥修：《中國新文藝大系（1949-1966）‧雜文集》〈導言〉（北京市：中國文聯出版公司1991年，第1版）。

北京等地參觀後，深受感動，覺得「一切都充滿新鮮的氣息」，他急著要把自己的所見所聞，「一個嶄新的中國巨大的變化」，告訴給曾寄居過的海外的人們。於是在一九五〇年七月十三日至二十八日這半個月裡，他寫了〈法源寺內〉、〈北京之今昔〉等五篇雜文發表在《大公報》上，「以赤子之心，歌過不少應該歌的德」[7]。在〈法源寺內〉這篇雜文裡，他歌頌新政府對北京城妓女的改造，使一千三百多名「帶著梅毒、淋病和其他可怕的性病」、帶著頑固的「宿命思想」和長期過著腐爛生活而養成的「墮落意識」的妓女，不僅醫好了肉體上的疾病，而且思想也覺悟了，「愉快興奮」地走出法源寺回了家、結了婚，或繼續留在生產教養院裡從事生產。在這裡，妓女們天翻地覆的變化正象徵著千瘡百孔的舊中國也像這群被侮辱與被損害的女性一樣獲得了新生。林淡秋的《北京書簡》，對比了「活埋庵」的舊北京和人民首都新北京，要人們細看、細想，「應該從會場看到工廠，看到戰場，看出『熱烈』的根，『熱烈』的源，看到解放後的人民的無限活力，能到處開花結子，奔騰澎湃」。

　　但是，歌頌畢竟不是雜文的長處，秦似在撰寫了一批歌頌性雜文之後，就產生了「不是雜文時代」的想法，開始把興趣轉到戲劇方面。當時許多雜文作家都有相同的感受，公劉說：「解放了，我和許多同志一樣，萬分虔誠地奉〈在延安文藝座談會上的講話〉為圭臬，確信『雜文時代』、『魯迅筆法』，和舊中國一道，從此一去不復返了。於是，我的精力集中於詩。」[8]邵燕祥說：「解放以後，我業餘寫一點詩，不寫什麼雜文了。一是當時少有報刊發表雜文這種體裁的東西。一是我似乎也相信了『現在』已不是『雜文時代』，不再需要魯

7　秦似：《秦似雜文集》〈前言〉（北京市：讀書・生活・新知三聯書店，1981年，第1版）。

8　公劉：〈孽緣──談談我和雜文的一段親情〉，見《雜文創作百家談》（鄭州市：河南教育出版社，1989年，第1版）。

迅式的雜文了。」[9]

　　面對當時雜文界的現狀，最早敏銳地感覺到「雜文的沉默」的是上海雜文家黃裳，他於一九五○年四月四日在《文匯報》上發表〈雜文復興〉一文，主張「復興雜文」。他指出雜文「這一種文體的運用，在過去國民黨反動派統治之下是曾經有過極輝煌的成果的，也盡了它的戰鬥的最大的任務。解放以後，大家都在懷疑：是不是雜文的時代已經過去了？問題似乎並未得到結論，然而事實則是雜文的沉默」，他認為「為了爭取革命的勝利、鞏固勝利的成果，批評和自我批評都是重要而有效的武器」，為此，文藝工作者要繼續使用「他們過去曾經運用過很久、向魯迅先生學習得來的那種武器──雜文」，意即繼承「五四」以來的現代雜文。這種雜文，在新時代「應該是一種含著濃烈的熱情的譏諷，目的是想糾正過失、改善工作的現狀，這與對敵人的無情的打擊是有著根本上的差異的」。作者也談到，「跟著時代的發展，它的形式自然得變」，寫得讓人民大眾更容易看懂；同時又必須防止「沖淡了鬥爭的情緒」的「流弊」，必須「站穩了立場，抓住了論點的積極性和建設性，不要流於『淡話』」。

　　圍繞黃裳的觀點，上海《文匯報》、《新民報·晚刊》和《解放日報》展開雜文問題的討論，參加討論的文章有金戈的〈雜文的道路〉[10]、辛禾的〈雜文小論〉[11]、喻曉的〈關於「雜文復興」〉[12]、夏衍的〈談雜文〉[13]、袁鷹的〈對「雜文復興」的一些意見〉[14]、蕭曼若的〈略論「雜文復興」兼及諷刺問題〉[15]、張淇的〈關於雜文的寫

9　邵燕祥：〈與其說是關於魯迅，毋寧說是關於自己的一些回憶〉，見《熱話冷說集》
　　（銀川市：寧夏人民出版社，1995年，第1版）。

10　見《文匯報》1950年4月11日。

11　見《文匯報》1950年4月11日。

12　見《文匯報》1950年4月11日。

13　見《新民報·晚刊》1950年4月14日。

14　見《解放日報》1950年4月16日。

15　見《解放日報》1950年4月30日。

作〉[16]、杜高的〈雜文應該屬於誰〉[17]、莊真的〈我對「諷刺」的認識〉[18]。討論圍繞三個方面：

一、關於「雜文復興」。喻曉認為，雜文「在這全國形成空前未有的統一局面，殘餘敵人即將完全被消滅的今天，我們說需要是需要的，對於敵人——四大階級以外的反動派，我們還需要雜文的諷刺形式，揭穿他們的陰謀，……對於人民內部，雜文的形式已經為批評與自我批評的武器所代替，用不著『冷嘲』與『熱諷』」。袁鷹也認為：「對於雜文，與其說『復興』不如說『發展』，魯迅式的雜文已經光榮地完成了它的歷史任務，它在對敵鬥爭的文藝戰線上，留下了一定的光輝戰績。那樣的時代是一去不復返的，到來的是和平建設的時代，時代在前進，雜文也就得從原來的基礎上再提高一步。」蕭曼若不同意喻曉的意見，他認為黃裳提倡「雜文復興」的目的，就是「不要荒廢了雜文這個輕便而有力的戰鬥武器」，「應該重新讓它發揮出它曾經發揮過的效用」，但他同時又認為這「並不意味著要我們『復興』魯迅式的雜文」，應該復興的只是「魯迅雜文中那種明確的階級觀點和強烈的愛憎感，和由此集中表現出來的鮮明、潑辣的戰鬥精神」。蕭曼若對袁鷹連「諷刺」也一般的反對應用，認為這是「矯枉過正」，「因噎而廢食」。

二、關於「雜文時代」。袁鷹說：「雜文的時代，如果僅把它解釋成『在反動政權統治下，在白色恐怖的區域裡，人們不得不用隱晦曲折的文藝形式來向敵人進行鬥爭的時代』的話，那麼這個時代已經過去了。」喻曉認為像雜文這種文學形式已不是人民大眾所喜聞樂見的，「魯迅先生的雜文是盡到它的時代任務了。……既然你出發於熱愛，站穩了立場，又何必一定要採用雜文的形式來表示你的思想

---

16 見《文匯報》1950年4月21日。

17 見《文匯報》1950年5月16日。

18 見《文匯報》1950年6月5日。

呢？」金戈指出不應該把「時代」和「雜文」這兩個概念相混淆，他
說：魯迅生活在「吃人」的大動亂時代，因此他的雜文替受難的中國
殺出了一條血路，但是，這樣「可咒詛的時代」已經過去了，「因
此，可以肯定的說：『雜文時代』是完全過去了。但這也並不是說今
天的時代是『雜文沒落的時代』；否定雜文的時代，絕不等於連帶的
否定雜文的存在價值」。夏衍認為「雜文的時代已經過去」或「現在
不需要雜文」的說法未見得是妥當的，他借用一個比喻來說明雜文仍
然是需要的：《三國演義》裡有兩個故事，其一是曹操諱疾忌醫，殺
了華佗，另一個故事是關羽刮骨療毒，神色自若；前者的結果是他的
毛病成了不治之症，而後者的結果，卻是藥到病除，霍然而癒。曹操
心虛膽怯，怕人指出他的病根，於是雖有良醫亦無可施其技，而關羽
則對自己有信心，不怕動手術，所以被征服了的是疾病而不是他自
己。蕭曼若也認為具有明確的階級觀點和強烈的愛憎感的戰鬥的時代
「現在並沒有過去，遙遠的將來也不會過去」。

　　三、關於「新的雜文」。除喻曉外，其餘論者都肯定「雜文是應
該寫，可以寫的」，並採納了「雜文的形式就不應該和魯迅一樣，可
以大聲疾呼，不要隱晦曲折，使人民大眾不易看懂」的觀點。夏衍指
出魯迅是因為「在那個政治立場，在那個反動統治的環境中，他才用
那種技法說那樣的話」，新時代雜文的寫法不能簡單地與魯迅一樣，
「而就在魯迅的雜文之中，也並不完全是一味的辛辣諷刺，他是最知
道怎樣對待敵人和怎樣愛護朋友的，他的雜文中也有不少對於同志的
充滿熱愛的作品」。夏衍認為要學習魯迅寫雜文，首先必須學習他那
正確的政治立場、勇敢無畏的戰鬥精神和強烈的愛憎感情，並說：
「假如魯迅先生還健在，這時候不會再寫那樣的雜文了，但是他一定
還是寫他的雜文的，寫新時代應有的雜文。」

　　在黃裳文章發表兩個月後，馮雪峰在上海電臺上連日播講帶有總
結性的長篇論文〈談談雜文〉。文章開門見山地指出：「現在有不少的

人，提出這樣一個問題：我們今天還需要不需要雜文呢？我覺得，我們能夠肯定地回答：我們今天是需要雜文的，而且非常需要雜文的。不過，問題卻又在：我們需要的是怎樣的雜文呢？就是說，怎樣的雜文，才是今天人民所需要的，才能成為為人民服務的一種必要的、很好的工具？」作者認為，存在這樣一個問題，是由於當時雜文「不很發達」，雜文的觀念「有些混亂」，毛澤東〈在延安文藝座談會上的講話〉中關於雜文的指示「沒有被普遍地、深刻地引起注意」。之所以如此，是有些人出於「一種偏見和一種狹隘的心情」，即「只把魯迅的雜文、或者魯迅式的雜文，才看成為雜文的」，「只愛曲折的、隱晦的和反語的文章，而不愛明白淺顯和大聲疾呼的、直剖明析和大刀闊斧的文章」。他主張用「新的革命的雜文」來代替具有「在黑暗勢力統治下面的奴隸頭額上的烙印」的魯迅式的雜文，並認為當時政權已經掌握在人民手上，一切民主的、進步的、革命的論說家都已有「充分的言論自由」，「現在是最有利於寫雜文，也最有利於把雜文寫得好、寫得出色的時代」。因此，馮雪峰說：「人民正需要雜文，正需要新的革命的雜文。為著鞏固和完成人民民主專政，為著新民主主義經濟和文化的建設，為著肅清帝國主義所留的影響和反對它的新陰謀並保衛世界和平，為著肅清封建主義的殘餘思想和反動派的一切殘餘勢力與思想餘毒，為著團結人民和發揚人民創造力與勞動熱情，雜文是有它用武之地的」，「新的雜文，在人民民主專政的時代，卻完全不需要隱晦曲折了。也不許諷刺的亂用，自然並非一般地廢除諷刺。它能夠大聲疾呼和直剖明析了，而首先必須站在人民的革命立場上。對於人民和革命朋友必須滿腔熱情，並且必須以人民大眾的語言說話，為人民大眾所容易懂得。」[19]

對於這次「雜文復興」的討論和馮雪峰的觀點，有兩種截然不同

---

19 馮雪峰：〈談談雜文〉，《文匯報》1950年6月30日。

的看法。一種看法認為「馮雪峰這些觀點，對建國後雜文創作的繁榮起到了一定的促進作用」[20]，「馮雪峰同志的講話，體現了黨在建國初期對雜文創作提出的要求，也體現了廣大群眾對雜文界的期望。對於一些處在迷茫道路上的雜文作家，無異於是一盞指路明燈」[21]。另一種看法則認為「『雜文復興』討論的結果並沒有引起雜文的復興，換句話說，是沒有積極效果的討論，理論落空了」[22]，「這次討論也是以否定解放後還應有雜文或批評性雜文存在的餘地而告終。……他這篇文章（指馮雪峰的〈談談雜文〉——引者）的基本論點是懸空的，是解放後第一篇全面否定或打擊雜文的論文。這次討論，實際上是以批判黃裳而告終。但是，全國一解放，政治、思想、文化、輿論的中心立刻就轉移到北京去了。所以，上海一隅的結論，並沒有全國性的大影響」[23]。

　　應該說，作為一個現代著名的雜文家、魯迅研究專家和文藝理論家，馮雪峰的這篇論文是二十世紀五十年代初期很有分量的一篇有關雜文的理論文章，但是，「由於當時處於建國初期，對社會主義時期的矛盾的複雜性、道路的曲折性估計不足，所以這篇講話對於在新的歷史條件下如何繼承魯迅雜文的戰鬥傳統、如何以雜文為武器與社會黑暗面作鬥爭、如何正確地進行諷刺等一系列尖銳的現實問題，沒有予以足夠的重視，沒有充分正視這些問題，作出更為全面的科學解釋。這是為當時的時代條件所限而形成的缺憾，後來出現的嚴峻現實，十分明顯地反襯了這一缺憾，促使後人嚴肅思考這一現實課題，

20　古遠清：〈建國以來的雜文研究綜述〉，《當代文學研究資料與信息》1989年第6期。

21　吳隱林：〈論建國以來的雜文創作〉，《廣西師院學報》1992年第4期。

22　藍翎：《中國雜文大觀（第三卷）》〈序言〉（天津市：百花文藝出版社，1994年，第1版）。

23　曾彥修：《中國新文藝大系（1949-1966）‧雜文集》〈導言〉（北京市：中國文聯出版公司，1991年，第1版）。

想想應該如何彌補這一缺憾」[24]。這所謂「缺憾」是後來的歷史證明了馮雪峰所宣佈的那種「充分的言論自由」，是「極不充分、極不可靠的」[25]，馮雪峰自己被粗暴地判為反黨集團、右派以至「文革」中鬱鬱而死的經歷，「從根本上否定了他這個觀點的論據」[26]。因此，儘管馮雪峰滿懷激情地呼喚「新的革命的雜文」和「雜文家」出現，但是，回應之聲寥寥無幾。

　　為什麼這次討論並沒有帶來真正的雜文復興呢？究其主要原因在於不少人對雜文或諷刺藝術在新社會的地位和作用認識不清。據當時《人民日報》副總編輯兼文藝部主任林淡秋分析，社會上存在一些諸如「雜文多『刺』，只適用於對敵鬥爭，不適用於人民內部的批評」的錯誤說法。這種說法透露了兩個問題：一是抹殺了雜文的多樣性，僅僅把它看作一種有「刺」的短評；二是籠統地否定了諷刺在新社會的積極作用，把諷刺同自我批評對立起來，不把恰當的諷刺也看作一種有力的批評。就在這樣那樣的影響之下，報刊編輯部彷彿覺得沒有積極提倡雜文的必要，即使喜歡寫雜文的作者自然也提不起寫雜文的勁兒了。[27]

　　眾所周知，雜文同漫畫、相聲、喜劇、諷刺詩等是姐妹藝術，常常「以笑來叱正世態」，它們有著鮮明的幽默和諷刺的喜劇色彩，帶有批判性和揭露性的否定特徵。對於這些諷刺性文體，一定要有辯證的理解，這是能否正確對待它們的關鍵。雜文家藍翎一針見血地指出：二十世紀五十年代初期，雜文、漫畫、諷刺詩「這些帶有諷刺特

---

24 張夢陽：《魯迅雜文研究六十年》（杭州市：浙江文藝出版社，1986年，第1版）。

25 牧惠：〈魯迅雜文的歷史命運〉，見《雜文雜談》（長沙市：湖南人民出版社，1988年，第1版）。

26 邵燕祥：〈批判精神與雜文的命運〉，見《散文與人》第五集（廣州市：花城出版社1995年，第1版）。

27 林淡秋：〈百花齊放中的散文小品〉，見《業餘漫筆》（上海市：上海文藝出版社，1959年，新1版）。

點的文學藝術形式，未能或未能充分得到發展，同對諷刺看法的偏頗
是很有關係的。雖然毛澤東同志的〈在延安文藝座談會上的講話〉中
明確講過：『我們並不一般地反對諷刺，但是必須廢除諷刺的亂
用。』其實，執行起來並不那麼簡單。『亂用』不好，只諷刺敵人不
諷刺內部就不容易『亂』，所以最好只走這條路。（這條路也不一定就
不會『亂用』，把鐵托畫錯就是『亂用』，而『亂用』的責任卻不應由
漫畫家最後承擔。）不諷刺最好，絕不會導致『亂用』，自然也就沒
有諷刺藝術。批評性或諷刺性的雜文在當時未能和其他文學形式並行
發展，重要原因當在於此 [28]。另一位雜文家邵燕祥也認為：「一九四
九年，〈在延安文藝座談會上的講話〉在全國範圍內成為指導文學藝
術工作和創作的文件。諷刺詩和漫畫領域，只有反美反蔣題材的一枝
獨秀；與諷刺詩、漫畫相鄰的雜文的冷落，自在意中。」[29]

第二節　移植的變異──蘇式小品文

在中國現代雜文傳統得不到全面的繼承和發揚之時，有些報刊嘗
試引進蘇聯的「小品文」。一九五〇年十一月八日和二十二日的《人
民日報》上，曾刊登過何疆翻譯的蘇聯小品文作家查斯拉夫斯基（即
薩斯拉夫斯基）的〈論小品文〉和〈怎樣寫小品文〉。一九五二年
《新觀察》開設「小品」欄目，並號召「大家動手寫小品文」[30]，但
是，都尚未形成風氣。直到一九五二年，馬林科夫在蘇聯共產黨第十
九次代表大會作總結報告時，指出：「我們的作家和藝術家必須在作

---

28 藍翎：〈雜文研究資料選輯序〉，見《風中觀草》（廣州市：花城出版社，1988年，
　　第1版）。

29 邵燕祥：〈批判精神與雜文的命運〉，見《散文與人》第五集（廣州市：花城出版社
　　1995年，第1版）。

30 見〈大家寫小品〉，《新觀察》1952年第12期。

品中無情地抨擊在社會中仍然存在的惡習、缺點和不健康現象，……如果認為我們蘇維埃的現實沒有可諷刺的材料，那是不正確的。我們需要蘇維埃的果戈理和謝德林，他們的諷刺像火一樣把生活中的一切反面的、腐朽的和垂死的東西，一切阻礙進步的東西都燒毀了。」[31]馬林科夫關於諷刺的看法對中國共產黨人產生了影響，一九五三年出版的《毛澤東選集》豎排本第三卷中，〈在延安文藝座談會上的講話〉新加進了「諷刺是永遠需要的」這句話，這為諷刺文學在中國的興起開了綠燈。

　　一九五四年二月，應蘇聯《真理報》邀請，以《人民日報》總編輯鄧拓為團長的中國新聞代表團訪問蘇聯。《真理報》早在一九一七年就成立了小品文部。一九五四年四月十八日，《人民日報》在「蘇聯報紙經驗」欄目中發表了中國新聞代表團成員、《中國青年報》負責人陳緒宗的文章〈小品文——進行思想鬥爭最靈活的武器〉，全面介紹了「蘇式小品文」。

　　「蘇式小品文」，是「報紙進行思想鬥爭，展開批評和自我批評的重要武器」，其任務是在「已經消滅了對抗的階級」的前提下，對「資產階級的思想殘餘」、「懶漢、自私自利分子、官僚主義者」進行鬥爭。「小品文是一種諷刺的文章。……它接近文學作品。它是用輕鬆的文學的語言來寫的；它裡面有情節，有藝術形象，有隱喻；它的最大的特點是有笑——一種揭露性的笑」。根據《真理報》小品文部主編那林亞尼的分類，小品文的形式有三種：一種是小型小品文，「它限制在一定事實上，而不談得很遠」；一種是概括性的小品文、「這種小品文並不限於寫一種事實，而是通過這種事實揭發一種現象」；一種是綜合性的小品文，「這種小品文不是寫真人真事，寫哪一

31　〔蘇聯〕馬林科夫：〈在第十九次黨代表大會上關於聯共（布）中央工作的總結報告〉（北京市：人民出版社，1952年，第1版）。

個具體的人；而是把許多人的事情集中起來，創造一個人物的形象」。這三種小品文都是通過具體的事實和形象來表現一種主題思想的，它裡面很少議論，只是讓事實講話，頂多像寓言童話一樣，在最後兩行作一個簡單的概括。而魯迅的雜文，那林亞尼認為屬於政論性的小品文，在蘇聯「只是在國際問題上才有，至於國內問題上就沒有人來寫了」。這種不包括雜文在內的以真人真事為基礎的小品文，就是所謂的「蘇式小品文」。

陳緒宗在文章最後說：「我們中國報紙上的小品文雖然有過一些，但還不夠多，這同我們報紙上批評和自我批評開展得不夠是有關的。我們應該加強批評和自我批評，開展對資產階級思想的鬥爭，因此小品文這樣一個鋒利的、靈活的、思想鬥爭的武器有必要在我們報紙上加以大大的提倡。我們應該用它作武器，來向一切反面的、腐朽的、阻礙進步的東西展開進攻，為我們國家的社會主義建設掃清前進的道路。」從此，「蘇式小品文」便在中國的報刊上生根發芽，「這種提倡，不僅沒有遇到黃裳的呼喚那樣被反對和批評，而且很快就付諸實施，在我國報紙上出現了『小品文』專欄」[32]。

一九五四年十月，《真理報》由總編輯謝皮洛夫率領代表團訪問中國，團員中有蘇聯著名的小品文作家薩斯拉夫斯基。蘇聯代表團在中國作協同周揚、劉白羽、沙汀、李季等作家舉行了座談，薩斯拉夫斯基還在十月十八日和二十三日做了〈報紙上的小品文〉和〈笑的意義和可笑的東西的意義〉兩次演講，「引起中國作家很大興趣。從此，這種『蘇式小品文』就在《人民日報》和其他報紙上更多地同中國讀者見面了」[33]。這兩篇演講稿連同他的〈論小品文〉被收入在中共中

---

32 藍翎：《中國雜文大觀（第三卷）》〈序言〉（天津市：百花文藝出版社，1994年，第1版）。

33 袁鷹：〈蘇式小品文〉，《新聞出版報》1992年4月15日。

央高級黨校新聞教研室選編出版的《小品文寫作學習資料》一書中。

　　薩斯拉夫斯基首先介紹了「什麼是小品文」。「小品文」這個名詞原出於法文 La feuille，它的原意是指紙的一頁，一小頁，也指報告、報紙，以後泛指各種各樣新聞體裁的文章，包括登載在報紙下半版或特欄的文章，報紙或雜誌專欄裡的文章，諷刺性和幽默性的文章以及帶有文學筆調的、帶有藝術成分的、文筆輕鬆的科學文章，文學批評，藝術批評，歷史評述。蘇聯報刊上最流行的是諷刺性和幽默性的小品文，深刻的思想性，完美的文學風格的輕鬆、中肯、有力，善於表現，文字生動以及諷刺和幽默的成分，是蘇聯小品文的特點。薩斯拉夫斯基指出：蘇聯報刊的小品文主要是服務於批評和自我批評的，它尖銳地、憤怒地揭露和嘲笑蘇聯人民的敵人，它和人們意識中的資本主義殘餘進行鬥爭，並對人民進行共產主義的教育；蘇聯的小品文作為布爾什維克政論的一種形式，必須具有黨性、原則性、真實性、準確性、政治上的現實性和戰鬥性，它是政論的一種特殊形式——一種輕鬆的政論。

　　關於「怎樣寫小品文」，薩斯拉夫斯基認為這是無法規定一條規則的，因為小品文的形式是非常多樣的。小品文本身結合著評論和文藝兩種因素，所以它應該滿足這兩種文體的要求：「一、事實基礎，小品文的題材。」小品文的基礎是事實，在文中要指出人名、出事地點，並說明事實真相。即使在「問題小品文」裡，仍然必須有事實根據。因此，選擇事實，這是寫小品文的第一步。「二、小品文的主題，小品文的思想」。不要光看事實的表面，要看事實的本質；不要光看事實表面的大小，要看事實的社會意義的大小。因此，沒有重要或不重要的事實，只有重要、不重要或細小的主題，有意義或無意義的思想。一個善於觀察的小品文作者，能從別人熟視無睹的、看起來似乎微不足道的現象中，概括出巨大而重要的思想和主題。三、「藝術形式，『潤色』。」沒有藝術手法，沒有鋒利的文筆，沒有幽默，沒

有圖景，就沒有小品文。小品文作家的藝術，就在善於將真相和想像結合起來，善於描畫出圖景，因此，藝術形象是小品文必不可缺的要素。只有把材料佈置在形象的輪廓裡，才能使讀者很清楚和容易地看到被諷刺的現象的實質。許多小品文作家的弱點，是尋求「警語」、雙關語和趣語，這種手段往往暴露了作者思想上的空洞。「四、小品文的風格。」風格是小品文用以發揮最大表達效果的工具，它表現在文章各部分間的相稱，事實方面和筆法之間的相適應，文字結構的統一以及選擇和文章內容相稱的辭句、形容詞和表現法。小品文作者必須避免摹仿，必須反對依賴文章本身辭藻和形式的外表華麗。「五、小品文的語言。」小品文寫作必須採用樸素而正確的文學語言。文字的力量、獨創性和銳利性，是小品文所以能有權獲得小品文稱號的第一個條件。文字的力量和表達能力，在於它與思想的力量明確性之間的直接符合。文字的矯飾、賣弄和華麗，適足以證明思想上的不明確、混亂和怯弱[34]。

正如當時《人民日報》的編輯藍翎所指出的，任何文體的引進，不可能沒有變異，「蘇式小品文」在中國的傳播也不例外。俄語同漢語的表達不同，中國式的諷刺與幽默同俄羅斯式的諷刺與幽默也有差別。因此，薩斯拉夫斯基在介紹了蘇聯小品文的詳細情況後，特別強調中國文學中也有許多「偉大的諷刺作品」，有「很豐富的諷刺文學遺產」，如魯迅「寫了不少政論文章，有諷刺，有幽默，也有不少詼諧」，中國的小品文作家「可以向古人學習」，「把武器磨得更尖銳」[35]，「好好研究古典文學」，「傾聽自己人民的聲音」，「把小品文寫

---

34 〔蘇聯〕薩斯拉夫斯基：〈論小品文〉，見《小品文寫作學習資料》（北京市：人民出版社，1955年，第1版）。

35 〔蘇聯〕薩斯拉夫斯基：〈笑的意義和可笑的東西的意義〉，見《小品文寫作學習資料》（北京市：人民出版社，1955年，第1版）。

得更好」[36]。當時報刊上的「蘇式小品文」同薩斯拉夫斯基等人的小品文相比，完全是中國特色的，這是移植後變異的一個方面。變異的另一個方面，就是在提倡「蘇式小品文」的同時，又舊事重提地把中國的「小品文」（即雜文）也提出來了。

現代著名雜文家夏衍寫了一篇〈談小品文〉，他說：「小品文，也許有人認為是一種新的文體，其實，我們過去慣用的所謂雜文或雜感，則自五四運動以來，早就是我們進步文學向各種反動思想進行鬥爭的一種最有效的武器。」「魯迅先生的雜文採用了多種多樣的形式，同樣的達到了給敵人以打擊，給讀者以愉快和休息的目的。」因此，他在歡迎「蘇式小品文」的同時，也指出小品文「可以不拘泥於某一種形式」，「可以是現在慣稱的所謂『思想小品』，可以是寓言，可以是對話，可以是獨白，可以是不加任何評論的『立此存照』，也可以用『通訊』和『答客問』的形式」，報刊要有「果戈理和謝德林式的文藝作品」，也要有「魯迅式的雜文」[37]。袁鷹認為：「夏公文中呼喚的其實是魯迅式雜文。五十年代前期，雖然黨中央正式號召在報紙上開展批評與自我批評，並且見之於公開文件，但是在實際貫徹中還有重重阻力，舉步維艱。而且思想鬥爭不斷，政治運動頻繁，作者也不敢輕易動筆。魯迅式雜文在報刊上尚不多見。夏公可能有感於此，就借介紹『蘇式小品文』這股風，來為雜文的復興加一把柴火了。」[38]

雖然魯迅式雜文的復興直到一九五六年「雙百」方針提出以後才開始。但是，「『蘇式小品文』的歷史功績是不可否定的。它不單作為一種思想批評的武器而被名正言順地加以提倡和運用，在『向一切反

---

36 〔蘇聯〕薩斯拉夫斯基：〈報紙上的小品文〉，見《小品文寫作學習資料》（北京市：人民出版社，1955年，第1版）。
37 夏衍：〈談小品文〉，《人民日報》1954年5月16日。
38 袁鷹：〈蘇式小品文〉，《新聞出版報》1992年4月15日。

面的、腐朽的、阻礙進步的東西展開進攻，為我們國家的社會主義建
設掃清前進的道路』中起了積極的社會作用，開闢了一條新路，同時
也客觀上為雜文的發展和諷刺文學的創作，創造了一定的輿論氣氛，
或者說掃除了前進道路上的若干障礙」[39]。

第三節　《人民日報》改版和「小品文的新危機」的討論

　　一九五六年蘇共二十大重申了無產階級政黨的一些基本原則，批
判了個人崇拜現象，這在客觀上促進了中國共產黨人擺脫教條主義的
束縛，破除迷信，解放思想。順應蘇共二十大揭露史達林問題後的國
際國內形勢，毛澤東於一九五六年四月二十五日在中共中央政治局擴
大會議上作了〈論十大關係〉的報告。他指出：「特別值得注意的
是，最近蘇聯方面暴露了他們在建設社會主義過程中的一些缺點和錯
誤，他們走過的彎路，你還想走？過去我們就是鑒於他們的經驗教
訓，少走了一些彎路，現在當然更要引以為戒。」[40]四月二十七日，
在討論毛澤東的報告時，中共中央宣傳部部長陸定一根據這一思想，
在發言中總結了科學文化工作中照搬蘇聯做法的教訓，明確提出：
「對於學術性質、藝術性質、技術性質的問題要讓它自由，要把政治
思想問題同學術性質的、藝術性質的、技術性質的問題分開來。」[41]
四月二十八日，中共中央宣傳部副部長陳伯達在發言中也說到，在文
化科學問題上，恐怕基本上要提出這樣兩個口號去貫徹，就是「百花

---

39 藍翎：《中國雜文大觀（第三卷）》〈序言〉（天津市：百花文藝出版社，1994年，第
　 1版）。

40 毛澤東：〈論十大關係〉，見《毛澤東選集》第五卷（北京市：人民出版社，1977
　 年，第1版）。

41 陸定一：〈對於學術性質、藝術性質、技術性質的問題要讓它自由〉，見《陸定一文
　 集》（北京市：人民出版社，1992年，第1版）。

齊放」,「百家爭鳴」,一個在藝術上,一個在科學上。同一天,毛澤東根據會議討論情況作了總結講話,他說:「藝術問題上百花齊放,學術問題上百家爭鳴,應該成為我們的方針。」[42]五月二日,毛澤東在最高國務會議第七次會議上正式宣佈了「百花齊放,百家爭鳴」的方針。五月二十六日,中共中央宣傳部在中南海懷仁堂舉行報告會,陸定一作了題為〈百花齊放,百家爭鳴〉的講話,對這一方針作了全面的闡述。六月十三日,《人民日報》全文發表了這篇講話,此後「雙百」方針正式傳播開來,在國內外引起了強烈的反響[43]。這也為當時雜文的繁榮創造了有利的條件,黃裳、夏衍所呼喚的魯迅式的雜文正是在這樣的大背景下才真正「復興」起來。

一九五六年七月一日,經中共中央批准,《人民日報》做了一次重大的改革:由原來基本上按蘇聯《真理報》模式的四個版擴大為符合中國社會實際和中國報紙傳統的八個版,其中第八版是文藝副刊。當時領導《人民日報》改版工作的胡喬木強調:黨報的副刊不同於舊社會報紙的「報屁股」,它是整個報紙的一個組成部分,它同整個報紙一樣,要宣傳貫徹中共的方針政策,尤其要成為貫徹「百家爭鳴,百花齊放」的一塊重要園地。胡喬木特別強調雜文是「副刊的靈魂」,雜文要批評抨擊種種不利於社會主義建設的歪風邪氣[44]。應該說,改版後的《人民日報》在大膽提倡和刊登雜文這一點上,對全國報刊起了帶頭作用,打破了建國以來報刊忽視雜文的偏向,推動了建國後雜文創作的第一次全面繁榮。

但是,並非所有的人都擁護「雙百」方針和歡迎雜文的復興。一九五七年一月七日,中國人民解放軍總政治部副部長陳其通和他的

---

42 見毛澤東:〈論十大關係〉的注釋,《毛澤東著作選讀》下冊(北京市:人民出版社,1986年,第1版)。

43 朱地:《1957:大轉彎之謎──整風反右實錄》(太原市:山西人民出版社、書海出版社,1995年,第1版)。

44 袁鷹:〈我所接觸的胡喬木〉,《上海灘》1995年第2期。

三個同事陳亞丁、馬寒冰、魯勒，在《人民日報》上發文，對「雙百」方針提出了不同的看法，並說：「有些小品文失去了方向，在有些刊物上反映社會主義建設的光輝燦爛的這個主要方面的作品逐漸少起來了，充滿著不滿和失望的諷刺文章多起來了；當然，諷刺也需要的，但不劃清維護社會主義制度和打擊社會主義制度的界線，就會是不真實的、片面的和有害的。」[45]二月七日，馬寒冰又在《文匯報》上發文，厲聲指責：「在報刊上發表的小品文，往往是抨擊和諷刺不合理現象，和不良作風的居多，表揚好人好事的，和歌頌祖國建設的甚少。⋯⋯好像我們國家的工作，簡直是不可想像地一團糟（？），⋯⋯」。[46]

　　作家黃秋耘指出，陳其通等人的文章發表以後，有一股教條主義、宗派主義的「寒流」瀰漫了全國各地，「揭露我們現實生活中的缺點和錯誤的雜文受到無情的非難，⋯⋯凡是批評生活中陰暗的、不健康的、甚至是畸形的東西的文章，凡是描寫人民群眾的困難和疾苦的作品，不管其動機如何，效果如何，大都被不公正地指責為『歪曲現實，詆毀生活，誹謗社會主義制度』，有時甚至給作者加上一條莫須有的罪名，硬說他們是在有意識地進行『反黨反人民』的勾當」。他特別提到《南方日報》一九五七年一月八日發表吳馳的小品文〈星期六小記〉，批評廣州市有一條馬路一再返工，還未修好，「有些領導同志就『神經過敏』起來，說這篇小品文的作者實際上是諷刺廣東省委的小汽車太多，壓壞了馬路，他的動機如何是值得『研究』的。試想想看，一篇小品文尚且會引起這樣毫無根據的猜疑，我們的作家還怎樣能夠真實地描寫人民內部的矛盾，放膽地干預生活呢？」[47]袁水

---

45 陳其通等：〈我們對目前文藝工作的幾點意見〉，《人民日報》1957年1月7日。

46 馬寒冰：〈談小品文〉，《文匯報》1957年2月7日。

47 黃秋耘：〈刺在哪裡？〉，見《黃秋耘自選集》（廣州市：花城出版社，1986年，第1版）。

拍也在一首諷刺詩裡刻畫了那些看不慣新鮮事物、死抱著舊觀念不放的教條主義者的形象：

> 滿臺家務事，
>
> 滿紙兒女情。
>
> 不行，不行！
>
> 還有什麼雜文，雜感，雜種，
>
> 諷刺，誹謗和小品文……
>
> 嘿，查查看，
>
> 是哪個「俱樂部」發來的兵！[48]

這種教條主義的「寒流」不僅瀰漫雜文界，而且也籠罩在漫畫、相聲等諷刺藝術上。在當時《文藝報》組織的「怎樣使用諷刺的武器？」討論中，許多漫畫家就深深感到「漫畫愈來愈難畫了」，「『禁忌』越來越多」[49]。漫畫家方成、鍾靈指出：「批評人民內部的缺點和錯誤的漫畫，都有類似的情形，無論批評了什麼行業，一般總要在副題上交代清楚：這是『某些機關』如何如何；『個別幹部』怎樣怎樣。目的不外乎提醒一個眾所周知的事實：在我們的社會裡本質和主流是好的，是光明的，只有部分和個別的缺點；人民之中大多數是好人，犯錯誤的和壞蛋究竟是少數。」[50]雜文家林放在參觀漫畫展覽會後，深有體會地說：「今天漫畫的情況如何呢？誰都看得出，放得不夠，大大的不夠！從題材到表現方法，都放得不夠。儘管我們的畫家擁有無限的潛力，空有一身的技巧，卻還使不出本領來。漫畫家仍然在苦悶。」[51]

48　袁水拍：〈搖頭〉，《人民日報》1957年4月18日。

49　江有生：〈行行有禁忌，事事得罪人〉，《文藝報》1956年第15號。

50　方成、鍾靈：〈從相聲談到漫畫〉，《文藝報》1956年第15號。

51　林放：〈不可一日無此花〉，《新民晚報》1957年5月2日。

　　老舍在關於相聲《買猴兒》的討論中也提到社會上有人不喜歡諷刺文學，他們總是振振有詞地指責作家「歪曲了現實」，有的人甚至不許諷刺他所屬的那一部門或那一行業。比如說：做醫生的不許作品裡諷刺任何醫生或醫院，做教師的不許諷刺任何教師或學校。老舍尖銳地指出：「在我們的社會裡的確有落後的人，的確有作錯了的事。不但今天，就是到了共產主義社會也會有這樣應該諷刺的人與事。作家誇大地諷刺了這樣的人與事，目的是在鞭策，而不是否定我們的社會制度。到現在為止，作家們所發表過的各種諷刺作品，缺點不在他們諷刺得太過火，而在諷刺的不夠深刻，不夠大膽。這個缺點的由來，一方面是因為作家們觀察得不夠深刻，不夠廣泛，寫作技巧也還欠熟練；另一方面也是因為社會上阻力很大，一篇作品出來就招到多少多少責難；於是，他們就望而生畏，不敢暢所欲言了。事實上，我們社會裡的該諷刺的人與事的毛病要比作家們所揭發過的還更多更不好。」[52]

　　正是在這種情況下，雜文家感到了一種潛在的危機。秦渭首先在一九五七年四月七日的《解放日報》上發表了〈小品文的「危機」〉，指出：「在『百家爭鳴、百花齊放』的方針提出來以後，雜感、小品文的作者隊伍頓形壯大，有些多年不寫雜文的老作家們，也摩拳擦掌重新拾起這支匕首和投槍，積極干預生活。甚至每天一篇，不稍間斷。各地報刊雜誌也大量刊載，出現了解放以後從未有過的雜感、小品的繁榮景象。可是曾幾何時，有些原來積極的作家擱筆了，去搞創作、理論或翻譯工作了，雜感、小品文不如以前之盛了。」他認為主要原因在於陳其通等批評家「糾偏」的時候，筆下一提總是提到「小品文」。這篇文章只是點明了一些現象，並未對雜文的「危機」作進一步的深入探討。

---

52 老舍：〈談諷刺〉，《文藝報》1956年第14號。

　　真正起到振聾發聵作用的是這一時期雜文創作的代表人物徐懋庸以「回春」的筆名於一九五七年四月十一日在《人民日報》上發表了〈小品文的新危機〉，他認為由於許多矛盾尚未解決，小品文（雜文）正面臨著一個新的危機：第一，小品文「是不民主的時代的產物。現在已經是社會主義民主的時代了；那麼，這類小品文是否還有存在的理由呢？」第二，過去的小品文主要是對敵的，是「匕首」和「投槍」，其特點是鋒利，而現在「主要地應該作為對待人民內部矛盾的治病救人的藥」，「必須中正和平」，而小品文又不大願意失去自己的鋒利的特點。第三，「小品文的鋒芒大都指向較小的幹部，很少接觸到大幹部的思想作風。但小品文自己的『驕傲』，卻很不願意只給小幹部充當盤尼西林」。第四，人們要求小品文「全面」，但它篇幅小，「只能突出某一面，而暗示另一面」。第五，小品文的天性之一是活潑，「甚至於要帶點兒嬉笑怒罵，這又與許多人的所謂嚴肅和謙遜發生了矛盾」。第六，要求小品文通俗，但是，小品文為了給自己添一點色彩，「有時不免要拉扯古人，牽涉外國，而且加一點未必是大家知道的知識進去」。第七，「老作家退休，新作家出不來」。徐懋庸在一九五七年四月十五日《文藝報》召開的雜文座談會上說，〈小品文的新危機〉提出七個矛盾，「中心問題還是一個——民主問題。雜文是不民主時代的產物，雜文的本身是代表民主的，因為它要代表人民利益來發表意見。現在民主了，所以有人就提出可以不要雜文了」[53]。徐懋庸認為如果不解決這一問題，小品文（雜文）就難免會出現「消亡的危機」。

　　針對「危機」說，《人民日報》加了編者按：「這篇文章提出了一些關於批評性小品文的問題：對於這些問題可以有各種不同的見解。我們發表這篇文章的目的，是希望能夠引起大家的討論。」從一九五

53　見〈我們需要雜文，應該發展雜文〉，《文藝報》1957年第4期。

七年四月十七日至五月三日，《人民日報》發表了十一篇討論文章：
焦勇夫的〈讀「小品文的新危機」〉[54]、高植的〈強身和治病──讀
「小品文的新危機」〉[55]、胡祖宇的〈我看小品文〉[56]、侯命的
〈「病」在何處？〉[57]、嚴秀的〈「危機」問題試論〉[58]、馬前卒的
〈消亡中的「哀鳴」〉[59]、雁序的〈鋒利，正是為了治病救人〉[60]、鐵
航的〈談副作用〉[61]、彭伯通的〈雜文是否定不了的〉[62]、范舟的
〈我說小品文要消亡〉[63]、李躍的〈「諷刺」的危機〉[64]。這些文章共
代表了三種不同的意見：

　　第一種意見認為當時雜文的危機「首先不在於客觀，主要的倒是
在作者的主觀上」，如焦勇夫說：「正如胃弱的人不能吃硬東西一樣，
沒有相當修養的作者也是不能輕易使用這『匕首』的。縱使偶一用
之，要不了三招兩式，不是使朋友受傷，便是使自己破皮的。」因
此，他認為極其切要的事情是努力提高小品文作者的修養，使他們具
有堅定的立場、分明的愛憎、淵博的知識和精湛的技巧等等，「沒有
幾個堅實的作者，空喊『危機』是無補於事的」。嚴秀也認為由於過
去一、二十年裡雜文這個形式沒有得到充分的利用，沒有能夠在這方
面磨煉出幾支筆，以致在雜文復興以後，力量單薄，因此，他說：「如
果要說『危機』，我看危機主要在這裡：拿不出很多好的貨色來。」

54　見《人民日報》1957年4月17日。
55　見《人民日報》1957年4月18日。
56　見《人民日報》1957年4月19日。
57　見《人民日報》1957年4月23日。
58　見《人民日報》1957年4月24日。
59　見《人民日報》1957年4月25日。
60　見《人民日報》1957年4月26日。
61　見《人民日報》1957年4月26日。
62　見《人民日報》1957年4月27日。
63　見《人民日報》1957年4月29日。
64　見《人民日報》1957年5月3日。

　　第二種意見認為當時雜文所遇到的問題是由於外來的阻力。《人民日報》雜文編輯侯命（藍翎）說，一篇思想性比較尖銳的雜文，往往收到幾十件、幾百件的反對意見，抗議報刊利用雜文的形式揭露人民內部的矛盾，甚至懷疑作者的動機、立場問題，於是報刊的編輯畏縮了，動搖了，不敢大膽地放手了，雜文作家也寫得少了，寫得不大膽了，或者不寫了。藍翎說，還有人從根本上否定雜文，把它和其他諷刺作品看作是發洩「不滿和失望」的東西，甚至有人修正雜文的任務，讓它去歌頌光明的事物。因此，他認為雜文創作中最大的問題在於：不能正確理解在人民內部進行批評而形成的「反對它並進而要求消滅它的社會心理」。馬前卒（巴人）也認為對小品文的社會壓力是存在的，而且這種壓力「往往是自某些上面下來的」。李躍則對於「危機」說的實質做了比較深刻的揭露，他一針見血地指出，與其說是小品文的危機，不如說是「諷刺」的危機，因為「最使某些人看不慣的是『諷刺』，不是小品文」。

　　第三種意見以范舟為代表，認為「從危機到消亡，這是小品文本身發展的必然結果」。范舟說：「主張小品文非要不可的人還忘記了我們所處的是什麼時代：敵人還存在，並且千方百計的要破壞我們，對於他們，我們才不僅要刺，而且要刺得準，刺得狠。小品文不把這方面當成自己的戰場，反而矛頭指向人民內部，不要扣上失掉立場的帽子，至少也是敵情觀念不強吧。正如回春同志所說，這類小品文『是不民主的時代的產物』，魯迅的雜文就是對付人民的敵人的，他就『不曾嘲笑和攻擊革命人民和革命政黨』（毛主席語）。因此，我們現在的小品文很少對敵作戰，多是對人民自己的諷刺，恐非一時之誤，而是根本方向的錯誤。」所以，他主張小品文不應該繼續存在，並諷刺回春（徐懋庸）希望小品文寫得又快、又好、又省「有點像夢拾黃金了」。

　　在這三種意見中，范舟的文章具有一定的代表性，反映了當時社

會上存在的「左」的傾向，這些人仍然用大規模階級鬥爭的眼光來看待當時的政治生活，並認為處理敵我矛盾在國家政治生活中佔據著主要地位。因此，當有人主張把注意力放到人民內部矛盾上來的時候，他就以為是「失掉立場」或「敵情觀念不強」。雜文家牧惠指出，不幸的是，當時范舟的結論卻得到了應驗，「錯誤戰勝了正確」，這其中包含著值得深思的歷史教訓：「魯迅雜文是不民主時代的產物，但是，魯迅那時有空子可鑽，不民主時代產生的雜文可以用非法出版等等辦法得以面世。徐懋庸所處的五十年代，已經是社會主義民主時代了；但是，由於封建和愚昧而派生出來的不民主的因素依然存在，有時甚至達到猖獗的地步。這是魯迅式雜文仍然需要的理由。但是，在這種條件下，進一步的不民主卻又能帶來雜文的果然消亡或曰產生了畸形的怪胎。這一點，敏銳的徐懋庸，在那時隱隱約約地感覺到，卻無法明確地作出這個判斷。這當然不是徐懋庸的過錯。為了認識這一點，我們包括徐懋庸在內，得付出沉重的代價。」[65]學者張夢陽也指出：「這次討論及其參加者卻遭到厄運，受到極不公正的對待，這裡面的慘痛教訓是必須深刻汲取的。之所以造成這樣的結果，最主要的原因是極左路線在當時逐步佔據了統治地位，使我們對社會主義時期的總形勢產生了錯誤的認識，把人民內部的正常的批評意見當作階級鬥爭的反映，把一些尖銳揭露某些黑暗面的好的或比較好的雜文打成了毒草，把一批正直的雜文作家錯劃為右派。」[66]

　　在《人民日報》之外，當時《黑龍江日報》、《新華日報》、《文匯報》、《南方日報》、《延河》等報刊也圍繞著「小品文的新危機」這一論題展開了討論[67]。這些文章中特別值得一提的是，西安師範學院中

---

65 牧惠：〈不幸言中的〈小品文的新危機〉〉，《新觀察》1986年第20期。

66 張夢陽：《魯迅雜文研究六十年》（杭州市：浙江文藝出版社，1986年，第1版）。

67 《黑龍江日報》的文章有冀南、賓潭的〈小品文這把匕首不能扔掉〉、潤荃的〈小品文和環境〉、琳子的〈我們需要什麼樣的諷刺〉、般若汁的〈土壤和種子〉等；

文系朱寶昌教授的〈雜文、諷刺和風趣〉一文，他列舉了有關雜文的三種意見：第一種論者認為「大陸解放後再也用不著雜文了。尖刻的諷刺是雜文的靈魂。這是對敵人使用的武器。在人民內部使用，足以破壞團結」；第二種論者認為「美帝國主義還存在，因之雜文也還應該允許存在」；第三種論者認為「以諷刺為靈魂的雜文，在人民內部應該永遠存在下去」。朱寶昌指出前兩者是「一鼻孔出氣」，是「楚懷王的作風」，他們不承認「在毛澤東的時代」、「有黑暗的一面」，他們成天要人歌頌光明，他們沒有勇氣和雅量承認「大膽揭露黑暗的人和熱情歌頌光明的人一樣，同樣是共和國忠心耿耿的公民」，因此，「三十畝田一頭牛的思想諷刺不得，封建迷信的思想諷刺不得，干涉兒女婚姻自由的思想也諷刺不得，一切的一切都諷刺不得」。但是，作者說：「尖刻的諷刺，透過高度藝術性的語言，裡面包含著諷刺者一顆鮮紅潔白的良心，對於被諷刺者來說，是晨鐘，是暮鼓，是當頭一棒，是大聲一喝，是道德教育，也是藝術欣賞，論其嚴肅，如秋雨雨人，論其濕潤，如春風風人。惟有活潑精悍的雜文能負擔起這個光榮任務。」所以，雜文應該永遠存在，諷刺也永遠需要，有朝一日失去了諷刺的對象，那麼「高尚的生活風趣」將會代替諷刺，可是「在今天，二者也不妨並存」。遺憾的是，朱寶昌的文章很快被批判，他也成了「右派分子」。

　　與《人民日報》等報刊就「小品文的新危機」展開討論的同時，一九五七年四月十五日，《文藝報》編輯部召開了雜文座談會，林淡秋、徐懋庸、陳笑雨、張光年、袁水拍、舒蕪、高植、揚凡、葉秀

《新華日報》的文章有呂豐人的〈「放」與「不放」〉、穆文的〈兩種「諷刺」〉、阿辛的〈「風車就是敵人」〉、牛外黃的〈比得與「比不得」〉、丁家桐的〈小品文的輓歌〉、言火炎的〈「匕首」、「手術刀」和疾病〉等；《文匯報》的文章有方環的〈雜文的遭遇及其命運〉等；《南方日報》的文章有周圍的〈雜文我見〉等；《延河》的文章有朱寶昌的〈雜文、諷刺和風趣〉。

夫、王景山等十餘人就雜文這一名稱所包含的內容、如何通過雜文來反映人民內部矛盾、雜文的性能、如何擴大雜文的題材範圍及作家隊伍、如何使雜文的內容形式多樣化等問題，展開了熱烈的討論。雜文家較為一致的呼聲是，要發展雜文就要有政治民主和藝術民主，雜文是「百花齊放，百家爭鳴」的急先鋒，又是「百花齊放，百家爭鳴」的氣象表；雜文所遇到的障礙是教條主義、官僚主義和宗派主義，雜文作者要抱定決心為新事物而戰鬥，做群眾的代言人。舒蕪在發言中指出：雜文要生存，還要發展。生存的問題，就是保衛雜文的民主權利的問題；發展的問題，就是在新的歷史條件下繼承和發展魯迅傳統的問題。生存的問題是最基本的，有生存而後才能發展，但發展的問題也很重要，停止了發展也就停止了生存。而他認為當時雜文生存的問題更為突出，「根本解決的方法，還是要靠全國人民一致努力，全面地貫徹黨的『百花齊放，百家爭鳴』的政策」。徐懋庸說：「雜文作家要養成對黑暗敏感的習慣，雜文作家不僅僅揭露黑暗，而要消滅黑暗，爭取光明，使光明發展。」他並且提醒大家：「假如作家對黑暗敏感，一定要準備碰釘子。因為教條主義和宗派主義是不需要雜文。」[68]

其實兩個月後的反右「擴大化」，雜文家面臨的豈只是「碰釘子」。儘管毛澤東在那場「龍捲風」自天而降時告訴雜文家林放說：「我愛讀雜文，假如讓我選擇職業的話，我想做個雜文家，為《人民日報》寫點雜文。」並說，「雜文家難得，因此，我要保護一些雜文家」[69]，但是，許多雜文家仍未能倖免於難。姚文元從一九五七年十一月二十一日至十二月三十日，在《文匯報》上連續發表八篇批判徐懋庸雜文的「宏文」：〈真理歸於誰家〉、〈「聯繫實際」的魔術〉、〈術

68　見〈我們需要雜文，應該發展雜文〉，《文藝報》1957年第4期。

69　林放：〈雜文之春〉，《文匯報》1981年5月3日。

語・花巧・殺氣〉、〈「獨一無二」的邏輯〉、〈無產階級人性最合情理〉、〈從黑格爾到假洋鬼子〉、〈徐懋庸提倡的是什麼「小品文」？〉、〈幾句結束的話〉，指責徐懋庸不但用自己的雜文「作為向黨同工人階級進攻的工具」，而且他的〈小品文的新危機〉、〈關於雜文的通信〉、〈我的雜文的過去和現在〉等理論文章，都是「他想創立一套反馬克思主義的雜文理論的表現」。

《人民日報》在一九五七年十一月二十六日發表關鋒的〈徐懋庸的「小品文的新危機」是反黨的號角〉一文時，加了「編者按」，認為徐懋庸的〈小品文的新危機〉是「一株具有煽動性的反黨、反社會主義的毒草」，《人民日報》副刊編者「在處理這篇文章和由此而引起的關於小品文問題的討論中是有錯誤的，需要在檢查鳴放期間整個副刊時進一步地加以檢查」。山柏（袁水拍）在一九五八年二月六日《人民日報》上發表〈關於小品文問題的討論〉這一帶有總結性的文章中，指出：這一次關於小品文問題的討論「讓資產階級分子的反社會主義的言論流行市場，而沒有受到及時的反擊」，如果要說小品文有「危機」，其根本原因是「小品文作者和他們的作品本身有問題」，他們的批評中「夾雜著針對勞動人民事業的暗箭和冷嘲，缺乏愛護新社會的熱情」，「充滿了醜化無產階級、共產黨和人民政府的惡意」。《人民日報》副刊負責人林淡秋在〈我們時代所需要的雜文〉一文中作了檢討，認為這次討論所以沒有取得積極的效果，反而加強了「危機」論的惡劣影響，「跟作為編者的我的錯誤的思想情緒相關聯的」，「嚴重的右傾思想情緒，使我辨不清右派分子的進攻同人民內部的自我批評的區別，嗅不出馬克思主義和修正主義的不同氣味，甚至從徐懋庸的毒草聞到了香味，不重視有些讀者的反對意見」，「我們沒有在理論上和編輯工作實踐上積極提倡我們時代所需要的雜文，反而發表了不少我們時代不需要的雜文，使各地報刊受到壞影響；特別是發表了徐懋庸的許多毒草而在長時期內不加批判，除了政治影響之外，還

大大助長了雜文的歪風」[70]。

　　在大張旗鼓地批判徐懋庸的同時，一九五七年十二月一日，《人民日報》再度改版，第八版副刊上雜文版面明顯減少，同時增加「有關文化生活、科學衛生常識、家庭生活等方面的稿件」[71]，並把原在第七版的廣告移到第八版。全國各地報刊的雜文專欄大都也偃旗息鼓了，轟轟烈烈的雜文創作高潮趨於沉寂。更有甚者，一九五八年《文藝報》第二期開闢「再批判」專欄，重新批判了王實味的〈野百合花〉、丁玲的〈三八節有感〉、蕭軍的〈論同志之「愛」與「耐」〉、羅烽的〈還是雜文時代〉、艾青的〈了解作家，尊重作家〉等幾篇二十世紀四十年代初期寫於延安的雜文。經過毛澤東修改的「編者按語」說這些人「以革命者的姿態寫反革命的文章」，「他們成了我國廣大人民的教員。他們確能教育人民懂得我們的敵人是如何工作的」。中共黨史專家戴知賢教授指出：搞「再批判」的目的，「一方面為這幾位被打成『右派』的作家找出『思想反動』的歷史根子；另一方面，借當年在延安因為『暴露黑暗』受到批判的歷史，來說明今天那些敢於揭露社會陰暗面的作家和作品被當作敵人和毒草來批判是理所當然的。」[72]

第四節　六十年代初的短暫繁榮和對「三家村」的批判

　　由於「大躍進」的失誤破壞了生產力，中國國民經濟不僅未能實現「躍進」，相反卻造成一九五九至一九六一年三年國民經濟的嚴重

---

70 見《人民日報》1958年4月30日。

71 副刊編者：〈關於副刊改版的說明〉，《人民日報》1957年12月1日。

72 戴知賢：《山雨欲來風滿樓──60年代前期的「大批判」》（鄭州市：河南人民出版社，1990年，第1版）。

困難，糧食缺乏，通貨膨脹，市場供應緊張，人民生活水準下降；加上「反右派」、「反右傾」一系列運動，傷害了不少人，文化科學界知識分子感到思想壓抑，心情不舒暢。一九六〇年九月，中共中央提出了「調整、鞏固、充實、提高」的「八字」方針，毛澤東在中共八屆九中全會上強調要大興調查研究之風，一切從實際出發，使工作做到情況明、決心大、方法對。在這種情況下，分管宣傳工作的胡喬木給《人民日報》寫信，要求副刊作品「鼓勵增強克服困難的信心，發揚樂觀向上的精神，幫助人們有豐富、健康、積極的精神生活」，他並且具體建議約寫一批讀書筆記的稿件，提倡多讀書，多讀古今中外的好書，從中獲得思想上的教益，也增加知識，提高文化素養[73]。

　　在胡喬木的指示下，從一九六〇年冬天開始，《人民日報》陸續開闢了一批有關讀書的欄目：一九六〇年十月十三日至一九六一年三月三日，阿英開設了「讀書札記」專欄，發表了〈清末的反帝年畫〉、〈方志敏同志早年寫的小說〉等十九篇文章；他還於一九六一年十月九日至十一月二十二日，在《人民日報》連載了六篇〈辛亥革命文談〉。一九六一年一月二十三日，《人民日報》「讀書隨筆」專欄正式開場，首篇是鄧拓的〈從借書談起〉，以後陸續發表了廖沫沙的〈從一篇古文看調查研究〉、江曾培的〈優良的學風〉等，直到一九六二年十二月十五日臧克家的〈無使為積威之所劫——重讀蘇洵〈六國〉有感〉為止。當時擔任《人民日報》副刊編輯的袁鷹說：「文章大多引古喻今，借題發揮，或闡述調查研究之重要，或表彰克服環境艱難之毅力，或揭示官僚主義主觀主義危害，或剖析避免片面性之必要，等等。……因而那幾年的副刊，雖然免不了要受到『念念不忘階級鬥爭』大風潮的波及，但從雜文來說，還是很有點氣勢。」[74]

73　袁鷹：〈我所接觸的胡喬木〉，《上海灘》1995年第2期。
74　袁鷹：〈我所接觸的胡喬木〉，《上海灘》1995年第2期。

　　確實如此，在「讀書隨筆」專欄之後，一九六一年三月三十日起，唐弢以「晦庵」的筆名開闢「書話」專欄，他在首篇「綴言」裡說，一九四九年前後他寫過一些《書話》，偏於個人興趣，太重版本考證，如今「倘能於記錄現代文化知識的同時，不忘革命傳統教育的宣傳，也許更有意義」。學者樊駿也認為，唐弢二十世紀六十年代初期所寫的「書話」，與四、五十年代的舊作相比，「議論時，從容舒展多了，從而增大了思想容量；抒情處，筆墨更為濃重，行文愈見綽約，強化了感染力量——思想上藝術上都有明顯的發展提高」[75]。一九六一年七月十七日至一九六二年四月二十四日，路工開設了「訪書見聞錄」專欄，發表了〈岳飛的詩〉、〈傅山的雜文〉等六篇文章。一九六一年八月二十一日至一九六二年八月二十八日，《人民日報》設立了「詩文小語」專欄，陳友琴、夏靜岩、路工、陳貽焮、臧克家、碎石等人共發表了二十二篇文章。以上這幾個有關讀書說文的雜文專欄，在經濟生活困難、精神生活單調的年代，給廣大讀者提供了一份很好的精神食糧，也給單一乏味的雜壇奉獻了幾縷清新的書香氣息。

　　與中共中央決定著手糾正工作中的「共產風」、浮誇風、命令風、幹部特殊風和瞎指揮風，對國民經濟實行「八字」方針相一致，中共北京市委召開常委會，研究克服「左」的傾向，多做實事，少說空話，安排好困難時期群眾生活。鄧拓在會上發言時指出：報紙應當提倡讀書，幫助讀者開闊眼界，增加知識，振奮精神，在困難時期保持一個好的精神狀態。《北京晚報》於是決定開闢一個知識性雜文專欄，約請鄧拓本人來寫。鄧拓從一九六一年三月十九日至一九六二年九月二日，每星期二、四在《北京晚報》「五色土」副刊上開闢「燕山夜話」雜文專欄，以提倡讀書、豐富知識、開闊眼界、振奮精神為

---

75 樊駿：〈死者和生者共有的遺憾——記唐弢同志幾項未了的工作〉，見《唐弢紀念集》（北京市：社會科學文獻出版社，1993年，第1版）。

宗旨，共發表了一五三篇雜文。《燕山夜話》以它深刻的思想、豐富的知識和特有的文采贏得了廣大讀者的喜愛。在《北京晚報》的影響下，中共北京市委理論刊物《前線》也向鄧拓提出了類似的組稿要求，鄧拓感到一個人力不勝任，在他建議下，《前線》編輯部又邀請了吳晗、廖沫沙一道於一九六一年十月至一九六四年七月，開闢了「三家村札記」雜文專欄，共發表了六十二篇雜文。

在鄧拓及「燕山夜話」、「三家村札記」專欄的影響下，一時間雜文又成為報紙文藝副刊的「旗幟」，全國許多報刊紛紛重新開設雜文專欄，開始大量刊載雜文，共同推動一九四九年之後雜文創作的第二次高潮。由於此時不少雜文作家仍處於「摘帽右派」的尷尬地位，他們心有餘悸，噤若寒蟬，因此，這次雜文興起創作隊伍主要以中共黨政機關相當高一級的幹部為主。而且，與一九五六年下半年至一九五七年上半年那些鋒芒畢露、直接抨擊時弊、觸及重大政治問題的雜文有明顯的不同，這次雜文創作主要以古論今，旁敲側擊，在向人們傳播知識道理的同時，提倡科學民主、實事求是的精神，並以此針砭時弊。這一時期「雜文成就最大的首推鄧拓；《燕山夜話》、《三家村札記》、《長短錄》是最有影響的專欄」[76]。

遺憾的是，六十年代初期這次雜文創作高潮並沒有維持多久。一九六二年底，隨著「千萬不要忘記階級鬥爭」口號的提出，「燕山夜話」停筆了，「長短錄」不再發稿了，全國各地曾經轟轟烈烈一陣的雜文專欄大都夭折了。但是，「這一次雜文高潮的歷史意義是光榮的，因為，在一九六一至六二兩年中，雜文幾乎是孤軍奮戰地在那裡用多種比較緩和的形式從不同的角度來同左傾錯誤作鬥爭」[77]。

---

76 藍翎：《中國雜文大觀（第三卷）》〈序言〉（天津市：百花文藝出版社，1994年，第1版）。

77 曾彥修：《中國新文藝大系（1976-1982）・雜文集》〈導言〉（北京市：中國文聯出版公司，1987年，第1版）。

　　一九六六年三月二十八日至三十日，毛澤東在杭州、上海三次與康生、江青等人談話，點名嚴厲批評了鄧拓、吳晗、廖沫沙三個合作的《三家村札記》和鄧拓的《燕山夜話》。他說這些雜文販賣「封、資、修」毒貨，是反黨反社會主義的作品[78]。在上面點名批判鄧拓等人之後，一九六六年四月十六日，《北京日報》、《前線》雜誌被迫公開批判《燕山夜話》和《三家村札記》。五月八日，江青、張春橋主持的寫作班子拋出署名「高炬」的文章〈向反黨反社會主義的黑線開火〉，以顯著位置刊在《解放軍報》上。同日，《光明日報》也以顯著位置刊登關鋒化名「何明」的文章〈擦亮眼睛，辨別真假〉。同時，《解放軍報》和《光明日報》並聯合摘編《燕山夜話》、《三家村札記》的所謂「反黨材料」，逐篇加按語予以定論。此後，《人民日報》轉載了這兩篇文章和材料。高炬的文章說，《燕山夜話》和《三家村札記》對我們偉大的黨進行了全面的惡毒的攻擊，辱罵我們的黨「狂熱」、「發高燒」，說「偉大的空話」，害了「健忘症」；惡毒攻擊總路線、大躍進是「吹牛皮」、「想入非非」，「用空想代替了現實」，把「一個雞蛋的家當」，「全部毀掉了」，在事實面前「碰得頭破血流」。文章發誓：「我們一定不會放過你們，一定不會放過一切牛鬼蛇神，一定要向反黨反社會主義的黑線開火，把社會主義文化大革命進行到底，不獲全勝，決不收兵。」何明的文章矛頭直接指向中共北京市委，說《北京日報》的編者按，看樣子轟轟烈烈，非常革命，實際並非如此，是假批判、真掩護，假鬥爭、真包庇，文章逐條「批判」了編者按，質問《北京日報》和《前線》：「近幾年來，你們究竟是無產階級陣地，還是資產階級陣地？你們是無產階級專政的工具，還是宣揚復辟資本主義的工具？你們究竟要走到哪裡去？」

　　一九六六年五月十日，姚文元在上海《解放日報》和《文匯報》

---

78 張占斌、孫建軍：《「三家村」沉冤》（海口市：三環出版社，1992年，第1版）。

同時拋出經毛澤東審閱的〈評「三家村」——《燕山夜話》、《三家村札記》的反動本質〉[79]。它指責鄧拓、吳晗、廖沫沙把《前線》和《北京晚報》「當作反黨反社會主義的工具，猖狂地執行一條反黨反社會主義的右傾機會主義即修正主義的路線，充當了反動階級和右傾機會主義分子向黨進攻的喉舌」，並說：「在《燕山夜話》和《三家村札記》中，貫穿著一條同《海瑞罵皇帝》、《海瑞罷官》一脈相承的反黨反人民反社會主義的黑線：誣衊和攻擊以毛澤東同志為首的黨中央，攻擊黨的總路線，極力支持被『罷』了『官』的右傾機會主義分子的翻案進攻，支持封建勢力和資本主義勢力的猖狂進攻。」「除了露骨的反黨反人民反社會主義的作品外，《燕山夜話》和《三家村札記》中還有一批以所謂『學術』『考據』『休息』的形式出現的大毒草，它們在所謂『領略古今有用知識』的掩護下，向社會主義發動了全面的進攻。它們不是一般的『美化封建社會制度』『吹捧死人』，而有它現實的政治目的：一方面，它配合那條露骨地反黨反人民反社會主義的黑線，用『歷史』『學問』『興趣』打掩護，麻痺人們的革命警惕，欺騙更多的讀者，擴大影響；另一方面，它本身就是用『軟刀子割頭』的辦法，全面地反對黨和毛澤東同志在各個領域中堅持的無產階級路線，全面地用地主資產階級思想腐蝕革命幹部和革命人民，推行『和平演變』。」姚文元從《燕山夜話》和《三家村札記》二百多篇雜文中，挑出二十餘篇，採取移花接木、偷天換日、混淆是非、無限上綱、斷章取義、索隱發微、牽強附會等各種卑鄙手段，精心構築文字獄，給鄧拓等人開列了種種「罪狀」，真是欲加之罪，何患無辭。

正如雜文家牧惠所指出的，姚文元之流「用自己的陰暗心理，猜忖別人的意圖；拿自己醜惡的靈魂，強姦別人的文章；以自己的不學

---

79 這篇文章原標題為〈評反黨反社會主義的大黑店「三家村」——《燕山夜話》、《三家村札記》的反動本質〉，毛澤東審閱後，刪去「反黨反社會主義的大黑店」十一個字，這篇文章是在江青、張春橋直接指揮下完成的。

無術、愚昧無知，曲解別人的徵引；特別是出於打倒別人，以便踩著
人家的屍骨爬上去的卑鄙骯髒目的，於是無中生有，指鹿為馬，無限
上綱，集古今製造『文字獄』的卑污手段的大成，竭盡誣衊陷害之能
事」[80]。這是「五四」以來對雜文規模最大、影響最為惡劣的一次
「聲討」和「圍剿」，雜文從此消亡了。在這種文化專制主義的屠刀
下，雜文遭受滅頂之災，鄧拓也含冤自殺，成為那場亙古未見的文字
獄的第一個犧牲者。「從『剿滅』所謂『三家村』開始，擴大至於株
連全國，到處揪挖所謂『三家村』的『分店』和『夥計』。雜文成了
不祥之鳥，被稱為『雜家』的幾乎被一網打盡了」[81]。這種大搞「以
言治罪」、「以文治罪」的批判運動逆流一浪高過一浪，直至「十年浩
劫」把中國搞成林彪、「四人幫」的封建法西斯文化專制下「萬馬齊
喑」局面，這從根本上摧毀了當代雜文的生存和發展的生態環境。

　　「文革」十年，人們形容當時的文壇是「魯迅走在金光大道
上」。雖然魯迅的雜文尚得以印行，甚至被提到了異常突出的地位，
但正如王友琴所指出的，利用魯迅的人「把魯迅當作偶像、棍子甚至
咒語使用，但絕對不准在這之外發生影響。魯迅作品獨立的、反抗
的、富於論爭性和諷刺性的風格是絕不准模仿的，甚至連他那種個性
鮮明、犀利明快、曲折多變的語言特色也不准模仿。漢語表述再沒有
比『文革』十年中更為單調、貧乏、千篇一律的了。那時候，地方報
紙的每一句話，幾乎都得『兩報一刊』說過的才敢刊載，而且，不僅
是指意思，而且包括詞彙及句式。強權扭曲了魯迅」[82]。在「四人
幫」統治的後半期，雜文成了「反動派殺人的號角，不復是我們所理

80　牧惠：〈重讀《三家村札記》〉，見《湖濱拾翠》（北京市：人民日報出版社，1985
　　年，第1版）。

81　林放：〈雜文之春〉，《文匯報》1981年5月3日。

82　王友琴：《魯迅與中國現代文化震動》（長沙市：湖南教育出版社，1989年，第1版）。

解的雜文了」[83]，「不少雜文比起其他文藝形式來，更惡劣地成為他們篡黨奪權的工具」，而且「四人幫」把雜文弄糟了：「格調低下，文筆下流，忸怩作態，東施效顰，不三不四，令人作嘔。」[84]

83　黃裳：〈雜文的歷史長河〉，《羊城晚報》1983年7月4日。
84　曾彥修：〈略談雜文的功過〉，《文藝報》1980年第3期。

第二章
二十世紀五十年代初期的雜文

第一節　夏衍的「燈下閒話」

　　夏衍（1900-1995）是現代著名的雜文家，也是二十世紀五十年代初期中國大陸成績最大的雜文家之一。一九四九年五月，夏衍接受中共中央派遣進駐上海，擔任上海軍管會文教管制委員會副主任，負責接管上海的文化機構，後任中共上海市委常委、宣傳部長、市文化局長等職。在繁忙緊張工作之餘，他應著名報人、雜文家趙超構（林放）之約，並經陳毅同意，於一九四九年八月至一九五〇年九月，在上海《新民報·晚刊》上開闢了「燈下閒話」雜文專欄，以黃賣、東峰、鍾培、佩芝、一芹等筆名發表了一百多篇雜文。夏衍後來回憶說：「我想寫點雜文，只是為了『過癮』，而陳毅同志則比我想得更加全面，他鼓勵我寫，還說，可以寫得『自由』一點，千萬不要把『黨八股』帶到民辦報紙裡去，和黨報口徑不同也不要緊。最使我難忘的是他說：『不要用一個筆名寫，我替你保密。』……當時上海解放不久，市民思想混亂，黑市盛行，潛伏的特務又不斷製造謠言，因此那時寫的文章，主要的目的是從民間的角度，『匡正時弊』。」[1]

　　夏衍所寫雜文的主要內容可以概括為「謳歌與揮斥」，除舊佈新，激濁揚清。他針對社會謠言盛行，人們思想混亂，以雜文為武器，批駁了國內外輿論對中華人民共和國的造謠誣衊。同時，他也在

---

[1] 夏衍：〈迎新憶舊〉，見《夏衍選集》第四卷（成都市：四川文藝出版社，1988年，第1版）。

雜文裡歌頌新社會、新時代、新生活、新氣象，為新生事物搖旗吶喊。在〈刮目相看〉一文中，作者以確鑿的事實歷數上海在解放四個月以來所取得的重大成就後說：「三個月前，我們聽見過『不出三個月內，上海經濟總崩潰』的謠言，如今這一謠言和『蔣介石回上海過中秋』謠言的下場一樣，昔日要看人民政府笑話的，今日被當作笑話來說，六月債，還得快。」在〈每飯不忘〉一文中，作者從上海人吃到東北米，談到國民黨統治時期，缺糧的地方饑民遍地，豐收的地方穀賤傷農，而當局除了浪費外匯輸入外糧之外，不敢嘗試全國調度的計畫。中華人民共和國成立後，全國統一實行糧食通盤調度計畫，這是一個偉大的近乎奇跡的行動。文章說不僅糧政如此，而且，整個國家的財經制度都樹立了一套新辦法，「僅僅在半年前，我們還經常地聽到有些人的議論說，共產黨只會打仗，至於治理國家，尤其是財經的管理，到底是外行。今天，說這些話的先生們是到了應該收回他的高論的時候了」。在〈給遠行者〉中，某些工商業者經不住當時困難的考驗而去國的消息使作者為之惘然、沉思。然而，他對這些人還是滿懷期待：「明年雜花生樹，群鶯亂飛的時節，恐怕就是鎩羽知還的日子了。會回來的，當他遭受更大的失意與落拓時，就是徹底覺悟的時候。」在〈新生的力量〉、〈老闆，你錯了〉、〈最大的光榮〉等雜文中，作者從電廠工人丟著家裡的火災不救，先去救廠，失業工人自帶乾糧義務勞動，工會組織糾察隊冒著風雨寒宵巡邏護廠，一個工程師的努力使上海公交公司每月節省了二十二億元的成本，一個司機的建議替公交公司在一條路線上每天增加了三百二十萬元的收入等事例，說明上海的工人階級百煉成鋼，已經成了鋼鐵巨人，他們鎮定、剛強、熱烈、勤懇地保護著上海這座人民城市的生產事業，鼓舞著百廢待興的人民克服困難去建設社會主義新生活的美好前景。

　　在一些幹部陶醉於勝利的喜悅和人民群眾的一片讚揚聲中，夏衍在雜文裡提醒共產黨人必須保持清醒理智的頭腦，嚴於律己，不要居

功自傲，沾沾自喜。〈論恭維〉一文，作者指出：「連耆老們也對共產黨有了新的認識，這的確是值得高興的。但是我的意思，卻以為每逢聽到人家恭維或者讚揚的時候，必須先把人家讚揚的事情再好好地反省一遍，檢閱一下，看一看一般人所歡迎的、贊成的、心悅誠服的那些特點，我們是不是已經真正不折不扣地、和人家所頌揚一般地做到了？假如做到了，那麼這是本分，立志為人民服務的人做到這些是應該的，必須的，不值得特別讚揚的。反過來說，假如還沒有做到，或者差得很遠，那麼我們就必須及時警惕，加緊努力，以符合人民的願望。」夏衍說古語「聞過則喜」，是要求我們誠懇謙虛地接受別人的批評，那麼現在我們則應該進一步地要求「聞譽則思」，不要陶醉於人們的捧場讚頌之中，而鬆懈了自己的努力。他特別告誡人們，一個人經得起罵的考驗容易，可是在經過了長期的苦鬥而初獲成功的時候，要經得起捧的考驗卻相當困難，歷史上被罵倒者少，被捧垮者多，就是這個道理。因此，夏衍在〈報喜與報憂〉、〈北京的報紙〉、〈談自我批評〉等雜文中，除了要求政府機關嚴格執行工作檢查，各級幹部從工作檢查中進行批評和自我批評外，還希望所有的報紙、雜誌、電臺，不僅成為人民的耳目，而且真正地站在人民利益的立場上，認真擔負起輿論監督的職責。他特別佩服北京報紙對於各機關、企業，乃至人民團體的大膽的檢查、批評與監督，如《人民日報》就不止一次地揭發了領導機關的官僚主義作風和浪費人民財產的行為。他指出在大喜事的後面，還普遍存在許多嚴重的值得憂慮的現象，如天災人禍、幹部執行政策的偏差、官僚主義的嚴重、本位主義、事務主義、貪污腐化、麻痺浪費、不愛惜人民財產等等。在老百姓有話無處說或者不敢說的情況下，「負有輿論之責」的新聞記者就應該勇敢地負起責任，「報喜鼓舞人民的信心，報憂喚起幹部的警惕」，只有這樣，才能上下溝通，實現真正的人民民主。

　　夏衍是著名的劇作家，又負責領導上海的文化工作，他的雜文內

容也常常涉及到這些方面。〈苛求無益〉談到上海自一九四九年五月
以來，各種傳統藝術都已經有了很大的改造與進步，但其中也各有參
差，作者要求每一個從事領導工作的人都要具體地分析原因，對於傳
統藝術工作者「應該多勉勵，多領導，多提建設性的意見，少苛求，
少打擊，少翻過去的舊賬而作無益的人身攻擊」，只有愛護他們，幫
助他們，才能改造他們。在〈梅蘭芳改裝〉、〈藝術家的路〉等文中，
夏衍從京劇藝術家梅蘭芳改穿灰布中山裝，著名演員舒繡文到部隊深
入生活和白楊謝絕兩家私營電影公司高薪聘請而決定參加待遇很低的
公營上海電影製片廠等事例，說明了文藝工作者正拋棄舊的思想包袱
和生活方式，同人民群眾打成一片，為人民大眾貢獻自己的才智心
力。在〈走老路〉、〈老實一點吧〉等文中，夏衍批評了一些過去專寫
黃色文字的人，似乎曲解了人民政府的寬大政策和穩步前進的方針，
又故態復萌，舊疾復發，甚至在一份蘇聯民間故事影片的廣告上也加
上了不堪入目的色情字樣，完全在走過去的老路；他還批評了一些娛
樂新聞客裡空作風嚴重，報紙標題經常「故作驚人之筆」，如「小二
黑將來滬結婚，大血戰今在兆豐展開」，對於不明瞭影劇界圈內事的
讀者來說，看了這一類標題必然會莫名其妙，造成很壞的印象。在
〈編劇要慎重〉一文中，作者從上海小市民階層中普遍存在「一窩
蜂」的痼習，談到有些戲院「趨時」亂編以「阿飛」為題材的戲，批
評他們沒有仔細地調查研究，深刻地理解形成這種現象的社會根源，
然後對症下藥，指示出正確的改造途徑，單單擷拾一些表面現象在舞
臺上展覽一番，然後毫無聯繫地「說教」幾句，表現「編劇者」投機
的市儈作風和對觀眾毫不負責任的態度。

　　此外，夏衍的雜文還談論到許多人們關心的日常話題，如〈又談
開會〉針對很多人討厭開會，認為浪費時間，分析其最主要原因在於
會議脫離群眾。作者建議要開好一個會，事先必須有充分準備，內容
要和群眾的實際生活密切相關，針對群眾生活中存在的問題有的放

矢，否則，即使勉強開了會，也達不到預期目的，甚至適得其反。〈也談服飾〉認為在經濟情況和社會環境允許的條件下，盡可能穿得舒服一點，清潔一點，未見得是「不革命」，而偏偏要保持破爛齷齪的模樣，以為只有這樣才能表示艱苦和革命的浪漫主義心情，其實並不真的等於「艱苦和前進」。〈上海的刊物〉從社會上人們議論上海的定期刊物太多而真正符合人民需要的卻太少這一話題談起，認為主要毛病在於刊物將讀者對象定位在高級知識分子上面，而很少顧及一般市民和普通知識分子，他主張可以創辦像韜奮的《生活》那樣和人民大眾的生活緊密聯繫的「大眾讀物」以滿足廣大市民的需求。

　　總之，夏衍的「燈下閒話」，「這些三五百字的短文，內容十分廣泛，涉及剛剛回到人民手中不久的上海社會生活的各方面，幾乎可以當作解放初這個大都市的編年史來讀」[2]。可是，正當夏衍凌雲健筆意縱橫之時，卻有人講怪話了，「有的說我貪稿費，有的說黨的『高幹』在民辦報上寫文章，是無組織無紀律的自由主義」[3]，作者就主動停筆了。

第二節　馬鐵丁的「思想雜談」

　　由於新中國是在舊社會的廢墟上建立起來的，封建殘餘思想以及各種落後思想仍在侵蝕人們的頭腦，二十世紀五十年代初期不少報刊開設了「思想雜談」、「思想漫談」和「思想一日談」之類的欄目，對人民群眾進行思想政治與道德品質的教育。這類文章並非異軍突起，而是淵源有自，中共元老謝覺哉在一九四二年毛澤東延安文藝座談會後就寫了不少談思想工作的短文，已開其先河，在當時被認為是「新雜文。

2　陳堅：《夏衍的生活和文學道路》（杭州市：浙江文藝出版社，1984年，第1版）。

3　夏衍：《懶尋舊夢錄》（北京市：生活‧讀書‧新知三聯書店，1985年，第1版）。

　　馬鐵丁，是陳笑雨、張鐵夫、郭小川三人二十世紀五十年代初期在中共中央中南局機關報《長江日報》發表「思想雜談」時合用的筆名，由陳笑雨筆名司馬龍的「馬」、張鐵夫的「鐵」和郭小川筆名丁雲的「丁」組合而成。這是二十世紀五十年代初期第一個作家集體專欄，也是當時影響最大的雜文專欄。陳笑雨時任新華社中南總社的副社長，張鐵夫是《長江日報》的副總編，郭小川擔任中南局宣傳部的宣傳處長。據張鐵夫回憶，三個人的寫作，沒有嚴格的分工。誰接觸什麼，熟悉什麼，對什麼問題感興趣，有感觸，誰就寫什麼，不加約束。一般而言，陳笑雨、郭小川多寫文教、文藝方面的文章，張鐵夫由於主管農業方面的報導，偏重於寫農業問題。開始時各人寫出文章，共同傳閱，然後才交報紙發排，後因大家都擔負繁重的行政工作，業餘寫作，時間緊張，所以，各人寫好文章就逕直交付報紙了。一九五二年七月以後，由於三人工作變動，這一合作才宣告結束，而「馬鐵丁」也成了陳笑雨獨用的筆名。

　　二十世紀五十年代初期，馬鐵丁在《長江日報》、《學習》、《中國青年》、《中南農民》、《新青年報》等報刊上，發表了數百篇、約五十萬字的「思想雜談」，這些文章於一九五〇年十一月至一九五二年七月間，共結集為十輯《思想雜談》和一本《思想雜談》（集外集），由武漢通俗出版社、武漢通俗圖書出版社出版，總印數多達百萬冊，因此，馮牧說：「建國後，馬鐵丁的雜文曾經蜚聲大江南北，產生了廣泛而有力的影響。」[4]在馬鐵丁的《思想雜談》之後，武漢通俗出版社、中南人民文學藝術出版社和湖北人民出版社還陸續推出了柯夫、夏浩、鄒雨辰、柳倩、若虛等人的《思想雜談》。此外，華南人民出版社出版了楊浩泉的《思想小品》四輯，重慶人民出版社出版了艾冰、傅真選編的《思想與生活》九輯。在二十世紀五十年代初期，這

4　馮牧：〈熾熱的心和銳利的筆（代序）〉，見《馬鐵丁雜文選》（北京市：人民日報出版社，1984年，第1版）。

類有關思想方面的雜談小品，「可算是雜文中新興的一個流派，它對讀者有過很大幫助」[5]。

馬鐵丁在「思想雜談」中，經常針對當時的形勢任務以及幹部和群眾中存在的思想問題，發表議論。因為一九四九年中華人民共和國成立後，新區的群眾，特別是廣大青年，對中國共產黨和人民政府制定的有關政策不甚了解，有不少疑慮，需要幫助他們解除思想上的疙瘩。因此，馬鐵丁的文章所涉及的內容十分廣泛，既有關於「三反」、「五反」及其他政治重大事件的分析評說，也有揭露敵人的殘暴和黑暗的，既有針對人民內部各種錯誤思想進行批評教育的，也有具體闡述世界觀和人生觀的。尤其是談論青年人如何加強思想修養，樹立革命的人生觀、艱苦樸素的作風和科學的思想方法的文章，由於較多地涉及理想、青春、幸福、人生這些方面，因而在年輕讀者中起了積極的作用，成了他們認識是非、改造世界觀的良師益友。作家袁鷹指出：「『思想雜談』在抗美援朝、土地改革等等政治鬥爭和改造運動中，都產生過振聾發聵、循循善誘的威力。許多青年人曾經收集不少篇『思想雜談』貼在本子上，隨時去找尋打開心扉的鑰匙。」[6]

馬鐵丁的雜文充滿了生氣勃勃、勇往直前的革命樂觀主義精神。在〈青春〉一文中，作者談到，人是要衰老的，從年齡上來看，青春自然不能永駐，因為這是自然界的不易規律。但是，人的意志如果永遠隨著時代的前進而勇往直前，卻可長青不老，永保青春。失去的生理上的青春，毫不足以引起悲哀，而喪失了青春的朝氣的，才最可悲哀。〈幸福〉一文指出，在現實生活中有兩種不同的幸福觀，一種是把自己的「幸福」建築在別人的不幸上面，拿別人的血汗餵養著自己的貪欲，這種人實際並沒有什麼真正的幸福，在他的生活裡永遠充滿

5　葉秀夫語，見〈我們需要雜文，應當發展雜文〉，《文藝報》1957年第4期。

6　袁鷹：〈歌手・園丁・鬥士——懷念陳笑雨同志〉，見《馬鐵丁雜文選》（北京市：人民日報出版社，1984年，第1版）。

了恐怖和失望，喪失財產的擔心和嫉妒的苦惱；另一種是把自己的幸福建立在人民大眾的幸福上面，先天下之憂而憂，後天下之樂而樂，這種為人民的幸福而奮鬥的本身就是一種幸福，從這當中正可以體驗到生命的充實和崇高的意義。所以，只有真正把自己的幸福與人民的幸福結合在一起、與人民同患難共享樂的人，才是世界上最幸福的人。〈生命〉一文告訴人們，一個人最寶貴的東西莫過於生命，醉生夢死，庸俗瑣碎，虛度年華，是對生命的可悲的浪費。前蘇聯作家尼古拉‧奧斯特洛夫斯基的長篇小說《鋼鐵是怎樣煉成的》的主人公保爾‧柯察金就說過：「不為醉生夢死所過的年頭而悲痛，不至於為了庸俗、瑣碎的過去而蒙受恥辱。」每個人要學會愛惜自己的生命，不浪費，不虛擲，不使自己成為行屍走肉。文章最後引用了前蘇聯勞動英雄托米林的一段話：「在熱烈的勞動中，在跟困難鬥爭中，在新事物的探索中，你會感覺到一種真正的力量和生活的美。」作者認為只有這樣，生命的光采才能真正地迸發，才不辜負「一生只有一次」的寶貴的生命。

　　二十世紀五十年代初期，由於面對的是一個完全不同的新社會，許多幹部在貫徹執行政策時存在偏差失誤，同時他們的工作方法也有許多尚待改進之處。馬鐵丁在雜文中指出了當時工作制度和幹部隊伍中的弊病和不足，給予了善意的批評。在〈統計表和數目字〉一文中，作者批評了一些領導機關的官僚主義作風，他們只憑主觀願望和「一時靈感」而頒制了許多繁瑣的調查項目、表格，不管下邊困難而強迫「限期完成」，弄得基層幹部窮於應付，感到是很大的負擔，有些地方在無法應付的情況下，只好捏造一番，估計一番，因此產生了一種專門應付表格的「估計幹部」。更有甚者，有個地方組織了一大批幹部下鄉進行農業普查，要每家填寫「餵雞幾隻，能下多少蛋……」，不勝其繁，結果引起農民的懷疑和恐慌。作者指出，對於領導機關來說，為了及時決定政策，指導工作，經常、系統的調查研

究是必要的，但必須事先考慮這些材料和數字，有沒有用處，是否非要不可；對於基層的同志來說，應該經常了解情況和積累材料，才不致於「臨時抱佛腳」，形成負擔，應付不了。〈推託〉一文從俗語「一個和尚挑水吃，兩個和尚抬水吃，三個和尚沒水吃」說起，指出現實生活中存在這麼一種人：遇到輕而易舉、與自己有利的事，可以爭；遇到麻煩困難、又與自己不利的事，可以推。於是，在工作面前，你推我，我推你，輾轉循環，相因成習，時日遷延，一事無成。對於這種彼此推託、互不負責的現象，作者提出了補救之道：一曰分工明確；二曰當仁不讓；三曰負主要責任的人，一方面要善於吸收各方正確的意見，發揚民主，另一方面又要當機立斷，依法行事。只有這樣，才不致於把有力的辦事機關，變成談談說說、吵吵鬧鬧的茶館。在〈忙〉、〈再談忙〉、〈三談忙〉三篇系列雜文中，作者批評了那種雜亂無章、昏頭昏腦，抓不住事物的中心，看不見工作的前途，失去了全面思考的事務主義者，也否定了《紅樓夢》中那種「寄生蟲式的忙」：賈寶玉是「無事忙」，粉、黛、胭脂、鴛鴦、蝴蝶、哥哥、妹妹之間忙個不亦樂乎，忙於消耗，消耗了自己的精力、時間，也消耗了別人的勞動果實；賈政、王熙鳳之流，可算是有事忙了，卻也不過是忙於做官，忙於收租，忙於放債，忙於官場上爭權奪利，忙於在叔嫂妯娌間勾心鬥角。文章以上百人的《黃河大合唱》為例，指出那裡面有憤怒，有歡樂，有高歌，有低吟，唱奏調協，疾徐有致，作者由此提倡一種忙而不亂、有條不紊、把一切繁重的任務放到科學的軌道上來的工作方法。馬鐵丁雜文中談到的這些問題，在以後的雜文裡還不斷被重複提起，足見其生命力之強。

　　馬鐵丁的「思想雜談」最大的特點就是短小精悍，通俗易懂，「善於把最深奧的道理，用最通俗易懂的話講出」[7]。文章有的放

7　馬鐵丁：〈怎樣做一個宣傳員〉，見《思想雜談》第四輯（武漢市：武漢通俗圖書出版社，1951年，初版）。

矢，不尚空談，語言也生動活潑，別具風格。「思想雜談」每篇文字
不過三、五百字到一千字左右，說明一個小道理，解釋一個小問題。
可以說，其中沒有太高深的議論，而且作者常常借助具體鮮明的形象
來說理。如〈自求解放〉一文，為了闡述群眾「自求解放」的政策，
作者引用了列寧的一個故事：

　　　俄國十月革命後，成千上萬的農民進了莫斯科，由於他們對沙
　　皇的仇恨太深，堅決要燒掉沙皇住過的房子。
　　　有人把這件事告訴列寧，列寧指示要向農民進行教育。但第一
　　次教育，農民不聽，第二次還不聽，第三次仍然不聽。
　　　最後列寧親自出來。列寧說：燒房子可以，在燒房子以前，讓
　　我講幾句話可以不可以？農民說：可以。
　　　列寧問道：沙皇的房子誰造的？農民答：我們造的。
　　　列寧又問：我們自己造的房子，不讓沙皇住，讓我們的代表住
　　好不好？農民答：好。
　　　列寧再問：那麼要不要燒呢？
　　　農民覺得列寧的道理講得對，同意不燒房子。

這種借助於俗語、名言、軼事等來形象說理的寫法，在馬鐵丁的「思
想雜談」中比比皆是，它避免了空洞乾巴的說教，加強了文章的感染
力，同時加上這些文章富有針對性，現實感較強，故為讀者所關心和
喜愛。

　　但是，馬鐵丁的「思想雜談」也不可避免地帶有時代的侷限性。
由於作者過於密切地配合當時的中心任務，有些文章屬於應時之作，
「本身來說，已經完成它們的歷史使命，現在基本上都已過時了」[8]。

8　張鐵夫語，見戈楓〈幸會「馬鐵丁」〉，《雜文報》1987年2月3日。

加上時間倉促，任務繁重，有些篇章形式比較簡單，「雜文味」不足。而且，當時報刊上出現的這類思想雜談文章「其中的一部分，也有流於擺出一副說教面孔，偏於從上而下議論聽眾的是非的；還有一些簡直成了煩瑣哲學的講壇，作者花了很多筆墨來指點人們發脾氣怎麼不好，怎樣在提意見時保持神色的鎮定、口氣的和緩……之類」，葉秀夫在二十世紀五十年代中期就指出：「這樣下去是不會受人歡迎的，不妨說這就是它本身潛伏著危機」[9]。因此，長期以來「一般讀者和報紙也沒有從文學創作的角度把它看作雜文」[10]，「並沒有從文學的角度給予足夠的重視」[11]。

第三節　周作人的「亦報隨筆」

二十世紀五十初期的文壇上，有一位長期為雜文界和文學史所忽視的創作頗豐的雜文家周作人（1885-1967）。周作人自稱是「寫長短論說和雜文的」、「打雜的文人」[12]，他說，「我的本心實在倒是希望寫單純的紀敘事物的文章的，無如這總寫不出」，因為受小時候讀過《古文析義》不知不覺的影響，「小題大做，或指東話西」，作文好發議論，「無論談什麼不雅馴的事，總歸結到說理，這種習氣有如抽紙煙，學上了之後便有點不容易放下，以至於罰咒戒除也沒有用」[13]。

9　葉秀夫語，見〈我們需要雜文，應當發展雜文〉，《文藝報》1957年第4期。

10　藍翎：〈雜文研究資料選輯序〉，見《風中觀草》（廣州市：花城出版社，1988年，第1版）。

11　藍翎：《中國雜文大觀（第三卷）》〈序言〉（天津市：百花文藝出版社，1994年，第1版）。

12　周作人：〈寫文章的副業〉，見《知堂集外文·《亦報》隨筆》（長沙市：嶽麓書社，1988年，第1版）。

13　周作人：〈語體的古文〉，見《知堂集外文·《亦報》隨筆》（長沙市：嶽麓書社，1988年，第1版）。

　　周作人從一九四九年十一月二十二日開始至一九五二年三月十四日止，以申壽、鶴生、十山、榮紀、持光、木壽、祝由、木仙、龍山等筆名，在上海的小報《亦報》副刊「隔日談」和「飯後隨筆」欄中，發表了九〇八篇隨筆小品，另外從一九五〇年一月十日至三月二十七日，在另一份小報《大報》發表了四十三篇隨筆小品。其中除一部分是回憶魯迅及其創作的文章，後結集為《魯迅的故家》和《魯迅小說裡的人物》出版外，其餘大部分文章當時均未結集出版，直到一九八八年嶽麓書社出版《知堂集外文‧《亦報》隨筆》一書，才使這些文章重見天日。二十世紀五十年代後相當長一段時間裡，人們對雜文的多本質性缺乏理解，誤以為只有批判性和戰鬥性的雜文才是雜文，而排斥大量知識性、閒適性和趣味性的隨筆小品，把它們當成資產階級的「閒情逸趣」而否定禁絕了。周作人的這些隨筆小品被人忽視也就不足為奇了。只有到了二十世紀七十年代末改革開放的新時期，在雜文領域才有人重提雜文應該具備「多樣性、知識性、趣味性」。著名學者、雜文家唐弢指出：「應該把雜文的形式更擴大些。現在雜文的形式太狹隘，好像已經定型了。……我們可以提倡寫隨筆式的雜文。魯迅開始寫的雜文是隨意而談，不拘格套，言之有物。有人提出所謂學者的散文，就是那種筆記式的和隨筆式的散文，我以為都可以寫，海闊天空，古今中外，什麼都談，有的是掌故考證，有的是生活漫談，類似英國的所謂 familiar essay，信手拈來，娓娓而談，使人覺得親切，有味，可以有益，也可以有戰鬥性。」[14]

　　周作人在《亦報》、《大報》上寫的這些隨筆小品都非常短，每篇大約五、六百字。他自定兩個標準，「一是有意思，二是有意義，換句話說也即是有趣與有用」[15]。周作人絲毫不鄙薄這些短文的寫作，

14　唐弢：〈對雜文的幾點意見〉，《新觀察》1982年第24期。

15　周作人：〈拿手戲〉，見《知堂集外文‧《亦報》隨筆》（長沙市：嶽麓書社，1988
　　年，第1版）。

他說：「從前雜誌和報章上，有設雜感錄這一欄的，長的可以有一二千字，短的幾百到幾十字，卻很有力量，《新青年》上這與通信都很著重，對於舊勢力的戰鬥往往在那裡展開來，比長篇大文更為得力。我們現在寫的小文，統系上可以說從那裡來的，就是戰鬥性漸減少了，篇幅的短本來合格，現在如用心地寫去，真實地發揮擁護新社會、推倒舊社會的兩個原則，當能發生些作用，那麼報紙雖小，責任卻是很大的了。」[16]

　　二十世紀五十年代初期，人民政府開展一系列民主改革，頒佈了新的婚姻法，使千百萬在舊制度下受奴役束縛的婦女得到了翻身解放，重獲政治、經濟、婚姻的獨立和自由，這對於一生始終關心婦女問題的周作人來說是一個極大的鼓舞，他的隨筆小品中有相當一部分談論的就是這一內容。在〈婦女的力量〉一文中，周作人欣喜地介紹到，「友人參加宣傳工作，從農村回來，農民翻身後的快樂不必說，他所最佩服的還是婦女的新氣象，男子反對封建，但對於夫綱一項總不無留戀，女人是完全的被壓迫者，她站了起來便把整個的都翻掉了，所以在反封建反帝上面是很大的一股力量」。但是，周作人十分清楚，「社會的翻身」只是屬於第一重，「家庭的翻身」，即婦女脫去男子的壓制而獨立，才是更有意義的第二重工作。在〈活無常與女吊〉、〈婦女會的工作〉、〈女的村幹部〉等文裡，周作人提醒人們雖然中國人民已經解放，社會上封建殘餘的烏煙瘴氣卻沒有消除，婦女的生活還有苦痛。如一九四九年「十個月中山西婦女命案四百多件中自殺占了四分之三，這很值得大家尤其是前進婦女的注意」；河北容城縣婦女劉大領從小被父母許給一個精神病的人，她要求解約，家裡不許可，叫她「嫁雞隨雞，嫁狗隨狗」，結婚後，她公公打她，村幹部說，「這沒關係，大人打小人」。周作人不無悲憤地指出：「這兩句話

都是封建制度下奴隸道德的精髓，前者代表夫綱，後者是代表君父兩綱的利益的，在現今鄉村中還有這樣的威權，這已經是很可悲的了。更嚴重的是村幹部不准她請求離婚的理由，說『你走了他就尋不著女人了』，這明顯的是極端男子中心主義，為了要給精神病人占有一個女人，就不惜強迫這女人去硬作犧牲，封建殘餘遲早總可摧毀，這樣出於男性自私心的男為女綱思想更有毒害，也更難得消滅。」

正是出於對婦女命運的深切關注，在北京市人民政府封禁妓院，取消資本主義變相的人身買賣，婦女有了職業，可以自由生活時，周作人認為這只是解決了問題的一個方面，餘下的還有另一方面，即封建的男子中心思想。他指出，舊時代封建道德主張夫為妻綱，男子在妻之外還有妾婢以及妓，此三者地位待遇雖有差別，可是作為縱欲的對象則無不同，男子對她們的態度多少是一種嫖客的態度，而今「在封建道德尚有勢力的現時，這種多年養成的嫖客的態度未能一時消滅」，他認為解決的途徑是，「不但拋卻資本主義的燕尾服，而且還脫去封建道德的馬褂，重新來過男女平等的生活」。因此，當他讀到北京市人民法院院長關於婚姻法的報告時，其中保護婦女利益的立法精神令他大加讚賞，並在〈重婚與離婚〉、〈法院院長的話〉兩篇文章中不厭其煩地引述其中精彩的文字：「男女雙方都無配偶而發生性交關係而相安無事的，我們可以不管，但不妨說服他們，既然情投意合，就可以進行婚姻登記。封建社會中男女間的道德，特別是所謂貞操，都是片面的，所以五四時代曾名之為吃人的禮教。一般人對通姦行為也有兩句總結性的話，叫做男的誇了口，女的丟了醜。這兩句話對女人是一種警告，對男人是一種鼓勵，叫做討便宜。從這兩句話裡，也可以看出社會上對這類事情的看法是如何不公道！我想，要想減少通姦行為，只有徹底施行婚姻法，使天下有情人盡成眷屬，而遇到這種事情，則可以說服勸導，但不要橫加干涉。」這些觀點與周作人早在五四時期就曾為之大聲疾呼的「新的兩性道德觀」不謀而合，他把婚

姻法的發佈看成是「中國本年的一件大事」，認為它奠定了男女平等的基礎，過去封建社會中的兩性間的片面道德將由此而逐漸被打破。北京市人民法院院長的報告中還具體舉了一個案例說明這一問題：一對撿煤核的男女青年發生了多次性關係，有一回兩人衝突了，男的到女的門口大罵，並且拿和她有性關係來要脅侮辱女方，女方的母親告了他，法院判決男子受了處罰，並在判決書中著重指出了與人有性關係而偏拿這點當把柄欺侮人，是不能原諒的錯誤。周作人在〈名判決〉一文中稱法院這一判決說出了極平凡卻也是極新奇的真理，使人拍手歡迎，「這真是一個名判決，……原來只期待在書本上談到，現在卻是實在出現了，的確不是昨天所預料到的」，並且興奮地歡呼來得出乎意外地快的「男子中心的世界坍臺了」。

　　周作人的隨筆小品題材廣泛，內容豐富，天文地理，花鳥蟲魚，三教九流，衣食住行，無所不談。但是，周作人最拿手的還是他所熟悉的那些題材：從「梅蘭竹菊」到「龍鳳龜麟」，從《豔史叢編》到《聊齋志異》，從「日本民謠」到「蘇北小調」，從「南北的點心」到「男女的裝扮」，從「活無常與女吊」到「湯婆子與腳爐」，從「街坊上的悲喜劇」到「打油詩的文字獄」，從「俗諺的背景」到「師爺的筆法」，從「夜讀的境界」到「文章的包袱」。周作人「在廣義的文化和文化史這個大範圍內，隨手拈來都是題目，也都是文章」，「這類文字，不談大道理，只是隨手記下一點見識或者感受，娓娓道來，情理自見。它們繼承了中國歷代筆記文的傳統，同時又吸取了歐洲十八世紀隨筆文（essay）的特色，……和啟蒙時期報章雜說的某種風格是一脈相承」[17]。周作人自己也說：「我的理想是五六百字寫一篇小文字，簡單的一點意思簡單地說出來，並不想這於世道人心有什麼用處，只是有如同朋友談話，能夠表現出我的意思，叫他聽了明白，不

---

17 鍾叔河：《知堂集外文‧《亦報》隨筆》〈序〉（長沙市：嶽麓書社，1988年，第1版）。

覺得煩瑣討厭，那就好了。」[18]因此，他的這些隨筆「原以識小為職，固然有時也不妨大發議論，但其主要的還是在記述個人的見聞，不怕瑣屑，只要真實，不人云亦云，他的價值就有了」[19]。

　　周作人的「亦報隨筆」樸實自然，語言俗白、純淨而有韻味，沒有了二十世紀三、四十年代「掉書袋」的沉悶。而且，這些數以百計的隨筆小品，沒有固定的程式，沒有令人生厭的「講臺氣」，總是開門見山，立即進入話題，深入淺出，「表現個人的感情思想」，「如日記尺牘那麼誠實」，一副「家常面孔」[20]，因此，讀來使人倍感親切。如〈磨墨〉：

> 　　寫字磨墨是小事情，雖然古人有句云，非人磨墨墨磨人，天天磨墨，十年中用不到多少塊，人卻要老得多了。這是事實，但也是詩人感慨之談，若說磨墨是小事，那還是的確的。話雖如此，儘管是小事情，卻也頗有講究，記得袁子才有兩句詩云，印貪三面刻，墨愛兩頭磨，說的是文人常態，我卻很有點討厭，並不是附和心正則筆正的迂論，只覺得這是太亂來，有如紙寫反面，信封倒用，歪戴帽，不繫紐扣，不算什麼了不得的事，總之這是做事不認真的表示。我有兩個朋友都是書家，他們用墨很是用心，磨的平正不必說了，甲君寫屏對往往自己磨上半天墨，不假手於人，乙君磨了之後用紙將濕墨拭去，省得堆積膠著，這未必於書法有何益處，但那種整潔的作法總是可

18　周作人：〈寫文章之難〉，見《知堂集外文·四九年以後》（長沙市：嶽麓書社，1988年，第1版）。

19　周作人：〈關於身邊瑣事〉，見《知堂集外文·《亦報》隨筆》（長沙市：嶽麓書社，1988年，第1版）。

20　周作人：〈真心話〉，見《知堂集外文·《亦報》隨筆》（長沙市：嶽麓書社，1988年，第1版）。

取的。書房裡的學生習慣不好，常把墨磨得成尖角，或是兩面側著磨，結果是劍口似的，這些小事情也與蒙養有關，應當及早糾正，因為袁子才的那種做法就是從這裡出來的。

在這短短不到四百字的文章裡，周作人寫得從容自如，沒有受篇幅限制而產生逼仄感和拘束感，若非大手筆是很難做到的。更為難得的，周作人寫得風趣盎然，字裡行間閃爍著幽默的火花，大大增加了文章的可讀性和趣味性。因此，有論者指出：「鴻篇巨制的大作，固然能反映一代風雲，使人振奮；優秀的短短的小品，也能令人心怡。評論家和文學史家應該不拘一格地衡量各種作品。」「周作人的這些發表在《亦報》、《大報》上的『夜報小品』，是他的散文創作的新的發展。在當代散文藝術的研究中，無視周作人的這些小品，恐怕是一種疏漏。」[21]但是，由於寫作頻繁，《亦報》上的隨筆小品起初隔天一篇，後來每天一篇，有時一天中發表兩篇，周作人深感捉襟見肘，每每抱怨「文思枯窘」[22]，「抓不到題目」[23]，「苦於缺乏題材」[24]，文章不免有些單調；再加上經濟目的成了周作人此一時期寫作隨筆小品的主要動因，用他自己的話說，寫這類文章是「以工代賑」[25]，因此，他的不少隨筆小品儘管不乏知識性，甚至趣味性，文字也仍有過去的

---

21 倪墨炎：《中國的叛徒與隱士：周作人》（上海市：上海文藝出版社，1990年，第1版）。

22 周作人：〈宣傳婚姻法〉，見《知堂集外文·《亦報》隨筆》（長沙市：嶽麓書社，1988年，第1版）。

23 周作人：〈沒有題目的文章〉，見《知堂集外文·《亦報》隨筆》（長沙市：嶽麓書社，1988年，第1版）。

24 周作人：〈渡船問題〉，見《知堂集外文·《亦報》隨筆》（長沙市：嶽麓書社，1988年，第1版）。

25 周作人：〈談天〉，見《知堂集外文·《亦報》隨筆》（長沙市：嶽麓書社，1988年，第1版）。

流風餘韻，可是讀起來總覺得缺少一種內在的神采，甚至於「不是乏味便多生湊」[26]，周作人的藝術才能遠沒有充分地發揮出來。

第四節　蘇式小品文

　　二十世紀五十年代初期，在現代雜文傳統得不到全面的繼承和發展之時，「蘇式小品文」開始在報刊上漸漸流行。如《新觀察》、《東北日報》都設有標明為「小品」的專欄，《北京日報》上的「隨筆」，《文藝報》上的「新語絲」和《中國青年》上的「新語林」，也都是小品文的欄目。尤其是《新觀察》雜誌，早在一九五二年就開設了「小品」欄目，發表了謝覺哉等人創作的短小精悍的小品文，深受讀者歡迎。讀者紛紛去信《新觀察》編輯部，要求多登載一些好的小品文。一九五二年六月，《新觀察》編輯「為了滿足讀者的這個要求，為了擴大小品文的寫作範圍，為了充實小品欄的內容」，特地向廣大讀者和作者呼籲「大家動手寫小品文」，他們認為「過去登載的小品文，內容雖涉及了不少方面，如批判崇美思想和資產階級思想的，批判官僚主義和脫離群眾的工作作風的，教育人民愛護國家財產的，批判單純技術觀點的等等，但是從題材上看，還不夠廣泛」，因此，希望讀者作者們「把小品文作為批評和自我批評的有力武器，大家來運用這個武器」[27]。一九五五年，《新觀察》編輯部為了滿足廣大讀者喜愛閱讀小品文的願望和幫助大家進一步運用小品文這個武器推動社會主義建設事業前進，特地將一九五三至一九五四年間在《新觀察》雜誌上所發表的小品文中較好的一部分，結集為「新觀察叢書」《小品文選集》出版。《北京日報》也將發表在副刊「文化生活」版上的

26　周作人：〈拿手戲〉，見《知堂集外文‧《亦報》隨筆》（長沙市：嶽麓書社，1988
　　年，第1版）。

27　編者：〈大家寫小品〉，《新觀察》1952年第12期。

隨筆小品文，編選成《乾隆遺風》、《送子娘娘》、《光臨指導》等書出版。

　　小品文的流行是有它深刻的現實意義和社會作用的。列寧曾說過，「報刊在從資本主義到社會主義的過渡時期的主要任務」，是「對於具體的作惡者」進行「切實的、無情的、真正革命的鬥爭」，他並且批評當時蘇聯的報刊，「我們很少注意工廠、鄉村、軍隊生活內部的日常方面，在那裡建設著新東西是最多的，在那裡需要最多的注意、宣揚、社會批評、對無用東西的痛斥」[28]。而二十世紀五十年代初期的中國，也正處在這樣一個過渡時期，報刊需要擔負起批評社會生活中消極現象的任務，諷刺的小品文正是報刊開展這一批評和自我批評的銳利有力的武器。如「新觀察書叢」《小品文選集》中的文章，所披露和批判的問題，都具有較普遍的意義：謝覺哉〈忙的問題〉分析一些機關工作忙亂的原因，指出根治的方法是不要瞎忙，不要事務主義地一個人忙，不要不分輕重緩急地亂忙；〈「助苗長」的故事〉指出《孟子》中「揠苗助長」的故事，對於那些不顧時間、地點、條件，主觀地一味「冒進」的人來說，是「當頭一棒」；謝雲〈戴著望遠鏡走路的人〉認為，凡是把遠景當成了現實，而看不清走向那個目標的具體道路，企圖「一步登天」的人，是沒有不跌跤的；仲蘊筆下的〈克己同志〉，星期天帶著妻子和孩子去看戲，寧願站很久等電車而捨不得多花一點錢去坐三輪車，可是當他「因公」進城辦事時，三兩步可以走到的路都坐三輪車，反正車錢回去可以報銷；盛達筆下的〈讀書人〉，是一個好買書而不看的人，他可以滔滔不絕地對別人稱讚《遠離莫斯科的地方》這本書如何如何好，實際上他還沒有翻過這本書！這些小品文所寫的都是日常生活中存在的普遍現象，因此，讀者感受很深，同時促使大家深刻反省。

28　〔蘇聯〕列寧：〈論我們報紙的性質〉，見《中國共產黨中央委員會關於在報紙刊物上展開批評和自我批評的決定》（北京市：人民出版社，1953年，第3版）。

在一些報刊登載小品文深受歡迎後，一九五四年四月十八日，《人民日報》發表了《中國青年報》負責人陳緒宗的文章：〈小品文──進行思想鬥爭最靈活的武器〉，詳細地介紹了蘇聯報紙上的小品文，很快地「蘇式小品文」便迅速地在中國各地報刊上蓬勃發展起來。從一九五四年六月八日發表曉園的〈權威思想〉開始，到一九五七年五月六日韓川的〈一個來見縣委書記的農民〉為止，《人民日報》三年中一共刊發了五十四篇「蘇式小品文」。當時《人民日報》內部在討論學習蘇聯《真理報》發表小品文的經驗時，曾一度準備設立小品文部。《人民日報》在一九五四年六月八日至十日的三天裡，連續發表了三篇小品文：曉園的〈權威思想〉、莊農的〈熱烈的廢話〉和蕭穎的〈「簡易收割機」設計的命運〉，都是指名道姓的批評；批評山東一位自己不遵守交通規則反而斥責公路檢查人員有「權威思想」的交通局長，批評一位在勞模大會閉幕式上講了兩個小時「熱烈的廢話」的黨委副書記，批評農業部農具處等四個單位將一位青年設計人員的「簡易收割機」設計圖紙踢了一年多的皮球而沒有結果。這幾篇小品文「雖然都是真人真事，但因事情都不算大，寫法也較簡單，近似讀者對基層某一事件的批評信，所以影響都不大」[29]。

一九五四年十一月二十六日，《人民日報》發表了韓川的〈部務會議〉，引起了較大的反響。這篇小品文批評了領導機關的官僚主義和形式主義作風，諷刺了開會紀律的鬆弛和會議內容的扯皮：部務會議下午兩點舉行，有人遲到，有人請假，有的雖然到會卻無準備，「臨陣磨槍」，匆忙翻閱文件，直到四點半部務會議才真正開始。結果在一個文件的措辭上咬文嚼字，是用「因而應該發展」，還是用「因之，必須發展」，爭論極為熱烈，各有各的見解，氣氛頗為活躍。臨到下班前，主持會議的副部長責成秘書處長根據大家的意見

---

29 袁鷹：〈再說「蘇式小品文」〉，《新聞出版報》1992年4月24日。

「做一次最後的修改……下次部務會議再討論一次」。文字借參加會議人員之口，說這樣的會開下去，一、可以不用思想，大家有機會休息腦筋；二、可以都不學習，將來一起落後；三、向一般幹部做樣子，表明領導方面是多麼緊張；四、「人民會說我們是官僚主義」。其他影響較大的小品文還有韓川的〈越滾越大〉，批評組織機構像滾雪球一樣越滾越大，人浮於事，問題越來越多；呼加諾的〈狗為什麼會叫？〉批評一些學習討論會流於形式，竟然扯到「狗為什麼會叫」的問題；陳勇進的〈在一個托兒所裡〉，從一些孩子和家人的言行裡，揭示了等級觀念的危害；林里的〈何副廳長養病記〉，揭發了廣東省公安廳一名副廳長小病大養，帶領幾名隨從，前呼後擁到上海「治病」，結果逛了南京逛無錫，逛了蘇州逛杭州，到處遊山玩水，揮霍公款。這些小品文「一出現，便受到讀者的歡迎與關注，成為熱烈議論的話題」，充分「顯示了『小品文』的生機和威力」[30]。

　　《中國青年報》也十分重視小品文的創作，並將一九五四年六月十日至一九五六年三月十一日間發表的小品文，精選出十九篇編成《誇耀自己的人》一書出版。這些文章對保守思想、官僚主義、自我吹噓、麻痺大意、不愛護公共財物、好逸惡勞、婚姻戀愛中的不正確思想作風，予以辛辣的諷刺和有力的批判。如祖禹、千里的〈誇耀自己的人〉，描繪上海一個工業部門的團委書記在上海市團代會上施展雄辯家的「才能」，巧妙而突出地吹噓自己份內的成績；郭梅民的〈「敏感」的領導〉，刻畫一位團市委李部長喜歡發現和總結新事物，卻總是停留在紙上；王克煜、王漢有的〈「快樂」的小偷〉，揭露團遼寧省義縣委員會深夜大門洞開，電燈未熄，讓小偷得以從容不迫地偷走物件；向紅的〈她不是你的私有財產〉，批評團員張書維夫權思想

---

30 藍翎：《中國雜文大觀（第三卷）》〈序言〉（天津市：百花文藝出版社，1994年，第1
　　版）。

嚴重，對妻子吳惠明從精神到肉體上進行殘酷的折磨。

　　《中國青年報》還在一九五五年十二月二十九日創設了「辣椒」副刊，刊登雜感、小品文、打油詩、諷刺歌等。從一九五六年五月二十日第十一期起，「辣椒」副刊增設「辣椒旅行記」專欄，發表系列小品文，「『辣椒』經常要到各地旅行，發現工作中的缺點和人們思想意識中的毛病，準備在報上批評」[31]。舒小兵（即舒展）的〈不要老是荷花舞〉、〈白司長來了之後……〉、〈雞蛋問題的後面〉等，都是「辣椒」副刊上影響較大的作品。如〈不要老是荷花舞〉批評舞蹈界有些同志陶醉在荷花舞的掌聲裡，不思進取，對於新舞蹈的創作和民間舞蹈的挖掘，表現了不應有的冷淡。作者指出，在社會發展日新月異的時代，如果還是天長日久地飄蕩著那幾朵荷花，那麼，舞蹈界將會出現一種新產品——「空頭舞蹈家」，他希望荷花舞不要成為舞蹈工作者懶惰的標誌。文章充分體現了「辣椒」大膽無畏、敢於發言，同時又是與人為善、幽默樂觀的風格。「辣椒」副刊持續到一九五七年六月十八日第五十一期被迫停刊，原因是《中國青年報》在對「整風以來的錯誤」進行反省時認為，該報所犯「錯誤」「不僅表現在整風以來這段時間中，在過去也時有發生，其最為突出的是表現在本報的『辣椒』副刊的不少文章中」，因此決定「辣椒」副刊停辦並「進行專門的檢查」[32]。

　　「野火燒不盡，春風吹又生」。在二十世紀八十年代，「辣椒」副刊又迎來了它的第二個春天。自一九八一年初復刊以來，直到一九九四年十二月二十五日終刊。四十年來「辣椒」副刊共持續了四〇一期，取得了豐碩成果，並於一九八五年榮獲全國好新聞評選一等獎，一九九三年榮獲全國報紙副刊好專欄第一名。「辣椒」副刊復辦以來

31　〈告讀者〉，見一九五七年七月十五日《中國青年報》第十八期「辣椒」副刊。
32　本報編輯部：〈整風以來本報幾個錯誤宣傳的初步檢查〉，《中國青年報》1957年7月9日。

的精彩篇章，已收入江蘇文藝出版社出版的《當代諷刺小品精萃》一書。

　　二十世紀五十年代中期，除了全國各地報刊爭相設置小品文專欄外，許多出版社還翻譯出版了一系列蘇聯小品文集，如北京出版社的《一朵空花》、《文明的教育》、《烏姆雅金廠長》、《演說家的懺悔》、《別徒霍夫外傳》、《新年的巧遇》、《公文的崇拜者》、《家醜不可外揚》、《幸運的妻子》、《兒子和爸爸》、《家庭的秘密》，上海文化出版社的《偽君子》、《演說稿》、《喜新厭舊》，上海新知識出版社的《有其父必有其子》、《飛黃騰達的開始》，山東人民出版社的《仁慈的老爺》等。這些蘇聯小品文，有對官僚主義者、本位主義者、自私自利者進行尖銳的諷刺和嘲笑，有對某些青年人在戀愛、婚姻問題上所表現的極其庸俗、輕率態度的批評，有以兒童教育為主題的，等等。它們對中國小品文作者學習和借鑑蘇聯小品文的經驗，起到了積極的推動作用。

　　一時之間，小品文創作取得了豐碩成果，從一九五五年一月到一九五八年三月止，三年間，全國各地出版社共結集出版了三十多種小品文集，如北京大眾出版社的《週末》、《乾隆遺風》、《送子娘娘》、《光臨指導》、《這不是私人的事情》，新文藝出版社的《秘密被拆穿以後》、《弄巧成拙》、《沒有「戲」的戲》、《一錢不值》，福建人民出版社的《小品文選》（一至三集）、《「凡人」意見》，浙江人民出版社的《如此科長》，作家出版社的《小品文選集》，貴州人民出版社的《小品文選集》，河北人民出版社的《幫忙》、《馬大哈式的大夫》，黑龍江人民出版社的《小品文選集》，新知識出版社的《我們的老師也這樣》、《「石油河」的秘密》，雲南人民出版社的《「老爺」碰壁記》，江蘇人民出版社的《幻想中的富翁》、《一連串的奇怪》，遼寧人民出版社的《看看他的靈魂深處》，安徽人民出版社的《輪船上有這樣一種人》，金融出版社的《農村金融小品文選》，上海文化出版社的《生

活細節》、《「妙計」破產》、《愛做報告的人》，廣西人民出版社的《高
潮卷來的客人》，中國青年出版社的《誇耀自己的人》，河南人民出版
社的《百分之三十》，湖北人民出版社的《「老爸爸」的心事》，長江
文藝出版社的《蛋糕的命運》等。這種諷刺性和幽默性的「蘇式小品
文」被普遍當作批評和自我批評的銳利武器，廣泛使用，「舉凡社會
主義建設和社會主義改造事業中一切不良現象，以及人們思想和生活
中的一切不良傾向，都進行了比較深刻的批判和諷刺。小品文的作者
也很廣泛，幾乎在各種工作崗位的各種工作的人都有，因而它在社會
上有很大的影響，對偉大的建設工作和人們的思想改造起了一定的作
用」[33]。

　　但是，由於「蘇式小品文」侷限於真人真事的批評，因而不如只
對事不對人的雜文靈活，再加上它所反映的內容，必須由所涉及單位
黨委核實後才能發表，它本身的侷限性越來越明顯，尤其到後來，越
來越流於批評雞毛蒜皮的小事。作為文學形式，「蘇式小品文」的路
子太狹窄了。到了一九五六年，這種小品文就被大量興起的中國式小
品文（雜文）取而代之了。

---

33 新觀察叢書編輯委員會：《小品文選集》〈後記〉（北京市：作家出版社，1955年，
　　第1版）。

第三章
二十世紀五十年代中期的雜文

第一節　《人民日報》及其他報刊雜文

　　一九五六年四月，毛澤東提出指導和促進科學文化和文學藝術繁榮發展的「百花齊放，百家爭鳴」方針（簡稱「雙百」方針），「我國報刊的宣傳使命決定了它聞風而動的特點。一九五六年四、五、六月間，一些報刊已經零星地出現了雜文，如《新華日報》、《遼寧日報》、《人民日報》、《文藝報》等」[1]。《新華日報》於一九五六年四月創辦的「刺蝟」副刊，就設有「雜談」、「小品文」和「諷刺詩」等欄目。四月七日的《新華日報》刊發了馬後炮（劉僕）的一組〈讀史雜感〉，是借古諷今的佳作：〈弭謗〉從周厲王實行虐政，致使人民敢怒不敢言，最後被推翻的結局，提倡發揚民主，不要把忠言當怨言，動輒給提意見的人戴上「說鬼話」、「發牢騷」、「自由主義」甚至「對抗領導」的大帽子，否則後果是危險的；〈不毀鄉校〉稱讚春秋時代鄭國的子產是個有遠見的政治家，希望那些高高在上的領導者也傾聽群眾呼聲，改進領導；〈忠於事實〉號召人們向記錄「崔抒弒其君」的史官學習，忠於歷史事實，不為暴力所屈；〈雞鳴狗盜〉通過孟嘗君逃離秦國的故事，告訴人們不要輕視有一技之長的人。朱家璧（于鐵）於一九五六年四月十八日、二十日和三十日，分別在《遼寧日報》上發表了三篇頗有諷刺力度的雜文〈談冷心腸〉、〈最好看的樣

1　藍翎：《中國雜文大觀（第三卷）》〈序言〉（天津市：百花文藝出版社，1994年，第1版）。

式〉和〈敢於說真話〉。第一篇雜文批評了現實生活中那種冷冰冰的官僚主義者，他們滿嘴冠冕堂皇的教條和口號，內心裡卻不關心人，用冷漠的態度對待人民群眾的痛苦和要求；第二篇雜文揭露瀋陽一些服務行業保守僵化的工作態度，提醒他們要及時轉變經營思想，以滿足人民大眾的需要；第三篇雜文針對幹部隊伍中存在的豪言壯語、漫天扯謊、挫傷群眾的生產積極性的現象，主張實事求是的工作作風，「不管在什麼樣的歪風邪氣裡，也不要管面對的是誰，不顧個人得失，敢於說真話，勇於說出別人十分不願聽而對革命事業十分有利的話」。

真正在全國範圍內產生深遠影響的是巴人（王任叔）的雜文名篇〈況鍾的筆〉，這篇雜文是為了配合昆曲《十五貫》在北京的上演，於一九五六年五月六日刊發在《人民日報》上。一九五六年四月，浙江省蘇昆劇團在北京連續演出了四十六天《十五貫》，出現了轟動京華、滿城爭說的空前盛況。由於周恩來總理的提倡、宣傳，毛澤東等領導人都先後觀看了《十五貫》。毛澤東看完戲後從政治上給予充分的肯定，他說，這是個反官僚主義的好戲，戲裡邊那些形象我們這裡很多，那些人現在還活著，比如過於執，在中國可以找出幾百個來。周恩來總理也指出：「《十五貫》一針見血地諷刺了官僚主義、主觀主義，是成功的。」「現代戲沒有一個能這樣深刻地批判官僚主義和主觀主義的。」[2]一時間，文藝界不少人寫文章，從不同角度論述這個戲的成就及其實際意義。況鍾走進人們的生活，成為大家議論的人物。在巴人〈況鍾的筆〉發表後不久，就有讀者寫信給《人民日報》稱：「這是一篇出色的雜文，我曾經一連讀了三遍。我希望像這樣針砭時弊的文章，《人民日報》能經常刊登，希望老一輩的作家——像

2　黎之：〈回憶與思考——從「知識分子會議」到「宣傳工作會議」〉，《新文學史料》
　　1994年第4期。

巴人等，今後多多使用雜文這一銳利的武器。」[3]

為了適應新形勢的需要，《人民日報》從一九五六年七月一日全面改版，由原來基本上照搬蘇聯《真理報》模式的四個版擴大為符合中國國情和報紙傳統的八個版，其中第八版是文藝副刊，「副刊的任務之一是繼承和發揚『五四』以來的雜文傳統，在『雙百』方針的號召下，繁榮當代雜文創作，以改變前些年雜文創作的沉寂局面」[4]。因此，改版第一天副刊稿約的第一條就是：「短論、雜文、有文學色彩的短篇政論、社會批評和文化批評」[5]。應該說，改版後的《人民日報》在大膽提倡和刊登雜文這一點上，對全國報刊起了帶頭作用，打破了一九四九年以來報刊忽視批評性雜文的偏向，推動了當代雜文創作的第一次繁榮興旺。正如作家黃秋耘所指出的：「五十年代前期，舉國一致地從事社會主義的改造和建設，人人都丹心似火，壯思欲飛，隨著『百花齊放，百家爭鳴』口號的提出，作為人民代言人的文學家更感到創作和言論的自由，寓意抒懷，無所顧慮，尤其是雜文的創作，更是筆氣縱橫，豪情洋溢，佳作紛呈，名篇迭出。」[6]

據時任《人民日報》雜文編輯藍翎統計，從一九五六年七月一日到一九五七年六月六日，不到一年時間裡，《人民日報》文藝副刊共出了三〇三期，發表雜文五百多篇，作者二百餘人。篇目之多，作者之眾，影響之大，實屬空前。許多著名作家都參加了雜文創作，如郭沫若（龍子）、茅盾（玄珠）、葉聖陶（秉丞）、周建人、巴金（余

3　沈展：〈希望作家多寫雜文〉，《人民日報》1956年7月1日。

4　藍翎：〈誰來「打炮」〉，見《亂侃白說》（北京市：中國華僑出版社，1993年，第1版）。

5　見《人民日報》一九五六年七月一日第八版「讀者・作者・編者」欄中〈副刊需要哪些稿件？〉，其中「文化批評」原為「文學批評」，七月三日「讀者・作者・編者」欄中刊出更正，改為「文化批評」。

6　黃秋耘：〈天下有道則庶人議〉，見《當代雜文選粹・黃秋耘之卷》（長沙市：湖南文藝出版社，1987年，第1版）。

一）、夏衍（任晦）、老舍、艾青、臧克家、田漢、何其芳（桑珂）、鄧拓（卜無忌）、林淡秋（丁三）、袁水拍（山柏、司馬牛）、曾彥修（嚴秀、蕭時聰）、蕭乾、王子野（胡椒）、屠岸、費孝通、巴人（馬前卒）、吳伯簫、馮文炳、沙鷗、鍾惦棐（金繡龍）、唐弢、賽先艾、舒蕪（夏肅、尉遲葵、完顏荔）、陳笑雨（馬鐵丁）、宋雲彬、秦似、秦牧、陳夢家、米谷、樓適夷、劉大杰、劉思慕、谷斯範、平心、高植（祖國春）、韋君宜、陳翰伯（梅碧華）、徐懋庸（弗先、回春、徐選牲、彭鼎、王緯、萬松、樊康、勞於農）、曹禺、謝覺哉、陳學昭（野渠）、陳登科、荒蕪、許欽文、戴不凡、孔另境、李銳（孫元范）、吳祖光、劉白羽、康濯、傅雷、方成、孟超、李長路、李健吾（石㣤之、丁一萬）、謝興堯、謝逸、魏金枝、孔羅蓀（葉知秋）、王中（張德功）、周作人（長年、啟明）等。還有一批剛學寫雜文的「小字輩」也加入了這支雜文創作大軍，如唐達成（李業）、鮑昌、樊駿（凡人）、邵燕祥、藍翎（何棄、公羊庚、司徒癸）、鄧友梅、焦勇夫（汗夫）、洪禹平（南山）、陳澤群、樊籬（程萬里）、繆群、姚文元等。

　　這一時期《人民日報》的雜文題材廣泛，內容豐富，雜文家暢所欲言，禁忌甚少。雜文中有不少是為「雙百」方針搖旗吶喊，鳴鑼開道的，如一九五六年七月一日至三日最早刊登的三篇雜文都是有關「百花齊放，百家爭鳴」和「獨立思考」的：何其芳的〈批評和障礙〉、長路的〈宰相肚皮〉、茅盾的〈談獨立思考〉，其中茅盾在雜文中談到，教條主義和個人崇拜都是獨立思考的敵人，只有廣博的知識和民主的精神才能孕育哺養獨立思考。接著巴金在七月二十四日和二十八日的《人民日報》上發表兩篇雜文：〈「鳴」起來吧！〉和〈獨立思考〉，作為回應。他在前一篇雜文中指出，「百家爭鳴」並不是運動，也不是大張旗鼓一下子就可以取得成績、勝利結束的，這是學術研究和學術討論的長久方針，因此，不要給爭鳴定下清規戒律，也用

不著害怕「亂鳴」，而應該大膽地讓大家齊鳴！在後一篇雜文中，巴金談到有些人自己不習慣「獨立思考」，也不習慣別人「獨立思考」；他們把自己裝在套子裡面，也喜歡硬把別人裝在套子裡面；他們拿起教條的棍子到處巡邏，要是看見有人從套子裡鑽出來，就亂打悶棍，他們的棍子造成了一種輿論，培養出來一批應聲蟲；但是，作者指出：教條代替不了「獨立思考」，只要大家真的大「鳴」起來，教條主義者的棍子也只好收起來了。此外，像唐弢的〈孟德新書〉，平心的〈旗鼓〉，徐懋庸的〈對於百家爭鳴的逆風〉、〈百家爭鳴的效果〉、〈同與異〉、〈應該讓別人說完〉，許欽文的〈走彎路〉，張嘯虎的〈說「鳴」〉，周作人的〈談毒草〉，臧克家的〈以耳代目之類〉等雜文，也都圍繞著「雙百」方針展開論述。雜文家既歡呼「各色旗幟競飛，各方鼓聲齊鳴」、振奮人心鼓舞士氣的新景象，同時也提醒人們警惕「百家爭鳴的逆風」，避免「走彎路」。

當然，這一時期《人民日報》上的雜文主要是批評時弊和現實問題，「它們對我們的社會現象和各方面工作的缺點正是起一種『社會批評』和『文明批評』的作用，是繼承和發揚了魯迅的分析和批評精神的」[7]。葉聖陶的〈「老爺」說的準沒錯〉，分析了現實中存在的「偶像崇拜」和「個人崇拜」的社會心理結構；夏衍的〈「廢名論」存疑〉，諷刺只強調共性不顧個性、無論幹什麼都搞一刀切的教條主義做法，由於這篇雜文切中要害，「就不免引起問題」，作者為此「擱筆了一個時期」[8]；謝覺哉的〈「部長」與「抄寫」〉，批評了黨內一些辦事不認真、責任心不強的領導幹部；蕭乾的〈「上」人回家〉，刻畫了一位說話四平八穩，面面俱到，滿口離不開「原則上」、「基本上」這些字眼的「上」人先生的形象；傅雷的〈增產節約的要點在哪

7　曾彥修：《中國新文藝大系（1949-1966）・雜文集》〈導言〉（北京市：中國文聯出版公司，1991年，第1版）。

8　夏衍：〈雜文復興首先要學魯迅〉，《新觀察》1982年第24期。

裡？〉，提醒人們除了防止物資的浪費外，更重要的是要杜絕「人的浪費」，「因為人是最基本的工作母機」；藍翎的〈「高低貴賤」論〉，從那些在孩子中間劃分「高低貴賤」的人身上，挖出了思想深處埋藏著封建的等級觀念的殘餘；李銳的〈大魚網主義〉，抨擊了現實生活中普遍存在的好大喜功的行徑；邵燕祥的〈為官容易讀書難〉，指出如果領導幹部不努力學習，思想僵化，精神空虛，是很容易成為一名官僚主義者的；此外，如嚴秀的〈官要修衙，客要修店〉、〈九斤老太論〉，舒蕪的〈請照「女四書」的鏡子〉、〈俯仰之間——X 局長日記鈔〉，吳祖光的〈相府門前七品官〉，秦似的〈比大和比小〉，方成的〈過堂〉，菡子的〈為小蘭呼冤〉，徐懋庸的〈老實和聰明〉、〈不要怕民主〉、〈不要怕不民主〉，巴人的〈「多」和「拖」〉、〈上得下不得〉，樊駿的〈愚人食鹽〉、〈批評的「資格」〉、〈在自相矛盾的「理由」的後面〉，等等，都是對一切形式的官僚主義、教條主義、主觀主義、宗派主義進行尖銳有力的批評揭露，充分發揚了雜文的戰鬥精神。

在《人民日報》的帶動和影響下，全國各地許多報刊相繼開闢雜文專欄，發表了不少精彩的雜文篇章，如《解放日報》上，巴金的〈恰到好處〉、〈論「有啥吃啥」〉，唐弢的〈另一種「有啥吃啥」〉，王中的〈冤哉，馮驊〉等；《文匯報》上，王中的〈盲腸和嘴巴〉，徐懋庸的〈續論悲劇〉、〈後事如何〉，胡明樹的〈鴨子和社會主義，歷史文物和迷信，豬和徐錫麟……〉等；《新民報·晚刊》上，林放的〈一篇功德無量的文章〉、〈「費厄潑賴」可以施行了〉、〈不可一日無此花〉等；《新華日報》上，姚北樺（高空蔚）的〈關心人！〉、天冀的〈曬肚皮〉、丁家桐的〈療毒和刮骨〉等；《長江日報》上，陳澤群的〈有愧與無愧之間〉、〈倚牆為生的人〉等；《南京日報》上，李克因的〈從〈樊江關〉裡的一段插話想起的〉、蘇雋的〈電子腦〉等；《文藝報》上，鍾惦棐的〈電影的鑼鼓〉、嚴秀的〈論睜眼看世界〉、蘇雋的〈況鍾的煙頭〉等；《新觀察》上，茅盾的〈盲從和「起

哄」〉，秦似的〈學習泛感〉、〈放的早遲〉，巴人的〈略談生活的公式化〉，廖沫沙的〈亂彈雜記〉等；「這充分證明『雙百』方針的感召力，也證明了雜文作家有潛在的激情和創作才能。他們關心天下大事，關心人民疾苦，愛恨分明，奮筆疾書，心無餘悸，更無預悸，一片真情，天地可表，真正體現了『知識分子的早春天氣』下的創作心態」[9]。

　　這一時期雜文的「百花齊放」，還突出表現在一大批文學刊物為雜文開闢了新的園地，許多老作家和新作者都活躍在這些園地上。中華人民共和國成立後在一些文學刊物上見不到雜文，跟一些不正確的說法有關，「雜文非文學正宗，進不了高尚的文學樓臺的說法，早經魯迅先生等一再批判過了，但至今仍不能說沒有一點兒影響」[10]。但是，這種情況在一九五六年「雙百」方針提出後有了很大的變化，許多文學刊物開始重視發表雜文作品。如一九五六年七月創刊的《新港》，在創刊號上就開闢了「自由談」和「無花的薔薇」兩個專欄，前者側重在評論探討的文章，凡相互商榷的觀點，一己之得的見解，都可自由而談，為「百家爭鳴」開闢一個小園地；後者則以諷刺性文章為主，尤其歡迎言有所指，攻有所據的雜文、隨感、諷刺詩、寓言等各種形式的作品。編者「希望能有更多的作者在這裡暢談自己的文學見解，並把像匕首一樣鋒利的雜文，投寄到編輯部來」[11]。巴人的〈論人情〉、藍翎的〈漸入淨化境——文苑三舍外揣古〉、樊駿的〈深夜的燈光〉、秀蒼的〈觀《雪玉冰霜》有感〉、慕一的〈「師爺」們的話〉等，都是其中的佳作。《人民文學》從一九五六年八月號開始設

9　藍翎：《中國雜文大觀（第三卷）》〈序言〉（天津市：百花文藝出版社，1994年，第1版）。

10　林淡秋：《散文小品選（1956）》〈序言〉（北京市：人民文學出版社，1957年，新1版）。

11　見〈這一期〉，《新港》1956年7月15日創刊號。

立「短論」專欄，先後發表了茅盾的〈從「找主題」說起〉、樊駿的〈既然……那末……〉、甲乙丙的〈三個和尚的牢騷〉、白榕的〈主觀主義的調味派〉、黃秋耘的〈不要在人民的疾苦面前閉上眼睛〉等一批力作，並在一九五七年七月號改「短論」欄為「雜文」欄，發表了徐懋庸的〈「蟬噪居」漫筆〉等五篇作品。一九五六年四月創刊的《延河》，從八月號起也設置了雜文和諷刺詩專欄，發表了洪永固的〈搬掉文學批評工作的擋腳石〉、秦客的〈從「砸洋炮」想到的〉和唐才興的〈有這樣一位工區主任〉。編者在「編後記」裡說：「雜文和諷刺詩是富有戰鬥性的文學形式，是犀利的短劍。在今天，我們的生活中，還存在著不少應該閹割和清除的落後現象。我們需要雜文和諷刺詩！不但需要用它們來打擊敵人，也需要用它們來揭發我們自己的缺點。……我們希望能夠多收到這一類稿件。」從一九五六年下半年開始為雜文開闢新的園地的文學刊物還有：《邊疆文藝》一九五六年八月號起設立「評論·隨筆」專欄，《遼寧文藝》一九五六年八月二十日第十六期起設立「雜感·小品」專欄，《貴州文藝》一九五六年九月十日第十七本起設立「雜談·隨筆」專欄，《陝西文藝》一九五六年十一月號起設立「漫談·隨筆」專欄，等等。

　　在「雙百」方針鼓舞下，一九五七年新創辦的一批文學刊物，也非常重視雜文。一九五七年一月一日創刊的《星火》，設有「啄木鳥」專欄，刊登各種形式的諷刺作品，編者在「編後記」裡說這個欄目「歡迎是非鮮明，大膽干預生活的雜文、小品」；一九五七年一月由《河北文藝》改版創辦的《蜜蜂》，設有「百花叢裡」雜文專欄；一九五七年一月創刊的《雨花》，設有「雜感·隨筆」專欄，並在創刊號上發表了巴人的〈「敲草榔頭」之類〉等七篇作品；一九五七年一月創刊的《東海》，設有「雜文·寓言」專欄；一九五七年一月創刊的《奔流》，設有「雜感·隨筆」專欄，創刊號上發表了欒星的《不能使作家抬著驢子走》等四篇作品；一九五七年一月創刊的《芒

種》，在創刊號上發表了弘徵（衡錘）的《何好事之多磨？》等三篇雜文，體現了刊物「辛辣大膽，干預生活」的宗旨；一九五七年一月十六日由《貴州文藝》改版創辦的《山花》，在創刊號的稿約中就提到雜文、隨筆，而且也設置了「短論．雜文」專欄，發表了張畢來的《夜讀抄》、蹇先艾的《略論編輯改稿》等作品，編者在三月號的「編後記」中說：「雜文、隨筆是讀者所喜愛的，我們登出了四篇，作品的風趣和發掘問題的深度還顯得不夠；希望能引起大家在這方面的興趣，使來稿增多起來。」．

可以說，正是這一大批的報刊對雜文的大力提倡，促使二十世紀五十年代中期雜文陣地迅速擴大，並推動了當代第一次雜文創作高潮的蓬勃發展。令人遺憾的是，隨著一九五七年六月反右鬥爭的興起，「左」的思想進一步抬頭，百花齊放、百家爭鳴的生動活潑的局面遭受破壞，「正直的講求實事求是的雜文作家，骨鯁在喉變成了欲言無語，熱血沸騰變成了心灰意冷，筆端的左右逢源變成了思泉難以宣洩暢流，雜文發展不能不走向低潮，幾乎全國報刊的雜文專欄都被當作毒草除掉了。」[12]

第二節　徐懋庸的雜文

徐懋庸（1911-1977）是二十世紀三十年代「左聯」時期的雜文新秀，與唐弢並稱為「雙璧」，名重一時。中華人民共和國成立後，他曾擔任中南軍政委員會委員，武漢大學黨委書記、副校長，中南文化部副部長，中南教育部副部長等職，一九五七年調任中國科學院哲學研究所研究員。徐懋庸的雜文寫作，自抗日戰爭起到一九五六年「雙百」方針貫徹之前，幾乎停筆了二十年，「主要的原因，是抗日

---

12 高起祥、俞長江：〈建國以來雜文發展歷史的回顧〉，《學習與研究》1982年第12期。

戰爭發生，就到敵後抗日根據地，幹別的一些行當去」[13]，而一九四九年中華人民共和國成立後，由於「氣候的關係」，「噤若寒蟬」[14]。直到一九五六年七月，「《人民日報》改版，在八版上又出現了雜文，我在漢口，讀著讀著，有一天忽然又發生了一個想頭，現在的雜文，似乎我也可以寫一點，於是寄了一篇去，用的是假名，也沒有告訴他們通訊地址」[15]，這就是徐懋庸重操舊業，以「弗先」為筆名所寫的第一篇雜文〈想到《活捉》〉。在《人民日報》編輯的鼓勵下，徐懋庸把積壓胸中多年的一些感想陸續形諸筆墨。從一九五六年十一月到一九五七年八月不足一年的時間裡，徐懋庸在北京、天津、上海、武漢等地的報刊上發表了近一百篇雜文，其中僅《人民日報》就發表了三十三篇雜文，徐懋庸成了二十世紀五十年代中期雜文創作的重要作家。一九五七年徐懋庸曾將部分雜文編成《打雜新集》，交付北京出版社出版，後因「反右」未能印出。一九八三年二月由三聯書店出版的《徐懋庸雜文集》和一九八四年一月四川人民出版社出版的《徐懋庸選集》第二卷，都收入了徐懋庸一九四九年後的大部分雜文作品。

　　徐懋庸不僅是一九四九年後一位成就突出的雜文作家，而且還是少數幾個在雜文理論上卓有建樹的代表人物之一。他的〈小品文的新危機〉、〈我的雜文的過去和現在〉、〈關於雜文的通信〉等文章，都是當代雜文理論建設史上的重要篇章。尤其是〈關於雜文的通信〉，對促進當代雜文學的研究具有深遠的意義。他在這篇文章中談到，如果要研究「雜文的作法」，馬克思的〈評普魯士最近的書報檢查令〉是「最好的課本」。在〈評普魯士最近的書報檢查令〉裡，馬克思寫了這樣一段話：

---

13 徐懋庸：〈我的雜文的過去和現在〉，《人民文學》1957年第7期。

14 徐懋庸：〈「蟬噪居」漫筆序〉，《人民文學》1957年第7期。

15 徐懋庸：〈我的雜文的過去和現在〉，《人民文學》1957年第7期。

真理是普遍的，它不屬於我一個人，而為大家所有；真理佔有
我，而不是我佔有真理。我只有構成我的精神個體性的形式。
「風格就是人。」可是實際情形怎樣呢！法律允許我寫作，但
是我不應當用自己的風格去寫，而應當用另一種風格去寫。我
有權利表露自己的精神面貌，但首先應當給它一種指定的表現
方式！……指定的表現方式只不過意味著「強顏歡笑」而已。

徐懋庸認為，馬克思這段話中有兩個論點對雜文的寫作有指導意義。
一是寫雜文的人必須懂得一個道理：寫雜文也是反映真理，雜文家必
須張揚和捍衛「為大家所有」，即為人民擁護，並能給人民帶來福利
的真理。南宋愛國詩人陸游有兩句詩道：「萬事不如公論久，諸賢莫
與眾心違。」說的也就是這個意思。徐懋庸說，魯迅先生的雜文，雖
然是對一時一事而發的，但因其中有真理，所以也能垂諸久遠。二是
真理在雜文裡，必須通過作者的「精神個體性的形式」而表現出來，
即通過每個作者特有的風格而表現出來。所謂「風格」，不僅僅是技
巧的問題，「風格就是人」，就是人的思想、品質、個性以及他的知識
內容和表現方法的統一。馬克思在〈評普魯士最近的書報檢查令〉中
還說過，人們「讚美大自然悅人心目的千變萬化和無窮無盡的豐富寶
藏……並不要求玫瑰花和紫羅蘭發出同樣的芳香」，所以也不應該
「要求世界上最豐富的東西──精神只能有一種存在形式」。因此，
徐懋庸說，雜文的內容可以多樣，形式和色澤也不拘一格，可以有哲
學的思辨，科學的論證，小說的刻畫，詩歌的抒情，戲劇的糾葛。總
之，雜文創作應該「堅決地宣揚真理，真理所在，當仁不讓；在任何
條件下不移、不淫、不屈」，同時追求藝術風格的多樣化。這就是徐
懋庸從馬克思那裡得到的遺教。
　　徐懋庸是這麼認為，他在現實生活和雜文創作中也是這樣實踐
的。可以說，徐懋庸在雜文中傾注了他全部的人格力量。「他為人爽

直，善於思索，愛對工作提出自己的看法和意見；話不一定順耳，但仔細聽取，會有好處；有的時候，見解有獨到處，並且敢於講出別人不敢講的話」[16]，「他堅持真理，立場不變，實事求是，有一說一有二說二，不看風使舵，不諉過於人，不怕打擊，不畏權勢」[17]，「他有一股不斷追求真理的勇氣，在最險惡的環境下，他經受住了嚴峻的考驗，他堅持真理而不移、不淫、不屈」[18]。徐懋庸雜文的文風和他的人格是一致的，文如其人。他一生堅持真理，襟懷坦白，對邪惡決不妥協。正如他自己所說：「據我看，社會越發展，光明愈強烈，人們對於黑暗還要更敏感，更不能容忍，更要經常揭露，這沒有壞處，只會有好處的。」[19]因此，他的雜文充滿戰鬥精神，具有強烈的社會批判性，對假、惡、醜的揭露、批判、諷刺，態度鮮明，絕不含糊吞吐。

徐懋庸這一時期的雜文，矛頭主要指向官僚主義、教條主義、宗派主義和它們的根子封建主義，他對特權思想、不民主的作風、不尊重科學的蠻幹行為進行了尖銳的批評和猛烈的抨擊。在〈對於百家爭鳴的逆風〉一文裡，徐懋庸談到一個兩三百人參加的科學討論會，就「我國現在資產階級與無產階級的矛盾的性質」、「我國現在生產關係與生產力的關係」等一些熱點問題展開熱烈討論，不同的意見都持之有故，言之成理，大家的興趣很高。可是，會議結束時，一位領導人作總結，他批評到會的人太多，有些問題不值得討論，並對「我國現在資產階級與無產階級的矛盾的性質」下結論，認為這矛盾是對抗性

16 任白戈：《徐懋庸雜文集》〈序〉（北京市：讀書・生活・新知三聯書店，1983年，第1版）。

17 任白戈：〈徐懋庸及其作品〉，見《徐懋庸回憶錄》（北京市：人民文學出版社，1982年，第1版）。

18 王韋：《徐懋庸雜文集》〈後記〉（北京市：讀書・生活・新知三聯書店，1983年，第1版）。

19 徐懋庸：〈對〈何謂干預生活〉的補充〉，未刊稿，見《徐懋庸選集》第二卷（成都市：四川人民出版社，1984年，第1版）。

的，而且別人「駁不倒」。作者指出，這位領導人所代表的風氣，對於百家爭鳴，是一股逆風。這逆風的成分是「老子天下第一」加上「專橫」。在〈真理歸於誰家〉一文中，徐懋庸認為，任何個人，不管有產、無產，黨員、非黨員，前輩、後學，都不要事先肯定自己是真理的獨佔者，而要肯定每個人都有發現真理的可能，正確的態度是：服從真理，不管是誰發現的；修正錯誤，儘管是自己所犯的。只有經過百家爭鳴，「去粗取精，去偽存真，由此及彼，由表及裡」，才能分清是非真假，才能驅除官僚主義、主觀主義、教條主義、宗派主義的陰影，而使科學繁榮，真理成為人民大眾的公器。

　　在〈教條主義和心〉一文中，作者刻畫了「自以為階級性強，原則性強，掌握大道理，反對小道理」的教條主義理論家的形象：有的青年在看蘇聯電影和話劇之餘也看看舊戲，就被批評為低級趣味；有的青年讀讀《紅樓夢》，就被指摘為庸俗傾向；你同一個知心朋友常在一起玩麼？私人拉攏！你因為有事不參加集體的遊園會麼？自由主義！在去年，你穿舊布制服，那就是頑固保守，而且大大使社會主義社會減色；而今年，你把去年勉強置備起來的花衣服還穿著麼？那就是腐化墮落；你不愛同組織介紹你的老幹部結婚麼？資產階級觀點！你對土地改革以後老老實實但沒有勞動力的父母供給一些生活費麼？敵我界限劃不清！你在自己的小小工作崗位上安心愉快地工作麼？沒有遠大理想！你立志想做一個專家麼？名利觀念！文章最後指出了教條主義的嚴重危害性：教條主義者被許多空洞的教條塞住了自己的心，因此，他們的心就不能體驗到實際生活的意義，更不能感覺別人的心的跳動。他們自己在玩弄教條中，也許感到抽了鴉片似的昏昏沉沉的快樂，而想不到別人──尤其是青年們卻被他們的教條薰得昏昏沉沉的痛苦。

　　徐懋庸的這些雜文「其銳利、潑辣不減當年，但更深沉、更周密、更冷靜，文字也更樸實、老練。這些雜文無疑是徐懋庸最成功的

作品，也是新中國成立後雜文領域中最富有戰鬥力的篇章。它的意義，不僅僅限於它所揭露和諷刺的，而在於表明了一個雜文作家所應當堅持的戰鬥方向和雜文在新時期所應當發揮的戰鬥力量」[20]。

確實，徐懋庸雜文的社會批判精神不僅僅停留在揭露問題和針砭現實上，而是更為深刻地表現在對事物本質的剖析上，「論時事不留面子，砭錮弊常取類型」。如〈武器、刑具和道具〉一文，從刀在不同人手上分別充當武器、刑具和道具的不同用途，分析了古今中外三種「理論家」：一種是真正以理論為武器，在交鋒中分勝負的戰士；一種是以「理論」為刑具，具有一顆極殘酷的心的劊子手；一種是以「理論」為道具，耍些「花招」，為了賺錢的藝人。作者對第二種「理論家」的剖析特別深刻，一針見血，入木三分：「假如，對於並不是一個敵人的人，用了種種的力量，使之處在毫無爭辯的地位，然後從捕風捉影的『確鑿根據』出發，而無情批判之，殘酷鬥爭之，指為假馬克思主義，判為反動，終於取得『偉大的勝利』；那麼，這『勝利』，也不過是劊子手的勝利，而『勝利者』的『理論』呢？恐怕不一定是好刀。」經歷一九四九年後歷次運動的人們，對此當會有更深刻的體會，徐懋庸自己就是「敗在」姚文元之流劊子手式的「理論家」手下。因此，雜文家牧惠說，徐懋庸的雜文使人感到他特別敏銳，他在雜文中提到的一些問題，「不僅在今天仍有現實意義，而且還有新鮮感，其中甚至還包括著有待啟蒙的課題」[21]。

徐懋庸一九四九年後的雜文比他二十世紀三十年代的創作更加尖銳、深刻，他自認為那時的思想和見識，遠比二十世紀五十年代「貧乏和淺薄」，有些篇章「意思不多，而敷衍成篇」，「現在自以為進步之

20 張以英等：〈徐懋庸：一枝鋒利、潑辣的筆〉，見《中國現代散文一百二十家札記》（桂林市：灕江出版社，1987年，第1版）。

21 牧惠：〈不幸言中的〈小品文的新危機〉〉，見《雜文雜談》（長沙市：湖南人民出版社，1988年，第1版）。

處，就是儘量用較少的文字來說較多的感想」[22]，即「有感而發」[23]。
這與他勤奮好學，獨立思考，特別是對馬克思主義哲學的深入研究分
不開的。徐懋庸善於運用辯證法，在雜文中抓住矛盾，從對立雙方分
析事物的本質。如〈批評和團結〉、〈老實和聰明〉、〈簡單與複雜〉、
〈英雄的意志和感情〉、〈敵與友的關係〉、〈同與異〉、〈社會的愛護和
自己的奮鬥〉、〈「思」和「隨」〉等文，都是從社會人生的一系列矛盾
現象中分析出問題的實質和關鍵，使讀者不得不折服於他的哲學思辨
力。尤其是在〈不要怕民主〉和〈不要怕不民主〉這兩篇雜文裡，作
者針對一些人對民主所持的片面、狹隘的觀點，進行了辯證的分析：
對於當權者來說，要主動給人民以社會主義民主，而不要怕人民要民
主、有民主。人民有權，敢講話，我們的事業才能興旺發達；人民都
當阿斗，萬馬齊喑，任憑官僚主義者的主宰和擺佈，國家必定衰敗。
另一方面，對人民群眾來說，則不要怕當權者不民主，要敢於同官僚
主義者作鬥爭，只有鬥爭，才能克服官僚主義，使它消亡。「這兩篇
東西，經過十年浩劫，今天重新讀它，頓覺意義倍增。如果五十年代
的歷史逆流，只是一個小小的漩渦，一個短暫的插曲，它阻擋不了雜
文家的批評，那有多好啊！從完成社會主義改造之時起，就充分發揚
社會主義民主，讓雜文家知無不言，暢所欲言，那麼，黨的事業、人
民的事業，可以斷言，就決不會慘遭十年浩劫」[24]。

第三節　王任叔（巴人）的雜文

　　二十世紀五十年代中期另一個比較活躍的雜文家是巴人（1901-

22　徐懋庸：〈關於雜文的通信〉，《長江文藝》1957年7月號。
23　徐懋庸：〈吞吞吐吐的原因〉，《長江文藝》1957年8月號。
24　任白戈：《徐懋庸雜文集》〈序〉（北京市：讀書・生活・新知三聯書店，1983年，
　　第1版）。

1972），他被譽為「五十年代最富有戰鬥力的雜文家之一」。一九四九年後，巴人曾於一九五〇年出任中國駐印尼第一任大使，一九五三年返國。一九五四年起擔任人民文學出版社副社長、社長和《文藝報》編委。他在一九五六年五月六日發表〈況鍾的筆〉，一時膾炙人口，此後又陸續創作了〈「多」和「拖」〉、〈論人情〉、〈「敲草梆頭」之類〉、〈上得下不得〉等雜文名篇。巴人一九五〇年代中期所寫的雜文，一部分於生前由他自己編為《遵命集》，北京出版社一九五七年十一月出版，另一部分於死後被編成《點滴集》，一九八二年二月由浙江人民出版社出版。另外，人民文學出版社一九八五年三月出版的谷斯範選編的《巴人雜文選》，其中第五輯也收入了巴人二十世紀五十年代中期創作的雜文二十七篇。著名學者、雜文家唐弢稱巴人寫於一九四九年後的這些雜文表現了作者「思想的犀利，敏銳，精到軒豁，動人心弦，對世情的了解往往入扣，找不出過去那種粗疏片面的地方」[25]。但是，巴人卻因這些雜文於一九五九年「反右傾」中被說成是「反黨反社會主義」，康生將他定為資產階級「人性論」的代表人物，在全國批判達一年半之久。「文化大革命」中，巴人首當其衝，受盡折磨。一九七〇年三月被遣返回奉化原籍，在殘酷的摧殘迫害下，精神錯亂，於一九七二年七月二十五日含冤辭世。

　　巴人是魯迅雜文的真正傳人，早在二十世紀四十年代上海「孤島」文學時期，他就是「魯迅風」雜文流派的主將，並且有「活魯迅」的美譽，孔另境稱他有「魯迅的氣質，也有魯迅的筆法」。二十世紀五十年代中期，針對社會上關於雜文存廢的議論，巴人在〈《魯迅風》話舊〉一文中寫下了錚錚誓言：

　　　　我常常想：無以為人，何以為文。雜文尤其如此。雜文的作者

25　唐弢：《點滴集》〈序言〉（杭州市：浙江人民出版社，1982年，第1版）。

　　　必須是個堅強的戰士。戰士勇於殺敵，但也敢於挖掉自己身上
　　　的瘡毒，然後更顯出戰士的光輝。雜文的存廢，不在於雜文的
　　　體裁、風格與筆調，如果，這世上不缺乏戰士，則總會隨興
　　　所至，拿起這雜文的武器來。……但處新時代與新社會，以
　　　頭腦與手足而發揮著大無畏的戰鬥精神者，何止百魯迅，千魯
　　　迅，我看雜文是不會自行消亡，更無法加以絕滅的。

巴人正是以一個「堅強的戰士」的姿態，重新出現在當代雜文界裡。
他在二十世紀五十年代中期所寫的雜文，是對魯迅雜文的繼承和發
揚，甚至「是魯迅雜文的超越，是當代雜文史上的珍品，他留給後
人的不僅是豐厚的文化遺產，也是那沉重的教訓和常思常新的啟
示」[26]。

　　巴人從維護社會主義事業的良好願望出發，在雜文中對當時社會
制度中不夠完善的地方，對幹部工作中存在的官僚主義、主觀主義、
管理不善、作風簡單粗暴等缺點，提出了直率的批評。歷來為人所稱
道的〈況鍾的筆〉，借昆劇《十五貫》中況鍾那枝「三落三起」的
筆，說明他由於對人民高度負責，筆底下有「人」，因此能在主觀主
義者過於執和官僚主義者周岑的兩枝筆鋒夾攻之間，殺出一條真理的
路來。作者由此聯繫到現實生活中「我們的機關首長，單位的負責
人，以至一般工作人員」是如何用筆的，通過況鍾用筆的慎重嚴肅，
鞭撻了那些無視人民的「經常用筆而又經常信筆一揮的人」。〈況鍾的
筆〉不但命意很好，而且寫法圓熟，現實針對性強，所以在當時一發
表即產生了很大的影響。在〈上得下不得〉與〈「多」和「拖」〉兩篇
雜文裡，作者一針見血地批評了幹部隊伍中普遍存在的思想弊病和作
風問題：前一篇分析有些幹部只許「步步高升」，不准偶有「下降」，

---

26 王欣榮：《王任叔巴人論》（北京市：文化藝術出版社，1991年，第1版）。

一味貪革命之功，忘記了「與民共甘苦」的優良傳統，作者警告說：
「打倒舊社會的舊制度固然艱苦，但消滅舊社會的習慣勢力實在困
難。」因此，必須清除「習慣勢力給予人們的靈魂的影響」；後一篇
揭示了國家機關的兩大特色，一個是「多」：頭多，層次多，人手
多，另一個是「拖」：今天拖，明天拖，後天還是拖，對此，作者提
出了「降職相就，減少層次」的解決方案。巴人在雜文中所諷刺的
「公文旅行」和「畫圈主義」的現象，「多」和「拖」的痼疾，在數
十年後的今天，仍然具有發人深省的作用。

　　如果說「文革」十年浩劫中出現了對人的意志、權利和情感的粗
暴踐踏的話，那麼，早在二十世紀五十年代就已經開始出現了某些端
倪。巴人對此非常敏感，他在一九五七年選編雜文集《遵命集》時曾
說：「這一年多來我的思想的變化，在這個集子裡也可以看得出來。
我似乎對於『人』這個社會存在，更引起注意和關心了。」並認為
「對待一切工作」，「人是相與始終的主體」[27]。他在〈論人情〉、〈唯
動機論者〉、〈「敲草榔頭」之類〉、〈略談要愛〉、〈真的人的世界〉等
雜文中，呼喚對人的尊重，包括人的尊嚴、人的價值和人的感情，猛
烈抨擊了搞無情鬥爭、殘酷打擊的粗暴方法。〈論人情〉一文，借老
戰士、職業革命家和文藝界老前輩三方面人之口，批評了當時文藝作
品中普遍存在的「政治氣味太濃，人情味太少」、「不合情理，就只是
唱『教條』」的毛病，說明「人情」和「情理」不僅是文藝作品「引
人入勝」的主要因素，而且也是人與人之間相互溝通的基礎。作者指
出，飲食男女，這是人所共同要求的；花香鳥語，這是人所共同喜愛
的；一要生存，二要溫飽，三要發展，這是普通人的共同的希望；這
些要求、喜愛和希望，都是出乎人類本性的，沒有理由不在文藝作品
中表現這些內容。針對那些機械地理解文藝上的階級論原理的教條主

---

27 巴人：《遵命集》〈編後記〉（北京市：北京出版社，1957年，第1版）。

義者，巴人根據列寧在「馬克思和恩格斯《神聖的家族》一書摘要」中的一段關於人性的異化的「摘要」，辯證地論述了階級性與人性的關係，認為「所謂階級性，那是人類本性的『自我異化』。而我們要使文藝服務於階級鬥爭，正是要使人在階級消滅後『自我歸化』——即回復到人類本性，並且發展這人類本性而日趨豐富」。因此，他在文章最後深情地呼喚：「魂兮歸來，我們文藝作品中的人情呵！」巴人的這些觀點，在階級和階級鬥爭觀念被不斷誇大的年代裡，有如空谷足音，反響熱烈。

巴人曾在一篇研究魯迅的文章中說過，魯迅一生有三愛，一愛人民，二愛青年，三愛孩子，其實他自己也是這樣一種人。在〈略談要愛人〉一文中，他說，在舊社會，我們為了愛，就不能不去學會恨；而在今天，為了鞏固和發展我們的事業，我們就得更多去學會愛人。在〈唯動機論者〉一文裡，他充分肯定青年人「敢想，敢說，敢做，敢當」的精神，反對唯動機論者在青年身上亂貼「驕傲自滿，好表現自己，個人英雄主義以至資產階級唯心主義思想」諸如此類的標籤。巴人指出，如果對青年人的朝氣和進取心不能給予正確的評價，那麼就將使得一些青年唯唯諾諾，唯命是從，人云亦云，四平八穩，久而久之，活現出一副死相！巴人不僅主張要「愛人」，而且他對於那些踐踏群眾利益的、產生於社會主義民主時代的「不民主的事實」深惡痛絕。在〈「敲草榔頭」之類〉中，他借浙東農村流傳的一個傻子用「敲草榔頭」打蒼蠅，結果卻打破了鍋子，敲死了祖父的笑話，尖銳地揭露了粗暴者的本質要害：「粗暴不僅僅出於無知和傻氣，粗暴往往是想把自己的過錯轉嫁給別人的表現。但當他一使用起權力來的時候，也就不把鍋子當鍋子，不把祖父當祖父——一句話：再也不把人當人了。」

在長期的文學生涯裡，巴人在文藝理論研究方面頗有建樹，因此，文藝隨筆也成了他這一時期雜文創作的重要體式。在他那本「文

藝批評多於社會批評」的雜文集《遵命集》裡，就收有〈生活本身是公式化的嗎？〉、〈略談生活的公式化〉、〈再論「生活本身是公式化的嗎？」〉、〈「題材」雜談〉、〈關於創作〉、〈典型問題隨感〉、〈作家應該有豐富的知識〉等多篇文藝隨筆雜感。在這些文章中，作者主張在觀察社會、人生和文學現象時，要堅決摒棄公式化、概念化和簡單化的做法，要用馬克思主義的辯證法，準確深入地透視人類社會生活的複雜性，並特別強調文學作品要寫出「人的性格的複雜性和豐富性」。

　　文學創作的典型問題可說是文學理論的一個重要內容，一九四九年後相當一個時期文藝界對此有形而上學的理解，以致產生文學作品的公式化、概念化。在〈生活本身是公式化的嗎？〉、〈略談生活的公式化〉、〈再論「生活本身是公式化的嗎？」〉三篇雜文中，巴人指出，生活本身是「豐富多彩」、「氣象萬千」的，絕對沒有一個公式可以概括，只有把個別生活局部化，孤立化，或者離開生活的實際內容，只看到事件的過程形式，才可能出現公式化。因此，一個作家如果能夠從豐富而生動的現實生活中，找出它某一方面的意義，並且能夠從自己對現實生活的看法中來進行描寫，那將不會被現實生活的表面現象所帶走或為局部現實生活所限制，而寫成千篇一律的公式化的東西的。同樣地，巴人認為文藝作品之所以概念化，是由於作家對於人物理解的片面性，或者僅就某個特定的人孤立地來描寫，這樣把每一個活的人的精神世界的豐富性和複雜性簡單化了，抽象化了。他舉例說，革命是神聖的，但也有汙血；戰士是勇敢的，但也需要休息；工人的生產是積極的，但也會想到戀愛。因此，作家要從一切社會關係中來描寫人，描寫人的典型性格，而不是從孤立的個別的人的個體去抽取他的思想品質來描寫；如果這樣，那就不可避免地會把人物形象寫成為抽象的屬性的總和，寫成為某種時代精神的傳聲筒，也就是說，寫成為概念化的人物了。

　　在〈作家應該有豐富的知識〉、〈「題材」雜談〉等雜文中，巴人

進一步分析：公式化、概念化作品的產生是由於作家對生活不熟稔，不深入，或者了解得不全面；同時，還由於作家的理論修養不高，不能創造性地掌握它來研究現實、分析現實，因之，也不能藝術地概括現實。他認為創作在於「深厚的生活經驗」、「敏銳的時代感受」和「創造性的想像」三者的有機結合。如果沒有深厚的生活經驗，就不能最大限度地馳騁想像，就沒有了更高地提煉、概括生活的可能；而沒有敏銳的時代感受，就顯示不出作品的思想威力，就做不到揭示社會生活的本質。因此，巴人把曹雪芹的「世事洞明皆學問，人情練達即文章」奉為最透闢的現實主義創作方法的說明。他說：「一個作家如果要洞明世事，那就非知道各種各樣的世事不可；要練達人情，也就非具有廣闊的人生經驗不可。而作家就是在各種各樣的世事中洞明了它的道理，培養了見識，並在廣闊的人生經驗中練達出它的精華，那才能有真學問，有好文章。」有論者指出，巴人這些表現出透視生活的敏銳識力的文藝隨筆雜感，「針對當時的各種簡單化現象和片面性思想，及時地提出了尖銳的批評，留下了一位操馬克思主義槍法的批評家的戰鬥實績」；雖然時光流駛，「竟不能磨損它的絲毫光芒，時至今日，它仍然給我們不可多得的啟發和教益」[28]。

第四節　嚴秀、黃秋耘等的雜文

　　二十世紀五十年代中期的雜文繁榮，除了得益於像徐懋庸、巴人、嚴秀等現代雜文家的「復出」外，還有不可忽視的一點，那就是一批新生力量如黃秋耘、宋振庭、高植、藍翎等人加盟雜文大軍，他們虎虎生氣的創作，給當時的雜壇增添了不少聲勢和亮色。

28　張曉丹：〈拂去積塵見光彩——讀《遵命集》〉，《書林》1983年第3期。

一　嚴秀（1919-2015）

　　原名曾彥修，另有筆名蕭時聰，四川宜賓人。一九三〇年代後期
到了延安，先後在陝北公學、延安馬列學院、中共中央政治研究室和
中共中央宣傳部學習和工作，一九四二年開始在《解放日報》發表雜
文。一九四九年秋南下廣東，擔任中共中央華南分局宣傳部副部長，
並兼任《南方日報》總編輯、社長，華南人民出版社社長，廣東省教
育廳廳長等。一九五四年夏調北京人民出版社工作。他說自己的雜文
「全是本分工作以外的副產品，大多是在宣傳鬥爭最緊張或某一段思
想活躍時期得閒寫成的隨筆雜感」[29]，如一九四二年整風前後、抗日戰
爭勝利後反對美國武裝干涉中國內政時期和一九五六年提出「百花齊
放，百家爭鳴」方針後的幾個月，他都創作了不少雜文作品。其中，
從一九五六年四月至一九五七年三月不到一年的時間裡，他在《文藝
報》和《人民日報》上發表了十三篇雜文：〈從「孟德新書」失傳說
起〉、〈「多識於鳥獸草木之名」說〉、〈官要修衙，客要修店〉、〈九斤
老太論〉、〈論睜眼看世界〉、〈子如不言，則小子何述焉……〉、〈從
「習明納爾」到「布拉吉」〉、〈「開門見山」新解〉、〈一件好事〉、〈讀
「題」有感〉、〈不很公正的批評〉、〈「便宴」及其他〉和〈深入淺出
乎？淺入深出乎？〉，是這一時期一位比較突出的雜文作者。嚴秀還
於一九五七年四月參加了「小品文的新危機」的討論，發表了〈「危
機」問題試論〉。嚴秀二十世紀五十年代中期的雜文絕大部分都收入
在人民文學出版社一九八五年四月出版的《嚴秀雜文選》裡。

　　二十世紀五十年代中期，許多雜文諷刺和批評的對象，常常侷限
在文藝界和學術界的圈子裡，諸如編輯的訴苦、作家對編輯的不滿、
批評的粗暴、戲曲改革中的偏向，等等。嚴秀雜文的筆鋒超越了這個

29　嚴秀：《嚴秀雜文選》〈後記〉（北京市：人民文學出版社，1985年，第1版）。

圈子，他的文章除了涉及文藝、學術方面的某些不良傾向外，還敢於提出重大、帶普遍性的社會問題。其實早在一九五三年五月，嚴秀就曾在《人民日報》上發表過雜文名篇〈論「數蚊子」〉，尖銳地批評了當時工作中存在的嚴重的官僚主義作風：中央有一個部，曾用一個大得可怕的名義，發了一個指示給全國，說過去衛生運動中各地所消滅的蚊蠅等等的統計單位不「科學」，今後在統計這項數字時，要各地以「科學」的單位計算，「蚊、蠅、孑孓、蠅蛹等一律要以個數計」。作者說，「這很像一個技術高超的人編造出來的笑話，也很像世界科學史上一個前所未有的奇談」，他反問發指示的人，府上噴射「滴滴涕」時，你是如何「科學」地統計你所消滅的蚊蠅的「個數」的？在水裡消滅了多少「孑孓」，你又有什麼「科學」方法可以統計它的「個數」呢？作者指出，按照這個指示，把全國人民一個不漏地全部動員起來，百事不幹專門去做「數蚊子」的工作也完不成任務。「這種事情為什麼竟能從起草人一級一級地批上去，又一級一級地批下來，堂而皇之地流毒全國呢？這就說明官僚主義的毛病在我們的不少的機構裡是已經如何地浸透了，病情嚴重，以至有些病人是已經處於不省人事的狀態了」。文章最後呼籲：讓我們對「數蚊子」這樣的「創作」，像消滅蒼蠅蚊子一樣地，用共產黨人的原則性、明確性把它們徹底消滅吧！

　　嚴秀這一時期的雜文依然保持勇敢干預生活的戰鬥精神。〈官要修衙，客要修店〉針對當時許多大城市住宿困難、旅客找不到落腳的地方這一情況，論述了修建機關樓堂館所與修建人民急需的宿舍、醫院、旅館、候車室之間的矛盾，提出要權衡輕重緩急，盡可能少修幾個俱樂部、大禮堂，人民是不贊成把「衙門」修建得太多太闊氣的，否則難逃「只管修衙、不管修店」的責罵。〈九斤老太論〉批評了那種輕視新生力量、壓制新生力量的「九斤老太式的人物」，指出這種保守的思想將是國家前進道路上的一個障礙。這篇雜文由於觸及到現

實生活中的敏感問題，曾引起一些人的強烈不滿。在當時片面強調學習蘇聯經驗的氣候下，嚴秀在〈論睜眼看世界〉裡批判了閉關自守、故步自封的現象，他指出，西方經濟發達國家的科學和技術是在一日千里地進步，日新月異，我們如果不把它們的一切有利於我們的東西吸收過來，那是要吃大虧的。〈「便宴」及其他〉針對革命勝利後，幹部隊伍中出現的公款吃喝、鋪張浪費、講究排場、貪圖享樂等不正之風，指出這與國家的利益、人民的要求都是存在著尖銳的矛盾，如果不切實地、毫不動搖地糾正這類不健康的現象，難免會重蹈歷史上的覆轍。

另一方面，嚴秀的雜文也積極回應「雙百」方針的號召，反對教條主義，提倡獨立思考的精神。〈從「孟德新書」失傳說起〉，反對當時那種人云亦云、缺少獨創性和獨立思考的風氣和現象，指出任何藝術創作和科學研究，最寶貴的是創造的精神。在〈子如不言，則小子何述焉……〉一文裡，作者批評了某些科學工作者、理論工作者和作家們，著書立說、講話作文，沒有自己的思想，更沒有自己的風格，滿紙是有引號的引文和沒有引號的引文。文章指出：科學是盲從、迷信、教條、因襲的敵人，而同懷疑、研究、思考、創新、革新是兄弟。〈「多識於草木鳥獸之名」說〉，由孔子的一句話生發下去，談到知識「專」與「博」的關係，指出「一個從現代觀點說來是具有高度文化水準的民族，一方面固然要具有大量的各種專門學問的專家，同時也應該有一個具有比較廣泛的歷史的、科學的、文學藝術的以至國際知識的知識分子的廣大隊伍」，文章批評了當時一些文藝工作者孤陋寡聞、知識貧乏，認為這是導致文學作品公式化、概念化、簡單化的重要原因之一。

嚴秀在〈一件好事〉中說他寫雜文是「大題小做」，有論者指出，這是深得雜文三昧，「作者先有大題成竹在胸，同時又是生活豐富，知識淵博，凝神寫來，或托物興辭，或借物言志，或引古證今，

由一事、一物、一人、一言談起，讀者卻從中看到了作者所反對或擁護的一種風氣、一種傾向、一種思想、一種趨勢。窺見一斑，概括全豹。這也正是所謂從一粒沙看一個世界，從一朵花看一座天堂」[30]。

二　黃秋耘（1918-2001）

　　原名黃超顯，廣東順德人。一九五〇年代大學中文系畢業後留校任教，是這一時期比較活躍的雜文家之一。「百花齊放」時期，他在《人民文學》、《文藝報》、《文藝學習》等報刊發表了一系列雜文：〈不要在人民的疾苦面前閉上眼睛〉、〈刺在哪裡？〉、〈啟示〉、〈鏽損了靈魂的悲劇〉、〈犬儒的刺〉、〈創作和批評的障礙〉等，在當時引起了較大的反響。這些雜文現收在《當代雜文選粹・黃秋耘之卷》（長沙市：湖南文藝出版社，1987年，第1版）和《黃秋耘自選集》（廣州市：花城出版社，1986年，第1版）「雜文部分」中。

　　黃秋耘說，作為一個有高度政治責任感的藝術家，不應該在現實生活面前，在人民的困難和痛苦面前，心安理得地保持緘默。他認為，一個真正的藝術家必須「勇於干預生活」，「既要肯定生活，也要批判生活。肯定有利於人民的東西，批判不利於人民的東西。肯定時要有飽滿的熱情，批判時要有堅定的信心和冷靜的頭腦」。在他的代表性雜文〈不要在人民的疾苦面前閉上眼睛〉裡，黃秋耘批評了有些藝術家僅僅滿足於表面的歌頌和空虛的讚美，而掩飾著社會的鬥爭和成長的困難，如在電影中所看到的農業生產合作社，幾乎個個都是牛羊滿谷，五穀豐登；每家農戶的餐桌上都擺滿了魚肉，幾乎把桌面都壓得塌下來；每個農村姑娘都穿上了嶄新的花布衣裳，甚至還披上了彩花頭巾。作者指出，這樣的圖景和當時一般農民的生產水準還是有

30　敬三：〈雜談嚴秀的雜文〉，《文藝報》1956年第23號。

相當距離的，並不能真實地反映出農村生活鬥爭的複雜情況和存在於農民生活中的困難和問題。作者說，在我們的土地上，還有災荒，還有饑饉，還有官僚主義在肆虐，還有各種各樣不合理的現象，作家應該有勇氣為民請命，反映人民疾苦，揭露生活中的困難和不足之處，藉以引起療救的注意。另一篇較有影響的雜文是〈刺在哪裡？〉，文章申訴了作家受壓抑不能說真心話的痛苦，抨擊了教條主義和宗派主義對文藝的束縛，他說，教條主義對文學創作最有害的影響，就在於提倡粉飾現實、反對真實地反映生活，而宗派主義則妨礙了作家之間的團結，使一些有才華的作家把時間和精力都消磨在無原則的糾紛中。作者強烈呼籲：是結束這一切於人生毫無價值的痛苦的時候了，是除去這一切「製造並賞玩痛苦的昏迷和強暴」的時候了；為了我們的文學藝術事業，必須丟下教條主義的棍棒，必須拆去內內外外的牆，必須拔掉長在自己身上的像豪豬一般的刺。此外，像〈鏽損了靈魂的悲劇〉、〈犬儒的刺〉、〈創作和批評的障礙〉等雜文，也都是「干預生活」的力作。

黃秋耘本來早在一九三五年夏季就考入清華大學國文系，可是抗戰的爆發，打斷了他的求學之路，黃秋耘被迫放棄學業，投筆從戎。戰爭年代嚴酷的生活，使黃秋耘成為一名人道主義者，他說：「看到別人的悲慘遭遇，總是有一種揪心的痛楚，總是覺得這個世界應該變得更為美好一些。這種革命的人道主義思想，逐漸成為我的人生哲學和文藝思想的核心。」[31]在他這一時期的一些雜文裡，也閃爍著革命人道主義的光輝。如〈啟示〉一文，他回顧起二十多年前第一次讀到魯迅先生作品時所得到信念：假如藝術不能把真理的火種傳播於人間，假如藝術不能為人類的現在和未來而戰鬥，假如藝術不能拂拭去

---

31 黃秋耘：〈我的文學道路（序言）〉，見《黃秋耘自選集》（廣州市：花城出版社，1986年，第1版）。

人們心靈上的鏽跡和灰塵，假如藝術不能給予人民以支援和裨益，這樣的藝術就毫無價值，也毫無意義。隨著時間的推移，黃秋耘越來越強烈地感到，如果缺少對人民命運的深切關心，缺少對生活的高度熱情，缺少「己饑己溺、民胞物與」的人道主義精神，缺少「死守真理、以拒庸愚」的大勇主義精神，就沒有崇高的人格，也沒有真正的藝術。他號召藝術家以魯迅先生為榜樣，學習「橫眉冷對千夫指，俯首甘為孺子牛」那種堅韌的革命鬥志和偉大的革命人道主義精神，成為「人民的良心」和「人民的代言人」。在〈欣聞「六不」有感〉中，黃秋耘從報上獲知廣東省在全國帶頭實行精簡節約、移風易俗的政策，不禁百感交集。遙想一九五〇年代初期，廣州各機關「請客」之風甚盛，每「請」都是魚翅席、燕窩席，乳豬席，幹部的鋪張浪費、講究排場的本領「甲於全國」。可是，當時廣州一些貧苦市民的日子卻過得很困難。作者每當十冬臘月，路過長堤，看到有幾個搬運工人披著麻包在朔風中瑟縮，就不禁想到「參天滿布英雄樹，萬井啼寒未有衣」的詩句，想到「居安思危」、「憂勞可以興國，逸豫可以亡身」、「生於憂患，死於安樂」的古訓。因此，當他聞知廣東將要實行「六不」的消息，不禁有一種說不出的欣慰和感奮，彷彿六、七年來胸中的鬱結都給解開了。文章抒發了一種與人民同甘共苦、同歌同哭的人道主義情懷，這也正是黃秋耘的雜文深深打動讀者心弦的主要原因。

三　宋振庭（1921-1985）

　　筆名史星生、星公，吉林延慶人。一九三六年在北京讀書時參加救亡運動，加入民族解放先鋒隊。一九三七年到延安，入中國人民抗日軍事政治大學學習。一九四六至一九五〇年曾在延邊參加土改工作。此後一直從事文教宣傳工作，曾長期擔任中共吉林省委宣傳部長一職。二十世紀五十年代中期，「出於工作需要，或者為了宣傳某種

事物，或者為了批評某種現象，隨手寫下了這些體裁比較機動靈活的東西」[32]，他的這些雜文曾結集為《思想・生活・鬥爭》（瀋陽市：遼寧人民出版社，1956年，第1版）和《大眼眶子的「批評家」》（長春市：吉林人民出版社，1956年，第1版），很受讀者歡迎。宋振庭的雜文多數是反對官僚主義、主觀主義、教條主義，提倡獨立思考、實事求是、破除迷信的精神，如〈用你自己的話說!〉、〈為什麼討論不起來？〉、〈破除迷信〉、〈談「聚堆」〉等；還有一些雜文是提倡百花齊放、百家爭鳴，反對粗暴的大殺大砍的文藝批評，如〈大眼眶子的「批評家」〉、〈粗暴的種類〉、〈百花齊放和一視同仁〉、〈唯一律癖〉等。宋振庭認為雜文「雖然所論、所述、所評的範圍不大，或指一事一情，一題一物，但是都應該從中引申和啟發人們聯繫到更深刻一些的思想；能從具體的問題出發，揭示出生活中、鬥爭中的一般真理，使人讀了能夠有所得，有所警醒，有所感觸」[33]。他的雜文正是具備了這些特點，所以持之有物，可以取信；言之成理，足以服人。

四　高植（1910-1960）

　　筆名高地、祖國春，安徽蕪湖人。一九三二年大學畢業後，曾任中學教員、編輯、大學教授。一九四九年後擔任山東師範學院中文系主任，一九五四至一九五七年任北京時代出版社編審，一九五八至一九六○年從事專業文學創作及翻譯工作。高植在俄國著名作家列夫・托爾斯泰作品的翻譯、介紹方面做出了重要貢獻，他翻譯了托爾斯泰的全部重要作品。在一九五六年「雙百」方針的感召下，潛心從事翻譯工作的高植也「破門而出」，寫起了有關世道人心的雜文來，且一

---

32 宋振庭：《星公雜文集》〈後記〉（長春市：吉林人民出版社，1979年，第1版）。

33 宋振庭：〈對怎樣寫雜文的一點看法（代序）〉，見《大眼眶子的「批評家」》（長春市：吉林人民出版社，1956年，第1版）。

發而不可收。從一九五六年十一月十日至一九五七年六月二十五日七個半月的時間裡，高植在《人民日報》發表了十三篇雜文：〈兩種慷慨〉、〈威信和威福〉、〈一相疲勞萬骨枯〉、〈算就業，還算失業？〉、〈「見都」和「見部」〉、〈只因不是自家錢〉、〈今年的英國聖誕老人〉、〈跪著，站著，坐著〉、〈著作，佳作，傑作〉、〈強身和治病——讀〈小品文的新危機〉〉、〈花種‧花園‧花師〉、〈黨‧醫生‧火車頭〉和〈善爭能讓〉。他並且於一九五八年八月在上海新文藝出版社出版了雜文集《千字文》，內收三十篇雜文。高植認為，雜文有兩方面的作用，即「有治病的作用，也有強身的作用，有醫藥的作用，也有運動的作用」。他的這些雜文就是以文藝的、說理的方式，助長正氣、壓倒邪氣，使社會生活、個人思想「得到」健康，「失去」疾病，同時也起到了「運動」和「醫藥」的作用。

五　藍翎（1931-2005）

原名楊建中，另有筆名石冰、竹芒、莊頤夢、何棄、莫干河、公羊庚、拓跋巳、司徒癸、宇文壬、司馬龍、朱未木、慕容乙、公孫丁、孤煙等，山東單縣人。一九五三年大學畢業後，分配到北京師範大學附屬工農速成中學當語文教師。後因研究《紅樓夢》而出名，於一九五四年十月調到《人民日報》文藝組，負責文藝評論。一九五六年七月一日《人民日報》改版，藍翎出任雜文編輯，這一時期是他「集中精力編副刊的雜文欄，也是個人業餘寫作最旺盛的時期」[34]。他在《人民日報》、《新觀察》、《新港》、《文藝月報》等報刊上，發表了不少文藝評論和雜文，如〈「爭鳴」和著作〉、〈「高低貴賤」論〉、〈辮子的長短〉、〈筆下有冤魂〉、〈「以人繩己」論〉、〈半間房隨筆〉、

---

34 藍翎：《龍捲風》（上海市：上海遠東出版社，1995年，第1版）。

〈漸入淨化境──文苑三舍外揣古〉等。這些雜文大部分收在四川人
民出版社一九八三年一月出版的《了了錄》裡。藍翎說，二十世紀五
十年代中期，「一些本不應該存在下去的社會現象有所滋長發展，什
麼主觀主義、官僚主義、宗派主義啊，什麼違法亂紀啊，什麼歧視知
識分子啊，什麼特權思想啊，什麼把女青年團員迫害而死啊，如此等
等。這和我原來的絕對化了的信念是不相容的，於是我想起了魯迅的
雜文，除了以主要精力搞文藝評論，也跟著當時的名家依葫蘆畫瓢，
開始寫起雜文來」[35]。他的雜文對落後腐朽的社會現象絕不留情，坦
率直言，文筆犀利，尖銳深刻，促人猛省。

---

35 藍翎：《了了錄》〈後記〉（成都市：四川人民出版社，1983年，第1版）。

第四章
二十世紀五、六十年代之交的雜文

第一節　「龔同文」的雜文

　　「龔同文」是中共湖北省委機關寫作小組的筆名。這個寫作小組成立於一九五五年冬天農業合作化的高潮中，由中共湖北省委第一書記王任重擔任組長，中共湖北省委書記處書記劉仰嶠、許道琦，以及省委機關幹部梅白擔任副組長，成員包括張體學、王延春、趙辛初、王樹成、王良、王玉珍、呂乃強、王登坤、蘇烈等人，小組人數最多時有二十多人，最少有十七人。從一九五五年成立到一九六二年，「龔同文」在《湖北日報》、中共湖北省委理論刊物《七一》雜誌和《人民日報》等報刊上，共發表了三百多篇雜文，並結集出版了《什麼思想在作怪》、《百寶箱的鑰匙》、《如何「打百分」》、《百煉成鋼》、《有的放矢》、《公與私》、《交心談心》等十本雜文集和一本《龔同文短論選》。在「龔同文」的影響下，湖北各地集體寫作蔚然成風，如中共湖北省委工業辦公室、農業辦公室和《七一》編輯部，分別成立了「鐵流」、「石流」和「齊毅」三個寫作小組，在兩三年間，先後發表了一九一篇雜文，中共黃岡地委的「岡人」、中共黃梅縣委的「王白石」，也創作了許多短論，在湖北報刊上嶄露頭角。一九六二年，隨著《七一》停刊，「龔同文」的一些成員下去「大辦農業」，這個寫作小組正式宣告解體。

　　「龔同文」的雜文之所以風靡一時，主要是因為它緊密地配合了當時的政治形勢的需要，一些文章也寫得比較風趣生動。如寫於一九五六年十二月的〈好說空話的人〉，形象地諷刺了那種信口開河、離

題萬里、空空洞洞、廢話連篇的專講空話的幹部：「聽不聽，三點鐘」，「天不怕，地不怕，就怕××來講話」，他站在臺上，指手劃腳，裝腔作勢，口若懸河，滔滔不絕，可是聽眾早就聽得不耐煩了，有的人在打瞌睡，有的人在看報紙，有的人在畫烏龜，有的人在作打油詩，也有的三三兩兩在「開小會」。作者指出，如果讓這種好說空話的人自由自在地說下去，不僅浪費人們的寶貴時間，而且對於人們的精神簡直是一種折磨，因此，必須向好說空話的人大喝一聲：「你有病呀！」使患者為之一驚，出一身汗，然後好好地叫他們治療。又如〈「泥菩薩」之類〉，用形容泥菩薩的四言十句詩，巧妙地勾勒出官僚主義者的畫像：一聲不響，二目無光，三餐不食，四肢無力，五官不全，六髒空空，七竅不通，八面威風，久坐不動，實在無用。

　　一九五九年春季後，「龔同文」的作者也曾初步意識到「大躍進」中有浮誇和主觀主義的錯誤（但尚未認識到「大躍進」造成的危害），在一些雜文中提倡實事求是的思想方法和工作作風。如〈論實事求是〉一文，批評「大躍進」中有些人「無實事求是之意，有嘩眾取寵之心」，按空氣辦事，不說老實話。又如在〈怎樣才算是實事求是？〉一文中，作者指出，脫離客觀實際所許可的條件，制訂出來的「越高越好」的增產計畫，只能助長下面幹部的命令主義、形式主義和浮誇作風。在全民大煉鋼鐵的運動中，有些幹部不關心群眾生活，「不跟群眾商量辦事，不講道理，光下命令，不做思想工作，光發脾氣，耍狠氣，個別的甚至違法亂紀，打罵群眾」，「龔同文」在〈人〉、〈關心人〉等雜文中，既歌頌了「大辦鋼鐵」，同時又強調要關心群眾生活，要注意工作方法，並指出，關心群眾生活，不僅表現在解決吃飯、住房等生活問題上，還表現在勞動組織管理上，合理節約使用勞動力，改良工具，改進操作技術，提高勞動效率，正確地處理突擊和經常、勞和逸、弛和張的關係。

　　可惜的是，類似這樣清醒的呼聲在「龔同文」的雜文中顯得太微

弱了，類似這般心平氣和地講道理，以理服人，以情動人，情文並茂的雜文篇章也屬僅見。「龔同文」的大部分雜文既批評得不當，錯誤地批評了正確的意見，把反對「左」傾冒進和「大躍進」的人稱為保守的「小腳女人」；又歌頌得不對頭，鼓吹生產大躍進、人民公社化、大煉鋼鐵等違背客觀經濟規律的行為，為錯誤路線的氾濫起了推波助瀾的作用。一九五九年八月三十一日，「龔同文」在〈論壓力〉一文中曾經自我表白一番：

> 這是從一九五五年冬天開始的。龔同文針對著當時農業合作化運動中的右傾思想進行鬥爭，然後又針對著農業生產中的右傾保守思想進行鬥爭。在農村社會主義革命高潮和農業生產高潮當中，龔同文是宣傳鼓動員，是思想政治戰線上的普通一兵。一九五六年秋收以後和一九五七年春季，龔同文歌頌了黨和人民的勝利，向那些指手劃腳的人開了火。一九五七年春季又向那些鬧名譽、鬧地位的資產階級思想宣戰。在一九五七年夏季反右派的鬥爭當中，龔同文又出馬了。一九五七年冬季以來，龔同文的主要鋒芒是向著社會主義建設當中的右傾保守思想，在歌頌大躍進的同時，也批評了主觀主義、命令主義的不良傾向。……我們要求自己寫的雜文不僅像一把犀利的匕首，而且應當具有連珠炮那樣的威力，來粉碎資產階級思想，來粉碎右傾機會主義！把資產階級思想和右傾機會主義的市場縮得小而又小，要使資產階級分子和右傾機會主義分子感到除了低頭投降，乖乖地接受改造以外，別無出路。

因此，正如「龔同文」的主要作者梅白後來所指出的，「龔同文」「畢竟是『左』傾錯誤影響頗大的時期的產物，其基調是『左』的，尤其是反右派、反右傾機會主義時期的許多文章，傷了不少領導幹部和知

識分子；在『火紅年代』，對全省的『五風』起過煽動作用。耀邦同志視察湖北時，說湖北的『左』有歷史根源，龔同文就是這種根源的一個基因」[1]。如「龔同文」在反右派鬥爭中寫的《必須粉碎豺狼集團》的小冊子，指名道姓地抓辮子，扣帽子，打棍子，「左」得可怕。梅白說，「龔同文」還有一些文章是按照政治空氣，抓住一些皮毛的東西，一揮而就的。這些文章往往還在唱著魯迅說的「老調已經唱完」的「老調」，說得尖銳一點，是「假、大、空」！

　　在一九五〇年代後期，出於配合政治運動的需要，各地報刊也出現了不少「龔同文」式的雜文。這是因為反右以後，中共黨內「左」傾思想迅速發展起來。在「大躍進」、人民公社化運動中，大颳浮誇風、共產風。當時，毛澤東號召要破除迷信，解放思想，發揚敢想敢說敢做的精神。這個口號本身是無可非議的，但在「左」傾思想支配下，所謂「破除迷信」，實際上是宣傳對專家、名家、行家的不尊重，輕視文化科學知識，輕視知識分子。當時流行一些說法：「教授不如學生，學生不如農民」，「卑賤者最聰明，高貴者最愚蠢」，「只有外行才能領導內行」等等。所謂「解放思想」，實際上就是不顧客觀條件的主觀幻想，一味強調主觀能動性，如「人有多大膽，地有多大產」，「不怕做不到，只怕想不到；只要想得到，一定能做到」。在這股狂熱的政治氣氛中，雜文充當了極不光彩的「吹鼓手」的角色。一九六〇年三月二十九日，馬鐵丁在談到「新時代的新雜文」時，指出：「我們正處在社會主義建設時期。我們的報紙刊物、文學藝術理應以歌頌為主。歌頌我們的總路線，歌頌我們的大躍進，歌頌我們的人民公社，⋯⋯雜文是文學中的一種文體、一種文學形式，它又何能例外？」因此，他認為「雜文的基調」和「雜文的主流」，應該是

1　梅白：〈龔同文始末〉，《雜文界》1985年第3期。

「頌歌」和「讚美詩」[2]。當時擔任《人民日報》副刊編輯的姜德明說：「從此，議論風生的帶有批評性的雜文少了，甚至不見了，只有表揚性、歌頌性的一種雜文。……在編者和作者中間都產生一種錯覺，認為即使鼓吹了如『吃飯不要錢』，『人有多大膽，地有多大產』等錯誤口號，為浮誇風推波助瀾，給實際生活造成了極壞的影響也沒有什麼關係，這是熱情過分，可以不負任何政治責任；而若批評錯了，或過了頭則是立場問題，後果堪慮。這樣，報刊上怎麼會出現有戰鬥性和生命力的雜文呢？」[3]

「龔同文」和「龔同文」式的雜文，由於強調「配合運動」、「趕任務」，充當「宣傳鼓動員」的角色，導致雜文創作的路子越走越窄，雜文成了一種直陋的政策圖解或說教式的思想評論，雜文走向了窮途末路。另一方面，由於他們把雜文當做政治的附屬品，忽視了雜文創作自身的藝術規律，導致雜文作品遠離生活真實，儘管滿紙豪言壯語，光芒萬丈，卻始終掩蓋不了其中蒼白膚淺、浮誇空洞的實質，因而缺乏長久的藝術生命力。當然，這些過錯不能簡單地全部歸咎於文章的作者，但其中深刻的教訓卻值得每一位雜文作者所記取和反思。

第二節　姚文元和張春橋的雜文

一九五六年下半年到一九五七年上半年的雜文創作高潮，隨著一九五七年夏天反右的「擴大化」，形勢急轉而下。許多尖銳抨擊時弊的雜文被說成是「反黨黑文」，一大批正直的雜文家未能倖免於難，紛紛被打成右派。然而，以「反右」起家的雜文卻獨霸雜壇，驕橫不可一世。當時全國各地出版的「反右」雜文集有：《戰鬥的聲音》、

2　馬鐵丁：〈對敵鬥爭的匕首，共產主義思想的讚歌──新時代的新雜文〉，《新聞戰線》1960年第8期。
3　姜德明：〈希望雜文創作出現新的生氣〉，《文藝報》1980年第3期。

《明辨集》、《戰鼓集》（北京出版社）、《向右派開火》（中國青年出版
社）、《短劍集》（湖南人民出版社）、《刺惡集》（吉林人民出版社）、
《是非集》（安徽人民出版社）、《除草集》（雲南人民出版社）、《反右
派雜文選集》、《必須粉碎豺狼集團》（湖北人民出版社）、《過好社會
主義關》、《捍衛黨的領導》（浙江人民出版社）、《除掉魏延的反骨》
（江蘇人民出版社）等。

　　姚文元正是利用「反右」這一時機，一鳴驚人。他於一九五七年
六月十日在《文匯報》發表了〈錄以備考——讀報有感〉，對新華社
五月二十五日一條很短的電訊（即毛澤東接見新民主主義青年團第三
次全國代表大會全體代表的消息）在各報刊登時不同的編排技巧，大
發感歎：「《解放日報》用特別巨大的鉛字和醒目的標題放在第一條新
聞，《人民日報》排在當中，標題比《解放日報》要小些，但《文匯
報》呢，卻縮小到簡直使粗枝大葉的人找不到的地步，其全部地位，
大約只有《解放日報》標題用的鉛字二個鉛字那麼大。」這篇雜文得
到毛澤東的讚賞，他當即通知《人民日報》加以轉載，並囑令以「本
報編輯部」的名義，寫了〈文匯報在一個時間內的資產階級方向〉，
一起刊發在一九五七年六月十四日的《人民日報》第一版上。從此，
姚文元如同一顆掃帚星，掃蕩著整個中國文壇，他批徐懋庸、批丁
玲、批施蟄存、批徐中玉、批巴人，唯我獨左，唯我獨革，唯我先
知，唯我先覺。

　　其實早在一九五五年批判「胡風反革命集團」時，姚文元就已經
顯露出他的「棍才」，他說：「一九五五年寫的文章，全部是同胡風反
革命集團進行鬥爭的。」[4]姚文元的第一本雜文集《細流集》裡，就
收有〈分清是非，劃清界限！〉、〈馬克思主義還是反馬克思主義〉、
〈胡風歪曲馬克思主義的三套手段〉、〈胡風否認歷史發展的客觀規律

4　姚文元：《細流集》〈前記〉（上海市：新文藝出版社，1957年，第1版）。

性〉、〈胡風污蔑勞動人民的反動觀點〉和〈胡風反對有組織有領導的階級鬥爭〉六篇文章。在這些充滿「大批判」色彩的文章裡，姚文元指責胡風「披著馬克思主義外衣來掩蓋和販賣他的資產階級唯心主義的文藝思想」，「已經站到反馬克思主義的立場上去了，已經站到反黨的立場上去了」。

　　一九五六年「雙百」方針提出後，茅盾、巴金相繼在七月份的《人民日報》上發表雜文〈談獨立思考〉、〈「鳴」起來吧！〉、〈獨立思考〉，提倡獨立思考和百家爭鳴。不料，九月十四日，姚文元在《人民日報》上拋出一篇〈扶得東來西又倒〉。他說，「近來看了某些尖銳的和不尖銳的文章，我深感矯枉過正的現象的嚴重。……我以為說話恰到好處應該是我們的努力方向」，因為「恰到好處的批評是最尖銳最正確的批評」，「可是很多人卻不習慣於這種恰到好處的藝術；反對一種傾向，總要反對得過頭一些才夠味似的」。如「提倡百家爭鳴，就一定要提倡過頭，以至主張『隨便什麼話講出來比不講好』、『鳴起來再說，用不著什麼目的』，連為社會主義這個大前提也一古腦兒否定了；提倡獨立思考，就連以馬克思列寧主義作為指導思想也作為一種束縛來反對了」。因此，他主張要「注意和糾正矯枉過正的偏差」[5]。藍翎說：「這種貌似公允正確的『恰到好處』論，實際上是一杆子打百家的『悶棍』，給剛剛出現的『百家爭鳴』的好局面潑冷水，甚至不指名地直接潑到茅公、巴老等頭上。」[6]

　　針對姚文元所說「很多人不習慣於這種恰到好處的藝術」，巴金在九月二十日的《解放日報》上發表〈恰到好處〉一文，針鋒相對地

5　姚文元這篇雜文收入《細流集》時，文字作了修改和補充，如：「近來看了某些尖銳的文章，我感到矯枉過正的文章是不少的。」「提倡百家爭鳴，就主張『爭鳴用不著什麼目的』，連為社會主義這個大前提也一古腦兒否定了。強調學習馬列主義，就把馬列主義某些字句當作教條來處亂套；提倡獨立思考，就連以馬克思列寧主義作為指導思想也作為一種束縛來反對了。」

6　藍翎：〈悶棍〉，見《亂侃白說》（北京市：中國華僑出版社，1993年，第1版）。

指出，「不習慣」的說法就不是「恰到好處」的說法，說話沒有達到「恰到好處」的水準的人並非「不習慣於」「恰到好處」，而是這個水準不容易達到。他說，我們固然看見過連臉部表情都是「正確」的人，但是我們更常見的卻是那些喜歡在「報告」或「發言」後面加上一句「我的意見不一定妥當」的人，「我覺得後一種人更可愛，因為他們實事求是」。「百家爭鳴」的方針是鼓勵大家「知無不言，言無不盡」，如果要人一動腦筋，就想到說話應當說得「恰到好處」，那只好掛上「沉默是金」的招牌了。巴金意味深長地指出，有種人害怕「百家爭鳴」會造成一個思想混亂的局面，於是挖空心思在考慮防止混亂的辦法。其實正因為在學術界中，「守口如瓶」、「惜墨如金」的人到處皆是，「人云亦云」有了廣大市場，「百家爭鳴」的方針才有提出來的必要。「既然鼓勵別人講話，最好還是少來些限制，暫時不必發什麼『恰到好處』的通行證之類。發通行證的辦法對『百家爭鳴』的方針會起到一種抵銷作用的」。

　　姚文元自以為他說的話是「恰到好處」的，是「習慣於這種恰到好處的藝術」的。事實恰恰相反。從「反右」開始，他對方之、陸文夫、高曉聲、葉至誠等所謂「探求者小集團」的毀滅性批判，對徐懋庸雜文的系列批判，對丁玲小說的批判，對巴人「人性論」的批判，對鄧拓、吳晗、廖沫沙「三家村」雜文的批判，等等，開創了「大批判」的惡劣作風。正如有論者所指出：「當時的『大批判』，普遍採取一種極不誠實的態度和極為惡劣的手法，即斷章取義，穿鑿附會，捕風捉影，捏造事實，信口雌黃，甚至羅織罪名，進行政治陷害。還有一種現象，中央報刊一點名，舉國上下便聞風而動，口誅筆伐，誰的言詞尖銳，誰的批判就越深刻；誰上綱越高，誰的路線覺悟就越高。這種作法不僅助長了惡劣的學風和文風，而且誘導或迫使不少人放棄原則，他們為了『緊跟革命路線』，表白自己同『錯誤觀點』劃清界限，擺脫某種株連，便隨波逐流，違心地說假話。至於少數投機分

子，陰謀分子更是有機可乘。他們喪失人格，出賣靈魂，卻因此一鳴驚人，出人頭地，大出風頭。戚本禹、姚文元之流就是靠『大批判』起家，飛黃騰達，平步青雲的。」[7]

　　與姚文元利用雜文登龍有術相似，張春橋也是因為他在一九五八年九月十日寫的〈破除資產階級的法權思想〉這篇鼓吹全國吃「大鍋飯」的極左的雜文，得到毛澤東的賞識而爬上高位的。曾彥修說：「他們二人的極左雜文，口氣不凡，備受寵幸，流毒全國，罪惡極大。」[8]張春橋在文章中胡謅，「資產階級法權思想的核心是等級制度」，為了「徹底破除資產階級的法權思想」，必須恢復和發揚「供給制」。其實，張春橋根本不懂什麼是「資產階級的法權」，等級制度也不是「資產階級法權思想的核心」，而是奴隸制社會特別是封建主義社會的特徵。《共產黨宣言》指出：「在過去的各個歷史時代，我們幾乎到處都可以看到社會完全劃分為各個不同的等級，看到各種社會地位構成的多級的階梯。在古羅馬，有貴族、騎士、平民、奴隸，在中世紀，有封建領主、陪臣、行會師傅、幫工、農奴，而且幾乎在每一個階級內部又有各種獨特的等第。」但是，「資產階級時代，卻有一個特點：它使階級對立簡化了。整個社會日益分裂為兩大敵對的陣營，分裂為兩大相互直接對立的階級：資產階級和無產階級」，「在現代社會內，只有階級，而沒有等級」（《在科倫法庭前的辯護詞》）。馬克思還指出：「人們常常說，在中世紀，權利、自由和社會存在的每一種形式都表現為一種特權。」例如，「在公國中，諸侯即主宰者是特殊的等級，這一等級享有一定的特權，但這種權力又被其他等級的同樣多的特權所限制」（《黑格爾法哲學批判》）。資產階級的勝利意味

7　戴知賢：《山雨欲來風滿樓——60年代前期的「大批判」》（鄭州市：河南人民出版社1990年，第1版）。

8　曾彥修：《中國新文藝大系（1976-1982）·雜文集》〈導言〉（北京市：中國文聯出版公司，1987年，第1版）。

著「資產階級法權對中世紀特權的勝利」（〈資產階級和反革命〉）[9]。張春橋鼓吹恢復「供給制」，其實是主張小生產的平均主義、普遍貧窮，是歷史的大倒退。

巴金在一九八〇年十月十五日寫的〈究竟屬於誰？〉這一篇「隨想錄」中，剖析了張春橋和姚文元現象：「其實不僅是在『文革』期間，五十年代中期張春橋就在上海『領導』文藝、『管』文藝了。姚文元也是那個時候在上海培養出來的。……這些人振振有辭、洋洋得意，經常發號施令，在大小會上點名訓人，彷彿真理就在他們的手裡，文藝便是他們的私產，演員、作家都是他們的奴僕。……儘管我的記憶力大大衰退，但是這個慘痛的教訓我還不曾忘記。儘管我已經喪失獨立思考，但是張春橋、姚文元青雲直上的道路我看得清清楚楚。路並不曲折，他們也走得很順利，因為他們是踏著奴僕們的身體上去的。我就是奴僕中的一個，我今天還責備自己。我擔心那條青雲之路並不曾給堵死，我懷疑會不會再有『姚文元』出現在我們中間。」「張春橋、姚文元就要給押上法庭受審判了，他們會得到應有的懲罰。但是他們散佈的極左思潮和奇談怪論是不會在特別法庭受到批判的。要澄清混亂的思想，首先就要肅清我們自己身上的奴性。大家都肯獨立思考，就不會讓人踏在自己身上走過去。大家都能明辨是非，就不會讓長官隨意點名訓斥。」[10]

一九七六年十月，歷史掀開新的一頁。張春橋、姚文元之流被釘在歷史的恥辱柱上，他們的雜文集《細流集》、《在革命的烈火中》、《興滅集》、《沖霄集》、《想起了國歌》（姚文元）、《今朝集》和《龍華集》（張春橋），也被掃進了歷史的垃圾堆裡。儘管如此，他們的文章作為當代雜文發展史中的一股逆流，可以成為後世雜文「不應該

9　參見王若水：〈「法權」和特權〉，《新觀察》1980年第1期。

10　巴金：〈究竟屬於誰？〉，見《探索集》（北京市：人民文學出版社，1981年，第1版）。

這樣寫」的教材，時時提醒後人不要重蹈歷史覆轍。前事不忘，後事之師。

第三節　謝覺哉、陶鑄、李欣、秦牧的雜文

　　曾彥修說：「一九五七年下半年到一九六○年的雜文，總的說來是在反『右派』、反『右傾機會主義』（即彭德懷、張聞天等的所謂『右傾反黨集團』）、宣傳大躍進、人民公社化、大煉鋼鐵、插紅旗拔白旗（即反對『白專道路』）……等等說不完的政治運動中過去的。能夠發表的雜文，總的說來當然不可能不跟著這個大方向走，……」[11]確實，當時充斥雜壇的是一種與一九五六年下半年至一九五七年上半年雜文格調完全不同的雜文：這種雜文，是矛頭對準「右派分子」和「反黨反社會主義分子」這類「敵人」，而顯示出「新的鋒芒」的新雜文，是在「拔白旗」、批「白專」和「爬行主義」，批「形形色色的資產階級個人主義思想」、「資產階級民族主義」、「地方主義」和「資產階級的教育、科學技術、文藝」等等觀點以及一切「促退派」而發展和豐富起來的新雜文，是在歌頌和讚美「人有多大膽，地有多大產」等等「新事物」、「促進派」而「開闢了新的廣闊的領域」的新雜文。但是，即使在這些鋪天蓋地、甚囂塵上的反「右派」和大躍進雜文的喧鬧聲中，仍有謝覺哉、陶鑄、秦牧等人的雜文，以其富有特色的文章點綴了當時雜文這塊色彩單調的園地。

一　謝覺哉（1884-1971）

　　湖南寧鄉人。他是著名的「延安五老」之一，一九四九年後擔任

11　曾彥修：《中國新文藝大系（1949-1966）・雜文集》〈導言〉（北京市：中國文聯出版公司，1991年，第1版）。

中華人民共和國第一任內務部長，一九五九年任最高人民法院院長，對於建立和健全地方各級人民代表會議制度、法制建設，都作出了重要的貢獻。他大力提倡貫徹民主集中制，充分發揚民主，強調國家政權屬於人民。二十世紀五、六十年代，謝覺哉在繁忙工作之餘，創作了大量雜文，發表在《人民日報》、《新觀察》、《中國青年》等報刊上，並結集為《散文選》（上海市：上海新文藝出版社，1958年，第1版）和《不惑集》（北京市：作家出版社，1962年，第1版）出版。曾彥修說：「他寫的雜文不來源於書本，而大致來源於實際工作和當時的社會生活，所以從沒有一句掉書袋的東西，總是娓娓而談，循循善誘，如話家常，沒有一點教條氣、八股氣、書生氣及火爆氣。爐火純青，像一位慈祥的老祖父在對兒孫輩作閒談一樣地親切感人。內容大致是表揚好人好事，批評工作中的錯誤和官僚主義，勉勵青年人要提高品德修養，增進學識，並要善於工作等。健康向上，親切自然，卓然成為中國雜文中的一大家。」[12]

　　謝覺哉一生都十分關心青年的成長，他認為「青年人是革命的財富」，對青年寄予厚望。當時一些青年人在生活、工作、學習、戀愛中遭受挫折，紛紛來信，向他傾訴衷腸：有不安心工作而苦惱不堪的，也有因升學沒有考取而沮喪得很，還有「人家提拔了，我沒有被提拔」的灰心喪氣以及失戀後情緒消沉，等等。謝覺哉總是熱情地給予回答，如在〈青年人怎樣鍛煉自己〉中，他希望青年人第一要有志氣，並說中國歷代有許多大學者和大政治家都很注重「立志」，如孔子講：「吾十有五而志於學，三十而立。」諸葛亮告誡他的外甥「夫志當存高遠」，王陽明也認為「志不立，天下無可成之事」。一個胸無大志的人，或者是容易滿足現狀、停滯不前、庸庸碌碌地度過一生，或者是常常被個人生活上的一點小事如家庭、婚姻、名利、地位所煩

12　曾彥修：《中國新文藝大系（1949-1966）·雜文集》〈導言〉（北京市：中國文聯出版公司，1991年，第1版）。

擾，最後毀了自己。可見樹雄心、立大志是關係到青年一生成長的重大問題。謝覺哉認為青年人要勇於同困難、同一切不良傾向作鬥爭，他說困難不僅可以磨煉意志，還可以鍛煉身體。謝覺哉特別懇切地希望青年人一定要珍惜時光，努力學習，學好本領，將來建設國家。謝覺哉的這一類雜文很有特色，談問題多從日常工作、學習、生活中的實際出發，文筆樸素流暢，說理透闢，深入淺出，平易近人，尤其是他對青年的關懷、愛護之情溢於言表，讀來親切生動，富有教育意義。

　　謝覺哉在一九四九年後所寫的雜文中，也有相當一部分是批評時弊的，寫得非常尖銳有力，如〈整驕傲的方子〉、〈「部長」與「抄寫」〉、〈四十而不惑〉等。尤其是一九六一年紀念中國共產黨成立四十周年而寫的〈四十而不惑〉一文，謝覺哉嚴肅指出，有部分同志，不清楚事物的當然和所以然，盲從瞎幹，闖出禍來，這就要向他們大喝一聲：同志！你有病，要請醫生！什麼病？神志不清的病；用什麼藥方？調查研究湯。即是說要深入實際去考察、研究，醫好像隔著雲霧看山、長久不認識山的真面目的毛病。「這是對幾年來反『右派』，反彭德懷張聞天『右傾機會主義』，大躍進，人民公社化運動，大煉鋼鐵運動，共產風，假大空等的一服多麼有力的清涼劑！」[13]

二　陶鑄（1908-1969）

　　湖南祁陽人。他和謝覺哉一樣，都是傑出的無產階級革命家，中國共產黨和中華人民共和國卓越的領導人之一。一九四九年後，陶鑄先後擔任中南軍區政治部副主任、主任，中共廣西省委代理書記，中共中央華南分局書記，中共廣東省委第一書記，中共中央中南局第一

13　曾彥修：《中國新文藝大系（1949-1966）‧雜文集》〈導言〉（北京市：中國文聯出版
　　公司，1991年，第1版）。

書記等職務，在中共八屆十一中全會上，陶鑄當選為中共中央政治局常委，兼任書記處常務書記、國務院副總理、中共中央宣傳部部長。一九六七年一月，陶鑄遭到江青、陳伯達、康生等人的誣陷，說他是「中國最大的資產階級保皇派」、「復辟資本主義的急先鋒」、「叛徒」等，從此失去自由，並在精神上和肉體上遭受殘酷的折磨和摧殘，一九六九年十一月三十日在安徽合肥逝世。

陶鑄是中國共產黨的一位理論家和宣傳鼓動家，他一生豐富的革命實踐和革命理論，深刻而生動地表現在他的講演和著述之中。一九五〇年代末至一九六〇年代初，他在一系列講演和文章中談思想，談道德，談修養，談氣節，談情操，談作風，有如暮鼓晨鐘，發人深省，又似惠風春雨，拂人心扉。他的雜文結集為《理想，情操，精神生活》和《思想・感情・文采》兩書出版，其中，〈松樹的風格〉、〈太陽的光輝〉、〈革命的堅定性〉等文，熔鑄了他的理想與風格，早已成為人們傳誦讚賞的佳篇。

〈松樹的風格〉熱情讚美了松樹不畏風霜，頑強生長，挺拔高潔，自我犧牲的崇高品質，謳歌了具有松樹風格的共產主義戰士：不管在怎樣惡劣的環境下，都能茁壯地生長，頑強地工作，永不被困難嚇倒，永不屈服於惡劣環境；只要是為了人民的利益，粉身碎骨，赴湯蹈火，也在所不惜；而且毫無怨言，渾身永遠洋溢著革命的樂觀主義的精神。陶鑄勉勵青年人要像松樹一樣，成為具有共產主義風格的人。〈太陽的光輝〉談到如何正確對待工作中的缺點和錯誤，認真地在黨內開展批評和自我批評的問題。陶鑄為了提倡虛懷若谷地傾聽群眾議論我們工作中的缺點和錯誤，指出承認缺點和錯誤，無損於共產黨的偉大，他以太陽作比喻：「儘管太陽是人類生存不可缺少的，但總還是有人批評太陽的某些過失。譬如當大暑天驕陽似火，曬得人們流汗的時候，人們就會埋怨，說太陽的光和熱發射得過分了。而且大家都知道並且也都指出過，太陽本身上還有黑點。雖然這些都是事

實，但誰個曾懷疑人類可以不需要太陽呢？誰個曾因為太陽本身有黑點就否認了它的燦爛光輝呢？沒有。」〈革命的堅定性〉通過對岩石的堅定的讚美，強調革命的堅定性是無產階級政黨的一種非常寶貴的品德。陶鑄說，作為無產階級的革命家，一定要像岩石一般的堅定。他稱讚海岸邊的岩石，雖然經歷過無數次狂風暴雨的侵襲，忍受了千萬遍驚濤駭浪的衝擊，然而，它們從不動搖，十分堅定，在風雨過後，在浪濤退後，它們仍舊矗立在海邊，指向青天，面對大海。

　　陶鑄的雜文主題鮮明，內容充實，而且他常常運用象徵手法來寫作，使雜文充滿詩意，富有哲理色彩。如〈松樹的風格〉以樹喻人，〈太陽的光輝〉用太陽打比方，〈革命的堅定性〉借海邊的岩石來形容革命的堅定性，這些雜文通過具體可感的形象來抒發抽象的道理，增強了文章的說服力和藝術感染力。

三　李欣（1915-1999）

　　又名胡昭衡，河南滎陽人。抗戰前在北京大學讀書，一九三七年參加八路軍。一九四九年後任中共內蒙古自治區黨委宣傳部長、書記處書記，中共天津市委書記、市長，「文革」後曾任衛生部副部長、國家醫藥管理總局局長等職，並曾擔任北京市雜文學會會長。一九六○年代初期，當時在內蒙古工作的李欣，結合工作實際，針對風行一時的某些思想，寫作了一批題為「老生常談」的雜文，發表在一九六一至一九六三年的《實踐》雜誌和其他報刊上。李欣說：這些雜文，「從我接觸到的自治區當時、當地、幹部、群眾面臨的形勢任務出發，針對他們在普通工作和日常生活中發生的有典型意義的問題，我講了一些自己的見解和經驗。由於自己是個平凡的幹部，抓的也是平凡的問題，講的又是平凡的道理，說來說去無非是大家熟悉的思想評

論，所以把它叫作《老生常談》」[14]。李欣從中選出五十六篇雜文結集為《老生常談》，一九六四年三月由內蒙古人民出版社出版。

　　李欣的雜文雖叫作「老生常談」，但作者卻能根據自己的實踐經驗，「以新的觀點把舊話重提，在老調重彈時賦以新的意境，發掘、表達和發揚某些老話的新意義和新精神」[15]，因此，他的這些雜文是有創造性的「老生常談」。如〈一知半解〉，作者指出，「一知半解」比蒙昧無知好，它是取得真知灼見的必須經歷的第一步，如果善於運用，「一知半解」也可以發揮一定的作用。問題在於一個人如果滿足於「一知半解」，把它當作全知深解，甚至用它來武斷一切，那就是錯誤和危險的事了。又如〈業精於勤〉一文，作者談到「投機取巧」的問題：「機」是有利條件和關鍵時刻，應當看得清，拿得準；「巧」是竅門和經驗結晶，應該找到它，掌握它。因此，「投機取巧」之所以錯誤，並不在於「機」和「巧」，也不在於尋機求巧，而在於「不願付出辛勤勞動，又要收穫豐饒果實」。李欣的雜文不僅善於推陳出新，同時，對那些不大為人們所注意的日常生活中的現象，作者也能敏銳地窺見其中深含的社會意義，並加以具體地分析和精闢地闡述。比如一九六二年五月，李欣深入阿爾山林區檢查工作。一天，他走進林區一位職工的家裡，看見桌上並排擺著四個水瓶，瓶外標著「防火水」。剛開始作者很不以為然，覺得這種做法有點形式主義，後來他在林區走了很多地方，所到之處都在號召防火，這使李欣對那四瓶「防火水」有了新的想法，他寫了一篇雜文〈四瓶「防火水」〉，指出：對於某項工作，置身事外的人，缺乏利害感受，如果不調查就亂發表意見，吹毛求疵，那就要給工作帶來損失。

---

14 李欣：〈再版後記〉，見《老生常談》（呼和浩特市：內蒙古人民出版社，1979年，第2版）。

15 李欣：〈「老生常談」新解（代序）〉，見《老生常談》（呼和浩特市：內蒙古人民出版社，1964年，第1版）。

李欣的雜文在藝術上也有獨特的風格，文章鋪陳，深入淺出，或從典故、民諺談起，或由古詩、格言發揮，或用具體形象來比喻，或從現實的感受出發，有的放矢，對症下藥，常常做到以小寓大，平中見奇。而且作者文字似行雲流水，委婉有致，如常為人所稱道的雜文名篇〈除夕夜話〉描寫一家老少除夕守歲的情景，筆飽墨濃，情酣意深，令人回味無窮：

> 老小一家，坐在一起，做著家務活，談些人情話，說說過去，想想未來。情感的樂譜上交響著希望和回憶；生活的畫面上融合著辛勞和安逸。屋內，柔和燈光下一陣喧笑，一陣靜默；窗外，不安夜色裡時鳴爆竹，時聞人語。就這樣，帶著留戀，抱著希望，送走舊年除夕，迎接新春黎明。突然，人們帶著全部熱情互相祝賀：恭賀新禧！新的一年開始了！

四　秦牧（1919-1992）

　　原名林覺夫，廣東澄海人。兒童時代僑居新加坡和馬來亞，抗戰時期曾在桂林、重慶做過教師、編輯等工作。一九四九年後，秦牧擔任過中華書局廣州編輯室主任、《羊城晚報》副總編輯、《作品》主編等職。秦牧是當代著名的散文家，他一生辛勤創作，出版了六十一種共五百多萬字的作品，以其深刻的思想內涵和獨特的藝術力量，在國內外產生了廣泛而深遠的影響。

　　一九五〇年代後期，秦牧有感於當時散文雜文創作的單調劃一，著文呼籲，應該有知識小品、談天說地、個人抒情一類的文章，通過各種各樣的內容給人以「思想的啟發、美的感受、情操的陶冶」，他說：「有些人也許以為那樣的東西是脫離政治。如果出版物裡盡是那樣的東西，自然可以說是脫離政治。如果配合地登載一點，卻不能這

樣的看。如果一個人一天有一點兒時間在閒談、下棋、看花、打康樂
球並不算做『脫離政治』的話，為什麼在出版物裡面登一些拉雜閒談
的知識性的文章，就叫做『脫離政治』？」[16]於是，一九六〇年代初
期，他在《上海文學》以及北京、西安、武漢、廣州和海外的一些報
刊上，嘗試用一種輕鬆風趣、活潑生動的筆調，寓藝術道理於談天說
地之中，創作了十幾萬字關於文藝問題的隨筆，這些隨筆結集為《藝
海拾貝》，一九六二年十二月由上海文藝出版社出版。這本書出版後
深受讀者歡迎，多次重印，並在一九七八年五月出新版，一九八一年
再版，在海內外的印數高達七十萬冊。

　　秦牧的《藝海拾貝》大抵是從一些具體事物出發，然後引申出文
藝的基本原理和自己創作上的一些感悟：〈鮮花百態和藝術風格〉從
鮮花的多種多樣的姿態、紛繁的顏色，各有妙處，談到藝術風格多樣
化的可貴；〈並蒂蓮的美感〉從並蒂蓮、比翼鳥能夠給人以美感，而
雌雄終生擁抱不離的血吸蟲卻只能使人厭惡，談到思想美是藝術美的
基礎；〈鮮荔枝和乾荔枝〉從二者味道的差異，談作家「親知」的重
要性；〈高高翹起的象鼻子〉以模擬之作的工藝品未能博得人們青
睞，談到自然主義的侷限性；〈蝦趣〉從齊白石畫蝦，各隻蝦姿態不
一，談到樸素和深厚的關係；〈譬喻之花〉從許多民間詼諧譬喻的深
入人心，談到幽默的力量；〈神速的剪影〉從剪影的惟妙惟肖，栩栩
如生，談到描寫事物必須抓住其本質特徵的道理；〈放縱和控制〉、
〈粗曠與細膩〉從藝術上一些相反相成的習慣手法，談到辯證規律有
意識的運用等等。「這些隨筆式的雜文寓文藝理論於閒話趣談之中，
娓娓道來，風趣橫生，當人們卒讀全篇之後，不但能得到一次美的享
受，又能領略文藝的一些理論問題，從中得到有益的啟示」[17]。

---

16 秦牧：〈海闊天空的散文領域〉，見《花城》（北京市：作家出版社，1961年，第1
　　版）。

17 魏橋：〈略論建國以來雜文的「三落三起」〉，《浙江學刊》1983年第3期。

第四節　「長短錄」及其他雜文專欄

　　一九六○年代初期，中國大陸政治形勢開始出現轉機。中共中央著手糾正經濟建設方面和文藝思想領域「左」的錯誤，並總結了建國十二年來社會主義建設和黨內生活中的經驗教訓，克服了國民經濟的暫時困難，全國上下出現了一種生動活潑的新局面。

　　一九六一年六月初至七月初，文藝工作座談會和電影故事片創作會議同時在北京新僑飯店召開。六月十二日，周恩來到會講話，他針對當時文藝界的「左」傾錯誤，系統而又具體地闡述了馬克思主義的文藝理論，尖銳地批評了粗暴干涉「雙百」方針的不民主作風。他說：「現在有一種不好的風氣，就是民主作風不夠。我們本來要求解放思想，破除迷信，敢想敢說敢做。現在卻有好多人不敢想、不敢說、不敢做。」他並且針砭了「反右」運動以來種種錯誤的做法：「套框子、抓辮子、挖根子、戴帽子、打棍子」[18]。一九六二年一月十一日至二月七日，中共中央召開「七千人大會」，對幾年來工作中出現的「左」的錯誤作了一次比較集中的清理，提倡恢復實事求是傳統和民主集中制作風，並決定在政治上實行「三不主義」——不抓辮子、不扣帽子，不打棍子。一九六二年二月十七日，周恩來召集一百多位劇作家在中南海紫光閣召開座談會，又一次號召「破除迷信，解放思想」，他說，「這幾年樹立了許多新的偶像，新的迷信，也就是大家所說的框子」，不懂藝術的領導干涉過多，「這個不能寫，那個不能寫，還要給人家戴帽子：右傾，保守」，所以他本著「七千人大會」倡導的「三不主義」精神，號召作家們「破除新的迷信，再一次解放思想」。三月二日，周恩來在廣州召開的全國科學工作會議和全國話劇、歌劇、兒童劇創作座談會的開幕式上，作了〈論知識分子問題〉

18　周恩來：〈在文藝工作座談會和故事片創作會議上的講話〉，見《周恩來選集》下卷，北京市：人民出版社，1984年，第1版）。

的報告，全面闡述了知識分子政策，他代表中共中央為大多數知識分子「脫帽加冕」，充分調動了廣大知識分子在社會主義建設中的積極作用。

　　正是在這種大背景下，文藝政策開始有了鬆動，雜文創作又復蘇發展起來。一時間雜文又成為報紙文藝副刊的「旗幟」，許多報刊紛紛開設雜文專欄，如《北京晚報》的「燕山夜話」專欄，《前線》雜誌的「三家村札記」專欄，《人民日報》的「長短錄」專欄，《重慶日報》的「巴山漫話」專欄，《成都晚報》的「夜談」專欄，山東《大眾日報》的「歷下漫話」專欄，《雲南日報》的「滇雲漫談」專欄，《合肥日報》的「肥邊談屑」專欄，《西安晚報》的「秦中隨筆」專欄等等。這些雜文專欄的出現，充分反映了一九六○年代初期中國漸趨生動活潑的政治形勢。

　　《人民日報》為了提倡進一步活躍思想，自一九六二年五月四日至十二月八日，開設了「長短錄」雜文專欄，作者包括夏衍、吳晗、廖沫沙、孟超和唐弢，一共發表了三十七篇雜文（其中有一篇是張畢來與唐弢爭鳴的文章〈不足為訓的「厚道」〉，這些雜文一九八○年二月由人民日報出版社結集為《長短錄》出版）。這是一個情文並茂、在讀者中有廣泛影響的雜文專欄。

　　據夏衍回憶說，他從一九五七年後就不再寫雜文，「到一九六二年『七千人大會』之後，周恩來同志兩次召開文藝界座談會，提倡破除迷信，解放思想，強調了藝術規律和藝術民主。也正在這個時候，鄧拓同志的《燕山夜話》和吳晗、沫沙、鄧拓的《三家村札記》，大受讀者歡迎，於是，當《人民日報》當時負責文藝的陳笑雨同志設想要在『副刊』上開闢一個雜文專欄的時候，我就『老病復發』，不僅『欣然同意』參加，而且還推薦唐弢、沫沙、孟超等同志合作」[19]。

19　夏衍：〈雜文復興首先要學魯迅〉，《新觀察》1982年第24期。

當時《人民日報》很重視這個雜文專欄的創設，報社編委會專門開會
討論並確定了這個專欄的方針：「希望這個專欄在配合進一步貫徹
『百花齊放，百家爭鳴』方針方面，在表彰先進、匡正時弊、活躍思
想、增加知識方面，起更大的作用。」夏衍說：「我贊成這個方針，
特別是對『匡正時弊』、『增加知識』這兩點，認為十分必要。『時
弊』，即『當時之弊』，指的主要是假大空、順杆爬、黨八股之類，而
其實，『古已有之』的弊，如封建迷信等，實在也不少。至於『知
識』，說老實話，由於在一九五四年我在一次青年作家學習會上講了
一通『知識就是力量』，不久就在五七、五九兩年一再受到批判，而
又沒有把我『批倒』、『批服』。加上經過了五八、五九兩年颳共產風
的教訓，使我更加認識到愚昧不僅是生產之敵、文明之敵，而且是民
主之敵，所以我不察世風，不自量力，就積極主動地又想用雜文這一
武器，來為匡正時弊、增加知識方面做一點工作。」[20]

　　夏衍以「黃似」的筆名為這個專欄撰寫了九篇雜文，影響最大。
這些雜文有談戲劇語言，有談下一代教育問題，有談歷史劇的題材，
有談知識分子自我改造等等。其中特別精彩的是〈從點戲說起〉和
〈草木魚蟲之類〉兩篇。前者從相聲《秦瓊打關公》而引出《紅樓
夢》第十八回那段元春點戲的故事，談到如何妥善地處理點戲者、戲
提調和演戲者之間的矛盾：元春能夠欣賞藝術，又對藝術家表現了
「愛護和尊重的意思」，「是有氣度而又有教養的」；賈薔「有點主觀
主義」，也不大了解演員的特長和性格，但他「並不一朝權在手，便
把令來行」，還是尊重了演員的意願；齡官則表現了一個藝術家「有
主見而又敢於堅持」的難能可貴的品質。雜文含蓄地針砭了那種在文
藝上不懂裝懂瞎指揮的領導幹部，提倡人們必須按照藝術規律辦事。
據《人民日報》編輯姜德明回憶：「小平同志還表揚了夏衍同志那篇

20　夏衍：〈雜文復興首先要學魯迅〉，《新觀察》1982年第24期。

〈從點戲說起〉，認為寫得不錯。」[21]〈草木魚蟲之類〉談到作家早年讀英國人懷德的《色爾澎自然史》和法布林的《昆蟲記》，吃驚地發現原來過去深信不疑的知識，如《本草綱目》等記載的「腐草化為螢」、「雀入大海為蛤」、「螟蛉有子，蜾蠃負之」等，竟是十分荒誕的，因此提倡那種「不泥舊說、不逞臆想，事事都從實際觀察出發的實事求是的精神」，文章顯示了作者淵博的學識，有材料，有考證，深入淺出，夾敘夾議，趣味盎然。

　　吳晗和廖沫沙在寫作「三家村札記」雜文專欄的同時，也積極為「長短錄」撰稿。吳晗以「章白」的筆名寫了五篇雜文，〈爭鳴的風度〉剖析了百家爭鳴中存在的四種不科學的風度，指出如果不及時加以糾正，將會阻礙爭鳴的進一步展開；〈談寫文章〉介紹了自己的創作體會：多讀書，多寫作，多修改，只要堅持不懈，任何人都可以成為寫文章的妙手；〈論不同學科的協作〉談到學術研究各方面可以相互協作，取長補短，共同提高；〈戚繼光練兵〉和〈反對「花法」〉，從戚繼光練兵特別注意訓練士兵的武藝，講求實用，反對華而不實，聯想到一切現實工作都應該提倡這種精神。廖沫沙以「文益謙」的筆名，發表了七篇雜文，〈「長短相較」說〉談思想方法，〈小學生練字〉、〈還是小學生練字〉談小學生習字，〈鄭板橋的兩封家書〉談家庭教育，〈從「扁地球協會」想起〉談思想必須順應時勢變化，〈跑龍套為先〉談學藝的循序漸進，〈藥也會變麼？〉談用藥的辯證法。這些雜文基本上與他們在「三家村札記」中的文章相似，以傳播正面思想為己任，字裡行間閃爍著對國家和人民事業高度關切的赤子之心。

　　孟超是現代著名雜文家，「野草」雜文流派的主要成員。一九四九年後，他在負責中國戲劇出版社的領導工作之餘，曾於一九六一年

---

21 姜德明：〈《長短錄》餘話〉，見《王府井小集》（北京市：作家出版社，1988年，第1版）。

六月十七日至八月十九日，以「邊生」筆名在《光明日報》「東風」副刊上開闢「掃邊劇談」專欄，發表了〈借戲談戲〉、〈劇種之間〉、〈戲者戲也〉等九篇雜文，後被康生腰斬。他還以「草莽史家」的筆名在《光明日報》上發表了〈縱談三國〉等獨具風格的文章。在「長短錄」裡，孟超以「陳波」的筆名，寫了十三篇雜文：〈為話劇青年一代祝福〉、〈張獻忠不殺人辨〉、〈一代詩史當鐃吹〉、〈白蟻宮的秘密〉、〈甘為孺子牛〉、〈漫談聊天〉、〈何必講「打」〉、〈陳老蓮學畫〉、〈談「質」與「文」〉、〈談從望遠鏡中看人〉、〈談陳亮詞旁引〉、〈楓葉禮贊〉和〈美國鋼盔與生產工具〉，是數量最多的作者。當時《人民日報》副刊編輯袁鷹、姜德明說：「孟超同志是最積極的，他樂於承擔報社具體的、有時是很緊迫的要求，認為給黨報趕寫文章是一個共產黨員的責任。」[22]孟超的雜文風格多樣，雜彩紛呈，不拘一格。〈談從望遠鏡中看人〉從郭沫若對郁達夫的公允評價談起，認為「世間完人畢竟不是多數，如果眼睛對著顯微鏡專去挑剔別人弱點，就不如像郭老所說的以望遠鏡看人，而把他的優點引近到我們身邊來，對我們有益了」，因此，從大處落墨，從大處看人，同時又不隱其弱點，這才是比較正確的知人論世的態度。〈楓葉禮讚〉則是一篇詞工語雋、情韻兼備的隨筆體雜文，文章從讚美楓葉之色，「紅的深濃，紅的妍麗」，到讚賞楓葉之耐寒，「她能經得起秋之摧殘，露出了無畏無懼的神采，正是戰西風而不怯，經嚴霜而愈麗」，進而讚頌耐寒的楓葉所象徵的革命精神，以及體現著這種精神的「那些在各個崗位上克服困難而挺拔直立」的時代英雄。

　　唐弢是一位專業的雜文作家，從一九三〇年代開始，數十年來一直沒有放棄雜文寫作。一九四九年初期，他曾擔任《文匯報》副刊

---

22 袁鷹、姜德明：〈《長短錄》的始末與功「罪」〉，見《長短錄》（北京市：人民日報出版社，1980年，第1版）。

「磁力」的編輯和《文匯報》主筆，在該報「上海新語」欄目裡，發表了三、四百篇時事短評，後選擇一五三篇結集為《上海新語》和《可愛的時代》二書出版。一九五六年「雙百」方針提出後，唐弢在《人民日報》副刊連續發表了〈孟德新書〉、〈言論老生〉、〈從選本說開去〉、〈不必要的「門當戶對」〉、〈告警和斃後〉等雜文，「同當時出現的夏衍的雜文〈「廢名論」存疑〉，巴人的〈況鍾的筆〉等被人們目為這個時期優秀雜文之一」[23]。在「長短錄」專欄裡，唐弢以「萬一羽」的筆名寫了二篇雜文〈謝本師〉、〈尾骶骨之類〉。前者從章太炎「謝本師」談起，主張前輩愛護後輩，要鼓勵後輩趕上自己，超越自己；也提倡後輩尊敬前輩，在堅持真理的原則下，遇到老一輩思想跟不上形勢時，也要像章太炎對待俞曲園那樣，存心「厚道」，留有餘地。後者則是針對當時中印發生邊境衝突，有些國際輿論顛倒黑白，美國杜勒斯甚至說世界上根本不存在中華人民共和國，唐弢指出這些人的頭腦和眼睛，也像廢棄無用的器官如尾骶骨、耳輪筋、闌尾一樣，已經退化到徒具形式的地步，所以什麼都見不到，看不清。

　　「長短錄」這一雜文專欄，同當時許多報刊上出現的不少雜文專欄相類似，在內容和風格方面，顯示了自己的特色。正如《人民日報》編委會所指出的：「『長短錄』配合政治是廣泛的、多方面的，不同角度和不同形式的。一般不強調直接配合，而是打迂迴戰，儘量發揮雜文的特性。可以旗幟鮮明，態度明朗，但又娓娓動聽，清新活潑。主題含蓄而不隱晦，行文宛轉而少曲筆。」因此，這些雜文「別有風格，文筆清新，內容準確，針砭時弊，表彰先進，實事求是，不尚浮誇，使人讀了耳目一新」[24]。

---

23 姜德明：〈悼唐弢先生〉，見《唐弢紀念集》（北京市：社會科學文獻出版社，1993年，第1版）。

24 張友漁：〈執著的追求，坦蕩的胸懷〉，見《憶廖沫沙》（海口市：海南出版社，1992年，第1版）。

　　鄧拓於一九六二年十月在《燕山夜話》第五集的〈奉告讀者〉中，說自己決定不寫「燕山夜話」專欄，但熱切地希望《大眾日報》的「歷下漫話」等雜文專欄「能夠長期堅持下去，並且不斷地改進內容，更好地為讀者服務；同時希望讀者們也能夠從這些報紙的專欄雜文中得到有益的知識」。

　　「歷下漫話」的作者丹丁，原名秀生，是山東新聞界的一位「老兵」。他在一九六〇年代前後，寫了不少雜文，並於一九六一年出版了雜文集《瓜豆篇》。在「歷下漫話」專欄裡，有許多是通俗普及的知識性雜文，如〈葛藤小考〉、〈關於菱白〉、〈仲秋賦〉、〈種子問題〉、〈種麥篇〉等，旁徵博引，說古論今，令人開闊眼界，增長知識。還有一些是弘揚愛國主義思想，強調思想意識和思想方法的鍛煉和修養的雜文，如〈中國的脊樑〉稱頌了辛棄疾等「埋頭苦幹、拼命硬幹、為民請命和捨身求法」的民族英雄，認為他們崇高的愛國主義思想，反映了我們中華民族的偉大精神；〈鍛煉和修養〉闡述了閱讀劉少奇《論共產黨員的修養》一書的心得體會，指出加強黨員的鍛煉和修養，是純潔革命隊伍，提高黨員品質和黨的戰鬥力的根本保證。另外，丹丁在「歷下漫話」裡也涉及對文學、戲劇、電影、美術等的評介，如〈顧及全人〉以宋代女詞人李清照為例，認為研究一個作家、一部作品，或者評論一個人、一件事實，應當採取實事求是的分析態度，「不要好就一切都好，壞就什麼都壞」；〈《紅岩》評點〉從話劇《紅岩》談到改編工作是一種藝術再創造，不能用生活現象的框框去硬套文藝作品。可以說，丹丁的「歷下漫話」「在古今中外、政治經濟、科學文化、思想品德、文藝批評等方面，多有自己的見解，這對於讀者，不無啟迪作用」[25]。

25　王眾音：《歷下漫話》〈序〉（濟南市：山東人民出版社，1983年，第1版）。

　　張黎群（1918-2003），四川成都人。青少年時代便參加革命，抗日戰爭時期做過青年救國會的工作和地下工作。一九四九年後曾擔任《中國青年報》負責人，反右後被下放農村，一九六〇年代初期任中共中央西南局辦公廳副主任。一九六二年四月二十五日起，他以「張秀嵋」的筆名在《成都晚報》開設「夜談」雜文專欄，並在《重慶日報》開設「巴山漫話」雜文專欄。張黎群說：「我集一九五八年下放米脂，期滿調回北京，又調西南這五年的觀察所得，深感各級領導幹部中，有不大不小一部分同志，思想方法武斷主觀，不講科學，不講知識，不講群眾路線，不講民主。我想針對這種情況發點議論。」[26]他在這兩個專欄寫的雜文收入四川人民出版社一九八二年七月出版的雜文集《巴山漫話》中。

　　在這些雜文裡，張黎群以可貴的政治敏感和犀利文筆，對現實生活中存在的錯誤思想方法、工作作風以及各種違反民主集中制的不良傾向，提出了尖銳的批評。如〈試論「框框」〉，針對當時某些領導幹部「不夠民主，總是要大家接受他固有的『框框』」的作風，擺事實，講道理，提出按「框框」辦事的危害性極大，而解決的辦法則是「對待任何事情，要尊重科學，尊重事實；思想要敏銳，要解放，不要受舊有的概念、意見和不合實際的決定所約束，敢於發現和提出新的問題和意見」。又如〈談「八九不離十」〉針砭了「共產風」和「浮誇風」及其惡劣影響，認為如果脫離實際，遠遠離開實實在在的事物，鬧主觀主義，憑靈感辦事，以幻想代替現實，瞎說空話，搞什麼「海市蜃樓」，那就談不上「八九不離十」，而是「離十太遠了」。張黎群的雜文不僅具有較深刻的思想性和較強烈的針對性，而且具有啟發讀者的知識性和引人入勝的趣味性。如〈打倒陳賈思想〉、〈有學有

26　張黎群：〈願《夜談》常青（代序）〉，見《夜談》（重慶市：重慶出版社，1984年，
　　第1版）。

術〉、〈從「《霍光傳》不可不讀」談起〉、〈談「人和」〉、〈李逵錯怪宋江——再談「人和」〉等雜文，廣徵博引，從古人從政得失、選將任人、行軍打仗、讀書治學等方面，為讀者總結和介紹了可資借鑑的寶貴的歷史經驗。總之，「它們的一個中心主題，是宣傳民主集中制。它們的一個鮮明特點，是切中時弊，實事求是，敢道人所不敢道，敢言人所不敢言」[27]。由於張黎群的雜文所談的內容是從現實問題中提煉出來的，順乎人民的願望，表達人民的心聲，因此，激起讀者的共鳴，受到廣泛的歡迎。

一九六二年底，隨著階級鬥爭擴大化理論的重新抬頭，社會形勢出現逆轉，「燕山夜話」、「長短錄」等雜文專欄相繼停辦，雜文創作又一次趨於低潮。

---

27 鍾翔：〈政論雜文的一簇香花——重讀張黎群同志的《夜談》、《巴山漫話》有感〉，《四川文學》1979年第3期。

第五章
「三家村」雜文

第一節　毛錐三管意縱橫

　　「三家村」是指鄧拓、吳晗和廖沫沙，他們是中國現當代文化界、理論界的知名人士。「三家村」得名於他們一九六〇年代初期在中共北京市委機關刊物《前線》上開闢的「三家村札記」雜文專欄。「三家村」雜文，主要是指「燕山夜話」時期（1961年3月至1962年9月）和「三家村札記」時期（1961年10月至1964年7月）三位作者的雜文創作，此外也兼及他們在一九五〇年代中後期創作的其他雜文。

一　鄧拓（1912-1966）

　　原名鄧子健，福建福州人。一九二九年考取上海光華大學社會經濟系，一九三〇年加入「中國社會科學家聯盟」和中國共產黨。在上海從事地下工作期間，於一九三二年十二月被捕，後經家人多方求助，一九三三年九月取保出獄，回到福州。一九三三年十一月二十日，十九路軍發動「福建事變」，成立抗日反蔣的人民革命政府，鄧拓擔任文化委員會專員兼外交部秘書。一九三四年一月十五日，「閩變」失敗，鄧拓避居上海。秋天，經大哥安排，鄧拓到開封河南大學插班經濟系。在此期間，鄧拓寫成二十四萬字的《中國救荒史》，一九三七年六月由上海商務印書館列入「中國歷史研究名著叢書」出版，被譽為「扛鼎之作」，很快在日本被譯成日文出版。一九三七年十月，鄧拓到達晉察冀邊區，先後主持《戰線》、《抗敵報》、《晉察冀

日報》等報刊的工作，並於一九四四年主持編輯出版了中國第一部
《毛澤東選集》。

　　一九四九年秋，鄧拓出任《人民日報》總編輯，並受聘為北京大
學兼職教授。一九五五年，鄧拓受聘為中國科學院哲學社會科學部委
員。一九五六年七月一日，鄧拓主持《人民日報》改版工作，推動了
當代雜文創作的第一次繁榮。在一九五七年整風期間，鄧拓領導的
《人民日報》「按兵不動」，在風雲變幻中保持了冷靜的態度，卻被毛
澤東指責為「死人辦報」、「把著毛坑不拉屎」。一九五七年六月二十
九日，鄧拓改任《人民日報》社社長，由吳冷西接任《人民日報》總
編輯一職。在一九五八年於南寧召開的中央工作會議上，毛澤東再次
批評鄧拓「無能」。鄧拓決定辭去《人民日報》社社長職務，一九五
八年八月，他被批准離開《人民日報》。一九五八年九月，鄧拓調任
中共北京市委書記處書記，負責文教工作。在一九五九年二月《人民
日報》社舉行的歡送大會上，鄧拓情緒激動地賦詩一首〈留別人民日
報諸同志〉：「筆走龍蛇二十年，分明非夢亦非煙。文章滿紙書生累，
風雨同舟戰友賢。屈指當知功與過，關心最是後爭先。平生贏得豪情
在，舉國高潮望接天。」

　　一九四九年後，鄧拓曾以左海、卜無忌、于遂安、單文生、馬南
邨等筆名，發表了大量雜文，影響頗大。尤其是一九六〇年代初期寫
作「燕山夜話」和「三家村札記」雜文專欄，名盛一時。曾彥修說：
「六十年代初最值得注意的雜文作家是鄧拓。據我個人的看法，經過
反覆比較，我以為鄧拓應是新中國建立四十年來首屈一指的傑出的雜
文家。」「鄧拓的學問、見解、道德、文章，和他那一片對黨的無限
忠誠使他不愧為四十年來我國雜文作家的一個最傑出的代表。」[1]鄧

1　曾彥修：《中國新文藝大系（1949-1966）・雜文集》〈導言〉（北京市：中國文聯出版
　　公司，1991年，第1版）。

拓的雜文集《燕山夜話》共發行一百多萬冊，影響遠及海內外，被譯
成日文、俄文、德文和英文在國外出版。巴黎第七大學東亞出版中心
出版的《中國當代文學史稿（1949-1965大陸部分）》，稱《燕山夜話》
「在中國當代文壇上，恐怕只有這樣一部以小塊文章而結集成為這樣
偉大而輝煌的巨著」。在一九六六年那場史無前例的「文化大革命」
拉開序幕時，鄧拓於五月十八日淩晨用生命來維護自己人格的尊嚴。
他寧為玉碎，不為瓦全。

二　吳晗（1909-1969）

　　原名吳春晗，浙江義烏人。一九二八年考入上海中國公學大學部
預科，第二年升入社會歷史系。一九三〇年寫成〈西漢的經濟狀況〉
一文，受到胡適的賞識。一九三一年經胡適推薦，吳晗成為清華大學
工讀生。一九三二年擔任清華學生會辦的《清華週刊》文史欄主任。
一九三三年秋，鄭振鐸創辦《文學季刊》，吳晗出任編委。一九三四
年八月吳晗從清華大學畢業，留校任教。一九三七年九月，吳晗離開
北平到昆明雲南大學文史系任教授。一九四〇年秋，吳晗從昆明轉到
敘永的西南聯大分校，講授通史。一九四三年七月，吳晗加入民盟組
織。從一九四三年起，吳晗發表了大量抨擊時弊的雜文，他於一九五
九年九月將一九四三到一九四八年所寫的六十篇雜文結集為《投槍
集》，由作家出版社出版。

　　一九四九年二月，吳晗等人受中共中央之托，接管北京大學和清
華大學，並被任命為清華大學校務委員會副主任、文學院院長、歷史
系主任等職。一九四九年十一月，吳晗當選為北京市副市長，分管文
教衛生工作。一九五五年六月，吳晗受聘為中國科學院哲學社會科學
部委員。一九五九年四月，吳晗回應毛澤東的建議，開始研究海瑞，
先後寫成〈海瑞罵皇帝〉、〈論海瑞〉等文，並創作了歷史劇《海瑞罷

官》。吳晗還在一九五九年一月至七月間，以「劉勉之」的筆名，在
《人民日報》副刊撰寫「讀書札記」專欄，發表了一批知識性的雜
文。他將這些雜文同發表在《光明日報》、《北京日報》、《新建設》、
《前線》、《歷史教學》和《戲劇報》上類似的文章，結集成《燈下
集》，於一九六〇年六月在三聯書店出版。他在該書的「前言」中
說：「這本集子也就夠雜了，……就內容說，談商業，談農業，談打
仗，談服裝、稱呼，談學習，談統治階級內部矛盾，談三國戲，談曹
操、武則天、海瑞、談遷，也雜得很。但是，儘管雜，也有一致的地
方，那就是談的都是歷史。……目的是想通過明白易曉的文字，提供
一些歷史知識，豐富人們的文化生活。」一九六〇年代初期，吳晗參
加了「三家村札記」和「長短錄」專欄的寫作。一九六一年十二月，
吳晗在作家出版社出版雜文集《春天集》。一九六三年二月，吳晗在
北京出版社出版雜文集《學習集》。一九六六年七月起，吳晗不停地
被揪鬥、毒打。一九六八年三月，吳晗被捕入獄。一九六九年十月十
日，吳晗在獄中被迫害致死。

三　廖沫沙（1907-1990）

　　原名廖家權，湖南長沙人。一九二七年參加革命活動，一九三〇
年加入中國共產黨，其後在上海從事地下工作。一九三三年春天開
始，廖沫沙在《申報》「自由談」、《大晚報》「火炬」、《中華日報》
「動向」等副刊上發表了不少雜文。抗日戰爭和解放戰爭期間，廖沫
沙先後擔任湖南沅陵《抗戰日報》、桂林《救亡日報》、重慶《新華日
報》、香港《華商報》等報社總編輯、編輯主任、副總編輯、主筆等
職，撰寫了大量的論文、評論和雜文。
　　一九四九年後，廖沫沙歷任中共北京市委宣傳部副部長、教育部
長、統戰部長等職。一九五六年九月至十二月，廖沫沙以「聞璧」的

筆名在《新觀察》上開闢了「亂彈雜記」專欄，共發表了十四篇雜文。一九六二年十二月，廖沫沙以「繁星」的筆名在北京出版社出版了雜文集《分陰集》。「文革」開始後，廖沫沙被批鬥、勒令寫交待檢查和勞動改造。一九六八年，廖沫沙被以「軍事監護」的名義關押進北京衛戍區。一九七五年，廖沫沙被下放至江西省分宜縣芳山林場，直至一九七八年三月才結束流放生涯。

　　一九七九年八月，經中共中央批准，中共北京市委正式決定為所謂「三家村反黨集團」冤案徹底平反。一九七九年九月，人民文學出版社出版了鄧拓、吳晗和廖沫沙三人的雜文合集《三家村札記》。從一九八四年起，北京出版社著手編輯鄧拓、吳晗和廖沫沙的每人四卷本文集，並於一九八六至一九八八年相繼出版。一九九〇年十二月二十七日，「三家村」的唯一倖存者廖沫沙走完了他漫長而坎坷的人生旅程。

　　「三家村」雜文出現在一九六〇年代初期中國共產黨恢復和發揚民主的轉折階段，鄧拓從一九六一年三月十九日至一九六二年九月二日，在《北京晚報》上開闢「燕山夜話」雜文專欄。鄧拓、吳晗和廖沫沙三人於一九六一年十月至一九六四年七月在《前線》雜誌上寫作「三家村札記」雜文專欄。關於這個專欄的緣起，廖沫沙一九七九年三月在《三家村札記》〈後記〉中作了說明：

　　　　在一九六一年的九月以前，《前線》將開闢這個專欄的事，我是一無所知的。直到九月中旬或下旬，《前線》編輯部的工作同志來通知我：第二天的中午，邀請我到四川飯店聚餐。我也沒有問過他為什麼、將有什麼人參加。因為我本來是《前線》的編委之一，而且在此以前曾多次給《前線》寫過稿；編輯部約請寫稿人吃頓飯，在我的寫作經歷中並不是什麼稀罕的事，……

到時我就去了。在座的人並不多，鄧拓、吳晗兩位之外，只有《前線》編輯部的幾位同志。

入席以前，坐在沙發上抽煙喝茶，鄧拓同志隨便地談起：《前線》也想仿照別的報刊「馬鐵丁」「司馬牛」之類，約幾個人合寫一個專欄，今天就是請你們兩位（指吳和我）來商量一下。聽說「馬鐵丁」他們是三個人合用的筆名，我們也照樣是三個人取個共同的筆名，既是三個人，就乾脆叫《三家村札記》行不行？他所說的「三個人」就是指鄧、吳、廖三人。

……

吃飯的中間，話題並不集中，東拉西扯，直到吃完，才又回到本題。所謂「本題」，也不過是三人合用的筆名如何取法，最後確定一人出一個字，吳晗出「吳」字，鄧拓出「南」字（鄧拓的筆名叫「馬南邨」），我出「星」字（我當時的筆名是「繁星」）。專欄的名稱與合用的筆名「吳南星」就這樣定了。至於文章的寫作內容和寫作方法如何，我清楚地記得，當時並沒有任何人提出來作為議題加以討論；只是相約，文章以一千字左右為限度，每期在《前線》刊登一篇；三人輪流寫稿；……萬一作者因公離京就請旁的同志代筆。所以現在出版的《札記》中有五篇是其他同志寫的。

「三家村」所約定的規條就是這些，沒有其它任何規定，對文章的題材和題旨，沒有作任何限制，一律由自己找題材、定題旨，文責自負，而且互不干涉。……

……

總而言之，我可以在這裡指天誓地地宣告：《三家村札記》實在是一個無組織、無計畫、也無領導和指揮的三個光人、三支禿筆自由而偶然地湊合起來的一個雜文專欄，如此而已。

　　廖沫沙在一九八二年十一月為蘇雙碧、王宏志的《吳晗傳》作序時又說：「鄧拓同志和吳晗同志都是雜文大師，吳晗在抗日戰爭期間，就寫過《舊史新譚》。他的雜文大多以歷史為題材，在當時被稱為『戰鬥的歷史科學的一支奇兵』。鄧拓同志在六十年代初以獨家寫作的《燕山夜話》，受到廣泛的讀者歡迎。我也愛寫雜文，從三十年代初年就開始寫。因此，我們三個人一同走進了『三家村』，可說是不期而遇，殊途同歸。」[2]

第二節　「三家村」雜文的哲理品格

　　一八二八年十二月十六日，歌德在和愛克曼的談話中談到詩人的「獨創性」及其「教養來源」時說：「……關鍵在於要有一顆愛真理的心靈，隨時隨地碰見真理，就把它吸收進來。」[3]同樣地，正是由於鄧拓等人「有一顆愛真理的心靈」，因而使他們的雜文具有「獨創性」和富於哲理品格。

　　「三家村」成員鄧拓、吳晗和廖沫沙都是「用筆來為黨的革命事業奮鬥一生的」雜文家，他們一生熱愛真理、追求真理。當一九五〇年代後期中國大陸為「左」的狂熱和迷誤所支配時，他們從馬克思主義的歷史唯物論和辯證唯物論的基本原理出發，提倡實事求是的科學精神，對社會工作中的失誤作了真誠善意的批評，寫下了不少匡時救弊、扶正祛邪的雜文篇章。他們的雜文表現了雜文家捍衛真理、敢講真話、抨擊時弊、無私無畏的凜然正氣和坦蕩胸懷。

　　「三家村」雜文出現在一個特殊的歷史時期，他們在人們司空見慣、不容置疑，甚至奉若神明、大唱讚歌的事物上，看出了一場嚴肅

2　廖沫沙：《吳晗傳》〈序言〉（北京市：北京出版社，1984年，第1版）。
3　〔德〕愛克曼：《歌德談話錄》（北京市：人民文學出版社，1978年，第1版）。

的荒唐和可笑的荒謬。他們在舉國狂熱、輿論一律的政治氣氛之下，能喊出不同的聲音；在人們渾渾噩噩、糊裡糊塗之際，寫下了一些真理性的認識。正是這種執著追求真理、捍衛真理的真誠和勇氣，決定了他們思想上的獨立思考、獨立探索和獨立發現，才使他們獲得了認識的真知灼見，構成了他們雜文的馬克思主義哲理品格。因此，「三家村」作者不只是一般的雜文家，而享有思想家的崇高稱號。他們有著思想家的智慧，尤其是鄧拓的雜文，代表了當時思想家所能達到的一個重要的認識高度。

「三家村」作者在雜文中暴露了「大躍進」運動、「浮誇風」的危害，鄧拓的雜文〈一個雞蛋的家當〉、〈茄子能長成大樹嗎？〉、〈從三到萬〉等文，都是其中的力作。尤其是〈一個雞蛋的家當〉更是一篇借古喻今，通過談論古代一個財迷不切實際的發財妄想，來批判現實生活中的「左」傾錯誤的傑作。作者引用了明代江盈科《雪濤小說》裡的一個故事，說一個極其貧窮的市民，偶然拾到一個雞蛋，竟妄想孵雞生蛋，買牛生犢，大發其財，誰知他「欲買小妻」這句話，激怒了糟糠之妻，她一拳把雞蛋搗碎了──所謂「一個雞蛋的家當」也就結束了。鄧拓形象地指出了用空想來追求發財致富的錯誤，強調只有真正老實的勞動者，懂得勞動生產致富的道理，才能摒除一切想入非非的發財妄想，而踏踏實實地用自己辛勤的勞動，為社會也為自己創造財富。鄧拓對「市民」的行為進行了獨到精闢的分析，「他的計畫簡直沒有任何可靠的根據，而完全是出於一種假設，……用空想代替了現實」。這些一針見血的語言，切中了一味沉溺於主觀浪漫空想的浮誇風的要害，也指出了「大躍進」運動的實質及其危害。文章表現了作者的膽識和洞察力，語重心長，苦心積慮，刺世弊而中時隱。

當時與「浮誇風」、「共產風」一道氾濫成災的是，社會上假話、大話、空話十分猖獗。「三家村」作者在雜文中尖銳地抨擊了這種「假、大、空」現象，勾勒出形形色色「假、大、空」人物的醜惡嘴

臉：有以孔明自許，「議論自負，莫敢攖者」，結果卻原形畢露，被天
下人所恥笑的「帶汁的諸葛亮」（鄧拓：〈三種諸葛亮〉）；有嫉妒孟嘗
君能養三千食客，就胡亂吹牛自己也有三千食客，可是經不住實地觀
察，一看就漏底的季孫氏和一派胡言的方士（鄧拓：〈說大話的故
事〉）；有誇口要把海燒乾，結果只是空放了一通謠言，最後「害羞地
飛去」的山雀（鄧拓：〈兩則外國寓言〉）；有學習兵法，頭頭是道，
沒有人能超過，實際上只是一個紙上談兵的人物，結果不僅自己被
殺，而且使趙軍損失四十五萬人的趙括和沒有戰爭的實際知識，也沒
有指揮軍隊、臨機應變的經驗，自以為是、不聽忠告，結果兵敗被殺
的馬謖（吳晗：〈趙括和馬謖〉）。作者陳古諷今，推微知著，指出那
些不講實際效果、欺騙和嚇唬人們的假話、大話、空話、套話、廢
話，根本不能解決任何問題，對人類社會毫無裨益、反滋危害。特別
是那種「偉大的空話」，因為有華麗的外衣、動聽的詞藻，更容易迷
惑天真浪漫的青少年，危害就更大了。吹牛皮的人自以為能夠為所欲
為，而其結果，卻是在實際的事物面前碰得頭破血流，最終只能宣告
破產。因此，作者告誡人們千萬不要說大話、不要吹牛，遇事要採取
慎重的態度，「言不得過其實，實不得過其名」。

　　「三家村」作者那種實事求是、堅持真理、戳穿謬誤的頑強戰鬥
精神，還表現在他們在雜文中批判了當時的「政治流行病」——官僚
主義、主觀主義、形式主義和教條主義，作者生動形象地為那些憑著
主觀願望、追求表面好看、貪大喜功而缺乏實際效果的官僚主義者畫
像。如鄧拓的〈廢棄「庸人政治」〉，文章從一個例子談起：某縣下一
道命令，要全縣的棉花都在同一天打尖。結果有許多田裡的棉花，沒
有到打尖的時候，也硬給打了尖。這類事在「大躍進」以及很長一段
時期裡，愈演愈烈。鄧拓在列舉了生產上、政治工作中若干不良傾向
之後，明確指出這種「庸人政治」除了讓那些真正沒有出息的庸人自
我陶醉以外，根本沒有什麼用處。因此，作者奉勸人們遇事深思熟

慮，千萬不要亂擬方案，濫作主張為好，以免害死人。可惜鄧拓這種
「燃犀見早燭幾微」的清醒的聲音沒有被重視，「左」傾錯誤卻氾濫
成災。

　　在抨擊時弊的同時，「三家村」雜文作者也在文章中積極提倡實
事求是的科學精神，主張按客觀規律辦事。如鄧拓的雜文〈堵塞不如
開導〉、〈放下即實地〉、〈主觀和虛心〉、〈智謀是可靠的嗎？〉、〈王道
和霸道〉，廖沫沙的雜文〈從一篇古文看調查研究〉、〈群眾路線的
「敲門磚」〉、〈親聞、親見、親知〉等等。在〈王道和霸道〉一文
中，鄧拓明確反對那種「咋咋唬唬的憑主觀武斷的一意孤行的思想作
風」，提倡「老老實實的從實際出發的群眾路線的思想作風」。廖沫沙
在〈從一篇古文看調查研究〉這篇名文裡，對《戰國策》中的〈鄒忌
諷齊王納諫〉作了獨到新穎的解釋，認為這篇古文是講有問題就得
「實事求是」，作「調查研究」，從共同中找出差別，從特殊中找到一
般，從雜亂無章的客觀現象中尋找出它的規律，只有這樣，才能與客
觀實際相符合。廖沫沙還在〈有帳必須算〉、〈且談收與藏〉、〈從「無
數」到「有數」〉等一系列雜文中，提醒人們必須按客觀規律辦事，
從社會主義和人民群眾的利益出發，做到心中有數，「一個國家要建
設社會主義，作前無古人的大事，如果不算帳，就會建不成社會主
義，或者使社會主義遭受損失」。這些洞見卓識對於唯浮誇是榮，熱
衷於插紅旗、拔白旗的人來說，不啻是一帖清醒的良藥。「三家村」
作者還針對意識形態領域出現的「左」傾偏差和形而上學的錯誤，提
倡學術討論的百家爭鳴。如吳晗的雜文〈神仙會和百家爭鳴〉、鄧拓
的雜文〈「批判」正解〉，都認為所謂的「批判」是指運用辯證唯物主
義和歷史唯物主義，對各種具體問題進行具體分析，透過現象抓住本
質的研究過程，決不是以「打擊」或「否定」一切為目的的「武斷」
行徑。他們指出，只有在不斷爭鳴中才能提高中國的學術水準，繁榮
學術研究，更好地為社會主義建設服務。

　　「三家村」雜文可謂皆有為而作,「三家村」作者正是以他們在雜文中表現出來的堅定的馬克思主義的哲理品格,而區別於那些缺乏獨立思考、人云亦云,為極「左」思潮推波助瀾的雜文;區別於那些採取冷眼旁觀的態度,使批評成為旁敲側擊的冷嘲的雜文;區別於那些缺乏嚴肅的創作態度和熱烈的靈魂,只是抄錄一些政策文件上現成的辭句,寫成「不疼不癢」文章的雜文。因此,「三家村」那些充滿智慧和勇氣的雜文,在當時的歷史條件下,具有一種思想啟蒙的戰鬥作用,它像一團火,在思想界、雜文界,點燃起獨立思考、發揚科學精神的火把。雜文家藍翎在評價一九六○年代初期的「龔同文」雜文與「三家村」雜文時認為:「處在同樣的政治氣氛下,兩種雜文的面貌迥不相侔。前者唱高調,說空話,後者說實話,刺空談。前者讓人想入非非,跑步進入共產主義;後者讓人腳踏實地,認清自己的家底。前者充滿絕對正確的官氣;後者寓哲理於豐富的知識,娓娓道來,不動聲色。前者語言可憎,後者文采斐然。」[4]日本記者中野謙三在日文版《燕山夜話》的「後記」中認為:「《夜話》和《札記》寫得最多、諷刺最多的是那些吹牛、放大炮、不依靠群眾、不根據客觀規律辦事的現象」,「今天,當我重讀《燕山夜話》和《三家村札記》的時候,中國知識分子的那種不畏權勢的膽量和批評精神,再一次使我深深感動。」美國一位研究中國當代文學的青年博士一九八二年在北京訪問廖沫沙時也談到:「在大學讀書時,我的老師在講課中說,《三家村札記》的作者鄧拓、吳晗、廖沫沙是中國文壇的自由主義者。可是,當我有機會細讀了您從三十年代到現在的許許多多的作品後,認為我的老師錯了。你們不是這個制度的持不同政見者,你們是在用活潑的形式,巧妙的語言,宣傳自己的見解和信仰。你們的思想

4　藍翎:《雜文研究資料選輯》〈序言〉,見《風中觀草》(廣州市:花城出版社,1988年,第1版)。

和你們的國家制度是完全一致的。」[5]一九八四年，蘇聯《遠東問題》雜誌第三期發表了 A. H. 熱洛霍夫采夫的長文〈鄧拓死後的命運〉，文章說：「隨著時間的流逝，鄧拓作品的意義不是降低，而且日益呈現在人們的面前；雖然他已離去，但他作為一個人和一位作家的形象，在我們心目中越來越高大。這位才華出眾、無所畏懼的共產黨人的一生，他的活動和死本身堪稱原則性和嚴整性的典範。他的形象將永遠鼓舞著人們。」[6]

第三節　「三家村」雜文的文化意識

「三家村」成員鄧拓、吳晗和廖沫沙都是思想深刻、閱歷豐富和知識廣博的雜文大家，他們有著深厚文化背景的創作心靈和知識結構，在一九六〇年代初期思想文化封閉，創作個性失落和雜文藝術趨於單調劃一的情況下，突破了雜文創作狹窄的思維空間，而馳騁在大文化的廣闊天地裡。他們在雜文中縱談讀書治學、人生修養、歷史文物、民俗人情、草木蟲魚，作品視野開闊、氣象恢宏，表現了民族和時代的優秀精神。正如周揚在評論鄧拓雜文時所指出的：

> 在傳播歷史社會知識的文字中，滲透著一種熱愛祖國和人民、為我們民族的優秀文化而自豪的深摯的感情，而這種感情又總是歸結為對社會主義美好事物的由衷的讚頌和對積極建設新生活的熱情的召喚。歷史知識和歷史人物的評論，絲毫沒有沖淡對現實的關注，倒是給人們增加了認識和改造現實的智慧。[7]

5　轉引自陳海雲、司徒偉智：〈廖沫沙的風雨歲月〉（六），《新文學史料》1986年第2期。

6　轉引自顧行、成美：《鄧拓傳》（太原市：山西教育出版社，1991年，第1版）。

7　周揚：《鄧拓文集》〈序言〉（北京市：北京出版社，1986年，第1版）。

這也可以說是「三家村」雜文的共同特色。

　　據雜文家夏衍回憶，一九五七年之後不斷地批判知識分子，「知識越多越反動」之說開始抬頭，雜文家感到「愚昧無知不僅是建設之大敵，文明之大敵，而且是民主法制的大敵」，於是拿起雜文這一武器來做「匡正時弊，增進知識」的工作[8]。「三家村」雜文正是以「提倡讀書、豐富知識、開闊眼界、振奮精神」為宗旨，傳播文化知識、弘揚民族精神。鄧拓在《燕山夜話（合集）》〈自序〉中說過：「我們生在這樣偉大的時代，活動在祖先血汗灑遍的燕山地區，我們一時一刻也不應該放鬆努力，要學得更好，做得更好，以期無愧於古人，亦無愧於後人。」這段話說出了「三家村」雜文的創作動機。他們希望通過自己的雜文創作，使廣大讀者了解祖國的歷史文化，學習先人勤勞、智慧、勇敢的美德，從而有助於培養和提高人們的共產主義思想覺悟和道德品質，增長知識和智慧。

　　一九六〇年代初期，中國大陸文化思想領域存在的主要問題是「左」傾思潮嚴重，反對「雙百」方針，否定歷史遺產，大搞文化專制主義和歷史虛無主義。著名歷史學家周予同教授曾痛心疾首地呼喊：「五千年祖國優秀文化從此將被淹沒了！」「三家村」成員不止一次對當時「左」的觀點和作法表示反感，他們特別反對那種把祖國的歷史說得漆黑一團，對剝削階級的歷史人物一概否定的歷史虛無主義。「三家村」成員在雜文中重視文化歷史遺產的批判繼承，認為空談打倒一切舊的是沒有意義的，對於人類已經創造的一切，既不是盲目地全部加以肯定，也不是籠統地一概加以否定；而是為了去粗取精、去偽存真，更好地接受遺產、發展文化、發展社會主義事業。如果說五四時期以魯迅為代表的一批雜文家為了衝破封建傳統的羈絆，提倡「民主」和「科學」的精神，他們作為社會批評和文明批評的雜

8　夏衍：〈風雨故人情——《廖沫沙的風雨歲月》代序〉，《新文學史料》1986年第1期。

文更多地側重於文化批判，那麼，當社會歷史條件發生變化，在新中國建立後，那些具有社會主義現代化覺悟和共產主義遠大理想的雜文家，又是真正尊重歷史、珍視民族文化傳統的人。「三家村」成員正是努力促使傳統文化走向現代化的代表人物，他們的雜文創作主要致力於文化建設。

「三家村」雜文的文化意識首先表現在作者對文化在改造國人的民族素質和社會主義建設中的地位和作用的認識，即「重視文化知識對於提高人們社會主義覺悟的重大作用」[9]。吳晗在〈說道德〉、〈再說道德〉、〈三說道德〉這幾篇著名的雜文裡，根據恩格斯《反杜林論》中的有關論點，認為無論封建社會的道德，還是資產階級的道德，無產階級都可以批判地吸取其中某些部分，使之起本質的變化，從而為無產階級的政治、生產服務。他寫道：

> 例如忠，過去要忠於君主，今天呢，難道不應該忠於國家，忠於人民，忠於社會主義建設事業！
>
> 又如孝，對於父母要好，父母年老了，喪失勞動力了，子女難道不應該照顧父母？
>
> 至於誠實、勤勞、勇敢、刻苦耐勞、雄心壯志這些美德，難道不都可以移用在今天？

吳晗列舉了孟子和文天祥的例子。孟子說過：「富貴不能淫，貧賤不能移，威武不能屈，此之謂大丈夫。」吳晗認為這是封建時代的道德，也是我們中華民族的光輝傳統，在古代歷史上曾經有過符合這樣標準的無數偉大人物，在近現代的革命史中，也出現過符合這個標準的無數烈士和英雄人物。這一傳統的精神境界，用我們今天的話來

9　周揚：《鄧拓文集》〈序言〉（北京市：北京出版社，1986年，第1版）。

概括，就是愛國愛民的胸懷，就是時代責任感和歷史使命感，這正是我們建設社會主義事業所不可缺少的高尚情操。文天祥在他的〈正氣歌〉中詠歎過：「時窮節乃見，一一垂丹青：在齊太史簡，在晉董狐筆，在秦張良椎，在漢蘇武節。為嚴將軍頭，為嵇侍中血，為張睢陽齒，為顏常山舌。或為遼東帽，清操厲冰雪；或為出師表，鬼神泣壯烈；或為渡江楫，慷慨吞胡羯；或為擊賊笏，逆豎頭破裂。」吳晗認為，在環境特別困難時，在是和非、忠和逆、正義和不義的抉擇中，這些歷史人物（包括文天祥在內）都犧牲或者敢於犧牲自己的生命，保持了孟子所說的大丈夫的品德。這些人雖然都是地主官僚，但是，在和惡勢力鬥爭中，他們卻都是大丈夫，值得後人學習。因此，吳晗指出我們要把傳統文化在道德倫理、思想情操、人生修養等方面的積極因素，加以改造、吸收，使之溶化於社會主義精神文明建設之中。

　　鄧拓在雜文中也對古代正直進取的歷史人物推崇再三。他稱讚「以天下為己任」、「志在利濟天下後世，造就人才，而身家非所計」的劉獻廷（〈廣陽學派〉）；襃揚「很有學問也很有骨氣」、「為政清廉，關心民刑和文教事業」的米萬鐘（〈宛平大小米〉）；讚賞諸葛亮主張樹立崇高遠大的志向，反對庸俗下流的傾向（〈說志氣〉）；追慕「自作主人，不當奴才」，「無論做什麼事情，處處都以主人翁自居」的鄭板橋（〈鄭板橋和「板橋體」〉）。鄧拓希望通過這些文化歷史人物的介紹，使讀者能夠樹立雄心大志，並為實現理想而不怕一切困難，堅持奮鬥。

　　當時正值三年困難時期，社會上有些人意志消沉，精神生活空虛，無所作為，特別是有的青年人不夠振作，輕易拋擲時光。「三家村」成員在雜文中鼓勵人們「多勞動，多工作，多學習，不肯虛度年華，不讓時間白白地浪費掉」，希望讀者「在整天的勞動、工作以後，以輕鬆的心情，領略一些古今有用的知識」。因此，他們提倡勤奮的學習態度，樹立嚴謹的治學風氣。鄧拓在「燕山夜話」專欄的第

一篇文章〈生命的三分之一〉裡，從《漢書》〈食貨志〉裡說的「女工一月得四十五日」談起，引述中國歷代大政治家、大思想家以及勞動人民勤奮好學的動人事蹟，如秦始皇「躬操文墨，晝斷獄，夜理書」，晉平公年已七十，還「點燈夜讀，拼命搶時間」，北周大政治家呂思禮「雖務兼軍國，而手不釋卷，晝理政事，夜即讀書，令蒼頭執燭，燭爐夜有數升」，啟發和鼓勵人們嚴肅認真地對待業餘這「生命的三分之一」。這篇雜文一發表，就在讀者中產生了強烈反響，尤其是青年人，紛紛給編輯部和作者寫信，說：「看了〈生命的三分之一〉，我們才知道原來我們每天都在浪費著自己生命的一部分，感謝作者給我們做了重要的提醒，我們一定要加倍珍惜自己生命的三分之一，讓它也發出光來。」吳晗在「三家村札記」專欄的第一篇雜文〈古人的業餘學習〉裡，也列舉了古人在業餘發憤學習的感人事例，像後漢桓榮、兒寬等人家裡貧窮，只能「帶經而鋤」，他們邊勞動，邊學習，依靠堅定的決心、持久的毅力、不懈的學習，克服一切困難，最後攀登上當時學術的高峰。作者認為，克服困難，勤奮學習，這是我們祖先的優良傳統，是值得發揚的。鄧拓、吳晗還寫有幾十篇關於讀書治學的雜文，如〈一把小鑰匙〉、〈不要空喊讀書〉、〈有書趕快讀〉、〈談讀書〉、〈論學習〉、〈古人讀書不易〉、〈孫權勸呂蒙學習的故事〉，等等。

　　鄧拓把他在《北京晚報》的雜文專欄取名為「燕山夜話」，就是希望通過它同讀者進行思想交流，特別是把它當做同青年朋友進行「夜晚談心」的途徑。他的〈說志氣〉、〈人窮志不短〉、〈共同的門徑〉、〈自學與家傳〉、〈行行出聖人〉等雜文一經發表，均成為青年讀者一時傳誦的名篇。廖沫沙曾是中共北京市委的教育部長，他的雜文更是側重於青年人的教育問題。他取材於教育方面的雜文，如〈〈師說〉解〉、〈教然後知困〉、〈不叩亦必鳴〉、〈師生之間〉等等，精闢地論述了有關教學工作和師生關係的基本原則，很是發人深省。尤其是

〈〈師說〉解〉更享譽一時。一九五八年，高等院校在教學改革中不適當地批判了一些專家教授，師生關係相當緊張，廖沫沙特地作此文勸解雙方。文章肯定和發展了韓愈的「弟子不必不如師，師不必賢於弟子」、「不恥相師」、「道之所存，師之所存」的觀點，並讚揚〈學記〉中所說的「教然後知困」和「教學相長」的觀點，提出了一種新型的、民主的師生關係：「互為老師，互為學生，彼此平等，不分尊卑」，「誰有學問，就是老師」。這篇雜文發表後，收到了很好的效果，不僅受到高校師生的熱烈歡迎，並且，中共中央宣傳部召集的一個會議還將此文推薦、印發給全體與會者。

　　「三家村」雜文的文化意識還表現在作者拓寬雜文創作的空間，作品具有豐富的知識、智慧和趣味，起到移情益智、增廣見聞的作用。鄧拓主張「無論做什麼樣的領導工作或科學研究工作，既要有專門的學問，又要有廣博的知識」（〈歡迎「雜家」〉），「三家村」成員可以說正是這樣一種既有專門的學問又有廣博的知識的「雜家」，他們的雜文顯示了深厚的文化內涵，內容涉及到哲學、政治學、經濟學、軍事學、邏輯學、倫理學、心理學、教育學、文學、美學、語言學、歷史學，以及工業、商業、農業、建築、天文、地理、生物等諸多方面，真可謂是一部包羅萬象、琳琅滿目的「小百科全書」，尤其是鄧拓的雜文最為出色。

　　在當時人們熱烈地談論著蘇聯載人太空船勝利往返的偉大奇跡時，鄧拓引用古書《拾遺記》、《博物志》和《洞天集》裡有關「貫月槎」、「掛星槎」、「仙槎」的記載，說明我們中國因為是一個歷史悠久的國家，最古的傳說往往都從這裡產生，關於宇宙航行的最早傳說果然也不例外（〈宇宙航行的最古傳說〉）；最早發現美洲大陸的是誰呢？許多人都會毫不遲疑地回答是十五世紀義大利航海家哥倫布，可是鄧拓根據史籍反覆考證，認為中國梁代著名的僧人慧深是最早發現美洲大陸的人，早在西元五世紀的時候，中國人就已經與美洲的國家

和人民有了親密的往來（〈誰最早發現美洲〉、〈由慧深的國籍說起〉）；從最不受人注意的看風水的堪輿書裡，鄧拓向我們介紹了早在八世紀，中國人就知道有氧氣並且能夠分解它，比歐洲人早了一千多年（《平龍認》）；此外，在〈航海與造船〉、〈雪花六出〉等雜文裡，鄧拓都一一發掘出中國古代科技發明的點滴成績。

「三家村」成員總是以他們淵博的知識，使廣大讀者有所裨益。他們博觀而約取，厚積而薄發，往往一部古書、一首舊詩甚至一幅圖畫，都能構成他們雜文的豐富材料。他們在雜文裡從糧食能長在樹上談到植物中的鋼鐵，從金龜子身上有黃金談到養蠶養蜂，從彈棋的來歷談到馬後炮的淵源，從華封三祝談到中國古代的婦女節，從守歲飲屠蘇談到「玉皇」的生日，從成語的訂正談到文物的保護，無所不談，往往發端於一草一木之微，上升到體國經野之大，做到「微能使之著，隱能使之顯」。

第四節　「三家村」雜文的審美特性

一個作家的文化構成，必然決定著他的審美觀念和審美趣味，從而也影響著他的藝術創作。「三家村」成員擁有秉賦深廣的文化藝術素養和審美心理結構，他們的雜文創作體現出三位作者豐厚博大的文化價值體系和別具一格的美學風格追求。「三家村」成員視野開闊，思想豐富，他們將日常所見、所聞、所讀、所思、所感、所論發而為文，形成了娓語絮談式的文體，文章短小靈便，情感真摯深沉，筆調親切生動，在從容中見功力，於幾微處顯幽趣，顯示出獨特的美學風格。

首先，「三家村」雜文創作充滿熾烈深沉的情感因素。我們知道，鄧拓等人志在國家，意在蒼生，他們把真誠的思想感情傾注在作品中，主要表現在兩個方面：一方面，在談到中華民族悠久燦爛的文化歷史時，總是洋溢著強烈的愛國主義激情和民族自豪感，如〈宇宙

航行的最古傳說〉、〈誰最早發現美洲〉、〈誰最早研究科學理論〉等雜文就表現得淋漓盡致。在〈航海與造船〉一文中，鄧拓談到我們的祖先老早就會製造舟楫，造船業十分發達，尤其是明朝鄭和率領巨大船隊八下西洋，在中國航海歷史上寫下了光輝的篇章。但是，清代以後，由於西方資本主義國家的侵略，航海事業和其他事業一樣被外國資本所壟斷，一直到國民黨政權被推翻後，這局面才改變過來。作者在文末發出由衷的感歎：「今天，解放了的中國人民，完全可以獨立自主地發展自己的航海事業和造船業，並且能夠用最新的技術來裝備自己，這是多麼不容易的事情呀！」在這些弘揚中華民族勤勞、勇敢、智慧、奮發的優良傳統的雜文裡，閃爍著歡悅、昂奮、暢快和樂觀的情感色彩。另一方面，鄧拓等人也看到我們工作中存在的嚴重失誤，諸如不切實際、盲目蠻幹的浮誇現象，脫離群眾、脫離實際的官僚主義作風，說大話、說空話、說假話的惡習，等等。在國家民族前途命運生攸關的問題上，他們的心靈籠罩上了一層陰翳疑雲，在〈愛護勞動力的學說〉、〈智謀是可靠的嗎？〉、〈一個雞蛋的家當〉、〈說大話的故事〉、〈專治「健忘症」〉等一批針砭時弊的雜文中，流露出作者矛盾、疑慮、抑鬱的情感色彩，我們彷彿可以看到雜文家執筆為文時欲言又止的矛盾心理。法國作家狄德羅說過：「沒有感情這個品質，任何筆調都不可能打動人心。」「三家村」雜文正是由於文字裡滲透著「一片憂時心」，才感染讀者，從而震撼人們的心扉。

其次，「三家村」雜文創造了一批富有典型意義和象徵意味的雜文形象。鄧拓等人在雜文中大量援引寓意深刻而又生趣盎然的寓言故事，憑藉現代意識對傳統寓言進行重新發揮和改造，創造了許多膾炙人口的帶有某種象徵意味的雜文形象，如「偉大的空話」、「一個雞蛋的家當」、「庸人政治」、「帶汁的諸葛亮」、「推事」、「病忘者」等等。這些雜文形象都非常精煉準確地概括了社會上某種現象的本質特徵，包含著作者對社會發展規律的獨到發現，足以揭示豐富的社會哲理。

這裡特別值得一提的是，被姚文元打成「反共文章」的〈專治「健忘症」〉一文，鄧拓在文中引用了《艾子後語》中一個「病忘者」的形象，他「行則忘止，臥則忘起」，最後甚至連自己的妻子也不認得了。這在現實生活中當然是很少見的，但在乖謬的外衣下，卻包含著社會生活的真實寫照。「大躍進」年代，難道不也曾發生過許許多多類似說話辦事不負責任的事情嗎？類似「病忘者」，自食其言，言而無信。讀者往往可以通過笑的帷幕，對笑的對象進行深入嚴肅的思考，從而領悟其中所蘊含的豐富的社會哲理。這些雜文，表現了鄧拓等人作為一個敏銳精警的思想家，聯想、想像力發達的詩人，以及辛辣的喜劇家的智慧和幽默的良好統一，表現了雜文家思想上的獨到發現和雜文形象的巧妙創造的和諧統一。

最後，「三家村」雜文語言樸實，文字洗煉，像日常談話那樣行雲流水，明晰暢達，可謂理想的「談話風」。「三家村」成員不是那種板著面孔來寫教訓文章的人，他們的雜文是在親切的談心中訴說著知心話，蘊含著無限的深情和不盡的趣味。鄧拓有一次在同報紙編輯的談話中，指出雜文不能採取老子教訓兒子的口氣，而要談天說地，引申故實，讓讀者在接受知識中獲得對美和醜的鑒賞、比照。他特別提到鄒韜奮、張季鸞、王芸生的文章，認為他們的文體基本上是隨感性的，從小的地方談起，這種隨感式的文章娓娓動聽，好像說話式的。鄧拓在〈新的「三上文章」〉這篇雜文中告訴讀者，不要以為只有正襟危坐、苦思冥想才能擠出文章來，也不要以為只有用艱深的語言，講出一番大道理，才是一篇好文章。他建議人們改變對文章的高深觀念，認為與其神氣十足地說「寫文章」，不如普普通通地說「寫話」更好。吳晗也認為寫文章「要化艱深的道理為日常說話，誰都聽得進去，不要把簡單的事物說得使人莫測高深」[10]，因此，他說：「我的文

10 吳晗：《燈下集》〈前言〉（北京市：讀書・生活・新知三聯書店，1960年，第1版）。

章是說話。」[11]廖沫沙的雜文語言練達，常在輕鬆活潑的敘述中表達出自己的見解。因此，「三家村」雜文正是以這種清新的談話風格，一掃當時雜壇上的八股陳言腔，獲得讀者的熱烈好評，有人譽之「猶如炎暑冷飲，富清涼芬芳氣氛」。

「三家村」雜文談天說地，論古話今，內容精彩新鮮，文筆親切活潑，娓娓動人。我們來看看他們雜文中的幾段文字：

> 一個人的生命究竟有多大意義，這有什麼標準可以衡量嗎？提出一個絕對的標準當然很困難；但是，大體上看一個人對待生命的態度是否嚴肅認真，看他對待勞動、工作等等的態度如何，也就不難對這個人的存在意義做出適當的估計了。（鄧拓〈生命的三分之一〉）

> 學習文化知識能不能走終南捷徑呢？這是許多初學的同志時常提出的問題。對於這個問題的回答，不能過於籠統。一定說能或不能，都不恰當。這要看學習的是什麼人，學什麼，用什麼方法等等，要按照具體情況進行分析。但是，一般地說，學文化應該一點一滴地慢慢積累，特別是初學的人不宜要求過急。（鄧拓〈從三到萬〉）

> 中國戰國時代的孟子，有幾句很好的話：「富貴不能淫，貧賤不能移，威武不能屈，此之謂大丈夫。」意思是說，高官厚祿收買不了，貧窮困苦折磨不了，強暴武力威脅不了，這樣的人才是了不起的人。這種人古時候叫大丈夫，我們今天呢，叫作英雄氣概，也叫作有骨氣。（吳晗〈談骨氣〉）

---

11 吳晗：《投槍集》〈前言〉（北京市：作家出版社，1959年，第1版）。

「三家村」雜文大都是這種同廣大讀者親切談心、真摯對話的篇章，作者談生活，談學習，談思想，談工作，做文說話恰到好處，如實表達思想，樸實無華。讀者閱讀這些清新的文字，恬然心會。

　　「三家村」雜文，將中國當代雜文推入一個新的發展階段，是一九四九年後雜文創作的一個高峰，在中國當代雜文史上佔有一席重要的位置。但是，與同時代的其他雜文一樣，「三家村」雜文也留有不可避免的時代侷限性，正如廖沫沙在為《三家村札記》一書所作的「後記」中提到的，書中「抽去我自己所寫的兩篇現在不合時宜的文字。這就可見我們三個人，特別是我自己所寫的雜文並不都是完美無疵，無懈可擊的」，這是符合歷史的結論。當我們站在思想解放的時代高度去回顧「三家村」雜文，比較容易地看清他們雜文中有些思想深度不夠，甚至在個別篇章裡，也受到了「階級鬥爭擴大化」理論的影響，「三家村」成員是有侷限的先覺者。中國共產黨和中國人民在尋找一條具有中國特色的社會主義道路時，是犯了許多錯誤，付出了慘重的代價，才獲得了真理性的認識。對於中國共產黨在社會主義革命和社會主義建設中所犯的「左」的指導思想的錯誤，包括「三家村」成員在內，在當時還不可能有今天這樣清醒深刻的認識。這種認識只能在我們經歷了「十年浩劫」之後，對歷史進行深刻反思才可能獲得。

　　「三家村」雜文在藝術上最突出的侷限，主要表現在他們雜文的藝術本體從雜文向政論飄移和靠攏。政論屬於論說文範疇，雜文則是文學散文中的一個分支。雜文在取材上最不受限制，但它在表達方式上有自己獨特的審美特質。中國現代雜文史上以魯迅為代表的雜文創作，思想內容和藝術形式達到了較完美的結合，體現了雜文的審美藝術特質。如果我們以魯迅雜文名篇的審美規範來觀照「三家村」雜文，我們不得不相當遺憾地發現，後者在思想內容上缺乏前者那種涵蓋一切、博大精深的宏偉氣象，在藝術形式上更多政論式的莊重平

實。正如有論者所指出：「同是談戲劇的丑角，魯迅的〈二丑藝術〉真是藝術，其中有對人性靈魂深入膜裡的獨特發現和愛恨分明的情感評價，而《三家村札記》中的〈文丑與武丑〉一文，除了介紹一些京劇角色的知識外，僅僅是批評了一下輕視丑角的思想，希望演員們要安心於丑角並演好丑角，更無深層心理意識的揭示及藝術個性可言。質言之，『三家村札記』、『燕山夜話』的雜文大抵是『雜』而缺少『文』，它們或多或少都有逸出魯迅雜文審美系統的傾向。」[12]

　　「三家村」雜文之所以在藝術上不免有些平直，這首先與作者寫作時的精力有關。「三家村」成員都是身居要職的中共黨政領導幹部，他們只能利用極其有限的業餘時間從事雜文創作，難免造成有些篇章平白有餘，涵蘊不足。其次，就現當代雜文發展史而言，魯迅的雜文之所以難以企及，除了由於「它們在簡潔而又高度概括的背景前面，揭示人的靈魂達到的深度所決定的歷史內容的豐富和深刻」外，同時還因為那裡面包含著「人的一種精神活動，人的一種精神創造」[13]。「三家村」成員的創作遠沒有進入創作的自由境界，不像魯迅那樣有著精深博大的思想和心靈自由的精神創造，因此，他們的雜文創作不可避免地表現出思想和藝術上的侷限性。這一侷限性也同樣表現在一九六〇年代前期的其他雜文作者的創作上。

12　陳福民：〈危機與興盛──關於雜文創作的藝術思考〉，《河北師院學報》（哲學社會科學版）1986年第3期。

13　支克堅：〈馬克思主義文藝理論在中國的發展與「五四」新文化運動〉，見《在東西古今的碰撞中》（北京市：中國城市經濟社會出版社，1989年，第1版）。

第六章

一塌糊塗裡的光彩和鋒芒

　　「文革」十年，如果說中國大陸的正式出版物上還有雜文的話，
那只有「四人幫」御用寫作班子顛倒黑白的「幫八股」了，如「四人
幫」的御用刊物《學習與批判》一九七六年第三期所刊吳耕畔的〈由
趙七爺的辮子想到阿Ｑ小Ｄ的小辮子兼論黨內不肯改悔的走資派的
大辮子〉。曾彥修說：「這樣令人噁心而內容十分反動的所謂『雜
文』，那就簡直是對雜文的極大侮辱了。」[1]林彪、江青集團防民之口
甚於防川，在他們文化專制主義的高壓下，除了「幫八股」逆流外，
真正的雜文差不多徹底銷聲匿跡了，社會呈現出前所未有的萬馬齊喑
的局面。但是，「無聲的時代，必然有地火在奔突，有風暴在醞釀」
（秦牧語）。在極「左」思潮支配了中國大陸整個思想界，登峰造極
的文化專制主義壟斷了新聞、出版，壟斷了全部精神文化產品製作的
情況下，惲逸群的雜文有如那「地火」和「風暴」，是「一塌糊塗泥
塘裡的光彩和鋒芒」。

　　惲逸群（1905-1978），原名鑰勳，字長安，筆名翊勳，江蘇武進
人。少年時即嗜好讀古經史，十五歲前已通讀《史記》、《資治通
鑑》，並選讀了前後《漢書》、《三國志》等，從中領悟歷代治亂興衰
的道理。一九二六年七月參加中國共產黨，先後擔任中共武進、宜
興、蕭山縣委書記和中共浙北特委秘書長，領導農民運動。一九三二
年八月投身新聞界，在上海最大的一家民營通訊社「新聲通訊社」任
記者。他曾隨「長江堤工勘察團」深入採訪長江特大洪水災情，在報

1　曾彥修：《中國新文藝大系（1976-1982）‧雜文集》〈導言〉（北京市：中國文聯出版
　　公司，1987年，第1版）。

導中巧妙地揭露了國民黨官員大量貪污救災款和挪用救災款作「剿共」軍費的罪惡行徑，引起輿論界重視。一九三五年八月他到上海《立報》，先後擔任編輯、評論記者、主筆等。「西安事變」發生後，國內人心惶惶，輿論界一片悲觀論調，認為中國將淪為「西班牙第二」，內戰迫在眉睫。惲逸群根據對國際國內形勢的深入分析，認為「西安事變」有和平解決的可能，這一預見很快即為事件的發展所證實。從此，《立報》評論被當成是輿論界的權威而受到重視，塔斯社駐滬記者奉命逐日把《立報》評論用電報拍回莫斯科。一九三七年上海淪陷後，惲逸群堅守「孤島」，並擔任地下黨利用外商名義在租界出版的《導報》和《譯報》的總編輯。儘管每天都有被暗殺的危險，惲逸群置生死於度外，堅持寫作評論，並在輿論界率先揭露汪精衛的漢奸嘴臉，產生強烈影響。一九三九年六月，惲逸群赴香港，擔任國際新聞社香港分社編輯、主任，並兼任中國青年記者學會海外辦事處主任及香港分會總務部主任，負責開展香港及海外新聞界抗日統一戰線工作。一九四二年五月他重返上海，在潘漢年的直接領導下，以上海編譯社社長、《中國週報》主編等職務為掩護，打入日偽內部，搜集、提供了大量情報。一九四四年十月，被上海日本憲兵隊以共產黨嫌疑罪名逮捕，解往蘇州監獄，備受酷刑。惲逸群在獄中，機智應對，始終不透露真實情況，敵人抓不住任何證據，不得不於一九四五年六月三十日釋放他。抗戰勝利後，惲逸群進入華中解放區，先後擔任《新華日報》華中版總編輯、新華社華中總分社社長、《大眾日報》總編輯、《新民主報》社長兼總編輯等職。一九四八年十二月，新華社公佈四十三名戰犯名單，惲逸群收到電稿後，全憑記憶立即寫出所有戰犯簡歷，配合新聞發表，解放區各報競相轉載。

　　一九四九年五月，上海解放，惲逸群隨軍進入上海。《解放日報》創刊後，他擔任總編輯，同時兼任華東新聞學院院長、復旦大學新聞系主任。一九五〇年華東軍政委員會成立，惲逸群出任華東新聞

出版局局長。一九五一年在「三反」運動中，為將報社存款借給友人開採小煤礦事，被責令停職檢討，並於一九五二年三月被開除中共黨籍。一九五三年三月調往北京，擔任新華辭書社副主任、新華地圖社副總編輯。一九五五年受「潘漢年楊帆事件」牽連，蒙上莫須有的「叛徒、漢奸」罪名，被捕入獄。獄中十年，獨囚一室，與世隔絕，但惲逸群問心無愧，坦然樂觀，終日讀書，堅持學習。一九六五年底出獄後，被貶謫到江蘇阜寧縣中學圖書館管理圖書。不久，又逢「文革」動亂，被關進「牛棚」，慘遭迫害。一九七六年始恢復自由。

　　十年繫獄，又加十年折磨，惲逸群深感歲月空逝，來日無多，他在寫給舊日領導人的信中，提出晚年四項意願：一、鑒於當時新聞報導和不少文章的文法或邏輯錯誤嚴重，擬搜羅實例，歸納排比，撰寫《寫作常識》一書，供文字工作者參考；二、彙編中國歷代社會史資料；三、撰寫《上海三十年》（1919-1949），或擴大為《民國史話》；四、把《左傳》、《史記》譯成現代語。他籲請調動工作，移居滬寧線上，得以借用上海土山灣藏書樓、南京圖書館和南京中國第二歷史檔案館的藏書資料，完成上述編纂計畫。一九七八年八月，由中共中央組織部安排到南京中國第二歷史檔案館工作。不料因舊病復發，乏人照料，於十二月十日猝然逝世。死後一年四個月，才獲得平反。一九九四年四月，公安部遵照〈中共中央關於為潘漢年同志平反昭雪，恢復名譽的通知〉精神，重新為惲逸群徹底平反，恢復名譽。

　　從一九六〇年代中期到一九七〇年代，惲逸群僻處蘇北海隅。他在一九七三年七月八日寫給胡愈之的信中說：「弟之遭遇，非楮墨所能宣。但既未抑鬱萎頓而畢命，亦未神經錯亂而發狂。平生以『不為物移，不為己憂』自律，經此二十年檢驗，幸未蹈虛願。」確實，即使身處逆境，惲逸群仍然「位卑未敢忘憂國」。針對林彪鼓吹學習《毛主席語錄》「活學活用，學用結合，急用先學，立竿見影」的觀點，惲逸群寫信給當時「中央文革領導小組」組長陳伯達，認為學習

毛澤東思想主要是學立場、觀點、方法，不能把毛澤東思想作為包醫百病的處方和解決各種具體問題的現成答案，更不能把它當做隨心所欲使用的「武器」，他說：「武器可以殺敵人，也可以殺朋友，殺自己弟兄，也可以自殺的。」後來的無數事實都證明了惲逸群的遠見卓識：「文革」中，各地造反派正是利用《毛主席語錄》的片言隻語作「武器」，大打派仗。

　　面對「文革」以來的許多光怪陸離、荒誕不經的現象，惲逸群又先後寫了幾封信給周恩來總理，表達了自己憂慮的心情：「文化大革命中怪論層出，憂心如搗，強自抑制，自念既被剝奪發言權，也就沒有發言的責任，以中國之大，何待於『罪人』之喋喋不休，終不能忍。……逸群被逐出黨已逾廿一年，載上『反革命』帽子已逾十八年，理合謹小慎微，依違從眾，唯唯否否，以終餘年，庶幾邀人憐憫，復為庶民，但平生既恥為鄉願，不慣於趨合潮流，榮辱禍福，久置度外，心所謂危，不敢不言，苟於黨於民有毫髮之益，則摩頂放踵，亦所不吝。」「深感平日在黨內侃侃直陳，觸人痛瘡，當引以為戒，但本性難改，……終認為隱瞞自己的認識見解，即為對黨不忠實，仍直陳所見。」正是出於「心所謂危，不敢不言」的凜然正氣，惲逸群在那封寫給胡愈之的信中，大膽指出人民出版社出版的《共產黨宣言提要和注釋》和江青的《為人民立新功》兩書中注釋的錯誤，前者把「陪臣」解釋錯了，後者把《戰國策》裡「少益耆食」的「耆」字注為「音奇」。惲逸群要求「立即改正，以免謬種流傳，貽誤讀者」。在信中，他傾吐了拳拳愛國之情：「我沒有發言權，因之也就沒有發言的責任，大可默然置之，庶幾是『明哲保身』之道。但鑒於人民出版社是國家第一位出版社，竟然荒謬一至於此，作為一個中國人實在感到恥辱。骨鯁在喉，不能不一吐。」如果說，在「十年浩劫」中，備受迫害的不只惲逸群一人，他的可貴之處正在於他的人格形象的高大，他對人民事業的忠誠，他銳利的洞察力和無畏的戰鬥精神。

最使人們欽佩的，是惲逸群寫於一九七三年的兩篇雜文：〈平凡的道理——略談個人崇拜〉和〈論新八股〉。他對當時氾濫一時的個人崇拜現象產生的根源及其在社會上造成的嚴重惡果，進行了鞭辟入裡的分析，揭露了「造神運動」的本質特點，抨擊了林彪、「四人幫」及其北門學士之流的可恥文風。惲逸群在一九七一年十月十二日寫給妻子劉寒楓的信中說：「我對於自己認為不妥的事，不論對方的地位多高，權力多大，我都要說明我的看法和意見。」「過去我曾說過：『我是在八卦爐中煉過的』這句話是兩個意義，一、不怕腐蝕；二、煉出了火眼金睛，能看出妖魔鬼怪，雖然不是一眼就能看穿，但要長期瞞過我是困難的。我看人看問題並不尖刻，對非本質的事很馬虎，對本質的東西一旦抓住就不放，就是要揭它的皮。」正是在「八卦爐中」煉出了「火眼金睛」，所以，惲逸群才能目光如炬，像照妖鏡一樣照出林彪、「四人幫」的醜惡原形。他的「這種從八卦爐中煉出來的雜文，有他自己的鮮明風格。他的雜文就事論理，就時局、人物以及某些盛極一時不容商榷的所謂『權威論斷』或觀點，侃侃而談地表明自己的獨到見解，決不人云亦云，決不隨聲附和，這樣才在『萬馬齊喑』的沉悶空氣之中發出隱隱的雷鳴」[2]。

〈平凡的道理——略談個人崇拜〉總結了古往今來的歷史教訓，指出了一條古今中外絕無例外的普遍規律：凡是把國家最高領導人（不論他的稱號是皇帝、國王、元首、總統、主席、總理、首相、總書記或第一書記）神化的（不論說他是「天縱聖明」，是「救世主——大救星」或是「幾千年才出現一次的天才」），必定有奸人弄權，篡奪權力。惲逸群在文章中反覆闡述了這個「平凡的道理」：首先，世界上的各種事物都是不斷發展變化的，任何一個有才能有經驗的人，都不可能對任何事物的各個方面都認識得很透徹，他提出的辦

2　王向東：〈惲逸群其人其文〉，《書與人》1994年第5期。

法總帶有或多或少的侷限性；其次，一個人的智力和精力總是有限的，不可能精通各方面的事事物物，聰明的領導人是善於傾聽大家的意見；因此，作為一個領導人不是不犯錯誤，而是能及時發覺錯誤，加以改正，不讓錯誤發展。一個領導人如果沒有勇氣真誠地接受批評，認真而果敢地改正錯誤，則阿諛奉承者必日益多，而敢於進逆耳忠言的更少，甚至絕跡，從而閉塞耳目，一任奸佞擺佈。正是由於這樣，「蓄意篡奪權力的奸人，就千方百計地提倡個人崇拜，把最高領導人宣揚為幾乎全知全能的超人，大樹特樹其絕對權威。一方面用無數面凸鏡包圍最高領導人，讓他終日陶醉於欣賞自己的高大形象，逐漸脫離群眾；一方面就利用最高領導人的信任，以封住群眾（從人民到領導機構的成員）的嘴（因為「一句抵一萬句」，非權威的人說上一攤船管什麼用）。領袖成了偶像，群眾成了崇拜偶像的愚民，天下大事就不難任憑他為所欲為了」。作者一針見血地點明了林彪、江青集團為了篡黨奪權而瘋狂提倡個人崇拜的險惡用心。

「文革」期間，林彪、江青為了宣傳個人迷信，倡導、推行一種惡劣的文風，就是寫文章、著書，不論有無必要，總是要引幾條革命導師的語錄放在其中，大搞形式主義和實用主義，更為惡劣的是他們在引用語錄時，常常掐頭去尾，生拉硬套，為其所用，恣意踐踏革命導師的話。惲逸群在〈論新八股〉裡義正辭嚴地聲討了「幫八股」的罪狀：一、作者不是為了解決當前的問題而引用革命導師的有關言論，而是以所論述的事情來證實革命導師的理論，是十足的「代聖立言」；二、它不引用革命導師的完整句子，不說明是在什麼情況下對什麼事情說的，而是孤零零地引上一言半語，斷章取義，任意歪曲。惲逸群指出，這種在馬克思主義、列寧主義、毛澤東思想的旗幟下宣傳某種政治主張的「新八股」，比老八股的危害性要大得多，因此，他呼籲：「現在對八股化文風來一次徹底革命，應該是到時候了。」

這些一字千鈞、擲地有聲的諍言，出自一位錚錚鐵骨的共產黨人

的內心，這是一種多麼難能可貴的雜文家的骨氣，又是一種多麼偉大的戰鬥精神，至今讀來，那鳴響於中的堂堂正正之氣仍然給人以振聾發聵的力量。因此，曾彥修說惲逸群是「黨和民族最忠誠的兒子，中國知識分子中真正的精英人物」[3]，牧惠稱他是「中國的脊樑」[4]。在「十年浩劫」的漫漫長夜中，正是有了惲逸群這類「精神界之戰士」的出現，才給當代雜文的再一次復興和繁榮帶來了希望的曙光，「石在，火種是不會絕的」！

3　曾彥修：《中國新文藝大系（1949-1966）‧雜文集》〈導言〉（北京市：中國文聯出版公司，1991年，第1版）。

4　牧惠：《中國雜文大觀（第四卷）》〈序言〉（天津市：百花文藝出版社，1994年，第1版）。

第七章

思想解放運動和現代雜文傳統的復歸

第一節　偉大的思想解放運動和理性批判精神的高揚

　　一九七六年十月，中共中央粉碎「四人幫」的勝利，結束了持續十年之久的「文化大革命」。一時間，報刊上出現了大量揭批「四人幫」的雜文，如十月二十四日，《人民日報》發表了戈麈的〈紅帽子藏不住黑心肝〉，《光明日報》發表了舒心的〈蚍蜉撼樹談何易〉，十月二十五日，《北京日報》發表了劉宗明的〈搞鬼者必敗〉等文章，就是最早出現的一批雜文。一些出版社也結集出版了《結幫・篡黨・滅亡》（四川人民出版社）、《刮掉鬼臉上的雪花膏》（遼寧人民出版社）、《除「四害」雜文集》（人民出版社）、《抽劍集》（廣東人民出版社）、《「中山狼」的本性及其它》（人民文學出版社）、《四人幫與蛀蟲》（新疆人民出版社）等雜文集。但是，這些初期的「很多雜文都是在肯定『文化大革命』和宣傳新舊個人迷信特別是新的個人迷信的前提下寫成的」[1]，「往往還留有不少『文革』的痕跡，提法上也還有不少不妥之處」[2]。

1　曾彥修：《中國新文藝大系（1976-1982）・雜文集》〈後記〉（北京市：中國文聯出版公司，1987年，第1版）。

2　曾彥修：《中國新文藝大系（1976-1982）・雜文集》〈導言〉（北京市：中國文聯出版公司，1987年，第1版）。

　　隨著揭發批判「四人幫」運動的展開，人民群眾越來越迫切地要求糾正「文化大革命」的錯誤，撥亂反正，澄清是非。但是，這些要求遭到了壓制和阻撓。當時主持中共中央工作的華國鋒以「高舉毛主席的旗幟」為藉口，堅持「文化大革命」的錯誤，並在一九七七年二月七日《人民日報》、《解放軍報》、《紅旗》雜誌的社論〈學好文件，抓好綱〉裡，公開提出了「凡是毛主席作出的決策，我們都要堅決維護，凡是毛主席的指示，我們都始終不渝地遵循」。華國鋒的「兩個凡是」的錯誤方針，為撥亂反正和確定中國共產黨實事求是的思想路線設置了重重障礙。

　　一九七八年五月十日，中共中央黨校內部刊物發表了〈實踐是檢驗真理的唯一標準〉一文。十一日，《光明日報》以特約評論員的名義發表了這篇文章，新華社也於當天轉發了該文。十二日《人民日報》和《解放軍報》同時予以轉載，隨後，全國絕大多數省、市、自治區的報紙也都登載了這篇文章。〈實踐是檢驗真理的唯一標準〉鮮明地指出：檢驗真理的標準只能是社會實踐；理論與實踐的統一，是馬克思主義的一個最基本的原則；任何理論都要不斷地接受實踐的檢驗。文章說，雖然「四人幫」及其幫派體系已被摧毀，但是，「四人幫」強加在人們身上的精神枷鎖，還遠沒有完全粉碎。只有堅持實踐是檢驗真理的唯一標準，才能使偽科學、偽理論現出原形，從而捍衛真正的科學和理論。文章最後認為：我們要完成新時期的總任務，面臨著許多新的問題，需要我們去認識，去研究，躺在馬列主義、毛澤東思想的現成條文上，甚至拿現成的公式去限制、裁剪無限豐富的飛速發展的社會實踐，這種態度是錯誤的。我們要有責任心和膽略，勇於研究生動的實際生活，研究現實的確切事實，研究新的實踐中提出的新問題。只有這樣，才是對待馬克思主義的正確態度，才能逐步地由必然王國向自由王國前進。由於這篇文章從理論上對「兩個凡是」給予根本否定，所以，在全國引起了強烈反響。一場關於真理標準問題的大討論，隨即在全國展開。

　　這次大討論有效地打破了林彪、「四人幫」設置的精神枷鎖，破除了「兩個凡是」的禁區，在全國上下掀起了一場轟轟烈烈的思想解放運動。正是在這個基礎上，一九七八年十二月召開的中共十一屆三中全會，才開始全面地認真地糾正「文化大革命」中及其以前的「左」傾錯誤，重新確定了解放思想、開動腦筋、實事求是、團結一致向前看的指導方針，做出了把全國工作重點轉移到社會主義現代化建設上來的戰略決策，標誌著中國進入了一個全面建設社會主義現代化的新時期。

　　在這個歷史新時期，中國共產黨以實事求是的精神和大無畏的氣概徹底否定了「文化大革命」，否定了極「左」思潮，實行改革開放，雜文家的思想也得到了空前的大解放。面對一個新的時代，許多雜文家紛紛傾吐了自己的心聲。于浩成說：「在我們中國，寫雜文不但並不那麼輕鬆好玩，而且說不定還會招災惹禍。一九五七年一大批雜文作家的不幸遭遇以及一九六六年鄧拓、吳晗等人的悲慘下場就是前車之鑒。但是好像有一種也許可以稱之為中國知識分子的使命感和憂患意識的無形的力量，驅使我仍然自覺自願地拿起了自己的這支筆。」[3]胡其偉也說：「八十年代重新握筆，也想過改行寫寫比較保險的散文、隨筆、微型小說之類。但一拿起筆，老毛病難改，還是寫雜文！……追求的仍然是一種社會責任感：對各式各樣的歪門邪道不正之風，抒發一通忿恚和感慨，不敢妄想有祛邪扶正、匡正時弊之力，也決沒有『一字之貶嚴於斧鉞』、『一字之褒榮於華袞』之感，但畢竟骨鯁在喉，一吐為快，或引得有心人會心微笑，或使令權勢者蹙眉微慍，筆者也就從中獲得一種盡到責任的滿足，樂在其中而冷暖自知。」[4]

3　于浩成：〈我與雜文〉，見《雜文創作百家談》（鄭州市：河南教育出版社，1989年，第1版）。

4　胡其偉：〈雜文的苦樂及其它〉，見《雜文創作百家談》（鄭州市：河南教育出版社，1989年，第1版）。

　　正是由於中國知識分子固有的自覺的憂患意識，以及強烈的歷史使命感和社會責任感，驅使大批雜文家積極參與新時期這場偉大的時代變革，他們大膽直面現實人生，用雜文革故鼎新，激濁揚清，匡正時弊，張揚真理，在與封建愚昧、腐敗專制、教條僵化、抱殘守闕的思想行為，以及種種歪風邪氣做鬥爭中，比較集中地發揮了雜文批判戰鬥的作用。邵燕祥說，人們在描述新時期雜文的時候，往往提到作品數量的繁多、作品品質的提高和作者陣容的擴大，在當代大陸都是空前的，而他認為理性批判精神的復活和高揚才是新時期雜文所取得的「最可貴」的成就。在雜文家眼裡，這種自覺的、徹底的、執著的理性批判精神，「不是小打大幫忙的搔癢癢，不是『寧彎不折』的變通靈活，也不是盲目莽撞的隨幫唱影。而是要像魯迅那樣，『沒有絲毫的奴顏和媚骨』，以最硬的骨頭，代表全民族的大多數，向封建主義、官僚主義以及我們民族和人類一切醜惡的東西，進行最正確、最勇敢、最堅決、最徹底、最不懈的戰鬥」[5]。

　　一九七八年三月二十八日《人民日報》發表了秦牧的雜文〈鬣狗的風格〉，真正打響了第一炮，曾彥修譽之為「重振雜文旗鼓的代表作」。這篇雜文從傳說中鬣狗搶吃猛獸吃剩的殘肉碎骨說到人類社會中「人吃人」的種種世相，揭出「文革」中某些「看到氣候差不多的時候就奔上前來咬點骨頭」，事後又「會立刻裝成個文明人、沒事人的樣兒」的現象，批判了這類具有鬣狗性格式的人物凶殘又怯懦、卑鄙而猥瑣的醜惡嘴臉和無恥行徑。章明的〈吃運動飯〉揭示了現實生活中存在一種專靠吃運動飯為生的人，他們能在一個正直人的臉上看出他靈魂深處的「陰暗心理」，能夠從夥伴們「杭唷杭唷」的勞動號子聲中聽到「階級鬥爭新動向」，能夠及時而詳盡地給某些領導人「打小報告」，能夠不厭其煩地在自己的小本本上記下別人的片言隻

5　朱鐵志：〈雜文的政論，政論的雜文〉，《甘肅社會科學》1995年第2期。

語，等到政治運動一來，他們就變成了衝鋒陷陣的勇士，斬將搴旗的英豪。這類產生於「接二連三、層出不窮、翻雲覆雨、有害無益的政治運動」中的以整人為職業的「運動健將」，也即是秦牧筆下的「鬣狗」。何滿子在〈《變色龍贊》有序〉中則入木三分地為這類人物畫了像：

　　　　像鼍之狀，得龍之名。似鼍也故或時有淚，稱龍矣遂無往不靈。八面玲瓏，五彩繽紛。或謂已自狐竊得幻化之術，或謂原與狐夙有葭莩之親。故或巧言而善辯，或知趣而識情；或陽啼而陰笑，或暮楚而朝秦。逢人說人話，見鬼效鬼音。慣作竊聽機器，允稱告密標兵。無事生非懷鬼胎，不學有術登龍門。忽卑忽亢，能屈能伸。機會可乘快亮相，苗頭不對暫藏形。善察風向，如響斯應。視名利之所在，得風氣之先聲。時來運至，叱吒風雲；天旋地轉，一變搖身。忽焉氣焰高漲，忽焉意志消沉。昨日皈依造反派，今朝自稱受害人。聲與淚俱下，真與贗難分。永遠正確，不斷前進。依舊搖唇鼓舌，照樣立論著文。具兩重之人格，實多變之靈魂。乃做戲的虛無黨，誠耍筆的白相人。縱藏頭而露尾，終害己而禍群。噫嚱乎！萬物皆備於爾，唯缺骨頭一根。

對於這種「鬣狗」式和「變色龍」式的人物，林放的〈江東子弟今猶在〉提醒人們，他們在「文革」中學得一套善於窺測政治風向、玩弄手段、偽裝進步的本領，有可能搖身一變，混進接班人的隊伍，藏龍臥虎，伺機重來。

　　邵燕祥指出：「從七十年代末以來，雜文的鋒芒主要是針對『文革』的。談論現狀，不忘『文革』的流毒；反思歷史，也每從『文革』入手。這是因為十年動亂，血跡斑斑，而長期鉗口，若鯁在喉；

蓄之既久，其發必烈，一時於詩歌、短篇小說之外，雜文勃然而興。」[6]巴金從一九七八年十二月開始寫作《隨想錄》，他的目的就是給「十年浩劫」作一個總結，他說自己的《隨想錄》是用真話建立起來的揭露「文革」的「博物館」。巴金在〈「文革」博物館〉一文中清楚地表明了他徹底否定「文革」的決心：「建立『文革』博物館，這不是某一個人的事情，我們誰都有責任讓子子孫孫、世世代代牢記十年慘痛的教訓。……最好是建立一座『文革』博物館，用具體的、實在的東西，用驚心動魄的真實情景，說明二十年前在中國這塊土地上，究竟發生了什麼事情？……只有牢牢記住『文革』的人才能制止歷史的重演，阻止『文革』的再來。」邵燕祥在〈建立『『文革』學」芻議〉一文中，則進一步明確指出，「文革」學必須以史為鑒，以「文革」作為歷史的鏡子，把分散的偏於感性的揭發批判，集中為有系統的科學研究，推動全黨全民的歷史反思。

正當雜文家解放思想，打破禁區，放手寫作時，《河北文藝》一九七九年第六期發表了李劍的文章〈「歌德」與「缺德」〉，一句不提林彪、江青反革命集團對文藝界駭人聽聞的迫害，一句不提他們推行的極「左」路線對文藝創作、文藝理論的嚴重摧殘和影響，相反地卻用大量的篇幅，指責那些剛剛從文藝專制主義統治下和教條主義束縛下解放出來的文藝工作者「用陰暗的心理看待人民的偉大事業」，不是「歌德」，而是「缺德」，並仿照江青當年的口吻，刻薄地訓斥道：「吃農民糧，穿工人衣，搖著三寸筆桿不為國家主人樹碑立傳，請問：道德哪裡去了？」經過林彪、「四人幫」十年肆虐之後的中國大地，百廢待興，可在李劍筆下，竟然仿若世外桃源：「現代的中國人並無失學、失業之憂，也無無衣無食之慮，日不怕盜賊執杖行兇，夜

6　邵燕祥：〈批判精神與雜文的命運〉，見《散文與人》第五集（廣州市：花城出版社，1995年，第1版）。

不怕黑布蒙面的大漢輕輕叩門。河水渙渙，蓮荷盈盈，綠水新池，豔陽高照。」因此，他提出要「讓人民從作品中看到綠於金色軟於絲的萬千細柳，聞到塞外原野的悠揚牧歌和戰士打靶歸來的陣陣歡笑」。

面對這「猶如春天裡刮來的一股冷風」，雜文家首先奮起反擊。嚴秀在〈論「歌德派」〉中說，社會主義文學藝術是有重要的歌頌任務的，但決不能像〈歌〉文那樣「歌」。那不叫歌頌，那叫語無倫次，是公開提倡虛偽，提倡魯迅斥責過的「瞞和騙的文藝」。同時，社會主義文學藝術的根本任務，決不可能用「歌德」二字來概括。如果這種庸俗、幼稚、簡單化的、不三不四的提法得到認可，甚至想把它變成社會主義制度下一切文學藝術的根本歷史使命的話，那就很難不導致文化專制主義的復活。如果只要「歌德」就好，還必然要導致公式化、概念化、庸俗化的嚴重發展。這種把文學藝術的任務，只歸結為幾個特定政治口號的簡單翻版，實際上就是從根本上取消了文藝。廖沫沙則在〈「歌德」與「缺德」的功過〉裡指出，問題不在文藝作品或其他輿論是「歌德」還是「缺德」的形式，而是在「歌德」與「缺德」的內容是不是「實事求是」，是不是對我們的社會主義建設真正有益或有害。凡是對我們國家和人民有益者該歌者歌德，該缺者「缺德」之，一切以國家和人民的利與害為準。章明在〈關於「歌德」及其他〉裡告訴人們，當年林彪、江青一夥正是用「不歌德就等於缺德」的棍子，迫使全國人民「早請示、晚彙報」，唱「忠」字歌，跳「忠」字舞，掛「忠」字牌，把個人崇拜發展成為「晨昏三叩首，早晚一爐香」式的宗教膜拜。同時，他們為了達到篡黨奪權的目的，也是用「不歌頌就等於缺德」的棍子撲殺善良，消滅異己，株連百族，給國家造成了空前災難。在這次文藝界發生的「歌德」與「缺德」的論爭中，從南到北的雜文家「從理論上對這篇毫無理論的文字給予批駁，迎接了『大批判精神』一次挑戰，維護了文學藝術應有的

批判精神」[7]。

　　李劍的〈「歌德」與「缺德」〉一文給人們提出了一個發人深省的命題：肅清極「左」思潮和封建愚昧的流毒是一個長期艱巨的任務，尤其是在中國這塊土地上，封建主義傳統太深，它和「左」傾錯誤合流，往往披上「革命」的外衣，成為神聖不可侵犯的東西。呂劍的〈論古人未必迷信而今人未必不迷信〉，批判了「凡是」派披了「馬列主義」的華裳，提倡迷信，提倡盲從，推行「愚民政策」的法術，認為當務之急是「狠下一番發掘、打掃工夫，大家遇事多動一動腦筋，通過革命實踐，用科學的巨手去揭去他們身上披掛的那套『法衣』。秦似在〈漫談左右〉中說，在中國長期流行著一種「左」比右好、寧「左」勿右的潮流，林彪、江青集團利用了這種畸形的心理，造成了「文革」十年極「左」的大災難。更為可笑的是，中共九大前後許多照相，林彪、江青一夥總坐在左邊，而一些老帥只能坐在右邊，次次如此。作者反問道：人類歷史上有過拜物教，連照相也弄到這地步，不簡直成了一種「拜左教」了嗎？楊群在〈也談「寧『左』勿『右』」〉中認為，從根本上說，「左」，特別是「極左」，就是主觀、極端，就是反科學、反民主，就是專制和野蠻的產物。作者說，十年浩劫換來的代價，是「以階級鬥爭為綱」那一套終於被擯棄了，但是，「左」的陰魂並未從此完全消散，「左」的怪影不時若隱若現，在「清汙」，就有人想搞地震，說工廠搞承包，農村分田到戶也是「污染」，後來搞「反自由化」，又有人躍躍欲試，揚言「不但要批講資本主義的，還要批幹資本主義的」。作者指出，此等論調，跟「文革」中的「寧要社會主義的草，不要資本主義的苗」，實在沒有多大分別。難怪中共十三大報告中指出：「由於『左』的積習很深，由於

7　邵燕祥：〈批判精神與雜文的命運〉，見《散文與人》第五集（廣州市：花城出版社，1995年，第1版）。

改革開放的阻力主要來自這種積習，所以從總體上說，克服僵化思想是相當長時期的任務。」因此，一九九二年鄧小平視察南方時，「主要是防止『左』」的告誡再次明確指出了中國前進道路上的主要障礙。

　　一九八九年三月至四月，胡喬木在美國訪問時所作的學術講演〈中國為什麼犯二十年的「左」傾錯誤〉中認為，一九四九年後形成「左」傾錯誤的一個主要原因是「中國的文化的落後和民主的缺乏」。冰心在「五四」運動七十周年前夕所寫的〈無土則如何〉一文裡提醒人們，七十年前，一批思想界、文化界的先鋒人物，於國事蜩螗之時高舉民主和科學大旗，向封建勢力、軍閥勢力和帝國主義勢力衝擊，翻開了中國的現代史頁。時隔七十年，「我們今天還是要大聲疾呼：要讓德先生、賽先生在中國這個古老的土地上生根、發芽、開花、結果」，否則現代化會流於紙上談兵。可以說，反對封建愚昧，呼喚科學民主，是新時期許多優秀雜文家創作的共同主題。因此，當大亂之後，人心思治，巴望有一個「現代唐太宗」時，邵燕祥發出了反對的最明確的第一聲，他在一九八〇年七月寫下的〈切不可巴望「好皇帝」〉中，犀利地指出，這實際上是「封建社會暫時還沒有做穩奴隸的人們對暫時做穩了奴隸的人們的歆羨」，他說，我們不是要在「好皇帝」和「壞皇帝」之間做選擇，我們是要在真正的社會主義與封建主義之間，在民主與專制、法治與人治之間做選擇。當一九八〇年代後期，有些人鼓噪所謂「開明專制」和「新權威主義」時，邵燕祥又從中看出「巴望『好皇帝』」的皇權意識，於是在〈為新權威主義補充幾條論據〉中，邵燕祥從《我的奮鬥》一書裡摘抄出幾段希特勒對人民群眾的蔑視、對議會民主制以及共和制的仇恨和他所肯定、推崇、頌揚的「朝綱獨斷」的語錄，便活生生地揭穿了這種「主義」的封建法西斯本質。

　　中共十一屆三中全會以後，在「文革」中造成的各種冤假錯案逐步得到平反昭雪，但殘存在人們頭腦中的極「左」意識還相當嚴重，

仍有一些因日記而遭受迫害的冤案還未得到平反,「反動思想」的「尾巴」未除,人們的餘悸猶存。在這種情況下,樂秀良於一九七九年八月四日和十一月二十一日,在《人民日報》發表了〈日記何罪〉和〈再談日記何罪〉兩篇雜文,認為在林彪、「四人幫」橫行的日子,成千上萬本日記在抄家時被抄走,而且被尋章摘句、斷章取義、牽強附會、歪曲捏造,羅織成一個又一個的文字獄,這是連續不斷的政治運動所帶來的一種禍害,是社會主義民主和法制遭到嚴重破壞的一個後果。他說,日記是不公開的,它一無宣揚,二無影響,三無流毒,四無不良後果,即使內容有偏激和錯誤之處,也不會危害社會秩序,構不成犯罪和刑事責任;因日記問題被批鬥、判刑的冤錯案件應該徹底平反、昭雪;法律必須保障公民的民主權利,保障記日記自由,保障日記不致成為抄家的目標、文字獄的罪證,保障日記的主人不會成為思想犯。這兩篇雜文一發表,迅即在社會上引起強烈反響,導致幾十件因日記被查抄而被判「反革命」罪的案件的平反。牧惠說:「在雜文史上,樂秀良的〈日記何罪〉帶來的後果很值得記上一筆。」「『豈有文章傾社稷,從來佞倖覆乾坤』(廖沫沙)。誰也不會相信一言興邦、一言喪邦的神話。樂秀良這兩篇雜文竟可以起到這樣的作用,已經很出人意料之外了。」[8]

　　長期以來,由於極「左」路線的干擾,雜文命運多舛,經常受到極其苛刻的指責和批判,「成了不僅要承擔風險,簡直可以說是一個凶險的領域。許多卓越的、具有先進思想的雜文家,受到極不公正的待遇,甚至為雜文獻出了生命,真是『頭顱擲處血斑斑』」[9]。而且雜文家鄢烈山在一九八八年指出:「很長一個時期存在這麼一種怪現象:做了虧心事的人往往可以理直氣壯地打上門來,激濁揚清的人反

8　牧惠:《中國雜文大觀(第四卷)》〈序言〉(天津市:百花文藝出版社,1994年,第1版)。

9　唐達成:〈散文雜文的繁榮時代必將到來〉,《散文世界》1989年第7期。

而處於挨判受審的地位；憂深慮遠、直言敢諫之人遭猜疑，庸怯愚頑之輩倒像智者喝問著『難道是這樣的嗎』！」「我們的雜文作者（其實不僅雜文作者），包括敢以辛辣自許的大家，下筆竟如『階下語』，想著可能招致的棍子、審訊，盡可能周到地預留辯白的伏筆，這難道是一種正常的精神狀態嗎？我們的作者難道不應當從這種可憐的境地解脫出來嗎？」[10]一九九〇年代初，作家吳祖光和袁成蘭都曾因寫雜文而成了被告，由於堅持鬥爭終於勝訴，這是法律的勝利，正義的勝利，也是雜文事業的勝利。正如《雜文界》編者所指出的：「這兩個事件都會在我國當代雜文的發展史上留下印痕，成為一筆寶貴的精神財富。」尤其是袁成蘭一案，更是正義與邪惡的較量，腐敗與反腐敗的鬥爭，一波三折，扣人心弦。

　　一九九二年第九屆中國戲劇梅花獎在評選過程中發生了嚴重舞弊行為，八月十二日獲獎演員之一的宋丹丹拒絕領獎的消息經新華社播發之後，在戲劇界引起軒然大波。當天，中國文聯黨組做出決定，免去「梅花獎」評選負責人、《中國戲劇》主編霍大壽的職務。一九九三年三月一日，《上海法制報》發表署名「朱元正」（袁成蘭）的雜文〈梅花獎舞弊案隨想〉，這篇雜文是根據全國五十多家報紙揭露和譴責徐州市文化局局長吳敢賄賂評委的文章而引發寫就的。文章稱：「那些私下裡收受奉獻的先生們，雖然也得到土特產、紅紙包的實惠，卻臭名不彰，鮮為人知，比霍先生名利雙收，應該自愧弗如，引為教訓。至於鑽窟窿打洞，弄到數十萬元鉅款，完成因公行賄任務的徐州市文化局局長吳敢先生，雖然由於爵位的限制，還不能和霍先生齊名，卻也突破了一般七品芝麻官的知名度，成為徐州市街談巷議、婦孺皆知的新聞人物。」並說：「至於吳敢先生，消耗的鉅款雖然不要掏腰包，可是事前事後都需要動真格的，沒有一套欺上瞞下、見風

---

10 鄢烈山：〈春秋筆法、魯迅筆法及其他〉，《新聞出版報》1988年5月25日。

使舵、彎腰打躬、阿諛奉承的過硬本領是難以勝任的。」

　　一九九四年一月二十二日，吳敢在徐州市雲龍區法院起訴袁成蘭「嚴重侵犯了原告名譽權」，在一九九四年十一月一審中，吳敢的訴訟得到支持，袁成蘭被認定侵權。江蘇省文藝界、新聞界、教育界二十一位作家、學者樂秀良、姚北樺、王向東、劉根生、李克因、王淮冰、艾煊、海笙、鳳章、應名、沈存步、程千帆、董健、包忠文、徐復、趙國璋、常國武、葉祥苓、王盛、俞潤生、齊魯，在一九九五年一月十七日的《雜文報》上聯名發表題為〈為反腐鬥爭吶喊的雜文無罪！〉的聲援文章，從雜文的社會功能、雜文與新聞報導的關係、雜文的文體特點等方面，據理駁斥了一審的錯判。他們認為袁成蘭的這篇文章基本上體現了雜文抨擊時弊、扶正去邪的社會功能，「此文發表於一九九三年三月，正值中央在全國範圍大力開展反腐敗鬥爭的重要時刻，作家出於對社會主義事業的滿腔熱情和高度責任感，積極回應黨中央號召，挺身而出，在報上著文抨擊第九屆梅花獎在評選過程中出現的嚴重舞弊事件，並點名批評了在這一舞弊事件中扮演重要角色吳敢的錯誤行為。我們認為，這篇反映人民呼聲與強烈願望的雜文，即使今天讀來，仍不失其現實意義」。這篇在中國當代雜文史上堪稱史無前例的聯名文章，代表了社會正義的呼聲，顯示了雜文界團結戰鬥的精神。文章發表後，在全國引起了強烈反響，也為這場官司的最終勝利奠定了理論基礎。袁成蘭在江蘇省高級人民法院一九九七年四月二十日宣佈她勝訴後寫了〈雜文界團結戰鬥的勝利〉，發表在《雜文界》一九九七年第三期上，介紹了她因一篇九三三個字的雜文而打了一一五四天的官司的艱難歷程，她說：「我將留下這份備忘錄給中國雜文史，讓後人記住一代雜文作家，在二十一世紀即將到來之際，為了給雜文爭取一個生存和發展的空間，為了讓雜文永不枯萎，曾付出了多大的代價；他們是怎樣為之抗爭、奮鬥的⋯⋯」。

　　新時期雜文所體現的理性批判精神，不僅表現在驅散社會上的毒

氣和鬼氣，而且正如牧惠所說的，雜文家「要成為一名眼明心亮有戰鬥力的戰士，首先就得清除自己靈魂裡的毒氣和鬼氣，像魯迅那樣嚴格地解剖自己」。巴金堪稱這方面的典範，早在一九八〇年，他就說過，寫《隨想錄》是從徹底解剖自己開始。一九八二年，他又說：「我是從解剖自己、批判自己做起的。我寫作，也就是在挖掘自己的靈魂。」正是有了這種解剖自己、批判自己的反省意識，巴金在《隨想錄》裡以真誠、質樸、洗煉的文字抒寫了作家自我在歷史滄桑中的極其豐富、複雜、深刻的心路歷程和感情世界，表現了他的迷惘和探索、愚昧和覺醒、悔恨和痛苦、悲哀和歡樂、失望和希望。牧惠在〈趙書信與我〉中說，他從電影《黑炮事件》主人公趙書信身上看到了自己的影子，覺得自己的靈魂裡也有著趙書信的精神細胞，「在我的革命生涯中，曾經不止一次受過審查。……我曾經不通和委屈過；但是，我終於說服了自己：這是革命的需要，個人的委屈應當服從革命的需要。即使在『文革』中，我被加上種種莫須有的罪名而怎麼想也想不通的時候，我仍努力按照『革命群眾』和軍代表的需要去『認罪』。」作者指出，封建傳統思想只教人如何做奴才，沒有教如何做人，這份可怕的遺產使我們背上了沉重的包袱，不斷地走彎路，解決的辦法是：「在笑趙書信的同時，笑一笑自己身上的趙書信！」正如邵燕祥所說的，雜文家必須「『驅除（我們自己的）靈魂中的毒氣和鬼氣』，反省我們心理和性格中歷史文化積澱的劣根性」。

　　因此，新時期雜文所高揚的理性批判精神，是以現代的科學、民主、自由、平等、人道、科學社會主義為思想基礎，包含了雜文家對現實和歷史中的社會現象、思想現象、文化現象、國民性格以及雜文家自我的分析、批判和解剖，有著廣闊豐富的內涵。可以說，理性批判精神是雜文的靈魂。我們從新時期雜文理性批判精神的復興和高揚中，看到了中國當代雜文希望的曙光。

第二節　雜文創作的空前繁榮

有人說，在極「左」思潮肆虐的時代，人們的思想被高壓所禁錮，人們的情感被鬥爭所扭曲，藝術凋零了，雜文也消失了。但高壓稍稍鬆懈，改革開放的春風剛一拂過，雜文，就像經冬不死的野草，開始在凜冽的初春迅速泛綠、頑強生長了。是的，在經歷了二十七年的掙扎和沉寂的艱難處境之後，中國當代雜文在粉碎「四人幫」後，終於又迎來了它全面復興和拓展的歷史新時期。儘管中間也有過起伏和曲折，但總的說來，新時期雜文發展呈現出前所未有的新氣象：

雜文創作隊伍「日見其斑斕」。如果說，一九三〇年代的雜文作者「只是亭子間裡那幾個人」（唐弢語），二十世紀五、六十年代的雜文作者主要侷限於高中級知識分子和黨政領導幹部，那麼，新時期「雜文作者分布面之廣，在文學藝術各門類中，要屬第一位」（曾彥修語）。新時期雜文創作大軍特別龐大，蔚為壯觀，呈現出多元化的人文景觀，粗略劃分大致有四類基本作者群：一是身為新聞工作者的雜文作者群，他們的雜文作品以敏銳性和時效性見長；二是作家隊伍中的雜文作者群，他們的雜文作品以文學性和形象性見長；三是學者中的雜文作者群，他們的雜文作品以文化品位和書卷氣見長；四是黨政軍機關和各行業中的業餘雜文作者群，他們的雜文作品以貼近現實和大眾化見長。

在這支浩浩蕩蕩的雜文隊伍裡，有文章老更成的雜文宿將夏衍、巴金、廖沫沙、林放、嚴秀、秦牧、黃裳、舒蕪、馮英子等，有風華正茂的雜文健將邵燕祥、牧惠、舒展、藍翎、陳四益、老烈、章明、黃一龍、王大海等，有長江後浪推前浪的雜壇新銳鄢烈山、朱鐵志、王向東、司徒偉智、吳國光、胡靖、陳小川、米博華、張雨生、李庚辰、朱健國等，有巾幗不讓鬚眉的女雜文家鄒人煜、袁成蘭、陳飛、汪義群，還有一大批客串雜文而在雜文界享有盛譽的雜文作者，如詩

人呂劍、公劉、流沙河、李汝倫、劉征、葉延濱，小說家馬識途、王蒙、李國文、蔣子龍、劉心武，劇作家陳白塵、吳祖光、魏明倫、沙葉新，畫家黃永玉、方成、韓羽、高馬得，學者施蟄存、張中行、金克木、王元化、何滿子、耿庸、鄧偉志、王春瑜……這些「破門而出」的雜文作者「由於厚積薄發，比一些雜文專業戶寫得更好」[11]。

　　因此，唐弢說：「現在雜文的干預生活已經不是過去僅僅靠那麼幾個反骨人物去扔匕首和投槍了，而是具有那麼一大批覺醒者在掬盡忠貞，去腐生新，這就是新時期雜文有突破的多元化趨勢。」[12]還有論者指出：「尤其是八十年代中期以後，一大批思想活躍、敢於探索的中青年作家，以他們敏銳的眼光、大膽的懷疑、奔放的激情和新穎的構思，創作出一大批很有個性的作品。而一些老雜文家，則以更冷峻的思索、更成熟的觀點、更嫻熟的筆致將一批洞見世事、深入淺出、醇厚耐讀的作品貢獻給了讀者。可以說，新時期的雜文創作，在中國新文學雜文創作的歷史長河中，其聲勢之浩大、創作之踴躍、作品之豐富、風格之多樣，當屬首位。」[13]

　　而且，自一九八三年十一月四日河北省率先成立雜文學會以來，全國已有二十六個省、市、自治區相繼成立了雜文學會、雜文研究會和雜文創作委員會，並於一九八七年九月組成了全國雜文組織聯誼會。它們團結了一大批雜文創作的有生力量，結束了雜文作者單兵游勇、孤軍作戰的分散狀態，形成了一些頗具特色和規模的雜文寫作群體，如「江蘇雜文作家群」、「嶺南雜文作家群」、「湖南雜文作家群」、「四川雜文作家群」、「陝西雜文作家群」、「河北雜文作家群」

11　牧惠：《中國雜文大觀（第四卷）》〈序言〉（天津市：百花文藝出版社，1994年，第1版）。

12　唐弢：〈我觀新時期散文和雜文〉，《散文世界》1989年第7期。

13　王森、李亞東：〈編選者前言〉，見《誣告有益論》（北京市：中國文學出版社，1994年，第1版）。

等。湖南省雜文學會會長汪立康說：「湖南雜文界的同志，分佈在全省新聞出版、黨政機關、文化教育、部隊武警、企業事業等各條戰線。雖目前尚難稱有特別的名家，但人數不算少，整體上是有一定實力，且大家都有建立一支雜文湘軍的志向。省雜文學會成立幾年來，在組織工作上作了相當的努力，包括聯合一批報刊，舉辦過四次雜文徵文評獎活動；在株洲、岳陽、衡陽、常德等地市雜文學會協助下舉辦過四屆全省性的雜文理論研討會；受全國各省市自治區雜文組織委託，在長沙舉辦過一次『毛澤東與雜文』的研討會；由省直雜文學會出面，組織過一次『立言雜文創作討論會』，還有就是徵集雜文學會會員作品出版雜文集，鼓勵和支持會員個人出版雜文集，等等。這些，都是為了促成雜文湘軍的建成。」[14]河北也有論者提出，河北雜文創作水準突破提高的關鍵除了「注重培養『雜文名家』，創作出在全國既有一定轟動效應，同時又可傳世的雜文精品」外，更重要的是要「培育與形成區域性的雜文創作風格」，只有形成「燕趙地方特色」，河北雜文「才能在全國雜文創作高手林立、群雄逐鹿的激烈競爭中找到並贏得自己的位置」[15]。

　　各省市區雜文學會為了展示實力，突出集團式衝鋒的成果，還分別出版了各具特色的雜文合集，如北京雜文學會的《燕山新話》、《京都札記》、《求實雜談》、《幽燕縱橫》、《青春集》、《破惑集》、《北京雜文選集》，上海雜文學會的《上海雜文選（1984-1986）》、《上海雜文選（1987-1989）》、《上海雜文選（1990-1992）》，天津雜文學會的《津門雜文選》（一至三集），廣東省的《嶺南雜文選》、《嶺南雜文選‧續編》，湖南省的《湖南新時期十年優秀文藝作品選‧雜文卷》、《花邊一百三》、《湖南雜文百家》，浙江省的《浙江雜文選集》，福建

14 汪立康：《湖南雜文百家》〈後記〉（長沙市：湖南文藝出版社，1996年，第1版）。
15 王澤華：〈河北雜文特色管見〉，《雜文報》1997年3月18日。

省的《福建雜文精選第一輯‧百人百篇集》、《閩潮錄》，江西省的《門檻邊上的風景》，山東省的《齊魯雜文選》，陝西省的《秦風》、《三秦花邊文苑》，河南省的《上下求索》，河北省的《新雜文集》、《冀風》，四川省的《四川百人雜文集》、《狗咬人不是新聞》，湖北省的《湖北百人雜文集》，吉林省的《新時期吉林雜文選》，甘肅省的《雜苑萃英》，江蘇省的《江蘇雜文選（1979-1989）》、《《九斤老太》新說──91、92江蘇優秀雜文賞析》，貴州省的《貴州雜文集》，廣西區的《廣西雜文選》，新疆區的《新疆雜文選》等。全國雜文組織聯誼會並且從一九八五至一九九五年十年間全國雜文作品中精選出三百多篇，編成《雜花生樹》出版。這本雜文合集，多姿多彩，琳琅滿目，從內容看，國際、時政、經濟、人生、史鑒、知識、生活等題材皆備，涉獵廣泛；在體裁上，雜文、隨筆、小品、雜感、寓言等都有，各展風采，生動體現了中國新時期雜文創作繁榮興旺的狀況。

　　另外，江蘇雜文學會還於一九九三年和一九九五年相繼推出兩輯「江蘇雜文十家」叢書，第一輯包括：樂秀良的《日記何罪》、姚北樺的《暮鼓晨鐘》、李克因的《長天秋水》、孫敦修的《酸鹹苦辣》、趙力田的《晴窗走筆》、高羿的《沙河清淺》、澄藍（袁成蘭）的《直面人生》、應名的《「祖師學」研討會紀要》、張安生的《奧勃洛摩夫的影子》、王向東的《人格的力量》，第二輯包括金陵客（王向東）的《我是一個怪物》、劉僕的《送你一片紅葉》、應名的《說「風」》、劉根生的《與生命約會》、裔兆宏的《為青春祈禱》、陳志龍的《不藉秋風聲自遠》、周雲龍的《「錯位」亂彈》、孟亞生的《留住「莫拉爾」小姐》、江帆的《堂‧吉訶德鬥風車》、房干森的《微也足道》。俞潤生指出：「中國自有現代雜文以來，在一個省的範圍內，一年推出十本優秀的雜文結集，即便不是第一次，恐怕也是罕見的。它們是新中國第三個雜文創作高潮的產物，無論從數量或品質上看，這一時期的雜文，都是前兩個高潮（1956年前後、1962年前後）所無法比擬

的。」「《江蘇雜文十家》叢書的作者，有從四十年代就發表作品的宿將，又有經驗豐富的『雜壇』中堅，更多的是精力充沛的後起之秀，是一支老中青『三結合』的隊伍。令人為之一喜！」[16]

　　與雜文隊伍的空前壯大和雜文創作的空前繁榮相一致，新時期雜文的園地也在不斷擴大。長期以來，由於極「左」路線的摧殘和迫害，「無雜文不成運動，無運動不整雜文」，導致許多報刊對雜文敬而遠之，雜文的園地日趨萎縮。到了改革開放的歷史新時期，「忽如一夜春風來，千樹萬樹梨花開」，出現了「無報刊不登雜文，無雜文不成報刊」的可喜局面。許多報刊紛紛開設雜文園地，著名的有《人民日報》的「大地」副刊、《人民日報》（海外版）的「望海樓隨筆」、《光明日報》的「東風」副刊、《文匯報》的「筆會」副刊、《解放日報》的「朝花」副刊、《羊城晚報》的「花地」副刊、《南方周末》的「芳草地」副刊、《北京晚報》的「百家言」專欄、《新民晚報》的「未晚談」專欄、《中國青年報》的「求實篇」專欄、《文匯月刊》的「自由談」專欄、《現代作家》的「亂彈」專欄等。一九八八年《人民日報》「大地」副刊曾刊文〈忽如一夜春風來〉，指出：「人們需要更多的直面人生、探尋真理、敢說真話的雜文問世，遺憾的是迄今讀者們只能到報紙的一角去尋覓，他們多麼希望這方寸文章有朝一日蔚為大觀！」《北京日報》、《福建日報》等各地報紙果然相繼開闢「雜文專版」。

　　一九九五年被中共中央宣傳部評為中央九家主要新聞單位十大名牌專欄之一的《中國青年報》「求實篇」專欄，自一九八四年底開辦以來，就深受廣大讀者和社會各界的好評，是新時期較有影響的一個雜文陣地。《中國青年報》當初開闢這個雜文專欄的宗旨是：迅速地、及時地反映和評論中國改革事業的歷史進程，推進觀念更新，活

16　俞潤生：〈江蘇雜文創作的里程碑——評《江蘇雜文十家》〉，《文教資料》1995年第1期。

躍學術思想，抨擊落後和愚昧，謳歌正義和進步，為改革開放和現代化建設作貢獻。十幾年來，這個專欄發表了大批雜文、時評、隨筆，並結集出版了《男子漢怨言》、《並非君子國奇聞》、《豪華夢》、《古今李鬼》、《過把什麼癮》、《誰最缺錢》、《爭鳴的風度》等七本雜文選。這些雜文堅持「著邊際，關痛癢」的思路，保持「言路寬，文路寬」的特色，一方面為改革中出現的新思想、新事物吶喊助威，另一方面對阻礙改革的「左」的思想、僵化思想以及落後於社會發展的各種陳規舊習進行鬥爭。

　　在不少純文學刊物對雜文實行「關門拒客」，不屑理睬的同時，四川省的《現代作家》（後恢復《四川文學》之名）十幾年來始終如一堅持開辦「亂彈」雜文專欄，它所發表的雜文，頗具「文學性」和「雜文味」，選題新穎，知識豐富，形象生動，議論精闢，真可謂是「侵入了高尚的文學樓臺」。因此，有人說：「雜文在『文學性』和『雜文味』方面的提高，不僅需要政治的昌明，更需要文學刊物為這提供適宜的園地。《現代作家》的難能可貴之處，就在於它敢於立異標新，為雜文創造了這樣的環境和園地，並下力量經營之。」[17]

　　不僅眾多報刊開闢有雜文園地，而且，一九八四年十月二日，中國歷史上第一家專門刊登雜文的報紙《雜文報》在河北省石家莊市創辦。《雜文報》總編輯樓滬光說，《雜文報》的宗旨是：交流雜文界的資訊，促進雜文界的團結，推動雜文學術研究，繁榮雜文創作事業。尤其是「在雜文創作方面，我們堅持『百花齊放』的方針。提倡各種題材、各種品種、各種流派、各種風格的作品，爭奇鬥豔，比美競芳，共同裝點雜文這個百花園」[18]。創辦以來《雜文報》為了繁榮雜文創作，舉辦過全國性的「魯迅風雜文」徵文、樂凱杯雜文徵文、樂凱杯隨筆徵文、中山杯大中學生雜文徵文、白雲杯「時代、青年、戰

<hr />

17 石飛：〈《現代作家》的「雜文熱」〉，《雜文報》1987年5月15日。
18 樓滬光：〈目標：辦一張社會主義雜文報〉，《雜文界》1989年第6期。

士」雜文徵文、「鄉風絮語」雜文徵文、「學會杯」雜文專版聯賽等，並編輯出版了「雜文報叢書」：《魯迅風雜文集》、《閒話閒畫集》、《陳茶新酒集》等。

　　《雜文報》為了使雜文深深植根於廣大民眾之中，堅持不懈地開展雜文知識的普及工作：一九八五年十月創辦了以培養雜文愛好者和後備人才為宗旨的雜文創作函授學院（後改名為雜文創作刊授中心），這是全國第一家，十幾年來共培養了八千多名學員，有雜文家稱：「雜文創作刊授學院，在雜文史上功不可沒。這件事不是圖急功近利，其功將更顯於將來。」[19]組織編纂了一套「雜文教學叢書」，計有《雜文創作概論》、《雜文寫作瑣談》、《雜文九講》、《怎樣給報刊寫雜文》、《雜文評論寫作》、《歷代雜文名篇賞析》、《魯迅雜文選讀與研究》和《中國現代雜文史綱》八種，這是中國第一套雜文教材，集中了中國雜文教學與學術研究的最新成果，是雜文建設的新收穫，具有一定的開創意義。一九八七年舉辦了一次全國性的雜文基礎知識競賽，吸引了成千的雜文愛好者參加。一九九一年一月，與山西人民出版社合作出版了中國百多名雜文家和大學學者歷經三年編寫成的《中國雜文鑒賞辭典》，全書一百六十萬字，被譽為是雜文專業的百科全書，雜文作者的得力助手，雜文家羅竹風說它「不僅對雜文寫作者和雜文愛好者是很大的貢獻，而且也填補了中國文學史上一個空白」，「其中雜文文論篇目索引、雜文書目彙編、雜文學名詞解釋和雜文發展大事記等，……具有很高的資料價值，作為階梯供雜文研究和教學參考，事半功倍，功德無量」[20]。一九九六年九月，《雜文報》又同山西人民出版社再次推出《中國隨筆小品鑒賞辭典》，全書兩百萬字，

19　樓滬光：〈回顧省雜文學會十年歷程，續寫河北雜文事業新篇章〉，《雜文界》1994年第1期。

20　羅竹風：〈大膽的突破，雜文的豐碑——為《中國雜文鑒賞辭典》說幾句話〉，《雜文界》1989年第3期。

共收入中國古代、現代、當代，包括港澳臺及海外華文作家不同風格的隨筆小品六百多篇，書末還附有從古到今五十多位作家關於隨筆、小品文的論述，一九二三至一九九三年間有關隨筆小品研究論文篇目索引，「五四」以來到一九九二年間出版的隨筆小品書目彙編等資料。這一系列的舉措，使雜文在讀者心中扎下深根，意義深遠。

因此，臧克家誇讚說：「《雜文報》為雜文開路，打響了第一炮，回應之聲，不絕於耳，足徵時代需要，讀者歡迎。雜文，這個文學品種，在眾人眼目中，附庸蔚然成了大國了。」[21]果然，一九八五年二月中國作協第四次代表大會期間，曾彥修、呂劍、于浩成、林非、鮑昌、邵燕祥、宋振庭、舒蕪、唐弢等二十一位雜文家提議創辦雜文刊物，他們認為「五四」以後，曾有過《語絲》、《太白》、《野草》等多種雜文刊物，連非左翼陣營也出現過《論語》、《宇宙風》、《人間世》、《戰國策》等雜文刊物，而一九四九年後此類雜文性的刊物完全絕跡，這是很不正常的現象。為此，他們建議創辦一種「以發表品質較高的雜文創作和雜文的研究與評論」為基本內容的雜文刊物[22]。一九八五年五月，柯靈在〈關於上海城市文化發展戰略的意見〉中，也認為「為了保證創作自由的健康發展，需要提倡一下批評自由。……必須看到，由於官僚主義為害，在人民群眾的日常生活中，叫天不應、叫地不靈、呼籲無門的現象相當多……不給群眾一個透氣的地方，上情下達的機會，最終會影響社會的安定」，他建議「辦個反應靈敏，目光敏銳而確有水準的雜文刊物，對文化、社會乃至政治上的病態，進行經常性懲前毖後、治病救人的針砭，作為一種群眾監督」[23]。在雜文家的熱情呼喚下，一九八八年吉林省雜文學會出版了《雜文家》雙月刊（後改名為《雜文選刊》月刊），一九九四年安徽省淮

---

21 臧克家：〈誇《雜文報》〉，《雜文報》1986年12月16日。

22 見〈四次作代會代表提出建議，在北京創辦雜文刊物〉，《雜文報》1985年3月5日。

23 柯靈：《文心雕蟲》（天津市：百花文藝出版社，1990年，第1版）。

南市文聯出版了《雜文》雙月刊（後改名為《語絲》），此外，江蘇省
雜文學會出版會刊《江蘇雜文界》，四川省雜文學會出版《當代雜
文》報，湖南省衡陽市雜文學會會長李升平獨力出版《雜文與生活》
報，都為新時期雜文的發展和繁榮貢獻了一份力量。

　　新時期雜文繁榮的另一個顯著跡象是一系列雜文總集和雜文叢書
的相繼出版，充分顯示了當代雜文的創作實績。雜文總集有曾彥修、
秦牧、陶白主編的《中國新文藝大系（1949-1966）·雜文集》和《中
國新文藝大系（1976-1982）·雜文集》（中國文聯出版公司），張華、
姚春樹、藍翎、牧惠主編的《中國雜文大觀》一至四卷（百花文藝出
版社），曾彥修主編的《全國青年雜文選（1977-1984）》（中國青年出
版社），以及群言出版社的《二十世紀中國雜文精粹百篇》、文心出版
社的《二十世紀中國雜文大觀》和內蒙古大學出版社的《二十世紀雜
文選粹》等。

　　雜文叢書則有三聯書店從一九八〇年陸續出版的夏衍、聶紺弩、
秦似、徐懋庸、廖沫沙、柯靈、唐弢、宋雲彬、胡風、曹聚仁、茅盾
等的雜文集。柯靈說：「這套叢書，為時代風沙著一痕跡，當為一大
功德。」[24]唐弢也認為：「此一套書如出齊，確亦大工程，可謂功德無
量矣。」[25]湖南文藝出版社從一九八六年起陸續推出嚴秀和牧惠主編
的四輯四十本「當代雜文選粹」叢書，作者包括巴金、于浩成、劉
征、老烈、邵燕祥、舒展、曾敏之、陶白、章明、謝雲、鄧拓、馮英
子、嚴秀、吳有恆、岑桑、陳澤群、牧惠、秦似、黃秋耘、藍翎、秦
牧、黃裳、吳祖光、呂劍、司馬玉常、胡靖、陳小川、東耳、惜醇、
謝逸、孫犁、余心言、公劉、司徒偉智、李庚辰、李汝倫、鄒人煜、

---

24 柯靈：〈八尺樓小簡〉（之一），見《墨磨人》（北京市：生活·讀書·新知三聯書
　　店，1991年，第1版）。

25 見唐弢一九八一年五月三十一日寫給范用的信，收《唐弢文集》第十卷（北京市：
　　社會科學文獻出版社，1995年，第1版）。

蔣子龍、虞丹、穆夫。一九八八年四月在北京舉行的座談會上，周谷城、高揚、于光遠、黎澍、陳荒煤等對這套雜文叢書給予了很高的評價，黎澍說：「建國後的雜文創作成就不可低估，有不少佳作在思想性和藝術性方面都屬前所未有。在目前出版界處境艱難的情況下，湖南文藝出版社能獨具卓識，出版這樣一套叢書，尤使人感到敬佩。」[26]

另外，武漢青年雜文學會以弘揚魯迅精神，開創新思維雜文為宗旨，選編「青年雜文新潮叢書」，一九八九年五月由光明日報出版社出版，內有鄢烈山的《真辮子‧假辮子》、剛建的《雜拌兒六兩》和朱健國的《早叫的公雞》。廣州文化出版社有感於「中國改革的大潮呼喚新一代思想家的誕生，呼喚著既執著現實、又求索於未來的歷史轉折期的雜文」，於一九八九年八月出版了「思想者叢書」，包括羅榮興的《千慮一得集》、王大海的《一年四季》、荒蕪的《麻花堂外集》、牧惠的《「馬後後炮」與「啞彈」》、司馬玉常的《小補之哉集》、何滿子的《畫虎十年》、耿庸的《流火、花環和荊棘》和秦牧的《哲人的愛》八本雜文集，期待中國的思想地平線上出現一個「風助群鷹擊，雲隨萬馬來」的磅礴局面。

進入一九九〇年代，隨著「隨筆熱」的升溫，雜文隨筆叢書的出版更是風起雲湧，令人目不暇接。著名者有成都出版社的「當代名家雜文系列」：馬識途的《盛世微言》、何滿子的《五雜侃》、黃裳的《春夜隨筆》、邵燕祥的《雜文作坊》、王春瑜的《牛屋雜俎》；湖南文藝出版社的「中國當代著名雜文家漫畫家幽默小品」叢書：邵燕祥的《真假荒誕》、牧惠的《古經新說》、舒展的《調侃集》、韓羽的《雜燴集》、馬得的《畫碟餘墨》；寧夏人民出版社的「中國當代名家雜文精品叢書」：冰心的《世紀的回音》、巴金的《沒有神》、邵燕祥的《熱話冷說集》、牧惠的《摻沙的文字》、何滿子的《蠱草文輯》、公劉的《不能缺鈣》；甘肅人民出版社的「名家最新雜感力作」叢

---

26 何明：〈《當代雜文選粹》在京受到好評〉，《文學報》1988年5月12日。

書：嚴秀的《牽牛花蔓》、黃秋耘的《按牌理出牌》、邵燕祥的《你笑的是你自己》、牧惠的《說牛頭論馬嘴》、王蒙的《隨感與遐思》；四川人民出版社的「稻草人雜文隨筆叢書」：瓜田的《瓜棚夜話》、朱鐵志的《固守家園》、葉延濱的《聽風數雁》、李建永的《撒嬌的流派》；群言出版社的王蒙、牧惠、馮驥才、吳若增、高洪波、馮景元的雜文隨筆自選集；百花文藝出版社的「當代名家雜文精品文庫」：巴金、邵燕祥、牧惠、藍翎、韓羽、舒蕪、劉心武、馮英子、何滿子、毛志成的雜文自選集；長春出版社的「中國當代雜文精品文庫」：《「老爺」說的準沒錯》、《羨慕家有悍妻》、《兩代腐敗者的比較》、《我為什麼喜歡聽假話》、《誰來告訴我》；敦煌文藝出版社的「當代名家雜感隨筆系列」：邵燕祥的《紅塵小品》、牧惠的《讀完寫下》、藍翎的《神像無神》、馮驥才的《天籟》、蔣子龍的《有感就動》、李國文的《十字路口》、閻綱的《冷落了牡丹》、潔泯的《眼睛》、陳丹晨的《山光潭影》，等等。這些雜文總集和雜文叢書的出版，既為當代雜文保存了一筆寶貴的財富，同時也為繁榮新時期的雜文創作起了推波助瀾的作用。

　　一九八八年《人民日報》「風華雜文徵文」和中國作協舉辦全國首屆優秀散文（集）雜文（集）評獎，更是將新時期雜文發展推向高潮。一九八八年七月十一日至九月三十日，《人民日報》為繁榮雜文創作、高揚魯迅精神而舉辦的「風華雜文徵文」，共收到七千多篇稿件，其數量之巨，聲勢之壯闊，接觸面之廣，作者面之普及，形式之多樣都是空前的，秦牧認為是「五四運動以來最大規模的一次」[27]，黃裳稱之為「一次新時期雜文成功的大檢閱」[28]。尤其是徵

---

27 秦牧：〈不拘一格出雜文〉，見《阿Q真地闊了起來》（北京市：人民日報出版社，1989年，第1版）。
28 黃裳：〈繼續走魯迅的路〉，見《阿Q真地闊了起來》（北京市：人民日報出版社，1989年，第1版）。

文「連續發表了一批新品種、新樣式的雜文，諸如寓言式（〈莊周買水〉）、隨感式（〈大題小做〉、〈歪題正做〉）、『憶苦』式（〈小販說奇〉）、『正話反說』式（〈誣告有益論〉、〈美食家自白〉）、說文解字式（〈釋『官』〉）、會議紀要式（〈『祖師學』研討會紀要〉）、立此存照式（〈立此存照〉），等等。徵文也成了各種品種、各種樣式雜文的一次展覽」[29]。無疑地，這次雜文徵文在拓展雜文題材和樣式上，做了一件積極有益的推動工作。因此，有論者指出：「《人民日報》『風華雜文徵文』將雜文熱推向極至，奏出了一九八八年雜文熱中最輝煌的一章。」[30]

在中國作協舉辦的全國首屆優秀散文（集）雜文（集）評獎中，共有十部雜文集獲獎，它們是邵燕祥的《憂樂百篇》、牧惠的《湖濱拾翠》、舒展的《辣味集》、《當代雜文選粹‧馮英子之卷》、陳小川的《各領風騷沒幾年》、曾敏之的《觀海錄》、藍翎的《金臺集》、《當代雜文選粹‧章明之卷》、林放的《未晚談》、《當代雜文選粹‧吳有恆之卷》。唐達成認為，這次全國性的雜文評獎「是建國四十年以來的第一次，可能也是五四以來新文學史上的第一次，這不能不是令人興奮的大事」[31]。在一九八九年四月舉行的授獎暨散文雜文研討會上，唐弢說：「我覺得新時期的散文和雜文確實達到了非常高的水準。可以這樣說：比起魯迅時代，比起建國後至一九七八年這一時期，新時期的散文和雜文都有突破。我個人認為雜文又比散文突破得更多一些。」[32]柯靈說，新時期「散文和雜文有了長足的進步，尤其是雜文，明顯地超越三十年代的一般水準」[33]。唐達成也指出：「新時期的

---

29 蘭楠：〈雜文的品種〉，《雜文界》1989年第1期。

30 劉建民、孫瑨：〈民主盛，雜文興〉，《工人日報》1988年12月15日。

31 唐達成：〈散文雜文的繁榮時代必將到來〉，《散文世界》1989年第7期。

32 唐弢：〈我觀新時期散文和雜文〉，《散文世界》1989年第7期。

33 柯靈：〈散文的新走向〉，《散文世界》1989年第7期。

雜文與散文相比，成就或許更為突出。以《三家村文集》和《當代雜文選粹》為代表的雜文說明了新時期雜文的繁榮。夏衍、廖沫沙、秦牧、嚴秀、馮英子、林放、邵燕祥、牧惠、藍翎、舒展、陶白、章明、吳有恆等老作家的雜文創作仍然十分活躍。葉延濱、陳小川等年輕的雜文家的出現，顯示出了雜文隊伍的新生力量，這是可喜的局面。」[34]

第三節　雜文理論研究的深化

在改革開放的歷史新時期，過去備受極「左」路線摧殘的雜文，在一九七〇年代末和一九八〇年代初開始「中興」。一九七九年八月，雜文家藍翎在〈有感於雜文的興廢〉中提出：「雜文廢除不得！我們永遠需要雜文！」九月，黃秋耘在〈雜文應當復活〉中呼籲：「雜文可以復活，也應當復活！」這些吶喊都傳達了新時期雜文從復蘇到復興的資訊。

一九八〇年第一期的《文藝報》開闢了「雜感」專欄，引起了社會各界的關注。為了研究如何辦好這個專欄，促進雜文創作，《文藝報》編輯部邀請了部分在京雜文家舉行一次座談會，該刊第三期發表了發言摘要，包括廖沫沙的〈要搞百家爭鳴，不要搞一家獨鳴〉、王子野的〈要惜墨如金，多寫短文章〉、陶白的〈創造一種新的雜文的文風〉、曾彥修的〈略談雜文的功過〉、胡思升的〈多來點「溫良恭儉讓」〉、姜德明的〈希望雜文創作出現新的生氣〉、馮亦代的〈雜文如何更好觸及人民內部矛盾？〉、葉至善的〈讀後要讓人去想〉和王春元的〈要有一顆誠摯的心〉。這是新時期最初比較重要的一次雜文討論會，對剛剛復甦的雜文起了「正名」的作用。曾彥修和馮亦代總結

---

34 唐達成：〈散文雜文的繁榮時代必將到來〉，《散文世界》1989年第7期。

了幾十年來雜文發展的歷史經驗，認為「雜文不是反黨工具，是推動革命前進的工具」，因此希望在撥亂反正中能「給雜文恢復名譽」，讓人覺得「雜文在今後可以寫，應當寫」。王春元也呼籲，充分發揮雜文「干預生活」的積極作用，必須給雜文以「適當的社會土壤和政治的雨露」。陶白指出，雜文的功能「主要是揭露問題，匡正時弊，鼓舞鬥志的。要是粉飾太平、歌功頌德，就失去了雜文的意義」。王子野也認為，雜文的優點「就是言之有物，不講空話」。他們主張肅清「混淆黑白，顛倒是非；攻其一點，不及其餘；斷章取義，任意歪曲；無限上綱，亂扣帽子」的幫八股的流毒，發展、創造和形成一種「講真話」的新的雜文文風。

　　一九八一年四月，《南方日報》「南粵」副刊邀請廣州部分雜文作家秦牧、蘇烈、岑桑、柳嘉、楊群、于釐、馬冰山、劉家澤、關振東、何芷、周敏、楊樾、黃浩、黃樹森等人，就如何提高雜文的品質，發揮雜文的功能等問題舉行座談。四月二十二日《南方日報》「文藝評論」版刊登了部分作者的發言：秦牧的〈探索和發展雜文藝術〉、岑桑的〈雜文雜議〉、柳嘉的〈雜文的雜與不雜〉、楊群的〈雜文與時代〉。楊群說，長期以來在「左」的思想支配下，雜文遭逢的命運也特別險峻，「歌頌保險，揭露危險」，寫幾篇雜文被劃為「右派」，可謂開了新社會文字獄的先河。到了十年浩劫時期，雜文更成了羅織入罪的文字獄中的大量「冤犯」。但是，「十七年裡雜文的坎坷歷程，十年浩劫中雜文的特殊厄運，恰恰證明了雜文有特殊的生命力；證明了時代需要雜文，雜文推動時代的前進」。秦牧針對報刊上雜文「精彩的並不很多」，「有不少是寫得比較凡庸，缺乏深刻思想和藝術魅力」的現狀，呼籲：我們必須進一步提倡和鼓勵雜文，進一步探索和發展雜文，使雜文藝術這枝花更加絢麗燦爛。因此，他認為，要寫好雜文必須做到以下幾點：一、應該具有較深刻的思想，分析事物，鞭辟入裡，透過現象，揭發本質；二、雜文作者應該敏捷地寫，

報刊應該敏捷地發表；三、賦予作品以形象的感染力；四、筆鋒常帶
感情；五、講究語言藝術，做到「警語疊出，妙趣橫生，譬喻獨特，
語言新鮮，音節和諧，文采燦目」；六、寫得豐滿和深厚些。柳嘉則
談到雜文「雜與不雜」的辯證統一，所謂「雜」，從內容上說，雜文
可以接觸廣闊的生活面，宇宙之大，蒼蠅之微，國家的時事，社會的
百象，讀書的偶得，生活的感受，無一不可以信手拈來，涉筆成趣；
從形式上說，是文體的兼收並蓄，既具有論文說理之銳氣，又具有散文
描畫之優美。它可以敘事、狀物、抒情、議論，因小見大，發微知
著，十分生動活潑而耐人尋味。所謂「不雜」，便是雜文要寫得精
煉，不要面面俱到、重複拖沓、粗糙冗長，好的雜文應當以最少的字
數、最精煉的語言、最典型的事例，表達出最深刻的含義。

　　這一南一北的兩次座談，其議題已不像一九五〇年代「雜文復
興」和「小品文的新危機」那兩次討論一樣，是要不要雜文的問題
了，而是如何解放思想，拓寬雜文創作的領域，為讀者提供思想性、
藝術性強的好雜文的問題了。這些暢所欲言的討論使新時期雜文創作
開始登上了一個新臺階。

　　一九八二年一月十八日和十一月二十二日，《新觀察》雜誌兩度
召開座談會，就發展和繁榮雜文創作、努力提高雜文的品質等問題，
夏衍、廖沫沙、唐弢、宋振庭、謝雲、藍翎、袁鷹、李庚辰、孫士
傑、胡靖、丁聰、方成、劉甲等人談了各自的看法[35]。青年雜文家胡

---

[35] 一九八二年第四期的《新觀察》刊登了第一次座談會部分發言的摘要：謝雲的〈雜
　　文的地位和命運〉、李庚辰的〈雜文應以批評為主〉、孫士傑的〈雜文的風格要多樣
　　化〉、胡靖的〈借鑑魯迅筆法〉、丁聰的〈漫畫還是有用武之地的〉、劉甲的〈我們
　　時代雜文的特徵〉、方成的〈出個主意〉。一九八二年第二十四期和一九八三年第一
　　期的《新觀察》刊登了第二次座談會的發言：夏衍的〈雜文復興首先要學魯迅〉、
　　唐弢的〈對雜文的幾點意見〉、廖沫沙的〈要培養新的雜文作家〉、袁鷹的〈雜文也
　　難也不難〉、宋振庭的〈雜文的好處、難處和對它的希望〉、藍翎〈消除偏見，繁榮
　　雜文〉、丁聰的〈我對漫畫的前途是樂觀的〉。

靖認為「不是魯迅的時代，不用魯迅的筆法」的觀點需要重新審視，他說：「對魯迅的雜文傳統，首先有個繼承的問題。雜文當然需要與時俱進，有所發展，但發展首先需要繼承。」因此，他提出：「魯迅的筆法是值得借鑑的。」老雜文家夏衍也主張：「雜文復興，我認為首先是要學魯迅。」

　　雜文界在呼籲復興雜文和發揚光大以魯迅為代表的現實主義雜文戰鬥傳統時，也有過分歧和爭論的。「新基調雜文」的鼓吹者劉甲就是在《新觀察》雜誌召開的第一次雜文座談會上，作了題為〈我們時代雜文的特徵〉的發言，他提出當代雜文應區別於魯迅式雜文基調的看法，「魯迅式的雜文，從『五四』運動起到全國解放止，有整整三十年的戰鬥歷程，完成了光榮的歷史使命」，時代變了，雜文的根本任務也變了，因此，「雜文的基調、特徵」就不應該與魯迅式的雜文相同。一九八四年十一月，劉甲在濟南的一次雜文座談會上，正式打出「我們時代新基調的雜文」這一旗號。此後，他在《新時代雜文漫談》（1984）、《新基調雜文創作談》（1985）、《新基調雜文淺探》（1987）等三本小冊子裡，系統地闡述了他的「新基調雜文」理論，他認為我們今天所處的時代和魯迅當年所處的時代不同，主張以他所謂的「新基調」雜文來取代「魯迅式的雜文」，並一再告誡人們「要警惕和克服魯迅式雜文基調的積習」，要「洗淨魯迅式雜文基調的殘痕」。劉甲的這些言論遭到了雜文家嚴秀、牧惠、章明、老烈等人的有力駁斥，並由此引發了新時期乃至一九四九年以後時間最長、規模最大、矛盾最尖銳的一場關於雜文理論的論爭[36]。這場論爭顯示了新

---

36 批駁「新基調雜文」理論的文章主要有：嚴秀的〈關於一個「新」雜文理論問題的資料〉（見《中國新文藝大系（1949-1966）‧雜文集》附錄四），牧惠的〈魯迅雜文的歷史命運〉、〈魯迅筆法與隱晦曲折〉（見《雜文雜談》一書），陳澤群的〈「魯迅筆法」仍有用場〉（《雜文界》1987年第1期），謝雲的〈談所謂雜文的「官民一致」原則〉（《瞭望》1988年第44期），高起祥的〈「新基調雜文」理論的失誤〉（《文論報》1988年11月5日），章明、老烈的〈新的《桃花源記》──讀《新基調雜文創作

時期雜文理論研究的深入。

　　劉甲認為，魯迅式雜文同新基調雜文的基本區別在於「基調的根本不同」：魯迅式雜文的作者是受壓迫的，他們所代為說話的人民群眾，也是受壓迫的。因此魯迅式雜文可以說是受壓迫的作者，用了受壓迫者的語調，代表受壓迫的人民群眾，進行吶喊和抗爭的雜文。作者通過他覺醒了的奴隸的眼睛，觀察了他所生活的那個大地主大資產階級專政統治下的時代，和那個半殖民地半封建的中國社會，又通過了他覺醒了的奴隸的手，用筆揭示了那時代和那社會。他的揭示，一面是為著對壓迫者進行反抗，一面也是為著喚醒尚未覺醒的奴隸，來共同奮力打破枷鎖，求得解放。而新基調雜文則全然不同，作者已成了國家的主人，作者為之說話的人民群眾，也已經成了國家的主人。新基調雜文可以說是做了國家主人的作者，以國家主人翁的高度責任感，來為做了國家主人的人民群眾代言的雜文，反映的是國家主人翁的呼聲和情緒。針對劉甲所謂的「魯迅奴隸論」，雜文家陳澤群說，魯迅始終是生活的主人，是自己命運和信念的主人，統觀他的雜文，從筆法到腔調，與其說是奴隸的反抗之歌，不如說是主人保衛自己權利和尊嚴的正義之聲，這才是魯迅雜文的真正的基調，是魯迅筆法的真正要旨。雜文家章明、老烈也指出，籠統地說「魯迅是一個自覺到自己是受壓迫的奴隸」也是不妥當的，魯迅當年固然身處反動統治的重壓之下，但他執筆為文之時精神世界仍是自由的，「心事浩茫連廣宇」、「寒凝大地發春華」、「橫眉冷對千夫指，俯首甘為孺子牛」這些詩句都是這種精神狀態的反映，如果魯迅真正自認只是一個奴隸而已，那就根本不可能產生「魯迅雜文」，也就沒有人民文豪的魯迅。

談〉有感〉（《羊城晚報》1989年1月26日），李一萍的〈當代雜文走向辨——駁雜文要有新基調〉（《雜文報》1989年3月24日），彭定安的〈評「新基調雜文」的基調〉（《文藝爭鳴》1989年第3期），姜振昌的〈「魯迅風」與「新基調」——一個長期困擾雜文界的話題〉（《文藝報》1996年11月29日）。

　　劉甲不僅主張要「警惕和克服魯迅式雜文基調的『積習』」[37]，而且他在談到一九五七年六月至一九五九年底的雜文時，說：「這是我們時代新基調的雜文成長中的一個新階段——由魯迅式雜文轉變成了我們時代新基調的雜文。」這個階段的雜文，同一九五六年下半年到一九五七年上半年的雜文相比，「鮮明地顯露著國家主人翁溢於言表的高昂基調，洗淨了前一階段雜文中的某些魯迅式雜文基調的殘痕」[38]。高起祥認為，由此可以看出劉甲所倡導的雜文的「新基調」和「新基調」式雜文，不過是在「左」傾錯誤思想指導下產生的那一類緊密配合反右、大躍進、反右傾等政治運動的雜文，這就註定了所謂的「新基調雜文」，無論從理論依據還是從創作實踐上，都是不能成立的。事實上，我們不僅不應該「警惕和克服魯迅式雜文基調的『積習』」，「洗淨」「魯迅式雜文基調的殘痕」，而且有責任和義務還原魯迅作為偉大的文學家、思想家、革命家的本來面目，恢復魯迅作為中華民族「民族魂」的偉大崇高形象，發揚光大魯迅的精神。彭定安也指出，「魯迅式雜文」無論宏觀上，還是微觀上，也無論是思想上還是藝術上，更無論是歷史知識、社會剖析，還是文化內涵上，都是我們了解中國歷史、中國社會和中國人的百科全書式的精粹的文學遺產和思想文化遺產，也是我們今天寫作雜文的楷模，決非什麼「消極影響」和要加以克服的「積習」和「盲目性」。牧惠回顧了一九四九年後雜文發展的歷史，認為既然有不民主（也即是封建專制）和反科學（也即是愚昧無知）的事實存在，魯迅式的雜文就有存在和發展的理由，對於我們來說，值得警惕和克服的不是什麼魯迅式雜文基調的「積習」難返，而是對虎虎有生氣地同封建專制、愚昧無知、不正之風種種惡

37　劉甲在〈警惕和克服魯迅式雜文基調的「積習」〉（《解放軍報通訊》1984年第4期）一文中，列舉了魯迅雜文所帶有的封建社會的「積習」，比如「背著因襲的重擔」、「中產知識階級分子的壞脾氣」、「中些莊周、韓非的毒」等。

38　劉甲：〈從匕首、投槍到良藥、解剖刀〉，《解放軍報通訊》1982年第6期。

德做鬥爭的雜文的被冷落乃至被壓制。

　　劉甲雖然也承認「魯迅筆法」在不少方面仍然可以再用，但更服膺「雜文形式就不應該簡單地和魯迅的一樣」的說法，主張要大聲疾呼，而不應「隱晦曲折」。他指出，魯迅雜文「在特定的條件下，不得不如此的『隱晦曲折』的說話方式，不應看作是雜文固有的表現方法；儘管它曾經是魯迅雜文和魯迅式雜文的一個顯著的特色。也不應看作是雜文不可或缺的風采或味道。……當時代變化了，雜文作者由奴隸變成了主人，有了充分說話的自由的時候，自然也就應該克服這種奴隸式語言的隱晦曲折，而設法使廣大讀者更容易看懂」[39]。陳澤群說，一目了然，一覽無餘，直白了當的雜文固然需要，寫得委婉含蓄一些，稍有隱晦曲折的雜文只要不費猜費解也無不可，魯迅當年寫得隱晦曲折一點，起初也有和國民黨的書報檢查官玩點捉迷藏遊戲的意思，但經魯迅的慘澹經營，這種曲折已經成為雜文的一種峰迴路轉、柳暗花明的美感享受，我們沒有必要捨棄這種美，除非想捨棄雜文的本身。牧惠也認為，對於魯迅來說，隱晦曲折往往是一種藝術手法，是雜文創作的美學需要，因此，把三十餘年來雜文的曲折坎坷歸咎於雜文使用隱晦曲折的魯迅筆法，是不公正的。他指出，「隱晦曲折」實際上已經成為打擊雜文、置雜文家於死地的一個最順當的藉口，雜文常常被豆腐裡挑骨頭式地「索」出各種各樣連作者夢也未必夢到的「隱」，如有人竟然從鄧拓的雜文〈金龜子身上有黃金〉中索出作者講赫魯曉夫的好話的「隱」來，「這類索隱家真可謂天才！但是，我要大聲疾呼：我們討厭這類卑劣的天才！」姜振昌說，曲筆長於表達人們內心的深曲之意和難言之情，同時，由於這種表達是委婉的、巧妙的，因而使作品產生了濃郁的含蓄效果，增加了讀者的興味。正因為如此，魯迅當年不管是否為避過「文網」而故意將作品寫

---

39 劉甲：〈「隱晦曲折」和「大聲疾呼」〉，《解放軍報通訊》1984年第2期。

得晦澀一些，都強調雜文造語「須曲折」。以「迂迴曲折」為主要特徵的「魯迅風」雜文筆法，儘管可以在新時代有所變化，但如果完全擯棄了它，要求雜文一味「大聲疾呼」，處處直來直去、明白如話，無疑是對雜文藝術的根本性取消。

由於劉甲認定魯迅式雜文「總是天然地站在『民間』的立場，始終對『官方』採取批判和抨擊的態度」，因而「要準確地把握我們時代新基調的雜文的基調，就要堅定地堅持官民一致的原則」。他說：「持了單一的『官』的立場，凡事為『官』前驅，打順風旗的雜文是易作的，但卻會失去讀者；持了單一的『民』的立場，言『官』必『嬉笑怒罵』，如十年內亂中『造反派脾氣』那樣的雜文也是易作的，但卻與實不副，與事無補，且會遇到一切有覺悟的讀者的應有的抵制。唯堅持了官民一致的立場而又痛快淋漓、一針見血的雜文最難作，這也是多少年來這樣的雜文極少的原因之一。」[40]劉甲的這個結論是以這樣一種推斷為前提的：舊社會官民的關係是壓迫與被壓迫的關係，新社會人民當家作主，所謂官民關係就發生了根本的變化，從作為國家的統治階級這個角度看，可以說是官民一體了。這大致是不錯的，既然如此，為什麼又一再強調不能單一地站在「官」或「民」的立場上呢？難道二者又是對立、矛盾的嗎？姜振昌指出，這種混亂的邏輯實際上掩藏著一個十分良苦的用心，這就是：不能亂批評領導，而要盡可能地維護、服從甚至歌頌領導，同「官」保持一致。雜文家謝雲更詳細地剖析了劉甲「這種觀念和邏輯上的混亂」之處，他指出：首先，為什麼「持了單一的『官』的立場」的雜文，就會「失去讀者」？三中全會以來，撥亂反正、糾正以階級鬥爭為綱的極「左」路線、改革開放、平反冤假錯案等一系列方針政策，深得民心，難道在這些問題上，「持了單一的『官』的立場」，「為『官』前

---

40 劉甲：〈堅持官民一致的原則〉，《解放軍報通訊》1984年第5期。

驅」的雜文，也會「失去讀者」嗎？其次，為什麼「持了單一的
『民』的立場」的雜文，就會「遇到一切有覺悟的讀者的應有的抵
制」呢？反對不正之風，反對貪污行賄，反對官僚主義，反對「官
倒」，反對各種腐敗現象，這類反映了廣大人民利益和意志的雜文，
也會遇到「有覺悟的讀者」的「抵制」嗎？再次，單一的「官」的立
場是不好的，單一的「民」的立場是不好的，那麼「官民一致」的
「立場」究竟是什麼呢？那就只能是一隻腳站在「官」的立場上，另
一隻腳站在「民」的立場上。但這只不過是半「官」半「民」，或者
是腳踩兩條船，卻並非「官民一致」了。由於劉甲在「官」「民」兩
種立場上並不一致的論調「使自己陷於不能自圓其說的困境，並給雜
文創作造成混亂」。彭定安也指出，魯迅的雜文所反映和處理的，並
非都是屬於官與民的矛盾，更不是篇篇都是反政府的、反官方之作，
許多不朽之作，恰恰是站在民族的、歷史的、文化的立場上，對於中
國國民性的剖析，對於中國人文化心態的剖析，對於中國社會、歷
史、文化的消極面的剖析與抨擊，這些「都無法用官民對立的政治標
準來框定的」。

　　總而言之，「新基調」雜文理論作為一九四九年後尤其是新時期
以來唯一出現的成「體系」的雜文「理論」，是「以全面否定魯迅雜
文的現實意義為支點的」（姜振昌語），「反魯迅，就是『新基調雜
文』的『基調』」（彭定安語）。因此，儘管「新基調」雜文理論的鼓
吹者也主張要學習、繼承和發揚魯迅的革命精神和戰鬥傳統，但與此
同時，他卻又認為最能體現魯迅的這種革命精神和戰鬥傳統的魯迅式
雜文要不得，這使他的主要理論觀點陷入了驚人的自相矛盾的邏輯悖
論之中。這種邏輯悖論由來已久，早在一九四〇年代的延安，人們一
方面對魯迅的革命精神、革命品格和豐功偉績給予了至高無上的評
價，另一方面又認為魯迅式的雜文在革命聖地不合時宜和不宜倡導。
這種有著深刻悲劇意識的驚人的邏輯悖論，妨礙著魯迅雜文研究的豐

富和深化，不能上升到更高的理論層次，也直接造成在一九四九年前的民主根據地和改革開放前的社會主義新中國「魯迅風」革命現實主義雜文戰鬥傳統的失落、雜文創作的極不正常的沉寂和荒涼。李一萍說，魯迅所創造的新型雜文文體是魯迅精神的載體，也是他對新文化功不可沒的貢獻，如果把載體否定了，魯迅的精神和功績豈不是「皮之不存，毛將焉附」？這是一個怪圈，也正是由於這個怪圈的存在，一九四九年以來雜文「辛苦遭逢起一經」，風風雨雨，坎坎坷坷，興衰起落，歷盡磨難。「新基調」雜文理論的鼓吹者認識不到作為現代民族的靈魂和智慧集中體現的魯迅式雜文，不僅屬於過去，也屬於未來，它既不是什麼應該克服的「積習」，也不是什麼應該洗淨的「殘痕」，而是有著永久生命力的革命精神和戰鬥傳統。特別是魯迅的雜文包含著在中國實現社會的現代化、文化的現代化，國民的思想、道德、靈魂、風習的現代化等博大深邃的現代意識、現代理性批判精神，這種現代意識和現代理性批判精神，在中國人民實現現代化的宏偉歷史進程中，是永遠不會過時的，是永遠應該學習、繼承和弘揚的。

新時期雜文理論研究深入發展的一個重要方面還表現在，一九八五年一月，中國歷史上第一家雜文理論刊物《雜文界》在河北省石家莊市創辦，這是當代雜文理論建設史的一件大事。十幾年來，《雜文界》不單是「全國唯一正式出版的雜文理論學術刊物，且在研究雜文理論、發表雜文新作、評介雜文作家、培養雜文新人方面做出了明顯成績」[41]。其實，早在《雜文界》誕生之前，河北省雜文學會就在一九八四年一月創辦了內部刊物《雜文通訊》，共出版了五期，刊登和選載了一批較有分量的雜文研究文章，其中有雜文藝術研究方面的論文，如秦牧的〈探索和發展雜文藝術〉、林放的〈雜文之味〉、陶白的〈雜談雜文〉、牧惠的〈雜文雜談〉等，有魯迅雜文研究方面的專

---

41 李成年：〈以文會友遇知音——我與《雜文界》〉，《空軍報》1996年1月13日。

論，如姚春樹的〈雜文的時代和時代的雜文〉、黃裳的〈雜文的歷史長河〉、張如賢的〈論魯迅雜文的藝術特徵〉、趙燕強的〈魯迅雜文的形象性〉等，有雜文史研究方面的文章，如曾彥修的〈略談雜文的功過〉、魏橋的〈略論建國以來雜文的「三落三起」〉等。在《雜文通訊》基礎上創辦的《雜文界》，更是側重於雜文理論研究，旨在建立一個「堅實而廣闊的」「雜文理論的基地」。《雜文界》編輯部在〈創刊綴言〉中指出：「較之於其它文學品種的理論，雜文理論還過於淺薄。除魯迅雜文研究外，雜文理論的許多方面，涉筆的不過是零星點點，甚至還是張張空白。雜文創作不夠理想，與雜文理論研究不夠開展有關係。理論研究以創作為基礎，反過來又促進創作。創作若不以理論作指導，要造就它的高峰是不可能的。詩歌、戲劇、小說既有創作隊伍，又有理論隊伍。雜文作者剛剛組織，要形成兩支勁旅，顯然做不到。目前，我們所能做到的，是開闢一塊園地，讓創作者兼做一點理論工作。我們相信，隨著雜文界的發展壯大，雜文將會既有自己的創作隊伍，又有自己的理論隊伍。《雜文史》、《雜文概論》，也會在大手筆下應運而生。」[42]

正是在「為建立系統的豐厚的雜文理論」的方針指引下，十幾年來，《雜文界》發表了大量的雜文理論和研究文章，特別是開展和舉辦了幾次富有影響的雜文論爭和研討會，有力地促進了新時期雜文理論研究的深化和雜文學的建立。

第一次是關於「淡化政治的觀點」的爭論。這場爭論起因於周全勝發表在《雜文報》一九八五年第五十三期上的〈一點怪論〉一文，因《雜文報》版面太小，遂移至《雜文界》進行討論。從一九八六年第二期至一九八七年四期，《雜文界》共發表了周全勝、洛木、孫士

---

42 見《雜文界》1985年第1期。

傑、姚春樹等人的十八篇文章[43]。周全勝「鑒於多年政治運動的歷史教訓，鑒於當前人們的思想觀念、生活觀念、文藝觀念等一系列觀念的變化，鑒於中央『兩為』（為社會主義服務、為人民服務）口號的提出，鑒於當今的時代是科學的時代、知識爆炸的時代，鑒於讀者的心理，鑒於雜文自身發展的需要」，認為在新形勢下要發展和繁榮雜文創作，必須淡化階級鬥爭的觀點和政治的觀點，強化雜文的「雜」（博學）和「文」（文采）。洛木不同意周全勝的看法，他說好的雜文應該是思想性與藝術性、政治觀點與美學觀點的有機統一，不是強化誰、淡化誰的問題，如果一味強化雜文的「雜」和「文」，同時又一味淡化雜文中應有的政治觀點（即思想性），那麼就有可能陷入「為文藝而文藝」的泥坑。孫士傑認為，「淡化政治」的觀點並非偶然出之，它的出現，從一個側面反映了人們對「文化大革命」中極「左」政治的餘悸和厭惡，表現了一種直感式的逆反心理；但是，政治是隨時代的遷流而變易的，作為文藝性的社會論文的雜文，總是離不開政治的；政治對雜文的思想性至關重要，它也決不排斥雜文的「雜」與「文」。姚春樹提醒人們在對「淡化政治」觀點正本清源的同時，也應注意不要從一個極端走向另一個極端，即光強調雜文的政治（社會）功利，或者只強調論文的這一特質，而忽視雜文的另一特質，即作為一種文學創作的審美特質。他指出：雜文的社會功能和雜文的審

---

43 這些文章包括：周全勝的〈一點怪論〉、洛木的〈論「怪論」〉（《雜文界》1986年第2期）、〈周全勝給洛木的信〉、〈洛木復周全勝〉（《雜文界》1986年第3期）、金鷗的〈也談濃淡〉、李明天的〈雜文與政治〉、邊哲的〈「淡化政治」值得深思〉（《雜文界》1986年第4期）、袁諏的〈雜文多為風雲談〉、千帆的〈想起列寧一段話〉、東進的〈一點史料〉、陳八輝的〈全勝同志並非要淡化「四化建設」〉（《雜文界》1986年第5期）、王荊的〈雜文和「淡化政治」問題〉、江冰的〈「淡化政治」與逆反心理〉（《雜文界》1987年第1期）、知諫的〈雜文遠離政治是不可思議的〉、樂秀良的〈濃化淡化總不宜〉（《雜文界》1987年第2期）、丁卯的〈有益的「一課」〉（《雜文界》1987年第3期）、孫士傑的〈「淡化政治」爭論三題〉、姚春樹的〈堅持雜文的社會功能和審美特質的統一〉（《雜文界》1987年第4期）。

美特質是矛盾對立的兩極，這種矛盾對立在絕大多數的雜文家身上都是存在的，幾乎可以說是一種「永恆的矛盾」，似乎連魯迅那樣的世界第一流雜文大師身上也存在這種矛盾。因此，今天的雜文理論研究應該切實解決這一在許多雜文家身上存在的「永恆的矛盾」，使我們的雜文家能像魯迅晚年那樣，把雜文的社會功能和雜文的審美特質這矛盾對立的兩極，互相依存，互相聯繫，互相促進，互相輝映，統一在雜文的思想美和藝術美的創造之中。

　　一般認為片面強調雜文的社會功利性而忽視雜文的審美特性，或者鼓吹「淡化政治」，忽視雜文的社會功利性，片面追求雜文的「純審美」特性，都是形而上學，都不利於雜文創作的健康發展。因為，前者會導致雜文混同於論說文、說明文和小評論，後者會導致雜文創作脫離現實、脫離群眾，導致雜文家忽視自己的使命感和責任感。魯迅在〈小品文的危機〉裡說過：「生存的小品文，必須是匕首，是投槍，能和讀者一同殺出一條生存的血路的東西；但自然，它也能給人愉快和休息，然而這不是『小擺設』，更不是撫慰和麻痺，它給人的愉快和休息是休養，是勞作和戰鬥之前的準備。」魯迅在這裡既談到了「生存的小品文」（雜文）作為「匕首」和「投槍」的社會戰鬥性，又強調了它能給人以「愉快和休息」的審美特性。《雜文界》這次歷時十七個月的討論，探討了雜文同政治的「正常關係」，明確了在雜文創作中應該避免對政治作人為的「淡化」或「濃化」，探明這些的目的，正是為了解決雜文創作中存在社會功利性和審美特性矛盾統一的關係，使雜文家找到了提高自己雜文思想藝術水準的努力方向。

　　第二次是一九八六年十月四日，《雜文界》與北京市雜文學會、《北京日報》、《北京晚報》、《今晚報》聯合在北京邀集首都雜文界人士舉行座談，紀念魯迅逝世五十週年。李何林、廖沫沙、于浩成、林非、王景山、李銳、高揚、曾彥修、牧惠、王得後等二十多位人士在會上作了發言，就如何繼承和發揚魯迅雜文的戰鬥風格，推動當前雜

文創作的發展提高，更好地服務於改革開放事業，發表了許多中肯有益的意見[44]。在發言中，廖沫沙回憶了他從一九二〇年代作為中學生開始閱讀魯迅雜文，進而習作雜文起，五十多年的學習魯迅從事雜文創作的過程後說：「可以說我是吃魯迅的奶長大的，我的體驗就是，要把雜文寫好，需要具備的條件當然很多，但有一條是必備的，就是要讀魯迅的東西。我勸當代的雜文作者，一定要多讀魯迅的雜文。」于浩成認為，雜文作家學習魯迅的戰鬥精神，就要在改革中特別是在變革傳統觀念上發揮自己的作用，在幫助人民破除封建的觀念（例如那種寄個人的命運和希望於清官的觀念），樹立起當家作主、自己掌握自己的命運的觀念來。王得後指出，魯迅思想的最主要載體是雜文，發展魯迅思想固然有賴於對魯迅思想的研究、論證和闡發，也可以通過學術論文、學術著作來達到，但最有力的莫過於繁榮雜文創作，特別是魯迅式的雜文創作了。他還說，發展雜文，特別是魯迅式的雜文，還有一個魯迅筆法的問題，「體現在十七本雜文集中的魯迅筆法，遠不是單一的，而是多種多樣的。魯迅筆法不僅因時，因人，因事而異，也因發表刊物的性質和風格而不同。這是大家手筆，成熟的標誌。……我們需要仔細研究魯迅筆法的多樣性，豐富性，並就各人的性之所近，習之所好，擇善而從，不斷發展，把魯迅筆法單一化，凝固化，並加以否定，決不利於雜文創作的繁榮和發展。而且雜文的筆法也決不僅僅限於魯迅筆法。藝術貴在創造。雜文的天地本來就是海闊天空的」。這些紀念魯迅的發言，顯示出在魯迅的旗幟下，

---

44 這些發言包括：李何林的〈繼承了魯迅傳統的轟紺弩雜文〉、胡昭衡的〈滿載歲月的紀念〉、杜文遠的〈假如魯迅先生健在〉、林非的〈學習魯迅雜文的關鍵〉、王得後的〈發展魯迅思想，繁榮雜文創作〉、林文山（牧惠）的〈「韌」的戰鬥〉、李庚辰的〈用雜文為改革鼓與呼〉、舒展的〈論雜文的「魯化」與「化魯」〉、劉甲的〈宜效巴人學魯迅〉（《雜文界》1986年第6期）、袁良駿的〈把魯迅雜文交給青年〉、呂祖蔭的〈魯迅雜文的感情色彩〉、李明天的〈濃縮文學的濃縮藝術〉、張金惠的〈雜文生命之我見〉（《雜文界》1987年第2期）。

雜文事業伴隨改革開放將有進一步繁榮發展的新兆頭。

　　第三次是一九八七年七月十五日至十九日，《雜文界》與河北省雜文學會、《雜文報》、雜文創作函授學院等在河北省張家口市聯合舉辦了全國首屆雜文史研討會，到會的學者有張華、姚春樹、李繼曾、劉紹本、姜振昌、江冰、曹天喜等人，張夢陽等為會議提交了書面發言[45]。與會代表一致認為，中國雜文已有兩千多年的歷史，這在世界文學史中是相當突出的，為總結過去，借古鑒今，迫切需要寫一部縱貫古今的《中國雜文史》，這是時代的要求，也是雜文事業發展的要求。他們同時指出：寫好雜文史是一件浩繁的巨大工程，需要搜集大量充足的史料，在對各個時代各個作家群及其作品進行研究的基礎上，縱觀雜文文體的歷史源流及其演變，研究雜文同各個時代的政治、經濟、文化的相互關係，從而找到雜文這一文體的發展規律。關於這一點，姚春樹特別強調指出，就中國雜文史而論，具有以下幾點帶規律性的特點：一、社會思想的解放和統制同雜文的興衰、消長的關係，這從先秦到新時期的雜文發展史中可以找出大量的例證；二、雜文屬於雜文學範疇，雜文的功利性和雜文的審美特性的內在矛盾，雜文思想性和藝術性常常存在著不平衡的狀態，雜文作家在其雜文創作中，能否做到雜文的哲理品格和雜文的美學創造的統一，是雜文的思想和藝術是否達到較完美統一的標誌，是衡量雜文家水準高低的一個標誌；三、社會生活的豐富性和多樣性，人的思想、需要、興趣、愛好的豐富性和多樣性，決定了雜文的思想、體式、風格、筆法的豐富性和多樣性，決定了雜文觀念的寬泛性和辯證性，歷史說明，雜文觀念的褊狹化和雜文創作的模式化，不利於雜文創作的繁榮發展，不

45　一九八七年第五期《雜文界》選登了《雜文界》主編杜文遠的〈對當代雜文提出的問題給以歷史的回答——雜文史研究的幾個問題〉、姚春樹的〈關於編寫《中國雜文史》的幾個問題〉、張華的〈我們編寫《中國現代雜文史》的經過〉和張夢陽的〈關於《中國雜感文學史》的斷想〉四篇論文。

能滿足大眾的精神需要；四、優秀的雜文家，一般都是針砭痼弊的社會批評家和熱心改革的社會理想家，是深刻的思想家和傑出的文學家。會上，許多學者談了各自的寫作計畫，力求通力合作，出版既有通史，又有斷代史、年表、大事記、各時期雜文選編、資料彙編等研究成果，成為一個系列，使十分豐富的中國雜文遺產得到科學的總結，為當代雜文發展提供借鑑。

進入一九九〇年代，《雜文界》編者在一九九〇年第一期的卷首語〈喜看一個新學科的誕生〉中，提出了在繼承魯迅雜文光榮傳統的基礎上，適應新的時代要求，創立社會主義時期的雜文學。一九九二年，《雜文界》與《雜文報》聯合舉辦雜文創作理論徵文，這是一九四九年以來的第一次。一九九六年第六期《雜文界》刊登了廣西雜文學會「構建雜文學」的座談紀要。這些都充分顯示無論是雜文編者、作者，還是雜文研究者，都開始有意識地自覺地追求建立一種具有中國特色的雜文學理論。事實上，為了創建雜文學，許多先行者披荊斬棘，卓有建樹：

在雜文理論方面，有邵傳烈的《漫話雜文》（杭州市：浙江人民出版社，1979年，第1版），牧惠的《雜文雜談》（長沙市：湖南人民出版社，1988年，第1版），趙元惠主編的《雜文創作百家談》（鄭州市：河南教育出版社，1989年，第1版），宋志堅的《雜文學初論》（桂林市：灕江出版社，1989年，第1版），徐乘的《雜文學》（北京市：中國廣播電視出版社，1991年）等。

在雜文史研究方面，有姚春樹的《中國現代雜文史綱》（雜文創作函授學院一九八六年內部印行；石家莊市：河北教育出版社，1990年，第1版），張華主編的《中國現代雜文史》（西安市：西北大學出版社，1987年，第1版），李傳申的《中國現代雜文概觀》（鄭州市：河南人民出版社，1988年，第1版），邵傳烈的《中國雜文史》（上海市：上海文藝出版社，1991年，第1版），陳書良、鄭憲春的《中國小

品文史》（長沙市：湖南出版社，1991年，第1版），張嘯虎的《中國政論文學史稿》（武漢市：武漢出版社，1992年，第1版），姜振昌的《中國現代雜文史論》（北京市：人民文學出版社，1995年，第1版）等。

在雜文寫作藝術方面，有杜文遠、樓滬光主編的「雜文教學叢書」：鄧黔生的《雜文創作概論》、李庚辰的《雜文寫作瑣談》、林帆的《雜文九講》、《雜文報》社編的《怎樣給報刊寫雜文》、吳庚振主編的《雜文評論寫作》等以及馮中一等的《雜文》（長春市：吉林人民出版社，1980年，第1版），呂文源等編著的《寫作範文叢書・雜文卷》（武漢市：長江文藝出版社，1985年，第1版），林帆的《雜文與雜文寫作》（福州市：福建人民出版社，1985年，第1版；修訂再版本改名為《雜文寫作論》，上海市：上海文藝出版社，1996年，第1版），李繼曾的《雜文筆法例談》（濟南市：山東教育出版社，1986年，第1版），劉成信的《雜文創作十二講》（長春市：吉林文史出版社，1990年），王保林的《雜文的寫作藝術》（呼和浩特市：內蒙古教育出版社，1992年，第1版），姚春樹的《怎樣寫雜文》（福州市：海峽文藝出版社，1992年，第1版）等。

在雜文鑒賞和作家評介方面，有王保林、高和鳳的《現代雜文名篇欣賞》（呼和浩特市：內蒙古人民出版社，1985年，第1版），吳隱林主編的《現代優秀雜文選析》（南寧市：廣西人民出版社，1987年，第1版），杜文遠、劉紹本、樓滬光主編的《雜文百家專訪》（北京市：學苑出版社，1989年，第1版），呂祖蔭、陳四益、鄭琅的《現代雜文鑒賞》（北京市：語文出版社，1990年，第1版），樓滬光主編的《中國雜文鑒賞辭典》（太原市：山西人民出版社，1991年，第1版），宋遂良、王萬森編的《百家論雜文》（濟南市：山東教育出版社，1993年，第1版），杜文遠等主編的《中國隨筆小品鑒賞辭典》（太原市：山西人民出版社，1996年，第1版）等。

　　在魯迅雜文研究方面，有王錦泉的《論《華蓋集》及其「續編」》（長沙市：湖南人民出版社，1981年，第1版），陳鳴樹的《魯迅雜文札記》（南京市：江蘇人民出版社，1982年，第1版），閻慶生的《魯迅雜文的藝術特質》（西安市：陝西人民出版社，1983年，第1版），邵伯周的《魯迅思想與雜文藝術》（西安市：陝西人民出版社，1983年，第1版），余鳳高的《魯迅雜文與科學史》（杭州市：浙江文藝出版社，1986年，第1版），薛綏之主編的《魯迅雜文辭典》（濟南市：山東教育出版社，1986年，第1版），王獻永的《魯迅雜文藝術論》（北京市：知識出版社，1986年，第1版），張夢陽的《魯迅雜文研究六十年》（杭州市：浙江文藝出版社，1986年，第1版），彭定安的《魯迅雜文學概論》（瀋陽市：遼寧教育出版社，1988年，第1版），黃建國和劉玉凱的《魯迅雜文選讀與研究》（石家莊市：河北人民出版社，1991年，第1版），袁良駿的《現代散文的勁旅》（西安市：陝西人民教育出版社，1996年，第1版）等。

　　在外國雜文和港臺雜文方面，有姚春樹主編的《外國雜文大觀》（天津市：百花文藝出版社，1994年，第1版），徐學選編的《臺灣雜文選》（天津市：百花文藝出版社，1995年，第1版），崔同選編的《人‧社會‧生活——臺灣報紙最新雜文選》（鄭州市：河南人民出版社，1990年，第1版），新亞洲文化基金會編的《香港作家雜文選》（香港：新亞洲文化基金會有限公司，1987年，初版），柏楊主編的《新加坡共和國華文文學選集‧雜文篇》（臺北市：時報文化出版事業有限公司，1982年，初版）等。

　　這些新時期雜文理論研究和建設方面所取得的豐碩成果，將有助於推動中國當代雜文學的建立、成熟和興盛。

第四節　雜文藝術的新發展

　　新時期雜文從一九七〇年代末開始復甦，到一九八〇年代全面繁榮，直至一九九〇年代雜文隨筆熱持續升溫，無論從創作到理論，從思想內涵到藝術形式，都大大突破了舊的模式，整體水準有了顯著的提高。尤其是新時期雜文在題材的擴大與文體樣式的突破創新方面，取得了令人矚目的成就。黃裳說：「人們大膽地打破了數十年來形成的理論模式與寫作模式，逐步爭取到個性創造的精神心態，形式和内容都有了新的突破。」[46]唐弢在談到新時期雜文有突破的多元化趨勢時，也特別提及「思想内容的多元化，只要是社會生活中不合理的現象，都是雜文的題材，這與魯迅當年集中在政治文化的論戰方面不同」和「文體樣式的多元化，隨筆式的，故事化的，以議論為主，諷刺的、闡釋的、鞭撻的，異彩紛呈，不拘一格」[47]。

　　雜文本來是一種非常靈活自由的文體，在取材、对象、抒寫情性、表達方法、文體樣式上最不受侷限，雜文家可以在尺幅之間揮灑自如，曲盡心意。然而，由於現代雜文是在激烈複雜的思想、文化、政治鬥爭中產生、發展和壯大的，雜文的社會功利性特別強。從瞿秋白到毛澤東，都把雜文視為一種戰鬥性的文體（如瞿秋白稱魯迅的雜文是「戰鬥的阜利通」），在其影響下，人們也習慣於把雜文看作是「直接而迅速地反映社會事變的文藝性論文」，「以短小、活潑、鋒利、雋永為特點，是一種戰鬥性的文體」（一九七九年版《辭海》「雜文」條目）。這就帶來兩種後果：一是價值取向、評價標準的單一化；二是對雜文創作自身藝術規律的忽視。

　　縱觀古今中外雜文，真正「直接而迅速地反映社會事變」，短兵

---

46 黃裳：〈雜文的路〉，見《雜文創作百家談》（鄭州市：河南教育出版社，1989年，第1版）。

47 唐弢：〈我觀新時期散文和雜文〉，《散文世界》1989年第7期。

相接、刺刀見紅的政治性、戰鬥性強烈的雜文畢竟不占多數（即使魯迅也是如此，他無疑寫了不少這類雜文，但他大量的雜文是對人情世態的評論，對中國國民靈魂的解剖，對社會倫理道德和舊風陋習的針砭，這些雜文同「急劇發展的社會事變」並無「直接」的關係），絕大多數是縱談國計民生、歷史文物、學術文化、民俗人情、草木蟲魚，大大越出了政治的窄小疆域，而馳騁在文化的廣闊天地。再就人類歷史發展而論，在階級社會裡，固然存在階級鬥爭，但也不是天天鬥，月月鬥，年年鬥，階級鬥爭的激化一般都在非常革命時期，多數時期還是「階級合作」，多方面力量處於相對均衡狀態，況且人的生活和志趣，也不純然只拘囿於階級鬥爭這一方面，除此之外，還有生產勞動、文化娛樂、性愛友誼、科學實驗，種種說不盡、道不完的享受與創造。生活的這種無限的廣闊領域，無限的豐富性和多樣性，都反映在古今中外雜文家的創作裡了。

新時期以來，許多雜文家在談論雜文時，都指出了雜文的這種多本質性：

> 雜文是誅伐邪惡、匡正時弊的武器，又是一種可使讀者開闊眼界、增長知識、陶冶性情的文體。（夏衍〈雜文三忌〉）

> 近年來，我對雜文有了一個新的看法。過去人們談到雜文，總是用「投槍、匕首」來刻畫它。投槍和匕首都是對敵作鬥爭的武器，似乎寫雜文只是對敵鬥爭。這看法，我現在認為是片面的；雜文不單是對敵作鬥爭的武器，它同時也是對人民內部針砭時弊、剖析真理的有效工具。（廖沫沙〈我與雜文〉）

> 雜文道路好像越走越狹，是不是和過於強調投槍和匕首有關？當然，犀利尖銳，能針砭時弊，激濁揚清，功績自是不小。但

若獨沽一味，以為非此不可，就未免有些單調。

從內容看，擺生活，談思想，發感慨，抒衷情，天文地理，花鳥蟲魚，學術理論，歷史政治見解等等，都可以用雜文形式去寫，有的不妨投一下槍，但更多的卻以心平氣和如談家常為宜。而社會痼疾和人群病態，如封建意識宗法思想之類，都是在舊社會裡長期凝結而成。它根深蒂固，習以為常了，要扭轉過來，有的當然需用匕首針砭，但更多的也以春風化雨、潛移默化收效更大。（謝逸〈點化〉）

社會的進步，時代的發展，不僅為新時期雜文拓展了創作題材和內容，還為革新雜文的形式和手法提供了可能。經濟雜文、科學雜文、法制雜文、鄉土雜文、廣播雜文、微型雜文、新隨筆等等應運而生，構成了新時期雜文創作多樣化的可喜局面。可以說，新時期雜文創作正在繼承魯迅雜文傳統的基礎上，不斷開拓創新，在二十世紀中國雜文的地平線上矗立起一道道新穎別致的風景線。

一九五七年，毛澤東在同新聞出版界代表的談話中說：「現在的雜文怎樣寫，還沒有經驗，我看把魯迅搬出來，大家向他學習，好好研究一下。他的雜文方面很多，政治、文學、藝術等等都講，特別是後期，政治講得最多，只是缺少講經濟的。……現在經濟方面的雜文也可以寫。」但是，一九四九年後相當長一段時間裡，在「以階級鬥爭為綱」的錯誤思想指導下，幾乎沒有經濟雜文的生存空間，這類雜文所見不多也就不足為奇了。中共十一屆三中全會以後，中國大陸以經濟建設為中心，經濟成了人們日常關心的大事。在雜文創作領域，也出現了一種新的景象，那就是雜文作家深入經濟領域，熱心參與改革，並就現實生活中的經濟問題有感而發，寫出言之有物的經濟雜文。雜文家張雨生在〈雜文與經濟結緣〉一文中深有體會地指出，經濟領域是極為廣闊的領域，材料很豐富，是雜文作者大有用武之地，

「寫經濟雜文，要注目現實，用敏銳眼光抓問題。抓群眾關心的問題，抓有普遍意義的問題，抓剛剛顯出苗頭的問題。及時提出，加以剖析，惠及世人」，而且經濟雜文，同經濟本身一樣，並非單純只是經濟問題，「政治、社會、文化、道德、法律、軍事諸多方面的生活，會通過經濟的窗口反映出來」，因此，雜文深入經濟領域，實際上可以看作是以經濟為由頭，廣泛地深入生活的各個領域。當前正處社會主義市場經濟的初始階段，見利忘義、損人利己、損公肥私、權錢交易、腐化墮落等現象屢有發生，雜文更應該反腐倡廉，激濁揚清，構建和確立與社會主義市場經濟相適應的思想理論、倫理道德和價值觀念。

　　《經濟日報》於一九八五年一月六日創辦了「星期話題」專欄，從人們日常生活中的衣食住行到吃喝拉撒，從社會熱點到流行趨勢，大凡時代變革中出現的新課題，都在這裡得到反映。雜文作者就速食、飲茶，以至廁所文化等等小事寫出了饒有興味的大文章，引發讀者積極參與討論，促進了社會觀念的變化。有些雜文中談論的內容，如〈從日本的搬遷業談起〉、〈就郵政編碼說幾句話〉、〈我們能實行五天工作制嗎？〉等等，現在都已成為現實。一九八七年九月，全國雜文組織聯誼會在山東曲阜召開，與會代表認為雜文要直面改革開放的經濟生活，為企業家鼓與呼，雜文家要把對國情世風的熱切關注，傾注於促使經濟繁榮的偉大事業中。為此，山東《濟寧日報》於一九八八年二月舉辦經濟雜文徵文，共收到北京、河北、廣東、湖北、山東等十八個省市的作品一四九四篇，優秀作品由文化藝術出版社結集為《興業策》出版。這是一次剖析新時期經濟生活的百家言，許多雜文多角度多側面地展示了中國經濟發展的風貌，並對經濟體制改革中所呈現的複雜世相，進行深入的探討，雜文作者「共覓富國之道，同奉興業之策」。湖南日報社於一九八九年七月結集出版了《經濟雜文選》，書中所選文章的多數作者，都是比較熟悉經濟又關心經濟的

人，他們以實際工作者不同的視角，以敏銳的觀察能力，提出經濟生活中具有普遍意義的問題，加以分析。由於這些經濟雜文貼近人民生活，緊扣時代脈搏，與改革同呼吸共命運，因此，在市場經濟的大潮中展示了朝氣活力和勃勃生機。

科學技術是第一生產力，新時期以來，科學雜文正日益受到人們的注意和重視，成了報紙的科學知識版和科普雜誌上常見的一種文體。科學雜文主要針對科學領域中的種種問題，發表議論，或褒或貶，既拓寬了雜文寫作題材，提高雜文的知識性，又有利於啟迪人們的智慧，激發讀者的想像力。數學家王梓坤教授，縱覽古今，橫觀中外，從自然科學發展的歷史長河中，挑選出不少有意義的發現和事實，加以分析總結，寫成《科學發現縱橫談》（上海市：上海人民出版社，1978年，第1版，1982年，第2版）和《科海泛舟——漫談德、識、才、學與人才培養》（天津市：天津科學技術出版社，1985年，第1版）二書，闡明有關科學發現的一些基本規律、科學研究的指導思想以及科學工作者應有的品德情操。如《放射性、青霉素及其他——談偶然發現》、《海王星的發現——談演繹法》、《賈誼、天王星、開普勒及其他——談德識才學兼備》等文章，有例證，有分析，有論斷，觀點鮮明，見解獨到，堪稱科學雜文的佳品。科普作家葉永烈更是有意從事科學雜文的創作，先後結集出版了《為科學而獻身》（武漢市：湖北人民出版社，1980年，第1版）、《科學雜談》（南京市：江蘇科學技術出版社，1983年，第1版）、《科學王國漫步》（北京市：知識出版社，1985年，第1版）、《當你步入科學之門》（天津市：天津人民出版社，1985年，第1版）、《科學王國掠影》（太原市：希望出版社，1987年，第1版）、《科學王國見聞》（合肥市：安徽少年兒童出版社，1990年，第1版）等書，他希望「在這輕鬆愉快的科學漫談之中」，能使讀者如魯迅所說「獲一斑之智識，破遺傳之迷信，改良思想，輔助文明」。葉永烈的科學雜文有兩類，一類是「軟科學小

品」，如〈步入科學大門的通行證〉、〈科學的希望〉、〈不妨做「業餘科學家」〉等，這類雜文偏重於哲理，以科技事物為觸發點，然後任意發揮，主要闡明科學的精神，激發讀者愛科學、做學問的熱情；另一類是「硬科學小品」，如〈第一〇九號元素〉、〈鐵將戰勝銀〉、〈商店裡的化學元素〉等，這類作品旨在普及具體的科學知識，注重對科學原理的通俗解釋，對技術知識的逐步演繹。由於科學雜文熔科學、文學、哲理於一爐，既有善於聯想、抒發感情的特點，又有論點明確、論證充分的長處，談科說文，涉筆成趣，興味橫生。

　　二十世紀，是一個知識重新組合的時代，文理兩大學科互相滲透，已成為社會發展的一個顯著特點，科學雜文就是文理滲透的一個產物。現代高科技的蓬勃發展，日益影響著人類生活的方方面面，雜文是現實生活的具體反映，科學及科學活動作為內容或題材越來越多地進入雜文也就很自然了。而且，科學技術日新月異地發展變化，又為科學雜文提供了取之不盡、用之不竭的新論點和新論據，我們從中可以看到這些雜文裡凝聚著科學世界的偉績奇觀，濃縮著知識王國的豐富信息。因此，雜文涉入科學領域，是繁榮當代雜文創作的又一途徑。

　　「文革」結束後，人們對那場長達十年的大動亂記憶猶新，對鼓吹「和尚打傘，無法無天」所造成的惡果，無不痛心疾首。「人心思定，人心思法」，於是，以法制建設為題材和以建設現代法治國家，加強人們法治觀念為主題的法制雜文，越來越受到雜文作者的重視，他們在文章中以法律為武器，為捍衛人民的合法權益而吶喊，同時也對違法亂紀、以權凌法等社會醜惡現象加以撻伐。樂秀良於一九七九年八月四日發表在《人民日報》上的雜文〈日記何罪〉，是新時期法制雜文的第一篇，它導致幾十起因日記被查抄而獲罪的冤案的平反。這篇雜文對於肅清「左」的指導思想，徹底否定「文革」，發揚社會主義民主和健全社會主義法制，起了積極的作用。一九八八年七月，

于浩成在為法律出版社選編出版的《法制雜文選》作序時，指出：
「從建國以來雜文幾起幾落，不少作品被無端誣為『毒草』，鄧拓、
吳晗等傑出的歷史學家、雜文家甚至以身殉難的血的教訓，更使有正
義感、使命感，富於憂患意識的雜文作家對建立民主政治和法治社
會，有著強烈渴望，他們夢寐以求的是如何使以言獲罪和文字賈禍等
只有中世紀的封建社會才有的醜惡現象不致重演。『言為心聲』。這就
難怪為民主、法治、文明和現代化鼓與呼的雜文應運而生，如雨後春
筍一般地問世了。」[48]雜文是扶正祛邪、去腐生新、獎善懲惡的正義
力量，其優點是在對於有害的事物，能夠立即給以反響和抗爭，新時
期法制雜文的大量出現，正是與此有關。

　　從當年鄧拓等人以身殉雜文，到一九九〇年代吳祖光和袁成蘭在
曠日持久的雜文官司中，通過法律手段，捍衛自己的合法權益，並最
終取得勝利，再次雄辯地證明了雜文與法制之間相輔相承、密不可分
的關係，「社會主義法制建設的發展，為繁榮雜文事業，實現雜文創
作自由，發揮雜文的社會功能，提供切實的法律保障；而雜文不斷繁
榮，雜文深刻地及時地反映人民群眾的呼聲和要求又為促進社會主義
法制的發展鳴鑼開道，提供精神支持」[49]。

　　改革開放的新時期，雜文在「侵入高尚的文學樓臺」的同時，也
逐步走向大眾，「飛入尋常百姓家」。鄉土雜文的出現，可以說是新時
期雜文多樣化的一個有益探索與成功實踐。「鄉土雜文」這個概念，
最早是雜文家張雨生於一九八九年提出的，他認為：「長期偏居一山
一水的雜文作家，追逐新聞做雜文，其優勢不如記者編輯，抱著史書
做雜文，其優勢不如學者教授。他的優勢在於，懂得鄉土文化，熟悉
鄉土社情，從中尋求思辨，尋求材料，尋求情感，容易獲得創作個

---

48 于浩成：〈為建設現代法制國家鼓與呼──《法制雜文選》序〉，《雜文界》1988年
　　第6期。

49 葉帆：〈雜文與法律〉，《雜文界》1996年第1期。

性。」[50]《雜文報》和《雜文界》自一九九○年代以來，先後開闢「鄉風絮語」專欄，組織了三次徵文活動，可謂是對新時期「鄉土雜文」的大檢閱。湖南省衡陽市雜文學會會長李升平結合自己的創作實踐，於一九九二年開始從事鄉土雜文的系列研究，先後發表了〈初論「鄉土雜文」〉（《雜文與生活》1993年3月21日）、〈雜文普及與鄉土雜文〉（《人民日報》1994年1月13日）和〈關於「鄉土雜文」的再思考〉（《雜文界》1996年第3期）等論文。他認為中共十一屆三中全會以來，雜文創作出現了空前的繁榮和發展，主要是由於數量成十倍地增長的地方性的眾多報刊普遍刊登雜文，而這些雜文，大都是地方性色彩濃厚的「土」雜文，且大多出自名不見經傳的基層雜文作者之手。由新時期雜文創作隊伍中不可忽視的「地方軍」創作的鄉土雜文，立足基層，面向群眾，體現民情，通達民意，緊扣民心，因而為人民群眾所喜聞樂見。

　　新時期鄉土雜文的代表作家是江蘇省濱海縣農民雜文家徐恒足，他被江蘇省雜文學會會長姚北樺稱為「中國雜文界」的「趙樹理」。徐恒足自幼生長在農村，一直在農村工作，幾十年來都是同泥土、莊稼打交道。他和農民有一種息息相通、榮辱與共的感情。他說：「我理解他們，同情他們，尊重他們，有時也『哀其不幸，怒其不爭』。在改革開放歷史大潮的衝擊下，變得最早、最快的是農村，是農業，是農民。我為這種變化歡呼過，也為大潮中出現的一些問題困惑過。……我的文章中百分之五十以上的篇幅是在為農民呼喊。」[51]他的雜文〈再說「頂門槓」〉、〈多為農民辦實事，莫在機關唱「山歌」〉、〈難得最是愛民心〉、〈農民也是大海〉、〈科技蹣跚下鄉難〉、〈勿忘「浮誇」之害〉、〈農村「吃喝風」管窺〉、〈關於種子的聯想〉、〈「白條」兌現之後〉等等，都是為農民說話，而深受農民廣泛

---

50 張雨生：〈鄉土孕育雜文——《虎頭石漫筆》序〉，《雜文界》1989年第5期。

51 徐恒足：〈聊發少年狂〉，《江蘇雜文界》1996年11月（總第14期）。

歡迎的篇章。河北省豐南縣一位農民寫信給徐恒足，稱讚他的雜文「句句都寫到我們廣大農民的心坎上」。由於農民大都缺少文化，心裡有很多話想說說不出，想說沒處說，鄉土雜文正好說出農民心中要說的話，而這樣的雜文，是一般知識分子出身、長期待在大城市裡的雜文家寫不出來，或者很難寫好的。因此，正如《雜文界》編者所指出：「雜文這種文體，在寫法上，慣於引經據典，間用文言，有些文章偏於深奧難解，影響到雜文在農村的普及。而且雜文作者又多生活在城市，對農村生活缺乏深入的了解和體驗，所以，他們的作品還多停留在一部分知識分子之中。如果說，雜文有提高與普及兩個方面的話，當前提高是重要的，那麼普及問題，特別是向廣大農村普及，同樣是重要的。」[52]

　　生活是無限豐富多樣的，而雜文作為一種文學形式，也應該是最自由和最靈活的。雜文家黃裳曾經說過：「雜文寫作是沒有定法的，它的特性是雜。千百年來，中國思想上的沉痾是執一害道，也就是『輿論一律』，凡事都要有一種法定的說法。其實重要的是方向，只要方向確定了，道路不妨由各人自己來走，這樣反而能互相調和補充，取得豐富與穩定的效果，避免思想的萎縮與退化。魯迅的雜文與散文是難於截然分開的。《朝花夕拾》、《故事新編》中有許多篇就很難說不是雜文。從這一角度對魯迅的遺產進行新的理解，想來必然會對開闢雜文的新領域具有新的意義。」[53]秦牧也認為：「雜文從內容到形式，都應該多彩多姿，不拘一格，鞭撻的，諷刺的，歌頌的，闡釋事理的，描繪風物的，都應該有，手法大可紛繁多樣。」[54]然而，長

---

52 本刊編者：〈祝「鄉土雜文」茁壯成長〉，《雜文界》1994年第3期。

53 黃裳：〈繼續走魯迅的路〉，見《阿Q真地闊了起來》（北京市：人民日報出版社，1989年，第1版）。

54 秦牧：〈不拘一格出雜文〉，見《阿Q真地闊了起來》（北京市：人民日報出版社，1989年，第1版）。

期以來雜文創作卻存在著某些不成文的框框套套，認為雜文的寫法只能是針對某一現象和問題發表議論，議論中引經據典，千字內起承轉合。這樣的雜文多了，難免會使人產生「千人一面，萬眾同腔」的感覺。新時期一些雜文作者擺脫了傳統的束縛，破套而出，雜文創作鮮活多樣，如閒雲在天，舒卷自如，似清泉出谷，緩急隨勢。

　　談到新時期雜文創作上文體格式和藝術表現的創新，不能不首先提到荒誕雜文。生活是個萬花筒，生活中有不少事物本身就是相當荒誕古怪的，雜文家以「謬悠之說，荒唐之言，無端崖之辭」來表現一些異常玄妙的社會人生現象，這正是荒誕雜文具有特殊的思想藝術魅力之所在。在這種情況下，荒誕古怪的寫法，就不僅不是對生活真實的歪曲，反而是對這種生活真實的貼切反映了。如牧惠在〈沒有時間幽默〉一文開頭寫道：「圖書館的工作人員不識繁體字『漢』，也不知有《後漢書》；銀行的職工不認識『义』與『義』，王大义取不到寄給王大義的錢；業餘發明家劉忠篤無罪受審查，專案組的一大發現是他同居里夫人的『男女關係』要查清楚；……」這些奇聞怪事，就是「如實寫來」，卻也有力地反映了當代某些中國人何等的愚昧可笑。

　　劉征和葉延濱擅長寫荒誕雜文，他們借鑑荒誕派的藝術手法，把某種社會現象、人生觀念非邏輯化，彷彿從哈哈鏡裡看世界，反常合道，文奇理正。劉征的雜文名篇〈莊周買水〉活用了《莊子》中的典故和人物形象，生發新意，賦予了時代的內容。黃裳認為「〈莊周買水〉之於《故事新編》，都是注入新內容的對魯迅的繼承與發展」[55]。葉延濱筆下那一反常態的秦香蓮（〈包公鍘了陳世美後秦香蓮還在喊冤〉）和判若兩人的林黛玉（〈林黛玉小姐收到聘書〉），都為當代雜文的藝術畫廊增添了不可多得的典型形象。荒誕雜文的怪味奇趣，在於

---

55 黃裳：〈繼續走魯迅的路〉，見《阿Q真地闊了起來》（北京市：人民日報出版社，1989年，第1版）。

它構思奇崛，深意存焉，給人以強烈的刺激，又迫人更深地去思考。它避免一般雜文的平實寫法，不是板著面孔，乾巴巴、冷冰冰地架空抽象說教，而是從曲折怪奇的內容中透徹地折射出生活的哲理和某些社會現象的本質特徵，顯示了作者的藝術個性，收到了出奇制勝的藝術效果。

在當今廣播節目日漸豐富多彩的時代，一種新型的廣播品種——廣播雜文應運而生。一九八〇年代中期，青年雜文家朱健國在湖北省洪湖電臺任職期間，首創「廣播錄音雜談」。當他調入湖北人民廣播電臺後，於一九八七年與幾位同事提出了「廣播雜文」這一新概念，並設立一個「廣播漫談」節目進行實驗。朱健國說，廣播雜文既是報刊雜文的變形與延伸，又有它獨到的優勢與功效，開闢了雜文的第二戰場。一九八九年湖北人民廣播電臺和《光明日報》聯合舉辦了「湖北電臺『廣播漫談』暨《光明日報》『大家談』有獎言論徵文」，開創了廣播雜文報刊雜文攜手聯姻、雙軌傳播的先例。一九九〇年「湖北電臺『廣播漫談』，《人民日報》『今日談』聯合徵文」，使廣播雜文專欄借此吸引一批報刊雜文作者寫文章，改變以往廣播雜文深度不夠的狀況，將廣播雜文推向縱深發展。這兩次全國性徵文的精品以及湖北人民廣播電臺以往探索之佳作，於一九九一年結集為《中國廣播雜文大觀》由中國工人出版社出版。

由於傳播形式的不同，廣播雜文與報刊雜文相比，有四個顯著特點：一是更「實」，它的意境比報刊雜文更具體形象，含蓄必須服從明白曉暢，使主題鮮明；二是更「短」，聲音一播而過，長句、複句容易造成誤解，篇幅長了則難免讓人聽了後面忘了前面，顧此失彼；三是更「通」，深入淺出，就熟避生；四是更「活」，語言活潑順口，音韻優美。聽眾在聽廣播時不可能像讀報那樣仔細琢磨，慢慢品味，一不注意便稍縱即逝，這就要求廣播雜文須言之有物，一開始就能吸引聽眾，而且不能有老話、官話、套話、現話等陳詞濫調和八股腔，

語言必須清新自然、通俗曉暢、幽默詼諧、妙趣橫生，在談笑風生中闡明道理。雜文家嚴秀在為《中國廣播雜文大觀》作序時稱讚廣播雜文是別開生面的一種文學性的雅俗共賞的議論文，認為它有很多優點是傳統的報刊雜文所無法比擬的。第一，是它的通俗性，口語化的特點很強；第二，是極其簡明，以快刀斬亂麻的辦法，使文章達到「一針見血」的效果；第三，聽眾廣泛遠比報刊雜文的讀者多得多。當然廣播自身的特點也決定了廣播雜文的劣勢，有些廣播雜文的作者就深深感到報刊雜文所擁有的眾多藝術手法在廣播雜文中或多或少地受到限制，如懸念、伏筆、擒縱、閒筆、反語、曲筆等手法難以成功地運用，使廣播雜文不易寫得跌宕起伏、曲折有致。而且廣播雜文用典宜熟，舉例宜近，因此難以寫得像報刊雜文那樣豐滿厚實，博大精深，雜取古今，縱橫捭闔，也難以寫得滿紙珠璣，文采飛揚。但是，在思想解放的大潮中孕育，在新聞改革的吶喊聲中誕生的廣播雜文，是雜文百花園裡又一株豔麗的奇葩，它為雜文隊伍增加了一支新的方面軍，為雜文的繁榮拓展了新的領域。

　　一九八〇年代以來，微型雜文常見諸報刊，如《人民日報》的「今日談」，《湖南日報》的「半分鐘談」，《羊城晚報》的「街談巷議」，《新民晚報》的「月下小品」，《半月談》的「七嘴八舌」等微型雜文欄目，都深受讀者青睞。夏衍一九八四年九月十七日在《人民日報》上撰文〈雜文三忌〉時，就曾提出雜文要「忌冗長」，他說：「雜文姓短，幾十字，幾百字，最多『千字文』也就可以了。這是我國散文的好傳統。劉禹錫的〈陋室銘〉只有八十一個字，魏徵的議論文〈諫太宗十思疏〉也不過三七二個字。雜文可以『單打一』，一篇文章講一件事，不必求全，不要面面俱到，要短而精，不要長而漫，不要讓『懶婆娘的裹腳布』混入雜文之林。」微型雜文以小而精見長，短小精焊，言簡意賅，於方寸之地抒寫一得之見，從一個側面反映時代風貌，以精粹的語言表現具有深刻的社會意義的主題。

　　《羊城晚報》原總編輯許實自一九八〇年二月開始，以「微音」的筆名在該報頭版開闢「街談巷議」專欄，共發表微型雜文兩千篇左右。他縱論社會風雲，融大政方針於字裡行間；評點世相百態，吐引車賣漿者流心中塊壘。他的「街談巷議」構成了《羊城晚報》最富特色的專欄之一，輿論界公認：「微音主筆的『街談巷議』，對廣東和廣州的政治、經濟和人民生活，產生了不容忽視的影響。」《新民晚報》原副總編輯張林嵐，一九六〇年代初期就曾在《新民晚報》開闢「小品」專欄，每篇兩百字，寫些文藝隨想之類的文字，他說：「後來政治形勢日益嚴峻，一片蕭殺之氣，這樣的野草閒花也難以存活了。」一九八二年《新民晚報》復刊，張林嵐以「一張」的筆名重操舊業，寫作「月下小品」專欄，一九八四年和一九八八年還曾在《解放日報》開設「門外文談」和「賞心亭」兩個小專欄。張林嵐的這些微型雜文每篇寥寥三百餘字，但內容淵博，以小見大，在文化知識界頗有雅譽，有人說它如「大珠小珠落玉盤」，是文化隨感錄的上乘之作。嚴秀則認為：「這些短評觀察細密，見解獨到，但又如話家常，言約意豐，一掃某些文藝評論拿腔拿調引人入睡之弊。……用這樣的方法，堅持寫這樣的文章，在現代中國可能還是創舉。」新時期以來熱衷創作並提倡微型雜文的還有陳飛、李升平等雜文作家，女雜文家陳飛從一九八〇年代初期就致力於微型雜文創作，她的雜文集《思》中就收有十篇微型雜文，她說：「儘管也有人認為這種文章太小，不能登大雅之堂，但相信歷史會給它們一席之地。」李升平從一九九二年七月起在他主編的《雜文與生活》上開闢有「微型雜文」專欄，老雜文家李欣讀後稱「文不在長，有『神』就靈」。鄭板橋寫過一副對聯：「刪繁就簡三秋樹，領異標新二月花。」用它來形容雜壇上欣欣向榮的微型雜文是再恰當不過了。

　　進入一九九〇年代，隨著時代思潮的湧動和報紙副刊的擴版，新隨筆大量興起，給新時期雜文的發展開闢了一個廣闊的前景。在《讀

書》、《隨筆》以及眾多報紙的週末版裡，許多隨筆作者以文化、哲學的參悟為底蘊，對當代社會萬象、民生大計、人文精神、世態人心等等，進行廣泛而深入地思考，充分地展示時代風雲，探究人生精微，重構民族精神。因此，有論者指出：「（1）從社會意義的角度講，新隨筆密切關注當代社會生活，對大變革大發展的社會存在迅速發言，作出評判。（2）從文體革新的角度講，新隨筆極大地擴張了形式的內涵，從而突破了種種傳統模式的限制，把隨筆創作推向了一個發展的新階段。（3）從作者的角度講，新隨筆擴大了文學的隊伍。除了散文家之外，其他如小說家、詩人、學者、編輯、藝術家、科學家等都有介入。（4）從藝術審美的角度講，新隨筆以生氣勃勃的全新面貌活躍於文壇，充分擴展，恣意創造，達到了多年所不曾有過的高度。」[56]

由於當今時代激烈緊張的競爭，使人們精神疲憊，心理失衡，面臨的生存困惑增多，更加渴求尋找心靈的慰藉和精神的立足點，新隨筆便成了「理想的精神度假村」（柯靈語）。但是，也應該看到，在一九九〇年代隨筆熱潮中，不少作者率爾操觚，或者忸怩作態，或者故作閒適，或者冒充博雅，或者以墮落為瀟灑，或者以媚俗為時髦，或者「滿紙空言，甚而至於胡說八道」，或者熱衷於「賞玩琥珀扇墜，翡翠戒指」，以致使隨筆成了「市井文化的小小點綴」（朱鐵志語）。其實，隨筆是一種思想者的文體，帶有強烈的懷疑、批判和探索的精神。唐弢說過：「凡是能以這種文體風動一時，名聞天下，甚至壓過他的其它作品而為人稱道者，大都學殖豐富，才情橫溢，對人生現象有敏銳而深刻的洞察力。」[57]因此，我們才在季羨林、張中行、金克木、蕭乾、施蟄存、王元化等一批學貫中西的學者筆下感受到了新隨筆思想的力量和智慧之美。

---

56 韓小蕙：〈隨筆版緣起〉，《光明日報》1995年3月8日。

57 唐弢：〈王友琴作《女博士生校園隨想》序〉，見《唐弢文集》第五卷（北京市：社會科學文獻出版社，1995年，第1版）。

　　此外，黃永玉、流沙河等人的「世說新語」體雜文，聶紺弩、荒蕪、劉征的雜文詩，陳四益（東耳）的寓言體雜文，黃永玉、韓羽、高馬得、田原、詹同等人的「雜文漫畫組合」，等等，都在雜文的文體格式上，為新時期雜文的百花園增添了新品種和新風采。

第八章
當代雜文的高峰
——巴金的《隨想錄》

　　巴金（1904-2005），原名李堯棠，字芾甘，出生於四川成都。巴金這個筆名是他發表第一部小說《滅亡》時開始使用的。巴金從一九二〇年代步入文壇開始，在長達數十年的文學生涯中，創作了《激流三部曲》（《家》、《春》、《秋》）、《憩園》、《寒夜》、《隨想錄》等大量膾炙人口的作品。他的創作生命之長，創造力之旺盛，在中國現當代作家中屈指可數。巴金主要是以小說聞名於世的，但他同時也是一位卓越的雜文作家。雜文不僅是巴金最早寫作的一種文體，而且也是他持續寫作時間最長的一種文體。從一九二〇年代初期在《半月》、《人聲》、《警群》等雜誌上發表短論雜感開始，到晚年堅持撰寫《隨想錄》、《再思錄》，可以說，雜文創作貫穿巴金文學生涯的始終，巴金堪稱二十世紀中國創作雜文時間跨度最長的一個雜文家。

　　巴金自稱是「『五四』的產兒」，「五四運動像一聲春雷把我從睡夢中驚醒了。我睜開了眼睛，開始看到了一個嶄新的世界」[1]。他如饑似渴地閱讀《新青年》、《每週評論》等傳播新思想、新文化的刊物，那裡面的文章常常使年輕的巴金激動不已，那些新奇的議論和熱烈的文句像火花一般地點燃了巴金的熱情。正是在「五四」新思潮的啟蒙和新文學運動的推動下，巴金開始用雜文同舊社會舊制度戰鬥。一九二一年四月一日，不滿十七歲的巴金以「芾甘」之名，在成都《半

1　巴金：〈覺醒與活動〉，見《巴金文集》第十卷（北京市：人民文學出版社，1961年，第1版）。

月》雜誌上發表了他生平的第一篇文章〈怎樣建設真正自由平等的社會〉，這是一篇隨筆式的短論。其後不久，他又在重慶《人聲》雜誌發表了〈五一紀念感言〉，在成都《警群》雜誌發表了〈愛國主義與中國人到幸福的路〉等雜感。一九二〇年代是巴金雜文寫作的第一個階段，從一九二一到一九二九年，他以黑浪、佩竽、極樂、鳴希、李冷、茞等筆名，在《民鐘》、《時事新報》、《民眾》、《平等》、《自由月刊》等報刊上，一共發表了四、五十篇雜感、短論。這些作品，鮮明地反映出巴金對國家、民族前途的關注，他抨擊不合理的社會制度，批判政府、宗教和私有制的罪惡，同時鼓吹無政府主義理想。

巴金雜文寫作的第二個階段是抗戰時期。一九三七年七月七日，抗日戰爭全面爆發，巴金同全國人民一道，積極投身到這場「民族維持生存的戰爭」中去。在前方將士浴血奮戰的時刻，巴金「用墨水來發洩」心中的「憤怒」，揮筆寫下了中國人民同仇敵愾、英勇殺敵的光輝篇章。這些雜文收在《控訴》（上海市：烽火社，1937年，初版）、《感想》（重慶市：烽火社，1939年，初版）和《無題》（桂林市：桂林文化生活出版，1941年，初版）等集子裡，「全和抗戰有關」。在〈只有抗戰這一條路〉、〈給山川均先生〉、〈失敗主義者〉、〈國家主義者〉、〈最後勝利主義者〉、〈公式主義者〉、〈和平主義者〉等一系列雜文中，巴金表達了他強烈的愛憎之情，他控訴日本帝國主義侵略中國的殘暴行徑，批駁對抗戰前途喪失信心的種種錯誤論調，表明全民抗戰必將取得最後勝利的堅定信念。正如他在《控訴》〈前記〉裡說的：「我寫這些文章的時候，心情雖略有不同，用意則是一樣。這裡面自然有吶喊，但主要的卻是控訴。對於危害正義、危害人道的暴力，我發出了我的呼聲：『我控訴！』」

一九四九年以後，在一九五六年下半年至一九五七年上半年當代雜文的第一次創作高潮中，巴金積極回應「百花齊放，百家爭鳴」的方針，以「余一」的筆名在《人民日報》、《解放日報》、《文匯報》、

《文藝月報》等報刊上，發表了〈「鳴」起來吧！〉、〈獨立思考〉、〈重視全國人民的精神食糧〉、〈筆下留情〉、〈恰到好處〉、〈論「有啥吃啥」〉、〈秋夜雜感〉、〈救救孩子〉、〈辭「帽子」〉等十幾篇雜文，這是巴金雜文寫作的第三個階段。巴金在這些雜文中提倡「獨立思考」，擁護「百家爭鳴」，主張關心人民生活，駁斥一貫唯我獨革的「左」傾教條主義者，批評說假話唱高調的官僚主義作風。陳丹晨說：「那時的巴金剛過知天命之年，但仍然像年輕人一樣激情而有火氣，對社會生活感受敏快，文字表達卻顯精粹老辣，因此所寫的雜文言簡意賅而銳利，常常猝發一擊，制對方於短長，那股不可駁難的論辯力量，使一般人難以想像到這竟是出於這位以抒情敘事著稱、溫和寬厚的小說家之手。」[2]遺憾的是，巴金這樣意氣風發、大膽直言的時間太短暫了，他說：「我在一九五六年也曾發表雜文，鼓勵人『獨立思考』，可是第二年運動一來，幾個熟人捧倒在地上，我也棄甲丟盔自己繳了械，一直把那些雜感作為不可赦的罪行。」[3]巴金這一時期的雜文當時沒有單獨結集出版，後收在《當代雜文選粹·巴金之卷》、《巴金六十年文選》和《沒有神》中。

改革開放的新時期，當代雜文迎來全面復興和繁榮的新高潮，經過「文革」煉獄的巴金也迎來了他雜文創作最輝煌的時刻。從一九七八年十二月到一九八六年八月，巴金在香港《大公報》「大公園」副刊上開闢「隨想錄」專欄，八年中發表了一五〇篇「隨想」，並結集為《隨想錄》（第一集）、《探索集》、《真話集》、《病中集》、《無題集》出版。巴金在《隨想錄》合訂本「新記」中說，《隨想錄》的寫作「從無計畫到有計劃，從夢初醒到清醒，從隨想到探索，腦子不再聽別人指揮，獨立思考在發揮作用」，「這是獨立思考的必然結果。五

2　陳丹晨：〈關於巴金的雜文〉，《文藝理論研究》1986年第5期。

3　巴金：〈再論說真話〉，見《探索集》（北京市：人民文學出版社，1981年，第1版）。

十年代我不會寫《隨想錄》，六十年代我寫不出它們。只有在經歷了接連不斷的大大小小的政治運動之後，只有在被剝奪了人權在牛棚裡住了十年之後，我才想起自己是一個『人』，我才明白我也應當像人一樣用自己的腦子思考」。巴金在《隨想錄》裡深刻反思「文革」，「給自己的十年苦難作一個總結」，另一方面，他也徹底地「解剖自己，批判自己」，挖掘靈魂，淨化心靈。

在《文藝報》一九八六年九月二日為慶賀《隨想錄》五集完稿而舉行的座談會上，張光年、王蒙、陳荒煤、馮牧、唐達成、袁鷹、劉再復、汪曾祺、諶容、張潔、李存光等文藝界人士滿懷敬意地指出，《隨想錄》浸透著一位文化巨人對歷史、對時代、對民族和國家的沉重的責任感，喊出了中國正直知識分子探求真理的心聲，展現出可昭日月的人格光輝，標誌著新時期文學告別了誇飾時代，進入了一個真誠的、敢於說真話的時代。他們認為，《隨想錄》作為巴金八十年人生經驗和六十年文學活動的總結，是一部「力透紙背，情透紙背，熱透紙背」的「說真話的大書」，「是繼魯迅之後，我國現代散文史上的又一座高峰」，「這部巨著在現代文學史上，可與魯迅先生晚年的雜文相並比」。

在完成《隨想錄》之後，巴金曾經打算向讀者告別，擱筆小憩。可是，出於知識分子的良知和對人類熾熱的愛，使巴金無法真正放下手中的筆。一九八八年四月二十二日，巴金在給譯文選集作序時，堅定地表示：「我寫作只是為了戰鬥，當初我向一切腐朽、落後的東西進攻，跟封建、專制、壓迫、迷信戰鬥，……在今天擱筆的時候，我還不能說是已經取得多大的戰果，封建的幽靈明明在我四周徘徊！即使十分疲乏，我可能還要重上戰場。」真是老驥伏櫪，志在千里。果然，在「沒有神」的宣言下，一個無畏的無神論者和直面人生的堅強戰士又繼續著自己的再思考。一九九五年三月由上海遠東出版社出版的《再思錄》收入了巴金總結自己創作道路的一系列序跋和一篇篇懷

念親友、抒發暮年之志的感人至深的文章。巴金，這位中國二十世紀的文學大師，像一團熊熊的烈焰，生命不息，燃燒不止。

第一節　為十年「文革」作總結

巴金在開始寫作《隨想錄》時，就明確表示他要「給『十年浩劫』作一個總結」。因為那十年的經歷和教訓實在慘痛，「那真是有中國特色的酷刑：上刀山、下油鍋以及種種非人類所能忍受的『觸皮肉』和『觸靈魂』的侮辱和折磨，因為受不了它們多少人死去」[4]。巴金認為這「在人類歷史上是一件大事」，具有廣泛的世界意義，作為這個事件的直接受害者，他認為自己有責任「揭穿那一場驚心動魄的大騙局」，他的五卷《隨想錄》就是「用真話建立起來的揭露『文革』的『博物館』」[5]。他要讓子孫後代永遠記住這個慘痛的教訓，不要使「十年的大悲劇」再次發生。

巴金說過，他一生思想的核心是「反封建」，「年輕時是這樣，我寫的那些小說主要就是反封建。我現在仍然是這樣」[6]。巴金在對「文革」總結反思的過程中，不斷重複著「反封建」這一鮮明的主題。他在一九七九年二月十二日所寫的第十一則隨想〈一顆桃核的喜劇〉裡，從赫爾岑的《往事與隨想》中的一個「喜劇性」情節說起：沙俄皇太子在一個小城的招待會上吃了一個桃子，並把桃核扔在窗臺上，一位沙俄官員撿起了這顆桃核，又另外弄來五顆桃核，謊稱是皇太子親口咬過的，分別送給六位貴婦，她們都很高興地收下了，每一位都以為她那顆桃核就是皇太子留下來的。巴金說，這樣的「喜劇」

4　巴金：〈二十年前〉，見《無題集》（北京市：人民文學出版社，1986年，第1版）。

5　巴金：《隨想錄合訂本》〈新記〉，見《沒有神》（銀川市：寧夏人民出版社，1995年，第1版）。

6　唐金海、張曉雲：〈巴金訪問薈萃〉，《新文學史料》1988年第3期。

在「文革」中司空見慣，當時許多人把「中央首長」恩賜的水果、草帽當成「聖物」，甚至舉行儀式表示慶祝和效忠，這種「把肉麻當有趣」的醜態已經遠遠超出了十九世紀三十年代沙俄外省小城太太們的表演。除此之外，「文革」十年還流行過早請示、晚匯報、跳忠字舞、剪忠字花、半夜敲鑼打鼓迎接「最高指示」等荒唐鬧劇。因此，巴金認為中國有的是「封建社會的破爛貨」，而且「非常豐富」，他鄭重指出：「封建毒素並不是林彪和『四人幫』帶來的，也不曾讓他們完全帶走。我們絕不能帶著封建流毒進入四個現代化的社會。」「沒有辦法，今天我們還必須大反封建。」

　　「文革」暴露出一個嚴酷的事實：封建主義陰魂不散，而用華麗的革命辭藻裝飾起來的封建主義，更比原生的封建主義可怕一百倍。巴金經過苦苦探究，終於發現了一個沉重的現實：「『文革』初期我還以為整個社會在邁大步向前進，到了『文革』後期我才突然發覺我四周到處都有『高老太爺』，儘管他們穿著各式各樣的新舊服裝，有的甚至戴上『革命左派』的帽子。這是一個大的發現。從那個時候起我的眼睛彷彿亮了許多。一連幾年我被稱為『牛鬼』，而一向躲在陰暗角落裡的真正的『牛鬼』卻穿著漂亮的衣服在大街上遊逛。我指的是封建殘餘或者封建流毒。」[7]正是在封建法西斯主義的統治下，民主法紀蕩然無存，許多人一夜之間「由人變為獸」。巴金說，在十載「文革」中他看夠了「獸性」的大發作：「學生們把老師當作仇敵。在那些日子裡學生毆打老師，批鬥老師，侮辱老師，讓許多善良的知識分子慘死在紅衛兵的拳打腳踢之下。我還記得那些十四、五歲的男女學生強占房子、設司令部，抄家打人搶東西的情景，我也沒有忘記一個初中學生拿著銅頭皮帶在作協分會後院裡打我追我的情景」[8]；

7　巴金：〈買賣婚姻〉，見《病中集》（北京市：人民文學出版社，1984年，第1版）。
8　巴金：〈三說端端〉，見《無題集》（北京市：人民文學出版社，1986年，第1版）。

「有一個長時期，大約四五年吧，為了批鬥我先後成立了各種專案組、『批巴組』、『打巴組』，成員常常調來換去，其中一段時間裡那三四個專案人員使我一見面就『感覺到生理上的厭惡』……他們在我面前故意做出『獸』的表情。我總覺得他們有一天會把我吞掉。……我常常想：我已經繳械投降，『認罪服罪』，你們何必殺氣騰騰，『虐待俘虜』。有時為了活命我很想去哀求他們開恩，不要扭歪臉，不要像虎狼那樣嗥叫。可是我站在他們面前，聽見一聲叫罵，立刻天旋地轉，幾乎倒在地上。他們好像猛虎惡狼撲在我的身上用鋒利的牙齒啃我的頭顱」[9]。文革後，巴金經常思考那些單純的十四、五歲的中學生和所謂的「革命左派」怎麼一下子會變成嗜血的「吃人」的「虎狼」，「人為什麼變為獸？人怎樣變為獸？」的問題一直困擾著巴金。在一九八○年代中期中國出現的「人道主義熱」中，他終於明白：產生大量非人道的殘酷行為的是披著「左」的外衣的宗教狂熱，人獸轉化的道路也就是披上「革命」外衣的封建主義的道路了。

　　經過「文革」封建專制主義的大氾濫之後，巴金作為「五四」之子，他仍然像當年那樣懷著強烈的感情高舉反封建的旗幟──「民主和科學」。他在一九七九年三月十三日所寫的〈五四運動六十周年〉一文中指出：「四人幫」之流販賣的那批「左」的貨色全部展覽出來，它們的確是封建專制的破爛貨，除了商標，哪裡有一點點革命的氣味！林彪、「四人幫」以及什麼「這個人」、「那個人」用封建專制主義的全面復辟來反對並不曾出現的「資本主義社會」，他們把種種「出土文物」喬裝打扮硬要人相信這是社會主義。他們為了推行所謂的「對資產階級的全面專政」，不知殺了多少人，流了多少血。因此，巴金懷著「無法治好的內傷」，回顧身後那「血跡斑斑的道路」，他認為自己這一代人並沒有完成反封建的任務，也沒有完成實現民主

9　巴金：〈我的噩夢〉，見《病中集》（北京市：人民文學出版社，1984年，第1版）。

的任務，而且，「一直到今天，我和人們接觸，談話，也看不出多少科學的精神，人們習慣了講大話、講空話、講廢話，只要長官點頭，一切都沒有問題」。他大聲疾呼：「今天還應當大反封建，今天還應當高舉社會主義民主和科學的大旗前進。」當一九八五年有人在香港《良友》雜誌上撰文認為「五四」的「害處」是「全面打倒歷史傳統、徹底否定中國文化」，使「我們數千年來屹立於世的主要支柱」從此失去，「整個民族……似乎再無立足之處。日常行事做人，也似乎喪失了準則」時，巴金在〈老化〉一文中反駁了這一觀點：什麼準則？難道我們還要學歷代統治者的榜樣，遵行「君君臣臣父父子子……」的倫常之道，過著幾千年稱王稱霸的沒有民主的日子？難道我們還應該搞男女授受不親，宣傳三綱五常，裹小腳，討小老婆，多子多孫，光宗耀祖？巴金認為我們的民族絕不是因為「五四」而「再無立腳之處」，恰恰相反，因為通過「五四」接受了新思潮、新文化，中國人民才終於站了起來，建立了統一的社會主義的國家。「五四」提倡「科學」、要求「民主」的目標到今天也沒有完全達到，這絕不是「五四」的錯。他指出，為什麼做不到「完全」？為什麼做不到「徹底」？為什麼丟不開過去的傳統奮勇前進？為什麼不大量種樹摘取「科學」和「民主」果實？原因只有一個：老化。

由於「五四」科學和民主的傳統沒有得到很好地繼承發揚，封建餘毒仍繼續腐蝕著人們的頭腦，鄧小平就說過：「『文化大革命』中，林彪、『四人幫』大搞特權，給群眾造成很大災難。」「搞特權，這是封建主義殘餘影響尚未肅清的表現。舊中國留給我們的，封建專制傳統比較多，民主法制傳統很少。」[10]因此，「文革」結束後，社會上還存在著許多「非現代的東西」，如封建特權思想等。巴金曾寫了四篇

---

10 鄧小平：〈黨和國家領導制度的改革〉，見《鄧小平文選》第二卷（北京市：人民出版社，1994年，第2版）。

有關騙子的雜文：〈小騙子〉、〈再說小騙子〉、〈三談小騙子〉、〈四談騙子〉，批評了產生騙子的社會環境。巴金說，騙子正是利用了人們頭腦中殘存的封建特權思想，到處招搖撞騙，他們中間有的行騙九個省市，詐騙金額百多萬元，如上海的黃奎元案；有的涉及十七個省市，騙出資金一千九百多萬元，如廣東的劉浩然案；有的涉及七省二十個縣市，共詐騙一億多元，如福建的杜國楨案。「他們像老鼠一樣，啃我們社會的高樓大廈；他們是一群白蟻，蛀我們國家的梁木支柱。他們散佈謊言好像傳播真理，他們販賣靈魂，彷彿傾銷廉價商品。一帆風順，到處都為他們大開綠燈」。還有一些大騙子造神召鬼，製造冤案，虛報產量，逼死人命。巴金認為這就說明我們的社會還有不少毛病，還有養活騙子的大大小小的污水塘。可是，針對巴金揭露形形色色大小騙子的文章，社會上出現了三種耐人尋味的態度：有人怪巴金多事，他們說在我們這個十幾億人口的大國出現幾個小騙子，不值得大驚小怪，何必讓大家知道，丟自己的臉；還有少數幾個受了騙的人想起自己在這出醜戲中的精彩表演，不由得惱羞成怒，忘記自己是受害者，反倒認為別人揭露騙子就是揭露他們，就是跟他們過不去；更奇怪的，有不少人認為「家醜不可外揚」，最好還是讓大家相信我們這個社會裡並沒有騙子。巴金極為感慨地指出，對於騙子的最好辦法，不是一筆勾銷，否認他們的存在。如果有病不治，有瘡不上藥，連開後門、仗權勢等等也給裝扮得如何「美好」，拿「家醜不可外揚」這句封建古話當作處世格言，不讓人揭自己的瘡疤，這樣下去不但是給社會主義抹黑，而且是在挖社會主義的牆腳。巴金認為只有揭穿騙子的真面目，培養大家識別騙子的能力，消滅了產生騙子的原因，破壞騙子繁殖的土壤，改變騙子生存的氣候，才能使騙子在社會無立足之地。

　　總之，巴金的《隨想錄》「或懷舊，或悼亡，或說文，或議政，中心則是『十年一夢』，記憶猶新，呼籲人們一定不要忘記文革，不

要讓文革的悲劇重演」[11]。巴金認為，在中國防止再一次發生類似「文革」的事件，具有特殊的重要意義，「那無數難熬難忘的日子，各種各樣對同胞的傷天害理的侮辱和折磨，是非顛倒、黑白混淆、忠奸不分、真偽難辨的大混亂，還有那些搞不完的冤案，算不清的恩仇！難道我們應該把它們完全忘記，不讓人再提它們，以便二十年後又發動一次『文革』拿它當作新生事物來大鬧中華？！」他呼籲必須以全民的共同努力來制止如此深重的災難重現，「大家的想法即使不一定相同，我們卻有一個共同的決心：絕不讓我們國家再發生一次『文革』，因為第二次的災難，就會使我們民族徹底毀滅」[12]。柯靈指出，巴金的《隨想錄》是給「文革」做總結的「歷史性紀錄」，其重要意義就在於它是對後代子孫負責，對歷史負責，對世界負責，正如赫爾岑所說的：「充分地理解過去——我們可以弄清楚現狀；深刻認識過去的意義——我們可以揭示未來的意義；向後看——就是向前進。」[13]

第二節　真誠的自我解剖

　　偉大的文學家都是「精神界之戰士」，是真理的探索者。巴金一生從未停止過追求和探索，他始終嚴格地解剖自己的思想矛盾。早在一九三〇年代，他就說過：「我從不曾讓霧迷了我的眼睛，我從不曾讓激情昏了我的頭腦。在生活裡我的探索是無休息的，無終結的。」[14]「近來我常常做噩夢，醒來後每每絕望地追問自己：難道那心的探索

11 邵燕祥：〈批判精神與雜文的命運〉，見《散文與人》第五集（廣州市：花城出版社，1995年，第1版）。

12 巴金：〈「文革」博物館〉，見《無題集》（北京市：人民文學出版社，1986年，第1版）。

13 見〈《隨想錄》三人談〉，《文匯月刊》1986年第10期。

14 巴金：〈新年試筆〉，《文學》1934年第2卷第1號。

在夢裡也不能夠停止麼？我為什麼一定要如此嚴酷地解剖自己？」[15]
在經歷了十年浩劫的「煉獄」之後，與那些慣於見風使舵，文過飾非
的人不同，巴金把自己看作「債主」，把《隨想錄》當作「一生的收
支總賬」，他要償還心靈的欠債。因此，他對「文化大革命」的反
思，是從自我解剖開始的。他一再聲明：「把這十年的苦難生活作一
個總結，從徹底解剖自己開始，……」[16]「我以為不是身歷其境、不
曾身受其害、不肯深挖自己靈魂，不願暴露自己醜態，就不能理解這
所謂十年浩劫。」「我是從解剖自己、批判自己做起的。我寫作，也
就是在挖掘，挖掘自己的靈魂。」[17]「我作文的本意：我的箭垛首先
是自己；我揪出來示眾的也首先是自己。」[18]「為了淨化心靈，不讓
內部留下骯髒的東西，我不得不挖掉心上的垃圾，不使它們污染空
氣。我沒有想到就這樣我的筆會變成了掃帚，會變成了弓箭，會變成
了解剖刀。」[19]「《隨想錄》是我最後的著作，是解釋自己、解剖自己
的書。」[20]

　　正是有了這種解剖自己、批判自己的反省意識，巴金「不隱瞞，
不掩飾，不化妝，不賴賬」，掏出了他那顆「滿是傷痕的赤誠的心」，
在文章中坦誠地披露自己靈魂的奧秘，展現心靈深處的污垢。他說，
只有把堆積在心上的污泥完全挖掉，只有把十幾年走的道路看得清清
楚楚，講得明明白白，他的心才會得到平靜。而就在這個自我解剖、

15　巴金：〈自白之一〉，見《點滴》（上海市：開明書店，1935年，第1版）。

16　巴金：〈我和文學〉，見《探索集》（北京市：人民文學出版社，1981年，第1版）。

17　巴金：〈《隨想錄》日譯本序〉，見《真話集》（北京市：人民文學出版社，1983年，
　　第1版）。

18　巴金：〈賣真貨〉，見《無題集》（北京市：人民文學出版社，1986年，第1版）。

19　巴金：《隨想錄合訂本》〈新記〉，見《沒有神》（銀川市：寧夏人民出版社，1995
　　年，第1版）。

20　巴金：〈《巴金全集》後記（之二）〉，見《沒有神》（銀川市：寧夏人民出版社，1995
　　年，第1版）。

自我批判的過程中，巴金的心靈得到淨化，精神得以昇華，人格重新塑造，從中我們可以看出他的真誠，他的勇氣，他的光明磊落、坦蕩無私的人格。因此，張光年指出，巴金在很多篇章裡，毫無保留地深刻地剖析自己的靈魂，「實際上，他是在剖析我們的時代，我們的社會，我們一代知識分子的心靈。當代的中外讀者和後代子孫，要想知道十年浩劫之後，新中國歷史的轉換關頭，我國知識分子最優秀的代表、中國作家的領袖人物在想些什麼，日夜揪心地思索些什麼，可以從這些文章裡得到領悟。我們珍視這些文章，因為這是巴金同志全人格的體現，是巴金晚年最可貴的貢獻」[21]。

　　談到十年浩劫，人們往往會想到「四人幫」的倒行逆施。然而，巴金在總結「文革」十年的經驗教訓時，冷靜地指出，不能把一切都推在「四人幫」身上，他認為還要從其他方面，特別是受害者自己的身上和心靈深處尋找原因：「我自己承認過『四人幫』的權威，低頭屈膝，甘心任他們宰割，難道我就沒有責任！」[22]他不像某些人那樣「一貫正確」，永遠充當裁判官。他首先把解剖刀對準自己，在文章中對自己迷信權威、盲目服從以及明哲保身等行為進行了無情的解剖：「十年浩劫的頭幾年特別可怕，我真像一個遊魂給帶去見十殿閻王，過去的經歷一樁樁一件件全給揭發出來，讓我在油鍋裡接受審查、脫胎換骨。十幅閻羅殿過堂受審的圖畫陰風慘慘、鮮血淋淋，我不知道自己是人是鬼，是獸是魂，是在陰司還是在地獄。……我的一切都讓『個人崇拜』榨取光了，那些年中間我哪裡還有信心和理想？哪裡還有什麼『道德勇氣』？一紙『勒令』就使我甘心變牛，哪裡有這樣的『堅強戰士』？」[23]巴金說，有一個時期，他偷偷地練習低頭彎腰的姿勢，心甘情願地接受批鬥，他誠心誠意地想讓自己「脫胎換

21　張光年：〈語重心長〉，《文藝報》1986年9月27日。
22　巴金：《探索集》〈後記〉（北京市：人民文學出版社，1981年，第1版）。
23　巴金：〈從心所欲〉，見《無題集》（北京市：人民文學出版社，1986年，第1版）。

骨、重新做人」，準備給「剖腹挖心」，「上刀山、下油鍋」，受盡懲罰，最後喝「迷魂湯」，把自己改造成沒有意志的「機器人」，而且不以為恥地、賣力氣地做著「機器人」。他對自己的靈魂進行嚴厲地拷問：「我們習慣『明哲保身』，認為聽話非常省事。我們習慣於傳達和灌輸，彷彿自己和別人都是錄音機，收進什麼就放出什麼。這些年來我的經驗是夠慘痛的了。一個作家對自己的作品竟然沒有一點個人的看法，一個作家竟然甘心做錄音機而且以做錄音機為光榮，在讀者的眼裡這算是什麼作家呢？我寫作了幾十年，對自己的作品不能作起碼的評價，卻在姚文元的棍子下面低頭，甚至迎合造反派的意思稱姚文元做『無產階級的金棍子』，為什麼？為什麼？今天回想起來，覺得可笑，不可思議。反覆思索，我有些省悟了：這難道不是信神的結果？」[24]

　　由於受到「現代迷信」的影響，喪失了獨立思考的能力，巴金說他在「文革」中沒有自己的思想，不用自己的腦子思考，別人舉手他也舉手，別人講什麼他也講什麼，而且做得高高興興，成了一名死心塌地的「精神奴隸」，「我相信過假話，我傳播過假話，我不曾跟假話作過鬥爭。別人『高舉』，我就『緊跟』；別人抬出『神明』，我就低首膜拜」[25]。缺乏獨立思考的自覺，習慣於以別人的意志為意志，以現成的思想為思想，這正是奴隸意識的最大特性。在〈十年一夢〉中，巴金引用林紓翻譯的英國小說《十字軍英雄記》裡的一句話來形容這種奴隸意識：「奴在身者，其人可憐；奴在心者，其人可鄙。」[26]他承認在「文革」初期曾心甘情願地低頭認罪，改造思想：「說我是

24 巴金：〈灌輸和宣傳〉，見《探索集》（北京市：人民文學出版社，1981年，第1版）。

25 巴金：〈說真話〉，見《探索集》（北京市：人民文學出版社，1981年，第1版）。

26 巴金十幾歲時讀過這一句話，一直牢記在心。在一九三五年二月所寫的〈直言〉一文中，他就曾說過：「林琴南氏翻譯的《十字軍英雄記》是七八年前讀過的了。裡面有兩句話，我至今還記得，就是：『奴在身者，其人可憐；奴在心者，其人可鄙。』」

地主階級的『孝子賢孫』，我承認；說我寫《激流》是在為地主階級樹碑立傳，我也承認；一九七〇年我們在農村『三秋』勞動，我給揪到田頭，同當地地主一起挨鬥，我也低頭認罪，我想我一直到二十三歲都是靠老家養活，吃飯的錢都是農民的血汗，挨批挨鬥有什麼不可以！……我完全用別人的腦子思考，別人大吼『打倒巴金』！我也高舉右手回應。……我真心表示自己願意讓人徹底打倒，以便從頭做起，重新做人。我還有通過吃苦完成自我改造的決心。我甚至因為『造反派』不『諒解』我這番用心而感到苦惱。」他極其痛苦地自我譴責：奴隸，過去總以為自己同這個字眼毫不相干，可是卻明明做了十年的奴隸！在「文革」結束後，巴金從「噩夢」中醒來，痛定思痛，他恍然大悟，發現周圍進行的是一場大騙局。他說：「我不一定看清別人，但我看清了自己。雖然我十分衰老，可是我還能用自己思想思考，我還能說自己的話，寫自己的文章，我不再是『奴在心者』，也不再是『奴在身者』。我是我自己。我回到我自己身上了。」

巴金說，當他走上創作之路時，法國作家盧梭是他的啟蒙老師，他像盧梭一樣「常常解剖自己」[27]。而在幾十年文學生涯中，魯迅先生更是他為人作文的楷模。魯迅是以嚴於解剖自己著稱的，魯迅說過：「我自己總覺得我的靈魂裡有毒氣和鬼氣，我極憎惡他，想除去他。」「我的確時時解剖別人，然而更多的是更無情面地解剖自己。」但是，纏繞著魯迅的毒氣和鬼氣並沒有隨著舊時代結束而消亡，巴金說：「十年浩劫中的血和火攪動了我心靈中的沉渣，它們全泛了起來，我為這些感到羞恥。我當時否定了自己，否定了文學，否定了一切美好的事物。」[28]於是他借用魯迅的解剖刀來解剖自己的靈

---

27 巴金：〈文學生活五十年〉，見《巴金全集》第二十卷（北京市：人民文學出版社，1993年，第1版）。

28 巴金：〈現代文學資料館〉，見《真話集》（北京市：人民文學出版社，1983年，第1版）。

魂。他在《隨想錄》中解剖社會、解剖歷史、解剖別人的同時，真誠地剖析自己、鞭撻自己靈魂中的「毒氣和鬼氣」，表現了一位雜文家強烈的現實責任感和歷史使命感。巴金說：「我寫作是為了戰鬥，為了揭露，為了控訴，為了對國家、對人民有所貢獻，但絕不是為了美化自己。」[29]因此，他敢於暴露自己思想的隱秘，坦露自己靈魂的弱點，不寬恕自己，不原諒自己，「今天我回頭看自己在十年中間所作所為和別人的所作所為，實在不能理解。我自己彷彿受了催眠一樣變得多麼幼稚，多麼愚蠢，甚至把殘酷、荒唐當作嚴肅、正確。我這樣想：要是我不把這十年的苦難生活作一個總結，從徹底解剖自己開始，弄清楚當時發生的事情，那麼有一天說不定情況一變，我又會中了催眠術無緣無故地變成另外一個人」[30]。如此真誠而且近乎殘酷地解剖自己的思想，並進行嚴肅的自我批判，決不是一件容易的事，這需要很大的勇氣，也很值得後人學習。柯靈說：「《隨想錄》充滿了嚴格的自我解剖精神。在這方面，魯迅是一個榜樣，巴金是又一個榜樣。」[31]

第三節　生命的獨特存在方式

巴金說過，他寫作一生，只想摒棄一切謊言，做到言行一致。他一直把「盡可能多說真話；盡可能少作違心的事」當成自己的人生準則。從一九三〇年代開始，巴金不止一次地強調過這一思想。一九三九年五月，他在抗戰烽火中出版的雜文集《感想》的「前記」中說：「收在這小冊裡的短文只是一些感想和雜感。它們算不得正式的文章，不過我在那裡面說的全是真話。而且我以為我們在這時候應該說

29　巴金：《探索集》〈後記〉（北京市：人民文學出版社，1981年，第1版）。

30　巴金：〈我和文學〉，見《探索集》（北京市：人民文學出版社，1981年，第1版）。

31　見〈《隨想錄》三人談〉，《文匯月刊》1986年第10期。

真話。」一九五〇年五月，他在開明版《巴金選集》「自序」中又說：「不管我的作品有著種種或大或小的缺點，但我始終沒有說一句謊話。」一九六二年四月，他在《巴金散文選集》的序言中再一次指出：「儘管我過去有多少缺點，我幼稚、淺薄、粗心、任性，然而我從未說過假話，我這些長長短短的文章裡也沒有虛假的感情。我說過我寫文章如同在生活，今天我仍然是這樣。」巴金始終把筆當作火、當作劍，歌頌真的、美的、善的，打擊假的、醜的、惡的，「用筆作戰不是簡單的事情。魯迅先生給我樹立了一個榜樣。我仰慕高爾基的英雄『勇士丹柯』，他掏出燃燒的心，給人們帶路，我把這幅圖畫作為寫作的最高境界，這也是從先生那裡得到啟發的。我勉勵自己講真話，盧騷是我的第一個老師，但是幾十年中間，用自己的燃燒的心給我照亮道路的還是魯迅先生。我看得很清楚：在他，寫作和生活是一致的，作家和作人是一致的，人品和文品是分不開的。他寫的全是講真話的書。他一生探索真理，追求進步。他勇於解剖社會，更勇於解剖自己；他不怕承認錯誤，更不怕改正錯誤。他的每篇文章都經得住時間的考驗，他的確是把心交給讀者的」[32]。

　　在講真話這一點上，魯迅確實是一個光輝的典範。他在〈論睜了眼看〉中說：「文藝是國民精神所發的火光，同時也是引導國民精神的前途的燈火。……中國人向來因為不敢正視人生，只好瞞和騙，由此也生出瞞和騙的文藝來，由這文藝，更令中國人更深地陷入瞞和騙的大澤中，甚而至於已經自己不覺得。世界日日改變，我們的作家取下假面，真誠地，深入地，大膽地看取人生並且寫出它的血和肉來的時候早到了；早就應該有一片嶄新的文場，早就應該有幾個凶猛的闖將！」在魯迅看來，講真話就是敢於睜了眼看，正視現實，不迴避現實的尖銳矛盾，不搞「瞞和騙」；講真話就是敢於充當「衝破一切傳

---

32 巴金：〈懷念魯迅先生〉，見《真話集》（北京市：人民文學出版社，1983年，第1版）。

統思想和手法的闖將」，「敢想，敢說，敢做，敢當」；講真話就是既敢於無情解剖別人，更敢於無情地解剖自己；講真話就是作家履行自己的使命感和責任感，同作家自我的真誠和勇氣從根本上統一起來。瞿秋白所概括的魯迅雜文的特點，如清醒的現實主義，反對虛偽等，其實都同講真話有關。魯迅的雜文充滿著歷史公正精神和深沉厚重的歷史感，是講真話抒真情的典範。巴金多次講過他是魯迅的學生，他的五本《隨想錄》正是學習魯迅「真誠地，深入地，大膽地看取人生並且寫出它的血和肉來」的作品。他像「勇士丹柯」一樣，「用手抓開自己的胸膛，拿出自己的心來，高高地舉在頭上」，指明了後來者前行的道路。

　　巴金從一九七八年十二月一日著手寫作《隨想錄》時，心裡就十分明確：「我不想多說空話，多說大話。我願意一點一滴地做點實在事情，留點痕跡。我先從容易辦到的做起。我準備寫一本小書：《隨想錄》。我一篇一篇地寫，一篇一篇地發表。這些文字只是記錄我隨時隨地的感想，既無系統，又不高明。但它們卻不是四平八穩，無病呻吟，不痛不癢，人云亦云，說了等於不說的話，寫了等於不寫的文章。」[33]他的五本《隨想錄》始終貫徹著「講真話」的原則，雖然這些文章刺痛了一些人，引起他們的嘰嘰喳喳、冷言冷語，但是巴金說：「我有幸找到了講真話的路。我拿起筆就是為了寫真話，講真話。真話是講不完的，真話是封不住的。即使我擱下了筆；即使嘴上貼了封條，腦子照樣在思考真話，真話也仍然飛向四方。」[34]巴金說他從不喜歡那些濃妝豔抹、忸怩作態、編造故事、散佈謊言的文學作品，並十分痛恨舞文弄墨、欺世盜名、欺騙讀者的行徑。在《隨想

33　巴金：《隨想錄》〈總序〉，見《隨想錄》第一集（北京市：人民文學出版社，1980年，第1版）。

34　巴金：〈致樹基（代跋）〉，見《巴金全集》第二十二卷（北京市：人民文學出版社，1993年，第1版）。

錄》中，他把「四人幫」開辦「工廠」，用「三突出」、「三結合」等
等「機器」製造出來的「作品」斥為「陰謀文藝」；把那些裝腔作
勢、信口開河、把死的說成活的、把黑的說成紅的文章稱作「文章騙
子或者騙子文章」；把那些伸起頭辨風向，伸出鼻子聞聞空氣中氣
味，以便根據風向和氣味寫文章的人比喻成「學舌的鸚鵡」和「錄音
磁帶」；把那種沒有寫作的渴望，只有寫作的任務觀念而寫出來的東
西說成是「只感動自己不感動別人的豪言壯語」；他稱那種以夢想代
替現實，拿未來當作現在，好話說盡，好夢做全的「歌德派」是沉醉
在「桃花源」的美夢中。回顧歷史，巴金特別指出：「在那荒唐而又
可怕的十年中間，說謊的藝術發展到了登峰造極的地步，謊言變成了
真理，說真話倒犯了大罪。」[35]

　　《隨想錄》闡明的一個基本思想，就是作家應該講真話。巴金晚
年帶病堅持寫作《隨想錄》，他說過，不是為了病中消遣，也不是為
了裝飾自己，而是把它當作「遺囑」來寫，「我要把我的真實的思
想，還有我心裡的話，遺留給我的讀者」。他還說，《隨想錄》是他真
實的「日記」和「懺悔錄」，「我掏出自己的心，讓自己看，也讓別人
看」。他在書裡痛苦地展示了十年浩劫中作家的自我和個性被吞噬的
過程：「我熟悉自己在『文革』期間的精神狀態，我明白這就是我的
所謂『改造』。我參加『運動』還不算太多，但一個運動接一個運
動，把一個『怕』字深深刻印在我的心上。結果一切都為保護自己，
今天說東，明天說西，這算是什麼作家呢？」[36]他譴責自己曾經「學
會了編造假話」，「不知羞恥地信口開河指鹿為馬」，寫過「不負責任
的表態文章」。而這一切都與巴金一貫的為人為文相違背的，在他看
來，人不能靠說大話、說空話、說假話、說套話過一輩子，作為「社

---

35 巴金：〈說真話〉，見《探索集》（北京市：人民文學出版社，1981年，第1版）。
36 巴金：〈「掏出一把來」〉，見《病中集》（北京市：人民文學出版社，1984年，第1
　　版）。

會的良心」的作家更應該要用自己的腦子指揮拿筆的手，說自己想說的話，寫自己真實的感受，不要人云亦云，違背自己的良心，說自己不願說的假話。巴金認為，所有真誠的作家都必須向讀者交出自己的心。他不僅自己是這樣做的，而且他在致全國第三屆青年創作會議的信中，再次號召青年作家向魯迅先生學習，「中國新文學的奠基人魯迅先生就是我們的榜樣，先生敢想，敢說，敢寫，他從來不用別人的腦子替自己思考問題，他更不曾看行情，看別人臉色寫文章；他探索、追求，勇於解剖社會，更勇於解剖自己，為了社會的進步，他用筆作武器戰鬥了一生。他用作家真誠的、熱烈的心指引讀者走生活的道路。他從不向讀者裝腔作勢，講空話、假話，在他的每篇作品中我都看到作家的藝術的良心，他的作品是經得住時間的考驗的」[37]。

　　巴金提倡「講真話」，他一再強調：所謂「講真話」，不過是「把心交給讀者」，講自己心裡的話，講自己相信的話，講自己思考過的話。他說：「我所謂真話不是指真理，也不是指正確的話。自己想什麼就講什麼；自己怎麼想就怎麼說──這就是說真話。」「我從未說，也不想說，我的『真話』就是『真理』。我也不認為我講話、寫文章經常『正確』。」他表示只要一息尚存，仍要堅持講真話。他在《隨想錄》裡淋漓盡致地、真誠地、無情地解剖自己、審視社會，表現了堅強的探求真理的勇氣，在社會上產生了巨大的影響。柯靈認為：「《隨想錄》是披肝瀝膽，和血帶淚寫成的思想彙報，三十七年來第一部旗幟鮮明的真話文學。」[38]王元化說：「講真話是不容易的。在任何時候、任何地方，都勇於秉筆直書，說真話，這就需要有真誠的願望，坦蕩的胸懷，不畏強暴的勇氣，不計個人得失的品格；同時，還需要對人對己都具有一種公正的、科學的、嚴肅的態度。我在讀

---

37 巴金：〈致青年作家〉，見《再思錄》（上海市：上海遠東出版社，1995年，第1版）。
38 見〈《隨想錄》三人談〉，《文匯月刊》1986年第10期。

《隨想錄》的時候，感到巴金既有一顆火熱的心，又有一副冷靜的頭腦。他用熱烈的激情感染我們，用清醒的思想啟迪我們。」[39]陳思和指出：「講真話就是提倡一種憑了個人的獨立思考和人性深處體現出來的正義感對世界現象作出判斷。它意味著不媚上、不媚俗、不隨大流，意味著知識分子不再擁有所謂『真理』的專利，只是憑良心說話，個人做事個人來承擔。這是老人經過幾十年慘痛教訓『悟』出來的一條人生座右銘，知識分子如果能做到『講真話』，也就是告別了為『聖賢』立言，做權力的傳聲筒的境地，向大寫的『人』開始邁出了第一步。」[40]巴金在他的雜文中傾注了全部的人格力量，因此，他正是以《隨想錄》完成了他的人生追求，實現了他的人生價值。巴金的一生，是一篇「講真話」的大雜文。

---

39 見〈《隨想錄》三人談〉，《文匯月刊》1986年第10期。

40 陳思和：〈隨想以後是再思〉，見《寫在子夜》（上海市：上海人民出版社，1996年，第1版）。

第九章
庾信文章老更成

　　新時期雜文界活躍著一批老雜文作家，他們寶刀不老，繼續寫出大量思想深刻、文筆犀利的雜文篇章，鋒芒不減當年，真可謂「庾信文章老更成，淩雲健筆意縱橫」。在他們當中，有早在二十世紀三、四十年代就已從事雜文創作的雜壇宿將夏衍、唐弢、廖沫沙、柯靈、田仲濟、秦似、黃藥眠、黃裳、林放、徐鑄成、秦牧等，也有二十世紀五、六十年代馳名雜壇的嚴秀、黃秋耘、宋振庭、李欣、陶白、吳有恆、羅竹風、謝逸等，還有自稱從新時期才開始真正寫作雜文的高揚、馮英子、虞丹、馬識途等。

第一節　嚴秀及其雜文

　　嚴秀在一九五六年下半年到一九五七年上半年當代雜文創作第一次高潮中，曾創作了〈官要修衙，客要修店〉、〈九斤老太論〉等一批抨擊時弊的雜文力作，是當時較有影響的雜文作家。但是，正是由於這些雜文，他在一九五七年的「反右」運動中，被打成出版界的「頭號右派」。一九六〇至一九七八年下放在上海辭海編輯所工作。一九七九年改正錯劃，擔任人民出版社總編輯、社長，一九八四年離休。嚴秀新時期復出雜文界後，又創作了大量富有戰鬥力的雜文作品，分別收在《嚴秀雜文選》（北京市：人民文學出版社，1985年，第1版）、《當代雜文選粹·嚴秀之卷》（長沙市：湖南文藝出版社，1987年，第1版）、《牽牛花蔓》（蘭州市：甘肅人民出版社，1996年，第1版）、《一盞明燈與五十萬座地堡——國際長短錄》（上海市：學林出

版社，1999年，第1版）、《半杯水集》（福州市：福建人民出版社，2001年，第1版）等雜文集中。

　　肅清極「左」思潮影響，反對封建主義流毒，是嚴秀新時期雜文創作的主旨所在。他在一九七九年重返雜壇創作的第一篇雜文〈「書」必須四門大開〉中，就尖銳抨擊了林彪、江青集團把「書」（圖書館）變成囚禁圖書的監獄，主張開卷有益，嚴秀認為要實現四個現代化，要啟發民智，就必須旗幟鮮明地反對禁錮政策，反對愚民政策，反對文化專制主義，全面地學習古今中外人類創造的各種知識。在〈言論與興衰〉裡，嚴秀進一步指出，在當今國際交往頻繁的年代，閉關鎖國和依靠壓制思想來治理國家已失去可能，思想與言論總是要日益走向開放與自由的。因此，在思想、理論、學術、文藝方面，「還是繁榮比枯萎、爭鳴比沉默、適度寬容比嚴厲鉗制好得多」。只有「鴉雀無聲」、「萬馬齊喑」的沉默局面，才是最可怕的「喪邦」景象。由於極「左」思潮的影響，長期以來，封建主義的流毒氾濫成災。在〈險兮悲哉，封建主義這一關〉裡，嚴秀指出，一九四九年後把過封建主義這一難關看得太簡單，現在中國又重新面臨一個重過封建主義險關的大問題。他質問道：「我們有些共產黨官員雖然開口閉口不離社會主義，而所行所為卻往往是多少帶點資本主義氣味的封建主義！那麼多的特權，那麼多的違法亂紀，那麼多的腐敗墮落，那麼多的貪污賄賂，那麼多的敲詐勒索，那麼多的以權代法，那麼多的以權謀私，那麼多的寵任親信，那麼多的家長制度，那麼多的包庇犯罪，那麼多的官官相護……這些不是封建主義是什麼主義呢？」在〈醜陋的官文化〉裡，作者描繪了一個「中華錦旗鑼鼓共和國」：建國初期，家家鼓樂，處處秧歌，熱情奔放，無可厚非；「大躍進」期間，宵宵寒食，夜夜元宵，鬧個不停，錦旗、獎狀、大紅花氾濫成災；到了「文革」時期，舉凡打砸搶抄抓，鬥牛鬼蛇神，看樣板之戲，頌「老娘」之經，一應文武活動，全要鑼鼓喧天；粉碎「四人

幫」後，賣獎旗獎狀鏡框的商店生意越來越興旺，剪綵的紅綢越來越長，佩戴的紅花越來越大。嚴秀指出，這是中國特有的一種「醜惡無比的官文化」，它是極端形式主義和鋪張浪費的產物，是大小長官和摹擬長官們擺威風、過官癮的產物，也是文化低下、審美能力粗俗和原始圖騰崇拜觀念的產物，「什麼時候把這類不祥之物基本上掃掉了，什麼時候中國也就確有希望了」。

作為一名雜文家，嚴秀十分推崇魯迅的雜文，他認為魯迅那些「改造人們靈魂，改造國民性」的雜文，在思想上所達到的深度，在古今中外都是罕見的，而且至今仍有強烈的現實意義：「他所抨擊的那些社會現象，落後、愚昧、專制、殘暴、反科學的思想和行為，不幸在我們今天的新社會裡還是存在，有時相當嚴重地存在。因此，這個時期的魯迅雜文，對我們今後改造人的靈魂的工作，也就顯得非常重要。」[1]他的雜文〈重談「雷峰塔的倒掉」〉、〈競技者的啟示〉和〈我以我血薦軒轅〉，就是受到魯迅雜文名篇〈再論雷峰塔的倒掉〉、〈這個與那個〉和〈聰明人和傻子和奴才〉的啟發而創作的。魯迅在〈再論雷峰塔的倒掉〉這篇震古鑠今的雜文裡，把一個國家內發生的種種危害嚴重的破壞，分為兩大類，一類是大規模的內亂外患「寇盜式的破壞」，另一類是「常川活動著」的「奴才式的破壞」。前者是一般人都能感受到的，而後者則是一般人不容易看清其本質。嚴秀在〈重談「雷峰塔的倒掉」〉一文中，生發開去，認為「文革」十年內亂「寇盜式的破壞」，一定要制止，這是毫無疑義的，但是，更值得注意的是，十年內亂的嚴重後遺症之一——「奴才式的破壞」，在今天依然存在，而且其危害性還遠未被人們認識清楚。嚴重的貪污盜竊事件不斷出現，哄搶國家財物的案件時有發生，損公肥私、蠶食集體

1　嚴秀：〈略談雜文的功過〉，見《嚴秀雜文選》（北京市：人民文學出版社，1985年，第1版）。

的現象屢見不鮮。作者指出，參加這種破壞的人，只要能使自己得到一點小利，就不管社會以至對子孫後代會造成多麼嚴重後果，一心一意對國家和社會加以挖掘、破壞，長此以往，把「基礎挖鬆，內瓤挖空」，我們的社會主義也會像雷峰塔一樣被挖倒。針對那種「坐吃社會主義不夠，還偷社會主義，搶社會主義，瓜分社會主義」的現象，作者大聲疾呼：「不准破壞社會主義！救救社會主義！」在〈競技者的啟示〉一文中，嚴秀指出，我們不能坐等現代化，全國人民只有像魯迅所昭示的那樣，義無反顧、毫不遲疑地投入到競技者的隊伍中去，才能成為支撐建設中國這座社會主義大廈的「脊樑」。〈我以我血薦軒轅〉則勉勵人們，要振興中華，實現「四化」，做一個真正思想解放的人，只有一條路可走：拿出全副精力，做一個永遠前進，百折不撓，一心一意為社會主義建設多做貢獻的「傻子」。嚴秀的這些雜文同魯迅的雜文名篇一樣，「思想意義都很深，教育意義很大」。

　　嚴秀不僅在雜文創作方面成果卓著，而且他為促進新時期雜文的繁榮和發展殫精竭慮，嘔心瀝血，作出了重要貢獻，無人出其右者，被譽為新時期雜壇的「精神領袖」。一九八三年九月，他受命與秦牧、陶白主編《中國新文藝大系（1949-1966）‧雜文集》和《中國新文藝大系（1976-1982）‧雜文集》以來，幾乎將全部精力用在編選工作上，前後閱讀了上萬篇雜文，並撰寫了兩篇對新時期雜文創作具有指導意義的「導言」。在長篇「導言」裡，他簡略追溯了雜文的源流，辨析了雜文的文體特性，回顧了建國以來雜文發展的輪廓，並特別提到新時期以來雜文創作中存在的三個問題：第一個方面，也是最為突出的，是不少文章的思想性太薄弱，往往限於就事論事，類乎一般的批評稿件，而未能從思想上作展開的或縱深的剖析與發揮，難免給人以淺露之感。第二個方面，是不少雜文作者欠缺必要的學識修養，因而文章的內容很單薄，寫得枯燥乏味，不能融會貫通，左右逢源。第三個方面，是在文風上存在短文長做、平淡無奇、「損」和

「油」、邏輯混亂等問題。這些都影響了雜文思想的深度和廣度，影響了雜文藝術性的提高。針對這種情況，嚴秀對雜文作者提出了五點要求：一要有比較深厚的生活基礎；二要有愛恨分明的熱烈感情；三要有比較廣博的學識；四要有比較深刻與比較銳敏的觀察能力和思考能力；五要有較高的文學藝術修養等。一九八五年九月，嚴秀應湖南文藝出版社社長弘徵之邀，與牧惠一同主編「當代雜文選粹」叢書，這套四輯四十本的雜文叢書的作者，包括了當代雜文創作，尤其是新時期雜文創作的主要代表人物。如果說《中國新文藝大系（1949-1966）・雜文集》和《中國新文藝大系（1976-1982）・雜文集》是中國當代雜文的編年史，那麼「當代雜文選粹」叢書堪稱中國當代雜文的人物傳，兩者互相參見，可大體把握當代雜文的總體概貌，並從一個側面窺見一九四九年以來思想文化的發展軌跡。

　　嚴秀作為新時期雜文創作的積極推動者和全國雜文界卓越的組織者，始終不渝地高揚魯迅的雜文旗幟，捍衛雜文的生存權利，維護雜文的批判精神。一九八一年七月，馮英子在雜文〈要一點移山精神〉中批評「地方主義、山頭主義、本位主義」等等封建殘餘現象，署名「振千」的文章〈也要移一移〉卻「帶著殺機」指斥馮英子「忘記歷史上有過一九四九年」，希望「過幾年又來一次」「文化大革命」，並說馮英子有「站在一旁長吁短歎，或說說風涼話這類舊文人的舊習氣」。嚴秀看到這篇文章拍案而起，認為振千的文章是「無中生有，捏造罪名」，「為現存的惡勢力辯護，與三中全會以來的方針全然不符」，他向中共中央有關部門寫信，指出這種動不動就入人以罪的惡劣風氣絕不可長！當一九八〇年代出現「多場徹底貶低魯迅、徹底否定魯迅的鬧劇」時，嚴秀極為憤慨，撰文加以痛斥，他說魯迅是「雜文的百世宗師」，「魯迅的思想永遠是為中國的現代化掃清障礙，開闢道路的先鋒」，在今天及今後對我們中華民族，「都具有極其重要的現實意義」。嚴秀號召人們向魯迅學習，學習「他的人格；他的氣節；

他的激情；他的無比感人的愛國主義；他的不折不撓的戰鬥精神；他在是非善惡面前永遠愛恨分明的立場；他對於一切腐敗、愚昧、昏亂、殘暴、專制、貪婪、破壞、武斷、迷信、盲從、麻木、冷漠、自私、自卑、虛偽、墮落等等惡德的深惡痛絕的態度；他終身服膺科學真理，反對一切妖言謬說的執著態度；學習他時時事事與人民同呼吸共命運的熱烈感情；學習他極其敏銳的觀察能力；學習他精深的藝術修養」。

　　為了繼承魯迅精神，進一步弘揚魯迅雜文的光榮傳統，嚴秀不遺餘力地積極扶持青年雜文作者的成長，當他發現《中國新文藝大系（1976-1982）‧雜文集》初稿中所收青年作者的雜文很少時，在編委會上表示：「如果這本書中很少青年人的作品，那麼我們的編選工作就徹底失敗了，此書寧可不出！」為此，他在北京召開三次中青年雜文作者座談會，增補了陳小川、張雨生、商子雍、李庚辰、盛祖宏等人的作品。嚴秀在雜文集的「導言」中對這些優秀的中青年雜文作者作了推薦，說他們是「雜文發展的希望」，他并且滿心地指出，「數年之後，他們就會成為寫作雜文的主力軍，並且一定會從中產生出比過去為多的著名雜文家」。為了推出更多的青年雜文作者及其作品，一九八四年，嚴秀提議並主編了《全國青年雜文選（1977-1984）》，這本雜文選從全國四千五百餘篇的應徵稿中，選取了二三〇篇作品，一九八六年由中國青年出版社出版。在這本書的「序言」裡，嚴秀再一次對青年雜文作者寄予了厚望重責，他說：「中國雜文創作事業要能發揚光大，主要的希望也完全存在於現在的中青年作者特別是青年作者的身上。」他在欣賞青年作者的雜文「虎虎有生氣」的同時，也告誡廣大青年作者，「特別需要大大提高自己各方面的水準，才有可能把雜文事業的這副擔子承擔下去」，而需要學習提高的方面是很多的，最主要有兩個方面：一是刻苦學習古今中外的各種學問知識，二是認真學習和參考以魯迅為代表的、和他同時代的一切有成就的雜文

作家以及他們的後輩雜文家如聶紺弩、徐懋庸、鄧拓等人的作品。嚴秀特別指出：「我以為任何一個有志於寫雜文的人，都應該把魯迅的全部雜文找來持之以恆地讀它幾遍。」

第二節　林放的《未晚談》

　　林放（1910-1992），原名趙超構，浙江瑞安人。一九三四年畢業於中國公學大學部經濟系，後進入南京《朝報》擔任編輯。他「學著走韜奮的路子」，每天除編國際版外，還堅持寫一篇言論。一九三八至一九四六年擔任重慶《新民報》主筆，每天撰寫「今日論語」專欄。一九四四年五月，他曾以《新民報》記者身分參加中外記者團訪問延安，本著「現在的新聞報導，就是將來的史」的態度，寫成長篇報告文學《延安一月》，真實客觀地介紹了延安各方面的情況，在當時影響很大。周恩來不止一次稱賞過《延安一月》，把它比作斯諾的《西行漫記》，毛澤東也說：「我看過《延安一月》，能在重慶這個地方發表這樣的文章，作者的膽識是可貴的。」[2]一九四六年，林放自重慶到上海，參與《新民報晚刊》的創刊工作，並為鳳子主編的《人世間》刊物撰寫「人世點滴」專欄。他馳騁報界，曾被柳亞子稱為當時新聞界的「四大金剛」之一。一九四八年底，他主持的《新民報晚刊》遭當局查封，他避走香港。

　　一九四九年春，林放由香港回到內地。上海解放後，他繼續主持《新民報晚刊》的工作，並在報上開闢「時事隨筆」、「隨筆」等專欄。「文革」中，林放備受折磨，被下放到奉賢縣海邊荒灘上的「五七幹校」勞動。一九七二到一九八一年林放在上海辭書出版社工作。粉碎「四人幫」後，他振奮精神，「鼓勇猶可參一軍」。他為《文匯

2　見夏衍：《未晚談》〈代序〉（上海市：上海人民出版社，1986年，第1版）。

報》「筆會」副刊「有志於開展雜文」而歡呼「雜文之春」的到來，「這幾年來，各地報刊又出現了許多雜文專欄，又湧現了許多寫雜文的新手。『野火燒不盡，春風吹又生』，表現了雜文之所以為雜文的生命力，也表現了春天的到來。文藝的春天，也是雜文的春天」[3]。一九八二年一月一日，《新民晚報》復刊，林放重返報社，「他真正煥發了革命的青春，舉起了他那枝不同凡響的筆，代表人民利益大聲疾呼，為保衛社會主義的利益全力吶喊，為宣傳愛國主義和提高民族自尊心而奮筆疾書，為建設社會主義精神文明而振臂高呼，為黨風、社會風氣、財政經濟狀況的更加好轉而日日夜夜地辛勤寫作」[4]。一九八四年十一月，林放在上海文化出版社出版了第一本雜文集《世象雜談》，此書輯錄了作者自一九五四至一九六五年在《新民晚報》上發表的雜文一百篇。一九八六年一月和一九九〇年八月，上海人民出版社陸續出版了林放的雜文集《未晚談》和《未晚談二編》。一九八八年五月，新華出版社出版了《林放雜文選》。一九九二年二月十二日，林放與世長辭。為了緬懷林放一生的業績，《新民晚報》社編輯出版了《未晚談三編》（上海市：上海書店出版社，1994年，第1版），並於一九九四年設立「林放雜文獎」，每兩年評選一次，意在弘揚林放精神，繁榮雜文創作。一九九六年六月，首屆「林放雜文獎」評選揭曉，公劉、邵燕祥、拾風、李輝、吳非、馬以鑫獲獎。

　　在雜文界，林放的名字是與「未晚談」緊密聯繫在一起。早在一九四三年六月二十八日成都《新民報晚刊》創刊時，他就以「沙」的筆名在報上開闢「未晚談」雜文專欄。他在專欄裡發表了〈被忘卻的青年〉、〈救救窮學生〉、〈文藝無罪〉、〈民意凍結〉、〈冒牌的民選〉、〈劫收人員〉、〈準備喝米湯〉等富有戰鬥性的雜文，當時輿論指出：「沙先生犀利的文章，就吸引了不少讀者。」一九六〇年十二月十

3　林放：〈雜文之春〉，《文匯報》1981年5月3日。

4　嚴秀：〈林放文章老更成〉，《人民日報》1983年9月27日。

日，林放在上海《新民晚報》上重新開設「未晚談」雜文專欄。這些
雜文多數是屬於社會現象的評論，如〈三贊少將甘祖昌〉、〈雪中送
炭〉、〈寫給志在四方的弟妹們〉、〈答「抱孫主義者」〉、〈寫給「好
古」之士〉、〈辟鬼話〉、〈砭「派頭」〉等，林放說：「或是頌揚，或是
批評，總之是就事立論，表示個人對於『世象』的見解。同時，這也
可以說是我一向習慣了的寫作方法或寫作態度。」[5]一九八二年一月
一日，《新民晚報》復刊，林放的「未晚談」雜文專欄第三次與讀者
見面。他在〈暫別歸來〉一文中，用「沉默了一個冬天，醞釀了一個
春天」來形容《新民晚報》的復刊和「未晚談」重發新枝。林放解釋
道，他的專欄之所以沿用「未晚談」這個名稱，一是取「亡羊補牢，
未為晚也」之意而用之；二是晚報一般下午三、四點鐘發行，時當
「傍晚」，未為晚也；三是古人云，「言之未晚」，作者勉力為之，自
以為未為晚也；四是《新民晚報》創刊五十多年，一九六六年以後，
停刊十五年，這只能算是暫別，暫別歸來，未為晚也。

　　林放對魯迅雜文「言之有物」的特點極為推崇，他說：「雜文決
非閒文，不是什麼閒情逸致、吟風弄月之文。雜文必然是有志針砭世
俗，密切接觸生活的。嬉笑怒罵，甜酸苦辣，都有所指歸。就今天來
說，鞭撻醜陋，激勵新風，祝願我們所生活的社會主義社會日益奔向
光明美滿之境，這是雜文之所以存在的生命力，也是新歷史時期的雜
文作者的使命。」[6]確實，林放的雜文永遠「處於生活前沿」，最敏銳
地接觸生活、反映生活，所以也言之有物。當發現「文革」中作惡多
端的造反派分子偽裝進步並占據了一定的領導崗位時，林放及時寫了
〈江東子弟今猶在〉，最早提醒人們要引起警惕，預防「江東子弟」
捲土重來。有論者指出，林放在這篇雜文中「提出徹底清查『三種

5　林放：《世象雜談》〈前記〉（上海市：上海文化出版社，1984年，第1版）。
6　林放：〈雜文之味──序《公今度雜文選》〉，《文匯報》1982年9月22日。

人』和否定『文化大革命』的必要性和重要性，這可謂雜文界在這方面放出的『第一槍』」[7]。當看到《人民日報》登載某市一個區統一印發的「幼稚園招生登記表」中，在「父母情況」一欄下赫然印著一個項目：「有無重大的政歷問題、結論否」時，林放敏銳地感覺到「文革」雖然已過去好些年了，但是「左」的陰魂不散，總有那麼一些人留戀「左」的風味，「左」視眼，「左」撇子，一有機會就把「左」的一套搬出來耍弄一通。他在〈臨表涕泣〉中尖銳指出，這一種「左」氣騰騰的登記表，很容易讓人聯想到十年動亂中那種罪及妻孥的手法。他質問道：「現在不作興再搞什麼棍子、帽子、辮子那種玩意兒了，而現在卻有人想在小公民的幼兒時代就先抓出一條小辮子來，有意無意地散佈歧視的偏見，損害兒童的心靈，真不知是何居心？」當日本一些內閣成員參拜「靖國神社」，到戰犯的血腥祭壇前面去做禱告；日本文部省篡改歷史教科書，把「侵略」改為「進入」；日本電影《大日本帝國》費盡心機為東條英機塗脂抹粉，把一個雙手沾滿人血的頭號戰犯美化成「瞻前顧後、忍辱負重」的大好人時，林放以大無畏的愛國者精神，在〈「精禽」與「鬥士」〉、〈非其鬼而祭之〉、〈魔鬼還沒有忘記「暴食」〉、〈還想再來一次「一億玉碎」嗎？〉等一系列雜文中，大義凜然地斥責了日本軍國主義的殘渣餘孽為侵略戰爭作翻案文章的企圖，伸張了中國人民反對侵略、熱愛和平的強烈願望，愛國主義的感情力透紙背。可以說，林放的雜文有如「感應的神經，攻守的手足」，「他正視現實，對社會上的一切反動、落後的現象深惡痛絕，看到這些膿瘡毒菌，他就有一種『不能已於言』的激動，這也就是瞿秋白論魯迅雜文時所說的可貴的『清醒的現實主義』精神」[8]。

　　林放雜文的另一個顯著特點是直面人生，敢說真話。他反對「瞞

7　丹赤：〈雜文中的「我」〉，《雜文界》1985年第2期。

8　夏衍：《未晚談》〈代序〉（上海市：上海人民出版社，1986年，第1版）。

和騙」，主張「打開天窗說亮話」。當鄧小平在一九七九年十月接見各民主黨派的代表人物，要求大家「都以主人翁的態度，關心國家大事，熱心社會主義事業，就國家的大政方針和各方面的工作，勇敢地、負責地發表意見，提出建議和批評，做我們黨的諍友，共同把國家事情辦好」時，林放深受鼓舞，他不僅希望黨內外的志士仁人，像張志新、馬寅初那樣帶頭倡導諍友的風氣，而且，他自己在雜文中也大膽直言，敢於發表不同意見。如在一九八〇年八月十九日發表的〈受賄者如何？〉一文中，針對現實生活中存在著嚴重貪污受賄案件，而有些人卻輕描淡寫把它說成是「罪犯腐蝕了某些幹部」，林放說：

> 我以為這種說法是不可取的，實際上是在減輕受賄幹部的罪責。腐蝕幹部的說法，原本於建國初期的「三反」運動，那時還有資產階級存在，我們的幹部剛剛從農村轉到城市，沒有同資產階級打交道的經驗和警惕性。某些幹部由於意志薄弱而經不起城市「香風」的吹刮和糖彈的襲擊，這才用得上「腐蝕」兩字。而如今像王守信、張良忠這些案件所涉及的受賄幹部，都是在十年動亂中乘時掌權的，他們自己就是利用職權搞特殊化、搞不正之風的能手，他們本來就是抓住「權」字損公肥私的官老爺，他們不是無知無識的青少年而是很能隨風使舵的大大小小的「領導人」，能說他們本來是清白的，只是偶然被腐蝕嗎？我認為一個受賄，一個行賄，兩者是不可分的統一行為。我們應當正視現實，發現幹部中有利用職權受賄的，就以受賄論處，不論賄賂的形式是金錢或珍貴財物或其他某種利益；受賄情況惡劣而後果又嚴重的，就應當依照刑律處理。再也不必搬出什麼某犯利用「小恩小惠」或糖衣炮彈來拉攏腐蝕幹部這一類套話，來為這些幹部隊伍中的害群之馬減輕或開脫罪惡了。因為這種說法是不符合有法必依、嚴肅處理的精神的。

　　林放的雜文顯示了他不愧是中國共產黨「敢於直言，剛正不阿」的諍友。

　　作為「一個愛黨愛國的，熱愛社會主義的，赤膽忠心為人民而又敢於直言極諫的，觀察銳敏而有時又帶點菩薩心腸的正直而可愛的老知識分子」[9]，林放雜文的許多內容是關於知識分子的方方面面，他說：「我寫知識分子，是因為我熟悉他們，自己就是其中的一員。」粉碎「四人幫」後，知識分子得到解放，整個知識界出現了熱氣騰騰、舒暢活潑的局面。但是，有些人看不慣落實知識分子政策，風言風語地說什麼「知識分子翹尾巴啦，要注意」，林放在一九七八年七月十三日發表的〈「尾巴」翹得好快呀！〉一文裡，指出這是「四人幫」流毒未清的表現，他反問道：「又翹尾巴啦」，一個「又」字，豈不是說，知識分子曾經大翹尾巴；那末，因為翹尾巴而挨「四人幫」的棍子、帽子，豈不是咎由自取嗎？一個「又」字，豈不是說當前落實知識分子政策，徒然引起知識分子尾巴高翹，毫無好處嗎？林放這一有力的反擊，使極「左」謬論的醜惡嘴臉暴露無遺。在落實知識分子政策中，有些單位不是考慮怎樣合理使用人才，而是一窩蜂地「封官拜爵」，林放為此寫了〈假如茅盾不當部長〉一文。作者指出，當部長的人才在我們這裡是車載斗量，而茅盾這樣的大作家則屬於鳳毛麟角，當年把一位文壇巨匠擺到文化部長的位置上去，消耗他的精力於圈閱文件、主持會議、接待來賓、總結經驗等等瑣事上去，是得不償失的，應該讓知識分子發揮其專長，做他自己想做的事情，寫他自己想寫的文章，這樣才能對繁榮文化事業發揮更大的作用。在〈少寫些〈伯夷頌〉〉一文裡，作者認為在全國人民同心同德為實現「四化」而貢獻力量之時，應當少寫些「不合時宜」的〈伯夷頌〉，而「應當多寫聞一多、朱自清，應當熱情歌頌羅健夫、蔣筑英以及千千

9　嚴秀：〈林放文章老更成〉，《人民日報》1983年9月27日。

萬萬個不計名利，不畏艱險，獻身於四化的活著的聞一多、朱自清、
詹天佑、李四光」。

　　林放的雜文不僅緊貼現實，有感而發，而且短小精悍，輕巧靈
活。他說：「我寫一條〈未晚談〉（如果已找到好題目的話），只不過
個把鐘頭。但是我有一條自我限制，決不超過七百字，不怕削足適
履。因此，有時寫出來的是千把字，橫刪直刪，總要刪削到七百字才
送編輯部。」林放曾著文評論《人民日報》「今日談」專欄，「文雖短
而意味深，寥寥數語，耐人尋思。儘管是開門見山，直抒所懷，不屑
於在遣詞造句、謀篇佈局上下工夫，但是作為微觀世態的解剖刀來運
用，是大大地勝過那種笨重的鴻篇大論的。它以輕巧見長，靈活取
勝，『俯拾即是，著手成春』。就一篇看，雖然只是大海的微漚，匯總
起來，卻成了洋洋大觀」[10]，這段話移用來評價林放自己的「未晚
談」專欄，是再恰當不過的了。

第三節　高揚、陶白、吳有恆的雜文

一　高揚（1909-2009）

　　遼寧遼陽人，畢業於北京東北大學經濟系，一九三六年加入中國
共產黨。抗日戰爭期間，在太行地區任縣委書記、特委宣傳部長、中
共冀西地委和豫北地委書記。解放戰爭中，曾任中共遼鞍中心市委書
記、遼陽地委副書記、遼東省委宣傳部副部長、安東省委和遼東省委
民運部長、瀋陽市委副書記兼組織部長等職。一九四九年後歷任遼東
省政府主席、中共遼東省委書記、東北局組織部長、中共中央工業部
副部長、化學工業部部長。「文革」中被停職審查。一九七七年後，

---

10 林放：〈《今日談》的魅力〉，見《未晚談二編》（上海市：上海人民出版社，1990
　　年，第1版）。

任中共吉林省委書記、農墾部部長、中共河北省委第一書記、中共中
央黨校校長。高揚青年時代喜歡讀中外歷史和文藝書籍。一九八二年
後開始寫作雜文，著有《高揚雜文散文集》（北京市：同心出版社，
1996年，第1版）。他在一九八〇年代初期擔任中共河北省委第一書記
期間，熱切關心與大力支持河北省的雜文事業，促使河北省在全國第
一個建立省級雜文學會，破天荒地創辦了《雜文報》和《雜文界》。
高揚並且擔任河北省雜文學會的名譽會長，他在一九八三年十一月四
日河北省雜文學會成立大會上對寫雜文提出了三點中肯的意見：一、
雜文要有戰鬥性，要繼承魯迅以來雜文的優良傳統；二、雜文要有較
強的思想性，不要滿足於一二三四的現象羅列，而是要分析產生某種
現象的來龍去脈，闡明自己的觀點，提出自己獨到的主張；三、雜文
要做到有文采，雜文作者要具備古今中外歷史的文化的廣泛知識，同
時熟悉人民生活中精煉而又風趣的語言，只有這樣，才能做到「涉筆
成趣」以至「下筆如有神」。高揚特別提到雜文有其文體的個性，不
要寫成一般的政治論文。

　　高揚自稱是雜文界的「老年新兵」，他說：「年輕的時候喜歡讀魯
迅寫的書，尤其喜歡讀那些雜文集，但是直到一九八一年，我沒有寫
過一篇雜文。一九八二年夏到河北工作，了解到那裡由派性鬥爭發展
起來的誣告成了風，在參加黨的十二大期間寫了〈論誣告〉，署名夏
明登在《河北日報》上。這是我寫雜文之始。」[11]高揚出手不凡，他
在這篇發表於一九八二年八月二十一日《河北日報》上的雜文中，明
確指出，誣告歷來為公正輿論所不容，而且是違法的，它是「文革」
遺風，必須予以堅決糾正，徹底清除，「現在的誣告風既然是躲在陰
暗角落裡的老鼠們吱吱叫起來的，關心端正社會風氣的人們，實在應
該齊心協力把它們趕上街，讓誰都看明白它們是鼠輩」！這篇雜文揭

11　高揚：〈我與雜文〉，《雜文界》1986年第4期。

示了社會時弊，有的放矢，痛下針砭，在撥亂反正中起了正本清源、振聾發聵的作用。接著，在一九八三年春天，高揚在參加考察、調整領導班子的工作中，發現有不少具有改革精神的中青年幹部往往被認為有「急躁情緒」而遭貶抑，他認為有必要加以具體分析，便寫了〈「急躁情緒」贊〉（《人民日報》一九八三年八月十二日發表時，把標題改為〈「急躁情緒」辨〉），認為年輕幹部有朝氣，工作熱情是十分可貴的，應當加以愛護，讚揚和倡導了那種「勇於負責、勇於創新和勇於反對庸俗習氣」的革命精神。這又是一篇具有巨大震撼力的雜文作品，它為提拔年輕有為的幹部廓清了輿論，有利於消除傳統偏見和阻力，促進幹部隊伍的「四化」建設。

　　高揚的雜文主要包括兩大類，一類是「當前社會思潮中帶傾向性、現實工作中當務之急的問題，而又與自己過去長期積累的生活經驗、工作經驗能發生聯繫的，寫一點過來人的經驗之談」，如〈論誣告〉、〈「急躁情緒」贊〉、〈掃除形式主義作風〉、〈論兒子看不起老子〉、〈從「不義而富且貴」說到民族自信心〉、〈對領導幹部應定期進行知識測驗〉等。一類是平時讀書有感，而生發出來的具有較深廣社會意義的雜文，如〈介紹一本美學書〉、〈建議黨政領導幹部讀現實題材的文藝作品〉、〈文風小議〉、〈《新星》的啟示〉、〈重讀《羊脂球》激起的憤怒〉、〈《鳳凰琴》的悲哀〉、〈也來談瀟灑〉等。高揚認為寫雜文要有感而發，有為而作，他有時因為對所論的內容不太熟悉，寫成後也不輕易發表。一九八〇年代中期，他曾寫過一篇〈論專橫〉，重點是批評北京服務行業專橫的工作態度，他從皇權、官權、神權、父權、夫權，說到中國新時代的「電霸」、「路霸」，認為「我們現在某些行業的有些人員，在他們履行職務中是也頗為專橫的。之所以如此，因為他們手中『專有』一點雖然與政治特權不同，但似乎也可以叫做權的東西。『手中有針尖大的權，也當做孫悟空金箍棒來舞弄』，於是乎就表現為『橫』」。但是，這篇雜文作者卻沒有拿出去發表，他說：

「我沒有做過調查，不了解服務行業的服務心理，論點難免偏頗；而且按現行的吃大鍋飯的勞動制度，我也沒有提出有效的救治之方，因此它不能算作合格的文章。」這顯示了高揚嚴肅認真的創作態度。

高揚的雜文始終飽含著一位老共產黨員關心國家和民族的命運、關注社會的進步和精神文明建設的熾熱情懷。他認為，無病呻吟寫不成好雜文，一般的傷離弔往、歎老嗟卑也不符合雜文的時代要求。更為難能可貴的是，高揚的雜文並非以居高臨下的姿態，頤指氣使，教訓別人，他的雜文字裡行間始終充滿實事求是、自我批評的精神。他敢於解剖社會，也嚴於解剖自己。如在〈水仙的回憶〉中，他在批判「文革」、深切懷念因蒙冤而造成家破人亡的老部屬的同時，「不但有些黯然，而且產生了忘舊的愧怍」；在〈嶂石岩的今昔〉中，作為曾與那裡的父老共過患難的共產黨的幹部，高揚為「人民生活改善不明顯」而「深感慚愧」；在〈《鳳凰琴》的悲哀〉中，他抨擊有些當權者官風官氣膨脹，利用職權熱衷經營自己生活的現代化，而沒有注意到國家「百年樹人」的大計，同時也自責在河北主持工作時抓教育改革「取得的成果也不大」，「回憶往事，我愧對河北父老」。這些文字真真切切地表現了一個共產黨人坦蕩無私的胸懷。

二　陶白（1909-1993）

原名謝祖安，江蘇江陰人。一九三一年「九‧一八」事變後，在上海法政大學求學期間，受李達等的影響，積極投身於抗日救亡運動，同年冬，加入中國共產黨。一九三七年抗戰爆發，陶白投筆從戎，參加新四軍。解放戰爭期間，陶白一直從事文教工作。一九四九年後，他曾擔任江蘇省高教廳廳長、宣傳部代理部長等職。「文革」中，陶白遭受嚴重迫害，蒙冤多年。一九七七年，陶白重新恢復工作，並擔任江蘇省教衛辦副主任、中共中央黨校文史教研室主任等

職。早在一九三〇年代，陶白受魯迅先生的影響，就開始雜文寫作，半個多世紀以來，他以寒白、東方既白、聞起、謝復、馬平沙、石墨、羅空江、謝念南、燕山客等筆名，撰寫了數十萬字的雜文。特別是他生命的最後十年，他把全部心血都投入到雜文創作中，結集出版了《南北雲水集》（南京市：江蘇人民出版社，1983年，第1版）、《當代雜文選粹・陶白之卷》（長沙市：湖南文藝出版社，1986年，第1版）和《秣陵拾草集》（南京市：江蘇文藝出版社，1988年，第1版）。在陶白於一九九三年十一月二十日逝世後，樂秀良、姚北樺、王向東編輯出版了《陶白文集》（南京市：江蘇人民出版社，1995年，第1版），收錄作者一九五七至一九八六年所寫的兩百多篇雜文。

陶白在〈我是怎樣寫雜文的〉一文中，談到他寫雜文是因為所見所聞，有話要說，如骨鯁在喉，一吐為快。正因為如此，他十分強調寫雜文「就是要說真話」，「就是要說自己要說的話」，說「廣大人民群眾心裡想說而又無告的話」，並提出「言必由衷，心口如一，說老實話，辦老實事，做老實人」。在〈像瞿秋白那樣說真話〉一文中，陶白非常推崇瞿秋白的真性情，他用一個「真」字概括了瞿秋白的一生言行：

> 突出的表現在他臨終時寫的〈多餘的話〉，是留給後代要說真話的遺囑。他在這篇遺囑中說：「雖然我現在很容易裝腔作勢慷慨激昂而死，可是我不敢這樣做。歷史是不能夠、也不應當欺騙的。」是的，偽君子是遲早要受到歷史的嘲弄的。秋白的「真」，誠如北宋周敦頤作〈愛蓮說〉云：「……予獨愛蓮之出淤泥而不染，濯清漣而不妖，中通外直，不蔓不枝，香遠益清，亭亭淨植，可遠觀而不可褻玩焉。」真可謂卓然自立，不媚於世，光明正大，胸無塵芥。這是一個革命知識分子的最難得的大可貴處。可是求真，又是那麼不容易，非有大智大勇者，難以做到。秋白不愧是一個大智大勇的戰士。

　　陶白希望大家像瞿秋白那樣胸懷坦白，勇於把自己的弱點、缺點、錯誤，即隱蔽在靈魂深處的內心世界，毫無保留地暴露於世，作為後繼者求真的一面無污垢的鏡子。在〈真實與誇大〉一文中，針對有些農村幹部為了要造致富的聲勢，浮誇風、高指標的老毛病又開始發作，陶白再一次強調指出，無論做什麼事情，都要力求實事求是，恰如其分；誇大失實，只能帶來禍害。嚴秀說，陶白的雜文「文如其人，率性而談，寫的是真思想、真性情」[12]。

　　陶白很重視雜文的戰鬥性，他在〈雜談雜文〉、〈創造一種新的雜文的文風〉等文章中，多次強調「雜文的主要任務是針砭時弊，因此，它總要帶點刺，決不是一個四面光滑、八面玲瓏的東西」；「它的功能主要是揭露問題、匡正時弊、鼓舞鬥志的。要是粉飾太平、歌功頌德，就失去了雜文的意義」；「雜文總要有些鋒芒，有點個性」。他的許多雜文徹底否定「文革」，批判極「左」思潮，有很強的現實感和針對性。〈新式的暴發戶〉一文，從林立果、王洪文、毛遠新等「新式暴發戶」的崛起，闡明了「徹底破壞封建專制主義，和由此而產生的惡性的官僚主義，和實際上存在的新的門閥制度」的必要性。〈帽子〉一文，談到一九五〇年代後期至十年內亂結束，許多人由於錯戴了各種政治帽子而慘遭厄運，中國成了一個在國際上「善於製作各色各樣帽子的公司」；而粉碎「四人幫」後，還有一些人以大老粗自居，利用這些過時的「帽子」，作為打擊知識分子的藉口，文章呼籲：必須徹底否定「文革」遺風，帽子公司也已到了「關、停、並、轉」的時候了。在〈前事不忘，後事之師〉一文裡，陶白除了贊成巴金主張建立「文革博物館」和邵燕祥主張建立「文革學」，用鐵的事實來說服人，教育人，做到「前事不忘，後事之師」外，還希望志士

---

12 嚴秀：〈向陶老學習什麼？〉，見《陶白文集》（南京市：江蘇人民出版社，1995年，第1版）。

仁人用鐵錚錚之筆來精心描繪一部表現「文革」驚心動魄歷史的文藝作品，「使身負重任的年輕一代，能夠辨別什麼是真正的馬克思主義的革命，什麼是自誇製造出的『革命』；同時使身歷其境者，亦能溫故知新」。陶白的這些雜文正是他所激賞的「又癢又痛」型的雜文，不僅富有敏感性，而且「小中見大，言近而旨遠」。

三　吳有恆（1913-1994）

　　廣東恩平人。一九三〇年代在廣州參加學生運動，一九三六年為躲避當局追捕逃到香港，同年參加了中國共產黨，歷任黨支部書記、中共香港市工委、市委書記等職。吳有恆在香港期間，還擔任蔡廷鍇將軍等出資興辦的《大眾日報》副刊主編，他並且撰寫了一批雜文發表在廣州的《華聲報》上。為了宣傳抗日，動員全國人民起來抗戰，他創作了中篇章回小說〈趙尚志抗敵演義〉，在《大眾日報》副刊連載發表。一九三九年冬，吳有恆被選為中共「七大」代表。他經過一年多的艱難跋涉，於一九四〇年冬抵達延安。因會議延期，吳有恆留在延安，擔任中共中央黨務研究室研究員。一九四五年夏，「七大」結束後，吳有恆南歸從事武裝鬥爭，擔任粵中縱隊司令員。一九四九年後，他歷任中共粵中地委書記、粵西區黨委常委兼秘書長、廣州市委書記處書記等職。一九五七年反右和反地方主義運動中，吳有恆被錯誤打成地方主義反黨聯盟集團分子，撤銷黨內外一切職務，一九五八年六月下放到廣州造紙廠勞動。在紙廠工作期間，他創作了長篇小說《山鄉風雲錄》，一九六二年八月由廣東人民出版社出版。一九六〇年代初期，他還在《羊城晚報》「榕蔭雜記」專欄裡發表了一批以知識性為主的雜文，深受廣大讀者的歡迎。一九六三年，吳有恆加入了中國作協廣東分會，並調進該會當專業作家，接著創作了長篇小說《北山記》，在《羊城晚報》「晚會」副刊連載。「文革」開始後，吳

有恆被捕入獄。一九七二年二月，他從監獄轉移到幹校「牛棚」，繼續接受監管審查。粉碎「四人幫」後，吳有恆又創作了長篇小說《濱海傳》，於一九八〇年一月在廣東人民出版社出版。一九八〇年二月十五日，《羊城晚報》正式復刊，吳有恆出任總編輯，並開始在該報「榕蔭續記」和「街談巷議」專欄發表雜文。著有雜文集《當代雜文選粹‧吳有恒之卷》（長沙市：湖南文藝出版社，1987年，第1版）、《〈東方紅〉這個歌》（北京市：金城出版社，2014年，第1版）。

　　一九八〇年代初期，許多人對改革開放的方針並不很了解，把發展商品經濟、活絡市場競爭當成是資本主義的事。吳有恆在「榕蔭續記」專欄的第一篇雜文〈從春聯見經濟學〉裡，由「生意興隆通四海，財源茂盛達三江」這副春聯，談到生財之道。他舉例說，過去地主貼春聯最喜歡「耕讀事業」、「勤儉家風」，商人貼的則大抵是「貨如輪轉」、「一本萬利」，由此可見地主的保守和商人的進取；接著他又舉出孫中山少年時上書李鴻章建議變法，實行人盡其才、地盡其利、物盡其用、貨暢其流的故事，議論道：「把地主同商人比一比，把李鴻章同孫中山比一比，作個擇抉，二者取其一，我看，我們還是取商人，取孫中山，而不至於取地主、取李鴻章罷？前者比後者進步。可惜的是，甚至在現在，也還有人寧可取地主、取李鴻章。」吳有恆認為，要活絡經濟，必須講發財，按經濟規律辦事。為了闡明這一觀點，為改革開放活絡經濟大造輿論，他陸續發表了〈一生衣食素馨花〉、〈拿破崙搞經濟〉、〈和氣生財說〉、〈不要怕發展個體工商業戶〉、〈說競爭〉、〈由發財到發才〉等一系列雜文。可以說，敢於利用雜文，議論和探討國計民生的大問題，吳有恆是開了風氣之先。「當代雜文選粹」主編嚴秀在讀了吳有恆的雜文集書稿以後寫道：「吳將軍的文章已拜讀，非常好。與書生文章大有不同。無不有關國計民生，世道人心，應屬雜文之正宗。我意今日之雜文，應以吳執牛耳，

我是不勝拜倒之至。」[13]

　　吳有恆學問淵博，筆力雄健，運思銳敏。他的雜文，古今中外，自由馳騁，縱橫捭闔。不論詩詞歌賦、軼聞掌故，還是民謠俗諺，信手拈來，皆成文章。他從秦始皇不愛惜民力，連年窮兵黷武，大興土木，造成亡國的形勢，談到拿破崙不懂經濟規律，政府浪費成風，官僚貪污盛行，導致經濟的崩潰；從歷史上廣東地區脫離中央政權而割據建立的南漢國的腐敗黑暗，談到海外華裔移民繼美國之後，於一七七七年在婆羅洲島上建立世界上第二個實行民主制度的「蘭芳大統制共和國」；從初唐詩多臺閣氣，中唐詩多書生氣，晚唐詩多市井氣，反映了唐代社會經濟發展的三個不同時代，談到近代以來，廣東率先對外開放，較早地較多地吸收外來的新文化，而形成了獨具開放、新潮特色的嶺南文派；從義和團是個神權迷信組織，它的消極面反映了中國封建社會的荒唐愚昧，談到某些人有意作偽，把人神化，使〈東方紅〉這首歌由歌唱劉志丹「帶領窮哥兒鬧革命」，變質成歌頌「大救星」、鼓吹個人崇拜的玉牒金書；從一個大隊黨支部書記公然用私刑打死人，而且還不讓群眾對調查組說實話，談到原廣州市市長朱光不講特殊化，無意中違反了交通規則，在民警面前卻像做錯了事的小孩那樣忸怩不安，未失其赤子之心，等等。因此，老烈說，吳有恆的雜文「沒有一篇是空口說教的『癟三』，幾乎篇篇都有生動的故事、形象的語言、精闢的議論。他總是把哲理思辨寄寓於生活事物之中，明白曉暢而又含蓄蘊藉地表達他對社會生活的不拘一格的見解，情深，意切，味長」[14]。

---

13 轉引自牧惠〈吳有恆的雜文〉，見《雜文雜談》（長沙市：湖南人民出版社，1988年，第1版）。

14 老烈：〈大匠之作──吳有恆雜文讀後〉，《羊城晚報》1986年12月8日。

第四節　馮英子、黃裳、虞丹的雜文

一　馮英子（1915-2009）

江蘇昆山人。一九三二年開始從事新聞工作，先後在二十多家報社擔任記者、編輯、採訪主任、主筆、總編輯、社長等職務。著作以新聞通訊、評論、雜文為主，雜文集有《移山集》（上海市：上海文藝出版社，1984年，第1版）、《相照集》（北京市：生活·讀書·新知三聯書店，1985年，第1版）、《當代雜文選粹·馮英子之卷》（長沙市：湖南文藝出版社，1986年，第1版）、《歸來集》（重慶市：重慶出版社，1989年，第1版）、《馮英子雜文選》（上海市：華東師範大學出版社，1992年，第1版）、《馮英子雜文自選集》（天津市：百花文藝出版社，1996年，第1版）、《長短集》（太原市：山西教育出版社，1998年，第1版）、《離離集》（上海市：上海文藝出版社，1999年，第1版）、《警惕日本》（鄭州市：河南人民出版社，2000年，第1版）、《快哉集》（石家莊市：河北教育出版社，2004年，第1版）等。

馮英子自稱是粉碎「四人幫」之後才真正開始雜文創作，他說：「年輕的時候，因為愛讀魯迅先生的雜文，深為魯迅先生那種戰鬥的精神所感動，不免見獵心喜，東施效顰，也學著寫一點，在各種報紙上發表過，但數量是極有限的。解放戰爭時候，我在香港工作，那時對於解放區的宣傳，到了入迷的程度，聽人唱『解放區的天是明朗的天』，我就以為從此無風無雨，一路平安。……因此想不到以後再去寫什麼雜文。」不料，「文革」中暴露出不少時弊，諸如「封建殘餘的捲土重來，民主思想的遭到踐踏，『一言堂』、『家長制』、『關係網』、『保護傘』」，五花八門，不一而足，馮英子深感雜文仍有它馳騁

的天地，「於是，我想到了雜文」[15]。

　　馮英子雜文的一個重要主題是反對封建思想。由於中國有幾千年的封建歷史，封建思想無所不在，無孔不入，尤其是十年動亂期間，各種封建思想受到公開提倡，造神運動大為發展，一切封建的落後的東西，在社會上到處可見，觸目驚心。正因為如此，馮英子的不少雜文從反封建出發，批判了形形色色的封建思想及其殘餘。一九八○年代初期，轟動全國的杭州「二熊」案件和天津「二惠」案件，都是高幹子弟由於家庭縱容和社會姑息而走上違法犯罪道路。馮英子在〈觸一觸封建的神經〉一文中，指出在各式各樣的「衙內」橫行不法、殘民以逞的背後有著更深的社會根源：「儘管我們革了幾十年的命，喊了幾十年的社會主義，但封建殘餘的幽靈，不僅還在我們上空飄蕩，有時簡直還合法存在。十年動亂，更把它推到登峰造極的地位，什麼紅五類，成份論，妻以夫貴，子以父榮，一出校門就是部長、司令，這是到處可聽見的故事。至於找出幾個祖宗，搭上一點血統關係，就可以受到特別的照顧，飛黃騰達起來，也是屢有所聞的。嚴重的倒是在這樣的薰染之下，有的人如入鮑魚之肆，久而不聞其臭，甚至以臭為香，把封建殘餘也當作我們的傳家寶了。」作者認為，徹底地掃除封建殘餘，也是「徹底否定文化大革命」的一個重要組成部分。在〈反封建的課題〉一文中，馮英子提出，反封建不僅是一個眼前實踐的課題，而且還是一個改革的課題和長遠的課題。他從某些領導人出巡，警車開道，行人絕跡的作法，聯想到封建時代警蹕清道的法規，認為：「這自然是封建的殘餘，受過幾十年社會主義教育的人，都不難明白。但世界上問題的複雜也在這裡，理論上懂的東西往往與實踐脫節，儘管大家都有這樣的認識，卻未必大家都能身體力行。直到今天，這種封建意識的流毒依然出現在現代化的大城市中，不是非常奇

15　馮英子：《馮英子雜文選》〈前言〉（上海市：華東師範大學出版社，1992年，第1版）。

怪的嗎？」馮英子這篇雜文在《人民日報》刊出後，馬上有人打電話給編輯部，嚴厲斥責這篇文章「是反動的」。針對這個糾紛，馮英子又寫了〈論反動〉一文，指出：「三中全會以來，社會主義的民主，正在逐漸普及，而大喊大叫的改革聲中，一切舊的制度，一切舊的作風，一切舊的工作方法，也應當徹底改改了。抱著封建的僵屍，替要求社會主義民主的人加一頂『反動』帽子，其實照出來的只是自己活脫的嘴臉。」

與反封建的思想密切相關，馮英子雜文的另一個重要主題是提倡發揚民主。馮英子認為，如果不認真反一反封建主義，批一批封建意識，我們的社會主義民主就有名不副實的危險；如果我們多一點民主，特別是人民群眾多一點民主意識，那場史無前例的大動亂也許就不會發生。在〈孔狗江馬論〉一文中，作者指出，在我們這塊土地上，如果老百姓真正能當家作主，如果有一點起碼的民主，即使是那種揭露孔二小姐帶狗乘飛機式的「民主」，那麼，「四人幫」就不一定有孳生的溫床了。因此，他希望「闊別幾十年的德先生，改變他蹣跚的腳步，跑得快些，站得高些，看得遠些」。當有人想借「徹底否定大民主」來重新進行「一言堂」時，馮英子在〈「大民主」和民主〉中堅決反對這種倒退行為，他說：「一定要徹底否定『大民主』，不能使『文化大革命』中那套手法再有任何市場，也一定要發展社會主義的民主，不能讓人利用否定『大民主』的要求，扼殺社會主義的民主。」

馮英子說他的雜文是「心靈的呼喊」和「良知的體現」，確實，他在雜文中，愛其所愛，恨其所恨，愛恨分明，表現了一個正直的老知識分子的浩然正氣。馮英子不僅善於發現「時弊」，而且文章寫得有風骨，提倡什麼，反對什麼，稜角分明，鋒芒畢露。他批評當今報刊不少雜文失之假，失之大，失之空，轉彎抹角，迂迴曲折，說來兜去，不知所云，「我以為雜文最重要的是講真話，『捨得一身剮，敢把皇帝拉下馬』，今日世無皇帝，政求民主，這種大好形勢，正是鼓勵

寫雜文者揚鞭躍馬，大講真話，拿出刮辣鬆脆、擲地有聲、針砭時弊的文章來」[16]。

二　黃裳（1919-2012）

　　原名容鼎昌，生於河北井陘煤礦，原籍山東省益都縣。抗戰期間，先後就讀於上海交通大學、重慶交通大學。一九四三年被徵調往昆明、桂林、貴陽、印度等地，擔任美軍譯員。抗戰勝利後，曾任《文匯報》駐重慶和駐南京特派員。一九四九年前出版有散文集和雜文集《關於美國兵》、《錦帆集》、《錦帆集外》和《舊戲新談》。新中國成立後，黃裳在《文匯報》擔任記者、編輯。一九五七年被打成右派，「文革」期間被報社勒令監督勞動。但是，這些經歷並未使他從此消沉下去，他還是堅持雜文作者應該「事事關心，處處關心」的寫作態度，並一直將「敢於講真話」看作是寫好雜文的「有決定意義的最為重要的東西」，在新時期創作了大量雜文隨筆。黃裳是位高產的雜文作家，著有雜文隨筆集《山川‧歷史‧人物》（香港：南粵出版社，1981年，第1版）、《榆下說書》（北京市：生活‧讀書‧新知三聯書店，1982年，第1版）、《黃裳論劇雜文》（成都市：四川人民出版社，1984年，第1版）、《銀魚集》（北京市：生活‧讀書‧新知三聯書店，1985年，第1版）、《翠墨集》（北京市：生活‧讀書‧新知三聯書店，1985年，第1版）、《河裡子集》（香港：博益出版集團，1986年，第1版）、《負暄錄》（長沙市：湖南人民出版社，1986年，第1版）、《筆禍史談叢》（北京市：人民日報出版社，1988年，第1版）、《當代雜文選粹‧黃裳之卷》（長沙市：湖南文藝出版社，1988年，第1版）、《榆下雜說》（上海市：上海古籍出版社，1992年，第1版）、《春

---

16 馮英子：〈不說真話，說什麼呢？〉，《新華文摘》1996年第4期。

夜隨筆》（成都市：成都出版社，1994年，第1版）、《掌上的煙雲》
（上海市：華東師範大學出版社，1998年，第1版）、《春回札記》（福
州市：福建人民出版社，2001年，第1版）、《驚弦集》（石家莊市：河
北教育出版社，2004年，第1版）、《嗍餘集》（廣州市：花城出版社，
2008年，第1版）、《來燕榭文存》（北京市：讀書・生活・新知三聯書
店，2009年，第1版）、《來燕榭文存二編》（北京市：讀書・生活・新
知三聯書店，2011年，第1版）等。

　　黃裳寫雜文自一九四六年始，當時他在《文匯報》副刊「浮世
繪」擔任編輯。受吳晗《舊史新談》的影響，他在「浮世繪」上開闢
了「舊戲新談」專欄，常常從舞臺上古裝人的言行聯想到現實世界的
種種，劇評於是就雜文化了。一九五〇年代初期，黃裳還出版了《談
水滸戲及其他》和《西廂記與白蛇傳》兩本論劇文集。一九八四年六
月出版的五十九萬字的《黃裳論劇雜文》，則是其集大成者，作者從
舞臺天地裡看取人生，又在人生現實中讀出喜劇。可以說，論劇雜文
是黃裳雜文創作最具特色的一個方面。黃裳認為舊戲反映了人民的喜
怒愛憎，是中國社會相的一部百科全書，是歷史和現實的鏡子，舊戲
與雜文之間也存在著某種天然的聯繫。他舉例說：「魯迅從故鄉農民的
社戲裡發現了『煉話』，這就是經過提煉化為出色的文藝語言的群眾口
頭政論。魯迅繼承了這傳統，融進自己的世界觀，找到了天才的表達
途徑，創造了戰鬥的雜文樣式。」[17]這就說明，舊戲中存在著某種類
似於雜文的思維方式。黃裳的論劇雜文攝取舊戲中的「雜文形象」，
加以申說，把社會批評與文明批評融合在戲劇美學評論中，形成了文
體的深沉厚實。〈論馬謖〉、〈論蔣幹〉、〈諸葛亮與魯肅〉等等，都是
膾炙人口的篇章。立足於舊戲，又不囿於舊戲，筆鋒不離現實，在這
一點上，黃裳的論劇雜文發揮了「解剖刀」和「顯微鏡」的作用。

---

17 黃裳：〈雜文的歷史長河〉，《羊城晚報》1983年7月4日。

　　唐弢曾說黃裳「愛好舊史，癖於掌故」。正是對舊史掌故的濃厚
興趣，引發了黃裳對舊書的愛戀，於是寫書話就成為黃裳雜文創作的
另一個主要特色。尤其是新時期以來，黃裳的創作特別偏重於說書評
史。他說：「魯迅晚年雜文中的名篇的影響是顯然的。〈「題未定」
草〉、〈病後雜談〉都是我愛讀並學習的範本。」[18]黃裳的書話體雜
文，學習魯迅雜文那種知人論世的方法，敏於解剖種種人生世相。他
的筆墨是寫在歷史邊上的精妙的注解，傳達出他對社會人生的獨特思
考和理解。〈關於柳如是〉、〈陳圓圓〉、〈楊龍友〉、〈關於吳梅村〉、
〈春燈燕子〉、〈晚明的版畫〉等篇，膾炙人口，傳響於學林。舒蕪認
為，黃裳的這些文章「好在它善談『世道人心』，都是好雜文。這裡
面關於書籍的學問，關於歷史的學問，關於版畫美術的學問，……儘
管都以漫談的形式出之，儘管作者一再謙稱自己不是藏書家或別的什
麼家，但從我看來，實在都是厚積薄發，深入淺出，非同小可的」[19]。

　　黃裳的《筆禍史談叢》，是響應魯迅的號召而寫成的一本專論清
代禁書和文字獄的雜文集。清代文字獄論其規模之大與持續之久都是
空前的，手段之毒辣與誅殺之凶殘更是遠遠超出了前代。當年魯迅先
生曾經反覆撰文談及清代文字獄，並推薦過《清代文字獄檔》等書，
認為「倘有有心人加以收集，一一鉤稽，將其中的關於駕馭漢人，批
評文化，利用文藝之處，分別排比，輯成一書，我想，我們不但可以
看見那策略的博大和惡辣，並且還能夠明白我們怎樣受異族主子的馴
擾，以及遺留至今的奴性的由來的罷」。黃裳遵循魯迅的教誨，在書
中揭露了清代統治者「策略的博大和惡辣」及其後果：雍正深知思想
上的叛逆要比具體的行動尤為危險，因而他特別注重思想統制，他不
僅讓案犯到各地去宣講自己的罪過，以使士大夫們真正心悅誠服，而

18　黃裳：〈自敘〉，《文學自由談》1994年第3期。
19　舒蕪：〈談《榆下說書》〉，《讀書》1982年第12期。

且發動群眾搞大批判，終於轉移了一代士風，大大加強了奴性；乾隆不僅無所顧忌地大興文字獄，而且他的高明之處還在於借修《四庫全書》之名，收集審查天下遺書，然後銷毀禁絕大批違礙書籍；清朝統治者在殘酷大興文字獄的同時，又採取懷柔政策，用「博學鴻詞」的辦法招徠那些俯首貼耳者，引導他們醉心於八股和沉潛於考據，以逃避現實。龔自珍有詩云：「國家治定功成日，文士關門養氣時。」黃裳希望人們能從《筆禍史談叢》這本書裡得到啟示，引起反思，有助於挖掉痼疾的根源。他說：

> 即如先生提到的「奴性的由來」一節，就是值得深刻省察的宿病根。幾千年來人們的信條是，只有孔子之是非而沒有我之是非，這就在思想上受了閹割，從而喪失了獨立思考的習慣與能力。只要聽見一聲吆喝，就會如中風魔，不顧一切地衝上前去。其後果之嚴重是可想而知的。這個，我們是已經有過慘痛的經驗了，那就是二十年前發生的全國大動亂。那是從批判《海瑞罷官》開始的，試拿來和清朝的文字獄比較一下，其荒謬與離奇又哪裡是雍正和乾隆想像得到的。頭腦清醒站出來抗議的人也不是沒有，但都被立即打翻在地不許作聲。於是一場昏天黑地的大動亂開始了，同時又出現了無數形形色色的文字獄，其內容之豐富離奇，受害者命運之悲慘，也決非幾卷「文字獄檔」所能相提並論。但尋蹤覓跡，卻都能從往事中發現它的蹤跡。難道真的是歷史循環，輪迴不爽麼？恐怕還是沒有找到病根、記取教訓。

可以說黃裳的筆觸不僅馳騁在舊戲古書裡，而且也始終關注著社會現實。他說：「雜文的功用與威力主要在於揭開群眾的眼簾，激起群眾的覺悟，從而形成一種偉大的社會力量，奮勇前進，踏倒一切阻礙人

民前進的東西。」[20]黃裳的雜文已經很好地起到了這一作用。

三　虞丹（1920-2015）

　　原名蔣文傑，安徽歙縣人。一九三七年抗戰爆發後，虞丹同曾卓在漢口《時代日報》編輯雜文週刊《新語》，開始寫作雜文。自一九四二年起，曾擔任福建南平《南方日報》、《東南日報》南平版、《東南日報》上海版、《新民報》南京版、《文匯報》香港版編輯。一九四九年六月至一九五五年，先後擔任上海《新民報晚刊》編輯、副總編輯、總編輯，「千字文」幾乎天天一篇。一九五五年反胡風運動時，因與曾卓關係而受株連。經審查完畢後，調到上海市委機關工作。

　　粉碎「四人幫」後，虞丹曾任中共上海市委研究室主任，一九八六年離休。他著有雜文集《當代雜文選粹・虞丹之卷》（長沙市：湖南文藝出版社，1996年，第1版）、《刀與筆》（上海市：上海文藝出版社，1999年，第1版）、《做官與做人》（長春市：時代文藝出版社，2000年，第1版）、《聚沙集》（福州市：福建人民出版社，2001年，第1版）、《虞丹集》（長春市：吉林出版集團有限責任公司，2013年，第1版）等。虞丹說：「如果說解放前寫的雜文是『淺』的話，那麼，解放後我寫的雜文除『淺』之外，還有一個『左』的問題，是自覺自願的『左』。我真正寫出『像樣子』的雜文，應該是十一屆三中全會以後的事。通過十年動亂的反思，我覺得有許多話要向社會講出來，如骨鯁在喉，必欲一吐為快。」[21]他寫於一九七九年七月的〈縛舌、斷舌和斷喉〉以及稍後的〈駁「割一刀有什麼了不起」〉，是新時期最早一批對張志新烈士就義之前竟被割斷喉管這件慘絕人寰的酷刑加以聲

---

20 黃裳：〈雜文的歷史長河〉，《羊城晚報》1983年7月4日。

21 沈棲：〈他與雜文結緣半個世紀——訪虞丹〉，《雜文界》1990年第1期。

討的有力檄文。作者「秉持公心，指摘時弊」，對這件大慘案發生在二十世紀七十年代的人民共和國內，深感憤怒和震驚，「斷喉酷刑的再出現，老劊子手的再登場，表明中國人民反對封建專制主義的歷史任務並沒有徹底完成」。針對有些幫兇所謂「割一刀有什麼了不起」的謬論，虞丹指出，這即令不是沒有人性的人的主張，也是喪失人性的人的主張。「四人幫」及其黨羽之所以那麼起勁地反對人道主義，就因為他們是沒有人性的人。因此，「社會主義現代化事業愈發展，清算舊文化、改造國民性的任務愈突出。不完成這個課題，很難實現從傳統人到現代人的過渡」。而一九八〇年代初期湖南桃源出現的「李皇帝」和四川達縣出現的「朱皇帝」，以及改革開放以來大量稱頌貞觀之治和「好皇帝」李世民的文章，更讓虞丹感覺到皇權崇拜的殘餘影響。他在〈被民主遺忘的角落〉一文中，明確提出「對於中國人民來說，我們要的是社會主義民主，不要什麼民本主義，更不要什麼好皇帝主義」。

虞丹認為雜文貴真，寫雜文的人最忌說假話。可是，在那「一人獨智、恣肆於上」的政治環境下，「風派文人」有的賣身，獻媚，貢諛，效忠，勸進；有的賣身兼賣友，捕風捉影，加油添醬，告密以邀寵，獻計以求榮；是非之心泯滅，羞惡之心全無，何種事幹不出，除了好事，何等話說不出，除了真話。因此，他在雜文中特別頌揚敢於在任何情況下都說真話的人，「所恨者，有這種硬骨頭性格的正人、直人，經過多年摧殘後，逐漸成為稀有金屬。正因其少了，有必要造輿論來表彰」。在〈孫冶方的風骨〉一文裡，作者讚賞孫冶方不當「學術觀點隨著政治行情變」的「氣象學家」的態度和「理論上的是非一定要弄清，符合真理的觀點一個也不放棄」的風骨，認為他是「以永恆的真理為目的」的人，他的一生是追求真理的一生，是堅持真理、修正錯誤的一生。在〈硬骨頭性格〉一文中，虞丹稱頌馮雪峰和胡風在「人格可以拍賣，舌頭可以殺人」的一九四九年以來儒林風習最不堪

回首的逆境中，堅持說真話的勇氣，憂患彌深，風骨愈為崚嶒，他們晚年的生活是用自己的人格寫成的一部可與日月爭光的作品。〈「芭蕉葉最大」〉根據黑格爾的名言「治學必先有真理之勇氣」，認為當代學人中衝決「八股文章試帖詩」羅網的好漢，「我就是要言人之欲言，言人之所不能言」的馬寅初算一個，宣佈不當「氣象學家」的孫冶方算一個，儘管天昏地暗，無人與之對話，依舊喃喃自語的顧準算一個，「提燈走在前面的人，總是少數。但是，他們代表新潮，啟導新潮」。

第十章
自出新裁論古今

第一節　邵燕祥的雜文

　　邵燕祥，原籍浙江蕭山，一九三三年六月十日出生於北平。從小受到文學和歷史書籍的薰陶，對文學產生了濃厚的興趣。一九四六年讀中學時開始習作詩文。一九四七年加入中共地下周邊組織民主青年聯盟。一九四八年秋考入中法大學。一九四九年初，北平解放後，經過在華北大學的短期學習，進入中央人民廣播電臺工作。一九五一年出版第一部詩集《歌唱北京城》，表現了年輕一代的理想和激情，贏得了最初的聲譽。一九五八年因詩歌《賈桂香》和雜文中觸及某些不公正和反民主的社會現象，被錯劃為「右派」，剝奪發表作品的權利達二十年之久。一九七八年十一月調《詩刊》社任編輯部主任。新時期邵燕祥的詩歌一改一九五〇年代剛健清新、豪邁爽朗的風格，表現為深沉冷峭。其詩集《在遠方》和《遲開的花》，分獲第一、二屆全國優秀新詩獎。

　　儘管邵燕祥一直以詩名世，但他早在一九四六年四月二十日就曾在錦州《新生命報》副刊上發表過處女作——雜文〈由口舌說起〉，批評了習於蜚短流長的社會現象。在此後半年多時間裡，他在北平《新民報》「北海」副刊上發表了四、五十篇小品文，他後來自認為筆下竟那麼老氣橫秋，還頗有幾分「遺少」氣，於是從一九四七年初就中斷寫作小品文。一九四九年新中國成立後，邵燕祥誤以為「雜文時代」已經結束，就不寫雜文專寫詩歌了。在一九五六年下半年開始興起的當代雜文創作的第一次高潮中，邵燕祥又躍躍欲試，想寫一點

雜文針砭時弊，以引起療救的注意。他說：「古人說：『言之不足，故詠歌之。』我卻感到，用詩的形式詠歌之不足，倒要回過頭乞靈於散文來作更直截了當的發言了。魯迅關於寧願他針砭時弊的雜文與時弊一起速朽的宣言打動了我。眼看著光輝燦爛的社會主義事業的坦途上，散亂橫放著擋路的、發臭的垃圾，如果只想做詩人而不願當清道夫，不就是一種失職嗎？」「於是我要像我表示過的決心一樣，『更積極地發言』了。把詩當作雜文寫還不痛快，索性發而為雜文。」[1]可是「出師未捷」，隨著邵燕祥被打成「右派」，他再次告別了雜文創作。直到新時期，他於一九七九年夏有感於張志新烈士的事蹟而恢復雜文創作。邵燕祥說：「她紙筆被奪，不得為文，喉管割斷，不得發聲；我們倖存者回到人間，若是應發言而啞默，豈不愧對尚全的喉管，愧對手中的筆墨，愧對為真理呼號辯護竟至流血犧牲的先驅們嗎？」[2]

　　從一九八四年開始，邵燕祥大量地持續地寫作雜文。這是因為改革開放以來，社會矛盾紛紛攘攘，邵燕祥「時有不能已於言者」，需要用雜文這種「感應的神經，攻守的手足」，對社會生活及時作出反應，以求與人民「肝膽相照，聲氣相通」。在新時期，邵燕祥的雜文寫作甚至蓋過了他的詩名，他從詩的王國走向了雜文的世界，成了新時期雜文創作的代表作家。自一九八六年以來，邵燕祥共出版了數十本雜文集：《蜜和刺》（南昌市：江西人民出版社，1986年，第1版）、《憂樂百篇》（北京市：作家出版社，1986年，第1版）、《當代雜文選粹・邵燕祥之卷》（長沙市：湖南文藝出版社，1986年，第1版）、《綠燈小集》（北京市：人民日報出版社，1987年，第1版）、《小蜂房隨筆》（天津市：百花文藝出版社，1989年，第1版）、《無聊才寫書》

1　邵燕祥：〈罪與罰〉，見《沉船》（上海市：上海遠東出版社，1996年，第1版）。
2　邵燕祥：《憂樂百篇》〈前記〉（北京市：作家出版社，1986年，第1版）。

（呼和浩特市：內蒙古人民出版社，1992年，第1版）、《捕捉那蝴蝶》
（廣州市：花城出版社，1993年，第1版）、《改寫聖經》（北京市：中
國華僑出版社，1993年，第1版）、《自己的酒杯》（北京市：群眾出版
社，1993年，第1版）、《大題小做集》（上海市：上海文藝出版社，
1994年，第1版）、《雜文作坊》（成都市：成都出版社，1994年，第1
版）、《真假荒誕》（長沙市：湖南文藝出版社，1994年，第1版）、《熱
話冷說集》（銀川市：寧夏人民出版社，1995年，第1版）、《邵燕祥隨
筆》（成都市：四川文藝出版社，1995年，第1版）、《你笑的是你自
己》（蘭州市：甘肅人民出版社，1996年，第1版）、《超越痛苦》（鄭
州市：中原農民出版社，1996年，第1版）、《明天比昨天長久》（長春
市：吉林人民出版社，1996年，第1版）、《紅塵小品》（蘭州市：敦煌
文藝出版社，1996年，第1版）、《邵燕祥雜文自選集》（天津市：百花
文藝出版社，1996年，第1版）、《史外說史》（北京市：作家出版社，
1997年，第1版）、《人間說人》（北京市：作家出版社，1997年，第1
版）、《夢邊說夢》（北京市：作家出版社，1997年，第1版）、《檢閱天
安門》（長春市：時代文藝出版社，1997年，第1版）、《亂花淺草》
（濟南市：山東畫報出版社，1997年，第1版）、《酸辣文章》（北京
市：東方出版社，1998年，第1版）、《憂鬱的力量》（北京市：作家出
版社，1998年，第1版）、《一窗四季》（北京市：中國文聯出版公司，
1998年，第1版）、《中華散文珍藏本‧邵燕祥卷》（北京市：人民文學
出版社，1998年，第1版）、《詩與麵包與自由》（上海市：華東師範大
學出版社，1998年，第1版）、《非神化》（廣州市：花城出版社1999
年，第1版）、《夜讀抄》（福州市：福建教育出版社，1999年，第1
版）、《大峽谷去來》（長春市：吉林攝影出版社，1999年，第1版）、
《遠在天邊》（鄭州市：大象出版社，2000年，第1版）、《誰管誰》
（廣州市：廣東人民出版社，2000年，第1版）、《也無風雨也無晴》
（鄭州市：河南人民出版社，2000年，第1版）、《夜讀札記》（廣州

市：廣東人民出版社，2001年，第1版）、《無權者說》（福州市：福建人民出版社，2001年，第1版）、《你這個壞東西》（呼和浩特市：遠方出版社，2002年，第1版）、《鑼鼓與鞭炮》（蘭州市：蘭州大學出版社，2003年，第1版）、《新三家村札記‧邵燕祥卷》（太原市：書海出版社，2004年，第1版）、《闖世紀》（上海市：文匯出版社，2004年，第1版）、《我的心在烏雲上面》（北京市：作家出版社，2005年，第1版）、《只剩下一種態度》（合肥市：安徽文藝出版社，2007年，第1版）、《奧斯維辛之後》（銀川市：寧夏人民出版社，2007年，第1版）、《我代表我自己》（北京市：中國文聯出版社，2008年，第1版）、《教科書外看歷史》（廣州市：花城出版社，2008年，第1版）、《邵燕祥散文》（北京市：人民文學出版社，2009年，第1版）、《畫薔》（北京市：商務印書館國際有限公司，2010年，第1版）、《南磨房行走》（哈爾濱市：北方文藝出版社，2011年，第1版）、《柔日讀史》（北京市：作家出版社，2013年，第1版）、《薔薇葉子》（青島市：青島出版社，2014年，第1版）、《坐看雲起時》（深圳市：海天出版社，2014年，第1版）、《切不可巴望「好皇帝」》（北京市：金城出版社，2015年，第1版）、《痛與癢》（北京市：作家出版社，2015年，第1版）、《閉門日劄》（北京市：東方出版社，2016年，第1版）等。

　　邵燕祥認為，雜文是「維護人民利益並堅持追求真理的社會文化評論」[3]，有感而發，不同於無病呻吟的舞文弄墨。在新時期，邵燕祥勇敢地站在思想解放運動和改革開放大潮的前列，與封建流毒、極「左」思潮等深深沉積於社會結構和民族心理中的精神痼疾進行毫不妥協的戰鬥，對官風腐敗等大量存在於現實政治和社會生活中的消極現象進行大膽尖銳的抨擊，並從一個特定的側面和角度，鼓吹開放和

3　邵燕祥：〈序《陳小川雜文選》〉，見《改寫聖經》（北京市：中國華僑出版社，1993年，第1版）。

改革，提倡民主與法制。當許多人在雜文裡一談起民主，便津津樂道魏徵直言進諫和唐太宗舉賢納諫的例子時，邵燕祥針對這種「巴望好皇帝」的皇權意識，在《切不可巴望「好皇帝」》中指出，倘若真有「唐太宗」再世，隨之而來的就會是封建主義的殘餘：終身職、世襲制、等級特權、人身依附、分封割據、山頭行幫，以至「家有千口，主事一人」的家長制，「一人得道，雞犬升天」的裙帶風。我們多年來遭受的種種災難，決不是由於缺少「唐太宗」或別的「好皇帝」，而恰恰是由於封建主義殘餘的影響，社會主義政治制度不夠健全，人民民主和黨內民主受到破壞，招致封建法西斯主義的橫行。如果提倡「好皇帝」主義，會使我們忘記或放鬆對封建主義殘餘的警惕和鬥爭，其結果是非常危險的。因此，邵燕祥說：「不要皇帝，哪怕是『好皇帝』，白給也不要。」當有人貌似公允地對受到過不公正待遇、被冤枉的人們指點說：「黨是我們的母親，娘打兒子就是打錯了，也不該耿耿於懷呀！」邵燕祥在〈「娘打兒子」論〉中一針見血地指出，這種「娘打兒子」論，就是舊時代「官打民不究，父打子不究，夫打妻不究」的封建法規和奴隸道德的翻版或變種，根本沒有一點現代工人階級先鋒隊內部關係上應有的原則精神和感情色彩。更應該引起注意的是，此論的鼓吹者中頗有一貫整人而並不改悔者，所謂「娘打兒子」論的核心，實際上是「整人有理」論。作者一下戳穿罩在「娘打兒子」論上冠冕堂皇的神聖外衣，使其露出「麒麟皮下的馬腳」。當〈民主與法制〉載文稱某市委黨校出了一個填充題：「我國的權力機關是什麼？」據說不少人答是「市委」或「政府」，校長請教市委宣傳部長，也果斷作答：「當然是市委。」許多人都把這件事當成一個「大笑話」，一笑了之時，邵燕祥卻寫了〈笑談之餘〉，認為這裡面包含著長期以來我們國家法制建設中存在的「有法不依」、「以權壓法」的突出問題：「黨組織不是權力機關，政府只是國家政權的執行機關，然而，黨委和政府比起憲法規定的國家權力機關──人民代

表大會及其常委會更像國家權力機關，代行其職權，或淩駕於其上，這是相當普遍的現實。因此，對於反映了這一直接現實的答題者，不要笑他們對憲法的無知或忽視，倒要從呵呵一笑中，引起我們對『落實憲法』的深思呵。」當有人把貪污賄賂盛行歸之於改革，又有人把反腐敗叱為「別有用心」時，邵燕祥在〈寫於反腐敗聲中〉的一組小雜感裡，披肝瀝膽地指出以權謀私，利用新舊經濟體制並存大發橫財，才是干擾破壞改革，而共產黨幹部的貪污受賄又是經濟領域以至整個社會風氣腐敗的主要因素。作者認為在處理貪污受賄等刑事犯罪問題上，「法無定法」，則那「法不責眾」的效應，對整個社會秩序和道德面貌的腐蝕將是可怕的，不可低估的。因此，他說：「樹立法律的權威，是反腐敗成敗的關鍵；反腐敗的進程和實績，也將檢驗法制建設和執法狀況的實際水準。」「我們總不能甘於成為『腐敗（現象蔓延的）大國』，而應該在反腐敗鬥爭中顯示共產黨的戰鬥力和中國社會制度的優越性吧。」

邵燕祥對歷史、對社會、對人生，都有自己獨特的觀察角度和思維方式，他在許多雜文中透露出來的新穎的思想和獨到的見解，與他的「雜文的生氣和力量，首先正在於識見」[4]的主張相契合。在這裡，最可以看出邵燕祥雜文深得魯迅精神三昧之處。邵燕祥說：「魯迅的批判精神，基於他推動社會進步和改革的熱忱，也基於他獨到的、切實的洞察，獨立的、深刻的思考。」[5]而他覺得有一些屬於魯迅創見的思想「溶化在血液中」，並且「化為我的精神力量」[6]。因此，邵燕祥的雜文常發人所未發，言人所未言，顯示了理性批判的深

4　邵燕祥：〈識見第一〉，見《蜜和刺》（南昌市：江西人民出版社，1986年，第1版）。

5　邵燕祥：〈批判精神與雜文的命運〉，見《散文與人》第五集（廣州市：花城出版社，1995年，第1版）。

6　邵燕祥：〈與其說是關於魯迅，毋寧說是關於自己的一些回憶〉，見《熱話冷說集》（銀川市：寧夏人民出版社，1995年，第1版）。

度。〈元宵話起哄〉從「正月裡鬧元宵」起題，談到現實生活中少數人利用起哄混水摸魚，興風作浪，如哄搶國家物資、哄砍公有森林、哄抬物價等，真可謂「好事不起哄，起哄沒好事」，而更為值得警惕的是政治生活中的起哄和思想文化領域的起哄，其破壞性就難以估量。文章由遠而近，由小及大，層層剖析，寫盡一種社會和民族的病態畸形心理。〈有感於培根的傑出與卑鄙〉通過對培根複雜、矛盾、分裂的雙重性格的解剖：他一方面攀登科學高峰，留下傑出的科學著作，被譽為「英國唯物主義和整個現代實驗科學的真正始祖」；另一方面卻利慾薰心、野心勃勃、蠅營狗苟、不擇手段地追逐功名利祿，最後因受賄被控，聲名狼藉。作者知人論世，認為培根身上兼有「思想的光輝與為人的卑鄙」兩重性，正是客觀世界複雜性的一種獨特表現，我們一方面不要「以人廢文」，因他品格低劣而否定他在學術思想方面獨到的見解，另一方面，也不要因他對近代哲學和近代科學的貢獻，就迷信他同時會是為人的楷模。邵燕祥說：「揭示矛盾，分析矛盾，本來正是雜文這種體裁的生命所在。」[7]隨感錄《大題小做》有一段談及「鬧事」，人們一般只會想到「群眾鬧事」影響社會秩序，而邵燕祥反思歷史，指出：「國之禍，民之殃，安定團結的破壞，倒大抵來自『領導鬧事』的多。」「『領導鬧事』於前，『群眾鬧事』於後：十年動亂，就是一例。」何西來說，一句「領導鬧事」，可謂石破天驚，讓人茅塞頓開，「它不僅獨特，而且因為包含了成千上萬的中國人的悲劇和辛酸，而有一種沉重、深邃的歷史感」[8]。

　　作為一名詩人和雜文家，邵燕祥的雜文真正做到詩與政論的完美結合。詩人的敏感、激情、純真以及自覺的美學追求，和雜文家的銳氣、理性、不留情面以及徹底的批判精神交織在一起，形成了「思想

7　邵燕祥：〈序——讀盛祖宏的雜文〉，見《隱私權・座次學・出國熱》（北京市：工人出版社，1989年，第1版）。

8　何西來：〈文格和人格——邵燕祥雜文論片〉，《文學評論》1989年第4期。

和激情的合力」，詩與史的筆致。如〈墮落辨〉：

> 自然界許多事物，由高就低，不論疾徐，都蘊含一種美：日落
> 月落，落雨落雪，水有落差遂成瀑布，花葉墜地化作春泥。只
> 有人的墮落，沒有人不認為是醜的。
> 這種墮落是精神上的。通常不是指從空中樓閣回到「腳踏實
> 地」，而是指政治上、道德上掉到「最不乾淨的地方」去。
> 墮落者有的自覺，有的不自覺；自覺其墮落者會有痛苦，那是
> 方寸中也許還存那麼一分淨土；而不自覺的墮落者，自以為是
> 「人往高處走」呢，沾沾自喜之不暇，惟恐墮落得不快不徹底。
> 不過，並不是集中到「最不乾淨的地方」去的都是墮落者。只
> 有曾置身在或上升到一定高度的，才有墮落可言。有些壓根兒
> 就在「最不乾淨的地方」蠕動，或是從這一個「最不乾淨的地
> 方」轉移到另一個「最不乾淨的地方」，就連墮落也說不上。被
> 人誤會為墮落，只是原來誤聽了幾聲借來的高調，以為是高樹
> 上的鳴蜩，現在才認清其本來面目，其實是攪糞的屎殼螂而已。

文章著墨不多，只有三、四百字，但立論鮮明，條理清晰，議論一
針見血，擊中要害，語言精粹簡潔而富於感情。因此，有論者指出，
邵燕祥的雜文中，「不僅有來自生活的斑斕多彩的思考和議論，更有
體現邵燕祥詩人氣質的一面，他在文章中烘托出詩的氣象、詩的情
理、詩的意境，但他絕沒有詩的浮躁和淺顯，而更多的是一詠三歎
的深沉，和那俏皮的時不時冒出稜角的銳利語言，讓人讀來流連忘
返」[9]。

9　林凱：〈怨歌〉，《文匯讀書週報》1996年4月6日。

第二節　牧惠的雜文

　　牧惠（1928-2004），原名林頌葵、林文山，祖籍廣東新會，出生於廣西賀縣。中學期間，大量閱讀巴金、韜奮、魯迅、茅盾、郭沫若的作品，由於同這些作品在思想上共鳴而產生了寫作的欲望。從一九四二年春開始，他在報刊上發表小說、新詩、劇本、評論和帶有雜文味的短文，現存最早的一篇雜文是發表在一九四六年十一月十一日《每日論壇報》上的〈從三大發明說起〉。一九四六年秋天，牧惠考入中山大學文學院中文系學習，並參加了中國共產黨的周邊組織民主愛國學生協會，成了一名被國民黨特務稱為「職業學生」的「危險人物」。一九四八年奉命撤退到香港，從那裡進入了新（會）高（明）鶴（山）游擊區，當上武工隊隊員。一九四九年後，牧惠先後在區、縣、地委從事農村宣傳工作。一九五六年中共中央黨校學習結束後，擔任中共廣東省委經濟學講師，一九五〇年代曾出過兩本有關經濟學的書。一九五八年參加《上游》雜誌編輯工作並開始在《羊城晚報》等報刊上發表雜文作品。牧惠說：「這個時期寫的雜文，絕大部分都是宣傳或闡釋黨的政策、領導報告而寫的。領導說要拔白旗，於是我就寫文章把『白旗』挖苦一番；說知識分子資產階級本性未改，我也寫文章揭露知識分子如何『白專』和『右傾保守』……」[10]但是，除了這些宣傳極「左」思想的「速朽之作」外，牧惠在一九五〇年代末一九六〇年代初也創作了一些反對主觀主義、提倡調查研究的雜文，如〈說碰壁〉、〈小論李逵〉、〈「上樓」與「下樓」〉、〈改詩〉、〈探索真理的途徑〉等，現收在雜文集《碰壁與碰碰壁》裡。一九六一年，牧惠調到北京《紅旗》雜誌工作。「文革」中，下放幹校八年。一九七

10　牧惠：〈學寫雜文的三個階段〉，見《雜文創作百家談》（鄭州市：河南教育出版社，1989年，第1版）。

七年三月分配廣東工作，一九八〇年調回北京，曾任《紅旗》科教文藝編輯室主任、編審。

　　牧惠說：「我本來想在書齋裡埋頭搞學問當學者；可是，卻一次再次地自願或非自願地改變初衷，最後選擇了雜文家這條路，這叫做形勢比人還強。」新時期結束了他「吟罷低眉無寫處」的困境，「十年磨劍心頭熱，一夜庭前草芽發」，從此便一發而不可收。自一九八五年以來，牧惠出版了數十本雜文集：《湖濱拾翠》（北京市：人民日報出版社，1985年，第1版）、《且閒齋閒話》（廣州市：廣東人民出版社，1986年，第1版）、《老虎屁股上的蒼蠅和蒼蠅庇護下的老虎》（北京市：群眾出版社，1987年，第1版）、《當代雜文選粹・牧惠之卷》（長沙市：湖南文藝出版社，1987年，第1版）、《碰壁與碰碰壁》（廣州市：花城出版社，1988年，第1版）、《金瓶風月話》（香港：中華書局，1989年，第1版）、《「馬後後炮」與「啞彈」》（廣州市：廣州文化出版社，1989年，第1版）、《華表的滄桑》（臺北市：大川出版社，1990年，第1版）、《人鬼之間》（臺北市：大川出版社，1992年，第1版）、《歪批水滸》（北京市：群言出版社，1993年，第1版）、《倒爺與文禍》（廣州市：廣州出版社，1994年，第1版）、《古經新說》（長沙市：湖南文藝出版社，1994年，第1版）、《牧惠雜文隨筆自選集》（北京市：群言出版社，1994年，第1版）、《摻沙的文字》（銀川市：寧夏人民出版社，1995年，第1版）、《說牛頭論馬嘴》（蘭州市：甘肅人民出版社，1996年，第1版）、《讀完寫下》（蘭州市：敦煌文藝出版社，1996年，第1版）、《牧惠雜文自選集》（天津市：百花文藝出版社，1996年，第1版）、《閒侃聊齋》（天津市：百花文藝出版社，1997年，第1版）、《且閒齋雜俎》（上海市：漢語大詞典出版社，1998年，第1版）、《難得瀟灑》（上海市：華東師範大學出版社，1998年，第1版）、《紅樓醒夢》（天津市：百花文藝出版社，1999年，第1版）、《也來拍拍打打》（北京市：民主與建設出版社，1999年，第1版）、《好說

歹說才子書》（武漢市：武漢出版社，1999年，第1版）、《沙灘羊》
（廣州市：廣東人民出版社，2000年，第1版）、《造神運動的終結》
（長春市：時代文藝出版社，2000年，第1版）、《小報告以外》（鄭州
市：河南人民出版社，2000年，第1版）、《頭痛醫腳》（福州市：福建
人民出版社，2001年，第1版）、《讀圖識志》（武漢市：武漢出版社，
2001年，第1版）、《衣魚集》（天津市：天津古籍出版社，2001年，第
1版）、《沙灘隨想》（太原市：山西人民出版社，2002年，第1版）、
《把圈畫圓》（蘭州市：蘭州大學出版社，2003年，第1版）、《沒理由
陶醉》（石家莊市：河北教育出版社，2004年，第1版）、《史海夜航》
（福州市：福建人民出版社，2004年，第1版）、《盛世網聞》（福州
市：福建人民出版社，2004年，第1版）、《沙灘碎語》（上海市：上海
古籍出版社，2005年，第1版）、《滄海遺珠》（蘭州市：蘭州大學出版
社，2005年，第1版）、《風中的眼睛——牧惠雜文精選》（蘭州市：蘭
州大學出版社，2005年，第1版）等。其中《湖濱拾翠》榮獲全國首
屆散文雜文獎。另外，牧惠不僅以自己豐碩的創作實績向世人昭示新
時期雜文界的突出成就，而且他還與嚴秀共同主編了一九四九年以來
雜文出版的最大工程「當代雜文選粹」（四輯），和朱鐵志合作選編了
展示新時期雜文欣欣向榮局面的《中國雜文大觀》（第四卷），編輯出
版了臺灣兩位著名雜文家的作品選《千秋評論——李敖雜文選》和
《西窗隨筆——柏楊雜文選》，撰寫了總結當代雜文創作經驗和教訓
的論著《雜文雜談》。可以說，牧惠為推動新時期雜文的發展花費了
自己不少心力。

　　經過「文革」的「嚴酷的考驗」，牧惠深切地感受到封建愚昧是
阻撓我們前進的最嚴重的歷史惰力之一，生活在當代中國的雜文家，
「抨擊封建與愚昧，謳歌民主與科學，是他的最佳選擇」。因此，牧
惠雜文的鋒芒始終對準與民主相對立的封建專制和同科學背道而馳的
愚昧無知，他喜人民之所喜，憎人民之所憎，詛咒黑暗，歌頌光明。

當粉碎「四人幫」後，雜文界還相對處在比較冷寂的情況下，牧惠已敏感地意識到思想解放運動的將臨，率先拿起筆，批判林彪、江青集團的封建法西斯專制主義。〈文字獄古今談〉以豐富的史料、精闢的論述，展示了從宋代至「文革」期間文字獄的斑斑血淚，尤其是林彪、江青一手遮天的年代，「其定罪之出奇，超過明清；其文網之嚴密，更遠非明清時代所能望及」，其中的深刻教訓，值得後人記取。〈華表的滄桑〉通過華表的來龍去脈，它從供人諫議的「誹謗之木」逐步演化成華麗的裝飾品的歷史，揭示了封建統治者不可能同人民群眾有真正的「溝通」，更多的時候是堵塞，搞「誹謗者族」，因此，封建專制統治不可避免地走向滅亡之路。牧惠的雜文往往通過對歷史的分析，更為清晰深刻地揭示封建主義的「吃人」本質。〈跪的歷史〉從「國粹」跪的演變發展談起，認為這是一種沉重的負擔和奴性的象徵，而中國「跪的歷史」，實際上是一部封建專制扼殺人性和人的尊嚴的小史。〈烤鴨的片數與凌遲的刀數〉發現「中國的文明，確實在殺人和美食之間齊頭並進」，烤鴨非得「片片帶皮，一共一百零三片」，凌遲刀數「例該三千三百五十七刀」，通過對二者的探究，使人認識到封建專制的殘酷已經到了把殺人當成「一種藝術」來欣賞的地步，人之草芥不如，可見一斑。作者史海鉤沉，現實掃描，每於秋毫之末洞見宇宙之大，於古往今來發現蒼蠅之微。

　　牧惠的雜文很見思想和學識的功力，這與他博覽群書而又融會貫通分不開。嚴秀說：「他的文章是根柢深厚的、以思想見解深廣見長的雜文，能給人以思想、學術、藝術三個方面的提高和享受。」[11]他在幹校期間，不僅讀完《資治通鑑》，重讀《綱鑑易知錄》，而且讀了《史記》、《漢書》、《後漢書》、《明史》等大量正史和一大批野史筆記，具有十分豐富的歷史知識。另外，牧惠對中國古典文學頗有研

---

11 嚴秀：〈牧惠文章是我師〉，《雜文界》1985年第4期。

究，出版有《水滸簡評》、《中國小說藝術淺探》、《西廂六論》等學術專著。正是有了雄厚廣闊的知識背景，牧惠在新時期創作了一批高品質的評論中國古典小說名著的雜文，如《金瓶風月話》、《歪批水滸》和《閒侃聊齋》。

在《金瓶風月話》裡，牧惠帶著趣味性的筆墨來解剖《金瓶梅》這本「天下第一奇書」，書中既有對《金瓶梅》主人公內心世界、人與人之間複雜關係的深入探討，如〈幫閒典型應伯爵〉、〈性格分裂的李瓶兒〉、〈傲氣丫頭龐春梅〉、〈走了樣的宋蕙蓮〉、〈含酸難言孟玉樓〉等，又有對明代腐敗政治、官僚豪紳淫亂暴虐的揭示，如〈王世貞故事的後面〉、〈富貴必因奸巧得〉、〈金蓮繡鞋的風波〉、〈紈袴子弟陳敬濟〉、〈太監的權勢和醜態〉、〈從艮岳到魏祠〉等，還有對當時衣食住行、婚喪嫁娶的生動描述，如〈古代的足球——蹴鞠〉、〈青絲妙用〉、〈穿著的是是非非〉、〈吃的描寫〉、〈媒婆的能耐〉、〈送禮藝術〉、〈風俗畫，話風俗〉等。作者妙筆生花，亦莊亦諧，將《金瓶梅》扯得有聲有色，有滋有味。《歪批水滸》則歪打正著，反常合道，妙語驚人，諸如「幫閒不宜再幫忙」、「官可以白做，強盜不可以白做」、「貪官無罪，貪官有理，貪不過分仍是好官」、「嫖妓費用可打入『公關費』、『文娛費』」、「不懂外語比懂外語好，文盲比臭老九好，以免病從眼入，受到污染」、「以小人之心度君子之腹固然不妥，但以君子之心度小人之腹，更是萬萬不行」，等等，風趣中有智慧，隨意中見機鋒，作者「歪」出許多新意，「批」得令人心服。《閒侃聊齋》則借蒲松齡的「酒杯」來澆自己的塊壘，如蒲松齡在〈畫皮〉中告誡人們要警惕那種披著美麗人皮的惡鬼，牧惠在〈龍種跳蚤〉中指出：「幸乎不幸，老牧及與老牧同齡者歷經風風雨雨，見識過不少這類披著人皮的厲鬼。雖無王生的邪念，仍受騙上當不止一次，有的善良人竟如王生一樣被這種厲鬼用種種手法弄死。可怕的是，如今已沒有能指點迷津、救人性命的道士，倒不少『借屍以獵食者』，或者乾

脆就是披著道士服裝的厲鬼！」通過牧惠的筆觸，讓我們看到了《聊齋志異》於荒誕不經中包孕著近情入理的內核，其種種曲折離奇的故事反映了現實生活本質和人生哲理，令人觸目驚心。牧惠的這類雜文既評論小說又借題發揮，嬉笑怒罵，縱意而論，不僅沒有一般文藝評論的學究氣和枯燥味，而且使讀者於雜文的荒誕怪異處見出作者學術的嚴謹縝密，於古典小說的怪論調侃中體味出雜文家的匠心獨運，文章融知識性、學術性、趣味性於一爐，被譽為衝破了雜文創作的形格勢禁，獨闢蹊徑，別出機杼，營造了一種令人耳目一新的形式，可謂雜文創新之成功範例。

第三節　舒展的雜文

　　舒展（1931-2012），原名舒學煾，出生於湖北武漢。中學時代迷上魯迅的雜文，從此，魯迅雜文中那種孤憤、犀利、透闢，特別是魯迅獨有的幽默與雋永，深深地感染了舒展，對他的世界觀的形成和性格的鍛造，都起到了一種潛移默化的作用。一九四七年，湖北省參議會突然成立「湖北人民反侮辱委員會」，起因是上海出版的一本地圖冊在介紹文字中提到「湖北人性多狡詐」，這當然是以褊狹的地域觀念來解釋一個地方國民性的錯誤說法。可是，當時的北平正發生美軍強姦北大女學生案，全國愛國人士紛紛遊行抗議。於是，舒展就寫了一篇雜文〈關於反侮辱〉，用「曾林」的筆名發表在《武漢時報》上，文章大意是說，美軍強姦中國女學生這樣加諸全中國的侮辱，我們湖北人不去反，何必忙著先反對加屬於一個省的「侮辱」呢？這是舒展讀高中一年級時發表的第一篇雜文。一九四八年，舒展以第一名的優異成績考取國立南京戲劇專科學校，後隨校遷到北京。

　　一九五○年，舒展畢業於中央戲劇學院，分配中央歌劇舞劇院工作。一九五二年調到《中國青年報》文藝部，一九五五年底舒展負責

創辦了後來頗有名氣的諷刺文學副刊「辣椒」。一九五七年因主編「辣椒」副刊被錯劃為「右派」，下放山西、山東、黑龍江等地，在農村「修理地球」和基層工作達二十二年。一九七九年返京，擔任《中國青年報》編委、「星期刊」主編。一九八三年調《人民日報》任文藝部副主任、「大地」副刊主編，一九八八年主持規模空前的「風華雜文徵文」。長期的生活磨難，並沒有使舒展意志消沉，當他重新拿起筆來，銳氣不減當年。一九七八年五月，他寫了一組三篇雜文〈教子篇〉，在《人民日報》發表後，新華社發通稿，許多省市報紙紛紛轉載。在這組雜文中，首次出現了「關係學」這個名詞，舒展向以權謀私的幹部敲響了警鐘。從此，他在雜文中不停地對改革進程中出現的種種病態現象，進行入木三分、一針見血的揭露與批判。新時期以來，舒展出版了雜文集《辣味集》（重慶市：重慶出版社，1985年，第1版）、《當代雜文選粹·舒展之卷》（長沙市：湖南文藝出版社，1986年，第1版）、《牛不馴集》（廣州市：花城出版社，1988年，第1版）、《調侃集》（長沙市：湖南文藝出版社，1994年，第1版）、《有戲沒戲》（北京市：中國華僑出版社，1995年，第1版）、《感覺時間》（北京市：新華出版社，1999年，第1版）、《賄賂談往》（天津市：百花文藝出版社，1999年，第1版）、《硬骨頭》（廣州市：廣東人民出版社，2000年，第1版）、《貪官的價格》（長春市：時代文藝出版社，2000年，第1版）、《直立的人》（鄭州市：河南人民出版社，2000年，第1版）、《腐敗腫瘤》（鄭州市：大象出版社，2002年，第1版）、《茶亭閒話》（北京市：中國文聯出版社，2003年，第1版）、《新三家村札記·舒展卷》（太原市：書海出版社，2004年，第1版）、《驀然回首》（北京市：金城出版社，2014年，第1版）、《莫說破》（青島市：青島出版社，2014年，第1版）等。

　　長期以來，頻繁的政治運動造就了「左」比右好、寧「左」勿右的現實。舒展在新時期復出重寫雜文起，就和極「左」思潮展開了堅

韌不拔的鬥爭。他說，一九五七年揮舞棍子打人，那叫「左」得可怕；「文革」中棍子滿天飛，那叫「左」得可怖；改革開放時代把教條主義當成馬克思主義來捍衛，以審判官的身分，抄起棍子來打實幹者、探索者和創造者的人，則是「左」得可恥。他認為「極左，不是一人一戶之家仇，而是幾十年中對幾億中國人形成的國恨」，「極左把中國坑苦了」，「『左』也可以葬送社會主義」。

因此，舒展在〈沒被蛇咬怕井繩〉、〈香左與臭左〉、〈「左」記王國的紅與黑〉、〈「指頭」論〉、〈致 XY 同志的慰問信〉、〈論凍結稿酬標準的偉大革命意義〉、〈「小報告」的才情與行情〉、〈論愚昧〉、〈你姓什麼〉、〈閒話「打招呼」〉、〈論無恥〉等一系列文字尖刻、鋒芒犀利的雜文中，從各個角度、各個側面揭破了極「左」的可笑、可惡、可恥、可憎、可厭、可鄙。在他銳利的筆鋒下，那些「左視眼先生」、「左得利」、「左傾投機分子」、「革命左派」、「封建極左的鴟鳥」、「左爺」、「左家莊莊主」、「左徒」、「左王」，一一現出原形。如〈論無恥〉中，舒展解剖了最高檔的無恥「左王」——康生：他背誦馬列，連田家英這樣有才學的大秘書也被唬住了；他左手書法，右手操琴，其精妙老到，可與比肩者有幾個？他嗜血成性，整人不眨眼，關鍵時刻遞一個條子「利用小說反黨，是一大發明」，立即成了最高指示；他在「文革」期間搶掠了一一〇二件稀世珍寶，長期霸占「鑒定」去了；在臨死前，「四人幫」一詞已在高層出現，康生作了最後一次投機，托人報告中共中央：「江青、張春橋是叛徒！」作者指出：「中國當代政治史，如果不把『康生現象』的來龍去脈研究透徹，那麼，步康生後塵的小政客、小文痞、『左』傾投機分子勢必在氣溫適宜、孵化得當的條件下孳生、繁衍。」舒展在雜文中對極「左」產生的土壤、演變的軌跡以及極「左」分子的醜陋面目揭示得淋漓盡致，他的雜文鞭辟入裡，讓醜類們無處遁跡。難怪散文家伍立

楊說：「讀他的雜文，我每每於暢快中想起蕭伯納把丑類挑在他的筆尖上，彷彿在說，看哦，這是蛆蟲！」[12]

　　通讀舒展的雜文，就會發現他除了筆力尖刻外，學識非常淵博。漫畫家方成認為：「舒展的雜文，涉及面廣，引徵事例，像是信手拈來，頭頭是道，使讀者不得不佩服他學識之博。」[13]舒展則認為淵博不單純是一個知識性的問題，它首先表現在哲學的概括力、哲學概念的理解力與創造力、辯證邏輯的思維分析力，優秀的雜文作者必須是一個「愛想問題、會想問題、滿腦瓜懸掛著問號的人」；其次是歷史感，雜文家除了對通史、文學史要熟悉外，還應掌握社會思想史、政治史、學術史、科學史、教育史、藝術史、宗教史、文化史等，只有這樣，才能把一事一議提高到歷史的高度，跨越不同的時代、地域，進行上下縱比和左右橫比；最後，雜文家必須「術業有專攻」，如王了一之於語言學，聶紺弩之於古典文學，柯靈之於戲劇，黃裳之於版本學，鄧拓之於歷史等等。因此，他說：「在諸多的文藝樣式中，我比較偏愛雜文。在諸多雜文家的風格中，我又比較偏愛作家、學者式的雜文，比如像聶紺弩、王了一那樣懂得多看得深，但又不訓人的可親可信文采斐然的博識家的風格。」[14]一九八〇年代後期，舒展通過編輯六卷本《錢鍾書論學文選》，更是深得錢鍾書論學「縱通今古、橫貫中西、博大精深、才智創辟」的精髓。他於一九九〇年代初期寫作的〈談鬼錄〉和〈反封建的思想鋒芒——《錢鍾書論學文選》選編札記〉兩篇長文，無論是談論「鬼神孰先孰後」、「鬼的自由與恐懼」、「閻羅與倀鬼」、「捉鬼與戲鬼」、「地獄與鬼打牆」、「圖騰與魔羅」，還是分析「規律勝於教化」、「人欲・勢力・享受」、「封建勢力

12　伍立楊：〈越老越崢嶸——讀舒展雜文感懷〉，《文化參考報》1993年2月28日。

13　方成：〈速寫舒展——為《調侃集》作序〉，見《調侃集》（長沙市：湖南文藝出版社，1994年，第1版）。

14　舒展：〈博喻與博學〉，《雜文界》1987年第2期。

與走向世界」、「人道主義——人類文明的遺產」、「情欲與雲雨」、「百家並非兩家」，都讓人感到其思想的敏銳，文筆的老辣。作者以人道、科學、文明為武器，徹底掃除人性的黑暗，在談笑風生中顯示出對社會、歷史、人生冷峻深沉的洞察和思索，這些顯然都是得力於他的淵博。

　　幽默是舒展雜文又一突出的特點，他大概是中國當代雜文家中最具有幽默風格的一位。舒展痛感雜文評論化傾向已成為難治的痼疾，邏輯概念多於形象思維，嚴肅有餘而活潑不足，既沒有發揮好匕首投槍的武器作用，又很少給讀者以愉快和休息，他希望讓魯迅雜文的笑聲在當代雜文中發出新的迴響。他說：「我以為雜文中的幽默不僅使作家與讀者心靈接近，親切自然，而且它可以更好地發揮雜文的一個極大的功能——含蓄的藝術魅力，避免了直白淺露。諷刺似乎心冷，幽默似乎心熱，二者結合就會時而辛辣，時而捧腹，既可通向深奧，又可使之淺出，它不是為笑而笑嘻皮笑臉的下等滑稽，它應該是哲人的笑，詩人的笑，有回味的雋永的笑。」[15]在舒展筆下，幽默既表現為辣味的諷刺，如〈糧票——股票，世態——心態〉形容那些依賴國家、不求上進的幹部平時的惰性心理和慣性心態：「唯上唯『左』不唯實，怨天怨地不怨己，說東說西不說幹，怕這怕那不怕窮！」而在撈官撈錢、違法亂紀方面，這些人搖身一變，手中早年揮舞過的棍棒變成了豬八戒的耙子——既撈權又撈錢，他們那種陰狠卑鄙貪婪、不可救藥的所作所為「幾乎可以與身綁炸彈去刺殺要人的恐怖分子、亡命之徒的狡詐和犧牲精神相媲美」；〈「小報告」的才情與行情〉風趣地描繪中國當代政治生活中的「小報告」的興衰起落，「多年來，不能說小報告已經絕跡。小報告的價值與價格也常發生背離現象。當然在上下浮動的價格中，也有投機有功曇花一現一下子升騰的，但從總

---

15 舒展：〈我怎樣寫起雜文來的〉，《雜文界》1986年第4期。

的趨勢看，不論買方市場還是賣方市場已經陷入孑遺獨立，形影相弔，羈旅無儔匹，府邸客人稀，會議缺席多，號令回諾少的尷尬難堪的境地。嗚呼——余照以掩頹勢兮，哀廢沫之空漂。還想靠搞『言論摘編』發跡嗎？靠高音喇叭、大字報連載、搶占陣地、大造輿論而贏得殊榮嗎？那年月，或許一去不復返了！小報告在中國大陸的大跌價，比世界股票市場還淒慘」。在舒展的雜文裡，他的幽默也有情趣盎然、令人會心微笑的一面。舒展愛飲酒，他在〈啤酒暮想曲〉裡，引經據典，認為啤酒和茶葉不僅是商品，而且是人類的文化遺產和共同的財富，「洋人喝了茶，不會喝進封建主義思想；我們飲啤酒，胃裡冒出的也不是資本主義汙氣」。他稱陶淵明是寫作、學習與飲酒三不誤的「優秀酒人」，李白為「酒精（久經）考驗的大詩人」，並且浮想聯翩，設想有一天，「從啤酒廠安裝大小管道通到啤酒愛好者家中，屆時您只須啟開不同的龍頭，各種牌號的金黃透明的甘露，將會如潺湲泉水源源而來……」。

第四節　劉征的雜文

　　劉征，原名劉國正，一九二六年六月生，北京市人。他自幼愛好文學，在中學時，先是學習美術和古典詩歌，後來學習寫新詩。一九四六年進入北京大學學習，參加北大的「新詩社」，在壁報和進步刊物《詩號角》上發表過一些詩。一九四九年初，劉征參加了中國人民解放軍，後因病退役。此年後幾十年，他一直從事教育工作和編輯工作，曾任人民教育出版社副總編輯、編審。長期以來，劉征主要從事寓言詩和諷刺詩的寫作，詩人楊金亭說：「打開三千年中國古典詩歌史，六十年新詩史，以寓言詩名家，以寓言詩名世的，劉征是第一位詩人，是當之無愧的開拓者。」一九六〇年代，劉征的代表作有寓言詩〈三戒〉（〈海燕戒〉、〈天雞戒〉、〈山泉戒〉）和〈老虎貼告示〉。粉

碎「四人幫」後，他又創作了大量的寓言詩和諷刺詩，其中《春風燕語》獲一九八六年全國優秀詩集獎。他的其他寓言諷刺詩集還有《海燕戒》、《花神和女神》、《鴞鳴集》、《劉征寓言詩》等。

　　劉征自稱是雜文界的新兵，從新時期才開始寫作雜文。他說：「一九七六年粉碎『四人幫』之後，我感到要呼喊幾聲，一下子破了『不留一字在人間』的文戒，舞文弄墨起來，那不祥的諷刺詩又在我的筆下復活了。這一來竟如寒泉破冰而瀉，不能自已。我愛以寓言的形式寫諷刺詩，這種詩體，寫起來難免兩個仙鶴打架——繞脖子，不便直抒胸臆，有些話要說得痛快些，就用雜文。」[16]如發表於《人民文學》一九七九年第八期的〈「幫」式上綱法〉，這篇雜文的意思在作者心中醞釀已久，感到如鯁在喉，非吐不快，但用詩寫受拘束，於是就寫成了「詩話」體雜文。由於「諷刺詩和雜文是相通的」，因此，劉征寫起雜文來得心應手，而且越寫越多，欲罷不能。他的雜文集有《當代雜文選粹‧劉征之卷》（長沙市：湖南文藝出版社，1986年，第1版）、《清水白石集》（鄭州市：文心出版社，1990年，第1版）、《畫虎居笑談》（鄭州市：文心出版社，1992年，第1版）、《人向何處去》（北京市：新華出版社，1999年，第1版）、《美先生和刺先生》（長春市：時代文藝出版社，2000年，第1版）等。

　　劉征創作雜文的時間雖不長，但卻善於推陳出新，獨具風格。他的〈「幫」式上綱法〉在眾多揭露林彪、「四人幫」一夥製造「文字獄」的雜文中，匠心別具，不同一般。作者將一九四九年後極「左」路線製造「文字獄」的卑鄙手法概括為「披金揀沙法」、「無中生有法」、「古今焊接法」、「抽象取義法」、「漫天類比法」、「去真存偽法」、「斬頭去尾法」、「黑白顛倒法」、「火箭拔高法」等，用一種幽默的筆調表達含淚的笑。如「無中生有法」：

16　劉征：《清水白石集》〈後記〉（鄭州市：文心出版社，1990年，第1版）。

施行此法，訣竅是在「無」字上狠下功夫。你說「要澆香花」，但你沒說「要鋤毒草」；你沒說「要鋤毒草」，你就是鼓勵放毒草，就是主張讓毒草自由氾濫。你說「人必須吃飯」，但你沒說「人必須革命」；你不說「人必須革命」，你就是放棄革命，背叛革命，你就是主張地主資本家捲土重來，你就是個十惡不赦的反革命。你的醜惡嘴臉，不是昭然若揭了嗎？

又如「抽象取義法」：

施行此法，妙在抽筋拔骨，從有血有肉的軀體中抽出並不存在的幽靈來。在春天刮起揚沙折木的老黃風的時候，你罵一聲：「媽的，這春天！」於是捨去講話時的具體條件，把這句話「抽象」出來，你就是詛咒一切春天，你就是妄想焚花斫柳、烹鶯煮燕，讓嚴寒回潮。你的險惡用心，不是司馬昭之心，路人皆知了嗎？

劉征在這裡揭露的林彪、江青一夥羅織罪狀的上綱法，就是魯迅當年批判過的「陰鷙反噬之術，強詞奪理的詭辯」。這些言論現在看起來覺得荒誕可笑，然而細加琢磨便會發現這都是荒唐歲月裡曾經發生過的十分平常的事，「不過這事情在那時卻已經是不合理，可笑，可鄙，甚而至於可惡。但這麼行下來了，習慣了，雖在大庭廣眾之間，誰也不覺得奇怪；現在給它特別一提，就動人」[17]。劉征的不少雜文都運用「特別一提」的方法，收到了生動傳神、寓莊於諧的效果。在〈「砸」和「拜」〉中，作者描繪如今有些人面對佛像「在沉啞的馨聲中，在繚繞的香煙裡，一個個跪倒埃塵，撅著屁股頂禮膜拜，口中念

---

17 魯迅：《且介亭雜文二集》〈什麼是「諷刺」？〉。

念有詞」，而他們中頗有不少人卻恰恰是曾經把佛像當成「牛鬼蛇神」，高喊「火燒」、「油煎」等最最「革命」的口號並從而「砸爛狗頭」者。又如〈○○○○○……〉一文，標題就十分醒目獨特，作者批評官僚主義者以畫圈為能事，故意諷刺他們筆下的一連串圈兒「畫得珠圓玉潤，如龍眼，如葡萄，如出蚌之珍珠，如中秋之滿月」。這些人只畫圈兒不辦事，在他們的圈兒下，「小事化大，大事惡化，事無大小，一律拖垮」。作者希望「敲鑼打鼓，恭送這些可惡的圓圈風馳電掣般地飛出宇宙，永不再來」。

劉征的雜文不僅有全新的角度，開闊的視野，跳躍的思維，辛辣的諷刺，而且他在雜文形式上很有突破創新。劉征說：「雜文該怎麼寫，我說不出來。但我相信東坡先生的一句話。那話的大意是，文如行雲流水，初無定質，常行於所當行，止於不可不止。猶如老圃談蔬，老農談稼，確是萬金不易的經驗之談。寫文章不免為套套所囿，或者襲用別人的套套，或者拘守自己的套套。落套是文章的，特別是雜文的大忌。破套而出，如閒雲在天，舒卷自如，清泉出谷，緩急隨勢，才真有味道。知易行難，我自己就總是為套套所苦，而用力去破套，又往往弄巧成拙。但我非常喜歡讀氾濫無涯涘的、破套而出的佳作，古的如《莊子》，今的如魯迅的作品，文各異篇，篇各異面，沒有一篇是你看慣了厭了的老面孔。用得著《詩經》裡的那句話：高山仰止，景行行止，雖不能至，心嚮往之。」[18]劉征的雜文也經常破套而出，任情馳騁而開闔自如，興會淋漓而姿態萬千，文章如面，各個不同。在他的筆下，除了傳統的以駁論和立論為主的常規格式和寫法外，還有雖幻亦真的戲劇對白體，如〈駿馬和騎手〉、〈白馬非馬〉、〈武大打虎〉、〈歪補《轅門斬子》〉、〈南郭新傳〉、〈臥龍談心〉、〈葉公罵龍〉；有論文說藝的題跋體，如〈題《元祐黨籍碑》〉、〈《爭座位

---

18 劉征：《清水白石集》〈後記〉（鄭州市：文心出版社，1990年，第1版）。

帖》書後〉、〈題畫六則〉；有荒誕奇譎的故事新編體，如〈龍的眼睛〉、〈莊周買水〉、〈陶淵明下海〉、〈一簍螃蟹〉、〈刺蝟詠歎調〉；有說鬼談怪的筆記小說體，如〈無聊齋志異〉；有短小雋永的隨感錄體，如〈偶然想到三則〉、〈咬春小集〉；有深刻精警的雜文詩體，如〈思想的泡沫〉之〈播穀篇〉、〈聽濤篇〉、〈雕蛇篇〉、〈燃犀篇〉、〈斬棘篇〉、〈鳴鵙篇〉、〈抱石篇〉；以及詩話體、韻文體等等，呈現出多樣化的藝術形式和格調，顯示了作者獨特的藝術個性。劉征「其筆之超廣，等於天馬脫羈，飛仙戲遊，究其變幻，而適如意中所欲出」，真不愧為一文體家。

　　劉征尤其擅長創作荒誕古怪奇趣的故事新編體雜文，他認為「雜文應該是老虎與山羊的雜交，要搞一些非驢非馬的東西」[19]。因此，在他筆下古人今事摻雜，鬼神禽獸登場，妙趣橫生，令人傾倒。在獲得《人民日報》「風華雜文徵文」一等獎的〈莊周買水〉一文中，作者活用了《莊子》中的典故和人物形象，從「濠梁觀魚」和「涸轍之鮒」裡生發新意，賦予其時代的內容：在商品經濟大潮的衝擊下，學者莊周棄文從商，想養魚致富，他為了買水，不停地奔走於東海、河伯、濠梁之間，花上高於原價幾十倍的現款才買到了一紙空頭的提貨單。作者熔荒誕、正經於一爐，化歷史、現實為一體，諷刺了商品流通領域以權謀私、哄抬物價、憑空暴富的醜惡現象。文章結尾，作者寫道：「猛聽得一聲雷響，油然雲起，長養萬物的甘霖就要下來了。莊周霍地躍起，敲著空桶唱道：『秋水時至，百川灌河，涇流之大，兩涘渚崖之間不辨牛馬……』」甘霖欲降的風色和莊周敲著空桶而歌，都別有深意，使雜文的主題不止於諷刺不正之風這個大家習見的較淺的層次，而深入表現了廣大老百姓的艱難、憂慮和期望，以及他們對甘霖久望不來的強烈不安和知其必來的堅定信念。儘管劉征的雜

---

19 謝免謝：〈文學的黃金時代也正是雜文的黃金時代──記劉征一席談〉，見《雜文百家專訪》（北京市：學苑出版社，1989年，第1版）。

文在藝術上很有成就，但他始終認為「雜文的生命力在於思想的敏銳和深刻」，他把沒有深刻的見解和熾熱的感情的雜文稱作「沒有脊柱的軟體動物」。因此，劉征的雜文不僅在藝術上富於創新，而且思想上也奇警絕到。嚴秀在為「江蘇雜文十家」叢書作序時就指出：「憤怒揭發『官倒』和買空賣空的投機發財行為的文章，何止千萬篇，但劉征的一篇〈莊周買水〉何其優秀特出！」

第五節　藍翎、章明、陳四益等的雜文

一　藍翎（1931-2005）

　　一九五〇年代中期，藍翎擔任《人民日報》文藝部雜文編輯。他不僅為一九五六年七月一日改版後的《人民日報》副刊組織了一大批著名作家的雜文佳作，有力地推動了當代雜文創作第一次高潮的形成，而且自己也意氣風發地創作了不少雜文篇章，心無預悸，更無餘悸。不料，在一九五七年那場席捲神州大地的政治龍捲風中，藍翎因一篇未發表的雜文廢稿〈沉思〉，被指責為「以魯迅的筆法把新社會描繪得漆黑一團」，而錯劃為「右派」，下放河北唐山和河南鄭州。在被迫擱筆的日子裡，他種過大田，管過菜園，捕魚捉蟹，餵豬放羊，甚至改行經商，最後拿起粉筆走上講臺。直到粉碎「四人幫」後，藍翎才重新開始寫作雜文。他說：「我本來不是專寫雜文的，卻因雜文得禍。如果我如今洗手不幹了，不反而證明是『心有餘悸』和『心有預悸』嗎？我沒有別的想法，五十年代我所寫的那些問題，今天既然還存在著、發展著，那麼我還要繼續寫下去。雜文像把前進路上的掃帚，只要有亂七八糟的髒物存在，就應不停地掃下去。」[20]新時期以

20　藍翎：《了了錄》〈後記〉（成都市：四川人民出版社，1983年，第1版）。

來，藍翎創作了大批雜文，先後結集出版了《斷續集》（廣州市：花城出版社，1981年，第1版）、《了了錄》（成都市：四川人民出版社，1983年，第1版）、《金臺集》（北京市：中國文聯出版公司，1984年，第1版）、《當代雜文選粹・藍翎之卷》（長沙市：湖南文藝出版社，1987年，第1版）、《風中觀草》（廣州市：花城出版社，1988年，第1版）、《亂侃白說》（北京市：中國華僑出版社，1993年，第1版）、《靜觀默想》（北京市：群眾出版社，1993年，第1版）、《神像無神》（蘭州市：敦煌文藝出版社，1996年，第1版）、《藍翎雜文自選集》（天津市：百花文藝出版社，1996年，第1版）、《閒言碎語》（石家莊市：河北教育出版社，1997年，第1版）、《走出誤區》（北京市：新華出版社，1999年，第1版）、《藍翎集》（長春市：吉林出版集團有限責任公司，2013年，第1版）等。

　　曾彥修在《中國新文藝大系（1976-1982）・雜文集》的「導言」中說：「藍翎，他是一九五七年的入網者之一，但在打倒江青反革命集團以後，像其他類似的人一樣，像鳳凰涅槃一樣，經過二十多年的熬煎以後，勇氣反而倍增了，加上二十多年學問上的積累，他寫了大量大膽的、有遠見的、學識豐富的、尖銳批判一切腐朽事物的好文章，風格挺拔，令人起敬。」藍翎自己在回憶錄《龍捲風》中也指出：「有誰在風華正茂之年突然被劃為『右派』的麼？我以為在這一變故之中和之後，如果不是自暴自棄，破罐子破摔，而是頑強地活下來，睜開雙眼，敢於直面人生，就一定能夠『看見世人的真面目』，包括自己的真面目。這對個人來講，當然是痛苦的不幸的。但對一個作家來講，則是不幸中之大幸，正因為他能從中『看見世人的面目』和自己的真面目，他才能嚴格地解剖世人，也更嚴格地解剖自己，才能寫出有真情實感的文章。」

　　藍翎新時期的雜文有相當部分是談文說藝的隨筆和看戲聽書的偶感，如〈作家的真誠與歷史的真實〉、〈山東饅頭山西面〉、〈山藥蛋與

荷花淀〉、〈飛天浮想〉、〈看戲隨想〉、〈聽書瑣憶〉等，也有一系列關
於當代雜文史鉤沉的文章，如〈「雙百」下的競放〉、〈緊箍中的迴
旋〉、〈沉寂中的呼喚〉、〈移植中的變異〉等。這些雜文知識豐富，語
言暢達，寓事理於聊天式的漫談之中，如數家常，生動活潑。也有一
些雜文依然保持著一九五〇年代雜文的戰鬥鋒芒，對封建殘餘思想、
舊文化、舊習慣進行深入剖析和批判，如〈漫話古今考場案〉、〈從神
案前站起來〉、〈「一言堂」追根〉、〈「一把手」溯源〉、〈何物「王
子」？〉、〈何來龍恩〉等；還有對社會時弊的針砭和文壇世相的評
議，如〈「會海」餘沫〉、〈窮放耶？放窮耶？〉、〈別讓錢咬了手〉、
〈拉祖配〉、〈變臉〉、〈文壇三階〉、〈文態三種〉、〈學林偶思錄〉等。
作者文筆犀利，語言辛辣，如〈變臉〉中，將文壇「兩面派」人物的
醜陋嘴臉刻畫得維妙維肖，躍然紙上，具有強烈的諷刺效果：

> 「兩面派」人物其實不只有「兩面」，而是具有「多側面」的
> 外表和「多層次」的靈魂，其為人處世的本領是善於「全方
> 位」、「全天候」看風使舵。見大人「五體投地」，一得勢「六
> 親不認」；發火時「七竅冒煙」，拉關係「八面玲瓏」；假檢討
> 光罵自己不是人，把罪行忘到「九霄雲外」；分贓火拼時「十
> 鼠爭穴」，或如「十一郎」痛打「青面虎」，被打的竟是其大舅
> 子；如果官作大，也敢玩「十二道金牌」害忠良的鬼把戲，任
> 你有「十三妹」的天大本領，也尋他不著。

二　章明（1925-2016）

　　原名章益民，江西南昌人。自幼家貧，半工半讀至高中畢業。一
九四六年考入武漢大學法律系，一九四九年七月參加中國人民解放
軍。一九四九年後一直從事部隊文藝工作，著有長篇小說《海上特遣

隊》、報告文學《女神箭手》、歌劇《出發之前》、詩集《釣鯊的人們》、《椰樹翩翩》等。「文革」中受到迫害，曾下放「五七」幹校。由於對魯迅雜文有特殊愛好，一九七八年後以主要精力從事雜文創作。章明說：「全國解放前我在學校讀書的時候，就發表過一些抨擊反動派的雜文。建國後五十年代初期也寫過幾篇。一九五七年以後，寫雜文的動輒獲咎，眼看著許多雜文作者被打成右派，甚至弄得家破人亡，讓人寒心！十一屆三中全會以後，提出解放思想，創作自由，頭上沒了『緊箍咒』，可以說是寫雜文的黃金時代。同時，改革、開放的時代潮流也和我自己的思想合拍，許多問題比過去看得更清楚了，有許多話如鯁在喉，不吐不快，恨不得一口氣噴出來。而我覺得，最能暢所欲言，最便於表達自己思想感情的文藝形式要數雜文，這也是我現在熱衷於寫雜文的原因吧！」[21]章明的雜文集有《劍花小集》（長沙市：湖南人民出版社，1982年，第1版）、《當代雜文選粹‧章明之卷》（長沙市：湖南文藝出版社，1986年，第1版）、《章明雜文隨筆選》（廣州市：花城出版社，1993年，第1版）、《官多之患》（北京市：中國電影出版社，1999年，第1版）、《上帝與傻子》（長春市：時代文藝出版社，2000年，第1版）、《中國人有錢》（鄭州市：河南人民出版社，2000年，第1版）、《論「賠本賺吆喝」》（北京市：金城出版社，2015年，第1版）等。

章明的雜文往往能從常理中發現歪理，從常見中發抒歧見，從常識中發表異識，道出「人人心中所有，人人口中所無」的思想。如〈風雅尚未徹底〉一文，針對各地風起雲湧、一窩蜂地評選「市花」、「市鳥」之類形式主義的「風雅之舉」，作者提出為什麼不評選與人民生活更密切相關的「市獸」（老鼠）、「市蟲」（蚊子、蒼蠅、蟑

---

21 劉百粵：〈要繼承魯迅雜文之道──訪章明〉，見《雜文百家專訪》（北京市：學苑出版社，1989年，第1版）。

鄄）、「市缺」（缺電、缺公共廁所、缺公共汽車和電車，尤其缺市民住房）、「市多」（高級賓館、豪華餐廳、歌廳、舞廳、高檔家用電器、豪華轎車）、「市病」（貪污、浪費、行賄受賄、官倒私倒、官僚作風）、「市禍」（車禍、火警、假藥、求神拜佛、燒香問卜）、「市害」（黃色書刊、物價亂漲、流氓團夥、賣淫嫖娼、賭博盛行、「黃牛」成黨），等等。作者說，讓這些東西亮醜曝光，其社會效果之好恐怕也不在評市花市鳥之下。又如〈親自……〉一文，所諷刺的內容在日常生活中比比皆是：

> 甲：局長，您怎麼老是親自到食堂來打飯菜？
>
> 乙：老伴經常生病，孩子們又不在家，我——
>
> 甲：您工作這樣忙，可連生活的事都得您親自操勞，真叫人心中不安哪！
>
> 乙：這沒啥！
>
> 甲：我看這樣吧，今後您就不用親自來了，我叫公務員每天給您送去！
>
> 乙：不，不！可別叫公務員給我幹私務！你甭擔心；我不但能夠「親自」打飯菜；等會兒，我還要「親自」把它吃下去哪！

這種取媚長官、肉麻可笑的現象，大家聽慣了也不大以為怪，可是經章明在雜文中一點破，我們便十分清楚地看到了封建社會中上下級之間人身依附關係的餘韻和阿諛奉承庸俗作風的表演。作者指出：「無疑，並非所有喜歡對上級說『親自』的都是有意阿諛奉承，多數人是『習慣成自然』，不足為怪。但這也就足見痼疾陋習對我們腐蝕之深。至於對那些有心吹喇叭抬轎子的人，我們的領導幹部倒真有『親自』警惕，『親自』抵制的必要。」

　　章明不僅善於發現問題，深刻地分析問題，透過現象看本質，把事物的內在規律揭示給讀者，而且他的雜文寓大道理於談天說地之中，筆調生動幽默，文采斐然。侯寶林的相聲《賣布頭》塑造了一個舊社會擺攤叫賣零碎布塊的小販的形象，他由於過分熱衷於吆喝搞昏了頭腦，竟認為賣布的目的不是賺錢而是吆喝。章明從中引發出一番大道理，他在〈論「賠本賺吆喝」〉中，批判了極「左」時期「大放衛星」、「大煉鋼鐵」等打腫臉充胖子的「壯舉」，揭示了不問效益、但求壯觀，不講科學、空喊口號的「左」傾思想的荒誕本質。〈「聽報告」拔萃〉一文，章明運用白描手法如實地把一個「文革」期間不學無術的官僚政客的言談話語記下，讓他自己表演，自己揭露自己，自己批判自己，簡潔而傳神：

　　　　現在，批林批孔運動開展得如火如茶（荼），形勢大好！這是一個重大的政治任務，是關係到偉大的文化革命能不能進行到底的頭等大事！孔老二要復禮，林彪要復辟，他們倆是一丘之洛（貉）！所以批林必先批孔！為了運動進一步深入，我今天給大家作一個輔導報告。孔老二到底是什麼貨色呢？他是春秋時代魯國的司冠（寇），名字叫孔丘，生於西元前五五一年，死於西元前四七九年。──呃，呃！（小聲地）怎麼生年反而在死年之後呢？（大聲）錯了！這裡的數字錯了！──亂彈琴！是他們搞錯的嘛！

三　陳四益

　　筆名東耳、葉芝餘，祖籍上海嘉定，一九三九年生於四川成都。一九六二年畢業於復旦大學中文系，留校任教。「文革」中下放幹校，並在湖南一個化工廠勞動了三年。一九七五年進新華社湖南分社

工作，一九八一年《瞭望》創刊，陳四益調到北京任編輯，曾任新華社高級編輯、《瞭望》週刊副總編輯。雜文集有《當代雜文選粹・東耳之卷》（長沙市：湖南文藝出版社，1988年，第1版）、《繪圖新百喻》（長沙市：湖南文藝出版社，1992年，第1版）、《瞎操心》（上海市：漢語大詞典出版社，1996年，第1版）、《繪圖雙百喻》（長沙市：湖南文藝出版社，1997年，第1版）、《亂翻書》（上海市：學林出版社，1997年，第1版）、《丁醜四記》（上海市：華東師範大學出版社，1998年，第1版）、《唐詩別解》（北京市：解放軍文藝出版社，1999年，第1版）、《古話今說》（天津市：百花文藝出版社，1999年，第1版）、《軋鬧猛》（廣州市：廣東人民出版社，2000年，第1版）、《權勢圈中：《世說》初譚》（福州市：福建人民出版社，2001年，第1版）、《一枕清霜》（瀋陽市：遼寧畫報出版社，2001年，第1版）、《社會病案》（北京市：中國工人出版社，2003年，第1版）、《呆是不呆：新百喻解》（西安市：陝西師範大學出版社，2004年，第1版）、《草橋談往》（上海市：上海古籍出版社，2005年，第1版）、《準花鳥蟲魚》（濟南市：山東畫報出版社，2005年，第1版）、《忽然想到：畫說・說畫》（北京市：生活・讀書・新知三聯書店，2011年，第1版）、《錯讀儒林聊齋索圖》（長沙市：湖南文藝出版社，2012年，第1版）、《魏晉風度》（長沙市：湖南文藝出版社，2012年，第1版）、《陳四益集》（長春市：吉林出版集團有限責任公司，2013年，第1版）、《衙門這碗飯》（廣州市：廣東人民出版社，2014年，第1版）、《空桶時代》（北京市：金城出版社，2015年，第1版）等。

　　陳四益對雜文一直持寬泛的理解，他認為雜文可以有不同的文體、不同的內容、不同的風格，反對用一種調調兒來限定一切雜文，自築藩籬，自縛手足。因此，他在雜文創作中總是打破常規，自覺追求「三獨」：獨具隻眼、獨闢蹊徑、獨特風格。長期以來，雜文創作中存在內容單調、重複用典的問題。一講廉政就舉「懸魚」的例子，

一寫人才就用「伯樂」的典故，所有文章大同小異，毫無新意。而陳四益總是力求以獨特的觀察角度、獨特的論據與獨特的論證方法來表現自己那些獨到的見解。於是，他學習先秦諸子常用的辦法，用文言文寫一系列短小的寓言體雜文，以淺顯之設譬，說至精之哲理，言簡意賅，寓意深廣，形象鮮明，回味無窮。如〈薦賢〉：

> 昔有一人，好堯舜之行，每語人曰：「我為王，必禪位於仁者；我為官，任滿，當薦一賢者代任焉。」後為郡守，思踐前言，乃物色可以為代者。三年之內，遍索郡中，輾轉舉薦者逾萬人，竟無可其意者。
>
> 一日，遇弄大木偶者於市。偶大小如人，手足耳目俱轉關自如，悉從弄者之意而無稍違。乃大喜過望，急拱手迎之曰：「是真可以代我者也。」

這篇雜文有很強的現實針對性，觸及到中國當時幹部制度改革中的問題。由於廢除了幹部的終身制，那位「郡守」迫於形勢不得不言不由衷地到處申說要「薦賢」代替自己，而三年之間，逾萬人中，居然無一人中其意。作者以誇張之辭，把矛盾推向極致，反襯出其不願讓賢、言行不一的本性。最後出人意料的是，他看中的竟是一個沒有靈魂和獨立意志，可以任他操縱擺佈的「木偶」。作者把解剖刀刺入人物靈魂的深層，揭出其更為醜惡的內心世界。又如〈墜瓶〉：

> 某翁，家藏一古瓷瓶，精美絕倫，置內室架上，秘不示人。一日，自外入，見瓶半懸架外，岌岌乎欲墜，遂勃然，齊集家人，欲究咎責。媼怨子；子尤婦；婦又歸咎於僕；僕指天劃地，力辨其誣。舉室譁然，嘵嘵未已，日偏西而不覺也。忽風動簾帷，帷拂危瓶，瓶墜地粉碎矣。一室擾攘，嘎然而止。

這類現象在現實生活中十分普遍。一件事出現偏差，本來只要總結一下教訓，集思廣益，便可糾正辦好；但是，人們往往把力氣都花在推諉責任與相互埋怨扯皮上，結果釀成了更大的損失。對於這些陳年痼疾，如果採用一般的寫法，會讓人感覺到是老生常談，而陳四益通過寓言的形式加以表現，避免了雜文寫作中普遍存在的「似曾相識」的老面孔，而給人以另闢蹊徑的新鮮感受。老作家嚴文井在《繪圖新百喻》的序言中指出：「他的寓言自成一格：在這個世界裡，誰都沒有特權，或者說，有特權也不作數。什麼達官貴人、和尚皇帝、正人君子、刀筆小吏、龍鱗虎虱、狗頭犬人、千奇百怪，都只能老老實實共處於一室，各念各的經，各唱各的戲，都是一本正經，都又荒誕不經。說它不真實又像那回事，說它真實又沒那回事。」

四　謝雲（1925-2013）

　　謝雲，江蘇南通人。一九四三年參加革命，擔任過區委書記等職。一九四九年後長期在黨政機關工作，曾任人民出版社副總編輯、《人物》主編。他在「文革」前主要寫文學評論，經常寫雜文，是粉碎「四人幫」以後的事。他說：「雜文在我，大抵只是有話想說，而又自以為這些話可能有益於世道人心和社會進步，而且並非全是陳言套語的，便寫了出來。」[22]謝雲的雜文集有《當代雜文選粹‧謝雲之卷》（長沙市：湖南文藝出版社，1986年，第1版）、《五味集》（蘭州市：甘肅人民出版社，1989年，第1版）、《正確的空話》（瀋陽市：遼寧畫報出版社，2001年，第1版）、《鳥啼三聲》（太原市：山西人民出版社，2002年，第1版）、《謝雲集》（長春市：吉林出版集團有限責任公司，2013年，第1版）等。

　　清代趙翼〈論詩絕句〉云：「隻眼需憑自主張，紛紛藝苑說雌

22　謝雲：《五味集》〈自序〉（蘭州市：甘肅人民出版社，1989年，第1版）。

黃。矮人看戲何曾見，都是隨人說短長。」謝雲認為寫雜文也要「隻眼需憑自主張」，在對事物進行分析、做出評價時，見人之所難見，言人之所罕言。如〈西裝・文明及其它〉，針對「西裝能使人變得文明」的言論，作者指出：西方世界那些黑社會的頭頭腦腦，那些販賣毒品的巨賈大亨以及賭場老闆、妓院班主，不也都是西裝筆挺、衣冠楚楚的人物？就在我們中國，那些高級流氓、騙人黑手、經濟犯罪分子，也有不少身著西裝的。然而，作者的本意並不在批評這種謬論，而是借此抨擊「我們的宣傳工作至今仍未完全擺脫喜歡言過其實與牽強附會這二大痼疾」。「和尚動得，我動不得？」本來是阿Q調戲小尼姑的荒唐邏輯，但在現實生活中它卻成了人們化非為是、變無理為有理的擋箭牌，於是種種不正之風便蔓延開來。謝雲在〈和尚動得，我動不得？〉中戳穿了這種處事原則的危害性，指出這是一種泯滅良知的麻醉劑，一種自我欺騙的藉口，一種向邪惡看齊的哲學。尤其值得注意的是，有的人本身就是一位大「和尚」，卻也在那裡大嚷大叫，批什麼「和尚動得，我動不得？」，作者認為這就更應該加以揭露，還其一個本相。長期以來，思想的禁錮和政治的壓力，使人們習慣於思想的大一統和定於一尊，以異為非，聞異而懼，已成了一種思維定勢。謝雲的〈海內何妨存異己〉鼓勵人們敢於承認思想的大一統不利於社會的發展，敢於承認越出傳統觀念的新思想、新見解、新理論的價值，並且對異見新說要採取尊重和寬容的態度。謝雲正是具有一種不唯書，不唯上，不迷信權威，不囿於陳說，不惑於眾論的獨立思考精神和不怕被斥為異端邪說甚至遭到打擊的勇氣，所以他的雜文富於新意，有著創見卓識。

五　老烈（1921-?）

原名蘇烈，遼寧綏中人。一九四〇年參加八路軍，當過武工隊偵

察員。一九四九年後曾在中共湖北省委、中共中央中南局、中共廣州市委等黨政機關工作。一九五〇年代後期開始從事雜文創作，為「龔同文」的一員，他自稱當時是「業餘習作，偶為短文，沒有甚麼雜味，更談不上所謂文采」。一九六二年初，因幾篇雜文，在「反右傾」運動中險遭不測。「文革」中，老烈被打成「三反分子」，下放粵北幹校。一九七四年調到廣東省社會科學聯合會工作。「四人幫」垮臺後，他破了「告誡子孫，永不拿筆」的戒條，「說左道右，論是談非，當歌者歌之，當捅者捅之」。新時期以來，老烈的雜文主要圍繞群眾日常關心的大事去寫，他指出：「售貨員罵人、缺斤短兩的小事我先不管它。抓住黨和群眾時時關心的大事去寫，切中時弊，才能顯示雜文的匕首、投槍作用。」[23]老烈著有雜文集《瓜豆篇》（廣州市：花城出版社，1986年）、《貨郎集》（廣州市：廣東旅遊出版社，1986年，第1版）、《當代雜文選粹·老烈之卷》（長沙市：湖南文藝出版社，1986年，第1版）、《流水章》（廣州市：廣東旅遊出版社，1992年，第1版）、《老烈雜文》（廣州市：花城出版社，1993年，第1版）、《路邊吟》（廣州市：廣東人民出版社，1998年，第1版）等。

　　老烈認為，雜文作者最忌人云亦云，而應該反常思維。他說：「我當過幾天偵察員，練過幾天『功』。這就是說，要從一般生活裡看出它的不一般，從尋常事物裡看出它的不尋常。讚揚真善美，揭批假醜惡。」[24]正是由於這種刻意求新的指導思想，使他在欣賞電影《小花》的藝術技巧和兄妹母女悲歡離合的故事情節之餘，想到了「題外事」、「畫外音」，於是，在〈小花還活著嗎〉一文裡，他最早對那些對不起小花的「考慮考慮」、「畫圈圈」、「擬同意」同志和「三

---

23 劉建新、楊玉辰：〈羊城訪老烈〉，見《雜文百家專訪》（北京市：學苑出版社，1989年，第1版）。

24 老烈：〈門外雜談〉，見《雜文創作百家談》（鄭州市：河南教育出版社，1989年，第1版）。

水」、「四機」、「五子」同志發出警告：「總也有人忘記了小花，忘記了在一條戰壕裡倒在自己的身旁的戰友，忘記了自己為之艱苦奮鬥的革命事業，蠅營狗苟，只想著『烏紗帽』、『大紅袍』。」在社會上大興同鄉、同宗、同學、同事、同幫之間的聯絡，編織關係網，了解「情況」，交流「感情」，發展「友誼」之時，老烈在〈雜說五「同」──外一「同」〉裡，揭穿了覆蓋在「五同」上面那幾片「血統」、「感情」、「友誼」的溫情面紗，指出：「凡此種種，謂之『五同』，蓋係封建社會的人際關係和它在今天的餘孽。……那是一種赤條條的權、勢、錢的交易，『同』時互相利用，『異』時互相廝殺。它的信條是『人不為己，天誅地滅』，是『有奶便是娘』。」當社會輿論強調愛才、惜才、用才時，老烈寫了〈人才又一說〉，從人才本身的角度提出問題，呼籲被壓抑的人才，要自尊自強，勇於鬥爭，不能消極等待。因此，老烈的雜文常常表現出一種善於乘隙伺虛的思想鋒芒，一種獨具我見的深刻洞察力。

六　王大海（1923-2001）

原名汪流，江蘇蘇州人。一九四五年在淮南解放區參加工作，一九四六年進入山東解放區山東大學文藝系學習。隨後在新華社魯南分社擔任編輯、記者。一九四九年後任《河南日報》副刊編輯、《奔流》雜誌編輯，曾任河南省雜文學會會長。著有雜文集《一年四季》（廣州市：廣州文化出版社，1989年，第1版）、《思想的落葉》（鄭州市：河南人民出版社，2000年，第1版）等。

王大海擅長寫隨感錄體雜文，他給雜文下的定義是「以凝煉如詩的語言寫出的真話」，因為他認為「真理是明快的，並不需要長篇大

論」[25]。隨感錄有獨特的思維方式和表達方式，高爾基曾經說過，有
的人是用「格言和警句進行思維的」。王大海寫作這類隨感錄，也是
用「格言和警句進行思維的」。作者以簡短的文字，把自己的判斷和
結論寫出來，「判而不證，論而不辨」，但給人深刻印象，發人深思。
如〈春日漫筆——關於各種矛盾現象的思考〉之十二：

> 偽君子並非對於道德有真感情，他只是如同人們喜歡穿戴整齊
> 一樣把道德當做一件莊嚴的禮服穿在身上而已。
> 教條主義者並非對教義有真信仰，他們滿口經典，也只是拿它
> 作為體面的裝飾品。教條主義者往往更快地叛變他的教義。

王大海認為：「雜文和幽默是近親。雜文的血液中有幽默的染色
體。」[26]他的隨感錄往往寥寥數筆，卻融合了幽默、風趣、辛辣，是
一種含有思想的微笑。如《夏日隨筆》之三：

> 樂觀主義也是各種各樣的。
> 阿 Q 是一種，當年他在黑暗無告的生活中洋洋自得，心態常
> 與白馬王子無異。
> 烏龜也是一種。暴風雨來臨，它便縮進厚厚的甲殼裡，並十分
> 堅定地預言：風暴終將過去，好日子還會來到的……

王大海把自己的隨想錄稱為「思想的落葉」，這些繽紛斑斕的
「落葉」融情於理，在簡潔中露鋒芒，於精警中帶諷刺性和辛辣性，

---

25 王大海：〈我心中的雜文〉，見《雜文創作百家談》（鄭州市：河南教育出版社，
　　1989年，第1版）。
26 王大海：〈我心中的雜文〉，見《雜文創作百家談》（鄭州市：河南教育出版社，
　　1989年，第1版）。

真可謂「其稱文小而其指極大，舉類邇而見義遠」。

七　黃一龍（1933-）

　　祖籍四川，生於北平。抗日戰爭爆發前隨父母回川上學，一九四
〇年代後期參加學生運動。一九四九年後在成都市從事青年工作，曾
任共青團市委宣傳部長。一九五七年被劃為「右派」，下放農村和礦
山勞動。一九六二年調回成都，在一個物資公司作業務員，一直到一
九七九年初平反。此後在四川省社會科學院工作，研究當代地方史，
曾任當代四川研究所所長和當代四川叢書編輯部副主任。著有雜文集
《希望斷想錄》（成都市：四川民族出版社，1996年，第1版）、《中國
人的夢》（上海市：上海古籍出版社，1998年，第1版）、《黃一龍閱世
美文》（廣州市：廣東人民出版社，1999年，第1版）、《我的中國膽》
（長春市：長春出版社，2001年，第1版）、《黃一龍集》（長春市：吉
林出版集團有限責任公司，2013年，第1版）、《老問題闖新世紀》（北
京市：金城出版社，2015年，第1版）等。

　　黃一龍從一九八〇年代中期開始寫作雜文，他說：「這段時期，
正是我國厲行改革開放，經濟和社會迅速發展的時期。改革開放遇到
的種種阻力，改革開放的同時出現的種種負面現象，隨時刺激著我的
神經，迫使我動腦筋想一想。」於是他發表雜感，「表達一個公民對
改革開放的支持，對醜惡事物的厭惡」[27]。〈負責同志失蹤之謎──不
是驚險小說〉，談到平時在新聞媒介中經常見到各級負責同志參加各
種活動，可是一旦事情辦糟了，卻再也找不到「有關負責同志」，上
窮碧落下黃泉，兩處茫茫都不見。作者說：「想當年批判『全盤西化
論』之時，但見滿街的汽車首先頂風西化，算起來購買洋車共花二六
〇億元的鉅款，比三十年間國內汽車工業總投資的兩倍半還多，據說

---

27 黃一龍：《希望斷想錄》〈後記〉（成都市：四川民族出版社，1996年，第1版）。

那原因乃是『失控』。對什麼東西控不住呢？那千百萬輛豪華轎車真是先進到能自變無人駕駛坦克，浩浩蕩蕩侵入我邊防線麼？真正控不住的乃是人，乃是那些千方百計為自己或為比自己更負責的同志『改善工作條件』的人。」文章最後指出，如果老讓這些負責同志「失蹤」下去，其結果恐怕不僅驚險而已。〈希望斷想錄〉是一組有關教育的隨感錄，作者選取一些典型事例進行解剖，如「貴族學校」，從脫離中國現實土壤的「封閉」中培養出來的學生，將不過是陶行知所說的「雙料少爺」和「雙料小姐」；又如「高價生」，古人是聚天下英才而教育之，今人則聚天下銀才而教育之，古人是因才施教，今人則因財施教；再如「希望工程」，動員一百萬顆愛心，一對一地支持失學少年，讓他們念完小學，「不過，時代發展一日千里，工業農業都要現代化，和現代化的工農業的要求相比，小學畢業生也差不多還算文盲。所以，受益於希望工程的百萬兒童受益以後的前途，依然是個未知數。希望工程的希望值，其實很低」。一九三一年九月十八日，日本關東軍侵占瀋陽，東北三省淪為日寇的殖民地，多少東北父老鄉親死在日寇的刺刀之下。可是如今，「九‧一八」居然成了「就要發」的「好日子」，老闆擇吉開張，情侶擇吉成雙，他們忘了中華民族歷史上的災難和恥辱。黃一龍在〈另一種「無恥」〉中指出：「一個人不知羞恥，叫做無恥。一個民族忘記了自己的恥辱，比起一人的無恥，可怕多了！」黃一龍的雜文，是他憂國憂民的心聲的見證，其中洋溢著愛國激情，堪稱是時代的強音。

八　其他雜文家

新時期還有一大批活躍在雜文界的「雜壇健筆」，他們中間有黨政領導幹部，如原中共中央宣傳部副部長余心言，原中共吉林省委副書記、宣傳部長谷長春，原中共福建省委宣傳部副部長王仲莘，原中

共江蘇省鎮江市委副書記余耀中，湖北省宜昌市副市長符利民，他們長期從事宣傳工作，具有鮮明的政治立場、堅定的政治信念和敏銳的政治嗅覺，筆鋒所及，或針砭時弊，或謳歌新風，或辨言析理，革故鼎新，旗幟鮮明。余心言著有雜文集《人生探索》、《文明絮語》、《道德鼓吹錄》、《余心言雜文選》、《余心言雜文選續編》、《當代雜文選粹‧余心言之卷》等；谷長春著有雜文集《知曙集》、《塑造你自己》、《博採集》和《雜識拾零》等；王仲莘著有雜文集《華林集》、《屏山札記》等；余耀中著有雜文集《反思有益》；符利民著有雜文集《魔方啟示錄》、《雜文三人集》。

　　有作家學者，如湖北江漢大學教授陳澤群，浙江社會科學院編審魏橋，復旦大學教授公今度、林帆，陝西作家毛錡，他們或把雜文寫作當成一項莊嚴的「靈魂工程」，既執行社會道義，又創造藝術價值，或以文代言，言為心聲，「有了真情才下筆，決不違心作文；見了醜惡要揭露，決不明哲保身」，充分體現了知識分子的善良正直和執著追求。陳澤群著有雜文集《當代雜文選粹‧陳澤群之卷》、《破涕為笑──陳澤群雜文選》；魏橋著有雜文集《風雨四十年》；公今度著有雜文集《魂兮歸來》、《公今度雜文選集》、《冷板凳上的話》等；林帆著有雜文集《老馬詠歎調》、《老馬詠歎調‧續調》等；毛錡著有《北窗散筆》、《種金坪閒話》等。

　　有新聞出版界編輯記者，如原群眾出版社總編輯于浩成，原《人民日報》政法部主任吳昊，原《西寧晚報》總編輯惜醇，原《光明日報》「東風」副刊主編盛祖宏，他們的雜文出於新聞工作者的職業敏感，往往迅速對社會生活中的事件作出反應，善於打「第一槍」。于浩成著有雜文集《新綠書屋筆談》、《鳴春集》；吳昊著有雜文集《求全集》、《搔癢集》、《司晨集》、《小心你的鼻子》、《吳昊雜文集》等；惜醇著有雜文集《當代雜文選粹‧惜醇之卷》；盛祖宏著有雜文集《隱私權‧座次學‧出國熱》、《選美熱‧追星族、送禮學》。

　　有女性雜文家，如鄒人煜、陳飛、袁成蘭，她們作為當今雜壇上為數不多的女性作者，其心願正如鄒人煜所說：「一個臺灣尚且出現了如龍應台那樣一些女雜文家，難道大陸就這等不濟麼？這念頭激勵我，鞭策我，使我不能罷筆，我要叫人家知道雜文這殿堂也有女性一席之地，莫謂大陸無人也。」鄒人煜著有雜文集《紫千集》、《世態百感》、《微思絮語》、《梅次集》和《當代雜文選粹·鄒人煜之卷》，陳飛著有雜文集《思》，袁成蘭著有雜文集《直面人生》。

第十一章
雜壇新銳

第一節　鄢烈山和朱鐵志的雜文

一　鄢烈山（1952-）

　　湖北仙桃人。曾當過農民、民辦小學和師範學校教師。一九八二年畢業於北京師範大學中文系。一九八二年八月至一九八六年二月任職於武漢市青山區政府。一九八六年三月至一九八六年十二月任《武漢晚報》編輯，一九八七至一九九五年任《長江日報》編輯，後供職於《南方周末》。鄢烈山是當代青年雜文家中的翹楚，他自一九八四年秋開始創作雜文，至今在《人民日報》、《求是》雜誌、《瞭望》週刊、《光明日報》以及香港《大公報》等報刊上發表雜文數以千計，並在《法制日報》、《南方周末》、《大眾日報》、《勞動月刊》等報刊上開闢過雜文專欄，雜文作品〈研究太監是一門學問〉等被選入《中國雜文鑑賞辭典》、《當代雜文五十家》、《全國中青年雜文選》等。

　　鄢烈山著有雜文集《假辮子‧真辮子》（北京市：光明日報出版社，1989年，第1版）、《冷門話題》（成都市：成都出版社，1995年，第1版）、《中國的個案》（青島市：青島出版社，1997年，第1版）、《正義的激情》（呼和浩特市：遠方出版社，1997年，第1版）、《兩個世界的撞擊》（北京市：中國華僑出版社，1998年，第1版）、《此情只可成追憶》（成都市：四川人民出版社，1998年，第1版）、《沒有年代的故事》（廣州市：廣東人民出版社，1998年，第1版）、《鄢烈山時事評論》（北京市：大眾文藝出版社，2000年，第1版）、《癡人說夢》

（北京市：中國戲劇出版社，2000年，第1版）、《半夢半醒》（鄭州市：河南人民出版社，2000年，第1版）、《追問的權利》（烏魯木齊市：新疆人民出版社，2001年，第1版）、《中國的羞愧》（福州市：福建人民出版社，2001年，第1版）、《丟臉》（南京市：江蘇人民出版社，2004年，第1版）、《毀譽之辨》（福州市：福建人民出版社，2005年，第1版）、《年齡的魔力》（北京市：臺海出版社，2005年，第1版）、《早春的感動》（鄭州市：河南文藝出版社，2007年，第1版）、《點燈的權利》（哈爾濱市：北方文藝出版社，2011年，第1版）、《評點江山》（廣州市：廣州出版社，2011年，第1版）、《中國的心病》（廣州市：南方日報出版社，2012年，第1版）、《鄢烈山集》（長春市：吉林出版集團有限責任公司，2013年，第1版）、《二狗哲學》（北京市：金城出版社，2014年，第1版）、《烈焰與紅蓮》（北京市：中央編譯出版社，2016年，第1版）等。

　　畫家李可染有句論畫藝的箴言，「所貴者膽，所要者魂」。鄢烈山認為，一個畫家，畫山山水水，畫筆若有冒犯，也不過是冒犯傳統冒犯師教冒犯時風，一般情況下不至於「捉將官府去，斷送老頭皮」。而寫雜文則難免要冒犯弄權的權威和「殺人如草不聞聲」的社會習俗，比弄錢塘潮更加弄險，沒有姜維一般的大膽，最好是改行。而雜文所要的魂，五分是別具隻眼的見識，五分是服膺真理和主持正義的人格。因此，鄢烈山把雜文創作視為他人生的一種存在方式，他的雜文裡沒有奴顏和媚骨，沒有猶豫和曖昧，充滿了強烈的社會責任感、主持正義的良知和嫉惡如仇的熱心腸。他在雜文集《冷門話題》自序中說：「只有胸懷理想恪守信念的人，才會不苟且不妥協，遇事較真必欲辨明是非而心始安。只有寧折不彎骨頭硬朗的人，才會眼見不平，拍案而起。」[1]

1　鄢烈山：〈激情：雜文的生命泉——代自序〉，見《冷門話題》（成都市：成都出版社，1995年，第1版）。

　　在〈陳奐生主義〉一文中，鄢烈山把中國人包藏怯懦、褊私心靈、委屈求全、與世無爭的處世哲學稱之為「陳奐生主義」，他希望那些為堅持正義而慘遭歹徒殺害的英雄的鮮血，能喚醒國人的公民意識，塑造具有強烈社會責任感和獻身精神的民族性格，徹底摒棄那種「只要不是欺我一個人的事，就不算是欺我」的自欺欺人的「陳奐生主義」，向一切卑劣的邪惡的違法亂紀的敗壞社會公德的現象挑戰，為維護人的尊嚴和社會正義而奮鬥。在〈論「我冤枉」〉一文中，作者指出，「我冤枉」的主題幾乎涵蓋了中國文學藝術史上相當大多數有「人民性」的作品，從屈原的〈離騷〉仰天訴告「荃不察余之中情兮」，到當代小說《血色黃昏》中主人公林鵠的義憤填膺，一脈相承。這種反應和思維模式，只關心「我」的命運，彷彿真是偶然的因素造成了陰差陽錯，或個別心術不正的小人顛倒了本來昭如日月的是非，所以，他們總是把希望寄託在「明鏡高懸」的法官身上，總是把希望寄託在「洞察一切」的明君聖主身上。作者認為，「我冤枉」其實往往並不冤枉：無辜小民被冤正是以言代法、生死繫於個別官吏的清濁智愚的必然結果；「忠臣」被斥正是國家大事聽憑獨裁者的喜怒哀樂發落的必然結果；個人的不被「理解」就冤抑終生正是人身依附條件下的必然結果。〈毀譽何人判真偽——西湖之畔的隨想〉，從清代統治者無比推崇岳飛等「忠臣」，而對陳涉、李贄這樣的「叛逆者」沒有熱情乃至詆毀查禁，仔細思量這種榜樣選擇和導向的用意，作者不免對世代相傳的一些道德楷模產生隔膜之感。鄢烈山雜文精闢的剖析和深刻的闡發，不禁令人想起魯迅在〈中國人失掉自信了嗎〉中所說的一句名言：「要論中國人，必須不被搽在表面的自欺欺人的脂粉所誑騙，卻看看他的筋骨和脊樑。」鄢烈山雜文的價值正在於面向廣大讀者，喚起民眾。

　　鄢烈山認為，雜文最重要的品質除了正義的激情外，就是新鮮的思想；雜文最能吸引人、打動人的是獨到而深刻的見解，其上品應對

人們習非成是的現象，打上那麼一束強光，猝然令其窮形盡相，給人
「原來如此」的「頓悟」，使人有豁然開朗的驚喜。因此，他的雜文
創作堅持獨立思考，不甘人云亦云，更鄙棄見風使舵。

　　當廣播和電視頻頻播放流行歌曲〈小芳〉，全國上下都在傳唱
「謝謝你給我的愛，今生今世不忘懷……」時，鄢烈山的〈由〈小
芳〉想到美國大兵〉尖銳地指出，〈小芳〉的華彩樂段裡透著虛偽和
自私，讓人想起一個即將從美軍基地撤離回國的大兵，用他的歌安慰
那個淚眼模糊的女子。當流行歌曲〈縴夫的愛〉把舊時代悲苦地生活
在社會最底層的小人物描繪成「恩恩愛愛縴繩蕩悠悠」那麼風流浪
漫，而且竟然在全國首屆 MTV 大獎賽中榜上有名時，鄢烈山在〈哪
朝哪代〈縴夫的愛〉〉中直言不諱地批評道，這個作品不僅脫離縴夫
「赤腳短衣半在腰，裹飯寒吞掬江水」的生活實際，而且它的思想觀
念十分陳腐，表現的是女子為男子附屬品的舊觀念。作者說：「若把
這種女性意識當美德推銷給當代稍有現代平等意識、稍有獨立人格的
新女性，我不知道她們如何能忍受這種富有『詩意』的貶損？」當一
些新聞媒介以顯著版面刊登通訊〈昨日的夢，今天的夢……〉，宣傳
河南省南街村「向共產主義邁進」的消息時，鄢烈山在〈癡人說夢〉
中反駁了把經濟發展歸功於背「老三篇」、開「講用會」、「鬥私會」
之類的做法，並且認為這些做法不符合現代文明準則，帶有「原始」
的村社制度和「左」的印跡。如讓有錯的「當事人站在臺前，回答大
家質問，接受批評，由長輩訓斥，親朋勸導，孩童羞罵，使這種場面
生動激烈，當事人立馬汗顏」，這顯然是二十世紀六七十年代「批鬥
會」的遺風，是對公民人格的不尊重；至於「年輕人談對象要首先向
團支部彙報申請，經組織調查了解後方可進行；結婚亦如此，……不
得自定日期」的規矩，更是對公民自由的粗暴干涉。作者指出，這些
年雖然提出了「主要是防『左』」，但是「左」的那一套，在傳媒中並
沒有成為「過街老鼠」，因而仍如「城狐社鼠」敢於公然招搖，甚至

神氣得很。由此看來，「主要是防『左』」，並非無的放矢。

　　鄢烈山的雜文不僅觀點新穎，而且洋溢著「新松恨不高千尺，惡竹直須斬萬竿」的激情。他所論不怕「惡攻」之虞，不避「片面」之嫌，下筆果斷決絕，充滿征服謬誤的必勝信念。老詩人曾卓在為《冷門話題》作序時認為：「他關心人民的疾苦，又善於思考和敢於思考，突破了一些思維定勢，從一些人們習見的世態、現象、問題中，進行挖掘和探究，說出了他自己的看法和見解。由於他具有較豐富的學識，環繞問題，旁徵博引，有助於他立論的雄辯性。針砭時弊，頗露鋒芒。……更重要的是，跳動在其中的愛恨分明的心。感情的浸潤使他的雜文不僅具有說服力，而且也有感染力。」

　　與同齡的雜文家相比，鄢烈山的優勢表現在他勤奮讀書帶來的較為深厚的學識根柢，因此，他的雜文具有較豐富的文化底蘊。〈研究太監是一門學問〉實際上是一篇帶學術性的短論，作者簡要地介紹了太監政治的由來已久，以及歷史上趙高、童貫、劉瑾、魏忠賢等大太監強大的政治勢力，指出：太監政治是中國封建文化最典型的產物，太監人格包含著對知識的敵視、奴才心理、奴性習慣、裝神弄鬼、人性異化等內容。研究中國封建文化，不能遺漏「太監學」，不僅要研究太監政治的歷史演變，而且要從人格心理學與變態心理學的角度，把太監人格作為人性的標本來剖析。《續伊索寓言五則》推陳出新，出人意料，如其中之二〈天文學家〉：

　　　有個天文學家，每天晚上照例都到外面去觀測星象。有一回，他來到城外，一心望著天空，不留神落在一口井裡。他大聲呼叫，有過路人聽見，走過來，問明原因，對他說：「朋友，你用心觀察天上的情況，卻看不到地上的事情。」
　　　伊索就此評論道：這種人「連人們認為是普遍的事情都辦不到，卻拼命誇誇其談」。

後來呢？伊索這權威的畫龍點睛式的評論傳遍了全希臘，天文學家及一些別的書呆子成了大家的笑料。天文學家們於是都關心起地上的事情來，誰有一枚銅錢掉在地上都瞞不過他們的眼睛，相面、看手紋等活兒常能博得善男信女們的稱讚，皆大歡喜。

　　作者續補的部分顯然是雜文家想像和虛構出來的，在現實中，天文學家不會像故事中所描繪的那樣荒唐可笑；然而這又絕非作者的憑空杜撰，無知常常嘲笑有知，迷信往往戰勝科學，這種悖謬的事情不也隨處可見嗎？

二　朱鐵志（1960-2016）

　　吉林通化人。一九八二年畢業於北京大學哲學系。曾任《紅旗》雜誌編輯、《體育報》記者、《求是》雜誌編審。朱鐵志從一九八七年開始雜文寫作，他說：「生於災害之年，長於動亂之世。我是伴隨著民族的苦難長大成人的。這使我無法忘記歷史的重負、現實的責任；無法對社會醜惡心平氣和、無動於衷。」他寫雜文，「不敢指望揭示真理，但願能夠多說真話，少說廢話，不說違背人民意志和自己良心的假話、官話、混賬話」，「努力發出真誠和微弱的呼聲，以期喚起民眾對『療救痛苦的注意』」[2]。因此，朱鐵志的雜文總是充滿凜然的正氣和面對醜惡敢於橫刀立馬、浴血奮戰的勇氣。他雜文的骨髓裡不僅有鈣，而且有鋼，有鐵，有一種寧折不彎的品質。這是他的雜文在當下眾多平庸雜文中脫穎而出的主要因素。朱鐵志著有雜文集《固守家

2　朱鐵志：〈寫在後面的話〉，見《固守家園》（成都市：四川人民出版社，1996年，第1版）。

園》（成都市：四川人民出版社，1996年，第1版）、《思想的蘆葦》
（北京市：中國華僑出版社，1998年，第1版）、《精神的歸宿》（上海
市：華東師範大學出版社，1998年，第1版）、《被褻瀆的善良》（濟南
市：黃河出版社，1999年，第1版）、《克隆魂》（廣州市：廣東人民出
版社，2000年，第1版）、《浮世雜繪：小人物系列雜文》（福州市：福
建人民出版社，2001年，第1版）、《你以為你是誰》（北京市：文化藝
術出版社，2002年，第1版）、《拯救自我》（鄭州市：河南文藝出版
社，2003年，第1版）、《自信的位置》（北京市：北京出版社，2003
年，第1版）、《你笑的是你自己》（北京市：臺海出版社，2004年，第
1版）、《板凳的溫度》（北京市：中共中央黨校出版社，2009年，第1
版）、《文心雕蟲》（哈爾濱市：北方文藝出版社，2010年，第1版）、
《屋頂上的山羊》（北京市：中國長安出版社，2011年，第1版）、《沉
入人海》（北京市：北京商務印書館，2012年，第1版）、《理性的勇
氣》（北京市：金城出版社，2014年，第1版）、《理性的黃昏》（北京
市：人民文學出版社，2016年，第1版）等。

　　朱鐵志雜文創作最顯著的特點是他的「逆向思維」，即於整個社
會的思維之中，見出別人習焉不察的真知灼見。它使雜文思維的空間
更廣大，使雜文作者對事物有一個更全面的認識。這種思維方式避免
人云亦云、鸚鵡學舌、毫無創見、只是充當政策的傳聲筒的尷尬境
地，也摒棄雜文作品中四平八穩、不痛不癢、曖昧躲閃的「正確的廢
話」和「無用的真理」，而通過科學、縝密的思維方式來表達深刻、
獨到的見解。〈「暗訪」不暗的新聞〉，針對首都一家大報以頭版醒目
位置配以壓題照片發表一篇報導〈買票當乘客，談笑訪真情──市長
乘車暗訪〉，指出自欺尚可，欺人卻難：「是真暗訪，斷不該暗到大報
頭版。既然轟轟烈烈地上了頭版，圖文並茂，廣而告之，還說什麼
『暗訪』？」這種事先導演、巧妙安排的形式主義的做法不僅使莊重
的淪為輕飄，嚴肅的變得滑稽，削弱了新聞的可信度，而且非暗訪不

能明察，原本昭示著正道不暢，還要不惜筆墨大肆渲染，就更叫人大惑不解了。〈「非抓不可」論〉對日常生活中經常聽到的這種貌似認真負責的說法進行細緻深入的分析，直言不諱地指出其背後隱含的真正問題除了複雜的社會原因外，恐怕與一些地方和部門光說不練的天橋把式類領導有關。作者反問道：是誰在大喊「非抓不可」的同時，使醜惡現象一步步走到「非抓不可」的地步？「非抓不可」的慷慨激昂背後，是不是帶有某種表演色彩，是不是包含了某些現象「不抓亦可」的暗示？〈閒話「納稅人」〉辨析了「納稅意識」和「納稅人意識」的區別，前者強調納稅這一行為對象，強調納稅人的義務；後者則強調行為的主體，重在納稅人的權利。而我們的宣傳似乎只對「義務」熱心，對「權利」卻無興趣。從這樣的觀念出發，納稅人永遠是隨時可能偷稅漏稅的嫌疑分子，永遠只配做教訓和灌輸的對象，而不是受到全社會尊重的對象。事實上，稅收占據了國家財政收入的百分之九十，作為納稅人，有權過問國家的一切，「憑什麼，一些人默默奉獻，支撐著共和國雄偉的大廈，另一些人肆意揮霍，一年吃掉一千個億」。作者指出，有了納稅人意識，才談得上真正的主人公意識。朱鐵志長於思辨，他「總想在合理的現實中找到不合理的影子，總想在肯定的因素中發現否定的因素」[3]，因此，他的雜文剖析透闢，猶如剝筍，文筆犀利，具有強烈的戰鬥精神。

　　朱鐵志是學哲學出身的，他的雜文創作努力追求一種形而上的哲學境界。他希望通過嚴謹的推理，睿智的思索，使人見出理性的美。在物欲橫流、金錢至上的商業社會裡，名韁利索使許多人成了個人偏見和狹隘心胸的犧牲品，他們徒勞地與外界的紛擾和內心的迷惘抗爭著，大部分時光都是在毫無意義的瑣事、磨磨蹭蹭的躊躇和碌碌無為的哀歎中蹉跎掉的。一些青少年情感無以寄託而「追星趕星」。朱鐵

3　見〈朱鐵志小傳〉，《雜文家（選刊）》1991年第5期。

志在〈智慧的喜悅〉一文中，認為歌星鼓噪雖能幫助宣洩於一時，卻不能撫慰心靈於一世；酒色財氣雖可填滿虛妄的生活，卻不能使人在命運的無定中坦然地微笑。「唯有哲學，才是思想的主人、靈魂的歸宿。……哲學，使人成為心靈寧靜、淡泊名利、內在富有的人」。在他筆下，沒有什麼能比以追求真理為使命的哲學更使人獲得「理智之樂」，更使人感到幸福愉悅：

> 辯證法大師黑格爾說過：「哲學史所昭示給我們的，是一系列高尚的心靈，是許多理性思維的英雄的展覽。」達‧芬奇把學習哲學稱為「最高尚的樂趣、理解的歡愉」。畢達哥拉斯則從思辨的晦澀中見到了理性的美，他把哲學稱為「最高的音樂」。既然我們是一群追求理性、追求生活的目的和價值的熱血青年，既然我們是一群不甘做行屍走肉的理性存在；那麼，有什麼理由不去擁抱真正的哲學、去傾聽那彷彿來自天國的「最高音樂」呢？

西哲嘗言：「人是萬物的尺度。」人的理性、人的尊嚴、人的凜然不可侵犯的道德感，是古往今來無數哲人沉思不已的永恆主題。但是，由於中國傳統的道德倫理帶有過強的善惡評估色彩和個人情感色彩，遇到大的社會轉型變革期，往往現出脆弱、蒼白、偽善的一面。在〈何為萬物尺度？〉中，作者指出，由於視金錢為萬物的尺度，善造對策、巧鑽空子可以投機致富，道德感成了任人恥笑的無聊擺設，因此，「社會良心焉能不泯滅，道德倫理焉能不淪喪？逼良為娼焉能不成為令人痛心的社會現實？」這種反詰句式，形成一種步步進逼的辭鋒，以其義正辭嚴的凜然與剛正揭示了拜金主義的危害和惡果。

第二節　王向東和司徒偉智的雜文

一　王向東（1949-）

　　原名王世奎，筆名金陵客，江蘇泰縣人。高中未畢業，於一九六八年底下鄉插隊，當過鄉文書、中學教師和縣委宣傳幹事，一九九〇年八月調入《新華日報》工作。在基層生活的日子裡，他勤奮自學，一九八六年六月獲南京師範大學頒發的江蘇省高等教育自學考試漢語言文學專業畢業證書，並於一九九一年五月榮獲「全國自學成才優秀人物」稱號。王向東和雜文的結緣，始於一九八〇年代。一九八〇年五月二日《人民日報》發表了他的第一篇雜文〈舉賢不避己諱〉，這篇雜文後來和〈解石鐘山命名之「謎」的啟示〉一起被收入《中國新文藝大系（1976-1982）‧雜文集》。王向東說：「寫雜文是一項艱苦的勞動，它要求作者具有遠大的理想、堅定的信念、廣博的知識和敏銳的思考。真正的雜文，都是作者『先天下之憂而憂，後天下之樂而樂』的心靈與博大精深的學問碰撞的結晶。學習雜文創作的路，是一條充滿荊棘的路，是一條特別需要奉獻精神的路。」[4]

　　長期以來，王向東在雜文創作的道路上，披荊斬棘，努力跋涉，取得了豐碩的成果，是當代中青年雜文家的代表人物之一。他出版有雜文集《山不在高》（北京市：軍事譯文出版社，1991年，第1版）、《人格的力量》（北京市：今日中國出版社，1993年，第1版）、《紅樓絮雨》（南京市：南京出版社，1995年，第1版）、《我是一個怪物》（南京市：南京出版社，1995年，第1版）、《水滸國風》（南京市：南京出版社，1997年，第1版）、《巴子自白》（北京市：中國戲劇出版社，2000年，第1版）、《儒林視野》（北京市：中國文聯出版社，2001

4　王向東：《人格的力量》〈後記〉（北京市：今日中國出版社，1993年，第1版）。

年，第1版）、《大師年代》（北京市：中國文聯出版社，2001年，第1版）、《當了一回豬》（北京市：臺海出版社，2005年，第1版）、《直道鑄史》（福州市：福建人民出版社，2005年，第1版）等。

王向東認為，真正的雜文家，應該對人民負責，對社會負責，對歷史負責，「天下興亡事，毫端可有情」。他心懸國家民族興亡，痛斥社會歪風邪氣，筆端凝聚著一腔赤誠熱血。他說：「短文多緣時弊起，敢將千字比飛矢。」他批評大款大腕揮金如土、講排場擺闊氣行為的〈崇闊〉、批評公款出國旅遊的〈「公費考察」考〉、批評有些歌星把自己當成商品到處亂要出場費的〈一曲紅綃不知數〉、批評脫離群眾辦「貴族學校」的〈「貴族學校」與「希望工程」〉、批評選美和與之相關的拜金主義的〈選美選到天盡頭〉、批評吃喝玩樂價值觀念的〈麗人行〉和〈高樓歌舞幾時休〉、批評權錢交易的〈地痞的變遷〉、批評權色交易的〈李師師魅力何在？〉、批評有些領導幹部不務實整天只顧趕場子的〈「剪不斷」的剪綵話題〉、批評有些文藝作品內在品質下降的〈話說「文壇包裝熱」〉、批評封建迷信死灰復燃的〈風水的市場〉、批評雨花臺烈士陵園辦狗展的〈雨花臺的奇聞及其他〉、批評某公司拿公物贈影星的〈贈送豪華別墅新聞之我見〉、批評南京有人準備開發牛奶浴鼓吹高消費的〈莫名驚詫說「奶浴」〉等一系列雜文，對社會上存在的種種不正常現象予以尖銳的抨擊和有力的諷刺，社會反響強烈。

尤其是〈阿房宮應該重建嗎？〉一文，作者引古證今，切中要害，表現了雜文家的膽識和敏銳的洞察力。針對有人主張重建阿房宮，再現中國古代一些「風土人情」的論調，作者指出，杜牧諷刺統治者大興土木荒淫無度的〈阿房宮賦〉可以使我們窺見歷史之一斑：所謂「歌臺暖響，春光融融；舞殿冷袖，風雨淒淒」，是宮殿歌舞之盛；所謂「一肌一容，盡態極妍，縵立遠視，而望幸焉」，是宮女積怨之深；所謂「鼎鐺玉石，金塊珠礫，棄擲邐迤，秦人視之，亦不甚

惜」，是搜天下珍寶而揮金如土；所謂「負棟之柱，多於南畝之農夫；架梁之椽，多於機上之工女」，是繁華景象掩蓋下人民的痛苦。文章反問道：今天重現這樣一些「風土人情」，是對「秦愛紛奢」，「取之盡錙銖，用之如泥沙」的奢華揮霍豔羨不已，因而要重現舊景以抒思古之幽情甚至重入舊景再過一把癮呢，還是要為我們今天社會生活中的豪華奢靡之風找一個歷史的證據來證實「古已有之」？作者認為，耗費如此鉅資，不用來投資於教育，多辦成千上百所希望小學、希望中學；不用來投資於農業，以豐富老百姓的米袋子、菜籃子；不用來投資一切有益於經濟發展、人民生活品質提高的建設項目，能不令人感到震驚！

多年來，王向東一直堅持有計畫地系統讀書，政經文史哲，無不涉獵，這為他的雜文寫作打下了深厚堅實的基礎。他說：「要把雜文寫作與讀書截然分開，那是根本做不到的。我既不怕人譏笑在雜文中旁徵博引是所謂『堆砌秦磚漢瓦』，並且始終認為，倘是真正的『秦磚漢瓦』，按照現代人的設計和方法組合起來，未必不是一種讓人流連忘返的好去處。」[5]一九八八年他曾以〈陶臼的悲哀〉為題寫了一篇雜文。據當時報載從廣東省三水縣一座東漢古墓中發掘出的陶臼，竟然「樣式與如今山區農民所用的『春米臼』一模一樣」。作者感慨萬千，他從《易經》、《詩經》、《論衡》、《後漢書》以及李白、黃庭堅、王禹偁等人的詩句裡，找出了陶臼數千年一貫制的原因，那就是缺乏崇尚革新崇尚進步的精神；而這又不僅僅是陶臼的悲哀，「不警覺並剷除這種滿足於數千年一貫制的傳統，不剔除我們民族身上傳統的惰性，那將是我們整個民族的悲哀」。作者在新舊的聯繫和比較中，把問題的癥結揭示得更加清晰明瞭，所得出的結論也更加深刻驚警。又如〈直道容於史〉，是批評「好好先生」的。作者已經收集了二十多個歷代「好好先生」的故事，在寫作之前，他再通讀這些「好

5　王向東：《山不在高》〈再版後記〉（北京市：軍事譯文出版社，1991年，第2版）。

好先生」所處時代的歷史，從而較深刻地找到了「好好先生」所以產生的主觀因素和社會因素，指出：「好好先生」其實是民主意識被剝奪殆盡的畸形人，是那個「直道不容於時」的封建時代的產物，「而這種封建腐朽思想的殘餘，這種消極地對待人生的處世哲學，卻至今依然嚴重地阻礙著千百萬人民增強自己的民主意識和平等意識，在相當程度上阻礙著我們消除黨內和社會上一些嚴重的消極現象的步伐」，因此，他認為必須徹底清掃形形色色的「好好先生」的幽靈，促進社會主義民主與法制建設。王向東這類以史為據、閱古鑒今的雜文還有〈負芻才有反裘智〉、〈「澹泊敬誠殿」與「南陽諸葛廬」〉、〈官車行〉、〈從金縷玉衣說到宴安鴆毒〉、〈閒話宋仁宗「批條子」〉、〈「于青菜」的精神支柱〉等，嚴秀在為《山不在高》作序時認為，王向東這類雜文「確是自己學習歷史時有所發現，而寫的一些別人所未談，或談得比別人深刻，確有自己獨立見解的文章」。

　　王向東的雜文不僅縱論古今，而且他還把筆觸伸到中國古典文學的寶庫中，以古典小說為題材系統地寫作雜文，這是他雜文創作的一個重要方面。《紅樓夢》是一部奇書，魯迅曾經說過：「單是命意，就因讀者的眼光而有種種，經學家看見《易》，道學家看見淫，才子看見纏綿，革命家看見排滿，流言家看見宮闈秘事……」而作為嗜讀「紅樓」的雜文家和愛寫雜文的紅學家的王向東，他從《紅樓夢》中看到的則不僅是封建社會的種種黑暗，同時也看到了今天我們肩上蕭清封建餘毒的重任。於是，他在《紅樓絮雨》這本雜文集裡，以《紅樓夢》中的各類人物王熙鳳、薛寶釵、襲人、晴雯、賈政、賈母、賈寶玉、劉姥姥以及賈府風俗世情為由頭，創作了〈寧國府的「大鍋飯」〉、〈王熙鳳的「小金庫」〉、〈晴雯擅長「公關」論〉、〈賈府裡的攤派〉、〈劉姥姥走後門〉、〈李紈拉贊助〉、〈大觀園裡的偽劣商品〉、〈「集體研究」變形談〉等極富當代色彩的雜文篇章。姚北樺在為《紅樓絮雨》作序時認為，作者既讀懂、讀透「紅樓」，又關心、熟

悉、了解社會，二者完美結合，進入「化境」，筆下才寫出觀察入
微、鞭辟入裡、啟人深思、發人警醒，而又不使人有絲毫牽強附會之
感的好雜文。另外，王向東還受牧惠《歪批水滸》的啟發，以《水滸
傳》為題材創作了「水滸國風」系列雜文。雖然兩人在寫法上同樣是
借題發揮，但從題目的選擇到行文的風格卻有明顯的差異。在王向東
筆下，由武松打虎賞銀一千貫的來歷談到集資，由柴進帶林沖出關的
三大優勢想到今天的法制建設，由楊志急於謀官復職看出了官本位的
嚴重，由洪太尉等上層官僚的行為中看出了「皇帝失聰的悲劇」，由
魯智深的不識字想到了「人生識字糊塗始」，等等，使人不得不欽佩
作者思維角度的獨到新穎。馮英子認為：「王向東的《水滸》題材雜
文，卻賦予了《水滸》以新的生命力。」[6]

二　司徒偉智（1950-）

　　生於上海，祖籍廣東開平。他寫雜文的歷史可追溯到十六歲那
年，第一篇雜文〈廉貪有別〉發表於一九六六年三月二十一日的《文
匯報》。那時「文革」的雷聲已隱隱可聞，批海瑞、批清官已成定
局，可司徒偉智「早歲哪知世事艱」，在雜文中唱出了反調，因此碰
了個大釘子。一九六八年秋，他進廠做工，業餘時間仍讀書不輟，並
又開始寫作雜文。一九七三年春，司徒偉智被借調往原中共上海市委
寫作班子，寫過一些違心的文章。他說：「七十年代後期『真理標
準』的討論，令我震驚、令我醒悟。我重新找回『言為心聲』這淺顯
不過的作文準則。可以講真話了，至少不必再扭曲自己的感情與聲
音，跟著什麼調兒走了，我感到一種從未有過的快慰。」[7]司徒偉智

6　馮英子：〈無限悲憤湧筆端——簡評王向東的《水滸》題材雜文〉，《雜文報》1996
　　年1月16日。

7　司徒偉智：〈自我介紹〉，《雜文家（選刊）》1992年第6期。

曾任上海《解放日報》理論部編輯，改革開放的新時期是他有生以來最勤奮並且收穫最大的時期，出版了《三稜鏡集》（上海市：同濟大學出版社，1988年，第1版）、《知人論世》（上海市：同濟大學出版社，1990年，第1版）、《當代雜文選粹‧司徒偉智之卷》（長沙市：湖南文藝出版社，1996年，第1版）、《布衣閒話》（上海市：上海人民出版社，1998年，第1版）、《少見多怪》（北京市：金城出版社，2014年，第1版）等雜文集，並有〈龜兔賽跑的另一種結局〉、〈李泌論「官」與「爵」〉等十幾篇雜文被選入《中國新文藝大系（1976-1982）‧雜文集》、《中國雜文鑒賞辭典》、《中國雜文大觀》（第四卷）和《全國中青年雜文選》等。

　　舒蕪曾經回憶道，在一九五六年的一次會議上，他聽到胡喬木談雜文，大意是：批評大白菜貯運銷售的缺點，這種文章也是很需要的，但這不是雜文，雜文是談「世道人心」的。舒蕪覺得這的確抓住了雜文之所以為雜文的特點。司徒偉智的雜文正是善談「世道人心」，《三稜鏡集》是對「人生與社會的思考」，《知人論世》則是「人情世態面面觀」。他以記者獨特而睿智的目光，透視人生與社會的虛實和光影，並且通過雜文家那種縱橫捭闔、說古論今的堅實筆力刻劃出來，從而沉著而冷峻地向人們昭示出光怪陸離、五彩繽紛的大千世界，剖析出人生萬象和社會百態的本質底蘊。在〈你也能成為意志的強者〉、〈其九死猶未悔——談堅定〉、〈滴水穿石靠什麼——談毅力〉、〈馬卡連柯這樣說——談自製〉、〈兩個偉人的故事——談果斷〉、〈不可或缺的一環——談勇敢〉等雜文裡，作者談志向，談修養，談交往，談心理，這些都是有關「人心」的；同時，作者在雜文中從社會風氣談到法制建設，從輿論監督的級別問題說到領導幹部的廉潔自律，從「介紹信」的威力談到「小尾巴」的危害，從騙子的新招談到法盲的悲哀等等，這些都屬於談論「世道」的。作者或濃墨重彩，或淺描淡畫，無論是刺醜還是喻美，都有益於世道人心。而且，

司徒偉智喜歡通過打比方來增加文章的色彩和論證的力度。如在〈別了，「傳統俱樂部」〉中，作者談到英國倫敦一批老中青紳士組成一個團體，無以名之，姑且稱作「傳統俱樂部」，因為其宗旨是捍衛傳統的舊生活方式，他們既不坐火車、汽車，也不乘飛機、輪船，廣播和電視也一概謝絕，連打電話、照像也是違章的。而在我們中國今天所進行的改革進程中，也有一些人在社會生活方式、人際交往方式抑或生產經營方式上，時時流露出因循守舊、泥古不化的觀念，作者把這種以傳統為標準、唯傳統為美的觀念比喻為「傳統俱樂部」，把這些生活在現代社會而又拒絕現代文明者，稱作是魯迅所說的「拔著自己的頭髮欲離開地球」的人。又如〈世界容得下你我他〉，作者通過一件親歷之事，剖析了國人「濃烈得出奇」的妒忌心。魯迅當年在雜文中就曾感歎中國人不但「不為戎首」，「不為禍始」，甚至於「不為福先」，這是妒忌心理在作怪。司徒偉智給這種妒忌心理起了個「雅號」——「冬青叢心理」，十分形象地描繪了妒忌者的心態：「你見過公園裡、街道旁那一排排矮小而又整齊的冬青叢嗎？它們是容不得其中任何一棵冬青樹出人頭地，誰出了頭，就剪誰的頭。於是今天剪來明日剪，剪了你來又剪它，於是，就永遠那般長不高的可憐模樣。確實，它們中間誰也不見得低了，卻是大家都長不高；彼此倒也拉平了，然而是往低處拉平。」

儘管廖沫沙在為司徒偉智的雜文集《三稜鏡集》作序時，稱讚他的雜文「大多針對現實，且包容豐富知識，又敘議兼優」，因此「見識與文采俱增」[8]，但是，司徒偉智認為，比起古代大家那種氣派，或者比一比當代一些名家名作的深刻，自己沒有理由安於現狀。他說：「雜文創作需要深思熟慮，需要有經過深思熟慮之後的思想沉澱，否則，雜文會寫得平直、浮淺。我每當執筆為文，不敢輕率，不

8　廖沫沙：〈重彈「破門而出」論——代序〉，見《三稜鏡集》（上海市：同濟大學出版社，1988年，第1版）。

敢憑興之至隨意揮寫，不敢忘卻魯迅先生的八字箴言：『取材要嚴，開掘要深』。」[9]這番話道出了司徒偉智嚴謹的創作態度和求實精神。

事實上，他的雜文經常對一些看上去很普通很平常的社會現象，闡發入微，於平淡之中寓高深之致。〈龜兔賽跑的另一種結局〉從一個眾所周知的故事談起，作者認為龜勝兔敗的結局是建立在比賽中兔子睡大覺這種假設的基礎上，如果這種假設不能成立，那麼其結局就該改寫。可悲的是，落後的人們卻津津樂道於龜勝兔敗的結局，用一種美好的幻想來解脫自己，麻醉自己。作者提醒人們，落後者如果沒有勇氣正視現實，缺少危機感和緊迫感，那麼「敗象日露，危機日深，前途確實難言之矣」。〈一塊牌子主義〉談到了中外紀念傑出人物的不同方式：國外是釘上一塊說明牌解決遺址紀念問題，其舊宅照樣可出售，可租賃，可居住，死者得其名，生者安其居，互不干涉；而我們至今沿用的仍是一種頗為陳舊俗氣的做法，「丘壟必巨，香火必盛」，到處修復「故居」、「舊址」，不勝其煩。作者從中看到了中西文化的差異，「華人重虛文，洋人崇實利；華人重歷史，洋人崇現實；華人重昔賢，洋人崇生者」。他希望我們來個觀念轉軌，捨虛而就實，轉死而重生，將「一塊牌子主義」推廣開去。〈可怕的「傾覆」〉從河南一農民為一根只值五角錢的扒釘而不顧列車顛覆去拆卸列車的閘瓦扦，談到長城沿線一些居民拆掉城磚造豬圈、蓋雞棚，致使長城一片瘡痍，談到非洲人為了得到極其低廉的三十美元而不惜捕捉珍貴的黑猩猩，這些舉動都是愚昧使然。作者敏銳地從這些細微的事情中感悟到：「愚昧的人多起來，一個集體，乃至一個國家、民族都是要『傾覆』的吧。因為愚蠢、昏庸，憑這樣的素質，興利則不濟事，為害則正管用。」這些雜文無不表現出明辨義理、通達世情的深邃洞察力，其中蘊藏著司徒偉智博學而慎思、厚積而薄發的灼灼才華。

9　沈棲：〈「見識與文采俱增」──訪司徒偉智〉，《雜文界》1992年第6期。

第三節　陳小川、李庚辰、張雨生等的雜文

一　陳小川（1952-）

　　福建泉州人。從小生活在北京，中學畢業後於一九六九年二月分配在京西煤礦當井下掘進工。一九七一年到大西北參軍，被派到連隊當文書，開始了他的筆墨生涯。在那個特定的年代裡，陳小川的「處女作」是靠捍衛樣板戲起家的，而且為了追求「進步」，他幹過一些虛偽的事情。他說：「今天想起來，假如我當初沿著這條虛偽的路溜下去，後來就絕寫不出一篇真誠的雜文。虛偽地對待自己，不敢於正視自己的虛偽，那麼只能生產虛偽的文字，去增添社會原來就並不稀薄的虛偽的空氣。怎麼可能用自己的真誠去針砭、去褒揚呢？」[10]直至一九七九年調到《中國青年報》，他才開始真正從事他所熱愛的新聞工作和寫作事業。陳小川曾任《中國青年報》副總編輯。他著有雜文集《雛飛集》（蘭州市：甘肅人民出版社，1983年，第1版）、《弄潮集》（蘭州市：甘肅人民出版社，1985年，第1版）、《各領風騷沒幾年》（北京市：北京出版社，1988年，第1版）、《當代雜文選粹·陳小川之卷》（長沙市：湖南文藝出版社，1988年，第1版）、《有話直說》（北京市：中國戲劇出版社，2000年，第1版）、《陳小川隨侃錄》（北京市：北京出版社，2003年，第1版）等，其中《各領風騷沒幾年》榮獲全國首屆優秀散文（集）雜文（集）獎。

　　陳小川在一九八九年四月中國作協召開的雜文研討會上說：「不少同志把現在稱為『雜文時代』，其實從反面看，是我們缺少充分的民主管道和機制，是現在的時代、現在的輿論環境造就了『雜文時代』。」「雜文家們都應該具有強烈的社會責任感，反對封建，反對愚

---

10 陳小川：《各領風騷沒幾年》〈後記〉（北京市：北京出版社，1988年，第1版）。

昧，用我們的文章去努力推動社會向現代化發展。」[11]〈吃螃蟹與用螃蟹嚇鬼〉，談到在許多地方的人們早已把螃蟹當做美味的盤中物時，《夢溪筆談》卻記載關中一帶的人還把它視為最可怕的東西，用它來嚇鬼卻病。作者感歎閉塞造成的愚昧是可怕的、可悲的：在中國歷史上，先進的地動儀、指南車、《九章算術》與人殉、裹小腳、迷信共存；在當代，人造衛星和刀耕火種並存，電子電腦與敬神同在。面對文明和愚昧共存的現實，作者提出：我們應該拿出前人吃螃蟹的勇氣來，堅持不懈地為消除愚昧而鬥爭到底。〈喇叭褲與「中國早就有」〉，針對「考據家」們「我先前比這闊多了」的心態，指出：「早就有」不是什麼壞事，壞就壞在阿Q精神把好事變成了壞事，「小農的狹隘精神世界使得一個民族的心理受到抑制和扭曲，使得創造之火暗淡了，得到的是一種小農式的滿足和慰藉」。〈唱起「從來就沒有救世主」〉，作者驚訝於一九八○年代還有許多青年崇尚「青天」和清官政治，渴望「當官要為民作主」，他指出，「大革文化命」的時代，正是因為群眾拿著迷信當忠誠，唯上而不唯實，不習慣獨立思考，等級觀念濃厚，平等意識淡薄，寄幸福生活的希望於「聖君」、「賢臣」、「清官」、「英雄」，才把領袖塑造成神，同時為奸佞們得以肆虐創造了土壤。青年人只有提高民主意識，才能真正成為面向世界、面向未來、面向現代化的新人。

　　邵燕祥在為陳小川的雜文集《各領風騷沒幾年》作序時，認為：「好的雜文的作者，筆鋒常帶感情。但是光靠感情不足以說服讀者；雜文的靈魂是真理的力量，邏輯的力量，所謂『持之有故，言之成理』。有理不在聲高，甚至出之以幽默詼諧，這就是雜文的理趣。」陳小川的雜文立論頗奇，見解精闢，很有氣勢，而且他善於微言大

---

11 見周導：〈雜文將與改革結伴而行——全國首屆雜文研討會紀要〉，《文學報》1989年5月4日。

義，小中見宏，以理服人，以情感人。他說：「我的雜文是針砭的居多，卻是滿腔的愛在後面推著寫的。」[12]〈各領風騷沒幾年〉談到古人囿於時代的侷限，把成就突出的「才人」尊奉為「祖師爺」，如建築業尊魯班，紡織業尊黃道婆，「高山仰止，景行行止」是可以理解的。而今科學技術飛速發展，知識變化日新月異，新人新論層出不窮，如果各門學科的權威們還是「各領風騷數百年」，那就是一件值得擔憂的事。作者認為，只有新人不斷脫穎而出，去動搖權威的地位，社會才能進步。因此，他風趣地提出「各領風騷沒幾年」，甚而至於越短越好。〈喜喪〉對「喪事當成喜事辦」的國民性進行了犀利而有力的揭露和嘲諷，妙趣橫生，切中要害：

> 鑽井平臺翻到海裡去喚作交學費；失業不叫失業喚作待業；競爭不叫競爭喚作競賽。有違人情世故之競爭，也變了溫情脈脈笑容可掬，友誼第一比賽第二，愣要輸給你，勝敗第八。還有那火車翻倒在山溝裡，不叫事故，叫作搶救國家財產英雄輩出可歌可泣的凱歌。做生意賠了本不叫無能，叫認清了資本主義爾虞我詐唯利是圖。還有死了不叫死了，叫「去見馬克思」，得導師耳提面命萬載難逢。「文革」時形勢嚴峻，經濟已到崩潰邊緣，還高唱到處鶯歌燕舞，形勢大好，不是小好，比以往任何時候都要好。全國山河亂七八糟，派仗蜂起好人無安身之處的十年浩劫，據說是亂了敵人鍛煉了群眾。

　　雜文的內容是豐富多樣的，形式是多姿多彩的，因此，雜文的標題也可以異彩紛呈，不拘一格。但是，長期以來，雜文標題存在著一般化、雷同化的毛病，如「從……說開去」、「從……聯想起」、「有感

---

12 陳小川：《各領風騷沒幾年》〈後記〉（北京市：北京出版社，1988年，第1版）。

於……」這類標題顯得落套，「……讚」、「……頌」、「論……」這類標題缺少幽默，「要……」、「切莫……」、「提倡……」這類標題過於直白，都讓人覺得平淡無奇，甚至望而生厭。在當代雜文家中陳小川比較注重雜文標題的構思，他的一些雜文題目像傳神的寫意畫，讓讀者透過這個「窗口」，十分清晰地窺見文章的要義。如他常常在人們熟悉的格言名句上做文章：〈各領風騷沒幾年〉，借用清代趙翼的詩句「各領風騷數百年」而反其意用之；〈中國古典時間觀的終結〉，借用馬克思的名篇〈論費爾巴哈和德國古典哲學的終結〉，起到了提綱挈領、畫龍點睛的作用。他還把毫不相干的事物或運用歸謬法推出的事物放在題目上，製造懸念，引人注目，如〈有缺點的戰士和無缺點的蒼蠅〉、〈從未莊想到丁小寶〉、〈草鞋和「彩電」之間〉、〈文昌君與財神爺〉、〈賀老六的緊身褲〉、〈龍與劉阿斗〉等。陳小川的雜文標題也有化大為小，用比較輕鬆閒適的口氣去表達比較重要的論題，暗含詼諧，如他論流言殺人，從周公恐懼流言、阮玲玉被流言索去性命談到當今流言傷人的形式和手段，一曰「政治上整」，二曰「經濟上整」，三曰「桃色新聞」，四曰「驕傲」，文章含著幾分激憤，而標題卻是〈流言四部曲〉；針砭國民性中抱殘守缺、拒絕接受新事物的文章，題為〈變變面孔〉；呼喚作一部中國雜文史的文論，題目是〈雜文可以姓趙〉。作者在構思雜文題目時，與雜文的立意密切配合，因此他雜文的標題獨具一格，形神兼備，閃閃生輝。

二　李庚辰（1941-）

河南社旗人。一九五七年在中學讀書時，他就開始在當地報紙上發表詩歌、小說。一九六二年參加中國人民解放軍空降兵，歷任班長、排長、指導員。為了滿足部隊文藝活動的需要，他創作過小演唱、數來寶、快板、故事、報告文學、小說、散文等。一九六五年曾

以小說作者的身分出席全國青年業餘文學創作積極分子代表大會。一九六七年初調武漢軍區空軍宣傳部任新聞幹事，同年調軍委空軍政治部工作。一九七一年林彪事件後，李庚辰在批判林彪反黨集團的罪行中，懷著滿腔義憤開始寫作雜文。他說：「是對社會的責任感和戰鬥激情，使我走上寫雜文的道路。」不久，他調到《解放軍報》專門做雜文編輯，從此和雜文結下了不解之緣。新時期以來，李庚辰陸續出版了《愛國主義縱橫談》（南京市：江蘇人民出版社，1984年，第1版）、《待人處事之道》（太原市：希望出版社，1985年，第1版）、《探世集》（太原市：北嶽文藝出版社，1988年，第1版）、《直言集》（北京市：解放軍出版社，1989年，第1版）、《李庚辰雜文選》（北京市：華藝出版社，1994年，第1版）、《做人與做戲》（北京市：解放軍文藝出版社，1994年，第1版）、《當代雜文選粹・李庚辰之卷》（長沙市：湖南文藝出版社，1996年，第1版）、《勸善懲惡集》（北京市：解放軍出版社，1997年，第1版）、《憂喜集》（北京市：華藝出版社，1997年，第1版）、《笑的亂彈》（北京市：北京出版社，2002年，第1版）等雜文集和《雜文寫作瑣談》。

　　李庚辰性格耿介，愛恨分明，自稱以塗鴉雜文扶正祛邪，使「不是東西」者不舒服，忠耿正直人拍手稱快。他的雜文敢於直言，尖銳潑辣。明白直率地闡述是非愛憎，真摯熱誠地謳歌光明正義，毫不留情地戟刺腐朽邪惡，是李庚辰為文的一貫追求。他說過：一個合格的雜文作者，首先必須堅持真理，堅持真理就必須旗幟鮮明，模稜兩可、顧慮多端，寫不出好雜文；「為名為利也寫不出好雜文。雜文需要硬筆，人也要有點硬氣，文章才有脊樑」。寥寥數語，既說出了他的為文之道，也說出了他的為人之道。這是雜文應有的品格，也是雜文家應有的社會責任感的表現。他在雜文中對「拍馬六技」——揣、喂、舔、拂、磨、助的無情解剖，對「做官訣竅」——跟、推、滑、巧的深刻揭露，對「流氓三術」——詐騙術、潑汙術、嚇人術的精闢

概括，對吃喝風源的深入探究，對「請示學」的發凡，對「檢查團」的檢查，對「酌情處理」的分析，對「貪官短命」的質疑，無不一針見血，入木三分。思想之敏銳，筆鋒之犀利，令人擊節嘆服。早在一九七九年，李庚辰就在〈有感於卡瑪罷宴〉一文中，從美國友人韓丁的女兒卡瑪罷宴談起，對大吃大喝之風作了鞭辟入裡的分析，對那些「以人民公僕自居」而實際上卻「有意無意地充當著大嚼社會主義的蝗蟲」的人痛下針砭，字字千鈞。李庚辰認為雜文是批評的，戰鬥的，它總要指毛病、揭瘡疤、戟刺鞭撻。敢於秉筆直書，針砭時弊，揭微顯隱，攻堅除頑，抗枉令直，具有強烈鮮明的戰鬥風格，是李庚辰雜文的最主要特色。

「撐腸正有五千卷，下筆須論二百年」。老雜文家李欣稱讚李庚辰「博學多識，洽聞強記。他的篇什卷帙中常常看到的是廣徵博引，褒善貶惡，炮鳳烹龍，說是道非，使讀者如入廣廈細旃間，於廣闊天地、星漢燦爛中跟他聽講談心」[13]。李庚辰自己也認為：「雜文為著圍繞論題，說明論點，常常古今中外、海闊天空地引用許多不同類型但卻都能說明同一論點的雜材料。這些雜材料，往往體現了作者知識的『博』，文章材料的豐富，論據的充分。實際上，哪怕是幾百字的雜文，也往往要有雄厚的知識作為基礎。『風行水面，自然成文；信手拈來，頭頭是道』。沒有淵博的多方面的知識來支持，是很難寫出豐厚雋永的雜文的。」因此，他常常以其淵博的文史和社會知識，談古論今，洞幽燭微，使短小的雜文顯得豐厚而充實，增強文章的說服力和感染力。如〈武侯祠·醫聖祠·張衡墓〉，從古代三位名人身後的不同際遇生出感慨：諸葛亮官拜丞相，於是崗以人名，地以官貴，當年秋風可破的蝸居茅廬，經建祠築苑，起房壘土，日益宏偉起來，殿

13　胡昭衡（李欣）：〈把會員的作品研討開展下去——在李庚辰雜文研討會上的講話〉，《雜文界》1995年第2期。

宇亭臺，雕樑畫棟，好不氣派；張仲景做過長沙太守，又醫救了不少人命，故而也得到後人立祠紀念；張衡雖然創制了渾天儀、地動儀等多種天文地理觀測儀器，開闢了古代地震學研究的新紀元，但到底不過是一個科學家、知識分子，死後被草草葬在農田的一隅。作者剖骨析髓，批判了中華民族落後守舊的心理定勢：看重的是官勢權位，輕視的卻是科學文化。此外，在〈王安石的度量〉、〈吳起的悲劇〉、〈孟子的用人觀〉、〈焦芳的取信術〉、〈諸葛亮也曾嫉才〉、〈李林甫「打內堂」〉、〈蘇軾吃野菜〉、〈陳後主禁佛與朱元璋執法〉等雜文中，作者引經據典，議論風生，深入淺出地闡明道理，觸類旁通地開拓思路，收到很好的效果。

　　李庚辰在雜文中非常注重運用諷刺的手法，他抓準針砭對象的特點遺貌取神地加以藝術誇張，顯示其可笑、可鄙甚至可惡之處，達到強烈否定的效果。如〈答古月問〉針對古月走穴後的狡辯：「我是特型演員，但我首先是演員，我也付出了創造和勞動。我不是毛主席，別人要高價，我為什麼不能要錢？」作者故意說：

> 你那「創造和勞動」多複雜、多艱苦、多困難、多勞累呀，你上臺前得塗脂抹粉，梳妝打扮；上臺時得挪動腳步，挺直腰桿；出場後得鼻孔出氣，嘴巴開合，舌頭捲動；還得抬起小臂，伸出巨掌，左顧右盼，揮手致意；又得捏腔拿調，抑揚頓挫地說上幾句湖南話；更須鬆弛面部肌肉，裝出笑容可掬的偉人狀，這要勞動每根神經、每條血管、每個細胞，是容易的嗎？

這種漫畫式的描寫，談笑之間便將「麒麟皮下的馬腳」暴露出來了，切膚入骨，形神畢現。

三　張雨生（1945-）

　　出生於湖北黃梅。一九六五年參加工程兵，當過戰士、班長、指導員、宣傳幹事、軍宣傳處長。曾執教於石家莊陸軍學院等。一九七〇年代末期思想解放運動和歷史性的大轉折，對張雨生觸動很大，他開始寫作雜文。他說：「毋庸諱言，雜文作為文學的一個品種，在建國後沒有得到應有的發展，沒有取得應有的成就。一陣風雨一陣愁，幾番興衰，幾度沉浮，弄得雜文作者無所適從，乃至心灰意冷。如今，需要雜文的呼聲漸高，扶持雜文的風氣漸好，願寫雜文的作者漸多。天張祥雲，興浮在望。『春江水暖鴨先知』，我做了這樣的鴨兒，自然是欣慰的。」[14]為發展新時期的雜文事業，張雨生做了許多工作。一九八四年十月，《雜文報》創辦，他應聘擔任顧問，並撰寫了創刊辭，號召雜文家「鼎新革故，激濁揚清」。一九八五年一月，《雜文界》創刊，他是第一任主編，在「創刊綴言」中，他呼喚建立「系統的豐厚的雜文理論」。一九八六年二月，雜文創作函授學院院刊《菖蒲》創辦，他又應邀擔任主編，在「致學員書」中，他希望廣大雜文愛好者「交流創作情況，互相學習，不斷提高」。張雨生不僅熱心雜文事業，而且寫作勤奮，著有雜文集《塢城札記》（太原市：北嶽文藝出版社，1986年，第1版）、《檻外人語》（北京市：文化藝術出版社，1989年，第1版）、《察風慮雨》（北京市：海潮出版社，1992年，第1版）、《癡人說夢》（北京市：人民中國出版社，1994年，第1版）、《張雨生隨筆選集》（北京市：解放軍文藝出版社，1998年，第1版）、《山水文脈》（福州市：福建人民出版社，2005年，第1版）等。

　　張雨生認為，寫雜文最好從實際出發，具體地分析問題，不接觸實際，不分析具體問題，講人所共知的空道理，復述經典作家的論

14　張雨生：《塢城札記》〈後記〉（太原市：北嶽文藝出版社，1986年，第1版）。

點，或對這些論點做注釋性的發揮，很難寫出好雜文。他說：「雜文家的功力，不是表現為對某種思想進行注釋性的解說，而是表現為首創性的發見和表述。」一篇雜文，若能首創性地發現一個問題，一種現象，哪怕它還提不出解決的辦法，也極為可貴。他喜歡從現實生活中挖掘活材料，寫出自己的獨特感受。他說自己寫雜文，天上地下，人間鬼域，山珍海味，青菜蘿蔔，談過不少，但沒有談過教育子女的體驗，不是不想談，而是談不出新的東西。一九八〇年夏天，張雨生出席部隊文藝創作座談會，住在軍事博物館招待所。一次見到一隻虎皮鸚鵡停在樹上，聽種花老人說：「它在野外找不到食，找不到水，要不了幾天，就會渴死餓死。」這句平淡的話，讓張雨生很受啟發，寫了〈虎皮鸚鵡之死〉。他聯想到被父母捧若掌上明珠的「紈袴子弟」，嬌生慣養，一旦失去父母特權的籠子，飛到廣闊的世界，將如同那隻虎皮鸚鵡，會餓死在秋實纍纍的林子裡。這篇雜文在《人民日報》發表後，引起強烈的社會反響，許多讀者認為在談論同類問題的雜文中，這是較有文采也最有意味的一篇。曾彥修在《中國新文藝大系（1976-1982）·雜文集》「導言」中也認為：「張雨生的〈虎皮鸚鵡之死〉，主要是勸導一切青年，尤其是他們的父母身居各級領導的青年們，絕不要依靠父母的餘蔭過活。這類文章多得無法數計，但是這篇文章卻別開生面，使人一讀難忘。」又如〈「維護匱乏」效應〉，這個新鮮的術語是作者從現實生活中概括提煉出來的，他從奇貨可居、待價而沽的「維護物質匱乏」，談到搞現代迷信，造成唯上盲從的「維護精神匱乏」，掃蕩一切文藝，推出「樣板」，樹起「旗手」的「維護文化匱乏」，武大郎開店，高的不要的「維護人才匱乏」，顯示了雜文家察見淵魚的眼力和嘎嘎獨造的才力。

四　儲瑞耕（1946- ）

　　提起新時期雜文的繁榮局面，儲瑞耕是做出了極其可貴的貢獻。他出生於江蘇武進，一九七〇年畢業於上海海運學院英文專業，曾先後在秦皇島港務局、中共秦皇島市委、河北省委宣傳部、《共產黨員》雜誌社工作。一九八三年參與籌創中國第一家省級雜文學術組織——河北省雜文學會，任秘書長，主編學會內部刊物《雜文通訊》。一九八四年參與籌創中國第一家《雜文報》，任專職副總編輯，主持具體編務工作。河北省雜文學會會長樓滬光稱讚儲瑞耕是「河北雜文界活躍的骨幹」，「他對雜文事業的追求是那麼執著，那麼全心全意地投入，他的生命與雜文事業融為一體了」[15]。一九八八年他調入《河北日報》社，擔任總編室副主任，主筆該報要聞版言論專欄「楊柳青」。

　　儲瑞耕從一九七八年起大量創作雜文，一九九三年由江蘇文藝出版社和香港軒轅出版社聯合出版的《儲瑞耕文集》收入了作者四百餘篇文章，這本書榮獲河北省第五屆文藝振興獎。一九九四年十月，花山文藝出版社出版了儲瑞耕文二集《心靈原稿》。這部七十萬字的書選收了作者一九五九至一九九四年三十五年間所寫日記的十分之一，有記事，有抒情，有議論，有思索，有讀書的心得，有作文的醞釀，有與友人的通信，也有與人交談的要點，作者自稱這是一部「我同我自己對話的心靈史」。日記屬於廣義的雜文，加之這本書裡收入的日記多為雜感，因此，《心靈原稿》實際上又是一本別致的雜文集。

五　朱健國（1952- ）

　　原名朱建國，生於湖北洪湖。曾做過車工、統計員、政工幹部、

---

15 見韓紹君：〈交融的震盪與人格的證明——新聞界同仁談儲瑞耕及其雜文〉，《文論報》1993年7月31日。

洪湖電臺記者、湖北人民廣播電臺編輯，曾供職深圳一家報社。著有
雜文集《早叫的公雞》（北京市：光明日報出版社，1989年，第1
版）、《鋼鐵是怎樣沒煉成的》（青島市：青島出版社，1997年，第1
版）、《誰逼貪官》（北京市：中國華僑出版社，1998年，第1版）、《不
與水合作：現代化與偽現代化的文化衝突》（北京市：文化藝術出版
社，1999年，第1版）等。

　　朱健國認為當代雜文最致命的弱點是缺乏思想，許多篇章只是古
人思想的注釋與重複，甚至只是文件和報告的回聲，而真正的雜文來
自於新的思想和新的思維載體的創造。因此，他的雜文勇於創新，他
偏愛「早叫」，他希望懷才不遇者自舉薦己，第一個喊出「千里馬找
伯樂也好」；他為新時期雜文的中興鳴鑼吶喊，第一聲歡呼「天下有
道則庶人議」；他第一個發現「長城之類另一面的意義」——長城是
秦始皇殘暴的化身，是封建專制萬惡的鐵證。他還常常借用自然科學
的新觀念來燭照時弊人性，使雜文豁然開朗，別有洞天。如〈「週期
性流行」小考〉借用醫學上「週期性流行」理論，對人類社會從古至
今政治生活中的病態現象——「焚書病」、「出身病」、「極左病」進行
梳理剔抉，淋漓透闢，深湛精到；〈野酸梨如何變甜〉從梨樹嫁接後
由酸變甜，談到一個民族、一個國家也要不斷地與先進國家、最新科
學進行接種，才能避免落後於時代潮流。

　　朱健國孜孜以求打破舊的思維模式和知識結構，把意識流、荒誕
派等現代藝術摻進雜文，創造出「最高理性與最大浪漫的完美結
合」。〈八個月沒有文件呵！〉近乎荒誕劇，將一個非常尖銳的社會問
題，用荒誕的風格表現出來，其諷刺性更為強烈，也更令人深思；
〈我哭吳起〉的自哭自訴，〈一個顛倒「相當」的夢〉中現實與夢境
的交叉，〈夜訪范仲淹〉的奇特想像，〈《辭海》歷險記〉中的意識
流，都使朱健國的雜文具有魔幻現實主義和黑色幽默的風韻。

六　其他雜文家

　　在新時期雜文界裡，長江後浪推前浪，新人輩出，不斷崛起。在這支雜文創作的生力軍中，還有北京的米博華、蔣元明、馮並、羅榮興、胡靖、吳志實、剛建，上海的曹正文，江蘇的吳非、劉根生，廣東的何龍，四川的王若谷，陝西的商子雍、秦耕、趙發元，福建的宋志堅，海南的張蘭夫等。米博華著有雜文集《跋涉人生》等，他的雜文能夠敏銳而及時地關注並提出社會乃至人生中，最為重要和最為緊迫的問題，以科學的方法、真誠的態度、嚴謹的思考來分析和解剖。蔣元明是一位勤快高產的雜文作者，著有雜文集《嫩薑集》、《晨曦集》、《善哉·勇哉·美哉》、《大寫的愛》等，他的雜文具有濃烈的生活氣息，無論談思想，還是論修養，都給人美的享受和思想上的啟迪。馮並著有雜文集《新葉集》，他的雜文博古通今，取材宏富，內容豐厚，筆底生風。羅榮興的雜文雖然產量不高，但立論嚴謹，論述精當，出版有《千慮一得集》。胡靖著有《當代雜文選粹·胡靖之卷》，他說自己之所以喜愛雜文，是因為時代還需要雜文，「我不敢誇說自己的習作一定能『使不是東西之流縮頭』，但至少可以讓這些傢伙看了不那麼舒服」。吳志實，筆名甲乙，原是雜文編輯，不料試寫雜文，頻頻見報，著有《品嘗生活》、《幽默一下挺好》、《快樂問題》等雜文隨筆集。剛建寫雜文思路敏捷，常在眾人見怪不怪中尋出怪來，出版有雜文集《雜拌兒六兩》。曹正文是有名的「雜家」，多才多藝，在擔任《新民晚報》編輯之餘，出版各類專著三十多部，主編叢書十五部，雜文集有以古鑒今的文史漫筆《史鏡啟鑒錄》、循循善誘的思想漫談《願你喜歡我》、廣徵博引的藝術詩話《法家詩話》、《詠鳥詩話》、《群芳詩話》等。吳非，原名王棟生，南京師大附中高級教師，一九八八年起正式開始雜文寫作，迄今已發表數以千計，曾獲首屆「林放雜文獎」。他主張：「自己接受不了的東西，不要虛情假意地

拎著去糊弄人，該說的話則一定要說透；寧可不寫，不可違心。」著
有雜文集《中國人的人生觀》、《污濁也愛唱純潔》、《不跪著教書》、
《前方是什麼》、《阿甘在跑》、《迷失的燈》等。劉根生的雜文以人生
探索為主旨，充滿哲理和詩情，雜文集有《獨白》、《活著，我只欣賞
生命》、《與生命約會》。何龍的雜文常常以幽默或調侃的文筆來描繪
光怪陸離的都市生活，漫畫千奇百態的市井人生，著有雜文隨筆集
《城裡人》。王若谷，曾任四川省青年雜文研究會理事長，他認為雜
文是一種貼近現實擁抱現實的文體，雜文家應該有自己獨立的人格和
品格，他的座右銘是：「師心以遣論」，「使氣以命詩」。商子雍被曾彥
修在《中國新文藝大系（1976-1982）・雜文集》「導言」裡，稱為是
「這幾年又產生了一批大有希望的中青年雜文作者」中「更引人注
意」的三位之一，他的雜文政論色彩和抒情氣息較為濃烈，雜文集有
《求是齋雜品》。秦耕，原名翟軍，從一九七一年開始發表雜文，有
十餘篇被選入《中國新文藝大系（1976-1982）・雜文集》、《全國青年
雜文選》等書。趙發元說他寫雜文是因為「位卑未敢忘憂國」，雜文
史家張華教授稱他具備憂國憂民的情懷和以天下為己任的氣魄，他的
雜文有膽有識，著有《微言集》。宋志堅，原名宋百興，他被譽為具
有一根敏感的「雜文神經」，對我們社會的病象，對改革中出現的不
良傾向，總是敏銳地加以抨擊，雜文集有《自豪與創新》、《不倫不類
集》、《大聖落選記》、《老宋炒古》、《老宋雜文》、《老宋雜文續編》、
《天下亂彈》、《難易居札記》、《孔子論・魯迅辯》等。張蘭夫，筆名
糊塗翁，著有雜文集《糊塗翁笑談》，他的雜文以語言幽默見長，作
者突破傳統雜文的形式，在系列雜文中塑造了一批栩栩如生的人物形
象，別具一格，令人耳目一新。

第十二章
雜花生樹

　　新時期，一大批詩人、小說家、劇作家、畫家和學者加盟雜文界，給中國當代雜文事業的發展，注入了新的生機和活力，他們的創作，如雜花生樹，使新時期雜文的百花園裡呈現出一派絢麗多彩、欣欣向榮的繁榮景象。

第一節　詩人的雜文

　　新時期雜壇上，除了邵燕祥、劉征外，還有公劉、流沙河、呂劍、李汝倫、葉延濱等幾位曾經頗具影響的詩人，改行寫起了雜文，他們以雜文延續自己的文學創作生涯。因此，有雜文家指出：「詩與雜文似乎是完全不同的兩種文體，但內在聯繫卻同脈同血。詩言志，也言情，貴在真情真意，假話連篇的人，是寫不得詩的。雜文也是貴在真。……『講真話，抒真情，寫真意；可讀，可信，可親』。……緣於此，詩人改寫雜文頗多，且一改驚人。詩人邵燕祥、公劉的雜文堪稱當代國內一流，再說他們是詩人已不恰當，而確實是全國公認的雜文家了。」[1]

一　公劉（1927-2003）

　　原名劉耿直，學名劉仁勇，生於江西南昌。一九三九年寫了第一

---

[1]　朱廣院：〈雜文——祛病延年之藥〉，《雜文報》1994年8月19日。

首詩。一九四六年學寫第一篇「魯調」雜文時，正式啟用「公劉」這一筆名。他說：「當時我認定，唯有魯迅式的雜文，才是致敵於死命的匕首與投槍，才能刺穿黑暗王國的心臟。」[2]他在江西、湖南和湖北的幾家報紙副刊上，發表了一批抨擊國民黨暴虐統治的雜文。一九四六年，公劉進入南昌《中國新報》社，擔任資料員，同時半工半讀於中正大學法學院，並積極投身學生運動。一九四七年，他在《中國新報》「文林」副刊上發表的系列短章〈夜夢抄〉被香港出版的雜文刊物《野草》轉載，此後通過秦似不斷地在《野草》上發表雜文和散文詩，秦似曾說公劉的詩、散文詩乃至小說都有「雜文精神」。一九四八年因受特務迫害，於四月中旬抵達香港，參加全國學聯機關刊物《中國學生》的編輯工作，並擔任《文匯報》副刊編輯。在香港期間，曾在《華商報》「熱風」和「茶亭」副刊上發表了針砭反動派腐敗劣跡的雜文。一九四九年十一月參加中國人民解放軍第二野戰軍第四兵團，隨軍解放大西南。先後擔任新華社四兵團分社見習編輯，雲南軍區《國防戰士》報見習編輯，昆明軍區文化部文藝助理員，一九五五年上調北京中央軍委總政治部創作室任創作員。一九四九年以後，公劉確信「雜文時代」、「魯迅筆法」和舊中國一道，從此一去不復返了，於是他把精力集中於寫詩，出版了《邊地短歌》等八種作品。一九五七年因「一番發言太像雜文」或曰「一篇並未形諸筆墨的雜文」，被打成「右派」，入晉勞改。一九七九年平反後，調安徽省文聯工作，曾任安徽文學院院長、中國詩歌學會副會長，並擔任《詩刊》、《詩探索》、《安徽文學》的編委，《詩選刊》、《詩神》、《詩歌報》、《文朋詩友》的顧問，出版了《阿詩瑪》等十幾部詩集。

公劉說，他之所以重新寫作雜文，是因為「二十一年，沉沉大夢，一朝喚醒，才猛然驚覺：原來此身猶在『雜文時代』，街談巷

2　公劉：〈憶秦似〉，見《活的紀念碑》（北京市：知識出版社，1994年，第1版）。

議，全屬『魯迅筆法』」[3]。他認為在當今時代，「雜文作者必須學習魯迅先生的硬骨頭精神，面對現實，心向未來，不趨時，不媚俗，不從眾，有一具赤忱的胸懷，時刻包容著大多數，而為了這個大多數的根本利益，又準備了一副結實的肩膀，以承擔那暫時不被理解的痛苦」[4]。一九九〇年代以來，他出版了隨筆雜文集《活的紀念碑》（北京市：知識出版社，1994年，第1版）、《不能缺鈣》（銀川市：寧夏人民出版社，1995年，第1版）、《當代雜文選粹・公劉之卷》（長沙市：湖南文藝出版社，1996年，第1版）、《重軛浮生》（北京市：中共中央黨校出版社，1995年，第1版）、《褲襠文學和文學褲襠》（天津市：百花文藝出版社，1999年，第1版）、《紙上聲：公劉隨筆》（北京市：作家出版社，2000年，第1版）等。

公劉的雜文富有思辨色彩，充滿邏輯力量。在〈論「中庸」與「非中庸」〉中，作者發現，在一些中國人那裡，「中庸」和「非中庸」不但是可供交替使用的兩手，而且彼此間還能夠相互轉變，以「中庸」避風險而得實利，以「非中庸」冒風險而牟暴利。在〈小議「輿論一律」〉中，作者從古至今回顧了中國的歷史發展，雄辯地證明：儘管有幾千年的興廢盛衰可供矜誇，有長城、運河、四大發明、文治武功可資自豪，但就是看不見作為文明的精神支柱和作為人本思想重要表徵之一的「輿論」，茫茫九州，竟是一塊「啞土」。在〈龍的文章做完以後……〉中，作者針對一九八八年中國大地上「龍的傳人」興起的「全方位」、「多層次」的龍年造勢：發行龍年郵票、大辦龍年旅遊、大擺龍年酒宴、大耍龍燈以及談龍、逗龍、捧龍、書龍、畫龍、雕龍、唱龍、演龍、跳龍、放龍等等，反問道：面對一百年苦難深重的祖國，我們是伸手幫忙呢還是賣嘴「幫閒」？是埋頭實幹呢

3　公劉：〈孽緣──談談我和雜文的一段親情〉，見《雜文創作百家談》（鄭州市：河南教育出版社，1989年，第1版）。

4　公劉：〈我的雜文觀〉，《雜文》1994年第1期。

還是做應景八股？他希望大家清醒地認識我們的現實處境，不要讓我
們的國家在花團錦族的「水龍吟」頌歌聲中重新昏昏睡去。公劉的雜
文體現了作者的真性情和真膽識，既有詩人的誠實和坦白，又有雜文
家的力度和鋒芒。在〈哀科學〉中，作者痛惜科學的時代精神和科學
的民族素質與我們還相距甚遠；在〈「短期行為」癖〉中，作者解剖
了「短期行為」這種落後的國民性；在〈話說「全民皆商」與「腦體
倒掛」〉中，作者指出平均主義思潮是「左派幼稚病」的表現形態之
一；在〈透明度與毛玻璃〉中，作者強調加強監察工作和輿論監督的
重要性；在〈論「呸呸呸」與維持會〉中，作者清除了潑在知識分子
身上的污水；在〈暴利和畸形消費〉中，作者剖析了「流氓資產者」
的病態心理；在〈褲襠文學和文學褲襠〉中，作者揭示了拜金狂潮下
孳生出來的文壇怪胎。這些鞭打假、惡、醜的雜文流露了作者「位卑
未敢忘憂國」的真實情感，凸現了一個不以消遣自娛為圭臬而時時關
注現實人生的雜文作者的高大形象。

二　流沙河（1931-）

　　原名余勳坦，四川金堂人，生於成都。一九四八年在成都讀中學
時開始發表作品。一九五○年九月到《川西農民報》任副刊編輯，一
九五二年九月調四川省文聯，先後擔任創作員、《四川群眾》編輯、
《星星》編輯。一九五七年，他因散文組詩〈草木篇〉被打成「右
派」，下放勞動，工餘研讀諸子百家。一九七八年五月六日摘去「右
派」帽子，一九七九年底回四川省文聯工作，擔任《星星》編輯。復
出後出版有詩集《流沙河詩集》（獲全國第一屆新詩詩集一等獎）、
《遊蹤》、《故園別》、《獨唱》，詩評集《臺灣詩人十二家》、《隔海說
詩》等。流沙河自一九九○年出版了最後一本詩集《獨唱》，不再寫
詩，轉而寫雜文隨筆。一九九○年代以來，出版了雜文隨筆集《Y先

生語錄》（成都市：四川人民出版社，1994年，第1版）、《南窗笑笑錄》（北京市：群眾出版社，1995年，第1版）、《流沙河隨筆》（成都市：四川文藝出版社，1995年，第1版）、《流沙河短文》（成都市：四川文藝出版社，2001年，第1版）、《書魚知小》（南京市：鳳凰出版社，2003年，第1版）、《流沙河近作》（合肥市：安徽教育出版社，2006年，第1版）、《Y 語錄》（北京市：新星出版社，2011年，第1版）、《畫火禦寒》（北京市：新星出版社，2012年，第1版）、《晚窗偷得讀書燈》（北京市：新星出版社，2015年，第1版）等。

　　流沙河曾把雜文分為「時代雜文」和「書齋雜文」，前者多半是議政的，有戰鬥性，無鬥爭狀，有火藥味，無詈罵腔，而且憂國憂民之心躍然紙上；後者從文化的角度，以書齋為城府，隨說漫說，內省人生，外諷世態，不論深探淺探，總不離渲染文化雅趣的主旨。他仿東方朔而著的《Y 先生語錄》，被譽為「奇書」，他用語錄體把雜文創作推到了一個出神入化的境地，為廣大讀者所喜聞樂見。書中既包含憂國憂民之心，又洋溢著智者的幽默風趣：

　　　　當今世界，無非聲色。鈴聲車聲喇叭聲，笑聲歌聲叫賣聲，罵聲呼聲講演聲，以及騙人的名聲，聲聲震耳。還有花燈十里，螢屏萬家，迷樓百層，商櫥九彩，以及美女時裝，美容化妝，美術包裝，色色炫目。

　　　　龜兔同時起跑。兔跑在前，停步大睡。二十年後睡醒，仍然遙遙領先，因為烏龜還在起跑線上不停的向左轉，原地轉圈圈。

　　　　醜稱煙毒，美稱福壽膏。醜稱濫貨，美稱交際花。醜稱小老婆，美稱女秘書。醜稱酒妓，美稱陪酒小姐。醜稱嫖客，美稱玩家。醜稱掮客，美稱經紀人。醜稱政客，美稱政治家。醜稱

油嘴狗，美稱美食家。醜稱資本家，美稱民營企業家。醜稱行賄，美稱給好處費。醜稱賣唱，美稱獻藝。醜稱互相勾結，美稱雙方合作。醜稱人販子，美稱長線紅娘。醜稱巫術，美稱特異功能。醜稱封建迷信，美稱東方神秘主義。

《Y先生語錄》全書四百條，條條有寓意。有詩人評論「Y先生」說：「他身上十分之一的魯迅味，十分之一的刀嘴，十分之一的巧舌，十分之一的機智，十分之一的靈敏。剩下的十分之五，便是我們的油鹽柴米味，走路吃飯味，掙錢睡覺味，人人都有的煙火味。」

流沙河的文筆不僅輕快灑脫，富於機智，而且從容逶迤，亦莊亦諧。在他如行雲流水般的文字裡，不見劍拔弩張之勢，頗具綿裡藏針的韻味，常常讓人感到一種洞徹人生底蘊的智慧。如〈詩界五品制〉，談到自己「右派」摘帽後，寂寞三年，又有新帽子「著名詩人」飛來，而且時人重帽，蔚然成風，戴帽之人如河鯉江鯽般地成群湧現。僅寫詩之人就有五品之多，一品「國際知名詩人」，二品「著名詩人」，三品「詩人」，四品「詩作者」，五品「廣大詩歌愛好者」。作者幽默而辛辣地寫道：

一品到五品，從高排到低，尊卑井然有序，暗合周公古禮。不過，這五品的名稱長短不齊，長到七字，短到二字，不統一。還有，前三品是人，後二品是者，也不統一。建議改稱詩公、詩侯、詩伯、詩子、詩男，冠姓於前，例如艾詩公啦，臧詩公啦，邵詩侯啦，公詩侯啦，舒詩侯啦，流詩伯啦等等。這樣正名，叫名順口，排字省工，填表醒目，且有助於振興國粹，讓洋詩人看了眼紅。

使人高興的是，詩界五品制之設立，既不煩勞中央有關部門專題研究釐訂，又不需要全國詩類報刊反覆討論修改，就這樣神

不知鬼不覺，憑著詩界諸君的集體潛意識，悄悄地實現了。真
是人同此心，心同此理。昔年偉大領袖有言：「冬天不戴帽子
要害感冒。」說得真好。

三　呂劍（1919-2015）

　　原名王聘之，山東萊蕪人。一九三八年開始寫詩。一九四四年春
到昆明，編《掃蕩報》文藝副刊。一九四六年到香港，擔任《華商
報》「熱風」副刊編輯，並參加編輯《風雨詩叢》。一九四八年春到華
北解放區，擔任北方大學藝術學院教員。一九四九年一月到北平，參
加文化接管委員會工作。後任《人民文學》編輯部主任、《詩刊》執
行編委等職。一九五八年錯劃為「右派」，下放勞動改造，後調回北
京，到《中國文學》（英文版）雜誌社當編輯。一九七九年春平反。
著有雜文集《一劍集》（上海市：上海文藝出版社，1983年，第1
版）、《當代雜文選粹‧呂劍之卷》（長沙市：湖南文藝出版社，1988
年，第1版）、《雙劍集》（長沙市：嶽麓書社，2005年，第1版）等。
　　呂劍說自己寫詩的時候，比較「認真」，難免把生氣磨去，或者
為自己套上某些框框，於是就出現了某種「雕飾」；而寫文章則不
然，秉筆直書，縱意而談，有時出於感動，有時出於骨鯁在喉，想到
就說，意盡即止。他指出：「我既不想無病呻吟，也並不想強顏歡
笑，既不想發違心之論，也並不想危言聳聽。……但從它們，多少總
還可以看到一些個人生活的蹤跡，大而言之，多少總還可以看到一點
時代的影相吧？」在他寫於一九七九年九月的〈從病梅到盆景〉一文
裡，作者談到一百四十年來龔自珍、劉大白、艾青三位詩人，從各自
不同的處境、體驗和觀察出發，以各自不同的風格和藝術特點，以歌
當哭，以詩抒憤，處理的幾乎是同一個主題，寫出的幾乎是同一種詠
歎調，譜出的幾乎是同一曲「控訴之歌」，這不能不令人為之驚心動

魄。龔自珍於一八三九年寫作〈病梅館記〉，是因為他不滿於封建社會嚴酷的思想統制，企圖衝決一切束縛羅網，要求給人以應有的自由，恢復人的本性和尊嚴；劉大白於一九二一年寫作〈看盆栽的千葉紅梅〉，是對於封建枷鎖的控訴，為人民爭自由和個性解放而發出的呼號；艾青於一九七九年寫作的〈盆景〉，刻劃了「盆景」在無情禁錮中所遭受的不幸和悲慘命運，道出了詩人對「不自由」的痛惡。作者為此感歎：「中國歷史的腳步實在是邁得太蹣跚了。『五四』時期的口號『反帝反封建』、『科學與民主』，甚至歐洲文藝復興時期提出的某些任務，都還需要我們在社會主義時期認真補課。……因為在我們的日常生活中，甚至在我們的政治生活中，封建性的東西不僅僅是殘存的問題，而且還大量的普遍的存在著，盤根錯節，根深蒂固。」此外，在〈論古人未必迷信而今人未必不迷信〉、〈「悼」議〉、〈書的命運〉、〈「心有餘悸」補考〉、〈「蝻蝍」戒〉、〈鼓與呼〉、〈桂林〈元祐黨籍〉碑〉等一系列雜文中，呂劍談古論今，說書道文，憂人民之憂，樂人民之樂。這些擲地可作金石聲的文章除了依然保持詩人的新鮮、敏銳的感覺之外，顯得更具風骨，更為深沉，更富有哲學意蘊，更饒有慷慨蒼勁之氣了。

四　李汝倫（1930-2010）

吉林扶餘人，曾任《作品》副主編、廣東省雜文創作委員會副主任、廣東中華詩詞學會常務副會長、《當代詩詞》主編。著有雜文隨筆集《種瓜得豆集》（廣州市：花城出版社，1983年，第1版）、《和三個小猢猻的對話》（北京市：群言出版社，1993年，第1版）、《當代雜文選粹·李汝倫之卷》（長沙市：湖南文藝出版社，1996年5月，第1版）、《蜂蝶無緣》（北京市：新華出版社，1999年，第1版）等。老烈在為《和三個小猢猻對話》作序時，指出：「李汝倫的雜文，以其淵

博的學識，精闢的見解，幽默、辛辣、凌厲的筆鋒，遐想妙得，左宜右有。行其當行，洋洋灑灑數千言；止其可止，短小精悍幾百字。苦辣酸甜都有滋味，嬉笑怒罵皆成文章，誠然是一大手筆。」

李汝倫的雜文立論獨闢蹊徑，見微知著，常常剃去許多似是而非論調的面紗，恢復其廬山真面目。〈諸葛亮與「三個臭皮匠」〉，從千百年來流傳的俗語「三個臭皮匠，頂個諸葛亮」談起，指出這是個跛腳的比喻，「諸葛亮就是諸葛亮，皮匠就是皮匠。十萬、百萬個皮匠相加，還是十萬、百萬個皮匠」。因為諸葛亮從事的是複雜的智力勞動，諸葛亮所以成為諸葛亮，除了他刻苦、認真地讀書、關心和研究天下大事、學習治國經邦之術外，還由於他的天賦和客觀條件，否則劉備根本不需要三顧茅廬，只要「出一紙招工榜，禮聘皮匠三位」就行了。作者從這句俗語中看出了其實質乃是貶低知識和排斥輕視知識分子。在〈神話，「八路軍來了！」──農民戰爭反思之一〉中，針對長期以來存在的「農民戰爭才是推動歷史發展的真正動力，只有農民戰爭才推動了社會生產力的發展」的論調，作者斥之為「神話」，他反問道：既然農民戰爭推動了生產力的發展，那麼以中國農民戰爭發動之早，次數之多，規模之大，波及之廣，中國的生產力，應該早幾千年就提高到九霄雲上，把今日的歐美遠遠地拋在後頭，叫他們羨慕，哀歎，望塵而拜，自恨弗如才對！可惜，我們現在見到的是，偌大國土上，大多數農民仍在用老牛耙田，馬拉犁鏵，鋤頭除草，彎腰插稻（像向土地致敬、乞求），連枷打穀（像發洩不滿）之類，甚至還有刀耕火種的。堯舜時代如此，陳勝吳廣之後，直至李自成進了北京之後也如此。這豈不是咄咄怪事，農民戰爭所推動的生產力何在？〈為灞陵尉洗冤〉，從李廣挾小怨、記私嫌而殺害忠於職守的灞陵尉，聯想到那些聽不進半點批評，受不得半點觸犯，忍不了半點束縛，唯我獨尊，利用手中的權力和威勢，任意穿人以小鞋，扣人以大帽，把人往死裡整，整得家破人亡，人間冤案無數，手上血污盈尺的

人，作者說：「殺人者是逃不脫公道的，即使是事過境遷二千年以後。」

　　李汝倫的雜文，書卷氣清香馥郁，古今中外，諸子百家，史實典故，詩詞歌賦，旁徵博引，信手拈來。而且，他的文筆，他的思路，自有一種詩的韻味和美。〈話說眼睛〉，通過輕鬆活潑的筆調，表現出盎然情趣：

> 眼睛是五官之一，其功能卻不僅是看，還可以代口、代耳和代心。
>
> 「窗疏眉語度，紗輕眼笑來」（劉孝威：〈寄婦〉），眉是眼的附屬物，這裡說眉，其實也是指眼睛。那麼，又語又笑，不是以眼代口了嗎？「范增數目羽，擊沛公」（《史記》），意即叫項羽殺劉邦，也是以眼代口。「滿堂兮美人，忽獨與余兮目成」（〈九歌〉），「目成」表示雙方已經互相心許，達成協議。「眉來眼去」說的是互相愛慕。「目挑心招」，是一種挑逗。「使民盼盼然」（《孟子》）朱注謂：「盼，恨視也」「目脈脈兮寤終朝」（〈九思〉），發展為「溫情脈脈」。這一切都說明眼能傳情。據說「老聃弟子亢倉子者，能以耳視而目聽」，耳視，不是現代耳朵識字的那一種麼？目聽，現代人沒見過，從文學上說，可能就是眉目傳情吧？筆者有位女畫家的鄰居，她是位徹底的聾子，但她可以看人的口型，來和人交談，和愛人吵架，這算不算「目聽」呢？噫，大乎哉，眼之為用也。

五　葉延濱（1948-）

　　祖籍廣東，出生於哈爾濱市。在四川讀完中學，一九六九年三月到延安農村插隊。其後當過軍馬場牧工、倉庫保管員、工廠團委書

記、文工團創作員等。一九七五年在《解放軍文藝》發表處女詩作
《女隊長的畫》。一九七八年考入北京廣播學院，畢業後分配到《星
星》詩刊，曾任《星星》副主編、《詩刊》副主編。葉延濱以新詩步
入文壇，出版詩集十幾部，曾獲全國優秀中青年詩歌獎、全國第三屆
新詩詩集獎等。發表於一九八三年第四期《啄木鳥》上的〈美醜
篇〉，是葉延濱寫的第一篇雜文，此後，便一發而不可收。他說：「我
作為一個詩歌作者，後來又拿起另一枝筆寫雜文，細想起來也不奇
怪。少年多浪漫，多幻想，自然地與詩結緣，隨著年齡的增長，生活
給予自己的不盡是詩意，經歷了一些人生憂患，對世界的觀察和認識
已是詩所不能全部表達的。」「只是因為歲數大了心卻不老，愛得太
深了有時反倒咀嚼出幾多苦澀，於是較多地寫起雜文來了。」[5]葉延
濱的雜文集有《生活啟示錄》（西安市：華嶽文藝出版社，1987年，
第1版）、《聽風數雁》（成都市：四川人民出版社，1996年，第1版）、
《白日晝夢》（北京市：華文出版社，1998年，第1版）、《從哪一頭吃
香蕉》（天津市：百花文藝出版社，2002年，第1版）、《天知道》（北
京市：作家出版社，2014年，第1版）、《請教馬克‧吐溫先生》（北京
市：金城出版社，2015年，第1版）等。

　　由於封建主義流毒和小生產者的狹隘眼界、保守習氣的影響，更
由於「左」的積習太深，一些人形成了僵化的思維方式，這與改革開
放的新形勢格格不入。葉延濱認為，社會變革，不僅是政治的和經濟
的，更重要的還要有觀念形態上的變革；作家不僅要反映改革，還得
積極參與和投身改革，用自己的筆去改變人們的思想觀念。於是，他
在雜文中「為新道德新觀念充當迎親的吹鼓手」，「為舊道德舊觀念充
當送葬的吹鼓手」。〈小生產者與牆〉，漫議領導觀念的更新，認為
「牆」生動而深刻地體現了那根深蒂固的小生產的觀念，它不僅是一

5　葉延濱：〈我算老幾〉，見《雜文創作百家談》（鄭州市：河南教育出版社，1989
　年，第1版）。

種權威的象徵，而且也是安守舊業、高枕無憂、與外界「雞犬之聲相聞，老死不相往來」的秩序的確立，「阻礙開放，阻礙交流，阻礙發展的有形的牆，人們必然要推倒它！而推倒思想上的小生產觀念的牆，需要現代科學知識，社會主義的民主思想和現代生活的新觀念」。〈「群眾運動」後面的「天王聖明」〉，反思「文革」悲劇的歷史根源，認為這場運動的動力和支柱是以無限崇拜和無限敬仰的方式表現出來的在我們民族潛意識中十分頑固的「天王聖明」的英雄史觀。作者欣喜地看到，改革開放的新時期，一個長期在「天王聖明」歷史觀籠罩下的民族，在民主化的進程中，正走出籠罩在民族意識上的陰影。此外，如〈與千里馬論「羈絆學」〉，指出人才的變形浪費；〈夾起尾巴如何做人〉，批判了精神上的「退化」現象；〈嫉妒的「心電圖」〉，剖析了自我感覺良好的「紅眼病」患者；〈「死」的文學與「活」的哲學〉，針砭了頗有市場的「苟活」哲學；〈聽見「九斤老太」在喊「救救孩子」〉，抨擊了封建倫理道德給人心靈帶來的因襲重擔。

　　葉延濱說：「雜文是文學諸品種中最貼近現實的一種。雜文不能成為『純文學』，也不會是『通俗文學』，雜文是作家關注社會人生的良心的直寫，可以說是『人格文學』。」[6]葉延濱的這些雜文就是作家內心精神世界與外部社會生活環境撞擊所產生的「人格的火花」，它不是單純的以是非去評判事物，而是用雜文家的良心和赤膽去征服讀者。

　　葉延濱認為，雜文姓雜，原本就應該色彩斑斕，不拘一格，就應該有各種各樣的雜文家，寫出各種各樣的雜文。他說：「雜文就是自由談，是雜文家自由思想的自由表達。人類對自由的追求是無止境的，在不斷從必然走向自由的過程中，雜文就成為人們留下的另一種足跡。」[7]因此，他寫雜文刻意創新，追求獨特的創見和形象，要求自己不要陷入陳陳相因的框框套套。在他筆下，出現了雖有個人私心

6　葉延濱：〈我的雜文觀〉，《語絲》1996年第3期。

7　葉延濱：〈我說雜文〉，《生活報》1997年3月17日。

雜念，但「在尖銳複雜的長征途中，經歷痛苦的思想鬥爭，不斷地克服了原有的農民意識」、顧全大局的豬八戒（〈試論豬八戒〉）；「除元陽未洩是一童身外，毫無專攻，更無特長」，但卻精於用「雖然……但是……」、「難道是……嗎？」、「縱是……也要……」、「既然……必定……」一類咒語，拿捏折騰敢越雷池者的唐僧（〈唐僧的緊箍秘咒〉）；要求包公在皇帝面前作主，「賜一牌坊，千萬要刻上我是陳世美原配夫人的清白身分」的秦香蓮（〈包公鍘了陳世美後秦香蓮還在喊冤〉）。此外，如〈「斬馬謖」與「打黃蓋」〉、〈請教馬克・吐溫先生〉、〈文學的「繁榮」〉、〈披風・禮服及其靴子〉、〈林黛玉小姐收到聘書〉等荒誕雜文，借鑑小說、戲劇、電影等藝術手法，強化雜文的形象性。那眾多充當說客的「然而」先生，那活靈活現的馬克・吐溫，那奔走於名目繁多會議中間的林黛玉，都跳出了雜文常見的借古喻今的寫法，而是直接讓古人跑出來發一通議論，文風怪而有味，奇而不詭，字裡行間跳蕩著辛辣的笑、含淚的笑、幽默的笑，更不乏蘸著詩情的哲理。

第二節　小說家的雜文

　　一九八〇年代初期不少享譽文壇的小說家，與生俱來的責任感和使命感，使他們具有強烈的社會批評意識，因此，當他們面對轉型期社會光怪陸離的人生百態，雜文隨筆成了最現成也最便捷的武器，它可以迅速傳達出方方面面的社會信息，觸動到時代的神經末梢，內容鮮活豐富，貼近大眾百姓。正如小說家馬識途在〈時代還需要雜文〉中所指出的：

　　　　這是一個奇異的時代，一個充滿希望與困難，前進與倒退，正義與邪惡，秩序與混亂，歡樂與眼淚，歌頌與詛咒，莊嚴工作

與荒唐糊塗，雜然紛呈然而充滿著生氣的大轉變時代。新事物
層出不窮然而前進不易，舊意識趨於消逝然而垂死掙扎。許多
過去認為天經地義的教條，失去了權威的光輝，許多認為不可
更改的觀念，突然變成可笑的符咒。一些被人五體投地地頂禮
膜拜的偶像，忽然坍塌下來。一些多年被視為洪水猛獸的異端
邪說，突然時新起來……

這樣的時代，五光十色，瞬息萬變，在生活的快節奏中，人們
不耐煩等待精心刻劃歷史的鴻篇巨制，也不能滿足於道理深奧
的長篇大論。人們需要讚頌，需要歡呼，需要吶喊，需要馬前
卒為他們鳴鑼開道，需要清道夫舉起匕首和投槍，為他們清除
阻礙歷史前進的一切腐朽的體制、思想、文化、道德、觀念、
習俗和形形色色的精神垃圾。人們需要匕首和投槍，人們需要
雜文。

於是，一批小說家加入了雜文創作的行列，他們帶來了令人耳目
一新的雜文作品，共同推動新時期雜文的繁榮鼎盛。

一　馬識途（1915-）

原名馬千和，四川忠縣人。一九三一年入北京大學附中，因日軍
侵入，轉學上海、南京。一九三六年考入南京中央大學工學院。一九
三八年加入中國共產黨，在湖北等地從事地下活動。一九四一年被國
民黨追捕，轉移到昆明，考入西南聯大中文系。一九四五年畢業，旋
即奉命從事武裝鬥爭。一九四九年後歷任各種行政職務，一九八〇年
擔任四川省人大常委會副主任，一九八五年退休。馬識途著有長篇小
說《清江壯歌》、《夜譚十記》等。他從一九八〇年代中期開始創作雜
文，曾在《成都晚報》開闢「盛世危言」專欄，出版有雜文集《盛世

微言》（成都市：成都出版社，1994年，第1版）。

　　馬識途說：「作為一個滿腔熱忱熱愛祖國，決心以血作墨，以筆作槍，甘心為改革開放鳴鑼開道，俯首甘為馬前卒，橫眉冷對，做精神垃圾的清道夫，就要有我以我血薦雜文的勇氣。」[8]他認為，要寫出思想性和藝術性都較高的魯迅式的雜文，就要像魯迅那樣，具有政治家的洞察世事的能力和強烈的歷史責任感，具有理論家的見微知著、由表及裡、分析事物的能力，具有學術家博覽群書的淵博知識，具有散文家的汪洋恣肆、斐然成章的文字功夫，還要具有詩人的烈火般的熱情和一往直前的無畏勇氣，在他看來，雜文作者就要投入時代的浪潮裡去，努力做到「世事洞明」而又保持「赤子之心」，不要沉湎於「人情練達」，學得世故和油滑；那種一貫阿諛逢迎，把雜文當敲門磚的文人，是不宜於寫雜文的；那些不敢直面慘澹的人生和複雜的現實，不敢以筆代刀，仗義執言，解剖社會，解剖人的靈魂，而習慣用鈍刀割肉的文人，也寫不出好的雜文。因此，他的那些「盛世危言」的雜文針砭時弊，敢講真話，言必中的，多有新見，引起社會的強烈反響。如〈狗咬人不是新聞，人咬狗才是新聞〉，從中外新聞界公認的「什麼是新聞」的規範化談起，舉出了當代新聞報導中許多「人咬狗不是新聞，狗咬人才是新聞」的反常現象：

> 某縣教師的工資，長期拖欠不發，而同時卻有用公家的錢去買漂亮的進口小轎車回來讓領導擺闊氣、自然也是擺威風的。這未見報導，想必這不算新聞。但是當縣委書記下去視察學校，發現教師工資長期未發，下令馬上發放，教師們得知，於是感激涕零云云，這就上了報紙，而且聽到廣播，這當然就是新聞了。又如：某領導機關自律檢查，沒有領導下去吃喝，沒有人

8　馬識途：《盛世微言》〈序〉（成都市：成都出版社，1994年，第1版）。

收受賄賂，受到上級的表揚。這上了報紙，進了廣播。這當然
也是新聞無疑了。再如：某縣領導下去視察抗旱救災，群眾十
分感動，上了報紙，也播了電視。這當然更是新聞了。

作者指出，這些新聞本身就具有諷刺意味，而且從另一方面看，
可以發現新聞後面還有頗為意味深長的新聞，值得人們反思。又如
〈再多一些「微服」又能怎樣？〉，作者認為，對於積重難返的痼
疾，如果不從治本著手，不從體制上來一個根本的改革，哪怕再來一
百次一千次的各種「微服出行」也難以糾正；另外，我們如果不從經
濟體制、政治體制改革上下功夫，而把振興中華和承平之治寄託於一
批喜歡「微服」的「清官」這樣一種「人治」上，是注定要落空的。
　　馬識途的系列雜文〈慶父不死，魯難未已」──官倒五議之
一〉、〈子係中山狼，得志便倡狂──官倒五議之二〉、〈老虎上街，人
人色變──官倒五議之三〉、〈一葉之落，青萍之末──官倒五議之
四〉、〈治「倒」有方，我復何言──官倒五議之五〉，以及〈題外贅
言──反腐敗平議之一〉、〈注意那「一個指頭」──反腐敗平議之
二〉、〈就怕我做不到──反腐敗平議之三〉、〈民主黨派的名和實──
反腐敗平議之四〉、〈不怕簡報，就怕上報──反腐敗平議之五〉，對
那些把權力與金錢相結合，以權謀利，從而把自己人格也商品化的權
勢人物進行尖銳的抨擊和有力的嘲諷，在讀者中產生了轟動效應，他
們稱讚作者「表現了一個知識分子的骨氣，敢於仗義執言」，說出了
老百姓的心裡話。可以說，馬識途的這些匡時救世、有益於世道人心
的雜文，真正做到了他所追求的思想和藝術境界：「雜文和現實生活
總是貼近的，和人民脈搏的律動總是息息相關的。總是從紛至沓來的
社會現象中摘取典型，於微末中見大義，於褒貶之中見是非。它要發
人之欲發而未發，言人之欲言而未言者，是寫眾人心中所有而筆下所
無者。這和那種吃飽了打著飽嗝，剔著牙齒，閒侃神聊，插科打諢，

言不及義的侃文，或遠離塵世，閒情逸致，無病呻吟的閒文是不同的。」[9]

二　王蒙（1935-）

　　祖籍河北南皮，生於北京。一九四五年跳級考入中學，正值中國抗日戰爭勝利，群情高漲，王蒙成了小有名氣的學生演說家。由於國民黨政府腐敗無能，局勢很快令人失望，他開始接觸地下共產黨組織，並參加學生民主運動。一九四八年成為中國共產黨的地下黨員。一九四九年後，王蒙中學未畢業就參加北京市青年團工作，少年的王蒙幻想當一個職業革命家。一九五三年開始創作長篇小說《青春萬歲》，並在當時的《北京日報》、《文匯報》等報刊上發表了部分章節。一九五六年發表〈組織部新來的年輕人〉等「干預生活的」短篇小說，引起轟動。一九五七年被錯劃為「右派」，下放北京郊區勞動。一九六二年到北京師範學院中文系任教。一九六三年底自願要求去新疆工作，學會了維吾爾語言和文字。一九七九年回北京，在北京市文聯從事專業創作，著述甚豐，作品被譯成二十多種文字，在世界各地出版，是當代最有影響的小說家之一。王蒙曾擔任《人民文學》主編、文化部部長、中國作家協會副主席。王蒙的雜文隨筆集有《王蒙散文隨筆選集》（瀋陽市：瀋陽出版社，1993年，第1版）、《我的喝酒》（成都市：成都出版社，1993年，第1版）、《逍遙集》（北京市：群眾出版社，1993年，第1版）、《隨感與遐思》（蘭州市：甘肅人民出版社，1996年，第1版）等，此外，華藝出版社出版的《王蒙文集》第九卷也收有他的一部分雜文作品。

　　王蒙在一九九三年三月所寫的《王蒙文集》〈第九卷說明〉中曾

9　馬識途：《盛世微言》〈序〉（成都市：成都出版社，1994年，第1版）。

說過：「散文雜文，對於我不是主業，而多半是業餘的休息。」「這兩年雜文似乎寫得多了一點。許多年前一位前輩作家便曾說過：『我現在愈來愈體會魯迅為什麼後來不寫小說而寫雜文了。對於那些壞人壞事，寫小說太含蓄了，只有雜文才過癮。』」

　　王蒙是個關注現實人生的作家，他的寫作是「為了我們的國家、社會、生活更加美好」，因此，他不能容忍那些破壞美好生活的醜惡現象存在。「文革」中，林彪、「四人幫」肆虐橫行，大搞極「左」專制，大搞殘酷鬥爭、無情打擊，因而留下許多「後遺症」，留下了人與人之間的宿怨、隔膜、懷疑以及餘悸。追憶那不堪回首的歲月，王蒙在一九八○年一月寫下了〈論「費厄潑賴」應該實行〉。他指出，「費厄潑賴」意味著和對手的平等競賽，意味著一種文明精神，一種道德節制，一種倫理的、政策的和法制上的分寸感，一種民主的態度，一種公正、合理、留有餘地、寬宏大度的氣概。所有這些，對於一個社會主義國家的建設和治理，對於實現安定團結，對於實行政治民主、經濟民主、學術和藝術民主，都是很有必要的。在〈話說「紅衛兵遺風」〉中，王蒙反思曾引起中國與世界震動的紅衛兵現象，認為這一現象的產生絕非偶然，不但有歷史、社會、文化的根源，而且也有人性的依據。時至今日，紅衛兵式的思想與行為意識，如爆破意識、砸爛意識、潑污水意識、救世主意識、學術文化上的專政意識等等，仍然保留在一些人的身上，「於學術，寫一本書不如痛罵一本書更來勁。於官場，做出政績不如打倒對立面更見效。於市場，提高水準不如坑騙別人更效益。於文化事業，普及教育不如大罵愚民更響亮。於邏輯，證明自己正確高尚不如證明別人平庸、失誤、俗鄙更方便」，而這些都與科學、理性、民主的態度格格不入，是一種充滿投機性和破壞性的行為意識。

　　此外，如〈論「眼不見為淨」〉、〈關於「自成一派」與「一鳴驚人」〉、〈話說「一口咬定」〉、〈說「吹牛」及其他〉、〈誣告有益論〉、

〈「左」爺不左論〉、〈也算下情〉、〈十幾個人來七八條槍〉等雜文，
誅伐邪惡，針砭時弊，都曾在社會上產生過較大影響。

王蒙是個具有幽默風格的作家，他認為，幽默是「一種穿透力，
一兩句就把那畸形的、諱莫如深的東西端了出來」，具有一種「把窗
戶紙捅破、放進陽光和空氣的快感」[10]。因此，他的雜文中常常出現
詼諧、調侃、風趣和幽默的筆調，那是作者自身智慧、才情、器識和
素養的自然流露。如〈長的一解〉，作者以小說家的筆調，幽默而辛
辣的言詞，活畫出了現實生活中某些人吹毛求疵、求全責備的批評
方法：

> 你如果說想吃燒餅，你必須說明：一、你同樣愛吃米飯、烤
> 鴨、餃子、過橋麵、三明治、熱狗、生魚片……二、你想吃的
> 是份量適當、火候恰當、既不過火也不「瘟」的燒餅。三、你
> 為吃燒餅，對墾荒者、種田者、收割者、磨麵者、挖煤者、當
> 爐者、售餅者……致以衷心的謝意……否則，就會有很多聰明
> 人和你商榷：一、燒餅好吃，難道烤鴨就不更好吃嗎？烤鴨難
> 道不是我們偉大首都的風味佳餚嗎？重燒餅而輕烤鴨，意味著
> 什麼呢？二、你吃燒餅，一次給你一百個四兩重的燒餅，你吃
> 得了嗎？吃不了不是浪費嗎？全吃了不得撐死嗎？生麵餅你吃
> 嗎？燒黑了你能吃嗎？吃燒餅而不分生熟，還有原則和界限
> 嗎？三、吃燒餅而忘了為燒餅而出力的千千萬萬人們，不是忘
> 了本嗎？燒餅難道是天上掉下來的嗎？你難道天生就該吃燒
> 餅，而自己從來不去烙半燒個餅嗎？
> …………
> 如果你想睡覺，你必須說明你睡醒以後還是要起床的。否則，

10　王蒙：〈幽默〉，見《王蒙散文隨筆選集》（瀋陽市：瀋陽出版社，1993年，第1版）。

也可能受到誤解，以為你要長眠到世界末日。據說頗有一些好心人對蘇小明唱的〈軍港之夜〉提出異議，說是：「如果水兵都睡了，軍港由誰來保衛呢？」看來歌詞是不夠長了，應該加幾句：「水兵睡覺了，仍有人放哨，睡醒一覺後，起床出早操。」

三　蔣子龍（1941- ）

生於河北滄縣。一九五八年考入天津重型機器廠技工學校，一九六〇年畢業留廠當工人。同年入伍，考入海軍製圖學校，畢業後當製圖員。一九六五年復員回廠，歷任生產組長、車間代主任等職。蔣子龍從一九六二年開始發表作品。一九七六年以短篇小說〈機電局長的一天〉受到重視。一九七九年發表〈喬廠長上任記〉，轟動全國，這是改革文學的先聲，奠定了蔣子龍在文壇的地位。一系列關於工業改革題材的小說，使他成為新時期文壇上一個獨具特色的小說家。

一九九〇年代以來，蔣子龍先後在《文匯報》副刊開設了「淨火集」專欄，在天津《城市人》雜誌開設了「城市人語」專欄，在山東《知識與生活》雜誌開設了「生活縱覽」專欄，寫作了大量雜文隨筆。他說：「越寫感覺越多，到處都是寫隨筆的材料，強烈而又豐富，思想隨筆而出，這一篇還沒有寫完，下一篇的立意和題目又有了。輕鬆自如，隨意命筆，說古論今，談天道地，縱橫捭闔。」[11]他著有雜文隨筆集《秋窗三語》（天津市：百花文藝出版社，1992年，第1版）、《蔣子龍散文隨筆選集》（瀋陽市：瀋陽出版社，1993年，第1版）、《中國當代名人隨筆·蔣子龍卷》（西安市：陝西人民出版社，1993年，第1版）、《淨火》（北京市：知識出版社，1994年，第1版）、《市場·情場·官場》（北京市：中共中央黨校出版社，1994年，第1

---

11 蔣子龍：〈作者自白〉，見《淨火》（北京市：知識出版社，1994年，第1版）。

版）、《當代雜文選粹‧蔣子龍之卷》（長沙市：湖南文藝出版社，1996年，第1版）等。

　　蔣子龍認為，由於當今許多小說中的人生顯得空泛無力，故事沒有吸引力，枝蔓橫生，拖沓漫衍，廢話連篇，而且，作者反映的人生遠不如現實生活中暴露的更深刻，更觸目驚心，這在一定程度上成全了抒寫真實人生的雜文隨筆的「熱」。他指出：「隨筆來不得虛的假的，必須有真情，有實感。即使是談天說地，話人述情，講神論怪，最後還得拉回到塵世中來，有那麼一點現實啟示性，給生活提一點建議。」[12]因此，他在雜文隨筆中以集約簡捷的筆調，洞悉社會，縱覽世態，感悟人生，溶現實性、知識性、思想性於一體。他分析人的自信心：〈想當別人〉談到一個人如果對自己失去了信心，精神落入一種沮喪，那麼就會如王爾德所說：「野心反倒成了失敗者的最後一個避難所。」〈難得一笑〉則認為沒有自信心就沒有笑，人們要想笑就必須對自己和生活充滿信心。他剖析時代熱點：〈中國「有獎」！〉從席捲全國各地的有獎銷售狂潮中，看出這種用培養顧客的賭博心理來刺激銷售的舉動，其實是一種飲鴆止渴的短期行為；〈中國「狗熱」〉從一窩蜂的養狗、說狗、賽狗、炒狗價等「狗熱」中，揭示了有人以狗為榮、以狗顯富、以狗欺人的可笑心態；〈節日何其多〉從「政府搭臺，經濟唱戲」的名目繁多的賞花節、美食節、詩酒節、購物節等等節日的背後，看出了中國的習性是一哄而上，什麼事都搞成運動，結果是濫竽充數，勞民傷財。他揭露社會時弊：《農民帝國》從禹作敏被刑事拘留，談到一些農業企業家由於超常的變態的歇斯底里的消費和恣意踐踏法律，必然走向腐敗和墮落；〈公德何在〉從社會道德的大滑坡，談到「罪莫大於無德，怨莫源於無德」，一個無德少德的社會是非常危險的。在這些文章中，作者並不掩藏自己的鋒

---

12 蔣子龍：〈隨筆隨心隨緣──《秋窗三語》後記〉，見《秋窗三語》（天津市：百花文藝出版社，1992年，第1版）。

芒，說出內心強烈而真實的感受，「在這個世界裡到處都炫耀著灼熱的生命之力，隨時都能聽到熱血湧流的激蕩濤聲」。

四　其他小說家

　　一九九〇年代熱衷於雜文隨筆創作的小說家還有劉心武、李國文等。劉心武說，面對日新月異的社會現實，他常常思緒澎湃，但又無法很快把它積澱成一部純文學作品，於是他選擇在專欄上寫作雜文隨筆，把與生活短兵相接摩擦出的思想火花點點滴滴真實地記錄下來。如他在《中國青年報》上的「品味人生」專欄，是幫助青年人梳理心理愁結；《新民晚報》上的「人生一瞬」專欄，是以一句話勾勒出一生圖案；《解放日報》上的「紅樓小簡」專欄，則帶有學術探討的意味。劉心武出版有雜文隨筆集《獻給命運的紫羅蘭》、《富心有術》、《你哼的什麼歌》、《劉心武雜文自選集》等。李國文認為，雜文隨筆隨意輕鬆，信手拈來，在有限的篇幅裡，可以白雲蒼狗，鏡花水月，天南海北，因此自一九八九年以來，他在小說之外，忍不住進行一番「說三道四的嘗試」。李國文的雜文隨筆集有《罵人的藝術》、《說三道四》等。

第三節　劇作家的雜文

　　新時期雜文界裡，活躍著一支劇作家的隊伍，他們中有一九四九年前就享譽文壇的陳白塵、吳祖光，也有一九七〇年代嶄露頭角的沙葉新、魏明倫。他們用雜文這枝筆表現人生大舞臺中的喜怒哀樂，敢歌、敢哭、敢愛、敢恨、敢吐真言、敢現真情，正如沙葉新所說：「雜文與其他文體相比，似乎一無所長，它沒有小說那樣會講故事，沒有詩歌那樣擅長抒情，沒有散文那麼優美典雅，沒有劇本那麼引人

入勝。但好的雜文自有其可愛之處，那便是它們勇敢和率真。」[13]

一　陳白塵（1908-1994）

　　原名陳增鴻，江蘇淮陰人。一九二六年考入上海文科專科學校，後轉入上海藝術大學。一九二八年出版第一部長篇小說《漩渦》。一九三二年因從事地下工作被捕，在獄中堅持創作。一九三五年出獄後從事戲劇活動，著有《石達開的末路》等劇本。抗戰期間在重慶國立戲劇專科學校任教，一九四六年創作的諷刺喜劇《升官圖》，上演後產生了較大影響。一九四九年後，陳白塵曾任上海電影製片廠藝委會主任、中國作協秘書長、《人民文學》副主編等職。一九六六年調江蘇省文聯工作。一九七七年創作的歷史劇《大風歌》，頗有影響。一九七八年任南京大學中文系教授。他描寫「文革」時期幹校生活的散文集《雲夢斷憶》，曾獲新時期全國優秀散文集榮譽獎。四川文藝出版社一九八八年七月出版的《陳白塵選集》第五卷，收有他新時期創作的部分雜文作品。

　　陳白塵早在一九四〇年代中期擔任成都《華西晚報》文藝副刊編輯時，就曾寫過雜文。他說：「每遇有一二百字空白要補時，則以當天日報新聞為話題，寫上三言五語小雜感，對國民黨反動統治刺那麼一下；這個小欄目叫做《朝花夕拾》，署名隨時變換，大概用過『皓』、『江浩』等等。」[14]一九四九年後，由於雜文被視為「異端邪說」，陳白塵少有問津。粉碎「四人幫」後，雜文和雜文家徹底恢復了名譽，一大批當代著名雜文家的集子得到出版，陳白塵認為，這是

---

13 沙葉新：〈關於雜文的雜感〉，見《沙葉新的鼻子》（上海市：上海社會科學院出版社，1993年，第1版）。

14 陳白塵：〈記《華西晚報》的副刊〉，見《陳白塵選集》第五卷（成都市：四川文藝出版社，1988年，第1版）。

「十年動亂」中夢想不到的大事,「也是當代文學史上將要大書特書
的一件事」,他說:「將雜文比作『匕首』或『投槍』,是因為反動
的、垂死的統治階級頗為害怕這東西:它會揭露或擊中那無可藥救的
致命傷。……一個為人民所擁戴的新興的無產階級,哪有害怕一個譬
喻中的小小『匕首』或『投槍』之理?我們不怕古,不怕洋,都能使
它『古為今用』、『洋為中用』,難道區區雜文,就不能為我所用?
『匕首』不好聽,說成『鏡子』,即古人稱之為『鑒』者,有何不
可?『以銅為鑒,可以正衣冠』,何況今日的玻璃鏡子,還可以照出
臉上的塵垢?我們不是被諄諄告誡過人要天天洗臉的麼?但洗臉而不
照鏡子,可乎?」[15]

　　於是,陳白塵在新時期又重新開始寫作雜文,清除「歷史的塵
垢」和「十年動亂中的塵垢」,充分發揮雜文「鏡子」的作用。粉碎
「四人幫」後,各地紛紛舉行追悼會,為在「十年浩劫」中沉冤的逝
者平反昭雪。陳白塵參加過許多追悼會,深感悼詞的八股化,千篇一
律:敘明死者籍貫出身和生年死月,這是第一股;歷述生平履歷是第
二股;追贈封號是第三股;略述致死原因,以示哀悼,是第四股;蓋
棺定論,加以褒詞是第五股;第六股則是「化悲痛為力量」以及對與
會者的鼓勵;加上開頭的帽子及最後的「安息吧」,正好八股。他在
〈談悼詞及其它〉中,把這種沒有感人力量、充滿陳詞濫調的悼詞稱
為十足的「死」八股文。而且,他還批評了一些悼念文章不說真話、
文風不正,或借死者以自重,欺世盜名,名為悼念,實是標榜自己;
或為尊者諱,為賢者諱,顛倒歷史,混淆是非;或出於應酬,勉強為
文,敷衍成篇。在〈神‧鬼‧人〉中,作者談到人造了神,卻頂禮膜
拜在神的腳下;人造了鬼,又被鬼迷心竅,怕它要死;於是人,特別

---

15 陳白塵:〈憶丁易──《丁易雜文》(代序)〉,見《陳白塵選集》第五卷(成都市:
　　四川文藝出版社,1988年,第1版)。

是我們中國人，便在神與鬼的夾縫中討生活。他感歎中國並不是沒有人才，也不缺乏天才，但在神與鬼的夾擊之下，人才漸少，而卑鄙小人和大奸巨滑卻應運而生。文章最後呼籲：「鬼神不死，禍害不止；四化完成，厥在於人！」陳白塵那諷刺的筆法在雜文創作中運用得嫻熟自如，如同他的喜劇創作，辛辣有力。

二　吳祖光（1917-2003）

　　祖籍江蘇武進，生於北京。中學畢業後入中法大學文科學習，「七七事變」後中斷學業，到南京國立戲劇專科學校任教。一九四一至一九四三年在重慶中央青年劇社、中華劇藝社任編導，其間創作了《風雪夜歸人》等多部話劇，深受好評。一九四四年任《新民報》副刊主編，一九四六年主編《清明》雜誌。一九四七年秋為避免國民黨當局的迫害，出走香港，任大中華影片公司、永華影片公司編導。一九四九年後，先後任中央電影局、北京電影製片廠編導。一九五七年被錯劃為右派，到北大荒農場勞動三年。「文革」中再次受迫害，下放幹校勞動，「四人幫」垮臺後得以平反。一九七九年調文化部藝術局從事專業創作。吳祖光著有雜文集《當代雜文選粹‧吳祖光之卷》（長沙市：湖南文藝出版社，1988年，第1版）。

　　一九五○年代中期，吳祖光就曾在雜文〈相府門前七品官〉裡批評了幹部隊伍中趨炎附勢、諂上欺下的歪風邪氣，在〈將軍失手掉了槍〉、〈聞鼙鼓而思將帥〉等文裡，批評了戲劇工作中的教條主義做法以及其他清規戒律。粉碎「四人幫」後，吳祖光在雜文中控訴了「文化大革命」十年浩劫對文化的摧殘破壞（〈「何以至今心愈小，只因已往事皆非」〉）；揭露了「四人幫」及其追隨者對戲劇藝術的粗暴踐踏（〈「座中泣下誰最多」？〉）；緬懷認真負責、忠於職守、為人民留下寶貴精神財富的吳晗（〈看《海瑞罷官》〉）；反省自己在「文革」中曾

有過的圓滑遁世、愧對人民的生活態度（〈三十年書懷〉）；呼喚尊重
學術自由和創作自由，反對對文學藝術作品層層審查，橫加干涉
（〈理當取消戲劇審查制度〉）；號召文藝工作者丟掉顧慮，解除負
擔，消滅恐懼，放心創作（〈實現「雙百」方針有點希望了〉）；追溯
「蛻」字的來龍去脈，認為無論是動物的蛻化或傳說中神仙的蛻變，
都是從低級向高級的變化，其中沒有絲毫的貶意，建議恢復「蛻化」
作為一個科學的、化學或生理學名詞的原意（〈「蛻」辯〉）；考證古今
中外「左」和「右」複雜的變化情況，指出那些至今還在信奉「左」
的一套作法的閉目塞聽、思想僵化、不理解當前形勢、不放棄既得利
益、不退出歷史舞臺、不接受新鮮事物，反而摧殘新生力量的一小夥
人，由於固步自封，不進而退，已經「走到自己的反面」，成了頑固
的保守派和反對改革、阻礙歷史前進的攔路石（〈「右」辯〉）。

　　吳祖光的雜文始終洋溢著關注現實人生的火熱情懷。一九九二
年，他為兩個素不相識的普通顧客打抱不平，在《中華工商時報》上
撰文〈高檔次事業需要高素質員工〉，批評中國國際貿易中心侵害消
費者權益的作法，曾引發一場拖了兩年多的雜文官司，直到一九九五
年五月十一日法庭宣告國貿告狀無理，正當的輿論監督受到法律保
護。在這場雜文官司中，吳祖光的正氣、勇氣和骨氣，深受廣大讀者
的景仰，他那錚錚硬骨的人格力量、憂國憂民的社會責任感和對不正
之風、不良現象挺身而出、奮不顧身的鬥爭精神，都讓人感覺到一個
「生平喜鳴不平，筆端愛露真言」的雜文家的光輝形象。

三　沙葉新（1939-）

　　生於南京。高中二年級時，在《江蘇文藝》發表處女作——小說
〈妙計〉。一九五七年考入華東師範大學中文系，一九六一年畢業
後，被選拔到上海戲劇學院戲曲創作研究班當研究生，從此和戲劇創

作結下了不解之緣。一九六三年分配至上海人民藝術劇院任編劇。一九六三年五月二十日，姚文元為了在文藝界尋找階級鬥爭的靶子，在《文匯報》上發文〈請看一種「新穎而獨到的見解」〉，批判法國印象派音樂家德彪西。沙葉新為德彪西打抱不平，寫了洋洋萬言的長文〈審美的鼻子如何伸向德彪西〉，與姚文元辯論，這是他「以文賈禍」的開始。「文革」中，沙葉新創作了多幕話劇《邊疆新苗》，由於違反了「四人幫」的「三突出」原則，再次遭到批判。粉碎「四人幫」後，他的創作激情為之高漲。二十世紀七、八十年代創作的話劇《假如我是真的》、《大幕已經拉開》、《馬克思「秘史」》、《尋找男子漢》、《耶穌・孔子・披頭士列儂》，均引起爭議，因而產生了較大影響。沙葉新曾任上海人民藝術劇院院長。著有雜文集《沙葉新的鼻子──人生與藝術》（上海市：上海社會科學院出版社，1993年，第1版）、《閱世戲言──沙葉新幽默作品五十篇》（上海市：華東師範大學出版社，1995年，第1版）、《不違心聲》（上海市：上海書店出版社，1998年，第1版）、《自由的笑聲》（上海市：學林出版社，1999年，第1版）、《沙葉新諧趣美文》（廣州市：廣東人民出版社，1999年，第1版）、《沙葉新集》（長春市：吉林出版集團有限責任公司，2013年，第1版）、《閱世趣言》（北京市：中國人民大學出版社，2015年，第1版）等。

沙葉新認為時下一些雜文大多是市井瑣語，論的是雞毛蒜皮，還有一些雜文過於平穩，過於中庸，過於吞吞吐吐，過於謹小慎微。他主張雜文家應該有勇氣寫「重大題材」，好的雜文要敢於議經、議政，要敢於發宏論、發新論，要敢於指點江山、縱論天下。他說：「雜文家必須要有一些兒童般的天真。唯有天真，才無偽飾，才無矯情，才無假道學；才會有勇敢，才會有坦誠，才會有真性情。」[16]

---

16 沙葉新：〈關於雜文的雜感〉，見《沙葉新的鼻子》（上海市：上海社會科學院出版社，1993年，第1版）。

〈說真話何需勇氣〉，作者指出，在一個健全的、民主的社會中，講真話不應該需要勇氣，倒是講假話才需要有點膽量才對。可是，在相當長的一個時期內，我們沒有說真話的權利，「馬寅初說過真話，彭德懷說過真話，張志新說過真話，還有一些仁人志士都說過真話，可他們的下場如何？有的挨批，有的監禁，有的流放，有的被殺」，甚至連威望如山、功名蓋世的周恩來總理在一九五八年後「遇事發表意見就比較少了」。作者說：「假如我們人人能說真話，那就不會有大躍進，不會有盧山會議，不會有『文化革命』，不會為此而屈死了那麼多的冤魂！」他在〈未來的夢〉中表示，只要一息尚存，就要用筆「呼籲民主、捍衛自由、宣傳真理、揭露謊言」，促進社會進步。〈「工程」現象〉，從社會上數不勝數的五花八門的「工程」現象，談到教育的「希望工程」，「有的小學生把壓歲錢拿出來，有的低收入的家庭把牙縫裡省下的錢捐出來」，可是，「一些官員的貪污受賄，動輒幾十萬、幾百萬，大家幾萬人省吃儉用捐款的，沒有他們一個人貪污的多」。作者每念及此，就痛心疾首，憤憤不平。他指出，「希望工程」當然要堅持下去，但更重要的還是要加大國家對教育的投資，加大對貪污腐敗的打擊力度。

沙葉新性格幽默，他認為幽默是智慧，是能洞察事物本質矛盾並能以喜劇方式加以實現的一種藝術能力。因此，他主張雜文最好有點幽默，平易近人，不要板著面孔，道貌岸然，故作深沉或深刻狀。他在自畫像〈沙葉新，何許人？〉裡，用幽默的語言，自我調侃，「讓一個深明底細的我來評說一個被藝術誇張了的你，讓一個不為人知的沙葉新來修正一下『社會形象』的沙葉新，不為尊者諱，不為親者諱，更不為自己諱」：

先說閣下的小時候。你不是什麼神童，是頑童。頑皮，按你們南京方言來說，叫「厭」，把「頑皮得要死」，說成是「厭得傷

心」。你可真是厭得傷心了，你小時候最喜歡裝濟公，頭上戴著用綠荷葉捲成的圓錐形的帽子，耳朵上掛著紅辣椒做成的耳墜，手拿破芭蕉扇，口唱「馬里馬里哄呀」和尚念的經文。那時尚無「鞋兒破，帽兒破」的流行曲，否則你也一定引吭高歌此曲，大顯身手的。下大雨時，房簷水流如注，你和三四頑童竟然立於簷下，排成橫列，伸長頭頸，以頸就水，相互比賽，看誰堅持最久。而你在這類較量中，哪怕渾身濕透，冷得發抖，也要堅持到最後，擊敗所有對手。你就有那麼一股呆勁，所以大家叫你呆子。你的乳名原來叫「六十子」，後來人們都叫你「六呆子」。

而在〈憋不住了〉一文裡，沙葉新針對全民經商熱潮，用詼諧的口吻說，別人只考慮開飯館，做「進口」生意，他考慮開廁所，做「出口」生意，「大開方便之門，解除後股之憂」。文章奇思妙想，笑逐「言」開。如開頭兩段，作者把〈義勇軍進行曲〉歌詞與紅寶書語錄各換一字，便成了辛辣諧語：

商海翻騰天水怒，市場震盪風雷激。都說如今已是第二次更為深刻的革命了，可偉大領袖曾諄諄教導我們：革命不是請客吃飯，不是做文章，而我……我……我他媽的怎麼還在爬格子、做文章呢？文章能值多少錢？〈十五的月亮〉十六圓（元）！作家、詩人論斤賣，一角一個還打八折。

因此，敝人三天三夜沒睡著，思來想去，終於大徹大悟：起來，不願做奴隸的人們，把我們的血肉，築成我們新的商城！我要：下定決心，不怕犧牲，排除萬難，去爭取生利！

對於雜文中的幽默，沙葉新也指出：「幽默不是胡椒麵兒，不是

味精，不是外加的調料。幽默是才情，甚至是天資，是學不會、裝不像的。不具幽默感的雜文家就不必耍弄幽默，否則會弄巧成拙，或不幽默，或流於油滑。」[17]

四　魏明倫（1941-）

生於四川內江，童年失學，七歲從藝，九歲登臺，藝名「九齡童」。一九五〇年參加自貢市川劇團，在各種政治運動中歷盡坎坷。一九七九年後脫穎而出，連續創作出多部有影響的文學劇本，如《易膽大》、《四姑娘》、《巴山秀才》、《潘金蓮》、《夕照祁山》、《中國公主杜蘭朵》、《變臉》等，在國內外引起較大反響。結集出版《苦吟成戲》、《魏明倫劇作三部曲》等。他在編劇之餘，兼作雜文隨筆，著有雜文集《巴山鬼話》（上海市：上海人民出版社，1997年，第1版、上海市：文匯出版社，2006年，新1版、上海市：上海文藝出版社，2012年，新1版）、《閒言碎語》（北京市：西苑出版社，2000年，第1版）、《鬼話與夜談》（北京市：作家出版社，2001年，第1版）、《魏明倫隨筆選》（北京市：光明日報出版社，2004年，第1版、西安市：陝西師範大學出版社，2009年，新1版）、《魏明倫集》（長春市：吉林出版集團有限責任公司，2013年，第1版）等。

魏明倫自稱：「鬼話不離人間煙火；鬼眼兒盯住多災多難的中國；鬼胎裡懷著一片責任心，幾分使命感；鬼頭鬼腦思考人的價值，神的奧秘，官的沉浮，民的憂樂，會不會七八年又來一次不大不小的『節日』？」他的雜文被認為是奇思噴射，如疾電掣空；筆墨飛翔，似驚颻掠地；或婉約，或豪放，或開闊，或工細，或婉轉言情，小而

---

17 沙葉新：〈關於雜文的雜感〉，見《沙葉新的鼻子》（上海市：上海社會科學院出版社，1993年，第1版）。

博大，短而精深；沒有偽裝與粉飾，以作家自己真誠的獨白，貫串著哲理的探索，蘊含著思想的火花；作品從形式到內涵，滲透著作家富有特色的稟賦、性格、氣質、素養和情思的美。尤其《巴山鬼話》，是「一部美麗而莊嚴的『鬼話』」，「樹雜文異幟之作」[18]。

　　魏明倫認為，雜文家的天職在於必須不盲從。他說：「優秀的雜文家以思考為己任，凡事問個為什麼？請注意『凡事』──沒有任何例外諱言之事！雜文家應如科學家，頭腦裡乃是『三無世界』：無禁區、無偶像、無頂峰。而我習作雜文，還自求『三獨精神』：獨立思考、獨家發現、獨特表述。」[19]〈毛病吟〉對給中國帶來數不清的苦果和無窮後患的「毛病」追本溯源，指出改革開放中出現的新弊端，實乃長期極「左」路線留下的後遺症：通貨膨脹，根在史無前例經濟長堤崩潰；人滿之患，源在開國伊始批判識途老馬；教育寒傖，非一日之寒，校舍茅屋早為秋風所破；腦體倒掛，不惟今天起，窮老九幾十年一貫遭受倒懸之災。針對有人「三中全會不如『三面紅旗』，改革不如『文革』」的模糊錯誤認識，作者反問道：「那是個什麼年頭？三面旗幟怎樣染紅？天下太『貧』，黎民長『瘦』，雖然少見漲價，而餓殍的數字從不公佈。瘋狂的節日像章偉哉，一像閃光萬骨枯，聖人凡人皆悲劇。」〈半遮的魅力〉，談到曾以半部《論語》治天下，又從半封建、半殖民地社會走過來的龍的傳人，對半字藝術戀戀不捨：某些官員收入，小民只知一半，工資表上有數可查，無數的存款，不盡的財源，從何處滾滾湧來？某些選舉，新聞照例報導一半，公佈預定選舉結果，掩去精彩的選舉程序，反對票多少？棄權票多少？上定候選人多少？下提另選人多少？作者說：「中華民族古往今來的種種改革老是半途而廢，其原因，至少有一半是毀於這個遮遮掩掩，真真假

---

18 林雨純：〈美而莊嚴──祝賀《巴山鬼話》出版〉，見《巴山鬼話》（上海市：上海人民出版社，1997年，第1版）。

19 見《雜文選刊》1996年第6期。

假的半字精靈啊！」此外如〈文學與自我〉、〈雌雄論〉、〈三終於三〉、〈對聯與讖語〉、〈尋找關漢卿呼喚成兆才〉、〈我「錯」在獨立思考〉、〈小鬼自白〉、〈小鬼補白〉等雜文篇章，伸張正義，鞭撻邪惡，鋒芒所向，銳不可擋。

魏明倫的雜文不僅富有遠見卓識，「人不敢道，我則道之；人不肯為，我則為之。厲鬼不能奪其正，利劍不能折其剛」。而且，他善用曲筆藝術和戲劇語言，文章尖銳潑辣，雄勁大氣。他說：「雜文的藝術形式至關重要。如果缺乏獨特精彩的表述方式，縱然經過獨立思考而有了獨家發現，也說不清，道不明，繪不出聲，描不出色，怎能引人入勝？如同茶壺裡裝湯圓——徒有精華美味在壺內，從壺嘴倒出來的只是白水！」[20]因此，他的雜文形式多樣，姿態萬千，其中有書信體，如〈仿姚雪垠法，致姚雪垠書〉、〈帥才不及帝王術——簡論韓信〉、〈一戲一招——復讀者公開信〉；有駢賦體，如〈蓋世金牛賦〉、〈華燈詠〉；有碑銘體，如〈深山駿馬碑〉、〈飯店銘〉；有問答體，如〈讀書三性〉、〈小鬼自白〉、〈小鬼補白〉；有意識流體，如〈振興川劇意識流〉；有故事新編體，如〈我做著非常荒誕的夢〉、〈三終於三〉；有評點題跋體，如〈牛棚讀板橋〉、〈戲題韓羽畫豬〉。在他筆下，「白話與文言駢驪，思辨與抒情對照」[21]，文辭精練傳神，飄灑宛轉，獨樹一幟。如〈華燈詠〉，上下古今縱橫捭闔，鋪陳排比氣勢宏偉，措辭講究，用語工整，於典縟之中有飛動之致：

　　三墳五典，百宋千元，文史哲經，詩詞歌賦，頻頻出現「燈」字：春節龍燈，元宵花燈，洞房喜燈，書齋寒燈，邊塞哨燈，閨房孤燈，江楓漁燈，古寺青燈……中華民族多少高尚道德美好情操關聯燈火：鑿壁偷光，勤奮成材；剔燈救蛾，慈悲為

20 見《雜文選刊》1996年第6期。

21 魏明倫：《巴山鬼話》〈自序〉（上海市：上海人民出版社，1997年，第1版）。

本；秉燭待旦，忠義寫照；蠟炬成灰，愛情象徵；燃犀燭怪，
揭露陰暗；火盡薪傳，延續光明……千篇佳話萬家燈火不勝枚
舉，信手拈來雅俗共賞之例。通俗者，黃梅小戲《夫妻觀
燈》，民間風味，天然妙趣。典雅者，治學審美最高境界，正
是稼軒詞意「燈火闌珊處」。歷代燈韻古色古香，現代燈具多
姿多彩：商店霓虹燈，醫療無影燈，礦山安全燈，國防探照
燈，影視水銀燈，照相鎂光燈，舞廳琉球燈，交通紅綠燈……
從鐵路號誌燈自然聯想家喻戶曉《紅燈記》！又從抗日英烈豁
然通感慶祝抗戰勝利提燈會！熊熊火把，錚錚鐵骨；滔滔燈
海，煌煌國魂！

第四節　畫家的雜文

　　「雜文漫畫組合」是新時期雜文創作中出現的一種新的藝術品
類，方成說：「漫畫與雜文很相近，形式不同，卻都屬於評論性作
品，也都有幽默的通性。」[22]二者通過文畫的巧妙配合，兩相互補，
增強了作品的幽默感和文學趣味，使雜文的戰鬥力發揮得更加充分。
黃永玉、韓羽、高馬得、方成、田原、詹同、戴逸如等畫家，都在這
方面取得不少成就。關於雜文與漫畫的密切關係，正如韓羽所指出：
「雜文與漫畫的相同處，就是都有著一副『幽默』的面孔，即所謂
『寓莊於諧』。如果雜文和漫畫少了幽默，就像麻辣豆腐少了辣椒。」
「兩者的不同處主要是在表現手段上。漫畫是依靠可視的具體的繪畫
形象來表現，然而這形象卻是靜止的，像是給『定身法』定住了的。
就是說它是受著時間、空間侷限的藝術。雜文是語言藝術。它不如漫
畫之可視、之具體而微，然而它卻不受時間與空間的限制，它可以反

---

22 方成：《高價營養》〈序〉（長沙市：湖南文藝出版社，1993年，第1版）。

復地多層次多側面地進行描述、議論。」「表現手法的不同，決定了兩者間表達功能的不同、表現角度的不同。就像剪刀宜於剪裁，錐子宜於錐刺一樣。如果像鞋匠修補鞋子，剪刀、錐子一齊用，雜文、漫畫擰在一起彼此取長補短，互證互補，表達起來不更方便麼！」[23]確實，畫中寓「雜」，「雜」中見畫，於誇張中出幽默，借傳統以創新，「雜文漫畫組合」這種形式珠聯璧合，渾然天成，為當代雜文的發展開闢了一條蹊徑。

一　黃永玉（1924- ）

　　湖南鳳凰人。早年背井離鄉，曾進過福建集美學校，受過不完整的中學教育。抗戰爆發後，黃永玉在東南各省市流浪，做過瓷場工人、中小學教員、記者、編輯、電影編劇等。一九四〇年代自學繪畫、木刻，投身左翼木刻運動，並開始斷斷續續發表詩作。一九五三年在表叔沈從文的鼓勵下，他攜妻兒由香港到北京，執教於中央美術學院。「文革」中，黃永玉因一幅貓頭鷹畫無辜獲罪。粉碎「四人幫」後，他的詩集《曾經有過那種時候》獲全國第一屆新詩詩集一等獎。一九八五年六月，三聯書店出版了他雜文漫畫組合的「永玉三記」：《罐齋雜記》、《力求嚴肅認真思考的札記》和《芥末居雜記》。一九八八年，黃永玉重返闊別三十五年的香港定居。他自辦古椿書屋，出版了「永玉六記」之四《往日，故鄉的情話》、之五《汗珠裡的沙漠》、之六《斗室的散步》以及隨筆集《吳世茫論壇》等。有論者指出，「永玉六記」是閃耀著智慧之光的藝術札記，是一個真誠的藝術家的幽默，貫穿其中的是作者的心魄：獨立之精神，自由之思想，「如果說舊三記有更多的憤世嫉俗，新三記則更多的是藝術家的

23　韓羽：〈關於雜文漫畫組合的議論〉，《雜文報》1989年7月7日。

深刻思考和對故國溫馨的回想」[24]。

　　《罐齋雜記》寫於一九六○年代初期，八十三則全是「動物短句」。〈狼〉的畫面是一隻面目十分猙獰兇惡的狼，文字是以第一人稱注釋的：「我總是每天碰見東郭先生，卻很少碰到趙簡子。」〈猴子〉畫了一隻臉部表情十分正經、竭力作出一副人樣的猴子，文字為：「不管我有時多麼嚴肅，人還是叫我猴子。」〈狗〉畫了一條搖尾乞憐的狗，題詞曰：「失掉主人，無法不見人就搖尾巴。」我們從這些動物身上，可以看到某種世態人生。

　　《力求嚴肅認真思考的札記》，作者自稱有點像《世說新語》，其實就是「新世說」。〈速度〉畫著一張半陰半陽的怪臉，文字為：「物質運動的形式。比如，壞人一下子變成好人，快得連閃電也頗感慚愧即是。」〈帽子〉畫的是一頂大帽子，作者說：「戴帽子是一個大發明，給人戴帽子是一個偉大的發明。」〈慚愧〉的畫面上是一個用手捂住一隻眼睛的小丑，札記稱：「某種人類精英是不存在這種古老的劣根性的。被他寫過許多誣陷的揭發材料的人死了之後，他又可以寫一對極沉痛的挽聯去參加追悼會。寫過〈專治『健忘症』〉的鄧拓同志九泉有知，一定會哈哈大笑起來。」在這裡，作者以尖峭冷峻之筆刻劃了人性的陰暗面。

　　《芥末居雜記》多為寓言筆記體，表現得尤為智慧和深刻。寥寥幾句，表達出非常豐富深厚的內涵。如〈二罐〉：

　　　　二罐路遇。
　　　　問曰：「爾盛何物？」
　　　　曰：「學問。」
　　　　反問曰：「爾腹中何物？」

---

24 衛建民：〈「湘西刁民」赤子心——讀黃永玉「新三記」〉，《文匯讀書週報》1994年4
　月2日。

曰：「知識！」

皆疑之。曰：「可一觀乎？」

答曰：「否！」繼之毆，二罐皆碎於道，空無一物。

子曰：「學貴含蓄而毀於隨。」

又如〈跛伯樂〉：

伯樂跛行。少壯見而問安。

「夫子何為哉？」

答曰：「相馬所致。」

問曰：「相馬夫子之道，何悽楚若是？」

曰：「相一良馬。」

問曰：「良馬豈不佳乎？」

答曰：「佳固佳，一牽上臺階，即狠狠給老子幾腳！」

　　黃永玉的雜文漫畫組合，既有鋒芒畢露的警句雋語，又有微言大意的寓言小品，配上靈動自由的漫畫藝術，處處洋溢著智慧的光芒和思辨的力量，有著獨特的穿透力，創造了咫尺千里、短小雋永的思想藝術境界。

二　韓羽（1931-）

　　原名韓森林，山東聊城人。一九四七年前在家鄉讀書兩年，後當學徒。一九四八年起從事美術創作、編輯工作，先後在臨清市大眾教育館、邯鄲專區文工團、邯鄲專區農民報社、河北省美術工作室、《河北畫報》社工作。一九七四年調河北工藝美術學校任教，後任河北畫院一級美術師。多年來，韓羽專攻水墨戲劇畫、人物畫，作品別

具一格。他把國畫中的寫意與漫畫的誇張結合在一起，不追求繁瑣的描繪，著重於人物精神的刻劃，天真幽默，耐人尋味。他創作設計的動畫電影《三個和尚》，在一年中四次獲得國際大獎。自一九八五年《漫畫世界》為他開闢雜文漫畫組合專欄以來，《文藝報》、《文匯月刊》、《瞭望》、《雜文報》等報刊也相繼為他提供版面。韓羽的雜文漫畫組合以及雜文集有《閒話閒畫集》（北京市：學苑出版社，1989年，第1版）、《陳茶新酒集》（石家莊市：花山文藝出版社，1991年，第1版）、《雜繪集》（長沙市：湖南文藝出版社，1994年，第1版）、《韓羽雜文自選集》（天津市：百花文藝出版社，1996年，第1版）、《韓羽小品》（石家莊市：河北教育出版社，1997年，第1版）、《兩湊集》（石家莊市：河北教育出版社，2000年，第1版）、《韓羽隨筆》（石家莊市：河北教育出版社，2002年，第1版）、《東拉西扯集》（香港：中國旅遊出版社，2005年，第1版）、《槐南雜記》（成都市：四川美術出版社，2006年，第1版）、《畫眼心聲：韓羽自選集》（北京市：生活‧讀書‧新知三聯書店，2012年，第1版）、《楊貴妃撒嬌》（北京市：人民文學出版社，2013年，第1版）等。

　　韓羽是漫畫大師，也是寫雜文的高手。他之所以走上雜文漫畫組合的創作道路，是因為「儘管漫畫幽默諷刺的意味很濃，但仍覺得有些意思很難表達。比如『官僚主義』，畫面上只能畫個大胖子。但事實並不這樣簡單，『胖』，只是表面現象，真正的東西沒有表達出來，或沒有全部表達出來。……我對漫畫只能表現表面的東西不滿足，就試圖用文字來彌補這一缺憾。……就這樣，我開始了雜文漫畫組合的創作。……我認為：有畫無文講不清，有文無畫不夠味」[25]。比如，韓羽曾在《重慶晚報》上看到過一則消息，說某工廠的廠長被人告

25　見陳柯、李安敏：〈雜文、漫畫，沒有必要吊死在一棵樹上──韓羽訪問記〉，《雜文界》1990年第3期。

了，上級就派個工作組下去調查，結果查了很長時間也沒發現問題。工作組覺得不好向上級交待，就想辦法非得找出一點問題不可。他覺得這是愛面子在作怪，於是寫了一篇雜文〈恍然而悟〉進行諷刺。可文章寫好後又覺得不過癮，他就借助漫畫來補充文章不夠的缺憾，畫了一幅瞠目伸舌的上吊者正忙著往自己臉上塗脂抹粉的「上吊搽粉，死要臉面」的插圖和雜文配在一起，突出了自遮醜陋欲蓋彌彰這一相似之處，使兩者互補互證，相得益彰。又如韓羽曾著文〈《隨筆》的隨筆〉嘲諷官大學問大的虛假現象：

> 俞樾《春在堂隨筆》中有如下一段記述：
> 謝夢漁嘗語余曰：「學問是一事，科名是一事，祿位是一事，三者分而不合。」「余深韙其言。」
> 其學問、祿位分而不合一語，以今之語言來說，即兩者不是一碼事。以今證之，其言未必。試看，比如某某一旦居了「長」字位，諸如學術探討會、文藝研究會、書會、畫會之會長、理事長、名譽會長等等，另外之「長」字，亦隨之而來，學問忽焉大哉。一旦離其「長」字位，「會長」、「理事長」、「名譽會長」等等，另外之「長」字，亦隨之相繼而去，學問忽焉小哉。
> 由此觀之，應曰：學問、祿位合而不分，如影之隨形也。

　　韓羽指出，這種故裝糊塗的正話反說，只有語言能奏其功，繪畫毫無辦法。然而這段文字讀起來又覺得欠點火，就像畫龍沒有點睛。為了彌補不足，他想到街上照快相的景片。景片上畫著頂盔著甲的武將或是朝靴袍褂的文官，將臉的部位挖成空洞，照相者只需站在景片後面將面孔從空洞中露出，就儼然文官武將了。於是，他就畫了一個官長手執寫著「滿腹學問」紙扇的景片，虛位以待，意即誰若是站在這景片後面，誰就是官長而且學問滿腹了。由於這是具體的繪畫形

象，「虛假」二字也就形象化了，較之文字更加觸目，嘲弄的力度也加重了。

韓羽認為，雜文和漫畫雖非鴻篇巨制，但要創作好也頗不易。除了要善於運用繪畫語言和寫作技巧外，更重要的是要掌握多方面的廣博學識，因為學問修養直接影響著作品的深度與幽默格調的高下。韓羽本身是個飽學之士，胸羅古今中外，因此，「他能把一肚子學問橫串豎串。……他的文章妙語如珠，含蓄蘊藉，影影灼灼，如假如真，順手拈來，俯拾即是，若有其事，如見其人」[26]。如〈看《賀后罵殿》想及於「銜」〉，他從京劇《賀后罵殿》中孤兒寡母本要在金殿之上破釜沉舟大鬧一場，禁不住皇帝奉送一連串官銜，母子滿腔怒氣頓時冰消，談到《我的前半生》裡溥儀戲封一管電燈者為「鎮橋侯（猴）」，此人信以為真，並找內務府索討「官誥」。作者指出，「銜」為「才幹」、「權力」、「尊榮」之象徵，故惹人愛，而且如占銀行支票，多多益善。他引證歷史上的具體例子，《輟耕錄》記載中書右丞相伯顏所署官銜計二四二個字，《池北偶談》言及魏忠賢擅權時官銜也有二百多字，說明「頭上加戴以銜，猶如女人插戴首飾珠翠，花枝招展，使人豔羨，此理之所固然」。出人意料的是，文章結尾作者筆鋒一轉：「然此女如係一醜婆，其所戴之首飾珠翠不正適足以顯其醜耶！以對比視之，頭小而其所插戴愈多，則頭之本身不亦更顯得愈小耶！」韓羽的雜文漫畫組合不僅富有戰鬥性，而且深具幽默感。方成說他是個幽默家，「善於運用矛盾作為藝術手段，創作出奇而又巧的幽默作品來」[27]。

26　黃苗子：〈大巧若拙——漫談韓羽及其《閒話閒畫集》〉，見《閒話閒畫集》（北京市：學苑出版社，1989年，第1版）。

27　方成：《陳茶新酒集》〈序〉（石家莊市：花山文藝出版社，1991年，第1版）。

三　高馬得（1919-2007）

　　祖籍江蘇南京，生於江西贛州。少年時代就讀於天津，開始自學美術。一九四〇年代初，以漫畫見知藝壇，曾主編重慶《商務日報》「星期漫畫」版、上海《大公報》「刀筆」漫畫版，並擔任上海《漫畫》月刊編委。一九五〇年代漸潛心於中國美術傳統，復因醉心戲曲舞臺動靜頓挫、色彩紛呈，遂專以水墨作戲曲人物畫，與關良、韓羽並稱「中國戲畫三傑」。他所畫的《三打白骨精》曾獲一九七八年聯合國教科文組織亞洲中心兒童讀物圖畫獎。他從一九八九年五月開始，在《新華日報》「新潮」文藝副刊上開闢「畫戲・話戲」專欄，每週一次，連續刊載達一年半之久。其作品風格獨特，深受讀者歡迎。有人說：「馬得同志的話戲，並非為畫戲作一般的文字說明，而是把詩樣的語言、散文的筆調、雜感的色彩融於一體。這樣，畫戲就因話戲而生色，話戲更為畫戲而增輝。」[28]高馬得著有雜文漫畫組合集《畫戲話戲》（南京市：江蘇美術出版社，1993年，第1版）和《畫碟餘墨》（長沙市：湖南文藝出版社，1994年，第1版），他還與雜文家李克因合作出版《戲劇名畫妙說》（南昌市：江西美術出版社，1993年，第1版）。

　　高馬得自畫自話，自有其獨特的情趣、見解與個性。作者常常因戲生文，從一些傳統戲聯想到現實生活中的社會相，或褒或貶，或嘲或諷，亦莊亦諧。〈婁阿鼠〉為《十五貫》中「一不經商，二不種田，得偷則偷，能騙則騙」的市井無賴婁阿鼠造像。作者在「話戲」中指出，婁阿鼠鬼點子多，殺了人，不馬上躲開，反而混在群眾中看苗頭，一出現機會，便在旁敲邊鼓嫁禍於人，等找到替死鬼，他就混入證人中伸出大拇指歌功頌德，大誇青天老爺斷案英明。他聰明機

28　陸建華：〈漫評《畫戲・話戲》〉，《新華日報》1985年1月12日。

靈，又會拍馬屁，這是看家本領。最後，來了個清官況鍾，在監斬時
發現了問題，拼著丟烏紗帽，調查清楚，才把婁阿鼠抓住。文章最後
意味深長地告訴人們：「鼠類繁殖力很強，可惜，能捕鼠者不多，阿
鼠之流就憑著他那看家的本事，養得肥肥胖胖，在各種各樣的洞裡，
逍逍遙遙，美不吱吱地過日子。」〈邯鄲記（一）〉畫「黃粱一夢」的
盧生高持金錢一串開路，官府儀仗隊見錢腿軟，把「迴避」、「肅靜」
的牌子放倒，屈身為孔方兄讓路，草草幾筆，世態盡出。作者在「話
戲」中幽默地說：「『迴避』、『肅靜』，是對老百姓說的，要他們躲遠
一點，還不要發出聲音，但對有錢的主，卻不興這一套，牌子倒了下
來，扛牌子的狗腿子之流跪了下來，那官員雖未登場，但可讓觀眾想
像得出，他應是急急忙忙，又打躬又作揖，連呼『歡迎！歡迎！』降
階相迎。」此外，如〈挑滑車〉中對政治騙子的揭露，〈蔣幹盜書〉
中對自作聰明者的嘲弄，〈逼上梁山〉中對死不要臉者的痛斥，〈打龍
袍〉中對官僚特權的針砭，〈霸王別姬〉中對社會上流言蜚語的批判，
作者把投槍刺向社會上的種種歪風邪氣，也都一針見血，入木三分。

四　其他漫畫家

　　方成從一九三〇年代開始創作漫畫，是中國著名的漫畫藝術家。
他著有《方成漫畫選》、《幽默集》等漫畫集，以及雜文集《擠出
集》、《高價營養》、《方成漫筆》、《畫外餘音》、《畫外文談》、《岸邊絮
語》、《話裡話》等。方成認為漫畫家寫雜文，可以使創作思路更加開
闊。他在《高價營養》的序中指出：「雜文和漫畫裡常帶刺，這是它
們自身的特性。對人民內部的諷刺，都是對社會上種種不良現象的針
砭，有利於社會進步。諷刺的藝術也因社會發展進步而得滋養，不斷
精進。諷刺和幽默是同胞兄弟，藝術上血緣相通。我寫雜文還另有所
圖，意在鍛煉文筆。漫畫和其他繪畫不同，是圖文並用的，有的作品

甚至以文字占最重要地位。所以必須學會運用幽默諷刺文筆，因為漫畫的標題和人物對話都須幽默。」

江蘇漫畫家田原自一九八〇年代以來，在報刊上開闢了「飯牛閒話」、「茶館小調」、「雨花茶座」、「五味齋」等專欄，一九九三年三月挑出七十篇結成雜文漫畫組合集《飯牛閒話》，由湖南文藝出版社出版。田原是老新聞工作者，敏於觀察，善於議論剖析。他議人議事議戲議畫，或笑或歎或驚或思，信手拈來，世相百態成佳構，娓娓而談，義理千端隱機鋒。圖文並舉，相得益彰。

上海漫畫家戴逸如曾創作一則畫配文〈文畫聯彈〉，揭示雜文漫畫組合的要旨。文曰：「畫家以畫眼看山，看到『春山淡冶而如笑，夏山蒼翠而如滴，秋山明淨而如妝，冬山慘澹而如睡』，已很不易，而神猶不足。詩人以詩眼看山，看到『夜山低，晴山近，曉山高』，得山之神，又不能使讀者睹其形狀。文畫各有所短長，於此可見。故文畫不應相輕，而宜互補，固可獨奏，更宜聯彈。」他著有雜文漫畫組合集《啟鎖齋笑林》、《漫畫菜根譚》、《創造博士》、《漫畫社交》等，其文，有著《笑林廣記》的神韻，採用淺近文言，每則百來字，古樸雅致，清麗雋永；其畫，具有中國傳統技法和西方迪士尼卡通畫相結合的風采，線條流暢，形象生動。在他筆下，圖與文不是簡單地互相詮釋，而是互相伸延，把題旨開拓到更深更遠的境地。因此，有人說：「他的雜文漫畫組合作品，清麗醇厚，耐人尋味，寓幽默、諷刺、哲理於一爐，是一部圖文並茂的現代笑林。」[29]

第五節　學者的雜文

一九八五年，牧惠有感於「人們不為無因地批評雜文創作中老是引用一些眾所周知的典故來詮釋早不新鮮的道理的那種弊病」，認為

---

29 方波：〈「現代笑林」戴逸如〉，《雜文界》1992年第1期。

「對於雜文作家來說，學者化的問題更加重要，更加迫切。雜文家應當是雜家。對於雜文家來說，派不上用場的知識是沒有的」[30]。確實，在中國現當代雜文史上，有許多著名雜文家本身就是學貫中西、博古通今、學有專長的大學者。如周氏兄弟，魯迅有豐富的生活實踐知識，他學過地質學、醫學，教過生物學，他有廣博的古今中外歷史、文化、哲學、藝術知識；周作人在《我的雜學》中曾闡述他的雜文創作同文化人類學、民俗學、兒童文學、神話學、生物學、性心理學等廣博的「雜學」的關係；還有李大釗，留學日本，專攻政法，精研史學；陳獨秀，留學日本，精研方言學；錢玄同，留學日本，精研文字音韻學；劉半農，留學法國，精研語言音韻學；林語堂，留學美、法、德三國，精研音韻學；陳西瀅，留學英國，精研英美文學；梁實秋，留學美國，精研莎士比亞；梁遇春，精通英語，譯作二十多種；阿英，明清文學專家，藏書家；陳子展，中國古典文學史家；陶行知，留學美國，教育家；徐懋庸，精通多種外語，哲學家；唐弢，藏書家，文學史家；聞一多，留學美國，古典文學專家；吳晗，歷史學家；夏衍，留學日本，學理工，劇作家；聶紺弩，留學蘇聯，古典文學專家；錢鍾書，留學英、法，文藝批評家；鄧拓，歷史學家；黃裳，劇評家、藏書家。在新時期，也有一批學者加入了雜文創作的隊伍，他們的文章除了學術品位之高雅深刻、書卷氣息之濃郁厚重外，行文思接千載，神騖八極，思維流暢，文采斐然，是學、識、才的完美結合，具有智慧之美、知識之美、趣味之美。

一　張中行（1909-2006）

原名張璿，生於河北香河。一九三一年通縣師範畢業。一九三五

---

30 牧惠：〈革命化，學者化，作家化〉，《雜文報》1985年10月1日。

年北京大學中文系畢業。曾在天津、保定、北京教中學和大學，並編佛學期刊。一九四九年後在人民教育出版社任編輯。他學業興趣廣泛，博覽古今中外，被人譽為雜家。一九四九年前所寫多為雜文，均未結集。「文革」前則為語文方面，一九八○年代以來出版了《文言津逮》、《作文雜談》、《佛教與中國文學》、《負暄瑣話》、《文言和白話》、《負暄續話》、《禪外說禪》、《詩詞讀寫叢話》、《張中行小品》、《順生論》、《負暄三話》、《談文話語集》、《橫議集》、《月旦集》、《說書集》等。季羨林說：「中行先生學富五車，腹笥豐盈。他負暄閒坐，冷眼靜觀大千世界的眾生相，談禪論佛，評儒論道，信手拈來，皆成文章。」並認為張中行的文章「融會思想性與藝術性，融會到天衣無縫的水準。在當今『學者散文』中堪稱獨樹一幟，可為我們的文壇和學壇增光添彩」[31]。

　　《順生論》是一本談論人生之道的書，作者運用自己厚實的人生經驗和豐湛的人文知識，把人生的方方面面梳理為六十個問題，從古今溝通、中外比較的角度條分縷析，推本溯源。作者談生命，談婚姻，談事業，談讀書，談法律，談道德，談時風，談國際，談鬼神，談命運，談宗教，談信仰，娓娓道來，在歷史與現實相結合的人生思索中，開人眼界，啟人胸襟。如〈生命〉一文，從羊聯想到人，以沖淡自然、行雲流水的筆墨抒發悲天憫人的情懷：

　　　　人養羊，食羊之肉，寢羊之皮。人是主宰，羊是受宰制者，人
　　　　與羊的地位像是有天淵之別。據人自己說，人為萬物之靈。生
　　　　活中的花樣也確是多得多。穿衣，火食，住房屋，乘車馬，行
　　　　有餘力，還要繡履羅裙，粉白黛綠，弄月吟風，鬥雞走狗，甚
　　　　至開府專城，鐘鳴鼎食，立德立言名垂百代，這都是羊之類所

31　季羨林：〈我眼中的張中行〉，《光明日報》1995年8月9日。

不能的。不過從生命的性質方面看，人與羊顯然相距不很遠，也是糊裡糊塗地落地，之後，也是執著於「我」，從「我」出發，為了飲食男女，勞其筋骨，餓其體膚，甚至口蜜腹劍，殺親賣友，總之奔走呼號一輩子，終於因為病或老，被抬上板床，糊裡糊塗地了結了生命。羊是「人殺」，人是「天殺」，同是不得不死亡。

地球以外怎麼樣，我們還不清楚，單是在地球上所見，生命現象就千差萬別，死亡的方式也千差萬別。老衰大概是少數。自然環境變化，不能適應，以致死滅，如風高蟬絕，水涸魚亡，這是一種方式。螳螂捕蟬，雀捕螳螂，為異類所食而死，這又是一種方式。可以統名為「天殺」。樂生是生命中最頑固的力量，無論是被抬上屠案，或被推上刑場，或死於刀俎，死於蛇蠍，都輾轉呻吟，聲嘶力竭，感覺到難忍的痛苦。死之外或死之前，求康強舒適不得，為各種病害所苦，求飲食男女不得，為各種情欲所苦，其難忍常常不減於毒蟲吮血，利刃刺心。這正如老子所說：「天地不仁，以萬物為芻狗。」也無怪乎佛門視輪迴為大苦，渴想證涅槃到彼岸了。

作者那敏銳的觀察、精闢的說理、冷雋的措詞，正如啟功所指出：「他博學，兼通古今中外的學識；他達觀，議論透闢而超脫，處世『為而弗有』；他文筆輕鬆，沒有不易表達思想的語言；還有最大的一個特點，他的雜文中，常見有不屑一談的地方或不傻裝糊塗的地方，可算以上諸端昇華的集中表現，也就是哲人的極高境界。」[32]

---

32 啟功：〈讀《負暄續話》〉，見《負暄續話》（哈爾濱市：黑龍江人民出版社，1990年，第1版）。

二　何滿子（1919-2009）

　　原名孫承勳，浙江富陽人。一九四九年前曾任報紙編輯，並從事文學藝術理論和現代文學的研究。新中國成立後，歷任大眾書店總編輯、上海震旦大學中文系教授、古典文學出版社編輯、上海古籍出版社編審。一九五五年胡風事件中受到株連。何滿子治學領域較廣，主要著力於中國古典文學，特別是古代小說的理論探索，同時也研究歷史，特別是學術思想史。著有《藝術形式論》、《論《儒林外史》》、《論金聖歎評改《水滸傳》》、《論蒲松齡與《聊齋志異》》、《文學呈臆編》、《汲古說林》、《文學對話》、《古代小說藝術漫話》、《中國愛情小說與兩性關係》等。

　　在學術論著之外，何滿子也創作了不少雜文作品，出版有雜文集《畫虎十年》（廣州市：廣州文化出版社，1989年，第1版）、《中古文人風采》（上海市：上海古籍出版社，1993年，第1版）、《五雜侃》（成都市：成都出版社，1994年，第1版）、《綠色吶喊》（西安市：陝西人民教育出版社，1995年，第1版）、《蟲草文輯》（銀川市：寧夏人民出版社，1995年，第1版）、《何滿子雜文自選集》（天津市：百花文藝出版社，1996年，第1版）、《人間風習碎片》（上海市：上海書店出版社，1996年，第1版）、《狗一年豬一年》（石家莊市：河北教育出版社，1997年，第1版）、《假如我是我》（長春市：時代文藝出版社，1997年，第1版）、《亦喜亦憂集》（太原市：山西教育出版社，1998年，第1版）、《忌諱及其他談片》（上海市：上海古籍出版社，1998年，第1版）、《鳩棲集》（上海市：華東師範大學出版社，1998年，第1版）、《世紀末抒情》（長春市：時代文藝出版社，1999年，第1版）、《沙聚塔》（上海市：漢語大詞典出版社，1999年，第1版）、《談虎色不變》（武漢市：武漢出版社，2000年，第1版）、《零年零墨》（福州市：福建人民出版社，2001年，第1版）、《讀魯迅書》（上海市：上海

古籍出版社，2002年，第1版）、《天鑰又一年》（蘭州市：蘭州大學出版社，2003年，第1版）、《將進酒》（石家莊市：河北教育出版社，2004年，第1版）、《桑槐談片》（上海市：上海古籍出版社，2005年，第1版）、《遠年的薔薇》（武漢市：湖北人民出版社，2006年，第1版）、《皓首學術隨筆・何滿子卷》（北京市：中華書局，2006年，第1版）、《三五成群集》（銀川市：寧夏人民出版社，2007年，第1版）、《前朝雜話：何滿子談古說片》（哈爾濱市：北方文藝出版社，2015年，第1版）、《文心世相：何滿子懷舊瑣憶》（哈爾濱市：北方文藝出版社，2015年，第1版）等。

　　何滿子說：「我寫點即興的往往是急就的雜感文字，始於四十年代初當報紙副刊編輯時。一開始我就意識到，這種文字和學術論文與小說散文之類的文學創作不同，是作者訴之社會的對時代和人生問題的更直接的發言。不論讀者是否認同，我必須對自己負責，不說違心的話，不阿時好。」[33]何滿子具有對重大的社會人生現象抱有熱忱、積極干預而不規避退讓的性格，他目光如炬，用筆如刀，閒閒寫來，而鞭策奇重，能使讀者產生「舒憤懣」之快。〈一張燭照力非凡的賬頁〉，介紹了葉淺予「文革」中被抄的三十三項文物「去向」的清單：陳伯達共九項（十件）；康生、曹軼歐夫婦共八項（九件）；林彪共十一項（十六件）；李作鵬一項（一件）；江青三項（三件）；汪東興一項（一件）。這張小小的清單雖只是「十年浩劫」中千千萬萬被劫奪的珍貴文物的冰山一角，但它的燭照力卻不平凡，「有如禹鼎的一隻小角，魑魅魍魎都鑄在上面；也有如一片 X 光透視片，袞袞諸公的心肝脾肺都清晰呈現。必須記住：當時八億中國人的命運是掌握在這些道貌岸然的大人物，不，劫賊手裡的呀」。〈由一張舊報觸動的……〉，從張志新烈士被殘害的舊事談起，有感於烈士的痛史已經

33　何滿子：《何滿子雜文自選集》〈自序〉（天津市：百花文藝出版社，1996年，第1版）。

隨著時光的流逝漸漸被人們遺忘,文章揭示了一種處世哲學,追根溯源,並把它和佛家的「慈悲」、道家的「不爭」、儒家的「恕道」、西方的「費厄潑賴」聯繫起來。但是,作者指出,對於胡風案、反右、「大躍進」和「文革」這四次「史無前例」的災禍,如果不時時牢記,敲敲警鐘,叫人永遠警惕,深惡痛絕之,使歷史永不重演,那麼將會是非常危險,也許會使民族陷於萬劫不復的境地。

　　何滿子的雜文也涉及學術思想史方面,他的《中古文人風采》,包括「漢末清議人物剪影」、「魏晉清談人物剪影」和「書影追形雜箋」。第一部分談及東漢季世清議名士從李固到孔融二十餘人,如〈李固與太學諸生〉、〈陳蕃之死〉、〈大災難及杜密的自殺〉、〈范滂的人品〉、〈郭泰現象〉、〈名士薰蕕〉、〈清議的句號人物孔融〉等,作者勾連史料筆記,勾勒這個動盪時代文人的遭逢舉止、人生追求、儒家倫理信念和現實政治的碰擊以及理想主義的破滅,描繪出當時的社會風貌和士大夫心態底蘊。第二部分從正始名士寫起到東晉的謝安為止,如〈何晏的學問、清談和服藥〉、〈稽康的才高與「識寡」〉、〈阮籍的悲劇深度〉、〈劉伶的著作是喝酒〉、〈謝安超人的鎮定〉等,知人論世,從中映射出中古時代的世態和風習。第三部分則對中國歷史文化現象自抒己見,如〈儒的兩面:儒學以巧宦興〉、〈儒的兩面:儒學以理想主義絀〉、〈三教鼎立始於唐〉等。這些文章筆鋒犀利,於從容不迫中寓辛辣味道,吳小如稱讚道:「創見新解,觸目可見。如果以『一言蔽之』,則屬於大題小作。舉重若輕,看似小品隨筆,實有力度與深度。一部清談發展史和對中古文人的品藻,卻以輕鬆靈巧的深入淺出的文字出之,這就大大增加了可讀性。我想,如果把滿子先生所掌握的這些史料寫成一部夾敘夾議的魏晉玄學史,數十萬言的巨帙是不難的,而目前這本《中古文人風采》加上後面的『附品』還不足二十萬字,卻流暢如數家珍,不但娓娓似與讀者促膝晤對,且諧謔尖新的快語妙論層出不窮,真不愧為以文學家之靈感來駕馭政治史和思

想史的能手。」³⁴

何滿子的雜文中不僅有像《中古文人風采》這樣淵博精深的學術隨筆，也有《人間風習碎片》系列短札式凝縮的雜文，「錄下一點人生和歷史的色相，誘發人思考」。這類文體類似魯迅的〈小雜感〉和〈無花的薔薇〉，何滿子說：「我寫的這些文字，開頭倒並未想到要模仿魯迅的這種文體，而是從黃永玉那裡得到的啟發。黃永玉每以短小的雋永之語，配他所作的畫，似畫題而又似諷世的雜感文字，很令我賞歎。」³⁵一九八五年他作〈文星雕龍〉時，副題就標明「仿黃永玉體」。一九九二年應《漫畫世界》之邀，他又為該刊寫作〈擬〈無花的薔薇〉〉。《人間風習碎片》共收入四一九條札記，輻照世相，指摘時弊，少少許勝多多許。如〈代表新解〉：

> 一歌星驟得大名，榮寵交集於身，被推舉為人民代表候選人。選民熟知其人，居然膺選。
>
> 評論者曰：此人只會唱唱，哪懂政治？怎能參政議政？
>
> 反駁者曰：政治是眾人的事，代表系為代表眾人而設，眾人中有懂政治的，也有不懂政治的，難道不許人家代表不懂政治的那些眾人嗎？
>
> 評論者語塞。

三　王元化（1920-2008）

湖北江陵人。一九四九年之前曾任中共上海文委委員，並任《奔流》、《展望》、《地下文萃》等雜誌編輯。一九四九年後曾在震旦大

34　吳小如：〈何滿子先生和他的《風采》〉，《文匯讀書週報》1994年7月16日。

35　何滿子：《人間風習碎片》〈題記〉（上海市：上海書店出版社，1996年，第1版）。

學、復旦大學任教，擔任過上海文藝工作委員會文學處處長、新文藝出版社總編輯。一九五五年在胡風冤案中受到株連，長期處於逆境。一九七七年後復出，任國際筆會上海中心副主席、全國文藝理論學會會長、國務院學位委員會語文學科評議組成員、華東師範大學博士生導師、上海東西方文化比較研究中心主席等。著有《向著真實》、《文心雕龍創作論》、《文學沉思錄》、《思辨短簡》、《思辨發微》、《思辨隨筆》、《清園夜讀》等。王元化在文學理論研究中，運用了哲學、美學、歷史、宗教及藝術史的豐富知識，對一系列具有現實意義的理論問題進行了充滿思辨色彩的深入探討。他尤其重視有關文藝規律的思考與闡發，見解富於獨創性，在當代文學理論研究中，影響甚大。

　　王元化說，多年來，他一直贊同「獨立之思想、自由之精神」的說法，並崇奉「為學不作媚時語」的格言，他認為「理論的生命在於勇敢和真誠」。因此，他雖然在荊棘叢生的理論道路上一再蹉跌，有過猶豫，有過彷徨，也走過彎路，但他希望人們從《思辨隨筆》這本書中可以窺見「中國學人縱使歷經劫難，處於困境，也還是本著自己的良知，在掙扎、反思、探索……他們並沒有趨炎附勢，也沒有隨波逐流」[36]。確實，正是出於對真理的追求，作者在當代中國風風雨雨的變幻中，始終不媚俗，不趨時，不隨波逐流，保持自己的獨立人格、獨立思考和獨立見解。他大膽解剖社會弊端，細心分析個中奧秘，睿智中充滿驚警之語。在〈把病「表」出來〉中，作者認為，解放以來，文藝界以政治運動方式陸續批判了「寫真實論」、「現實主義深化論」、「中間人物論」，那些批判文章動輒加上了醜化勞動人民、歪曲英雄形象的惡諡，寫英雄不准寫缺點，更不准寫他死亡。這些都為後來宣揚個人迷信的「三突出」作好了準備，提供了條件。「三突出」是集教條主義大成並把它以惡性膨脹形態表現出來，其中的英雄

---

36 王元化：《思辨隨筆》〈序〉（上海市：上海文藝出版社，1994年，第1版）。

都是凡人中間永遠找不到的純而又純的「高大全」形象，而這種個人崇拜正蘊含著「文化大革命」的精神實質。在〈中國農民特殊論〉中，作者指出，今天存在我們社會中的不是一般的封建主義，而正是以小農意識為形態的封建思想，「今天還會出現家長制、一言堂、關係網、裙帶風、大鍋飯、等級的森嚴、個性的泯滅、獨立人格的缺乏，我想就是由於這緣故」。在〈《芙蓉鎮》的不足〉中，作者不滿足於電影僅僅停留於揭露造反派的橫行霸道、肉體上的摧殘、人格上的凌辱等表面現象，而沒有揭示「文革」運動整個民族災難的內在深層意義，他認為：「這場浩劫在於煽起了人類的惡劣情欲，使它們像病菌一樣侵入人們的軀體。這些毒菌咬噬著原本健康的血肉，使人形銷骨枯，變成可怕的畸形。這一切是在人的精神領域內進行的，所以實質上也就是對於人性的扭曲，使人經歷毛骨悚然的自我異化。」

　　作為一本學術隨筆，《思辨隨筆》裡更多的是談論思想文化現象和學術人文精神。在〈知識結構的整體〉中，作者談到長期以來，批判繼承的最簡練的說法「取其精華，去其糟粕」，經過不斷簡化和濫用，已變成一種機械理論。他認為，就思想體系而言，後一代對前一代的關係是一種否定的關係，但否定就是揚棄，而並不意味著後一代將前一代的思想成果徹底消滅，從而把全部思想史作為一系列錯誤的陳列所。正如劉禹錫詩中所說的，「千淘萬漉雖辛苦，吹盡狂沙始到金」，「前一代思想體系中積極的合理因素，被消融在後一代思想體系中，成為新的質料生成在後一代思想體系中。這是辯證法的常識，也是思想史的事實」。在〈談浮躁〉中，作者談到自從近代西方思潮傳入中國以後，有許多概念，如民主、自由等等，人人都說，可是它們的確切含義，卻很少有人深入的鑽研，結果只剩下一個朦朧模糊的觀念。他認為，我們的學風還缺乏踏踏實實的精神，不務精深，而好趨新獵奇，滿足於搞花架子，在文章中點綴一些轉手販來自己還未咀嚼消化的新學說新術語，藉以炫耀。他對這種華而不實、淺薄浮躁的文

風，進行了尖銳的抨擊，希望能建立一種踏踏實實的學風。《思辨隨筆》是一部充盈著作者智慧、思想、精神的學術集林，「它映出了作者半個世紀以來思想的行程、情感的變遷、知識的搜聚及學識的精進。它是隨筆，似是在黑白交替的日思夜讀中娓娓道來，不拘一格，隨感而至；它是歷史，一吸一呼中處處透出五十年間充滿動盪的現實的氣息，作者把心靈時時貼近於生活的脈搏上；它又是思想，串珠般的短文，無論人物、歷史、哲學、思想、美學，甚至或考據、訓詁等等，條分縷析中總有一雙睿智的眼睛在行文中閃爍」[37]。

四　舒蕪（1922-2009）

原名方管，安徽桐城人。抗戰爆發時他在中學讀書，就積極投身抗日救亡運動。曾在家鄉主編《桐報》副刊。一九四〇年高中未畢業，即到湖北、四川等地任小學、中學教員。一九四四年後任女子師範學院、江蘇學院、南寧師範學院副教授、教授。一九四〇年代曾發表〈論存在〉、〈論因果〉、〈論中庸〉、〈論主觀〉等一系列哲學論文，其中〈論主觀〉引發了持續多年的文藝界有關「主觀」問題的大論爭。一九四九年後，舒蕪擔任廣西自治區文聯研究部長、南寧市文聯副主席等。一九五二年調北京任人民文學出版社編輯。一九五七年被錯劃為右派。粉碎「四人幫」後，曾任人民文學出版社編審、《中國社會科學》編審。出版有學術論著《說夢錄》、《周作人概觀》等。

舒蕪從一九四〇年代中期就開始寫作雜文，一九四四年到一九四五年，是他創作雜文的第一個高潮。當時抗日戰爭已近尾聲，國統區內民主與反民主之爭空前尖銳。一些御用文人公然鼓吹君主制度和法

---

[37] 陳偉軍：〈智慧‧思想‧精神——王元化先生《思辨隨筆》讀後有感〉，《文學報》1995年6月15日。

西斯制度，鼓吹腐朽血腥的「新儒學」、「新理學」。舒蕪「在窒息和
忿怒之中，拿起筆投入戰鬥」，對舊社會有害的事物幾乎「一個也不
該放過，一刻也不該耽擱」[38]地加以撻伐。這一時期的雜文大都收入
一九四七年五月上海海燕書店出版的雜文集《掛劍集》中。舒蕪雜文
創作的第二個高潮是一九五六年下半年，受「雙百」方針的鼓舞，他
寫作雜文，批評官僚主義，批評社會生活中封建主義的表現，並開始
接觸到政治運動中某些「左」的苗頭。但是，因一篇〈說「難免」〉，
舒蕪被迫擱筆二十多年。新時期是舒蕪雜文創作的第三個高潮，他出
版了雜文集《掛劍新集》（廣州市：花城出版社，1985年，第1版）、
《毋忘草》（長沙市：湖南人民出版社，1986年，第1版）、《舒蕪小
品》（北京市：中國人民大學出版社，1993年，第1版）、《串味讀書》
（瀋陽市：遼寧教育出版社，1995年，第1版）、《舒蕪雜文自選集》
（天津市：百花文藝出版社，1996年，第1版）、《未免有情》（北京
市：東方出版中心，1997年，第1版）、《我思，誰在？》（廣州市：花
城出版社，1999年，第1版）、《哀婦人》（合肥市：安徽教育出版社，
2004年，第1版）、《平凡女性的尊嚴》（上海市：上海書店出版社，
2007年，第1版）等。

　　舒蕪說，他的雜文「一直是關心著民生國計、世道人心」[39]。寫
於一九七九年的〈說「聞腥」〉，是批駁〈「歌德」與「缺德」〉的。
針對李劍所聲稱的「善於在陰濕的血污中聞腥的動物則只能詛咒紅
日」的奇談怪論，作者指出，「十年浩劫」的腥風血雨是任何「歌
德」先生也無法否認的。他引用明人朱國楨《湧幢小品》卷九中的一
條材料：

　　　都督韓公觀，提督兩廣。初入境，生員來迎。觀素不識生員，

<hr />

38　舒蕪：《掛劍新集》〈自序〉（廣州市：花城出版社，1985年，第1版）。
39　舒蕪：《舒蕪雜文自選集》〈自序〉（天津市：百花文藝出版社，1996年，第1版）。

見其巾衫異常，縛斬之。左右曰：「此生員也。」觀不聽，曰：「生員亦賊耳。」朝廷聞之，喜曰：「韓觀善應變。使其聞生員而止，則軍令出而不行矣，豈不損威？」韓殺人甚多，御史欲劾之。一日，觀召御史飲，以人皮為座褥，耳目口鼻顯然，發散垂褥，首披椅後。殺上，設一人首。觀以箸取二目食之，曰：「他禽獸目皆不可食，惟人目甚美。」觀前席坐，每拿人至，命斬之，不回首視，已而流血滿庭。觀曰：「此輩與禽獸不異，斬之，如殺虎豹耳。」御史戰慄失措曰：「公，神人也。」竟不能劾。

作者悲憤地指出，這真是滿紙血腥的一條不可多得的記載，「歌德」先生可以把一切「聞腥」的人都請來，如法炮製一番，一定可以換來一片「公，神人也」的「歌德」之聲，豈不更是「鶯歌燕舞」的盛事麼！〈人不直立，天生此膝何用？〉，談到封建專制和極「左」路線對中國人性的摧殘，達到令人無法容忍的地步。而使作者最感震驚的是，一九八○年代他從報上看到的一則消息：某地曾有一個青年農民，曾是土地改革運動中的積極分子，只因為提意見得罪了村幹部，在鎮壓反革命運動中被誣陷為反革命殺人犯，被逮判了重刑。三十多年來他多次向各級黨政部門鳴冤，無人受理，直至他在路上攔住某一位有關的領導人，下跪求救，才得以平反昭雪。作者指出：報上沒有說明那些提供偽證的人和怠忽職守、漠視民瘼的幹部是否依法追究法律責任和行政責任，「報上只強調受害者已經感恩戴德，照出他怯生生畏縮縮地恭獻錦旗的模樣為證。當時他在想什麼呢？大概是覺得多虧了那當街一跪，感動了青天大老爺吧。那麼，他在精神上不是仍然沒有站起來嗎？低頭恭獻錦旗，不仍是變相的跪拜麼？」

舒蕪是周作人研究專家，他認為：「在周作人的思想中，最值得重視的是他替婦女說話。『五四』作家都為解放婦女說話，但終身不

倦的只有周作人。」[40]舒蕪早在一九四○年代中期，就寫過〈談「婦言」〉、〈關於幾個女人的是是非非〉、〈女作家〉等雜文，為女性辯誣吶喊。新時期以來，他更是側重這一題材的寫作，在〈傷心豈獨息夫人？〉、〈亂離最苦是朱顏〉、〈古中國的婦女的命運〉、〈「男性心理」的文野〉、〈「夫綱」思想的幽靈〉等一系列文章中，他從古到今，追根溯源，為天底下被侮辱與被損害的女性伸張正義，抒發憤懣。無論涉及什麼題材，舒蕪的雜文總是旁徵博引，以史鑒今，辨識深刻，沉鬱蘊藉，深邃處可見鋒芒，冷靜中飽孕情感。因此，有論者指出：「舒蕪先生學養深厚，讀書駁雜，其雜文言簡意賅、意蘊深厚，尤其是對知識分子主體意識的呼喚，對十年動亂對人性、人格尊嚴虐殺的憤怒控訴，對婦女解放問題的長期關注，是其作品的精華所在，其雜文堪稱學者雜文的代表作。」[41]

五　王春瑜（1937-）

原籍江蘇建湖，生於蘇州。復旦大學歷史系元明清史研究生畢業。「文革」中曾三陷囹圄，當了近七年的「反革命」。一九七七年四月，上海市公安局為他徹底平反。一九七九年他從上海調到北京中國社會科學院歷史研究所工作，曾任研究員、《古今掌故》主編。著有歷史專著《明清史散論》、《明朝宦官》、《明朝酒文化》等，雜文集有《「土地廟」隨筆》（北京市：光明日報出版社，1988年，第1版）、《阿 Q 的祖先──老牛堂隨筆》（北京市：團結出版社，1993年）、《牛屋雜俎》（成都市：成都出版社，1994年，第1版）、《喘息的年輪》（北京市：東方出版中心，1997年，第1版）、《老牛堂三記》（太

---

40 張春曉：〈碧空樓閒話──與舒蕪先生一席談〉，《光明日報》1995年9月14日。
41 夏平：〈庾信文章老更成──讀《當代名家雜文精品文庫》〉，《雜文報》1997年3月18日。

原市：山西古籍出版社，1998年，第1版）、《漂泊古今天地間》（天津市：百花文藝出版社，1998年，第1版）、《續封神》（廣州市：廣東人民出版社，2000年，第1版）、《老牛堂札記》（廣州市：廣東人民出版社，2000年，第1版）、《古今集》（蘭州市：蘭州大學出版社，2003年，第1版）、《廟門燈火時》（蘭州市：蘭州大學出版社，2003年，第1版）、《新世說》（福州市：海峽文藝出版社，2004年，第1版）、《今古一線》（上海市：上海古籍出版社，2005年，第1版）、《新編日知錄》（蘭州市：蘭州大學出版社，2005年，第1版）、《老牛堂四記》（上海市：上海遠東出版社，2006年，第1版）、《看了明朝就明白》（廣州市：廣東人民出版社，2006年，第1版）、《王春瑜讀史》（合肥市：安徽人民出版社，2007年，第1版）、《送你一枝合歡花》（廣州市：廣州出版社，2011年，第1版）、《牛屋雜文》（北京市：東方出版社，2011年，第1版）、《一碗粥裝得下半部歷史》（北京市：金城出版社，2011年，第1版）、《書桌平靜又一年》（北京市：金城出版社，2011年，第1版）、《書墨》（北京市：商務印書館，2011年，第1版）、《阿Q的祖先》（北京市：中國長安出版社，2011年，第1版）、《他們活在明朝》（北京市：商務印書館，2013年，第1版）、《王春瑜集》（長春市：吉林出版集團有限責任公司，2013年，第1版）、《向歷史鞠躬》（北京市：作家出版社，2013年，第1版）、《鐵線草》（青島市：青島出版社，2014年，第1版）、《賣糖時節憶吹簫》（北京市：生活・讀書・新知三聯書店，2014年，第1版）、《王春瑜雜文精選》（北京市：人民出版社，2016年，第1版）、《明清史雜考》（北京市：商務印書館，2016年，第1版）等。

　　王春瑜主張，史學家應當有憂患意識和現實感，他的脈搏應當與時代、人民的脈搏跳動一致，寫出反映人民心聲、觸動時代敏感神經的作品。因此，他繼承司馬遷「通古今之變」的優秀史學傳統，以天下為己任。他說：「這些年來我出版的專著、小冊子，發表的論文、

讀史札記、隨筆、雜文，大體上都貫穿了這條線索。在相當程度上，都在清理封建專制主義的精神垃圾，深挖其歷史與現實的土壤。」[42]王春瑜有感於「文革」中有千千萬萬的人因各種政治案件而受株連，包括他的妻子因他而株連被迫害至死的慘痛經歷，懷著悲憤寫了〈「株連九族」考〉，從秦始皇在下令焚書坑儒時曾謂「以古非今者族」，到隋煬帝發明「株連九族」，作者指出，在中國歷史上，凡是野心家、陰謀家，沒有一個不是乞靈於「株連九族」之類的嚴刑酷法，來維護其獨裁統治。他呼籲：「血的歷史教訓啟示我們：必須堅決蕩滌封建專制主義，健全社會主義法制，應當把『株連九族』這具封建僵屍，永遠深埋在歷史的墳墓之中！」王春瑜從一九七八年下半年開始搜集歷史上「萬歲」的資料，考察「萬歲」的來龍去脈，於一九七九年寫成引起社會強烈反響的〈「萬歲」考〉，他從中國通史、文化史、宮廷史、民族史、民俗學、語言學、訓詁學等多方面入手，尋根刨底，指出「萬歲」原來是指死期或表示歡呼，隨著封建專制主義中央集權的日益強化，皇權的不斷膨脹，「萬歲」才逐步成了帝王大辭典裡的專有名詞。此外，如〈「語錄」考〉、〈燒書考〉、〈吹牛考〉、〈說「天地君親師」〉等雜文，都是深挖「文革」和封建專制主義祖墳的力作，作者於史實的索引鉤沉、旁徵博引中，探幽發微，寓千古興亡血淚於嬉笑怒罵之中。

王春瑜的雜文不僅直面社會人生，洞察世道人心，而且學養深厚，書卷氣息濃郁。作者考核經史子集，搜悉異聞，捃拾典故，如〈麻將風行中國的歷史〉，一篇兩千餘字的文章，就徵引了《堅瓠集》、《菽園雜記》、《櫻齋漫錄》、《梅村家藏稿》等二十種古籍。又如〈坑廁與文化雜談〉和〈馬桶與文化〉兩文，作者窮源溯委，絲牽繩

42　王春瑜：〈今古何妨一線牽〉，見《牛屋雜俎》（成都市：成都出版社，1994年，第1版）。

貫，源源本本，詞必有徵，從坑廁的演進和廁具的變化，論及它對社會、政治、經濟、文化的影響，釐訂詳明，盡究其妙。王春瑜的文章最值得稱道的是他的不凡見識，在〈一碗粥裝得下半部歷史〉中，他告訴人們：「一碗稀粥，裝得下半部歷史——特別是中國政治史、文化史。透過一碗稀粥，我們可以看到烈火在大地上燃燒，江山幾局殘，幾度夕陽紅；可以看到滿腔憂患的青衿，風一更，雪一更，聒碎鄉心夢不成，故園無此聲。」他以稀粥來劃分中國的歷史，認為二千年來，不過是「大多數人尚有稀粥喝的時代」和「大多數人連稀粥也喝不上，不得不改變現存秩序，爭取能再喝上稀粥的時代」。

　　王春瑜的雜文構思精巧，行文幽默，再枯燥的考據、再乏味的材料都會在他的筆下變得鮮活起來，像「隱身術」、「唐詩酒籌」、「采生」、「鼻風吹起浪千層」、「剝地皮」、「幽閉法慘無人道」、「迷藥」、「戲題千眼觀音」、「唐伯虎的不平詩」、「魚骨橋」、「泥菩薩」、「打虎少年譜」、「馬屁詩」、「媚鼠」、「詠蟲」等亦莊亦諧的雜文隨筆，不僅內容豐富，妙趣橫生，就是這些題目本身也令人頓生新鮮感。因此，著名學者胡道靜指出，他不常讀書，只是一人在書櫥邊枯坐。可是當他得到王春瑜惠贈的《阿Q的祖先——老牛堂隨筆》，竟然「愛不釋手，也不再枯坐了」，他說：「古往今來，不少名篇佳作，大凡均屬真情流露，毫無掩飾，但又蘊含著哲人之思、史家之識、文士之筆的功底，故總能廣為流傳。」[43]

---

43 胡道靜：〈文以情貴〉，《文匯讀書週報》1994年1月1日。

第十三章

香港雜文

第一節　香港雜文概述

　　香港自古以來就是中國的領土，鴉片戰爭後，香港淪為英國的殖民地。但是，香港居民絕大多數是中國人，他們在語言文化方面與中國大陸有著密不可分的血緣關係。柯靈說：「香港地處南天，一島孤懸，萬流雲集，儘管百五年來世局播遷，滄桑多變，綿邈的華文文化傳統，如一燈不滅，燭照海岸。」[1]香港學者鄭樹森也指出：「嚴格說來，香港並沒有傳統定義下的『殖民地文學』，因為香港的作家似乎沒有被同化、壟斷、吸納到英國這個宗主國語言和文學傳統，作家長期以來以中文寫作，對象亦始終是中文讀者，沒有文化的認同問題。嚴格來講，香港的文學是華文文學的部分及環節。」[2]因此，香港文化始終是中華文化的一個組成部分，香港文學也是中國文學不可分割的一條支流。

　　香港文學是隨著近代報刊的誕生而出現的，雜文是最早出現的文學體裁之一。香港雜文的濫觴，始於王韜和他主持的《循環日報》。王韜是較早從封建士大夫中分化出來的新型資產階級知識分子。一八六二年他由於上書太平天國，遭到清廷通緝，被迫逃港。在港期間，他協助洋人把《四書》、《五經》譯成英文，並遊歷英、法和日本。一八七四年二月四日，由王韜擔任主編的《循環日報》正式創刊，這是

1　柯靈：《彤雲箋》〈序〉（香港：華漢文化事業公司，1990年，初版）。
2　鄭樹森：〈香港文學・殖民地文學・香港九七以後〉，臺灣《幼獅文藝》1994年6月號。

一份完全由華人獨資出版、能夠反映香港華人輿論的大型報紙，也是晚清時期香港最有影響力的報紙之一。王韜明確提出，他辦報是「以中國人論中國事」，「凡是時勢之利弊，中外之機宜，皆得縱談，無所拘制」[3]。他還指出：「日報有裨於時政」，「報中所登之事，無非獨抒管見，以備當事者採擇而已。」[4]這種辦報指導思想，使得《循環日報》突出輿論意識，言論思想開一時風氣之先。

當時一般的報紙版面呆板，體裁單一，尚未形成文藝副刊，而《循環日報》最大的特色是在「中外新聞」欄刊有評論文章，對國內外大事發表評議。這些論說文幾乎每天都有一篇或數篇，絕大部分由王韜親自執筆。美國學者柯文指出：「在中國近代新聞業初期，出版報紙僅是為了獲利，很少對某問題表態或影響群眾輿論。王韜的報紙卻是少見的例外，……王韜時時以社論抨擊清廷的官僚（在外國法律保護下，他能不受懲罰），宣傳改革，影響中國對外政策，或僅僅傳播外國生活的方方面面。社論是以優雅自然的文風寫成，它們雖然沒有幾十年後梁啟超的文章那樣風行，但其簡潔明瞭的程度卻足以供盡可能廣泛的中國文化人閱讀。」[5]王韜開創了中國報刊政論的傳統，這種形式後來發展成一種固定的文體——時評。

王韜是洋務運動時期才高學博的政論家，一八七四至一八八四年間，他在《循環日報》上發表了九百多篇政論雜文。王韜精選一八〇餘篇編成《弢園文錄外編》出版，這是中國歷史上第一部報刊政論雜文集，它集中反映了作者作為近代中國早期改良主義者的政治主張、社會理想和文化思想。另外，王韜還編輯出版了《弢園尺牘》，在這些書信中，他除了抒寫對親友的思念之情外，還「多談時務」，並

3　王韜：〈倡設日報小引〉，《循環日報》1874年2月12日。

4　王韜：〈日報有裨於時政論〉，《循環日報》1874年2月6日。

5　柯文：《在傳統與現代性之間——王韜與晚清改革》（南京市：江蘇人民出版社，1995年，第1版）。

「直抒胸臆，不假修飾，不善作謙詞，亦不喜為諛語」，所以也可以看成是作者政論雜文的一種補充。

王韜的政論雜文主要以宣傳變法自強為中心，對內主張發展資本主義工商業，提倡君主立憲的政治體制，介紹西方的科學知識和思想學說，提出興辦實學、廢除科舉八股，具有反對封建專制的進步意義；對外揭露帝國主義國家對中國的侵略，提出廢除治外法權，修改和廢除不平等條約，表現出強烈的愛國主義思想感情，表達了中國人民反抗外來壓迫的心聲。王韜的政論雜文針砭時弊，鼓吹變法，很受歡迎，而且每每為《申報》等國內報刊所轉載。戈公振在《中國報學史》中稱讚王韜的政論雜文：「其學識之淵博，眼光之遠大，一時無兩。」

與王韜同在《循環日報》上撰寫政論雜文的還有鄭觀應，他也是一位通曉外文、受過西方文明薰陶的新型資產階級知識分子。鄭觀應的政論雜文集有《救時揭要》、《易言》、《盛世危言》等。鄭觀應在《盛世危言後編》〈自序〉中提出：「欲攘外，亟須自強；欲自強，必先致富；欲致富，必首在振工商；欲振工商，必先講求學校，建立憲法，尊重道德，改良政治。」他把反抗帝國主義侵略和「自強」聯繫在一起，主張富強救國。鄭觀應的政論雜文文筆清新，語言簡樸，有較強的感染力。少年時代的毛澤東曾是《盛世危言》的熱心讀者，一九三六年他還對斯諾提起過：「當時我非常喜歡這本書。」

王韜和鄭觀應都是香港乃至中國近代第一批報刊政論雜文家，他們用通俗曉暢的古文寫作，對於桐城派古文是一個有力的衝擊，並對戊戌時期維新派政論家和「新文體」的形成，產生了積極的影響。十九世紀八十年代以後，國內外政局動盪不安。戊戌變法失敗後，一批仁人志士在香港創設輿論陣地，借報刊作媒介，繼續從事思想啟蒙和宣傳鼓動工作，報刊言論開放活躍，熱鬧非凡。

當「五四」新文化運動席捲神州大地、中國現代雜文應運而生風靡文壇時，香港卻仍是舊文化占主導地位，國粹派人士還在瘋狂地復古衛道，拼命反對白話文，反對新思想和新文化的傳播，甚至連港督也親自出馬，鼓吹「整理國故」。香港作家侶倫回憶道：「那時候，頭腦頑固的人不但反對白話文，簡直也否定白話文是中國正統文字。這些人在教育上提倡『尊師重道』和攻讀四書五經以保存『國粹』；看見有人用白話文寫什麼，便要搖頭歎息『國粹淪亡』，對於孔聖人簡直是『大逆不道』。……在這樣的混沌情形下，新的思想、新的文化要想滲進來是相當困難的事情。」[6]

正是在這滄海橫流之際，一九二七年一月魯迅從廈門來到廣州中山大學任教，消息傳到香港，引起廣大青年和文化界人士的重視和關注。當時兼任香港《中華民報》總編輯的香港大學黃新彥博士「出於對魯迅的景仰，也希望魯迅來香港打破文壇上的沉寂空氣，以推動新文學運動的開展」[7]，因此以香港基督教青年會的名義邀請魯迅前來演講。一九二七年二月十八日，魯迅應邀赴港，當晚他在青年會作了〈無聲的中國〉的演講，十九日又作了〈老調子已經唱完〉的演講。在〈無聲的中國〉裡，魯迅指出，因為中國用的是難懂的古文，講的是陳舊古老的內容，所有的聲音都是過去的，都等於零。他主張要使僵死的中國復活，就要說現代的話，說自己的話，用活的白話將自己的思想感情直接表達出來，將「無聲的中國」變成一個「有聲的中國」。〈老調子已經唱完〉則以古喻今，指出宋朝以來，那些讀書人「講道學，講理學，尊孔子，千篇一律」，這就是「老調子」，他們的老調子還沒有唱完，國家就已經被外族滅亡了。魯迅一針見血地說，

6　侶倫：〈香港新文化滋長期瑣憶〉，見《向水屋筆語》（香港：三聯書店，1985年，初版）。
7　劉隨：〈魯迅赴港演講瑣記〉，見盧瑋鑾編：《香港文學散步》（香港：香港商務印書館，1991年，初版）。

香港文壇和教育界「現在聽說又很有別國人在尊重中國的舊文化了，哪裡是真在尊重呢，不過是利用」。他抨擊香港封建衛道士和復古派鼓吹保存「國粹」的危害性，也揭露了英國殖民主義者利用「國粹」的真實用意。

魯迅的兩次演講「因為攻擊國粹，得罪了若干人」[8]，港英當局也「驚為『邪說』，禁止在報上登載的」[9]，「經交涉的結果，是削去和改竄了許多」[10]。但是，魯迅的演講卻在香港青年中產生了反響。當時前往聽講的五、六百人中，絕大部分都是青年文學愛好者，他們「精神非常專注，而且自始至終都情緒飽滿、熱烈」[11]。黃新彥博士也認為魯迅的兩次演講「很深刻，切中當時香港的現實，有助於青年人更好地認識自己，認識社會，奮發向上，使文壇興旺起來」[12]。

魯迅訪問香港的時間雖然很短暫，卻給香港的舊文化以強烈的衝擊，給新文化以極大的鼓舞。香港學者盧瑋鑾說：「一九二七年二月魯迅到香港作了兩次演講，雖然他自己說：『釘子之多，不勝枚舉』，但好歹對香港文壇都有些影響，……以一九二七年為起點，新文學自荒涼的小島上開始萌發……」[13]另一位香港學者黃維樑也認為：「香港的第一本白話文學期刊《伴侶》，在一九二八年出現，那是五四運動九年之後。魯迅曾於一九二七年二月應邀從廣州到香港演講，呼籲青年『將中國變成一個有聲的中國』，希望大家『大膽地說話』。魯迅的

8　魯迅：《而已集》〈略談香港〉。

9　魯迅：《三閒集》〈序言〉。

10　魯迅：《而已集》〈略談香港〉。

11　劉隨：〈魯迅赴港演講瑣記〉，見盧瑋鑾編《香港文學散步》（香港：香港商務印書館，1991年，初版）。

12　劉隨：〈魯迅赴港演講瑣記〉，見盧瑋鑾編《香港文學散步》（香港：香港商務印書館，1991年，初版）。

13　盧瑋鑾：〈香港早期新文學發展初探〉，見《香港文縱》（香港：華漢文化事業公司，1987年，初版）。

話有其感染力，可能促使了《伴侶》這『香港新文壇的第一燕』的起飛。」[14]

「五四」新文化運動中興起的充滿科學與民主的現代思想、表現出對現實的社會問題和文化問題敏銳感應和大膽抗爭、高揚著大破大立的理性批判精神的現代雜文，終於從一九三〇年代後期開始在香港蓬勃發展。這與抗戰爆發後一大批文化界、新聞界人士南下香港有關。香港學者趙令揚指出：「三十年代後期，中國正處於極度困難之中，香港不但成為中國作家、詩人、學者的避難所，而且這兒是他們能夠繼續從事寫作的較安穩的地區。茅盾、許地山、徐遲、蕭紅、聶紺弩、柳亞子等人，不就是利用香港作為他們文學活動的基地嗎？……若說香港文學是中國現代文學發展的一環，那麼他們做出的貢獻，也足以使他們成為香港文學的推動者了。」[15]

香港不僅是抗戰時期全國的一個文化中心，而且在解放戰爭期間國民黨發動內戰時又接納了大批進步文化界人士。這兩次南下的文化人，創辦了一大批雜文刊物，並主編了有關報紙的雜文副刊，有力推動了香港現代雜文的發展。二十世紀三、四十年代，香港以刊登雜文為主的刊物有《南風》、《大風》、《時代文學》、《筆談》、《文藝叢刊》、《野草》等，以刊載雜文為主的報紙副刊有《立報》「言林」、《華商報》的「燈塔」、「熱風」和「茶亭」等。茅盾、夏衍、聶紺弩是這一時期香港雜文的代表作家，他們在港期間創作了大量膾炙人口的雜文篇章，名重一時。其他雜文名家還有郭沫若、廖沫沙、秦似、樓棲、林林、華嘉、思慕、三流（胡希明）、呂劍等。

《南風》創刊於一九三七年三月，李育中主編。這是香港現代文

14　黃維樑：〈香港文學的發展〉，《現代中文文學評論》1994年第2期。

15　趙令揚：〈從《香港文學》創刊談起——也談香港文學前途〉，《香港文學》1985年第1期。

學史上第一本以提倡和發表雜文散文創作為宗旨的文學刊物。它的辦刊方針是在「一邊是荒淫縱欲與無恥，一邊是嚴肅的工作」的社會裡，「在這海的一隅豎立起一點希望」。刊物設有社會雜感、隨筆散文等欄目，作者多數是香港本地的作家，作品內容主要描繪香港的社會生活，有比較明顯的地方色彩。

《大風》創刊於一九三八年三月，一九四一年十一月停刊。由在國內已享有相當聲響的雜文小品刊物宇宙風社和逸經社聯合主辦，社長是簡又文與林語堂，編輯為陶亢德與陸丹林，內容包括時事、文史掌故。簡又文在第一期寫了〈大風起兮〉，作為開場白，申明創刊的宗旨：「以文章報國的大事業，此則同人之旨趣也。」在《大風》上發表雜文的多是有名氣的作家，如陳獨秀、郁達夫、蘇雪林、許欽文等，至於香港作家的文章則很少。

《時代文學》創刊於一九四一年六月一日，周鯨文、端木蕻良主編，同年九月一日出版至第四期後終刊。刊物以堅持抗日、喚起民眾為宗旨，將「爭取民主的實現」作為文藝鬥爭的重要任務，雜文、隨感在刊物中占主要地位。刊物借用魯迅生前自擬的著述分類名稱，設「人海雜言」、「荊天叢草」雜文專欄，發表形式多樣的雜文。《時代文學》是香港在太平洋戰爭爆發之前，具有較大影響的進步文學刊物，主要撰稿人有茅盾、聶紺弩、端木蕻良、巴人、阿英等。

《筆談》半月刊創辦於一九四一年九月一日，茅盾主編，同年十二月一日出至第七期後終刊。茅盾稱它是一個「雜拌式的小品文刊物」[16]，刊物設有雜感隨筆、讀書札記、時論拔萃等欄目，刊載了許多頗有影響的作品，如柳亞子的〈羿樓日記〉、郭沫若的〈龍戰與雞鳴〉、胡風的〈棘源村斷想〉等。這些作品內容不拘一格，談天說地，講古論今，畫龍畫狗，顯示出「莊諧並收，辛甘兼備」的特色。

---

16 茅盾：《我走過的道路》（下）（北京市：人民文學出版社，1988年，第1版）。

　　《文藝叢刊》於一九四六年九月二十日創刊，周鋼鳴主編，同年十二月出至第二輯終刊。編者希望刊物「充實、活潑，以至更迅速地反映現實，使它成為南中國新文藝運動的一面鏡子」。雜文在刊物中占有較大篇幅，陳殘雲的〈亂彈集〉、樓棲的〈反芻集〉、徐中玉的〈論古二題〉等，或直接暴露國民黨的倒行逆施，或借古諷今，大都尖銳潑辣。

　　《野草》雜文月刊原於一九四〇年八月二十日在桂林創刊，出至第五卷第五期（1943年6月）後被國民黨當局勒令停刊。一九四六年十月一日在香港復刊，改為不定期刊物，編委仍為夏衍、孟超、秦似、聶紺弩、宋雲彬。《野草》是一九四〇年代影響較大的雜文刊物，也是中國現代文學史上出版時間最長的雜文刊物。而且，在香港出版的《野草》，強烈地表現人民要求民主自由、反對內戰獨裁的願望，有著更尖銳潑辣的戰鬥風格和汪洋浩蕩的革命氣勢。主要撰稿人除編輯同人外，還有郭沫若、茅盾、林默涵等。

　　《立報》的「言林」副刊原於一九三五年九月二十日在上海創刊，一九三七年十一月二十四日因日軍侵占上海隨《立報》停刊。一九三八年四月一日在香港復刊，茅盾主編，七月三十一日再次停刊。茅盾提出「言林」要「奏出大時代中民族內心的蘊積」，也「檢視著社會人生的毒瘡膿汁」，發表了大量「五花八門，雅俗共賞」的雜文作品。「言林」的主要撰稿人除茅盾、曹聚仁、豐子愷外，還擁有一支「思路敏捷，文筆流暢而且有較深的理論素養」[17]的青年寫作隊伍，包括杜埃、林煥平、袁水拍、李南桌等。盧瑋鑾認為，茅盾「在任期間，「言林」的確使香港讀者耳目一新，也顯示了編者的見聞廣博及約稿範圍廣泛。由於該刊文稿除本地作者的作品外，更多國內各地作者來稿，成為一個很全面的文壇交通網，使本港和國內訊息互

---

17 茅盾：《我走過的道路》（下）（北京市：人民文學出版社，1988年，第1版）。

通，故有人認為：這是《香港立報》對作為一個『中國文化中心』的
香港的一項歷史性的影響」[18]。

　　《華商報》是遵照周恩來的指示在香港創辦的一張統一戰線性質
的報紙，一九四一年四月八日正式出版，一九四一年十二月十二日因
日軍進攻香港被迫停刊。一九四六年一月四日復刊，一九四九年十月
十五日終刊。「燈塔」副刊（1941年4月8日至12月12日），夏衍主編，
共出版一七七期。在創刊號上，夏衍談到了它的宗旨是：「內容力求
真實與公道，素材力求豐實而雋趣，特別注重正確而生動地反映並批
判社會上變動不息的日常事故的短小精悍的短篇雜文，絕對避免一些
無關現實的長篇大論。」因此，具有強烈鬥爭精神的雜文，在「燈
塔」副刊中占有重要位置。「燈塔」是太平洋戰爭爆發以前大陸留港
進步作家的重要言論陣地，主要撰稿人有夏衍、茅盾、范長江、楊
剛、何其芳、端木蕻良、黃藥眠等。「熱風」副刊（1946年1月4日至
1948年8月24日），呂劍、華嘉先後主編。在〈開場白〉中，編者表明
了副刊「正視和針對著社會現實，有力地表現其愛恨，愛人民所愛
的，恨人民所恨的」這一宗旨。針砭時弊的雜文短評是「熱風」副刊
的一大特色。「茶亭」副刊（1948年8月25日至1949年8月30日）是
「熱風」的改名，先後由杜埃、華嘉主編。華嘉回憶說：「『熱風』和
它以前的『燈塔』及以後的『茶亭』，總的精神是一致的，發表了不
少犀利的雜文、詩歌、通俗小品，……這一時期影響較大的連載和專
欄有：……東方未白（廖沫沙、思慕、三流、呂劍等人的集體筆名）
的『無所不談』，太史公的『俯拾即是』，申公的『和平談屑』，三流
的『心照不宣』等『花邊文學』。」[19]「熱風」和「茶亭」副刊是解放
戰爭時期香港乃至國內進步文化界人士發表雜文的主要陣地。

18　盧瑋鑾：〈茅盾在香港的活動（一九三八～一九四二）〉，見《香港文縱》（香港：華
　　漢文化事業公司，1987年，初版）。
19　華嘉：〈憶香港《華商報》及其副刊〉，見《白首記者話華商》（廣州市：廣東人民出
　　版社，1987年，初版）。

　　茅盾在二十世紀三、四十年代曾數度抵港，為香港的文學事業傾注了大量心血。抗戰時期，茅盾於一九三八年二月到達香港，開始《文藝陣地》的編務工作，這是香港第一本旗幟鮮明的抗日文藝刊物，也是抗戰時期香港出版的歷史最長普及最廣影響最深遠的文藝性刊物之一。茅盾說：「我在《文藝陣地》上寫的短論，都帶雜文性質，通過它們對一些文藝問題發表自己的感想。」[20]這些雜文短論對指導抗戰初期的文化工作、文藝活動和文藝創作都起了積極作用。一九三八年十二月二十日，茅盾應杜重遠的邀請，離開香港，赴新疆學院任教，結束了他在香港的第一段文藝活動。

　　一九四一年三月中旬，茅盾再次來到香港，直至太平洋戰爭爆發、香港被日軍攻占後，他才回到內地。這一時期，茅盾把撰寫雜文列為他份內的任務和經常的工作，甚至把它放在創作的首位。在香港的九個月中，他寫了近百篇的雜文，有譏彈政局、針砭時弊的，有要求民主自由、反對法西斯專政的，有批駁復古謬論的，有嘲諷御用文人的，還有議論國際時事的。盧瑋鑾認為，茅盾此時期的創作「以議論或具有尖銳針對性的雜文為主」，「為了對社會現象立刻反應，作品中極多隨寫隨刊、不及求之於形象的時評雜文，故如〈白楊禮讚〉的精細刻劃及藝術構思的作品不多，但由於他的寫作技巧已極為成熟，思想立場鮮明而堅定，故每篇從立意謀篇到語言用字，均言簡意深，顯示了深厚的功力」[21]。

　　夏衍在一九四〇年代曾兩度抵港。第一次是一九四一年一月，當時蔣介石掀起第二次反共高潮，周恩來急電夏衍赴港「避難」，並要他在香港建立一個對東南亞及海外華僑的宣傳據點，讓他們有機會了

---

20 茅盾：《我走過的道路》（下）（北京市：人民文學出版社，1988年，第1版）。

21 盧瑋鑾：〈茅盾在香港的活動（一九三八～一九四二）〉，見《香港文縱》香港：華漢文化事業公司，1987年，初版）。

解共產黨的方針政策，並揭露帝國主義玩弄的「東方慕尼黑」陰謀。夏衍以馮由、惲海、余伯約、姜添等筆名在他主編的《華商報》「燈塔」副刊上發表了許多雜文，他的這幾個筆名脫自「鳳游雲海，魚躍江天」，寄託了雜文家「精鶩八極，心游萬仞」的藝術才思。

　　一九四六年夏衍受周恩來派遣準備赴新加坡了解戰時流散在東南亞一帶文化人的情況，並為《華商報》復刊募捐籌款。他於十月抵港，便為《野草》撰稿。一九四七年三月二十日，夏衍化名抵達新加坡，九月被當局「禮送出境」，返回香港。他在章漢夫主編的理論刊物《群眾》週刊上，以汪老吉的筆名撰寫「茶亭雜話」專欄，以任晦之的筆名續寫「蝸樓隨筆」專欄。夏衍寫作這些雜文時，正逢解放戰爭後期。他以雜文家的敏銳和革命者的膽識，對國民黨的兩面派手法及鎮壓人民的暴行，對美蔣關係的來龍去脈，對動盪不安的社會局勢，都作了深刻、尖銳、無情的揭示。夏衍回憶說：「寫那兩個專欄的時候，我才四十幾歲，火氣不小，對那些直到今天還把我們看作『潛在敵人』的『決策集團』中人以及他們的那批順從的『盟友』，我是毫不留情的。」[22]

　　聶紺弩一九四八年赴港工作，一九五〇年就任香港《文匯報》總主筆，一九五一年三月返回中國大陸。一九四九年前後三年他在香港撰寫了大量雜文，被稱為當時香港最紅的作家。這些雜文收在《天亮了》、《二鴉雜文》、《血書》、《海外奇談》、《寸磔紙老虎》等集子裡。《文匯報》總編輯劉火子在為《寸磔紙老虎》作序時指出：「作為一個新聞記者，他的脈搏是和這偉大的時代的脈搏相一致的。一幅由許多新聞構成的波瀾壯闊的圖畫，呈現在他的面前，他的感情融匯在它裡面，他為它的光明面而喜悅，而興奮，而鼓舞！同時也在它的黑暗角落裡看到了小鬼們作最後掙扎的凶蠻、瘋狂而又可憐的形相，表示

---

22 夏衍：《蝸樓隨筆》〈自序〉（北京市：人民日報出版社，1982年，第1版）。

了他的鄙視、輕視和蔑視！」聶紺弩的雜文正是在這種愛與恨的感情交織下寫出來的。

一方面，聶紺弩熱情謳歌中國人民解放戰爭的偉大勝利，歡慶中國人民翻身做主人。另一方面，他指名道姓為獨夫民賊畫像，對國民黨反動派予以痛快淋漓、尖刻犀利的痛斥和嘲罵。而且，聶紺弩還針對那些有關新中國的種種誹謗論調，予以義正詞嚴、理直氣壯地駁斥與反擊。他的這些雜文嬉笑怒罵，縱橫捭闔，橫掃千軍。當時與他同在香港的黃永玉回憶：「那時候的香港有如『蒙特卡羅』和『卡薩布蘭卡』那種地方，既是銷金窟，又是政治的賭場。解放後從大陸逃到香港過日子的，都不是碌碌之輩，不安分的就還要發表反共文章。紺弩那時候的文藝生活可謂之濃稠之至，砍了這個又捅那個，真正是『揮斥方遒』的境界。文章之宏偉，辭鋒之犀利，大義凜然，所向披靡，我是親聞那時的反動派偃兵息鼓、鴉雀無聲的盛景的。」[23]

一九四九年十月一日，中華人民共和國成立，香港進入轉型期，文壇出現了很大的變動。原先留港的大批進步文化人紛紛北上回歸大陸，而另一批文化人為了追求另外的生活方式進入香港。香港的雜文隊伍也有了變化，除聶紺弩、胡希明、馮英子等少數左翼雜文家暫時仍留在香港外，這時香港雜文創作的主力軍是剛剛南下的曹聚仁、徐訏和一九三八年就來到香港的葉靈鳳以及嶄露頭角的三蘇、十三妹、任畢明等。香港作家慕容羽軍說：「五十年代的『專欄』，是不足道的，如果有的話，想來只有一兩個，其一是曹聚仁式的軍政接觸的回憶，……他的專欄有可信的素材，加上他懂得剪裁，寫來趣味盎然，……另一則屬摭拾每天的有趣新聞作三言兩語式的針砭。」[24]

曹聚仁和葉靈鳳的雜文隨筆大多側重於歷史掌故、說書談藝，如

---

23 黃永玉：〈往事和散宜生詩〉，《讀書》1983年第5期。
24 慕容羽軍：〈香港報紙副刊專欄的變遷〉，《香港文學》第100期。

曹聚仁在《星島晚報》上開設的「聽濤室雜筆」，葉靈鳳在《星島日報》上開設的「香港拾零」、「霜紅室藝談」等專欄。曹聚仁學識淵博，國學根柢深厚，他的雜文都有「喜歡引古證今，帶些學究氣」的特點。葉靈鳳在港時期的創作以讀書隨筆和文藝隨筆居多，文章知識面廣，材料豐富，援古論今，連類無窮。徐訏的雜文則表現出對社會現實的強烈關注，他在雜文集《傳杯集》〈序〉中說，他的文章「有的是幽默，有的是諷刺，有的是人情的刻劃，有的是嘴臉的雕塑……實際上都不外是反映此時此地一些現實的苛刻與可笑」。

　　三蘇早在一九四五年十二月香港光復後不久，就在《新生晚報》上開設「怪論連篇」專欄，首開港式怪論之先河。一九五二年二月，他又以「小生姓高」的筆名在《新生晚報》上寫作「人間鬼話」專欄，此後還開設了「午茶經」、「怪文怪論」等專欄。「怪論」是富有香港特色的雜文，它往往在嬉笑戲謔中抨擊現實，針砭時弊，很受讀者歡迎。所以，時事怪論在相當長一段時期以扛大旗的姿態雄踞香港報紙副刊的榜首。從早期的三蘇怪論到一九八〇年代的哈公、王亭之怪論，都給人留下了深刻的印象。三蘇，本名高德雄，筆名有高雄、石狗公、經紀拉等。「三蘇」這個筆名是他專寫怪論的，他月旦時事，運筆如刀，在嬉笑怒罵中說盡人間世相。小思說：「怪論，不容易寫得好，有些怪而不論，有些論而不怪，有些怪而無當，有些論而無力，除了因筆力薄弱，最重要的是作者的機智與洞察力不足。三蘇先生的連篇怪論，往往談笑用兵，把問題層層逼出，把人的虛偽剖破。被罵的人臉皮被刺穿，既切齒痛恨但又無可奈何，讀者卻看得拍案叫絕。」[25]三蘇創造了「三及第文體」，即國語句式、白話方言和文言虛詞相結合，港味十足。三蘇怪論迷倒港人，讀者之多，可與金庸

---

25 小思：〈想念三蘇先生〉，見《人間清月》（香港：獲益出版事業有限公司，1993年，第1版）。

的武俠小說相媲美。香港學者黃繼持就指出:「若要舉出最能代表香港
五、六十年代的作品,就其內容有一定的廣度,筆法有一定的特色,
言之也未嘗無物,廣受讀者歡迎,甚且雅俗共賞的,客觀上不能不推
高雄與金庸的作品。」[26]

　　十三妹,原名方式文,她從一九五八年開始,先後在《新生晚
報》上開設了「冬日隨想錄」、「迎福揮春集」、「我愛夏日長」、「十三
妹漫談」、「十三妹隨筆」等雜文專欄,從古到今,由中至西,文學、
歷史、時事以至身邊瑣事,無所不談。

　　任畢明是資深報人,無論社會經驗或人生閱歷都相當豐富,他在
《星島晚報》上開設的雜文專欄「閒花集」,一寫二十多年,可見其
受歡迎的程度,因此他被譽為香港雜文作家中的「一支健筆」。任畢
明說:「這是一個大動亂的時代,這是一個錯綜複雜的社會,我們要
理解它,從中間去建築起我們思想的堡壘,發揮我們智慧和手中武器
的力量。」[27]這就是他寫作雜文的本意。

　　但是,香港一九五〇年代的雜文,仍寄生在報紙的小說副刊版。
雜文和小說開始爾瑜我亮那種分庭抗禮的局面,到一九六〇年代才出
現。一九六〇年代,雜文逐漸多樣化起來。報紙副刊上由專人執筆的
雜文欄目逐漸發展壯大,開始有專欄的名稱、固定的版位、固定的字
數。一九七〇年代,香港經濟呈多元化發展,「香港的經濟逐步逍遙高
飛,而報刊上的專欄文章和經濟比翼,很有百花萬草齊放的燦爛」[28]。
因此,香港學者黃維樑指出:「自一九七〇年以來,報紙和雜誌上的
框框雜文,作者日多,讀者日眾,也許稱得上香港文學中最重要的文
類(genre)。這些框框雜文,每篇短則二百字,長則千字,無所不

26 黃繼持:〈從香港文學概況談五六十年代的短篇小說〉,見《寄生草》(香港:三聯
　　書店,1989年,第1版)。

27 任畢明:《閒花二集》〈序〉(香港:正文出版社,1967年,初版)。

28 梁錫華:〈專欄(一)〉,臺灣《聯合文學》1992年8月號。

談，充分表現香港這個自由開放社會的精神。香港報刊每天登載的雜文，字數不會少於半部《紅樓夢》。」[29]

　　一九七〇年代以來，打開香港報紙副刊，由固定作者占據一框一欄的局面比比皆是，而多彩多姿的雜文副刊也是每張報紙不可或缺的重要組成部分。著名的雜文副刊有《快報》的「快活林」、「快人快語」、「快趣」、「速食」，《東方日報》的「龍門陣」、「青春家庭」、「開心坊」，《星島日報》的「星辰」、「星象」，《星島晚報》的「星晚」、「港譚」，《新報》的「海天」，《大公報》的「大公園」，《香港時報》與《中報》的「筆陣」，至於《明報》和《信報》，則沒有特別的雜文副刊名稱。報紙以外，連娛樂性的週刊也都刊載雜文，如《亞視週刊》有「精英集」雜文專欄，《大眾電視》有「大眾情懷」雜文專欄。因此，香港作家黃南翔說：「雜文在今日的文壇十分時興，所以我常常覺得，我們正是處在一個雜文的時代」，「說不定雜文也會像楚辭、漢樂府、唐詩、宋詞、元曲、明清小說……那樣，成為代表某一時代的文體，在文學史上占一席重要的位置。」[30]

　　與一九七〇年代相比，一九八〇年代以後香港報刊上逐漸增多了電腦使用、廣告人語、酒店公關日記這類的雜文專欄，充分體現了商業社會的一大特色。從商業策略到投資指南，從科技教育到生態環境，從飲食旅遊到養魚種花，都有專家執筆為文。據統計，目前香港報刊每天至少有一千個雜文專欄，其中就有一大半屬於這類專門性的行業專欄。諸如李翰祥的「三十年細說從頭」，是電影行業的專欄；紀文鳳的「點止廣告咁簡單」，是廣告行業的專欄；司機劉的「的士司機手記」，是計程車行業的專欄；車淑梅的「淑梅隨意想」，是播音

---

29 黃維樑：〈香港文學與中國現代文學的關係〉，見《臺灣香港與海外華文文學論文選》（福州市：海峽文藝出版社，1988年，初版）。

30 原文刊香港《當代文藝》第106期，轉引自黃維樑：〈香港文學初探〉（香港：華漢文化事業公司，1985年，第1版）。

人員的專欄；白駒的「杏林偶拾」，是醫務人員的專欄；曹宏威的
「畢綻」，是科學家的專欄；盧國沾的「歌詞的背後」，是填詞人的專
欄；蘇狄嘉等的「公關人」，是公關人員的專欄。此外，還有財經專
欄、娛樂專欄，甚至配合世界盃比賽的足球專欄。香港學者黃康顯認
為：「雜文的寫作，就多了實用的一面，來配合香港這個實際的社
會。」[31]這類專欄披露了各行各業的許多趣聞逸事，也介紹有關行業
運作的情況和業務知識，不但給讀者新鮮感，增廣見聞，也可供有意
投身這些行業的人員作參考。如李翰祥在《東方日報》上連載三年的
「三十年細說從頭」專欄，舉凡他個人的榮辱得失、喜怒哀樂，影壇
的盛事壯舉、名流巨星、軼聞趣談，都有翔實的介紹和生動的描繪。
真可以說是三教九流，五行八作，生旦淨末丑，神仙老虎狗，無所不
談，無所不包。他的專欄不僅內容豐富，而且語言生動，文字通俗，
妙趣橫生，不僅可以令人捧腹大笑，得到愉快的享受，而且往往使人
在大笑之餘，產生對社會人生的思考，從中獲得有益的啟示，增長處
事待人的經驗，因此，深受廣大讀者歡迎。

　　雜文本來又叫「千字文」，可是香港的框框雜文愈來愈短，從一
九六○年代的千字專欄，到七八十年代的半千字專欄，甚至二、三
百字專欄，越寫越短。「報紙副刊專欄化之後，一千字以上的雜文就
不多了。觸目的框框，多半在五百字上下，而短到一二百字的也不稀
奇」[32]，「各欄的字數是少了，文章是短了。朝小挺進無疑是專欄文章
二十年來的大勢」[33]。方塊日小，欄目日多，一方面是因為香港的生
活節奏越來越快，大家都只爭朝夕，要在有限的時間內做最多的事

---

31 黃康顯：〈論香港式雜文〉，見《香港文學的發展與評價》（香港：秋海棠文化企業，
　　1996年，初版）。

32 梁錫華：〈香港報章雜文的發展〉，見《祭壇佳裡》（香港：香江出版公司，1987
　　年，第1版）。

33 梁錫華：〈專欄（一）〉，《聯合文學》第8卷第10期（1992年8月）。

情，香港人在忙碌倥傯之際，根本沒有時間，也沒有興趣閱讀長篇大論，而短小的框框雜文，則成了他們尋求信息、調劑精神、獲得情趣的最佳途徑。另一方面也因為香港人越來越接受思想與風格的多元化，喜歡傾聽不同的聲音。因此，報紙編輯想容納較多作家的作品，使副刊雜文陣容更為鼎盛，便把版面越分越細，越劃越小。

　　香港框框雜文的短小形式，曾引起了大陸和臺灣的關注。大陸散文家姜德明在寫給香港作家吳羊璧的信中提到：「港報副刊多，而文章愈加趨向於短小了，這是很明顯的，可見讀者的需求和報界的風尚。……香港報紙的副刊比內地熱鬧，做到篇幅短小而又內容豐富，此間尚難趕上。」[34]臺灣一九八〇年代開放報禁後，不同政見的人都來辦報，原有的幾份大報，為了競爭，曾到香港取經，他們由自我檢討到聽取香港報界人士的意見，都認為他們的副刊大多刊登長篇作品，既是優點，也是缺點，優點是能讓讀者不需過份盼望而滿足地欣賞優美作品，缺點是對一些忙人望而卻步，變成有副刊等於無副刊。他們在港取經的結果，是採取兩者兼備的辦法，有長文亦兼有二、三百至五、六百字的短文。香港作家本身也在反思這種形式的利弊：「文章短的好處是開門見山，一針見血，簡潔明快，沒有那麼多的轉彎抹角、婆婆媽媽。」「文章短的壞處是缺少了細緻的描寫，缺少了匠心的經營，往往有骨而無肉，容易流於乾枯；一覽無遺，談不上委曲多姿。」[35]「雜文的短化，往往意味雜文的劣化，因為說到底，（識淺才疏的作者不論）即使翰墨高手，也難以在三四百字之間做到濃縮意念而能暢盡所懷。過短的文章會困鎖才情是不爭的事實；一個人長期處身文字小圈，到一天，習慣了，惰下來了，筋骨鬆了，頭腦鈍了，要再大展身手就難乎其難。這是對作者的大不利。對讀者來說，

34 姜德明：〈與香港友人書〉，見《王府井小集》（北京市：作家出版社，1988年，第1版）。

35 阿濃：〈香港散文的香港特色〉，《香港文學報》第15期。

短文像糖果，長期吞吃，營養是不足的，更無所謂欣賞力的提高了。」[36]因此，框框雜文雖然篇幅短小，如果要求它簡練精悍，輕盈靈動，內容豐富生動，別開生面，寫作的時候，作家必須要有「大獅搏象全力，搏兔亦用全力」的精神。只有這樣，才能達到「幅短而神遙，墨希而旨永」的藝術境界。

關於香港雜文繁榮的原因，許多論者都認為這是香港特殊的思想環境、文化氣候、出版條件、閱讀習慣，特別最主要的是言論自由，再加上經濟繁榮等綜合的產物。專欄作家南思在〈香港，香港〉一文中寫道：

> 香港有自由，有富人吃鮑翅、坐轎車的自由，也有窮人粗茶淡飯、搭巴士的自由。但絕沒有被隨意抓去「坐牢」的自由，也沒有「構陷加罪」的自由；更重要的是有其「言論自由」。不管是左中右人士，都允許有自己的政治見解、發表言論的自由。熱中政治的，可以樽前論時事，甚至唾沫四濺，面紅耳赤；不問政治的，可以「躲進小樓成一統」，不管他娘屁事，沒有人橫加干涉。

正是在這種相對寬鬆的社會環境裡，香港雜文作者可以暢所欲言，沒有禁忌。舉凡政治瑣議、時事怪論，科學漫談、學術爭鳴，歷史掌故、文化動態，讀書隨筆、旅遊散記，日常瑣事、風花雪月，都能涉筆成章，無所不談，真個是「籠天地於形內，挫萬物於筆端」。上下數千年，縱橫幾萬里，宇宙之大，蒼蠅之微，都成為雜文馳騁的廣闊天地。而且，香港社會始終處於中西文化、傳統與現代的碰撞、調和和融匯之中，都市文化靈活時新，港人因此習慣了「群言淆亂」

---

36 梁錫華：〈香港報章雜文的發展〉，見《祭壇佳裡》（香港：香江出版公司，1987年，第1版）。

而不必「折衷於聖」，習慣了妊紫嫣紅而很難欣賞滿園一色。阿濃說：「香港的專欄文字，各有自己的風格特點，說得上百花齊放，繁華富麗。」[37]黃維樑認為：「香港雜文的內容，極為豐富多樣。有嚴肅載道的，也有輕鬆言志的；有的大至宇宙，有的小至蒼蠅；有的是『個人社論』，有的是談藝錄；眾專欄作家有的擺其龍門陣，有的『八卦』一番，gossip 一番。有的如蒙田（Montaigne）那樣寫個人情緒變化，有的則如培根（Bacon）那樣提供知識和智慧。」[38]許迪鏘更具體指出：「與各種內容一併展現的，是種種不同的風格。李國威的不事雕飾、綠騎士的親切、陳輝揚的雅致、陸離的直率、康夫的苦澀、肯肯的輕靈，都是作品上鮮明的標籤。於辛其氏因事見情，感慨繫之的傳統寫法之外，亦有游靜無一定起承轉合可尋的現代感。戴天每出之以寓言而極盡挖苦能事的評議，與張文達的婉諷和平實，各具面貌。即使如女作家中，既有鍾曉陽的搖曳生姿，亦不乏柴娃娃的爽朗明快。」[39]

　　除了吳其敏、曾敏之、高旅、張文達以及學院派雜文家和女雜文家外，胡菊人、戴天、王亭之、哈公、倪匡、黃霑、蔡瀾、阿濃、張君默、石人、董千里、李英豪、簡而清等，也都是香港當代負有盛名的雜文作家。胡菊人，曾任《明報月刊》、《中報》、《中報月刊》總編輯，一九八一年創辦《百姓》半月刊，兼任主編，在《明報》、《東方日報》等報刊上寫作專欄，著有雜文集《坐井集》、《旅遊閒筆》等。戴天，曾任《信報月刊》總編輯，並在《信報》上寫作「乘遊錄」專欄，著有《無名集》等。王亭之，原名談錫永，曾創辦《每週經濟評論》雜誌，並在《明報》上寫作怪論專欄「因話提話」，在《東方日報》上寫作「香江耳目」專欄，是三蘇之後最傑出的怪論作家，著有

37 阿濃：〈香港散文七特點〉，《明報》1988年4月13日。

38 黃維樑：〈香港式雜文〉，見《香港文學初探》（香港：華漢文化事業公司，1985年，第1版）。

39 許迪鏘：〈散文（二）〉，《聯合文學》第8卷第10期（1992年8月）。

雜文集《兩重腳跡》、《王亭之六談》、《王亭之談食》。哈公，原名許國，生前曾創辦《解放》雜誌，一九八七年六月十五日逝世，他是另一個著名的怪論作家，著有《哈公怪論》。倪匡，原名倪亦明，另有筆名衛斯理、沙翁等，作品包括武俠、科幻、奇情、偵探、神怪、推理及雜文、劇本等，雜文集有《沙翁雜文》。黃霑，原名黃湛森，又名不文霑，曾任電視節目主持人、司儀、填詞人、作曲家、廣告人等，著有《黃霑隨筆》、《黃霑雜談》、《不文集》、《廣告人告白》、《未夠不文集》、《自喜集》、《想到就寫》、《霑霑自喜》、《我手寫我心》等。蔡瀾，長期擔任電影監製，曾在《明報》撰寫「草草不工」專欄，在《東方日報》撰寫「緣」專欄，在《壹週刊》撰寫「壹樂也」專欄和「未能食素」飲食專欄等，著有《蔡瀾隨筆》、《蔡瀾的緣》、《草草不工》、《苦中作樂》、《不過爾爾》、《忙裡偷閒》、《附庸風雅》、《無序之書》、《放浪形骸》、《壹樂也》、《未能食素》、《二樂也》等。阿濃，原名朱溥生，長期擔任教師並撰寫兒童文學作品，是香港著名的兒童文學作家，著有《點心集》、《一刀集》、《青果一集》、《青果二集》、《青春道上》、《在山泉》、《小雨集》等。張君默，曾創辦《科技世界》雜誌，著有《粗咖啡》、《命運小品》、《自然小品》、《君默小品》、《掌上小品》、《燈下隨想》等。石人，原名梁小中，曾擔任過十二家報紙的總編輯，並在《星島晚報》寫作「島居閒筆」專欄，在《東方日報》寫作「東方異聞」專欄，在《快報》寫作怪論，都膾炙人口，擁有眾多讀者，雜文集有《偶然集》、《石人集》、《安瀾集》、《種樹集》、《且聽石人語》、《益世集》、《人性的刻繪》等。董千里，筆名項莊，曾任《明報》總編輯、《快報》主筆，並為《明報》、《星島日報》、《東方日報》撰寫專欄，雜文集有《舞劍談》、《人間閒話》、《讀史隨筆》、《項莊雜文》、《有情有理》等。李英豪，曾任香港現代文學美術協會會長、國際繪畫沙龍主席，並在電臺、電視臺主持生活情趣及文化節目，曾在《快報》、《信報》、《星島晚報》等報刊撰

寫有關花、鳥、魚、狗和現代生活的專欄，著有《禪與香港生活》、
《戰國策與現代社會》、《同心之言》、《寵物也有情》、《生活的鬥
士》、《有情天地》等。簡而清，曾任體育記者、馬評人、電臺及電視
臺節目主持人，雜文集有《雲・紫・貓》、《開臺》、《雋永集》。

　　中國現代雜文大師魯迅認為，雜文是「匕首」、「投槍」，是促進
社會進步變革的有力武器。雖然時代不同了，但雜文的社會作用依然
存在。香港學者梁錫華認為：「如果我們把雜文看為商業社會中的一
件作者所製造、報界所推銷、讀者所選購的商品，許多檢討改進的話
就不消提，也無可說。但若從文化觀點著眼，雜文應該很有發展的潛
質。我們不一定要使它成為所謂投槍與匕首，但總該使它成為一點照
亮幽暗的光明。不論是慰藉之光，勗勉之光，知識之光，智慧之光，
都是一個清明健康的社會所需要和寶貴的。」[40]
　　可是，在香港這個「邊緣城市」，長期以來，港英政府的殖民政
策淡化了它的民族意識和政治意識，雜文作者較少「道德和民族的負
擔，也較少文化使命感」[41]；況且，在香港這樣一個商業社會裡，作
家的寫作很容易為讀者的趣味所左右。因此，「目前香港的雜文，一
般來說，沒有成為文化的先鋒和社會的明燈，而某些文章，反淪為淺
薄無聊的標誌」[42]。香港雜文如何不淪於媚俗而又能在現實中保持一
定的清醒，進而指引千萬讀者走向真善美的精神境界，是所有雜文作
者都應關心的一個問題。
　　魯迅在談到他怎麼做雜文時說：「『雜文』很短，……用力極少，
是一點也不錯的。不過也要有一點常識，用一點苦工，要不然，就是

40　梁錫華：〈香港報章雜文的發展〉，見《祭壇佳裡》（香港：香江出版公司，1987年，
　　初版）。

41　王璞：〈香港散文的生存環境和讀者群〉，《香港文學》第115期。

42　梁錫華：〈香港報章雜文的發展〉，見《祭壇佳裡》（香港：香江出版公司，1987年，
　　初版）。

『雜文』，也不免更進一步的『粗製濫造』，只剩下笑柄。」[43]可是香港用心寫作的作者日見稀少，不少人抓起筆來就寫，全無結構、章法，也不講求修辭、文采，總之填滿框框格子便算，因此，「使雜文喪失了精練、有力、機智、啟發思考、含蘊感情等等良好特質」[44]。

這是因為許多雜文作者以寫作專欄雜文為生，有人最多一天曾寫過十八個專欄，有量無質。專欄被稱為「筆耕認可區」，專欄作者是「爬格子動物」，專欄文字就如同流水線上的產品。對此，黃維樑深有感觸：「香港的才華出眾、倚馬可待的專欄作家，數目不少。然而，對於天天寫，而且一寫就數千言上萬言的作家，我們怎能奢求篇篇都精彩呢？」[45]余光中也認為：「專欄文章頻密見報，但憑倚馬之才，難求雕龍之功。」[46]再加上，在商業社會中，閱讀屬於一次性消費的「娛樂閱讀」。工作之餘，無人有心有力思考，大部分人對於專欄文章不求什麼真正的文化精神食糧，只需點入口毋庸咀嚼的軟性小吃聊濟饑腸就算了，許多人即讀即棄。因此，框框雜文魚龍混雜，泥沙俱下，良莠不齊，往往「略輸文采」，甚至「略無文采」[47]。當然，香港也有如小思那樣嚴肅的作者，「不以寫方塊謀生，不求多產」[48]。她的雜文構思嚴謹，筆路綿密，文字精緻，蘊藏著深刻的思想底蘊和哲理品格，「為香港報紙的『塊塊框框』專欄做了一個證明：那也是

---

43 魯迅：《花邊文學》〈商賈的批評〉。

44 小思：《香港青年作者協會文集》〈散文序〉（香港：藝文圖書公司，1983年，初版）。

45 黃維樑：〈百花齊放到五朵金花〉，見《香港作家雜文選》（香港：新亞洲文化基金會有限公司，1987年）。

46 余光中：〈宛在水中央──讀李默的文集《兼葭》〉，見《兼葭》（香港：天地圖書有限公司，1984年，初版）。

47 黃維樑：〈香港專欄通論〉，見盧瑋鑾編：《不老的繆思──中國現當代散文理論》（香港：天地圖書有限公司，1993年）。

48 黃維樑：〈《七好新文集》研究〉，見《七好新文集》（香港：天聲出版社，1983年，第1版）。

文學，至少那裡面也有文學，而不全是咬了片刻就必須唾棄的香口膠」[49]。

如果香港框框雜文作者能夠做到「求少（寫少些）、求慢（不要常常急就章）、求精（寫得精緻些）、求大（不要囿於數百字的框框，要兼寫長篇作品）」[50]，「『長短由之』地馳騁其想像，『各體俱備』地試驗其風格」[51]，那麼，我們就有理由相信，香港框框雜文確實是「香港因為自己特殊條件而對中國現代散文的特殊貢獻」[52]。

第二節　吳其敏、曾敏之、高旅、張文達的雜文

香港雜文繁富多樣，時事雜感、讀書隨筆、生活小品、行業專欄，應有盡有。吳其敏、曾敏之、高旅、張文達擅長寫作文史札記，他們在學養、見識和藝術表現上都具備相當功力，「觀古今於須臾，撫四海於一瞬」。

一　吳其敏（1909-1999）

筆名有眉庵、向寰、望翠、梁柏青、翁繼耘等。廣東澄海人。十六歲入澄海中學讀書，加入新文學團體「彩虹社」，並參與《彩虹叢刊》、《彩虹半月刊》和「彩虹叢書」的編輯出版工作。一九二八年，他從汕頭到上海，在中學教書之餘，從事文學創作，先後出版了小說《永傷》、散文集《闌夜》等。一九三七年移居香港，一九三八年起

49　柳蘇：〈無人不道小思賢——香港新文學史的拓荒人〉，《博益月刊》第17期。

50　黃維樑：〈香港專欄通論〉，見盧瑋鑾編：《不老的繆思——中國現當代散文理論》（香港：天地圖書有限公司，1993年）。

51　黃維樑：〈為香港文化辯護之餘〉，見《我的副產品》（香港：明窗出版社，1988年，第1版）。

52　陳耀南：〈東望西牆〉，見《有物無物》（香港：繁榮出版社，1990年，第1版）。

出任《星報》晚報編輯，直至香港淪陷停刊。抗日戰爭勝利後，吳其
敏除了為報刊撰寫影評外，還創作了許多劇本。一九五〇年代，他創
辦並主編《鄉土》和《新語》雜誌，發現和培養了一批青年作者。一
九六〇年代，他編輯出版了散文合集《五十人集》、《五十又集》等作
品，顯示了香港作家的鼎盛陣容和團結協作。一九七二年，吳其敏出
任香港中華書局副總編輯，並創辦《海洋文藝》，這是一九七〇年代
香港文壇中最重要的一份文學刊物。吳其敏在漫長的文學生涯中，筆
耕不輟，著述甚豐。雜文隨筆散見於香港各報刊，其中已結集的僅為
一部分，有《懷思集》（香港：宏業書局，1961年）、《文史小札》（香
港：上海書局，1964年）、《閒墨篇》（香港：上海書局，1971年）、
《拾芥集》（香港：大光出版社，1972年）、《擷微集》（香港：上海書
局，1972年）、《望翠軒雜文》（香港：大光出版社，1976年）、《文史
札記》（香港：中華書局，1986年）、《園邊葉》（香港：三聯書店，
1986年）、《坐井集》（香港：三聯書店，1987年）等。

　　吳其敏的文史小品有濃郁的書卷氣息和典雅的詩賦風格。在信手
拈來的題目中，作者舉重若輕地寫出寓知識、見解、文采和趣味於一
體的文章。〈今古文網〉、〈朱皇帝腰斬高啟〉、〈古今禁書一勺談〉
等，是談論文字獄的；〈春聯與除夕詩〉、〈元宵燈火不同明〉、〈花朝
節〉、〈寒食清明都過盡〉等，是介紹民俗風情的；〈做在「全」字
上〉、〈疾患必須袪除〉、〈古之刻苦力學者〉等，是有關治學態度的；
〈佛教文學一漚〉、〈詩畫是近親〉、〈作文與治疱〉、〈諷刺性的題壁
詩〉等，是談文說藝的；〈偽託黃巢詩〉、〈《水東日記》不是日記〉、
〈宋詞的誤收佚逸〉等，是考辨真偽的。作者「治學嚴謹，識見深
刻，每論皆由小見大，深入淺出，求真求實，……見高而平實，意深
而淺近」[53]。如〈落霞飛鶩有問題〉一文，針對王勃〈滕王閣序〉中

---

53 杜漸：《坐井集》〈序〉（香港：三聯書店，1987年，第1版）。

的千古名句「落霞與孤鶩齊飛，秋水共長天一色」，作者認為長期以來，人們的欣賞較多地著眼於文章辭藻的豐美華贍一面，而沒有考慮這兩句寫景到底真切不真切，可通不可通：

> 從一些辭書上，鶩屬游禽類，嘴扁頸長，翼小尾短。善游泳，拙於步行。《爾雅》說：鶩，舒鳧也。《廣雅》說：鳧鶩，鴨也。孔穎達說：「野鴨曰鳧，家鴨曰鶩。鶩不能飛騰。」鄭康成注：「鶩取其不飛遷。」而《說文通訓定聲》又說它「飛行舒遲」。總上各說看來，鶩之沒有飛翔性能，已講得很清楚。梁簡文帝有兩首詠鳧詩，一曰：「銜苔入淺水，刷羽向沙洲。孤飛本欲去，得影更淹留。」又一曰：「迴水浮輕浪，沙場弄羽衣。眇眇隨山沒，離離傍海飛。」雖在寫「飛」，但飛來飛去，飛不出天外。鳧尚如此，鶩的飛翔本領就更不足道了。
> 至於「霞」指的是什麼？據吳虎臣《能改齋漫錄》言：南昌秋間有一種飛蛾，群聚紛飛，墮浮水際，土人謂之「霞」。不知者便以為天上雲霞。是則長天又豈能與秋水一色呢？

從這篇文章中，我們可以領略到吳其敏深厚的學術功底。他博覽群書，治學嚴謹，往往自有獨到見解，不人云亦云。他長期在《大公報》「大公園」副刊上寫作「坐井集」專欄，據香港作家羅隼說：「他每天寫六七百字，我知他為這幾百字的短文，花了不少的時間閱讀，翻查真偽，他自覺寫得辛苦，是為了認真。」「對讀者負責，也是對自己負責，亦是治學態度嚴肅，反映在他的文章中。他為自己讀書讀史，但同時亦為讀者而讀，讀而後寫成心得，使讀過他文章的人再去讀原著有所啟發，這就是他力耕不輟的動力，寫時雖苦，但對後學者有所幫助，也樂而不疲了。」[54]因此，吳其敏的雜文隨筆博古通今，

---

54 羅隼：〈讀《坐井集》〉，見《羅隼短調》（香港：天地圖書有限公司，1991年）。

論文說史，尋根究底，深入淺出，其中不乏新穎見解和精闢論述，頗具知識性和趣味性。

二　曾敏之（1917-2015）

　　祖籍廣東梅縣，生於廣西羅城。自幼父母早逝，家境清貧，小學畢業就出外謀生。因不甘失學，一九三〇年代初期隨友人到廣州尋求半工半讀的機會，先後進過廣州的英文、日文補習學校。在此期間大量閱讀「五四」以來的社會科學著作和文學作品，並開始文學創作。一九三九年考入廣西建設幹校學習。畢業後，曾任《文藝雜誌》、《柳州日報》、桂林《大公報》編輯、記者。後調香港《大公報》，主編華南版新聞並撰寫評論。一九五〇年初，調任中國新聞社、《大公報》、《文匯報》廣州聯合辦事處主任。一九六一年初任暨南大學教授。一九七八年，他重返香港，擔任《文匯報》副總編輯、評論委員會主任等職，曾任香港作家聯會會長。曾敏之著有雜文隨筆集《嶺南隨筆》（廣州市：廣東人民出版社，1956年）、《文史品味錄》（廣州市：花城出版社，1983年）、《觀海錄》（香港：林真文化出版公司，1983年）、《當代雜文選粹·曾敏之之卷》（長沙市：湖南文藝出版社，1986年）、《觀海錄》二集（北京市：中國文聯出版公司，1987年）、《聽濤集》（香港：三聯書店，1988年）、《春華集》（福州市：海峽文藝出版社，1994年）、《溫故知新》（香港：獲益出版事業有限公司，1995年）、《空谷足音》（香港：新世紀出版社，1998年）、《書與史》（北京市：中國文聯出版社，2000年）、《綠到窗前：望雲樓隨筆》（香港：明窗出版社，2001年）、《人文紀事》（南京市：江蘇文藝出版社，2007年）、《沉思集》（北京市：作家出版社，2013年）等。其中《觀海錄》（二集）曾榮獲一九八九年全國首屆優秀散文（集）雜文（集）獎。

　　曾敏之生平喜愛涉獵文史，他曾引史可法寫的一副對聯「煮酒縱談廿四史，焚香靜對十三經」來形容自己的嗜讀。他在《嶺南隨筆》的前記中說：「翻書的時候，偶有所感，於是就隨手作筆記一樣，把所感記下來；逛地方的時候，也有所見，又隨手把一些見聞記下來，積習一久，就成了這類隨筆的題材了。」中國的文史典籍浩如煙海，曾敏之以開卷有益的精神進行研讀，披沙揀金，「看似尋常最奇崛，成如容易卻艱辛」。他在歷史和現實之間出入往返，談古論今，愛恨分明。他的許多雜文圍繞著國家長治久安這個中心，論述了權與法、奢與儉、貪與廉、言與行、毀與譽、破與立、摹仿與創造、功成身退與選賢任能等一系列關係，思考著國家民族的前途命運。〈晁錯之錯〉對漢景帝時代的謀士晁錯以悲劇結局頗為感慨，作者認為改革中凡觸及有特權的勢力，就不能妥協畏縮，只有勇往直前，採取針鋒相對的有效決策，才有可能保證改革獲得勝利，否則就會半途而廢，貽禍自己，也貽禍國家。〈不要做東郭先生〉提醒人們為了國家的長治久安，必須根除「文革」亂源，使「江東子弟」失去一切「捲土重來」的基地。〈數典忘祖的謬論〉痛斥了分裂祖國的陰謀，認為收回香港的主權，是洗雪百年來中華民族蒙受恥辱的大事，不容許沒有「真正能代表中國」的謬論蠱惑人心。曾敏之在談到自己的創作特點時說：「置身於茫茫塵海之中，常常有感而發，見於文字，但因未能洗盡鉛華，歸於恬淡，所聞所感，也就難免仍有或褒或貶的陋習，也難掩飾愛憎的情感。不過，我倒服膺於劉勰在《文心雕龍》中說過的兩句警語：『登山則情滿於山，觀海則意溢於海。』」[55]他正是以「情滿於山」和「意溢於海」的情感，出入文史，縱橫古今，形成氣勢沉雄、筆力剛健的雜文風格。

　　作為一名老知識分子，曾敏之對「文革」動亂黃鐘毀棄、瓦釜雷

55　曾敏之：《觀海錄》〈自序〉（北京市：中國文聯出版公司，1987年，第1版）。

鳴、知識分子被摧殘得零落淨盡的現象感慨頗深，他曾在詩中表達了
自己的悲憤之情：「看雲倚石枕，讀史費疑猜。借問東流水，誰扼濟
世才？」於是，在粉碎「四人幫」後，他懷念鄧拓為人熱誠坦率，認
為《燕山夜話》表現了雜文家耿直不阿的風格（〈鄧拓的藏畫詩〉）；
他稱頌老舍是無愧於「中國人的脊樑」的作家，遺留給人間的是磅礡
的正氣和「留取丹心照汗青」的永恆形象（〈老舍自傳及其他〉）；他
對巴金在古稀之年以說真話鞭策自己而留下煌煌數卷的《隨想錄》，
表示由衷地欽佩（〈懷念巴金老〉）；他欣賞蕭乾在遭遇了數不盡的政
治坎坷和人事滄桑後，無怨無悔，依然對國家前途充滿信心（〈這就
是蕭乾〉）；他褒揚曾以等身的文學作品馳名於世的沈從文，晚年雖被
迫擱下文學之筆，卻在涉獵古籍、專心文物中做出貢獻，寫出《中國
古代服飾研究》這部輝煌的著作（〈沈從文的考證〉）；他大書夏衍不
為物累，不玩物喪志，晚年將畢生所藏文物慷慨捐獻給國家的崇高境
界，指出：「正當多少踞要津、掌權柄、以權謀私之輩，貪婪成性，
縱容兒女以『官倒』大發不義之財的今天，如夏老的捐私為公者能有
幾人？」（〈夏衍不為物累〉）可以說，對知識分子的熱切關注和深入
思考，是曾敏之雜文一以貫之的線索和思路，他在這一系列雜文中，
「立起了中國知識分子作為民族脊樑的完整形象，為他們樹立了一座
歷史的豐碑。這是曾敏之這一類雜文的意義和價值所在」[56]。

三　高旅（1918-1997）

　　原名邵元成，另有筆名邵家天，江蘇常熟人。江蘇省測量人員訓
練所畢業，曾任江蘇測量總隊測量員。一九三六年初開始寫作。抗戰
爆發後，轉作新聞工作，先後擔任上海《譯報》記者，桂林《力報》

---

56 姜建：〈聚焦現實縱橫古今——論曾敏之的雜文創作〉，《雜文界》1997年第1期。

編輯、主筆，湖南和重慶《中央日報》戰地特派員，上海《申報》特派員。一九五〇年受香港《文匯報》聘約來港工作，曾任主筆等職。在新聞業務之外，文學創作以小說為主。一九六八年因抗拒「文革」，高旅擲筆十三年，直到一九八一年重新執筆寫作。雜文集有《持故小集》（北京市：讀書・生活・新知三聯書店，1984年）、《過年的心路》（香港：天地圖書有限公司，1992年）和《高旅雜文》（香港：天地圖書有限公司，1995年）。

　　高旅的雜文不僅有對時弊的針砭，更多的是關於政治、經濟、文化、哲學、民俗等的述說，作者每引歷史故事，以申其意，寫得深刻，饒有新意，不僅「持之有故」，而且「言之成理」。如〈貪泉〉，據說廣東有個貪泉，任是什麼清廉的官，喝了它就會變成貪官。《晉書》上說：「廣州包帶山海，珍異所出，一篋之寶，可資數世，然多瘴疫，人情憚焉。惟貧寠不能自立者，求補長史，故前後刺史皆多黷貨。」原來是貪官污吏故弄玄虛，把貪污的責任推到一個莫須有的「貪泉」上，彷彿他們原本要廉潔自持，是泉水害了他們。東晉朝廷派吳隱之到廣州做刺史，希望他能拆穿西洋鏡。他路過貪泉，酌而飲之，並賦詩明志：「古人云此水，一歃懷千金；試使夷齊飲，終當不易心。」果然，吳隱之在任期間「清操逾厲，常食不過菜及乾魚而已，帷帳器服皆付外庫」。因此，作者指出：「這就證明了貪官之貪，在乎做官的本身，和外界的影響全無關涉。大概作為貪官，喜有一個藉口，最普通的就是受外界的影響，飲貪泉是其中顯著的一例，也是拙劣的一例。」又如〈言過其實之禍〉，從歷史上馬謖、趙括、韓侂冑、蔡謨、王羲之、桓溫等人，或大言，或卑詞，或狂語，談到一個人不免有錯失，估計失當，這不能算是空話、大話、假話；而真正成為說空話、大話、假話者，心胸中必有所大，必有所卑，必有所狂，必有其不可告人的鬼胎在，總之是「私字當頭」，國家、民族的利益之類，都不過是裝飾的虛文。邵燕祥認為，高旅將中國古代政治史、

文化史、思想史的「邊角餘料」寫成議論風生的雜文，不僅對於不讀成本大套古史的讀者，提供了知識性的談資，而且談古論今，「頗有一些意在裨補時闕，所謂『以古為鑒，可以知得失』，使我想起鄧拓的《燕山夜話》和吳晗、翦伯贊的讀史隨筆，雜文歷來有此一體。某些散文玩花鳥嘲風月，自可遠離政治；而雜文的生命則在於切近時事，言而及義」[57]。

　　莫泊桑曾經說過：「對你所要表現的東西，要長時間很注意地去觀察它，以便發現別人沒有發現過和沒有寫過的特點。」高旅的雜文不是高頭講章，都是偶拾的題材，作者信筆所之，娓娓道來，卻有精闢的見解，發人所未發。如〈擬葉公子張對話〉，是一篇賦予舊典以新解的雜文。「葉公好龍」本來用於形容那些言行不一的人，〈擬葉公子張對話〉一文，葉公和子張兩人通過對真龍假龍做了一番辯論：先說那「天龍」不是真龍，它「窺頭於牖」，把戶牖捅了一個大洞，「施尾於堂」，幾乎把堂屋掃塌，那真龍能幹出這樣害人的事嗎？葉公當然不喜歡它，他愛的是「以濟水旱，而利農時，專蘇民困」的真龍。最後葉公諷刺了子張連真假龍都分不清，反而意存譏誚、幸災樂禍的行為。作者把舊說批駁得有根有據，把新意闡發得入情入理，使人耳目一新。又如〈「紅樓」之所以為夢〉，作者談到「紅樓」之所以為「夢」，不過是曹家子孫回憶富貴榮華而歎息的心聲，非曹氏子孫，讀了《紅樓夢》而作同樣的歎息，竟讀出「人生若夢」的結論，那就可以說是白讀了《紅樓夢》。作者指出：「《紅樓夢》中，有多少血，有多少淚，多少屈死的冤魂！這難道是夢？是一般的活生生事實也。這還不算，更說『白茫茫大地真乾淨』，大地何曾白茫茫？只是過去的富貴生活完了，但是多少淚，多少血，多少屈死的冤魂，分明還在

---

57 邵燕祥：〈一本談古論今的雜文集〉，見《蜜和刺》（南昌市：江西人民出版社，1986年，第1版）。

呢！」文章暢然說理，文筆老辣，幽默諷刺處無不雋永。柯靈曾稱讚高旅的雜文「雋永耐讀，雜文中上品」[58]。

四　張文達（1921-2003）

原名張孝權，另有筆名林洵，湖南長沙人。童年時隨家遷江南，在杭州度過童年和少年時期。抗戰八年，在重慶讀高中和大學。一九四五年中央政治學校畢業入新聞界，先後擔任上海《和平日報》、《新聞報》記者。一九四九年後擱筆，轉入救濟總會等單位工作。一九八○年自上海到香港定居，重入文化新聞界，曾任《中報月刊》編輯、《百姓》半月刊編輯、《新報》社長顧問和副刊主編、《星島日報》主筆、《國事評論》總主筆、香港作家協會常務理事兼秘書長、新亞洲文化基金會顧問等職。張文達移居香港後，曾在《星島日報》寫作「牛棚雜憶」專欄，在《信報》寫作「初到貴境」專欄，在《星島晚報》與徐東濱、胡菊人合寫「三思」專欄，在《明報》寫「三山人語」專欄。張文達的雜文集有《倒影》（香港：香江出版公司，1986年）、《小粽子碰大釘子》（香港：香江出版公司，1988年）、《牛棚雜憶》（香港：香江出版公司，1992年）、《二水集》（香港：勤十緣出版社，1992年）。

張文達說：「我寫的是雜文，亦即隨感。縱覽世態之妍，撫觀天下之變，興之所至，率爾命筆。大題小做，小題大做，隨手拈來，敲敲打打，成鐵成鋼，非所計也。」[59]他的雜文有談論國家歷史大事的，如〈遙知別後還相憶〉談到成千上萬人的靈魂在「文革」中赤裸裸地被抽打，這在歷史上是空前的飽含血和淚的「壯舉」。可是，有

---

58 柯靈：〈我在讀什麼書？〉，《書林》1985年第2期。
59 張文達：《倒影》〈自序〉（香港：香江出版公司，1986年，第1版）。

人對揭露這段歷史的文學作品橫加指責，作者認為：「那些批判『傷痕文學』的人，他們的靈魂一定沒有被抽打過。我並不贊成『傷痕文學』這一名詞，但反對描寫『傷痕』的人，其靈魂大約是完整無缺，即使受過迫害，但由於官復原職，靈魂也就還原，擺出早先的官老爺架子了。」又如〈哀哉妾婦之道〉針對有人把英國交還香港比做是「休書」和把香港比做「棄婦」，作者反問道：既然自一九八二年提出香港前途問題以來，包括英國屬土公民在內的中國人，並無一人公開反對「香港主權屬於中國」這一前提，那麼何謂「休書」？「休」從何來？他說，可悲的是一些人自認為「被休」的妾婦之道的心態，「大英帝國的殖民地多矣，自第二次世界大戰後，紛紛獨立，我孤陋寡聞，不知道眾多殖民地的臣民中，有沒有『被休』之感？如果沒有的話，那中國人真是鶴立雞群了」。作者嚴正指出：「個人的立身行事，願意作什麼，聽他的便，但請不要用中華民族的名義，向外國撒嬌。」張文達的雜文中也有不少是關於生活中的點點滴滴，作者對人生的深刻體會，溢於字裡行間。如〈招牌和名片淺談〉，從香港商家為了招攬生意，吸引顧客，紛紛打出「乾隆始創」等招牌，談到香港有些闊人的名片，密密麻麻，列數十銜頭於正反兩面，需用放大鏡始得其詳，於是作者故意反話正說，寓莊於諧：

> 這種名片當然聲勢奪人，不過若與「乾隆始創」的招牌相比，卻又略遜一籌，缺乏歷史的芬芳。因此應當有人出來領導潮流，以存古意。譬如我姓張，名片上不妨標出：「張良之後」，或「狗肉將軍張宗昌同宗」；姓汪的朋友也可能印上「雙照樓主之族弟」；姓吳的朋友若沒有被「民族氣節」的精神所污染，當然有興趣加上一行：「平西王第 X 世孫」。這類名片，過了若干年，必為收藏家搶購之物。至於現在，則是本地風光。

　　胡菊人在為張文達的雜文集《小粽子碰大釘子》作序時，稱張文達的雜文「蘊涵了歷史的哀愁與歎息，家國情懷的思緒與感會，對時人世事的針砭，也有生命中的慧見，生活中的逸趣與喜樂」。

第三節　學者雜文

　　一九八○年代以來，香港大專院校教師在教學科研之餘，紛紛從事雜文創作，形成了香港雜文的一大特色。舉例而言，有梁錫華、陳耀南、黃維樑、張五常、梁巨鴻、陳永明、潘銘燊、周兆祥、劉創楚、黃子程、劉紹銘等，「他們的千字方塊，不論談的是環保、音樂、哲學、文學或社會現象，深入淺出，成一家言」[60]。英國哲人休謨說過，學者是「從事比較高級和困難的心智活動」的一類人，「是人類中最堅持獨立性的人，他們極端珍視自由，不習慣於順從」[61]。因此，梁錫華認為學者的作品，恰如學者本身的社會職責，應該起帶領提升的作用，「他的頭腦像一副雷達設備，能敏銳地感受並反映現實。他振筆直書而產生的文章，雖然不一定要『殺出一條生存的血路』而成為『匕首』、『投槍』，但至少是清涼劑、橄欖、良藥，或有助消化的水果」[62]。

　　梁錫華、黃維樑、潘銘燊曾共同執筆《星島日報》星辰副刊的「三思篇」專欄，被人稱作學者雜文家中的「三劍客」。

60　劉紹銘：〈香港副刊今昔〉，見《香港因緣》（香港：天地圖書有限公司，1995年）。

61　休謨：〈談隨筆〉，見《人性的高貴與卑劣——休謨散文集》（上海市：上海三聯書店，1988年，第1版）。

62　梁錫華：〈學者的散文〉，見《梁錫華選集》（香港：山邊社，1984年，第1版）。

一　梁錫華（1947-）

　　原名梁佳蘿，祖籍廣東順德。曾在廣州、香港、加拿大等地受教育，最後獲英國倫敦大學哲學博士學位。一九七四至一九七六年在加拿大聖瑪利大學任教，兼任國際教育中心副主任。一九七六年起任教於香港中文大學。一九八五年轉任香港嶺南學院文學院院長、教務長兼中國文史學系主任，一九九四年九月退休。梁錫華的學術與創作興趣廣泛，勤於筆耕，出版學術論著、小說、散文、雜文及翻譯二十餘冊。梁錫華一九八一年開始在報紙副刊開闢專欄「有餘篇」，欄名的意思之一就是「教研有餘力，則以撰雜文」。他在雜文中，把自己對人生社會學術文化的見解寫出。黃維樑說：「十餘年來……他所寫的專欄文章已超過一千篇。儘管他的文章內容上天下地、出入古今，其修辭謀篇的技巧變化多姿，這千篇的一律是：博學機智、諷世勸人。錫華兄以學者的淵博、詩人的華采，發而為文，針砭時弊，探索人生，時而顯得溫柔敦厚，時而激越淩厲，甚至嫉惡如仇，把彩筆變而為匕首。錫華兄的文章，集合了魯迅、梁實秋、王力、錢鍾書各家之長，而卓然成家。」[63]梁錫華著有雜文集《有餘篇》甲、乙集（臺北市：時報文化出版事業有限公司，1983年）、《梁錫華選集》（香港：山邊社，1984年）、《四八集》（臺北市：遠東圖書公司，1985年）、《給青少年：梁錫華校園小品》（香港：獲益出版事業有限公司，1994年）等，他的部分雜文曾由德國波恩大學師生譯為德文發表。

　　在香港，許多人寫雜文純屬遊戲之作，草率為之，淺薄無聊，甚至墮入惡趣。而梁錫華始終保持雜文的本色，他把雜文看成是社會的明燈和文化的光輝。他說：「雜感既然頂著個雜字，乃隱然有百感可抒的意義，其範圍可以說是無垠的，不過，也並非無邊無際。誨淫誨

63　黃維樑：〈佳蘿樂事，錫華華章〉，見劉介民：《心靈的光影》（瀋陽市：遼寧大學出版社，1994年，第1版）。

盜之作，我想任何良知未泯的人都不會去搖筆生產。」「寫雜感不同
賣雜貨。作者揮灑之際，豈可不顧念文化良心？」[64]在〈看此螢幕銀
幕〉、〈褲力無邊〉、〈辟鬼法〉、〈事實勝於神話〉、〈清潔香港運動〉、
〈黑、白、灰〉、〈德育問題〉、〈愛國與害國〉、〈孝道〉等一系列雜文
中，梁錫華肩負捍衛社會道德的責任和移風易俗的文化任務。如〈看
此螢幕銀幕〉，談到電影電視在今天人們生活中的重要性，可是許多
電視節目在所謂「忠實」反映現況時，往往加強其惡性以迎合觀眾；
許多打鬥片純粹為打鬥而打鬥，為滿足暴戾而暴戾，其中的英雄人物
又不乏蠻漢惡棍。作者說：「樹立這些形象在萬千觀眾心頭，到底會
把人類社會帶往更高尚、更光明的境界呢，還是把它推下惡俗、黑暗
的深淵呢？」他指出若任電影電視蔑視社會秩序而投眾卑下情操衝動
之所好，那麼，我們的世界只會愈過愈陰慘，愈過愈墮落。因此，梁
錫華認為：「政府挺身而出，不但應該切實監察，更應下手管制。」

　　梁錫華是個頗富幽默感的雜文家，幽默在他的雜文中幾乎無處不
在。他十分強調幽默的智慧和機智，認為這是學者雜文超越其他人雜
文的關鍵所在。他雜文的幽默正是植根於那份機智和敏銳的觀察力。
在他筆下的幽默，有「含淚的笑」，如〈雞、鬥雞、鬥人〉：

> 昔人（或今人）鬥雞，招數粗淺。場內雙雄兩三回合之後，灑
> 血了事。現代先進的鬥人把戲，卻花樣富艷：有陰謀、陽謀，
> 有文鬥、武鬥，有幽雅的個別禁閉之鬥，有熱鬧的群眾大會之
> 鬥，有旅遊式的巡迴輪番之鬥；拳頭、皮鞋、刀劍、長槍、短
> 銃，甚至連洋鬼子的古董——running the gaunlet（夾道鞭打或
> 捶擊）都派上用場，雞、犬、豬等看著樂得狂喊口號，齊慶血
> 跡掩蓋人跡了。人性墮落，畜性高昂，竟一至於此！

---

64 梁錫華：〈副刊文章〉，見《四八集》（臺北市：遠東圖書公司，1985年，初版）。

以鬥人為樂的人，不就是如雞犬豬類的牲畜嗎？而鬥的方法如此之多，更勝於牲畜。對於經歷過「文革」磨難的人來說，讀了這段文字，感受一定十分深刻。夏志清認為，梁錫華的雜文篇篇可誦，言之有物，「俏皮幽默中寄以沉痛」[65]。當然，梁錫華筆下也不乏輕鬆詼諧、令人會心的微笑，如〈報屁股〉：

　　報紙副刊不論質量和花式，一向有個別號——報屁股。這個妙號不知道始自何時何方何人，聽起來似乎不大雅馴，還帶點貶抑意味。其實屁股一物，就股論股，是值得重視的，因為，第一，它是人類的天然坐墊，若不幸短缺了，在椅子上辦公也好，休息也好，要維持個四平八穩的大局，就很成問題了。此外，少了屁股，無疑直接影響自己父親的令名，因為眾所周知，心術不正之徒生孩子而缺屁股，是上天的沉默審判，志在懲惡也。抑有進者，屁股如不存，僵立尚可，一開步時，就喪盡應有的婀娜，從後看過去，一片荒涼的板直，實在太不像話啊！總結上文，屁股的實用和美學價值，無人不心領神會矣。報屁股之於報紙，情形相仿，因為辦報除了賺錢之外，據說還有維持一地文化不墮的重任。說真話，報紙讀者，不是人人看得懂世界大事和金融行情的，芸芸眾生的「報腸胃」，只能消化一般的社會新聞（像自殺、械鬥、火災、失戀、搶劫之類），其次就是吃喝點報屁股了。當然，以屁股為主糧的，亦大有人在，正如有些老饕，下箸以雞屁股為目標者一樣。

---

[65] 夏志清：〈當代才子梁錫華〉，見《獨立蒼茫》（香港：香江出版公司，1985年，第1版）。

二　黃維樑（1947-）

出生於廣東澄海，一九五五年到香港。一九六九年畢業於香港中
文大學新亞書院中文系，同年秋到美國奧克拉荷馬州立大學攻讀新聞
與大眾傳播碩士學位。一九七一年到俄亥俄州立大學東亞系讀書，一
九七六年獲文學博士學位，同年夏回香港中文大學中文系任教。曾任
香港作家協會主席、香港作家聯會副會長。黃維樑認為身在大學，應
該主要寫作學院式論文，但他卻不甘心只寫這類文章，平常「以無窮
的學問為題材，嘗試用生動親切的文字，以短小的篇幅，寫其一點一
滴，發表在報紙上或雜誌上，有助於文化的普及」，他的這種以普及
文化為使命的文章，就是富有知識性、學術性的雜文，是他「對社
會、國家以至人類文化沉思冥想後真切的紀錄」[66]。黃維樑把學術論文
當成「主要產品」，而把自己的雜文稱作「副產品」。他認為撰寫「主
要產品」倚重的是紮實的研究，如攀登險峻的高山，必須有充分的準
備，有齊全的裝配，有克服萬難的精神；而揮寫「副產品」，倚重的
是平時的生活體驗和文化修養，雖然也有擱筆沉思甚至苦思的時候，
也需要事先的醞釀，但功夫是輕省多了，有如在坦途上行走，甚至有
如走在青草地上，且有鳥語花香，是一種享受。黃維樑的「副產品」
有《突然，一朵蓮花》（香港：山邊社，1983年）、《大學小品》（香
港：香江出版公司，1985年）、《我的副產品》（香港：明窗出版社，
1988年）等。

黃維樑的視野是廣闊的，從古到今，從中到西，從社會生活到人
生體驗，從文學到藝術，從理性到感性，從雅到俗，他都一一接觸
到，而且力求深入。在〈香港牛〉中，作者用刻苦耐勞的牛來比喻香
港人，「香港的千萬幢大廈，以及縱橫交錯的街道，是層層疊疊的梯

---

66 黃維樑：《大學小品》〈自序〉（香港：香江出版公司，1985年，第1版）。

田。阡陌上面，都是朝九晚五之外加班復兼職的牛，大牛小牛水牛黃牛，以力耕以筆耕，各盡所能，風雨不改，春秋如常，為珠江口這塊沃土賣命」。「香港牛」為珠江三角洲經濟的騰飛創造了奇跡，有如一頭金牛。但是，作者同時也提醒人們：「最近重看了電影《十誡》，裡面有摩西怒擊金牛的故事，頗有啟發性。話說以色列人鑄造了金牛犢，以為崇拜的對象，圍著它跳舞，極為荒淫縱欲，引致耶和華的憤怒，終於惹來殺身之禍。從刻苦耐勞的耕牛，演變為燦燦生輝的金牛，香港這頭牛是可以驕傲的。但是，過度的繁華到最後可能只是一場春夢而已。香港牛能不引以為誡？」而〈不在沙漠的鴕鳥〉和〈又有人說香港沒有文化〉，則不同意把香港說成是「文化沙漠」。作者指出，香港有飲食文化、商業文化，但也有高級精緻的文化，如香港電臺日夜播放古典音樂，香港大會堂、藝術中心不停展出繪畫、攝影、雕塑作品，京劇、粵劇、昆劇、越劇、潮劇各有其戲迷，《香港文學》等雜誌中不乏高雅嚴肅的文學作品。因此，他認為：「文化就在香港，這是中國與外國、傳統與現代結合的文化。在這裡，『衣食』固然是文化，『衣食足而後知』的種種，或物質，或精神，當然更是文化。香港的文化，有各種使人不滿不快的現象；香港的社會，有各種墮落的人。然而，整體來說，香港有文化，香港人的精神並不墮落。」

　　黃維樑對自己寫作的要求是文字清通外，還要具有文采。他說：「適量而恰當的典故，貼切而力求新穎的比喻，一語雙關或字字牽連的機智，都是我所謂的文采；嚴謹的、前後呼應的組織佈局，也算在內。」[67]他嚮往一種「天然風趣，妙語解頤，啟人遐思，發人深省」的藝術境界。〈車喧齋〉是一篇情趣盎然、詼諧幽默的佳作。作者談到讀書、教書、寫書的人照理應該有自己的書房，但在尺金寸土的香

---

67 黃維樑：《大學小品》〈自序〉（香港：香江出版公司，1985年，第1版）。

港，像樣的、真正的書房，對於一個普通的文化人來說，幾乎是奢侈的東西：

> 連女傭在內，一家五口，居於實用面積六百平方呎的房子裡。想來想去，除非把夫妻兒女主僕五人驅入一個睡房中，過其集中營式的夜生活，或者把五人中某人或某些人分配到客廳，做其廳長、副廳長，否則，純粹的書房從而何來？結果在美孚住了三年多，白天以有書桌書架的睡房為書房，夜裡則有時在「睡書房」工作，有時在客廳。往往在客廳開午夜的電燈時，忘了把早應從「睡書房」拿出來的書拿出來，只得躡手躡足摸黑入房竊書，生怕驚醒對聲音敏感的妻子。光明正大的讀書行為，變成跡近小偷的勾當。

　　住宅的擁擠並沒有消蝕作者的事業追求和人生理想，他依然對讀書生活充滿執著深沉的感情。終於，他租到一套帶有書房的新住宅，於是日思夜想的書齋總算有了著落：

> 我面對四壁圖書，燃起煙斗，為多年來真正書房的落實而欣慰。書桌和書架，全是國貨和港貨，其樸素處和北歐名產的華貴，形成了強烈的對比。不過，唯其樸素，才會使書齋的主人注意書，而非只欣賞書桌和書架；唯其樸素，才使書齋主人可仰望陶潛和梭羅的遺風。杜甫登大雁塔，有詩遣懷，感歎「秦山忽破碎，涇渭不可求」。從前我一踏入不是書齋而鬧書災的書齋，即每有「書山常淩碎，中西不可求」的太息。陸游愛讀書而不善理書，其書房亂如書巢，正與我同病相憐。我想書生「不眠憂戰伐，無力正乾坤」，情有可原；但連正書齋這小乾坤的力也沒有，就似乎罪無可恕了。在六十平方呎的小房間

裡，放六個向天花板發展的書架和一張書桌，是不容易的事。
可是，我終於井井有條地放了。古典文學、現代文學、外國文
學、文學批評、語法修辭等，據我自己而非圖書館認可的分
類，各安其分，各就其位，告別了無政府主義，告別了書災。

三　潘銘燊（1945-）

　　原籍廣東中山，生於香港。中學和預科分別就讀於英皇書院和皇
仁書院，修讀理科課程。一九六五年考入香港中文大學，改攻文科，
主修中文，副修英文。大學畢業後往美國進修圖書管理和中國研究課
程，分別於柏克萊加州大學及芝加哥大學取得碩士和博士學位。一九
七三年返港後在香港中文大學擔任教職。一九八九年移居加拿大溫哥
華，曾擔任加拿大中國文化圖書館館長。一九九二年返港，執教於香
港城市理工學院等校。潘銘燊從一九八〇年開始在《明報》上寫作雜
文專欄，但作品數量不多。一九八八年底起雜文創作活躍，在《星島
日報》上撰寫專欄，至今不輟。余光中稱他是「一位情趣與理趣兼
長、見解與想像並高的小品妙手」，「於中西文學既有造詣，對人情世
態又善於觀察，文筆復多波瀾，寫雜文應該游刃有餘」[68]。潘銘燊的
雜文集有《斷鴻篇》（香港：中國書社，1988年）、《三隨篇》（香港：
中國學社，1989年）、《車喧齋隨筆》（香港：中國學社，1989年）、
《溫哥華書簡》（香港：中國學社，1989年）、《廉政論》（北京市：中
國工人出版社，1991年）、《溫哥華雜碎》（溫哥華：楓橋出版社，
1991年）、《人生邊上補白》（溫哥華：楓橋出版社，1992年）、《非花
軒雜文》（香港：楓橋書社，1994年）、《小鮮集》（溫哥華：楓橋出版

---

68 余光中：〈烹小鮮如治大國〉，見潘銘燊：《小鮮集》（溫哥華：楓橋出版社，1995
　年，第1版）。

社，1995年）。他自稱：「正是這些不自愛惜的雜文，卻包含個人的喜怒哀樂、性情、願望、執著和偏見。重讀之下，比學術論文更能引起一己的激動和低回。」[69]

潘銘燊心儀錢鍾書，寫文章有意步武錢鍾書的風格。《人生邊上補白》就是模擬錢鍾書的《寫在人生邊上》，對錢著諸篇再來一番補白，同樣觀察敏銳，刻劃深細，幽默風趣，妙語如珠。如錢鍾書在〈窗〉中說過：「一個鑽窗子進來的人，不管是偷東西還是偷情，早已決心來替你做個暫時的主人，顧不到你的歡迎和拒絕了。繆塞（Musset）在《少女做的是什麼夢》那首詩劇裡，有句妙語，略謂父親開了門，請進了物質上的丈夫（matériel époux），但是理想的愛人（idéal），總是從窗子出進的。換句話說，從前門進來的，只是形式上的女婿，雖然經丈人看中，還待博取小姐自己的歡心；要是從後窗進來的，才是女郎們把靈魂肉體完全交托的真正情人。」潘銘燊則以〈窗和愛情〉為題，加以發揮，認為門和窗代表的愛情性質不同：門的愛情是禮數的，窗的愛情是奔放的；門的愛情厚實，窗的愛情輕靈；門的愛情拘謹，窗的愛情浪漫。他指出：

> 窗子的愛情表面看來是男子採取主動，不然哪裡來的筋力膽識精神氣魄呢？但是，假如從街上園中作人望高處的仰瞻，但見交疏綺窗風吹簾櫳，有什麼好攀爬的？必須窗框裡鑲著一個玉人，甚至半隻玉臂擱在窗外，甚至輕啟朱唇盈盈一笑，那才叫做有了思春的信息，像《紅樓夢》中櫳翠庵裡生向牆外的紅梅。窗既然打通窗外窗內的世界，那麼裡頭的難堪寂寞的心靈憑藉著窗子向外傳遞消息，也是十分自然的事情。《魯靈光殿賦》說：「玉女窺窗而下視。」庾信的詩也說：「雕窗玉女

---

69 潘銘燊：《斷鴻篇》〈自序〉（香港：中國書社，1988年，第1版）。

窺。」一個「窺」字，把誰是主動的問題交待得活靈活現了。
（雖然，我們也要明白，這些詩賦作者都是男子。）
假如你問：「為什麼要窺窗呢？窺門不更直接嗎？」那我只好
贈你一句〈杜十娘怒沉百寶箱〉的結尾詩：「不曉風流莫妄
談。」試把《古詩十九首》中的名句「盈盈樓上女，皎皎當窗
牖」改成「盈盈樓下女，皎皎當門戶」，那真難堪到極點。憑
窗的愛情是高蹈的，倚門的愛情是乞求的；憑窗所以暗示，倚
門則是明言；憑窗是寄意，倚門是賣俏（或賣笑）。

我們從這兩段充滿情趣的文字裡，可以看出作者的智慧與才華。因
此，陳耀南在為《人生邊上補白》作序時，認為潘銘燊的文章中「絡
繹奔會、取精用宏的古今勝語，和作者本身深造自得、信手拈來的慧
識新解，渾成自然地融合成晶瑩的珠玉」。

四　陳耀南（1941-）

　　廣東新會人，一九四六年來港定居。一九七九年以論文《魏源研
究》獲香港大學哲學博士學位。曾任英華書院中文科主任、副校長、
香港理工學院語文系高級講師、臺灣中興大學中文系研究教授、香港
大學中文系教授等。在香港這樣一個商業社會裡，很多道德觀念、社
會價值已跟傳統的教育理想大異其趣，但陳耀南仍然孜孜矻矻，為弘
揚真理而努力。在他自稱為「既無商業價值，又乏消閒意趣」的雜文
裡，作者所表現出來的那份樸實誠懇的胸懷，處處讓人感受到一份知
識分子的良知和強烈的社會使命感，大有雖千萬人吾往矣的豪氣。陳
耀南的雜文集有《不報文科》（香港：山邊社，1987年）、《以古為鑒》
（香港：山邊社，1988年）、《刮目相看記》（香港：山邊社，1989
年）、《碧海長城》（香港：山邊社，1990年）、《有物無物》（香港：繁

榮出版社，1990年）、《放筆莊諧雅俗間》（香港：次文化有限公司，
1994年）、《情是何物》（香港：獲益出版事業有限公司，1994年）、
《命運與文化》（香港：次文化有限公司，1994年）等。黃坤堯說：
「陳耀南的文章嚴肅與諧趣兼而有之，有時怒髮衝冠，嚴斥日本；有
時嬉笑怒罵，指陳時弊。使人在服膺其高見之餘，自然還引發出一些
會心的微笑。這是一種典型的學者散文，有點近似梁實秋、錢鍾書、
梁錫華的風格，到處都是智慧的挑戰，等閒之輩不易學會。」[70]

五　梁巨鴻（1940- ）

　　原籍廣東三水，生於香港。曾任香港中文大學中文系高級導師。
一九八〇年至一九八二年，用洪鶼的筆名在《星島晚報》副刊寫作
「學而雜文」專欄，其中談論青少年教育問題的部分，收錄在《一心
集》（香港：山邊社，1985年）裡。一九八六至一九八七年，他在《東
方日報》副刊寫作「教師眼」專欄，讀者對象仍以莘莘學子為主。一
九九一年梁巨鴻在《信報》「繁星哲語」專欄發表雜文，因為要與同
欄講哲學的其他作者保持一致，所以他的雜文在談文學、抒雜感之
外，也涉及義理。梁巨鴻的雜文集還有《坐井危言》（香港：廣角鏡
出版社，1990年）和《文情哲意》（香港：廣角鏡出版社，1993年）。

六　周兆祥（1948- ）

　　生於香港，一九八四年獲得英國愛丁堡大學博士學位，曾任教於
香港浸會大學。他定期在多份報章期刊上發表專欄文章，內容涉及時
事、社會生活、哲學思想、生態環境和文學批評，雜文收在詩文合集

---

70 黃坤堯：〈知識分子〉，見《書緣》（香港：田園書屋，1992年，第1版）。

《天機一瞥‧三十》（香港：一山書屋，1979年）和《天機一瞥‧卅二》（香港：山河出版社，1982年）中。

七　劉創楚（1948-）

出生於廣東潮州，一九六二年遷居香港。一九七八年獲美國匹茲堡大學博士學位，曾任教於香港中文大學社會系。他說：「教研之餘，也寫點雜文，無非藉報刊的專欄為橋樑，將所學所思，傾訴給象牙塔外更多的聽眾。這樣一天一方塊（多時曾每天寫數欄兩三千字）地填，竟也填了八年多。」出版有雜文集《我與我的社會》（香港：博益出版有限公司，1988年）。

八　黃子程（?-）

一九七二年畢業於香港中文大學，其後獲得香港大學博士學位。曾先後擔任過中學教師、電視臺編劇、《博益月刊》主編、香港理工大學中文及雙語學系助理教授等。黃子程從一九七二年開始往《中國學生週報》投稿，其後寫作不輟，為《明報》、《經濟日報》、《星島晚報》、《信報》、《大公報》等撰寫專欄，雜文集有《最傻是誰及其他》（香港：明窗出版社，1992年）、《媒介變色龍》（香港：天地圖書有限公司，1992年）、《黃子程的生活思考》（香港：皇冠出版社〔香港〕有限公司，1992年）、《通識文集》（香港：次文化有限公司，1994年）等。

九　劉紹銘（1934-）

筆名二殘，原籍廣東惠陽，生於香港，一九六六年獲美國印第安

娜大學博士學位。一九六八年回港任教於香港中文大學崇基學院英文系。劉紹銘的雜文集有《二殘雜記》（臺北市：四季出版事業有限公司，1976年）、《風簷展書讀》（臺北市：九歌出版社，1981年）、《半仙・如半仙》（香港：華漢文化事業公司，1987年）、《細微的一柱香》（臺北市：三民書局，1990年）、《靈魂的按摩》（臺北市：三民書局，1993年）等。

十　岑逸飛（1945-）

原名岑嘉駟，生於江西興國，原籍廣東順德。三歲隨家人抵澳門，十一歲到香港。中學畢業後進入香港中文大學新亞書院，輾轉讀過生物、化學、社會、哲學四系，於學無所不窺，攻讀哲學碩士時又師從國學大師唐君毅，因此，他的專欄雜文能長期保持相當的學術水準，文化氣息至濃，思想成分亦高。岑逸飛雖不是學院中人，但也寫了不少具有深厚中西文化底蘊的學者雜文，字裡行間不時閃露出對歷史、社會和人生的哲理思考，被認為是香港雜文家的翹楚。岑逸飛是高產作家，著有雜文集《空空如也集》（香港：波文書局，1982年）、《人生路》（香港：華漢文化事業公司，1986年）、《閒情逸趣集》（香港：華漢文化事業公司，1987年）、《命運之激流》（香港：博益出版有限公司，1989年）、《書中樂》（香港：華漢文化事業公司，1990年）、《八方群英》（香港：勤十緣出版社，1991年）、《岑逸飛的文化探索》（香港：次文化有限公司，1992年）、《男・女・性》（香港：次文化有限公司，1992年）等。黃維樑認為：「他觸角敏銳，吐屬高奇，文化思想，時事政局，都在評論之列。每天寫一篇方塊，實非易事，而他天天寫，往往出入古今，溝通中外，真的難能可貴。」[71]

---

71 黃維樑：〈文采斐然的雜文政論〉，見《香港文學初探》（香港：華漢文化事業公司，1985年，第1版）。

　　學者雜文以融合學問、智慧和情趣為主，反映了一個文化背景深厚的心靈。可以說，淵博和睿智是他們成功的秘訣。學貫中西，融會古今，深厚的東方文化素養和西方現代文明的薰陶，使他們冶古今中外於一爐，寓學理情趣於一體。他們通雅淹博、錦心繡口的雜文，遠比那些高頭講章式的洋洋巨制飄逸瀟灑，更具影響，更見功力。而且，他們創作的精製篇章，在香港通行的雜文中，堪稱高華貴重的「另類文章」，它們在一定程度上提升了香港雜文的品質。

第四節　女性雜文

　　一九八〇年代中期，當龍應台以一枝犀利、潑辣的凌雲健筆，橫掃臺島，引起臺灣社會「龍捲風」般的喧嘩與騷動時，有人在《人民日報》上撰文感歎，大陸「寫雜文的女性百不及一，寥若晨星，一點沒拿出那種咄咄逼人、『巾幗不讓鬚眉』的魄力，使人懷疑，是否女性在雜文的創作上是『弱智者』」[72]。其實早在龍應台之前，香港一九七〇年代就形成了頗具規模的女雜文作家群，她們在林林總總、五光十色的香港雜文界，獨樹一幟，構築起香港雜文的另一片天空。

　　女性雜文最有名的當推《星島日報》開始於一九七四年四月的「七好文集」雜文專欄。「七好」，是指七位女子，包括柴娃娃、杜良媞、圓圓、小思、陸離、尹懷文、亦舒七人，後因圓圓和陸離退出，另加上蔣芸和秦楚二人。這九位女性的專欄雜文，結集收在一九七七年九月臺北遠行出版社出版的《七好文集》中，一九八三年四月香港天聲出版社出版的《七好新文集》，則收入了柴娃娃、小思、尹懷文、陳方、凱令、不繫舟、秦楚、杜良媞八位女雜文家的作品。黃維樑在評論她們的文集時，指出：「她們走在一起竟沒有成墟，沒有道

---

72 吳志實：〈雜文「男性化」小議〉，《人民日報》1987年5月11日。

張三長李四短，沒有 gossip，沒有『八卦』，這幾乎是令人吃驚的事。⋯⋯她們寫的，雖不是什麼魯迅風、錢鍾書風、鄧拓風雜文，但竟然有很多篇是不折不扣的社會批評（Social Criticism）。」[73]

一　小思（1939- ）

在「七好」中，小思「脫穎而出，是寫得最好的一位」[74]。小思，原名盧瑋鑾，另有筆名明川、盧颿。原籍廣東番禺，生於香港。一九六四年畢業於香港中文大學新亞書院中文系。一九七三年擔任日本京都大學人文科學研究所研究員。一九七八年九月任香港大學中文系助教，一九八一年以論文《中國作家在香港的文藝活動（1937-1941）》獲香港大學哲學碩士銜。一九七九年起任教於香港中文大學中文系。她從一九六五年開始，先後擔任《中國學生週報》、《星島日報》、《突破少年》和《學生時代》等報刊的專欄作者，結集出版了《豐子愷漫畫選繹》（香港：純一出版社，1976年）、《路上談》（香港：純一出版社，1979年）、《日影行》（香港：山邊社，1982年）、《承教小記》（香港：明川出版社，1983年）、《三人行》（香港：學生時代出版社，1983年）、《不遷》（香港：華漢文化事業公司，1985年）、《葉葉的心願》（北京市：中國友誼出版公司，1985年）、《彤雲箋》（香港：華漢文化事業公司，1990年）、《今夜星光燦爛》（臺北市：漢藝色研文化事業有限公司，1993年）、《人間清月》（香港：獲益出版事業有限公司，1993年）等。

小思自小至大，一直接觸古典文學，她的文字充滿古典詩詞的風味。尤其是她在《中國學生週報》上撰寫的《豐子愷漫畫選繹》，文

---

73 黃維樑：〈《七好新文集》研究（代序）〉，見《七好新文集》（香港：天聲出版社，1983年，第1版）。
74 冬馨：〈小思見深義——從《路上談》看小思散文〉，《香港文學》第3期。

字精緻，情韻動人。豐子愷是位多才多藝、風格獨特的藝術家，他以漫畫和隨筆名聞遐邇，他不僅是中國現代漫畫的開路先鋒，而且也是寫作隨筆的名家高手。他的漫畫許多是取材於古詩詞，寥寥數筆，餘味無窮。小思平時最感興趣的藝術家就是豐子愷，她自幼愛看他的漫畫，初中時讀他的隨筆，很欣賞他的為人和對天地萬物的態度。《豐子愷漫畫選繹》是以豐子愷漫畫為藍本而加以演繹發揮的隨筆小品。小思不是單純用文字為漫畫作注解、說明，而是在演繹中著力挖掘豐子愷漫畫中蘊含著的豐富深切的人生情趣，從平凡細微處寫出自己獨特的藝術感受。作者馳騁想像，揮灑彩筆：在《翠拂行人首》裡，作者把漫天塞地的離別悲情化為相思，滲入春色，一絲柳，一寸柔情。而當身處「天蒼蒼，野茫茫」的塞外漠北，氣涼風塞，萬物蕭瑟，回想江南十里春色，不禁令人感歎時光流逝的蒼涼，而往昔卻總還似殘夢一般悠長，剪不斷，理還亂，別有一番滋味在心頭。《人散後，一鉤新月天如水》只是疏疏朗朗的幾筆，卻表現了一種「此情可待成追憶，只是當時已惘然」的無奈和愁悵。小思豐富的想像力，令漫畫和文字之間流露出濃厚的人情味，而且她在隨筆中運用頗具古風的精煉文字，「縱橫上下，揮灑自如，覃思遐想，翩躚欲飛，則純然是才人本色」[75]。因此，香港學者黃繼持認為，在香港作家中，「小思又是最能承接二、三十年代中國散文傳統的一位。就其所追慕的豐子愷、夏丏尊那一路而言，寖目有青勝於藍之勢。那一種散文，五十年代以來在大陸式微；而小思於香港所接受的中國人文精神教育，卻培植了她那份溫厚誠摯而又活潑鮮妍的文學心靈，此中有『五四』以來富於理想但不捲入激進漩渦那類優秀文人的身影」，「她的筆鋒，雖未能多所刺入現代香港工商業社會的核心，卻能寫出那仍然存在於香港的中國

75　柯靈：《彤雲箋》〈序〉（香港：華漢文化事業公司，1990年，第1版）。

文化性格善良清明的一面」[76]。

　　香港專欄雜文常常取材自日常瑣事，著筆於事物細處，如果作者沒有較高的思想修養和透徹的洞察力，就很容易就事記事，就事論事，把雞毛蒜皮現炒現賣，牛溲馬勃訴之筆端，婦姑勃谿充斥紙上。高明的作者往往「靜觀萬物，攝取機微，由一粒沙子中間來看世界。所以題材不怕小，不怕瑣細，仍能表現作者偉大的心靈，反映社會複雜的現象。有時像顯微鏡，同時又像探照燈」[77]。小思的一些因物悟理的說理文，以小見大，意境深遠。如〈盆栽〉，作者寫盆栽中的植物左盤右曲，很有老樹虬枝的妙處，殊不知「恐怖和淒涼，都盡在這微妙處」：

> 樹的本身，沒有選擇姿態的機會，甚至根本不知道原來該有選擇的權利。由於慣受鐵線的擺佈，又很「自然」的跟著生長，還以為自己很自由地活著。有什麼比受了擺佈束縛，還以為很自然很自由來得更恐怖？更淒涼？萬一，樹醒覺了，要求自由，順自然姿態活下去，栽種者大可理直氣壯地說：「誰不給你們自由？生命掌握在你們手中，你絕不可能要求別人給你生存權力，自己爭取呀！何況，看來葉繁枝茂，不是活得好好嗎？水分、土壤、陽光都充足，還埋怨幹麼？」有什麼比自己不爭取生存權力，人家又說你活得十分適意，來得更恐怖，更淒涼？

小思的這篇文章，讓我們想起了龔自珍的《病梅館記》。作者將驚人的奇思包含於信口信腕、無拘無束的文字裡，用平淡的談話，包藏著

---

76 黃繼持：〈就「香港性」略談小思的《承教小記》與西維的《合金菩薩》〉，見《寄生草》（香港：三聯書店，1989年，第1版）。

77 錢歌川：〈談小品文〉，見《遊絲集》（上海市：中華書局，1948年，初版）。

深刻的意味，真可謂「一粒沙裡見世界，半瓣花上說人情」。小思以抒情的筆調、哲理的思維方式，表達她對日常生活、社會百態、人情事理的看法。她的文章除了保持一貫親切的、誠懇的、悲天憫人的風格以外，同時更流露出一種強烈的道德意識和社會責任感。因此，有論者指出：「小思對『真理』的堅持、對生活的忠誠，以及對人生世事的古道熱腸，在社會風氣日漸涼薄的氣候下，卻似是一股自流不息的清泉，擔當陶化的作用。」[78]

二　秦楚（1939-）

原名李楚君，另有筆名李默。她是一位很富感性的作家，一丁點兒跡象，都可以觸起她的思緒，由淺至深寫出耐人尋味的文字。余光中說：「她的率性，她的敏感，她的自得其樂，和一點諧趣（例如說白紙扇是白相公）等等，都是散文家難得的優點。」[79]如〈幽彩〉一文獨具匠心，寓意深刻：

> 清水中倒墨，初時作一條藍柱，漸漸本色分散，嫋嫋娜娜隨弱波浮動。可看出清與濁二色在交戰鬥爭，末了藍柱散成雲朵，欲聚欲散，有心人將杯子搖一搖，有色與無色便合成淺淡的調子。即或不必有心人，久之其濃者自身化解於更多的淡中，失去原有之形，產生兩者的合成人物。初生之犢自負其志，本來是濃墨一點，但落入社會的杯中，波濤洶湧，若果自己不夠把持之力，終於便失去原有色調，成為社會化的人，沾滿社會的面貌，入水隨彎，任圓任方任稜角的流入千萬人的海，已不分

---

78 洛楓：〈小思：《不遷》〉，見《香港文學書目》（香港：青文書屋，1996年，第1版）。

79 余光中：〈宛在水中央——讀李默的文集《蒹葭》〉，見《蒹葭》（香港：天地圖書有限公司，1984年，初版）。

　　　你我了。但珍惜其本身色調的人，努力堅持與拒抗頑石。我們
　　　便發現，死命似我行我素的貝，被波濤沖打上岸而死亡，空留
　　　下令人惋惜與觀賞的美麗貝殼，獨放幽異之彩。

作者從杯子裡墨水的融合調和，領悟到一個人在社會上如果不願隨波
逐流，想保持自我與個性，是一件多麼艱難的事啊！這篇短文有如一
幅淡淡的水墨畫，蕭散而有韻味。寥寥數筆，包蘊理趣之美；片片微
婉，別具幽深之勝。李默著有雜文小品集《衣白漸侵塵》（香港：波
文書局，1981年）、《飛躍人生》（香港：博益出版有限公司，1984
年）、《蒹葭》（香港：天地圖書有限公司，1984年）、《人面》（香港：
天地圖書有限公司，1984年）、《儷人行》（香港：山邊社，1985年）、
《女人心》（香港：華漢文化事業公司，1985年）、《皮箱雨傘》（香
港：星際出版社，1986年）、《夏日玫瑰》（香港：華漢文化事業公
司，1987年）、《滄浪》（香港：天地圖書有限公司，1987年）、《樹上
蓮》（香港：宏業書局，1988年）、《西片宣傳百科》（香港：友禾製作
事務所，1988年）、《女人私生活》（香港：友禾製作事務所，1988
年）、《試圖不文》（香港：乾惠出版事業有限公司，1988年）、《靜
物，再見》（香港：華漢文化事業公司，1989年）、《默默拈花》（香
港：專業出版社，1989年）、《美國脈絡》（香港：專業出版社，1989
年）、《性裡真真》（香港：繁榮出版社，1990年）等。

三　柴娃娃

　　　原名潘正英，抗戰期間生於福建漳州。一九四九年夏天抵港，香
港中文大學新亞書院中文系畢業。長期從事電影宣傳工作。一九六八
年開始用柴娃娃的筆名在《香港時報》副刊寫作「軟語篇」專欄，此
後還在《星島日報》、《星島晚報》、《快報》以及其他週刊月刊上，撰

寫專欄文章。柴娃娃在「七好文集」這個專欄的〈開場白〉中說：
「本來，從一顆芥子看世界，雜文也者，押押雜雜，紅塵十裡，無一
不可成題。問題是，可有如斯的才力，學力，思想力，筆力，構成一
篇『可讀性』的東西？難！」其實，柴娃娃是香港女雜文家中數一數
二的好手，她的雜文很有明清筆記那種筆調，「落筆乾淨俐落，如揮
利劍斬亂麻，教人讀來胸中濁氣頓消」[80]。她的雜文集有《娃娃集》
（香港：天聲出版社，1983年）、《第一眼》（臺北市：遠景出版事業
公司，1985年）等。

四　圓圓（1939-）

　　原名莫圓莊，另有筆名綠袖子。在廣西桂林出生，童年時代移居
香港。一九六七年畢業於香港中文大學新亞書院新聞系，先後在新聞
及傳播機構工作十多年，一九八一年起專職寫作。圓圓曾同時在《明
報》、《明報週刊》、《星島日報》、《東方日報》、《城市週刊》等報刊上
撰寫專欄，她的專欄內容既有抒發個人感想，又有針砭社會時弊，甚
至介紹外國名人生活、科學新知等等，富有趣味。圓圓著有雜文集
《瓶與殼》（香港：百業書舍，1976年）、《閒閒幾筆》（香港：明窗出
版社，1978年）、《黑白方圓》（香港：博益出版有限公司，1982年）、
《四百擊》（香港：天地圖書有限公司，1984年）、《圓氏物語》（香
港：天地圖書有限公司，1987年）等。

五　亦舒（1946-）

　　亦舒是言情小說家，但她的雜文也自成一家。亦舒，原名倪亦

---

80 何錦玲：〈望彩虹道道──《七好文集》序〉，見《七好文集》（臺北市：遠行出版
　　社，1977年，第1版）。

舒，另有筆名梅峰、依莎貝、玫瑰等。原籍浙江鎮海，生於上海，五歲時到港定居，在香港完成中小學教育。中學畢業後當過《明報》記者和電影雜誌編輯等。一九七三年赴英國曼徹斯特留學，修讀酒店食物管理文憑課程。一九七六年畢業後返港，曾任職富麗華酒店公關部、香港政府新聞處，後為專業作家。別人說亦舒的文章尖酸辛辣，她自己認為：「我的皮特別厚，心特別狠，語言特別潑辣。」亦舒的雜文集有《我之試寫室》、《豆芽集》、《自白書》、《舒雲集》、《舒服集》、《歇腳處》、《販駱駝志》、《黑白講》、《自得之場》、《退一步想》、《剎那芳華》、《無才可去補蒼天》、《豈有豪情似舊時》、《且自逍遙沒誰管》、《樂未央》、《得魚忘荃》、《意綿綿》、《說明書》、《推薦書》、《練習本》、《表態書》、《生活志》等。

六　其他女作家

「七好」的其他幾位作者也都寫出了她們多彩多姿的文章，各有不同風格。在「七好」之外，李碧華以她的尖銳筆調和鮮明感性，引起廣泛的注意。李碧華先後在《東方日報》、《明報》、《星島日報》、《快報》、《蘋果日報》、《香港週刊》、《壹週刊》、《皇冠雜誌》等報刊上撰寫專欄，著有雜文集《白開水》、《爆竹煙花》、《青紅皂白》、《鏡花》、《幽會》、《個體戶》、《江湖》、《好男人不過是一瓶好的驅風油》、《恨也需要動用感情》、《水袖》、《草書》、《泡沫紅茶》、《蝴蝶十大罪狀》等。

黃碧雲和游靜「另起爐灶」，嘗試透過獨特的、個人的精神不平衡的經驗，以文字重現一種有普遍性的集體不平衡狀態，文字充滿了新的反省和新的思考。黃碧雲畢業於香港中文大學新聞系，後往法國巴黎第一大學修讀法文及法國文化課程。曾任記者、編劇。一九八四年開始寫作，作品散見於《號外》、《博益月刊》和《良友畫報》等刊

物，著有文集《揚眉女子》、《我們如此很好》等。游靜，在香港出生長大，香港大學英文及比較文學系畢業，並獲得美國社會研究新校傳播媒體系碩士學位。曾任《電影雙週刊》編輯，開闢「閱讀都市」專欄作文化評論。著有《另起爐灶》等。

農婦、林燕妮、李洛霞、白韻琴、謝雨凝、方娥真、石貝、王璞等人，不論寫身邊瑣事，還是談社會人生，都個性活現，代表了城市女性的不同形態，顯示了香港女雜文家的創作實績。

農婦，原名孫淡寧，祖籍湖南長沙，一九二二年十二月生於上海。一九五○年移居香港，曾任《中聲報》、《明報》、《明報月刊》、《明報週刊》編輯。她的雜文集有《鋤頭集》、《水車集》、《犁耙集》、《扁擔集》、《農婦隨筆選》、《西風寄語》、《揉和著書香的浪漫》、《漁鼓歌》、《草鞋集》等。

林燕妮，一九四八年出生，原籍廣東惠州。香港真光中學畢業，十七歲時往美國加州柏克萊大學主修遺傳學。畢業後回港，曾任電視臺新聞編導、電視節目主持人等，後投身廣告行業，一九七六年與黃霑合組「黃與林」廣告公司。公餘跟隨香港大學羅慷烈教授研習元曲，獲哲學碩士學位。一九八七年底退出廣告界，專事寫作。林燕妮從一九七三年開始創作，先後在《明報》副刊、《明報週刊》等報刊上寫作「懶洋洋的下午」、「粉紅色的枕頭」等專欄。柳蘇說，林燕妮的專欄「以細膩深刻、優雅的筆觸，寫出了現代都市女性的心態，散發著女性溫柔，溫柔中又不時流露著女強人的剛強」[81]。林燕妮的雜文集有《懶洋洋的下午》、《小屋集》、《粉紅色的枕頭》、《小屋新集》、《青草地》、《燕妮之窗》、《送君千行字》、《繫我一生心》、《你知道我是誰》、《我歌我行》、《燕翻書》、《流光曲》、《林燕妮談愛情》、《林燕妮再續情緣》、《林燕妮談成功之道》等。

---

81 柳蘇：〈才女強人林燕妮〉，見《香港文壇剪影》（北京市：生活・讀書・新知三聯書店，1993年，第1版）。

　　李洛霞，原名黃珠華，江蘇太倉人，一九五二年生於香港。自中學一年級投稿獲登伊始，寫作不輟。她的雜文文字精煉，文風尖銳、潑辣，並帶有一點幽默。雜文集有《擁有月亮》、《獨腳戲》等。

　　白韻琴，筆名紅牡丹，原籍廣西桂林。曾始創電視清談節目，影響很大。她的雜文反映了香港的社會現象及自我心態。雜文集有《韻琴雜文》、《飄飄然》、《情難寫》、《白色小窗》、《白眼──細看中國新面貌》等。

　　謝雨凝，原名周落霞，廣東中山人，一九三八年出生在澳門。一九六三年定居香港，從事寫作。一九七三年開始以「謝雨凝」筆名在《大公報》寫作專欄，一九八二年至一九八五年在《晶報》寫作「紫水晶」專欄，一九八五年開始為《文匯報》寫「踏莎行」、「三稜鏡」、「陌上拾花」、「蝶雙飛」、「隨想曲」專欄，一九八五至一九八六年在《快報》合寫「五方集」專欄，一九八六年在《快報》寫作「隨意篇」專欄，一九八八年開始重寫《大公報》「信是有緣」專欄，一九九○年為《文匯報》寫作「青草地」專欄。她善於抓住生活中一瞬即逝、不為人注意的現象，挖掘出其中深刻的哲理和內涵。著有《春寒集》、《失眠夜》、《雨凝集》、《紫水晶》、《綠荷箋》、《西江月》等。

　　方娥真，筆名寥渟，一九五四年五月生於馬來西亞，原籍廣東潮陽。臺灣師範大學英語系畢業，一九八○年代初移居香港，在《明報》工作。著有《重樓飛雪》、《日子正當少女》、《人間煙火》、《寂寞一點紅》、《生命要轉入小說》、《剛出爐的月亮》、《何時天亮》等。

　　石貝，原名歐陽碧，另有筆名梁司蘭。祖籍廣東新會，出生於上海。一九八○年三月赴港定居，任診所護士。一九八五年入《明報》任編輯。一九九一年初辭去工作，赴美修讀英語和劇本寫作，一九九三年回港。一九八一年在《明報》副刊寫作「白衣集」專欄，專談醫學之事，一九八五年七月該欄易名為「清風匝地」。一九八五至一九八六年在《明報》寫作補白專欄「梁司蘭隨筆」，一九九○至一九九

四年在《天天日報》寫作「花開花落」專欄。著有《強，女人？》、
《清風匝地》、《輕移蓮步向九七》、《查爾斯頓眷戀》等。

　　王璞，筆名多多、嚴曉，一九五〇年八月生於香港。一九五一年
隨父母回大陸。曾任《芙蓉》編輯，一九八五年考入華東師大攻讀比
較文學碩士學位。一九八九年定居香港，先後在《東方日報》、《星島
日報》任編輯。一九九三年任教於嶺南學院中文系。著有《呢喃細
語》、《整理抽屜》等。

第十四章
臺灣雜文

第一節　臺灣雜文概述

　　一九四九年十二月七日，國民黨當局正式宣佈從大陸遷往臺灣。在此之前，已於八月一日在臺北草山設立了「總裁辦公室」。國民黨遷臺初期，由於在大陸潰敗所造成的危亡現實和渴望重返大陸恢復統治的政治幻夢，促使當局把臺灣當做「反共復國」的基地而進行嚴厲的政治控制。在思想文化領域，也在檢討了大陸失權的教訓之後採取一系列強化統制的政策。國民黨當局把在大陸失敗的原因之一歸咎於一九三〇年代的文藝，認為它影響了人們的思想，使共產黨得以佔領大陸。「這樣的結論，使得魯迅等三十年代中國作家作品在臺灣受到禁錮四十年的命運，也立刻將臺灣推進新的言論思想管制時代，亦即所謂的白色恐怖統治的開始。不但左翼思想的作家、作品受到清除，在所謂『戰鬥文藝』、『反共抗俄文學』的一元化文學政策下，過去三十年的臺灣新文學命脈，被強硬的切斷。」[1]

　　由於魯迅的作品屬於禁制之列，無法發生巨大的影響力，「而由他創始的評論文字轉變成報紙的專欄，所謂『方塊作家』雖在形式上有所因襲，而其戰鬥精神則顯有區別」[2]。因此，不可避免地，一九五〇年代臺灣的雜文，也被標上「反共」、「戰鬥」的色彩，充滿「殺

1　彭瑞金：《臺灣新文學運動40年》（臺北市：自立晚報社文化出版部，1991年，第1版）。

2　李豐楙：《中國現代散文選析》〈序論〉，見《中華現代文學大系・評論卷》（臺北市：九歌出版社，1989年，第1版）。

伐之聲」和「枯燥無味的口號」。而且，當時「也形成一個不斷製造口角是非的時代，有許多假藉各種名目陰損他人，攻訐異己，無奇不有的『雜文』，被冠以『專欄』的堂皇名稱」，另外，「從《新生報》副刊的戰鬥文藝開始，……他們發明以『方塊』接力的方式，在紙上和敵人戰鬥。這些『方塊』文章的特色是去頭去尾，不問事情的來龍去脈，只是主觀的認定和告知，寫起來自有相當飽滿的自信才行。……『方塊』負擔了反共文藝教育民眾的任務」[3]。

　　一九五〇年代初期，臺灣各報都設有專欄。主要的雜文專欄作家有鳳兮、茹茵、寒爵、劉心皇等。鳳兮（1919-1988），原名馮放民，江西九江人。一九四一年畢業於復旦大學經濟系。曾擔任《中央週刊》總編輯、臺灣《新生報》主筆，並主編《青年雜誌》、《幼獅文藝》等。他的創作包括雜文、散文、小說和文藝評論，其中以雜文的成績最為突出，著有雜文集《雞鳴集》、《真情集》、《逆旅之愛》、《站在高處》、《不怕說不》、《幾點螢光》、《譚薈》和《鳳兮自選集》等。茹茵，原名耿修業，在《中央日報》上寫作「茹茵專欄」，著有《茹茵散文集》、《第一筆》等。寒爵，原名韓道城，一九一七年生，河北鹽山人。十三歲起開始創作新詩和小說。一九四九年去臺灣之前曾任記者、編輯等，赴臺後任編輯，曾為《中華日報》、《徵信新聞報》、《中國時報》撰寫專欄十餘年，著有雜文集《百發不中集》、《戴盆集》、《荒腔走調集》、《望天集》、《閒文集》、《食蠅集》、《信言不美集》、《先路集》、《寒爵自選集》等。劉心皇（1915-1996），河南葉縣人。中華大學教育學系畢業。抗戰前曾任報紙編輯，抗戰後任葉縣參議員等。一九四九年去臺灣，曾任《幼獅文藝》主編等職，著有雜文集《人間隨筆》、《雲室漫筆》、《悟廬閒筆》、《帝王生活的另一面》。

3　彭瑞金：《臺灣新文學運動40年》（臺北市：自立晚報社文化出版部，1991年，第1版）。

　　何凡則是臺灣早期最資深與影響力最大的專欄作家之一。何凡（1910-2002），原名夏承楹，原籍江蘇，生於北京。一九三四年從北平師範大學外文系畢業後，就進入新聞界工作，先後擔任《世界日報》、《華北日報》和《北平日報》編輯，一九四五年開始在《北平日報》副刊撰寫「玻璃墊上」專欄。一九四八年底抵臺後，在《國語日報》從事編寫工作，並擔任《國語日報》總編輯、總主筆和《聯合報》主筆等職。他從一九五三年十二月一日開始在《聯合報》副刊重新撰寫「玻璃墊上」專欄，持續到一九八四年七月十二日，歷時三十年七個月，從未間斷，創下臺灣報紙定期專欄時間最長的紀錄，共計發表專欄文章五千五百篇，總字數五百多萬。他的寫作多是從身邊問題著手，他說：「國家大事有社論加以評析，報紙副刊專欄八九百字的篇幅，不宜寫太大或太嚴肅的題目，所以我喜歡選一般生活裡大眾關心的事來下筆。」因此，他的「玻璃墊上」專欄大抵以社會動態、身邊瑣事、讀書雜感、新知趣事為題材，信手拈來，娓娓而談。他寫電燈泡的「搖頭工業」，批評升學主義的禍害「惡性補習」，建議取消住戶門外髒臭的垃圾箱，主張改進電影院售票口的「鼠洞」，設立超級市場，實行計劃生育，減低人口壓力，保護消費者合法權益。他告訴讀者如何自信而不迷信，如何遲緩老化，延長中年，如何使老有所終，為什麼百貨公司多而無當，怎樣拒絕病從口入，怎樣改善公寓生活，怎樣做個像樣的觀光客。作家吳魯芹稱他是「最早灌輸現代化觀念，提倡改善生活素質的一人」，「『玻璃墊上』長於說小道理，說的可能是柴米油鹽的瑣碎，但是那些正是一個現代化的文明社會的基本要求」[4]。林海音則說「玻璃墊上」專欄是個「關心臺灣社會的評論專欄」，是一部「臺灣社會進化史的抽樣」[5]。

4　轉引自應鳳凰：〈「玻璃墊上」的長跑健將——何凡〉，見《何凡文集》別冊（臺北市：純文學出版社，1989年，初版）。

5　見〈林海音·何凡訪問記〉，《香港文學》1985年第1期。

　　何凡的雜文集有《不按牌理出牌》、《三疊集》、《談言集》、《一心集》、《如此集》、《這般集》、《五風集》、《十雨集》、《夜讀雜記》（上、下）、《磊磊集》、《落落集》、《人生於世》等。一九八九年十二月由純文學出版社出版的《何凡文集》，共二十五卷，收入作者「玻璃墊上」專欄的大部分文章以及刊在《國語日報》、《中央日報》、《徵信新聞報》、《中國時報》、《民生報》、《文星》、《作品》、《新時代》、《自由青年》等雜誌上的文章，共計六百萬字。何凡在大學讀的是英國文學，這使他學會了「幽默散文的高級技巧」，畢業後一直做新聞記者，又使他「具有直接間接採訪判斷事情的能力和智慧」，加上他勤於閱讀，又好交遊，於是就形成了「有見解，有根據，有情趣，有作用，雅俗共賞，長短咸宜的獨特雜文風格」[6]。

　　一九六〇年前後，由於「反攻大陸」已一再被證實是「神話」或「夢囈」，而且臺灣的社會經濟，在這一時期也獲得較快的恢復與發展，「戰鬥文藝」的弊端日益顯露。而經濟起飛，工商業發達，大眾傳播媒介普及，一般人的社會生活頓形複雜，作家一下筆往往就涉及社會百態，這就使雜文數量大增。「雜文無疑是六〇年代廣義散文最大的特色，雜文脫胎於戰鬥文藝的『方塊』丟擲，六〇年代的大小報紙幾乎相襲成風，都設有方塊專欄，何凡、彭歌、趙滋蕃（文壽）、王鼎鈞（方以直）等都有長期占有的固定地盤，宣揚他們的教義，內容之駁雜、題材之放任，兼具了雜文、散文之綜合，之中又以《自立晚報》的柏楊『倚夢閒話』，掀起的波瀾最大」[7]。此外，「憤怒青年」李敖也崛起於一九六〇年代初期，他和柏楊是臺灣影響最大的雜文作家。彭歌，原名姚朋，一九二六年生於天津。一九四九年去臺

6　梁容若：《不按牌理出牌》〈序〉，見《何凡文集》別冊（臺北市：純文學出版社，1989年，初版）。

7　彭瑞金：《臺灣新文學運動40年》（臺北市：自立晚報社文化出版部，1991年，第1版）。

灣，畢業於政治大學新聞系。歷任臺灣《新生報》總編輯、《中央日報》總主筆等職，曾在《新生報》、《聯合報》上撰寫專欄，結集出版有《書中滋味》、《青年的心聲》、《取者和予者》、《祝善集》、《筆之會》、《書的光華》、《回春詞》、《讀書與行路》、《自信與自知》、《致被放逐者》、《作家的童心》、《永恆之謎》、《猛虎行》等。趙滋蕃（1924-1986），筆名文壽，原籍湖南益陽，生於德國。十七歲回國，開始學習中文。曾進湖南大學數理系數學組學習，中間參加青年遠征軍，復員回來，改讀經濟系。旅居香港期間，擔任過亞洲出版社編輯兼《亞洲畫報》主編。到臺灣後，歷任《中央日報》主筆、中國文化大學教授、東海大學教授兼系主任等職，雜文集有《藝文短笛》、《談文論藝》、《人間小品》、《人間情趣》、《生命的銳氣》、《長話短說集》、《文壽雜文選》等。王鼎鈞，筆名方以直，一九二七年生，山東臨沂人。抵臺初期在臺灣中廣公司任職，一九六三至一九六六年曾任《中國時報》「人間」副刊主編、幼獅文化公司期刊部總編輯等職。一九七八年旅居美國。他的專欄以在《徵信新聞報》（後改名為《中國時報》）所寫的最為有名，結集出版有《文路》、《長短調》、《世事與棋》等。

　　一九六○年代，在臺灣報刊上，針對家庭、婦女與社會的關係，撰寫專欄文字，大多由女性主持，如丹扉、陳克環、薇薇夫人等，是這一時期著名的女性雜文家。陳克環（1926-1980），湖北漢口人。高中畢業後考入西南聯大外文系，因父母不放心，改進金陵女子文理學院。一九四八年冬輟學，一九四九年到臺灣。從一九五二年起，一直在桃園空軍基地工作。她原先寫作散文，寫些身邊熟悉的人和事，後來覺得沒有什麼東西好寫，便開始寫小說，寫了十幾篇小說之後，自覺毫無「前途」，「一來自己的生活體驗不夠，二來當時小說界的『性』大行其道」。恰巧此時「《中華日報》正缺方塊雜文稿，林適存先生約我寫寫雜文，我就乘風轉舵，進入方陣而樂此不疲，作品亦散

見於中央副刊及綜合性雜誌，都以雜文為主」[8]。陳克環的雜文集有
《怒瀑集》、《人生之旅》和《吐蕊集》。薇薇夫人，原名樂茝軍，一
九三二年生，安徽含山人。畢業於中國新聞專科學校，曾任華視「今
天」節目主持人、《國語日報》和《世界日報》編輯。一九六四年三
月開始在《聯合報》上撰寫「薇薇夫人專欄」，為《國語日報》撰寫
「茶話」專欄。她的雜文集有《短言集》、《關關集》、《銜泥集》、《融
融集》、《有情世界》等。

　　二十世紀六、七十年代，有一批學界中人在教學、科研之餘，也
寫起雜文，知名者如臺靜農、林語堂、梁實秋、洪炎秋、吳魯芹、傅
孝先、顏元叔、夏元瑜、張曉風等。臺靜農（1902-1990），安徽霍丘
人。抗戰前先後在北京輔仁大學、齊魯大學、山東大學和廈門大學任
教。抗戰期間赴四川，在白沙女子師範學院任中文系主任。抗戰勝利
後赴臺灣，任臺灣大學中文系教授兼系主任。著有《龍坡雜文》，「思
極深而不晦，情極哀而不傷，所記文人學者事，皆關時代運會」[9]。
吳魯芹（1918-1983），原名吳鴻藻，上海人。畢業於武漢大學外文
系。曾任教於武漢大學、貴州大學。一九四九年去臺後，任教於臺灣
師大、淡江大學、臺灣大學、政治大學等校。一九六二年以客座教授
身分赴美，在紐約州立大學、西密西根州立大學、布納德萊大學、費
萊狄金孫大學、羅德州立大學、密蘇里大學講授比較文學，並任美國
新聞總署撰述。一九八一年退休，專事寫作。著有《美國去來》、《雞
尾酒會及其他》、《師友・文章》、《瞎三話四集》、《餘年集》、《臺北一
月和》、《文人相重》、《暮雲集》等，在閒逸的話語中有豐富的智慧和
心靈的光輝，在信筆揮灑、嬉笑詼諧中見巧妙勾連和縝密嚴謹。傅孝
先，畢業於臺灣大學外文系，曾任美國威斯康辛大學英文系教授，著
有《藏書雜談》、《無花的園地》、《寒蟬與鳴蛙》，「量雖不多，但寫雜

8　陳克環：〈自傳〉，見《陳克環自選集》（臺北市：黎明文化事業股份有限公司，1980
　　年，初版）。

9　陳子善主編：《臺靜農散文選》〈編後記〉（北京市：人民日報出版社，1990年）。

文小品，而能文體純淨，句法簡練、凝重，確得雜文三昧」[10]。顏元叔（1933-2012），祖籍湖南茶陵，生於南京。一九四九年隨父母去臺灣。一九五六年臺灣大學外文系畢業，一九五八年赴美留學，獲馬克大學英美文學碩士學位和威斯康辛大學英美文學博士學位。一九六三年回臺後任教於臺灣大學外文系，歷任副教授、教授、系主任。著有《人間煙火》、《玉生煙》、《鳥呼風》、《草木深》、《平庸的夢》、《時神漠漠》、《善用一點情》、《臺北狂想曲》等，幽默嘲諷的犀利筆鋒，引人注目。夏元瑜（1913-1995），浙江杭州人。早年畢業於北平師範大學，曾留學日本東京大學和九州大學，專攻動物學。一九四七年底，夏元瑜到臺灣新竹任公務員。後辭去公職，專心做標本教具，成為著名動物標本製作專家，並在臺灣中國文化大學教授舞臺語言和其他戲劇課程。他自一九七三年才開始創作，不料反應極佳，於是一發不可收拾。著有《老生閒談》、《老生再談》、《以蟑螂為師》、《談笑文章》、《青山獸跡》、《萬馬奔騰》、《流星雨》、《生花筆》、《升天記》、《馬後炮》、《百代封侯》、《千年古雞今日啼》、《夢裡乾坤》、《現代人的接觸》等。他說自己作文要「把有益於人的學識和思想在『談笑文章』裡傳達到人心中去」，因此，他的幽默文章除了帶給讀者歡樂外，每每深含真理和知識。夏元瑜在評價外國作家奧斯勒的著作《生命的智慧》時曾寫道：「最可愛的是這本書中每個短篇全有些含義，幽默之中帶點人生哲理，跟老夫的性質十分相合。」張曉風，筆名有桑科等，原籍江蘇徐州，一九四一年出生於浙江金華，在臺灣長大。畢業於東吳大學中文系。曾任教於東吳大學、香港浸會學院、陽明醫學院。一九七三年起開始寫作雜文，雜文集有《安全感》、《非非集》、《桑科有話要說》、《幽默五十三號》、《通菜與通婚》等。臺灣學者李豐楙教授指出，臺灣報紙的副刊「近年來都已逐漸邀約專家撰

10 李豐楙：《中國現代散文選析》〈序論〉，見《中華現代文學大系‧評論卷》（臺北市：九歌出版社，1989年，第1版）。

稿，在簡潔的文字中廣泛論及文化、社會等問題，提升了方塊文字的品質，這也是順應時代的新潮流。由此亦可見臺灣的雜文逐漸走上專業化之路，是三十餘年來的一大進步」[11]。

　　一九八〇年代龍應台的崛起是臺灣雜文界的一個奇跡。在一九八四年十一月二十日以前，全臺灣幾乎沒有人聽說過「龍應台」這個名字；一九八五年十二月之後，全臺灣幾乎沒有人不知道「龍應台」三個字。一九八四年十一月二十日，《中國時報》「人間」副刊發表了她的雜文〈中國人，你為什麼不生氣〉，於是一鳴驚人，星星之火，遂成燎原之勢。「人間」副刊馬上為她開闢「野火集」專欄，供其針砭時弊，在臺灣興起一股強勁的「龍捲風」。臺灣有論者指出：「自柏楊、李敖以還，社會批評的風久不吹了，逆耳忠言的調久不彈了。宜乎龍應台登高一呼，即群山迴響，萬壑呼應。」[12]大陸學者也認為：「她的揭示和抨擊，是那麼無情，那麼犀利，那麼不遺餘力。客觀上，這是對魯迅先生改造國民性的歷史貢獻的繼承和延續。從六〇年代，到七〇年代，到八〇年代，柏楊、李敖、龍應台等臺灣作家，以他們的雜文，堅定、果敢地參與我們中華民族革故鼎新的深刻變革。時間將對他們的努力給予應有的認同。」[13]

　　但是，在一九八七年臺灣宣佈解嚴，並開放黨禁與報禁後，「關懷政治、批評社會」的雜文反而失去了轟動效應，正如余光中所說：「在言論禁忌的時代，此類作品難以刊登，但是到了百無禁忌的時代呢，壓力既除，反彈力也相對減弱了。回力球，要在有牆壁的空間才會反彈出回聲。」[14]

---

11 李豐楙：《中國現代散文選析》〈序論〉，見《中華現代文學大系·評論卷》（臺北市：九歌出版社，1989年，第1版）。

12 張國財：〈評龍應台的社會批評——野火集〉，《民眾日報》1986年5月24日。

13 楊際嵐：〈烏鴉之聲——龍應台雜文印象二三〉，《湖南文學》1988年第5期。

14 余光中：《中華現代文學大系（臺灣1970-1989）》〈總序〉（臺北市：九歌出版社，1989年，第1版）。

第二節　錢歌川、洪炎秋、梁實秋、林語堂的雜文

　　錢歌川、洪炎秋、梁實秋、林語堂都是現代知名的雜文家，到臺灣後，他們的創作，持續產生深遠的影響。

一　錢歌川（1903-1990）

　　原名錢慕祖，另有筆名味橄等，湖南湘潭人。早年留學日本高師，一九二六年回國，在長沙明德等中學任教。一九三〇年任上海中華書局編輯，並兼《新中華》雜誌主編。一九三六年至一九三九年留學英國倫敦大學，歸國後任武漢大學教授。抗戰勝利後，出任中國駐日代表團主任秘書。一九四七年受聘赴臺，先後任教於臺灣大學、成功大學、海軍官校、陸軍官校、高雄醫學院，曾擔任臺灣大學文學院院長等職。一九六四年前往新加坡，擔任義安學院教授。一九七二年退休，加入美國籍，移居紐約。錢歌川自從一九二五年在上海開明書店的綜合刊物《一般》上發表文學作品，開始躋身文壇，數十年來，一直筆耕不輟，成績斐然。去臺灣前結集出版了《北平夜話》、《詹詹集》、《流外集》、《觀海集》、《偷閒絮語》、《巴山隨筆》等散文隨筆集，這些作品取材廣泛，內容博雅，或談天，或論人，或說世故，或講女權，語言生動，文筆流暢，趣味雋永，被認為具有英國隨筆的閒散、淵博、雋永的風韻。

　　一九五〇年代臺灣的雜文作者主要是以新聞報刊編輯為主，「有人應和『反攻』、『光復』，眷戀消殞的往昔，亦有人夢遊故園，望斷歸程。有人當仁不讓自詡『衛道士』，竭誠竭忠地維護子虛烏有的『法統』，亦有人憫恤民眾疾苦，義無反顧地『替天行道』，『為民請命』」[15]。但錢歌川的創作卓然逸出一枝，獨具風格。他在臺灣期間，

15　楊際嵐：〈臺灣當代雜文掃瞄〉，《臺港文學選刊》1993年第8期。

出版了《遊絲集》、《淡煙疏雨集》、《三臺遊賞錄》、《蟲燈纏夢錄》、《竹頭木屑集》、《狂簪集》、《搔癢的樂趣》、《罕可集》等。他自稱「這些雜文，取材既散亂，內容也斑駁。……以立意論，小則如一雞一犬之微，大則如國家治亂所繫。信筆所之，隨感而錄」[16]。他的文章依然保持早期隨筆那種隨便自然、詼諧幽默、輕鬆活潑的絮語風格。錢歌川是著名的翻譯家，深知翻譯的甘苦，他十分贊成嚴復所說的「譯事三難信達雅，求其信已大難矣」，認為從事翻譯工作應該像嚴復那樣「一名之立，旬月踟躕」般認真，否則難免譯而不信，差之毫釐，失之千里。他在〈譯事鉤奇〉一文中談到外國漢學家曾有過的「失信」：

> 白居易作薔薇詩有「薰籠亂搭繡衣裳」，後宮詞又有「斜倚薰籠坐到明」的句子，其中「薰籠」一辭，是薰爐上加上一個籠子，實際上就是指的火爐，不是爐裡常燒的香料，所以梁簡文帝說，「蘭膏盡更益，薰爐滅後香」，陸遊說，「薰籠香冷換春衣」。白詩說的「斜倚薰籠」是說宮女幽居後宮，得不到君王的寵幸，常靠在爐子上取暖，一直坐到天明。我記不清楚是介爾斯，還是華萊，還有另外一位，竟把白居易後宮詞中的薰籠，譯作屏風了，他沒有想到靠在屏風上，如果睡熟了，豈不會把屏風推倒而使那位宮女跌倒？女人的力量連城牆都可以推倒（有位漢學家把「傾城」譯成推倒城牆），難道屏風推不倒嗎？

錢歌川的文章不僅充滿風趣，莊諧雜出，而且在笑聲中隱含警戒諷世的意味，在幽默中帶有一定的思想鋒芒。他在談論雜文作者時曾

---

16 錢歌川：《遊絲集》〈後記〉（上海市：中華書局，1948年，初版）。

指出：「他那些冷語閒言，似乎無關重要，雖是輕描淡寫，卻也意味深長，使讀者不經意中，都受到他的影響，所以結果常能改善人間的弱點，矯正社會的陋習，甚至大有補於世道人心呢。」[17]如在《吹拍的故事》中，作者指出，拍馬的方式很多，而目的也很不一致，有的志在報仇復國，像越王勾踐嚐吳王夫差之糞便；有的為求士卒效死，像吳起為部下吮疽；有的只是忠於其主，像介子推割股療饑；也有的是為謀求日後的利益，而投合人之所好，使人衷心喜悅，不疑有他：

> 例如曾國藩平生以誠自許，什麼他都可以忍受，如果有人說他不誠，他便要恨之入骨。有位朋友知道了曾公的這一弱點，便認為有機可乘了。他去進謁曾公，相與暢談天下事，最後把話題轉到當代人才上，便說：「今之在位者不患無才智，而患不誠，左季高有才而不誠，李少荃有膽而不誠，胡潤芝有識而不誠……」他還沒有講完，曾公急於要問：「我何如？」那人回答說：「如公者，純乎誠者也。」曾問：「何謂誠之純者？」那人解釋說：「誠至他人不忍欺，則可謂純矣，如公得之。」這米湯把曾國藩灌得迷糊了。他大喜之下，即付銀二十萬，要那人去代辦軍糧，誰知那人獲得銀子之後，即鴻飛冥冥，失其所在。曾公到處找不到他，只得連呼：「人不忍欺，人不忍欺！」

錢歌川這類談論人性弱點、針砭社會時弊的雜文，正如他在雜文集《竹頭木屑集》的後記中所說，如果「加以善用的話，也未嘗不足以效尺寸之用，而有助於世道人心」。

---

17 錢歌川：〈談小品文〉，見《遊絲集》（上海市：中華書局，1948年，初版）。

二　洪炎秋（1902-1980）

　　原名洪槱，字炎秋，後以字為名，臺灣彰化人。自幼接受傳統教育，善作詩文。一九一八年到日本留學。一九二二年隨父遊歷中國大陸，一九二三年考入北京大學預科，一九二五年升入大學部教育系。一九二七年與同在北京學習的臺灣青年張我軍等人創辦《少年臺灣》雜誌。一九二九年畢業後赴河北省教育廳任職。一九三一年起在北京大學農學院教授日文，同時還在一些私立大學講授教育學和國文。在此期間與周作人相識，時常到八道灣的苦雨齋去請教。他說：「周先生寫的文章，我差不多篇篇讀過，他出的文集，也幾乎本本必買，親炙的次數，也不算少。」[18]「七七事變」發生後，洪炎秋奉命擔任農學院留北京財產保管委員。抗戰勝利後曾擔任北京「臺灣同鄉會」會長。洪炎秋於一九四六年五月返回臺灣，曾任臺中師範校長。一九四七年「二・二八」事件後被撤職，同年九月轉任臺灣省國語推進委員會副主任。一九四八年兼任《國語日報》社社長，並受聘為臺灣大學中文系教授。洪炎秋的創作以雜文著稱，一九五九年以來，結集出版了《雲遊雜記》、《廢人廢話》、《又來廢話》、《教育老兵談教育》、《忙人閒話》、《淺人淺言》、《閒人閒話》、《常人常談》、《洪炎秋自選集》、《讀書和作文》、《老人老話》等。

　　洪炎秋的雜文內容自社會時事至家庭瑣事，無所不談。〈談貪污〉、〈從清貧談起〉、〈向清富邁進〉、〈談強迫退休〉、〈老人的處置〉、〈致某推事函〉，談論的是社會熱點問題，文筆犀利中透平和，幽默中帶諷諫；〈閒話語言〉、〈閒話文字〉、〈閒話國語〉、〈閒話辭典〉、〈漫談隨筆〉、〈教書匠的祖師爺──孔子〉，閒話的是文化教育問題，文章熔鑄作者的經驗、思想和學養，充滿書卷氣；〈馭夫術〉、

---

18 洪炎秋：〈我所認識的周作人〉，見《洪炎秋自選集》（臺北市：黎明文化事業股份有限公司，1977年，再版）。

〈告子敏一狀〉、〈婚禮致詞〉、〈餵得他飽〉、〈與楊金虎市長談婚姻〉、〈禦夫術 ABCDE〉，用遊戲的筆墨調侃生活，既詼諧又認真，顯示名士味。臺灣評論家認為他的雜文題材和某些內容，接近於周作人的風格，論古道今，談天說地，自成一格。如〈閒話鮑魚〉一文，作者引經據典，侃侃而談：

鮑魚古書均作「鰒」，又名「石決明」，未有用「鮑」者。廣志說：「鰒無鱗，有殼，一面附石，細孔雜雜，或七或九，案其孔至十二而止，即本草之石決明。」鰒字的念法，據前漢書顏師古注：音電。電和鮑音相近，後世或即由此而訛為鮑歟？古書所用鮑魚這個名字，是指鹽漬腥臭的醃魚而言，所以家語說：「與不善人居，如入鮑魚之肆，久而不聞其臭。」《史記》〈秦始皇本紀〉也載：「始皇崩於沙邱，李斯恐有變，秘不發喪，會暑，上輴車臭，乃詔從官，令車載一石鮑魚，以亂其臭。」由此看來，古人所說的鮑魚，自必腥臭不堪，不然，家語何以取為標準臭味？李斯何用做混淆死屍氣味的材料？可見古人所說的鮑魚，和今日所說的鮑魚，絕不相同。今日所說的鮑魚，實乃鰒魚，鰒魚風味醇腴，所以王莽用以佐酒解悶，曹操儲以祭祀祖先，若鮑魚乃是個不值錢的臭東西，《國語》謂：「鮑魚不登俎豆」，就是這個原因。現在把鰒魚訛為鮑魚，未免唐突太甚。孟子說：「西子蒙不潔，則人皆掩鼻而過之。」今鰒魚而蒙鮑魚這個臭名，其不使古人辟易退避三舍者，幾希矣。不過世間美物而蒙惡名的，所在皆是，正不獨鮑魚為然，故亦無須特別替它難受也。

洪炎秋的雜文深刻而有味，作者在娓娓閒談中漫說知識，徵引典故，情趣盎然。他的文章是「一個學識、修養、經驗都極其豐富的至

人的精神蓄積的自然反映，所以才能夠富有詩趣，才能夠具備有『雲無心以出岫』的自然，『柔條紛冉冉，落葉何翩翩』的閒適，『落花流水窅然去，別有天地非人間』的奧妙」[19]。

三　梁實秋（1903-1987）

　　一九四九年到臺灣，歷任臺灣師範大學教授、臺灣大學教授、臺灣編譯館館長。他學貫中西，著作等身。在臺灣期間，除了翻譯出版《莎士比亞全集》三十七卷和撰寫煌煌三卷本《英國文學史》外，還創作了大量「雅舍小品」式的雜文，結集為《秋室雜文》、《雅舍小品續集》、《雅舍小品三集》、《雅舍雜文》、《實秋雜文》、《雅舍小品四集》等。梁實秋的雜文小品，往往著眼於極平常的人情世態，經由他富有洞察力的眼光、睿智的頭腦與詼諧幽默的機智所綜合熔鑄出來，充滿真知灼見。如〈談友誼〉，這是古往今來許多文人墨客筆下常見的論題，梁實秋憑藉自己豐富的歷史知識和人生體驗，在文章中傳達出對友誼的真實感受和獨特見解。作者談到古今中外的聖人賢哲對交友的注重，談到古代傳說中曾有過的「刎頸交」那樣的美談，而對照現實，不禁令人感歎不已：「如有銀錢經手的事，你信得過的朋友能有幾人？在你蹭蹬失意或疾病患難之中還肯登門拜訪乃至雪中送炭的朋友又有幾人？你出門在外之際，對於你的妻室弱媳肯加照顧而又不照顧得太多者又有幾人？」甚至於「平素投桃報李，莫逆於心，能維持長久於不墜者，又有幾人？」幾個連續反問句，披露出現實社會中的世態炎涼、人情冷暖。文章欲揚先抑，友誼固然難得，但人生在世，誰都需要朋友的，只不過交友要有界限，大抵物以類聚，人以群分。作者認為真正的友誼應該做到「君子之交淡如水」，「與朋友交，

19　洪炎秋：〈漫談隨筆〉，臺灣《純文學》1967年1月創刊號。

久而敬之」，只有這樣，才能維持友誼地久天長，金石同堅，永不退轉。文末點明意旨：「共用快樂，比共受患難，應該是更正常的友誼中的趣味。」作者強調了友誼之樂是積極的，言近旨遠，精警不俗。文中所表現出來的冷雋智慧和溫煦胸懷，使我們如見其人，如聞其聲。

梁實秋在雜文中談時間、年齡、代溝，談飲酒、吸煙、喝茶，談書法、對聯、圖章，談懶、饞、髒，在平淡而實則是許多人都曾關注或身歷的事情中，表現出作者的秋毫之察、哲人的通達之見和智者的幽默與雍容。由於梁實秋知識淵博，閱歷豐富，生性幽默，故往往在談論慣見的物事中能充分挖掘其理趣、物趣：

> 舊的東西大抵可愛，唯舊病不可復發。諸如夜郎自大的脾氣，奴隸制度的殘餘，懶惰自私的惡習，蠅營狗苟的醜態，畸形病態的審美觀念，以及罄竹難書的諸般病症，皆以早去為宜。舊病才去，可能新病又來，然而，總比舊痾新恙一時併發要好一些。最可怕的是，倡言守舊，其實只是迷戀骸骨；唯新是鶩，其實只是摭拾皮毛，那便是新舊之間兩俱失之了。（〈舊〉）

> 錢這個東西，不可說，不可說。一說起阿堵物，就顯得俗。其實錢本身是有用的東西，無所謂俗。或形如契刀，或外圓而孔方，樣子都不難看。若是帶著斑斑綠鏽，就更古樸可愛。稍晚的「交子」、「鈔引」以至於近代的紙幣，也無不力求精美雅觀，何俗之有？錢財的進出取捨之間誠然大有道理，不過貪者自貪，廉者自廉，關鍵在於人，與錢本身無涉。像和嶠那樣的愛錢如命，只可說是錢癖，不能斥之曰俗；像石崇那樣的揮金似土，只可說是奢汰，不能算得上雅。俗也好，雅也好，事在人為，錢無雅俗可辨。（〈錢〉）

　　梁實秋的文章機智閃爍，諧趣迭生，風趣中不失仁藹，諧謔中自有分寸。他常常將人生中的荒唐拙陋、虛榮乖謬、得失成敗，通過簡潔傳神的語言加以淋漓盡致的表現，惹人發笑，但同時也有所會心。

四　林語堂（1895-1976）

　　自一九三六年赴美，一直從事教學及英文著譯。一九六四年，中央通訊社社長馬星野約請林語堂為該社專欄撰稿人。林語堂說：「中文寫作此調不彈已三十年。馬先生給我這個好機會，復歸舊業，不免見獵心喜，欣然答應。」於是，自一九六五年二月十日開始，林語堂為「中央通訊社」撰寫「無所不談」專欄。一九六六年六月，林語堂由美返回臺灣定居。從一九六五年至一九六七年三年間，林語堂共寫作一百八十篇，分別於一九六六年和一九六七年結集為《無所不談》一、二集。一九七四年十月，由他親自校勘定本的《無所不談合集》由臺灣開明書店出版，這書是他晚年雜文創作的集大成者，文字輕鬆幽默，莊諧並出，已沒有早年雜文創作中那種「浮躁淩屬」之氣了。

　　林語堂在《無所不談合集》的序言中說：「書中雜談古今中外，山川人物，類多小品之作，即有意見，以深入淺出文調寫來，意主淺顯，不重理論，不涉玄虛。」作者論西洋理學、論赤足之美、論泥做的男人、論中外之國民性、論東西思想法之不同、論解嘲、論幽默、論情、論趣、論利，說誠與偽、說雅健達、說新舊文學之不同、說伏爾泰與中國迷、說紐約的飲食起居、說鄉情、說晴雯的頭髮兼論《紅樓夢》後四十回，記農曆元旦、記鳥語、記身體總檢查、記買東西、記遊臺南、記蔡子民先生、記大千話敦煌、記紐約釣魚，文中充滿了「天真與固執、坦率與誠懇、博學與深思」（徐訏語）。如《論赤足之美》，作者漫筆寫來，海闊天空，談笑裕如，情趣橫生。文章先從道學家曲解《詩經》中的情歌〈關關雎鳩〉為歌頌文王后妃「不妒忌」

的美德，神學家曲解《聖經》中所羅門王的情歌，談到日月潭山胞阿
美族赤足的舞蹈，又由如何評價赤足談及中西文化的差異，最後作者
才正面論述赤足的美：「赤足之快活靈便，童年時的快樂自由，大家
忘記了吧！步伐輕快，跳動自如，怎樣好的輕軟皮鞋，都辦不到，比
不上。至於無聲無臭，更不必說。虎之爪，馬之蹄，皆有極好處在。
今者天下之伯樂，多矣。由是束之縛之，敲之折之，五趾已失其本
形，腳步不勝其龍鍾，不亦大可哀乎？」

　　林語堂曾是幽默小品的積極提倡者，他認為幽默有的是酸辣，有
的是和緩，有的是鄙薄，有的是同情，有的是片語解頤，有的是基於
整個人生觀。只要用輕快筆調寫出，無所掛礙，不作濫調，不忸怩作
道學醜態，不求士大夫之喜譽，不博庸人之歡心，自然幽默。他晚年
的雜文仍保持機智幽默的風格，文章中不乏妙語如珠。如〈看見碧姬
芭杜的頭髮談小品文〉，他把小品文比作法國影星碧姬芭杜的一頭亂
髮：「女人的頭髮，照道理講，照傳統言，應是光滑奪目，鬖鬖生
彩。但是法國人發明這亂髮妝，自有他的道理。似散亂而實整齊，似
隨便偶然，而實經過千方計慮、百般思量剪裁而成的，貌蓬鬆，而實
至頤而不可紊。這就像一篇文章。」又如〈說紐約的飲食起居〉，他
趣解「民主」與平等：「住在紐約的中國太太喜歡紐約，成為宇宙之
謎。始而百思不得其解，用心思維，才恍然大悟。沒有問題，這奧妙
在於『你自己來』四字，西文所謂 do it yourself。中國太太住紐約，
生活比較簡單，比較獨立，比較自由。要洗衣服，你自己來，何等簡
單；要買菜，你自己來，何等獨立；要燒飯請客，你自己來，不仰他
人鼻息，何等自由；要擦皮鞋，你自己來，這是何等自力更生。聽人
家說，這就是人類平等，『德謨克拉西』。」

第三節　柏楊和李敖的雜文

　　柏楊和李敖是臺灣雜壇的雙璧。他們開始寫作雜文的時代，正好處於臺灣軍事戒嚴的特殊歲月。他們都因為激烈地批評臺灣當局和傳統文化的負面而入獄，出獄後又更加激烈地批評臺灣當局和傳統文化的弊端，在海內外產生了深遠的影響，為臺灣當代雜文發展寫下了熠熠生輝的一頁。

一　柏楊（1920-2008）

　　原名郭立邦，後改名郭衣洞，河南輝縣人。一九三七年抗戰爆發後，正在開封讀高中的他投筆從戎，考取河南省軍事政治幹部訓練班。一九四二年考取蘭州大學法律系，一九四三年休學。一九四四年由教育部分發東北大學政治系三年級，一九四六年畢業後擔任瀋陽《東北青年日報》社長、遼東學院副教授。一九四九年抵臺灣，歷任中學教員、中國青年反共救國團副組長、成功大學副教授、《自立晚報》副總編輯、臺灣藝術專科學校教授等。一九五〇年起，他以郭衣洞的本名從事小說創作，為寫作生涯之始。一九六〇年以柏楊的筆名在《自立晚報》上撰寫「倚夢閒話」專欄，這是他雜文創作之始，一九六二年又在《公論報》上寫作「西窗隨筆」專欄。這兩個專欄的雜文於一九六二年七月至一九六八年一月期間結集為《玉雕集》、《怪馬集》、《堡壘集》、《聖人集》、《鳳凰集》、《高山滾鼓集》、《道貌岸然集》、《紅袖集》、《前仰後合集》、《神魂顛倒集》、《鬼話連篇集》、《大愚若智集》、《聞過則怒集》、《立正集》、《越幫越忙集》、《心血來潮集》、《蛇腰集》、《剝皮集》、《死不認錯集》、《牽腸掛肚集》等出版。

　　由於柏楊在雜文中敢於針砭時弊，揭露官場黑暗，痛斥傳統文化中的病態部分，使他為當局所記恨。一九六八年三月七日因「大力水

手漫畫」事件，被司法行政部調查局逮捕入獄，以「挑撥人民與政府
間感情」、「共諜」和「侮辱元首」的罪名起訴，被判處有期徒刑十二
年，開除國民黨黨籍。在獄中，柏楊埋頭整理中國歷史的史料，先後
完成三部書稿：《中國人史綱》、《中國帝王皇后親王公主世系錄》和
《中國歷史年表》。一九七七年四月一日經海內外人士和國際特赦組
織多方營救，始被釋放。

　　柏楊出獄後，被聘為中國大陸問題研究中心研究員，調查局勒令
他約法三章：不准提往事、不許舊調重彈、不能暴露臺灣社會的陰
暗，方准許他繼續寫作雜文。柏楊在《中國時報》上開闢「柏楊專
欄」後，有人批評他的文章跟過去不一樣，沒有從前那麼激烈，他解
釋道，即使寫出火辣文章，哪一家報紙敢刊登？柏楊說：「對社會上
一些病態和不平的現象，我們當然要攻擊，而且要它們消滅、絕跡。
可是，最重要的，還是要找出它的根。」「在經過不同的歷練後，我
慢慢成長，終於發現我所追求的，並值得我獻身的，只有民主、自
由、法治、人權。因為只有走這條路，中國才能得救。……我覺得我
愛這個國家，我有好多的話要說。」[20]因此，他的寫作始終圍繞著一
個主題旋轉，那就是二十世紀的兩大問題——人權和人道。從一九七
八年開始，他又陸續出版了雜文集《活該他喝酪漿》、《按牌理出
牌》、《大男人沙文主義》、《早起的蟲兒》、《踩了他的尾巴》、《醜陋的
中國人》、《帶箭怒飛》、《中國人，你受了什麼詛咒！》等。

　　一九八一年夏天，柏楊赴美國三藩市參加世界詩人第五屆年會，
他在洛杉磯、紐約等地發表演講，以「中國的醬缸文化」為內容，造
成華人社會的強烈震撼。一九八四年，柏楊應邀赴美國參加愛荷華大
學國際作家寫作計畫。他於九月二十日在愛荷華大學作了「醜陋的中

---

20 李寧：〈早起的蟲兒——與柏楊談敏感問題〉，見王強編：《早起的蟲兒——柏楊雜文
　　選》（西安市：華嶽文藝出版社，1988年，第1版）。

國人」的演講，他說：「我在臺灣三十多年，寫小說十年，寫雜文十年，坐牢十年，現在將是寫歷史十年，平均分配。為什麼我不寫小說了？我覺得寫小說比較間接，要透過一個形式，一些人物，所以我改寫雜文。雜文像匕首一樣，可以直接插入罪惡的心臟。」在這個後來又在美國許多地方發表的演講中，柏楊分析中國人有高貴的品質，但是為什麼幾百年以來，還不能使中國脫離苦海，那是因為「中國傳統文化中有一種過濾性的病毒，使我們子子孫孫受了感染，到今天都不能痊癒」，他具體介紹了中國人「醜陋的特徵」：髒、亂、吵、窩裡鬥，喜歡講大話、空話、假話、謊話、毒話，性格的絕對自卑與絕對自傲，沒有獨立思考的能力，什麼都是和稀泥，沒有是非標準。因此，他把中國文化比成「醬缸」，「醬缸發臭，使中國人變得醜陋」。他的這一番話用語尖刻，多有誇張，不僅在海外華人中，而且在海峽兩岸的中國人中，都引起了很大爭論，贊同者稱他「給我們一個深深反省的機會（不是閉門思過），的確，我們聽太多奉承的話了，我們需要這樣的棒喝」！反對者痛斥柏楊「處心積慮地，用種種東拉西扯的瑣碎現象，來詆毀自己的同胞」。其實，柏楊正是基於「我愛吾國，愛之切，故責之也苛」的心理，他說：「敢於正視現實是成熟的表現。⋯⋯中國人太愛講面子，不敢照鏡子。臉上有疤，決不會因為不照鏡子就會消失。一個民族，一個人，只要有敢於正視自己缺點的健康心理和健全人格，就會有希望。一個社會只有一種聲音是可怕的」[21]。

　　柏楊自一九八三年起，著手將《資治通鑑》譯成現代語文，這套「柏楊版資治通鑒」共有七十二冊。大陸雜文家牧惠認為，「他在這套書裡長長短短的冠以或不冠以『柏楊曰』的評語，我覺得，把它們當做雜文讀也未嘗不可。它應當是柏楊雜文的一個組成部分」，因此，牧惠選擇將部分評語整理成一冊《柏楊鑒古錄》出版，「在這些

---

21 見江迅〈秋聲故里行，論文話平生〉，《文學報》1988年11月3日。

評語中，像在雜文裡所表現的那樣，他對中國漫長的封建社會所帶來的種種弊端一有機會就加以抨擊。……他有些評語當然可以挑剔，甚至可以說是根本錯了，但是，柏楊是一個愛國者，他的分析，是他認真觀察社會和考察歷史得出的結果，至少是很有參考價值的一家之言」，「或作為雜文讀，或作為史論讀，都大有裨益」[22]。

柏楊的雜文內容極其廣泛，歷史、文化、社會、生活，無所不談。表面上行文輕鬆隨便，甚至語涉不經，而實際上卻往往離不開針砭時弊，揭露黑暗，抨擊畸形道德和醜惡人性。他說過：「雜文的力量匯集在一起的時候，匕首就成了長矛，我們的長矛不是殺開一條血路，而是挑起一盞明燈，大踏腳步，闖入黑暗，驅逐黑暗，使光明得以普及。」[23]在他犀利的筆鋒下，那些強姦民意、「各刮鈔票幾十年」的「闊（國）大代表」和「立發（法）委員」，一抓權、二抓錢的特權人物，只為有錢有勢的人服務、對窮苦老百姓則消極地不理和積極地修理的警察，喪失民族自尊心、一味媚外的「官崽」和「西崽」等可憎可鄙的對象以及墮落的社會道德、落伍的政治觀念、萎縮的學術文化和勢利眼、奴性心理、權詐、諂諛、泥古、保守、作偽等國民劣根性，都得到有力的諷刺和無情的攻擊。柏楊的雜文文筆恣縱，潑辣幽默，見解奇警而深刻，他以「最不嚴肅的方式」，表達「最嚴肅的思想」。如〈盡可能少開會〉，他談到開會本來是民主政治最主要的方式，可是在臺灣，開會演變成一言堂的「精神訓話型」和不負責任的「危險分擔型」，根本解決不了任何問題，「於是，二抓牌大小官崽，整天就有開不完的二型會，別看他閣下其蠢若牛，一旦開起會來，就如魚得水，口若懸河，這也有意見，那也有主意，結果時間全浪費掉，表面上每天急急如喪家之犬，忙忙如漏網之魚，一個個『為國

22 牧惠：《柏楊鑒古錄》〈前言〉（長沙市：湖南文藝出版社，1988年，第1版）。

23 柏楊：〈序《臺灣是誰的家——現實批判》〉，《民眾日報》1986年9月23日。

家、秉忠心、報皇恩』，可是等到真正有公事找他時，他卻不見啦」。
因此，為了治療這種空話連篇的弊病，作者煞有介事地建議：「與會
人士，一旦起立發言，就有工友同志出現，把他的一條腿綁在另一條
腿上，或者索性後屈而綁到屁股上，如果閣下講著講著，站立不穩，
忽冬一聲，栽倒在地，旁邊護士擔架早已準備妥當，立刻抬到急救
室，不由分說，照屁股上就是一針維他命丙。嗚呼，為啥要維他命丙
乎？據說維他命丙注射時有奇痛，就是取其奇痛也。」雜文家馮英子
讀了柏楊的雜文後認為：「他的雜文，就我所能看到的是寫臺灣的現
實，講中國之泛論，對我國文化傳統的缺點，對我們國民中存在的問
題，洞若觀火，立論又嚴於斧鉞，應是雜文中的佳品。」「他的論點
之深刻、尖銳，在當代中國的雜文是居於前列的。」[24]

二　李敖（1935-2018）

原籍吉林扶餘，出生於黑龍江哈爾濱。一九三七年隨家人搬到北
平。一九四九年四月全家遷居臺灣，李敖進入臺中一中讀書。他在中
學時代即對「中央集權，整齊劃一」的教育制度不滿，讀高一時，他
在《學生》雜誌上發表了〈杜威的教育思想及其他〉，對杜威的「進
步教育」理論有著「極強烈的憧憬」。李敖因反感臺灣中學教育制
度，高三只唸了十幾天，便休學在家廣泛讀書。一九五四年夏，李敖
考入臺灣大學法律專修科，一九五五年六月自動休學，不久重新考入
臺灣大學歷史系。一九五九年畢業後開始服預備役。一九六一年二月
退役，同年夏考入臺大歷史研究所。正是在這個時候，李敖和《文
星》雜誌，發動了一場中西文化論戰。

---

24 馮英子：〈柏楊和他的雜文〉，見《馮英子雜文選》（上海市：華東師範大學出版社，
　　1992年，第1版）。

　　《文星》雜誌創刊於一九五七年十一月十五日，原來由何凡任主編，他以「生活的、文學的、藝術的」為刊物宗旨，希望「這本雜誌能啟發智慧並供給知識，使讀者讀後不至於感覺毫無所得」[25]。儘管《文星》標榜「不按牌理出牌」，有意步《新民叢報》、《新青年》、《新月》後塵，「來嚮導一代文運的星宿」，但是它的內容卻「很像美國新聞處辦的《今日世界》，以報導新知或誰跳多高誰跑多快為主」[26]。自從一九六一年十一月李敖在《文星》發表〈老年人和棒子〉一文開始，他的大量文章頻頻出現在《文星》上，從此，「文星主張中國走現代化的道路，它的自由、民主、開明、進步、戰鬥等鮮明色彩，表現在文星雜誌上、文星叢刊上、文星集刊上，……文星為中國思想趨向求答案」[27]，《文星》的宗旨也改為「思想的、生活的、藝術的」，成為臺灣一個引人注目的刊物。

　　李敖在《文星》上發表〈給談中西文化的人看病〉、〈我要繼續給人看看病〉、〈中國思想趨向的一個答案〉等文章，以「全盤西化」的觀點對中國傳統文化的消極面進行了猛烈的抨擊，他列舉三百年來中西文化衝突的歷史事實後，集中批評了中國文化的保守性和狹隘性導致了中國人落後的群體性集體意識。李敖認為，這種落後的群體性集體意識具體表現在：一、義和團病，二、中勝於西病，三、古已有之病，四、中土流行病，五、不得已病，六、酸葡萄病，七、中學為體西學為用病，八、東方精神西方物質病，九、挾外自重病，十、大團圓病，十一、超越前進病。而病因則是：「泛祖宗主義」、「淺嘗即止的毛病」、「和經濟背景脫節」以及「不了解文化移植的本質」。李敖

25　何凡：〈不按牌理出牌──《文星》代發刊詞〉，見《何凡文集》卷二十五（臺北市：純文學出版社，1989年，第1版）。

26　李敖：〈《文星雜誌》哀辭〉，見《戰鬥·禁書·K》（臺北市：四季出版公司，1983年）。

27　李敖：〈提升文星的一個回憶〉，見《李敖自傳與回憶》（北京市：人民文學出版社，1990年，第1版）。

主張「一剪剪掉傳統的臍帶」「死心塌地學洋鬼子」,「向那些現代化國家來學,直接的學,亦步亦趨的學,惟妙惟肖的學」。李敖的這些言論包含了濃厚的民族虛無主義的色彩,他完全迴避傳統文化的優秀成分,這種以偏概全的態度在社會上掀起了軒然大波。其實,李敖說過:「我所謂『全盤西化』只是充分地世界化、現代化,並非百分之百,這是語言在運用時無可避免的限制。就這個觀點來說,從傳統而來的東西如果可以保留,我們就應該保留。」[28]因此,透過中西文化論戰的交鋒,「它的背後,實際上反映了當時環境下臺灣以李敖為代表的一部分青年知識分子反叛權威、對建立一個適合於現代生活的新文化的追求和努力」[29]。

　　李敖在抨擊傳統文化的弊端的同時,借古喻今,指斥國民黨政治上的保守性,他從否定傳統繼而發展到否定「道統」,隱隱發出「換馬」的呼聲。顯然,李敖的這些言論已觸及到國民黨統治的敏感部分。一九六五年十二月,李敖在《文星》發表〈我們對國法黨限的嚴正表示〉後,國民黨當局終於下令封閉《文星》雜誌。一九六七年,高等法院首席檢查官指令偵辦李敖,並以「妨害公務」罪名提起公訴。一九七一年三月十九日,李敖被捕入獄。一九七二年以「叛亂」罪被判刑十年。李敖這一時期的雜文收在《傳統下的獨白》、《歷史與人像》、《胡適研究》、《為中國思想趨向求答案》、《文化論戰丹火錄》、《教育與臉譜》、《上下古今談》、《閩變研究與文星訟案》、《孫逸仙和中國西化醫學》、《烏鴉又叫了》、《兩性問題及其他》、《媽離不了你》、《李敖寫的信》、《也有情書》、《傳統下的再白》、《孫悟空和我》、《不要叫罷》等集子裡。

　　一九七六年十一月李敖刑滿出獄,做土木包工維生。一九七九年

28 轉引自牧惠:〈編者的話〉,見《千秋評論》(長沙市:湖南文藝出版社,1988年,第1版)。

29 高華:〈論六十年代初臺灣中西文化論戰中的李敖〉,《社會科學輯刊》1989年第1期。

六月復出文壇，出版了《獨白下的傳統》，並在《中國時報》撰寫專欄。一九八一年八月十日，李敖再度入獄，一九八二年二月十日出獄。入獄前他編好了「李敖千秋評論叢書」六冊，從九月一日起每月出版一期。一九八四年一月起，又推出了「萬歲評論叢書」，每月一冊，與「千秋評論」錯開出版。這兩套叢書，內容以政治評論為主，形式多種多樣，包括雜文、隨筆、書信、傳記、日記等。一九八七年，李敖合「千秋評論」與「萬歲評論」為一月刊。這一時期的李敖被認為是「書生大論政，以歷史批判當政政黨，用筆桿左右黨外選情」。李敖在〈文化空中飛人〉中，自稱是「在警察國家，每月開奪命飛車，做拼命三郎，虎口捋鬚，太歲頭上動土，用文化之筆，四面樹敵，八面威風」。他揭露國民黨統治的黑暗內幕，如國民黨獄政的殘酷和執法的專斷，國民黨的賄選醜行，國民黨政治宣傳的失信於民，國民黨竄改歷史、美化自己等等。他也批評民進黨不守諾言，甚至比國民黨還青出於藍，認為不守原則是一種集體的無恥。李敖這一時期的雜文顯然已不再侷限於文化論爭，而是把眼光投向現實社會，對臺灣的政治、經濟、法律、文化、教育等各個方面的弊端展開全方位的英勇無畏的鬥爭，「但在基調上總是以反封建，爭自由民主及反對國民黨專政為主，其執著程度已遠離任何人的想像範圍」[30]。

　　李敖認為，一個作家應該具有高度的社會責任感，有「喚起民眾」[31]的意識。與之相對，他憎恨那種「不關心小百姓怎麼生活而高談美麗的烏托邦」[32]的創作，反對那種逃避現實的作家和不著邊際的作品，並以瓊瑤為例，毫不留情地批評其作品主題不過是「花草月亮

30 許以棋：《奇情與俗情──李敖選集》〈序〉（香港：文藝風出版社，1989年，第1版）。

31 李敖：〈「從秀嫚信箱」到「上下古今談」〉，見《能下床就是好貓》（北京市：中國華僑出版社，1993年，第1版）。

32 李敖：〈過早的答案〉，見《千秋評論》（長沙市：湖南文藝出版社，1988年，第1版）。

淡淡的哀愁」[33]，是帶領病態的群眾，走入逃避現實、風花雪月的世界。因此，他要求作家在社會中充當「戰士」，而不是「隱士」和「鄉愿」，要說出「在憲法之下、剃刀邊緣想要寫的真心話」[34]。如〈中國式好人〉一文，從歷史發展的高度，探討了劃分「好人」與「壞人」標準的問題。他通過大量的歷史事實向我們表明，「『中國式好人』標準，常常出不來好人而出來偽君子，出來壞人和鄉愿」。因為按照這些道統、愚忠、孝子、大臣和美女標準，培養出來的都是大奸巨惡、鷹犬走狗、壞蛋漢奸，而像不死君難的晏子、不為五斗米折腰的陶淵明、卓立特行的李贄等人都成不了「好人」。李敖本身是個特立獨行的狂狷之士，在他眼裡，「真正的好人，絕不是偽善的、鄉愿的、不得罪人的、八面玲瓏的、整天討好人的、整天做公共關係的、隨波逐流的……真正的好人絕不投靠在強梁的一方，真正的好人絕不向社會降格取媚，真正的好人絕不在乎被鬥臭鬥倒、被下獄、被栽誣」。因此，他「看了目前臺灣這種軟體動物的芸芸眾生」，不禁發出悲歎：「舉目攬八荒，誰為真好人？」這真是憤世嫉俗之言，也是向虛偽鄉愿社會的抗議和挑戰。

　　李敖是歷史學家，他知識淵博，觀察敏銳，長於思辨，其雜文富有史識。他常常在雜文裡旁徵博引，取精用宏，通過上下縱橫的比較對照，來發揮自己精闢深邃的獨到見解。在他的雜文集《獨白下的傳統》中，像〈直筆——「亂臣賊子懼」〉、〈避諱——「非常不敢說」〉、〈諫諍——「寧鳴而死，不默而生！」〉、〈徵兆——來頭可不小〉、〈吃人——動物吃人，人也吃人〉、〈女性——牌坊要大，金蓮要小〉等一系列揭示中國傳統文化缺陷、剖析中華民族心態弱點的雜文，他談古論今，追本溯源，用嬉笑怒罵的方式來全面反思傳統道德

33　李敖：〈「三毛式偽善」和「金庸式偽善」〉，見《從此黑白不分明》（北京市：中國華僑出版社，1993年，第1版）。

34　李敖：〈過早的答案〉，見《千秋評論》（長沙市：湖南文藝出版社，1988年，第1版）。

的虛偽和文化思想的落後，筆鋒犀利，文筆生動。如〈徵兆——來頭可不小〉，談到中國人幾千年來有一個大傳說，凡是有點名兒的人物，出生時都有「可喜可賀的徵兆」，「生有異稟」。他指出：

> 徵兆是中國人五千年來的只此一家的大傳統，當然也是五千年來只此一家的大騙局。它的歷史太深了、太遠了，深遠得變成了一個堅固的騙人公式，大家一提到某某名人，就會公然用公式套他一下，明知是鬼話，可是誰也不敢說破，只要有利，誰也樂得相信，或者叫別人相信。你別以為這些是歷史了，才不呢，就是這套大哲學，使中華民國袁大總統世凱先生拋棄了總統，想改行當皇帝，為了相信自己曾以「五爪大金龍」的正身，睡在床上過。「真龍轉世」的大哲學，在上為帝王將相，在下為王元龍李小龍，以至看相摸骨的龍海山人，人人都多少反射到。你老兄一定也有這種傳統的荒謬反射，不然的話，你為什麼老是在浴室鏡子裡，偷偷看你「主貴」的那顆痣？

第四節 丹扉和龍應台的雜文

臺灣女雜文家的興起始於一九六○年代，丹扉、陳克環、薇薇夫人等人名盛一時。一九七○年代創作雜文的女作家則有張曉風和施卓人。一九八○年代以來，叢甦、龍應台撰寫了不少雜文。幾十年來，影響最大的女雜文家當屬丹扉和龍應台。

一 丹扉（1926-）

原名鄭錦先，福建仙遊人。一九四八年畢業於南京金陵女子大學中文系，曾在上海啟秀女中擔任教師。一九四九年去臺灣，先後任臺

北《建報》記者、嘉義電臺編審、嘉義女中教師、臺北《仕女》雜誌總編輯和發行人等職。她是臺灣最資深的女專欄作家，也是臺灣唯一專門寫作雜文的女性，自稱「雜文手」。她從一九六二年開始，先後在《皇冠》雜誌上撰寫「反舌集」專欄，在《臺灣日報》上撰寫「婦人之見」專欄，在《臺灣時報》上撰寫「管窺篇」專欄。丹扉的雜文集多達二十餘種，主要有《反舌集》、《婦人之見》、《吸塵集》、《搬弄集》、《見刺集》、《伐桂集》、《往返集》、《折枝集》、《管窺集》、《散舒集》、《丹扉的話》、《碾渣集》、《浮塵集》、《叮噹集》、《前塵重挑集》、《似曾相識集》、《丹扉掃瞄》、《鼓刷集》、《各奔「錢」程》、《無冠一身輕》、《微雨輕塵集》、《家務卿瑣語》、《散火集》等。

　　丹扉的雜文偏重於抒寫社會世相與人情世故，有時也批評時弊。她在雜文中談家教、談聯考、談留學，談流行歌曲、談武俠戲、談電視廣告，談保險、談物價、談租屋買房，談新女性主義、談性教育、談男女平等，總是一針見血，有批評，有鋒芒，保持她一貫關心和嘲諷的筆法。如〈男女難平論〉針對現實中重男輕女的陋習，作者故意唱起投降的反調來，並假設道：「我想廿一世紀的人一定比現代聰明，科學也一定較現在更進步。目前既有『人造衛星』，將來也可有『人造婦女』，這些人工特製品一定會造得具有真女人的長處（也許更多），而無一絲真女人的弱點。『她們』一定任勞任怨，一定溫柔體貼，一定專生男孩，絕對不會嘮嘮叨叨，不會虎眈獅吼，更不會有『冷感』的現象……」〈人鬼聯婚〉針對臺灣社會存在的這種迷信風氣，作者指出：「人鬼聯婚，縱有『聯絡感情』的美意，總不免是二十世紀一項怪談。何況陰陽相隔，黃泉路遠，是否真攀上了關係還大有疑問。如果非嫁不可的話，人鬼聯婚又何如鬼鬼聯婚呢？早夭的女兒大可去找一名死男人送做堆，讓他們在閻王跟前成就美滿良緣（閻羅五殿不妨增設一婚姻司），這總比花大錢而只送一個小牌位到活人家去的『實在』一些。加之嫁妝可用紙糊品大做特做，聘金或陪嫁也

可概用冥幣，惠而少費，省得多啦！」〈祭鼠大典〉針對雲林縣政府為推行滅鼠運動以來所毒殺的兩百餘萬隻老鼠而舉行一場滑稽的慰靈祭典，作者認為，此事發生在二十世紀提倡科學的時代，由大衙門官府以鳴炮上香祭文的盛大儀式舉行，使人覺得時光彷彿一下子又倒退了好幾個世紀。她嘲諷說：「雲林縣政府既已開此風氣之先，其他各縣市衙門，為免獨負殺鼠責任，是否也要追隨一番呢？」「準此，我們還該一視同仁地舉行幾場祭蠅大典、祭蚊大典、祭螞蟻大典……」。

　　丹扉的雜文不僅有對臺灣社會中各種「二十世紀之怪現狀」的反諷，而且也有對自己的戲謔和解嘲。如〈也算「自傳」〉中，作者風趣地自我調侃道：「我不是個很會寫文章的人，只因別門我都不會，才落到這一方面。也是有點運氣，碰上有人邀我寫，我才在『重逼之下必有勇婦』地先小寫而後瞎寫起來。好在我寫的是雜文，幸賴雜文之雜，不像寫別的正宗文藝那般要講究結構與手法，我才能安然無恙雜在這當中。我深信我只是遇到機會，有機會寫的人，不一定比沒有機會寫的人寫得好，因此我一向不敢參加什麼徵文比賽，我怕的是比出醜來。事實上要我跟任何人比賽，我都覺得好像是要我去參加一場『龜兔賽跑』，而我是一隻比兔子更愛睡覺的烏龜，絕對不可能產生『伊索寓言』奇跡。」丹扉的文風輕鬆雋永，生動有趣，她的文章具有一種女性的俏皮和幽默，令人讀後忍俊不禁。如在〈女以貴為美〉中，作者寫道：「若我當初天生有好八字，能變胎成為一個名女貴婦之類，國際性的美人提選大概也可能霸占一席。自然也會有人把我自認最醜之點形容成最美的特色。只可歎我投胎失誤，先天便註定是跳不過龍門的衰鯉魚；後天偏又阮囊羞澀，買不起成套的蜜絲佛陀東塗西抹，又沒有膽量進美容院去隆胸擴臀，更沒有貂皮珠鑽加身烘托。既無秘書或隨從人員來為我作『三星伴月』之陪襯，結果只落得烏雲掩月，一臉黴氣，貶入三姑六婆之列焉」。

　　丹扉的雜文不唱高調，不喊空話，不談高深莫測的理論，寫的都是凡人身邊常見的事，而那些平常甚至瑣碎的事情經她手妙筆生花，趣味大增，令人回味無窮。她的文風在臺灣雜文家中別具一格，給人一種親切的感覺。因此，大陸學者王景山認為：「丹扉文章雖多涉及世道人心，寫來卻無道學架子，無訓人面孔，無說教氣息。文本無定法，雜文風格特色更是因人而異，因時而異，因事而異。即以臺灣雜文名家論，柏楊的嬉笑怒罵、冷嘲熱諷，李敖的講古論今、唇槍舌劍，龍應台的理直氣壯、咄咄逼人，都是各有所長。丹扉雜文則如爐邊閒話，雪夜絮語，情溢於理，理寓於情，以情動人，以理服人，是一種情與理的交融。」[35]

二　龍應台（1952-）

　　祖籍湖南衡陽，生於臺灣高雄。成功大學外文系畢業後赴美留學，攻讀英美文學，獲堪薩斯州立大學英文系博士學位。曾在紐約市立大學和梅西大學英文系任教。一九八三年八月返回臺灣，先任中央大學英文系客座副教授，後轉任淡江大學外國文學所研究員。一九八四年十一月二十日以雜文〈中國人，你為什麼不生氣〉，在臺灣島上刮起強勁的「龍捲風」。她在《中國時報》的「野火集」雜文專欄裡敢講真話，因此，成了臺灣四方矚目的人物。一九八五年十二月出版的《野火集》，獲臺灣「年度最具影響力的書」稱號，一時洛陽紙貴，出版幾年來，印行了一百五十次，發售超過二十萬冊。大陸作家蕭乾在讀完《野火集》後說：「由魯迅奠基的偉大五四運動一個可貴遺風，就是作家不諱疾忌醫，敢於正視現實，對生活中的不良現象敢於剖析並鞭笞。正因為如此，幾十年來雜文昌興，至今不衰。讀竟此

---

35 王景山：〈丹扉其人其文〉，《臺港文學選刊》1992年第7期。

書，我深感龍應台了不起，她是真正熱愛臺灣的。」[36]

由於龍應台的雜文觸及臺灣社會的一些敏感的人和事，軍方報紙《臺灣日報》和《青年日報》相互配合，雙管齊下，一個推出「春風輯」，一個推出「春雨輯」，輪流發表圍剿龍應台的文章，妄圖以「春風」和「春雨」吹熄龍應台的「野火」。「大概是因為有著權力的支撐，所以提出的罪狀便很可怕，『喪心病狂』、『不懷好意』已不過癮；『為匪張目』、『反對政府』也不解恨，於是有的便搬出了『戒嚴法』，弦外之音，是該對龍應台繩之以法；也有真正夠得上陰險狠毒的：『挾洋自重』，『二毛子心態』，『學得胡語罵漢人』；還有的則公然下了逐客令：『為何還要待在這裡？』」[37]在「滅火隊」徒勞無功，謾罵攻擊慘遭失敗後，當局不得不撕破臉皮，用行政手段對付龍應台和她的文章。一九八五年十二月十二日「野火集」專欄最終被封殺。一九八六年十月，龍應台隨德籍丈夫客居歐洲，離開了她真正熱愛的臺灣。旅歐時，龍應台又為《中國時報》、《文星》、《九十年代》等報刊撰寫其他專欄文章，她的這些雜文收在《人在歐洲》、《寫給臺灣的信》、《看世紀末向你走來》等集子裡。在這些雜文中，作者對民族主義和國際關係進行了冷靜的思考。談國際問題，以臺灣作參照對象；談臺灣問題，則把它置於國際環境的大背景中比照，視野更為開闊，批評則較冷靜。

一九八三年，龍應台從國外回到臺灣後，看到現實社會中存在種種令人難以置信的弊端，如政治方面的謀殺江南案，經濟方面的十信舞弊案，衛生方面的假奶粉案、餿水油案、毒玉米酒案，教育方面的販賣轉學生學籍案等等。對於這些問題，行政當局一心想淡化了事，而社會大眾則在「忍」字的修煉下，個個也都保持慣有的沉默。龍應

---

36 蕭乾：〈熱愛臺灣的龍應台〉，《讀書》1988年第1期。

37 謝雲：〈龍應台風暴〉，《人物》1988年第6期。

台本著公民的社會責任感和知識分子的良知，在〈中國人，你為什麼
不生氣〉中，向現實生活中普遍存在的懦弱自私、膽小怕事的行為開
刀。作者在文章中揭露臺灣社會中壞人可以橫行霸道、為所欲為、肆
無忌憚，而官方機構和民意代表卻視而不見，大多數民眾也忍耐退
讓，不敢理直氣壯地同壞人鬥爭。因此，龍應台在憤怒地抨擊了現實
社會中的種種弊端之後，向社會大眾發出一連串充滿激情的質問：
「你怎麼能夠不生氣呢？你怎麼還有良心躲在角落裡做『沉默的大多
數』？」她呼籲社會各界人士不論是大學教授還是殺豬的，都不應該
成為沉默的犧牲者和受害人，為了自己，也為了下一代，都應該有勇
氣地站出來抗議社會的醜惡現象。龍應台的「野火集」專欄就是希望
人們不受傳統觀念的束縛，對事物提出新的看法，並希望把大家冰封
已久的心靈，重新煽熱起來，燒去一切腐朽、一切醜陋和一切不義不
公，建設一個清明理性的世界。

　　龍應台認為一般作者比較小心地守著中國傳統的人生哲學，「得
饒人處且饒人」、「退一步海闊天空」、「溫良恭儉讓」，寫出來的批評
就比較客氣緩和，或者點到為止。而她真誠坦率，快人快語。龍應台
自稱「野火集」是「一個不戴面具不裹糖衣的社會批評」，她在這個
雜文專欄裡，碰觸到中國人傳統劣根性的腫瘤，探討工業污染的公
害，挖掘臺灣社會政治掛帥、政治姑息以及公僕濫用權威的弊端，批
評臺灣教育制度存在的嚴重問題，談論現代生活的空虛感、失落感。
龍應台在〈生了梅毒的母親〉中說：「我之所以越過我森森的學院門
牆，一而再、再而三地寫這些『瑣事』，是因為對我而言，臺灣的環
境——自然環境、生活環境、道德環境已經惡劣到了一個生死的關
頭。我，沒有辦法繼續做一個冷眼旁觀的高級知識分子。」於是她這
枝犀利、越出學院門牆的筆，悍然無畏地揭開了當今臺灣社會的種種
病象，成了當時臺灣「最有分量的批評之聲」。

　　龍應台的雜文不留情面，直言不諱。在〈不要遮住我的陽光〉

中，她批評臺灣是個「標語世界」：走上街，看見「兩個孩子恰恰好」；上了天橋，讀到「迎頭趕上」；經過電線杆，瞄見「保密防諜，人人有責」；在公車裡坐下，猛抬頭就是「敬老尊賢」；走進教室，有熟悉的「莊敬自強，處變不驚」；進了廁所，大概是「養成洗手好習慣」；路過公家機關，就看見「民主、倫理、科學」、「檢舉壞人就是保障好人」。龍應台說：「從中國人重形式、作表面的習性可見，標語的氾濫只是一個表徵。」在〈正眼看西方〉中，作者針對許多人掙扎在崇洋與排外的兩種心態之間，剖析了中國人自卑與自大的心理：一方面，不管貨品好壞，一加上洋文包裝，就有人趨之若鶩；走進豪華大飯店，侍者對外國客人殷勤備至，對自己的同胞卻往往視而不見；有難題存在，總要打上「有礙國際觀瞻」的字型大小才能得到快速的解決。另一方面，西方講開放容忍，我就偏講保守的美德；西方人談尊重個人，我就偏說團隊至上；西方人愈怎麼樣，我就愈是不怎麼樣。作者認為：「每一件事作客觀冷靜的、不自卑不自大、不情緒反應的探討，中國人才有可能從西方巨大的陰影中自己站出來。否則，崇洋和反洋，我們都是別人的奴隸。」在〈幼稚園大學〉中，作者談到，由於教育者對學生在生活上採取懷裡「抱著走」的方式，在課業上用鞭子「趕著走」的態度，導致中國的學生缺乏獨立自主的個性，盲目地服從權威，更嚴重的是，他們沒有獨立思考的能力。她說：「令我憂心不已的是，這些『不敢』、『淚眼汪汪』、『沒有意見』、『不知道』的大學生，出了學校之後，會成為什麼樣的公民？什麼樣的社會中堅？他能明辨是非嗎？他敢『生氣』嗎？他會為自己爭取權利嗎？他知道什麼叫社會良知、道德勇氣嗎？」因此，作者呼籲把大學生當「成人」看，給他們一個機會，而不要牽著他的手。

　　龍應台的雜文感情濃烈，行文流暢，充滿了勇氣和銳氣。她這種飽含激情的議論文字具有十分強烈的感染力，在社會上產生了振聾發聵的作用，在一九八〇年代的臺灣雜壇上寫下了最強音。

附錄

附錄一
散文天空中的思想星光
──世紀末中國散文流向一瞥

一

　　對一九九〇年代以來「散文熱」的評價，一直是學術界爭論不休的一大難題，存在著兩種截然不同的觀點：有學者認為九〇年代是「散文繁花盛開、爭奇鬥妍的年代，是散文題材廣博、多元發展的年代，是散文更強調主體意識、更注重美學價值的年代」，「如果放在當代文學史上考察，九〇年代散文又是繼六〇年代初、七〇年代末八〇年代初之後的第三次高潮」[1]，並將「散文熱」現象形容為「太陽對著散文微笑」[2]；但也有學者指出，一九九〇年代「散文的走紅是它世俗化和情調性策略使然」，「散文雖然成為熱潮，但卻無法掩飾其無可奈何的媚俗弊端，表現出一種公共媒體中的炒作和包裝」，因此，「散文仍然僅是這個世紀末文化風景中的一片秋葉」，「我們仍需呼喚重建散文的體裁，重建散文的深度，重建散文的個體經驗和母語經驗。同時開拓散文全新的文化語境和更有創意的審美境界，……散文的創作不應再是簡單的文化消費，不應再是商品吆喝時代的文化弄姿，散文應成為這個時代中揭示人性深度模式的新敘事，新所指」[3]。我認

1　徐治平：〈九十年代中國散文掃描〉，《廣西師範大學學報》2000年第1期。
2　韓小蕙：〈太陽對著散文微笑〉，《體驗自卑──韓小蕙隨筆》（北京市：東方出版中心，1997年），頁309。
3　王嶽川：〈詩人飄逝後的散文化策略〉，見《中國鏡像：90年代文化研究》（北京市：中央編譯出版社，2001年），頁246-248。

為，二十世紀末散文創作魚龍混雜，良莠不齊，既有大量率爾操觚、媚俗自娛的「假性散文熱」，卻也不乏充滿思想力度和文體之美的大手筆。因此，如果披沙揀金，總有可觀可賞之作，而且有理由相信這些思想隨筆在二十世紀中國散文發展史中將留下不可替代的位置。

世紀之交的中國正處在一個大轉折、大變動、大重組的時代，「歷史轉折或思想活躍的時代，總是特別熱切地呼喚有思想深度和力度的藝術」[4]，「思想隨筆」的興起也就不足為奇了。被列為「思想隨筆新三家」首位的林賢治深有感觸地指出：「九十年代興起一種偏重議論的文體，人稱『思想隨筆』，大約是為了突出作為特色而存在的『思想』罷？而所謂思想，自然離不開社會批判和文明批判。所以，比起那些和平、儒雅、溫吞的『學者隨筆』來，思想隨筆應當是很有點異樣的。」[5]這類帶有強烈的懷疑、批判和探索精神的思想者的文體，不僅讓讀者深切地感受到民間的、獨立的批評者思想脈搏的劇烈跳動，感受到「人的全部尊嚴就在於思想」[6]，而「思想的全部力量在於批判」[7]；同時也為二十一世紀中國散文創作提供了一種可資借鑑的精神向度，「只有思想隨筆繁榮起來，才有真正的隨筆時代」[8]。

二

近年來，賀雄飛一直致力於推動「思想隨筆」的創作和出版。他

4　潘旭瀾：〈法外求法——散文突破漫談〉，見《長河飛沫》（石家莊市：河北教育出版社，1998年），頁167。

5　林賢治：〈五十年：散文與自由的一種觀察〉，《書屋》2000年第3期。

6　林賢治：〈自由與恐懼〉，見《平民的信使》（北京市：作家出版社，1998年），頁115。

7　林賢治：〈讀顧準〉，見《平民的信使》（北京市：作家出版社，1998年），頁86。

8　摩羅：〈林賢治、謝泳、余杰：思想隨筆新三家〉，見《恥辱者手記》（呼和浩特市：內蒙古教育出版社，1998年），頁12。

自稱「雖不是思想者，但卻熱愛思想和思想者，尊敬思想和思想者，追隨思想和思想者，努力思想並成為一個思想者」，他說：我的角色就是為思想者找知音、找市場，充當思想的媒婆，為缺乏思想、不思想甚至反思想的土壤注入思想，我希望國人都來思想，都來與思想者共舞。思想者也決不應該故作矜持、清高、深刻，應走向民間。」[9]他主編的「『草原部落』黑馬文叢」、「『草原部落』名報名刊精品書系」、「『草原部落』知識分子文存」等一系列叢書，追求思想多元化和題材多樣化，並「把這些高品位的人文關懷和卓異思想推向社會」[10]。

「『草原部落』黑馬文叢」包括余杰的《火與冰》與《鐵屋中的吶喊》、毛志成的《昔日的靈魂》、摩羅的《恥辱者手記》、孔慶東的《47樓207》、謝泳的《逝去的年代》、朱健國的《不與水合作》等，其中尤以余杰、摩羅、謝泳、朱健國四位的作品更引人注目。他們在思想隨筆中或對傳統文化進行淋漓盡致、入木三分的批判，或對中國知識分子的精神傳統和群體性格進行反思，或為中國自由主義知識分子唱起了一支令人傷感的輓歌，或探討現代化與偽現代化的文化衝突。錢理群認為，這些青年思想者的出現，承續上了魯迅當年所開創的、已經中斷了許久的「精神界之戰士」的譜系，「這在世紀末的中國思想文化界，是一件非同小可的事」[11]。

「『草原部落』名報名刊精品書系」包括《風雨敲書窗》、《邊緣思想》、《守望靈魂》、《思想的時代》、《今日思潮》、《天火》等，精選了世紀之交中國思想文化界的前沿刊物《博覽群書》、《天涯》、《上海文學》、《黃河》、《北京文學》、《書屋》中的佳作名篇。《北京文學》傳統的辦刊思路在一九九〇年代社會文化轉型中受到挑戰，和隨筆化

9　賀雄飛：〈酋長話語〉，見《風雨敲書窗》（北京市：中華工商聯合出版社，1999年）。

10　賀雄飛：〈酋長話語〉，見《風雨敲書窗》（北京市：中華工商聯合出版社，1999年）。

11　錢理群：〈「精神界戰士」譜系的自覺承續（序一）〉，見《恥辱者手記》（呼和浩特市：內蒙古教育出版社，1998年），頁4。

的思想評論相比，純文學作品對現實複雜性和沉重性的思考相對滯後。於是，它於一九九六年第六期開始加大容量，更新欄目，以「拒絕平庸、拒絕僵化、拒絕矯飾、拒絕浮躁」的精神和「展示開放的文學，迎接開放的時代」的姿態，大膽涉足思想文化領域，在複雜紛紜的社會現實中發出了自己獨特而深刻的聲音。如錢理群的《魯迅與二十世紀中國》、夏中義的《謁吳晗書》和《謁聞一多書》、徐友漁的《存在的意義和道德的政治》、崔衛平的《信仰生活》等，之所以引人注目，是因為這些人文情懷和理性態度並重的文章閃爍著思想鋒芒和理智勇氣，具有「話題的前沿性」、「問題的現實性」和「立場的民間性」[12]等特點。又如《黃河》原為一本純文學大型刊物，世紀末改版為「大型知識分子讀物」，編者希望「讓這本雜誌代表知識分子的聲音，讓知識分子有一個說真話的地方」[13]。它開設有思想解放、敏銳大膽、敢說真話的「作家書齋」專欄，通過各種形式的訪談、對話、回憶錄以及對真實歷史檔案的展示來反映時代的「口述實錄」專欄，以紀實為基本特色，著眼於解秘後的重大歷史事件的「塵埃落定」專欄等。其中林賢治的長篇思想隨筆〈「胡風集團」案——20世紀中國的政治事件和精神事件〉，在文化界備受關注，引起強烈反響。

　　「『草原部落』知識分子文存」收有錢理群的《拒絕遺忘》、朱學勤的《書齋裡的革命》、秦暉的《問題與主義》和徐友漁的《自由的言說》等，這幾位作者都是當代中國較有影響的學者和思想者。他們關心的問題就像錢理群所說：「我的關注、思考與研究主要是四大塊：一是對歷史與現實的『國民性弱點』的反省與批判；二是對知識分子（首先是對自我）的弱點的反省與批判；三是對本世紀思想文化

---

12 本刊編輯部：〈後記〉，見《今日思潮——《北京文學》隨筆紀實精品》（吉林市：吉林文史出版社，2000年），頁628-631。

13 林大灾：〈思想總是有魅力的——《黃河》改版周年訪謝泳〉，《出版廣角》2000年第3期。

發展的歷史經驗教訓的反省與總結，最近幾年又涉及魯迅對『現代性』問題的思考與『現代性』目標的確立等為現實生活所激發的新問題；四是對魯迅式的『精神界戰士』的尋蹤，精神譜系的續接。」[14]這些學者兼思想者倡導「有思想的學術和有學術的思想」，他們關注社會現實和人文精神，弘揚人性、理性、智性和自由之思想、獨立之人格、懷疑之精神。正如何光滬所指出：「中國的『知識分子』似乎很多，但活生生的真正的『知識分子』實在很少。……真正知識分子的『知』和『識』，是不止於專門學問的『智』慧和睿『識』，真正intellectuals 的 intellect，是不止於工具理性的價值理性。這裡的關鍵，是作為社會良知秉公直言。」[15]這一套「知識分子文存」所體現出來的社會良知和理性的力量，顯示出「這一代人的思想生命」。

　　儘管林賢治感歎：「在二十世紀最後的歲月裡，『思想』這個詞頗受青睞，說明社會上存在著某種渴求，只是真正的思想戰士實在太少，而且，可以揭載他們的文字的期刊，也已經先後陸續地沉沒在新世紀的光影裡了。」[16]但是，在二十一世紀伊始，賀雄飛（牧歌）又主編了一套「九十年代思想散文精品叢書」，包括劉亮程的《一個人的村莊》，徐無鬼等的《城市牛哞》，筱敏的《成年禮》，單正平的《膝蓋下的思想》，劉燁園的《精神收藏》，馮秋子的《寸斷柔腸》，鮑爾吉・原野的《掌心化雪》，史鐵生的《對話練習》，李銳的《誰的人類》以及林賢治、邵燕祥編的《燃燒的石頭》。他認為一九九〇年代以來散文創作大多沒有擺脫舊有的話語體系，還是用一種單一的、呆板的、腐朽的思維去思考問題，即使是新銳作家余杰，也未能擺脫

---

14 錢理群：〈自序〉，見《錢理群文選——拒絕遺忘》（汕頭市：汕頭大學出版社，1999年），頁2-3。

15 何光滬：《走出囚徒困境》〈序〉，見《有心無題》（北京市：生活・讀書・新知三聯書店，1997年），頁240。

16 林賢治：〈五十年：散文與自由的一種觀察〉，《書屋》2000年第3期。

舊有話語體系的痼疾，因此，中國散文界，總體上還是死氣沉沉。
「可喜的是，中國出現了史鐵生、李銳、林賢治、劉亮程、筱敏、馮
秋子、劉燁園、鮑爾吉·原野和徐無鬼、朱學勤、錢理群、秦暉、徐
友漁這樣一大批進步文人，一張張鮮活的面容，各具情態。尤其是朱
學勤、徐友漁兩位先生開創了用優美的文筆寫枯燥的學術論文的一代
先河，其散文創作亦獨闢蹊徑，將人性、理性、智性熔於一爐，代表
了下一個世紀中國散文的走向。」[17]

三

　　林賢治在世紀末的中國散文界頗為活躍，他不僅有創作，更有理
論。在一九九九年十月完成的長達十一萬字的長篇論文〈五十年：散
文與自由的一種觀察〉一文中，林賢治將散文的寫作納入人類精神發
展的大框架中，綜合考察近五十年來散文創作，論及散文的生態環
境、作家的命運和文學傳統之間的深層關係，為我們打開了一個新的
視野。正如周立民所說：「林賢治根本無心作散文史，他其實是在考
察五十年來知識分子的心靈史，通過散文來看他們是如何戴上精神鐐
銬，又如何反抗，如何掙脫的。他的文章是在解構那種意識形態對知
識分子思想的禁錮和統一，儘管林賢治也用了大量的篇幅在考察具體
作家的創作文本，但我認為他這是為我們提供足以警戒的樣本或者可
供汲取的思想資源。」[18]

　　早在一九九三年，林賢治就與邵燕祥合作主編思想性散文刊物
《散文與人》，五年來一共出版過六集，刊登過韋君宜的〈搶救失足

17　牧歌：〈中國散文的兩條出路（代跋）〉，見《城市牛哞》（西安市：太白文藝出版
　　社，2001年），頁455-457。

18　周立民：〈印象點擊：《五十年：散文與自由的一種觀察》〉，《當代作家評論》，2000
　　年第3期。

者〉、梅志的〈出獄瑣記〉、牛布衣的〈人類思想的發展是無法阻擋的〉、耿庸的〈蕭軍七年忌〉、筱敏的〈時間斷片〉、王得後的〈我已經死過三次〉等思想性散文，高爾基的〈不合時宜的思想〉、邦雅曼‧貢斯當的〈論書報審查〉、馬拉美的〈藝術的異端：為所有的人的藝術〉等譯文，以及林賢治的〈論散文精神〉、邵燕祥的〈批判精神與雜文的命運〉等理論文章。這些充滿理性批判精神和豐富個體精神的文章，被認為「在當今眾多的出版物中也可謂是獨樹一幟」，「湧動在文字背面的激情和熾熱的追求，卻讓我們時時感受到時代的良知，他們大多是在運用批判的眼光審視現實生活中的人和事，所以他們的文章充滿了人情味，充滿了正義感」¹⁹。

　　一九九八年九月，林賢治和邵燕祥再度連袂主編《散文與人》叢刊新一卷──《宿命的召喚》，他們強調聽從時代召喚，保持對社會現實關注，守望知識者精神家園，堅持獨立思考，期待以深厚人生內涵與斐然文采兼融的散文，回應魯迅在本世紀之初發出的「立人」的呼喚。《宿命的召喚》中收錄的文章，包括筱敏的〈書的灰燼〉，冉雲飛的〈沙俄時代書刊檢查中的告密〉，柯羅連科一九二〇年為出版自由、言論自由、表決自由等問題而致當時任蘇維埃政權教育人民委員（即教育部長）的盧納察爾斯基的六封信，一九八六年諾貝爾和平獎獲得者威塞爾對人類以及人性深刻追問和對一切暴力、仇恨、壓迫的強烈譴責的六篇隨筆等。這些文章不是有些學者所鼓吹的「狹義散文」、「藝術散文」或「美文」，而是質樸又富有張力的思想者散文，其內容覆蓋歷史、哲學、宗教、政治、自然科學等方方面面，充滿了人文關懷精神和自由主義思想。正如編者所說：「散文──重要的文學形式之一──不僅僅是思想的載體，就其本體意義而言，無疑是最

---

19 林凱：〈同枕一個夢〉，見《夜雨小集》（福州市：福建教育出版社，1999年），頁113-114。

富於自由的人文氣質的。但是，索諸創作界，實際情形又如何呢？惟
見論客大噪，標榜所謂『大散文』。其實散文並無大小，倘要說
『大』，亦非關題材，非關結構，非關滔滔乎濫情之言；在此，首要
須得有大精神。何謂大精神？恐怕除了如宗教家的終極關懷者外，仍
須具有如戰鬥者的現實關懷。作者當置身於時代的變革之中，擔當公
民的命運，感受大眾的悲歡；有不平，有追索，有發現，有超越。散
文創作，無論是生命的部分或全副，都是有著現代人的強烈的脈動
的。不然，即令『宇宙之大，蒼蠅之微』，果然無所不包，也將無改
於老舊的『小擺設』。」[20]

　　一九九八年十月和一九九九年三月，林賢治又主編推出了兩輯思
想性散文刊物《讀書之旅》。他在卷首語〈讓思想燃燒〉中指出：「思
想何為？思想是以人類的生命熱情、生活體驗所消融了的知識。它是
被激活了的，熾烈的、深邃的、流動的，也許博大，也許精微，卻都
同樣含有毀滅性物質；但是，它在走向生成，因而不致僵化、凝固和
死寂」，任何時代都需要思想，生氣勃勃的思想。何況是方死方生的
大時代！」因此，他把發表在《讀書》、《方法》、《天涯》、《南方周
末》等報刊上和中外書籍裡「富於思想或同思想相關的文字」採集起
來，目的「不是為了知識的重現，炫耀珍奇，培養趣味」，而是期待
讀者通過與李慎之、錢理群、謝泳、何清漣、徐友漁、秦暉、雷頤、
單世聯、王得後、龍應台以及紀德、薩依德、伊賽爾·伯林、漢娜·
阿倫特、大衛·古特曼等人的文章「熱烈的接觸」，「讓思想得以持續
地燃燒」[21]。尤其是《讀書之旅》轉載法國作家紀德三〇年代中期訪
蘇後撰寫的《從蘇聯歸來》及其續篇，不僅讓人看到當年蘇聯好的一

---

20 編者：〈編後〉，見《宿命的召喚》（北京市：生活·讀書·新知三聯書店，1998
　　年），頁301。
21 林賢治：〈寫在卷首：讓思想燃燒〉，見《讀書之旅》第一輯（廣州市：廣東教育出
　　版社，1998年），頁1-2。

面，也看到諸如新的特權階層的出現和與世隔絕的封閉社會的愚昧無知等負面現象。這兩篇曾引起全球性強烈反響的作品，使我們想起一九九○年代中期曾引起中國思想界、文化界極大關注的羅曼·羅蘭的《莫斯科日記》。魯迅當年十分重視外國文學的譯介，稱之為「盜天火」，藉以「煮自己的肉」。林賢治追隨魯迅的足跡，他說：「大約在一九八四年，我開始著手寫作魯迅的傳記，目的是借同魯迅潛對話的機會，以期在困境中，用他的人格和思想支持自己。……正是由他，激發了我對權力、知識和思想史的探究的熱情。」[22]林賢治自稱是「拾柴人」，點燃思想的篝火，讓光明的思想薪火相傳，照亮黑暗。雜文家鄢烈山認為，引進那些鮮為人知而又充滿理性批判精神和知識分子正義聲音的外國思想散文，「對於我們矯正與發展對散文的認識是有益的」[23]。從這個意義上說，林賢治策劃主編了《二十世紀世界文化名人書庫》、《流亡者譯叢》、《曼陀羅譯叢》、《世界散文叢編》以及上述幾種散文叢刊，堪稱中國散文界的普羅米修士。

　　林賢治不僅熱心於主編思想性散文叢書和刊物，而且也擅長寫作思想隨筆，著有《平民的信使》、《守夜者札記》等散文集。在這些思想隨筆裡，作者以一個獨立思想者的身分，秉持著一個正直的知識分子的良知，思索社會、歷史、人類的命運，探討人的自由、尊嚴、崇高的存在，充溢著對人的關愛和對人道主義的呼喚。林賢治認為，當前知識分子最繁難的工作，仍然是對現實問題的分析和批判。因此，他在那篇描寫俄國著名文學批評家別林斯基的〈平民的信使〉一文中，稱頌別林斯基是「一個習慣於在斧背下寫作而火星迸射的批評詩人，在荊棘地裡耕種的編輯，平民意識的傳播者，不屈服的戰士」，痛斥那些庸人虛偽、齷齪、奴性的順從。他滿懷激情地寫道：「批評

22　陳志紅〈人文知識分子的角色定位——訪林賢治〉，《南方周末》1998年5月1日。

23　鄢烈山：〈返樸歸真話散文〉，見《沒有年代的故事》（廣州市：廣東人民出版社，1998年），頁34。

就是否定。其實一切否定都需要勇氣，需要痛苦備嘗。大隊的被稱作
『批評家』者流，或者做作家背上的犀牛鳥，一生靠啄食有限的幾個
小蟲為活；或者做孔雀，賣弄撅屁股的唯美主義；做籠中的鸚鵡，著
意重複主人的腔調；或者如家雞一般，吃多少秕穀生多少蛋，力求平
庸；再則如杜鵑，惟借暴力侵占別的雀巢，心安理得地孵化新生
代。……在他們的文字當中，根本看不見現實生活的根系，感受不到
情感的強勁的和細微的震顫，無法觸及事實的悲劇所在，甚至事實本
身。如果竟不能像一個普通人那樣承擔和體味當代的苦辛，還算什麼
鳥批評家！」摩羅把林賢治列為「思想隨筆新三家」的首位，認為不
僅他所主編的《讀書之旅》集中體現了「這個時代最激越、最犀利、
最光明、最公正的聲音」，而且「他的文字既有盧梭式的憤激與直
白，又有培根式的犀利與明澈」[24]。

四

　　世紀末較有影響的思想隨筆叢書還有中國廣播電視出版社的「思
想者文叢」，青島出版社的「野菊文叢」（三集），作家出版社的「曼
陀羅文叢」，廣東人民出版社的「南方新學人叢書」，花城出版社的
「思想者文庫」和福建教育出版社的「野草文叢」。

　　「思想者文叢」包括《周國平散文》、《史鐵生散文》、《朱學勤散
文》、《何懷宏散文》、《韓少功散文》和《韓東散文》，之所以將上述
六人命名為「思想者」是因為很難根據職業單純地將他們劃分為作家
或學者，他們往往是學者型的作家或作家型的學者，但無論如何，他
們首先是一名「思想者」。這裡所說的「思想者」是指：第一，他們

24　摩羅：〈林賢治、謝泳、余杰：思想隨筆新三家〉，見《恥辱者手記》（呼和浩特市：
　　內蒙古教育出版社，1998年），頁12。

擁有既具根本性又真正屬於自己的問題。雖然出於個人稟賦和經歷的不同，他們所關注的問題也會不同，或社會、或文化、或人生，但都是一些具有重要精神意義的問題。同時，因為這些問題生長於他們生命歷程的某個關鍵時刻，對他們具有命運或使命一般的重要性，所以又是真正屬於他們自己的問題。第二，他們擁有既具哲學性又真正屬於自己的眼光。由於個人性情和文化背景的差異，他們接近各自問題的途徑也迥異，或描述、或思辨、或感悟，但無不具有哲學的底蘊。同時，這種哲學性的眼光又是真正屬於他們自己的，體現了各自看世界的獨特角度和方式，並且在一定程度上還決定了各自的語言風格。史鐵生的〈我與地壇〉、〈好運設計〉、〈隨筆十三〉等文探索人生、拷問靈魂，開闢了散文精神的新天地。韓少功的〈夜行者夢語〉、〈完美的假定〉、〈性而上的迷失〉等著力在浮華躁動的時代，構建一種高尚的人文精神。正如韓少功說史鐵生「獻身於一場精神聖戰」，這些「思想者」的意義「在於反抗精神叛賣的黑暗」，並且達到「在最尖端的話題上與古今優秀的人們展開了對話」[25]。

　　「野菊文叢」共有三集，第一集「新銳雜文」包括鄢烈山《中國的個案》、丁東《尊嚴無價》、朱健國《鋼鐵是怎樣沒煉成的》、劉洪波《文化的見鬼》、何龍《當代愚公挖什麼》和蔡棟《鬍子與學問》；「野菊二集・思想者雜語」有林賢治《守夜者札記》、藍英年《青山遮不住》、崔衛平《帶傷的黎明》、程映虹《四窗東眺》、邢小群《凝望夕陽》和馬斗全《南窗寄傲》；「野菊三集」有吳江《文史雜論》、江曉原《東邊日出西邊雨》、聞一《山外青山》、劉兵《駐守邊緣》、王毅《重回羅馬》和丁東《午夜翻書》。有人說，在缺乏大師的時代，思想的顆粒都顯得很沉匍，猶如園圃經冬凋零之後，山徑上朔風

25　韓少功：〈靈魂的聲音〉，見《韓少功散文》（上）（北京市：中國廣播電視出版社，1998年，頁6-8）。

中搖曳的野菊亦別有一份韻致。其實說「野菊」太溫和，正如邵燕祥所指出：「更突出的則是以關注國運民瘼、世道人心的責任感，是其所是，非其所非，他們的思想鋒芒常使人想見孤軍深入短兵相接如入無人之境的氣概。」[26]

「曼陀羅文叢」包括邵燕祥《憂鬱的力量》、林賢治《平民的信使》、筱敏《風中行走》、錢滿素《飛出籠子去唱》、一平《身後的田野》、郭宏安《雪落在萊夢湖上》，雖然每位作者的風格相去甚遠，但有一點是相似的，即他們不滿於文壇上流行的閒適雅致、柔媚卑俗之風，都擁有鮮明的思想個性。林賢治在「文叢」總序中提到，由於散文的寫作和閱讀都成了消遣性行為，作品有如一種標準化食品：鮮甜，可口，綿軟，易於消化；這樣必然要拒絕一些將胃變得堅強起來的穀物，拒絕骨頭，對苦澀和辛辣感到噁心。他說：「而今也來湊一套叢書，並非要造什麼『方舟』，好像挽狂瀾於既倒似的。其實，自問無甚宏願，也無此偉力。高士的逸興，智者的幽默，才人的風流蘊藉，都是這裡的作者所缺乏的。只是風沙寒途，尚存一分誠實，多少可以說一點苦辛，抒一點憂憤；對於生命，畢竟有一分敬畏。」[27]

「南方新學人叢書」首批推出鄢烈山《沒有年代的故事》、單世聯《遲到的光》、艾曉明《騎桶飛翔》和李公明《思想守望錄》。這幾位作者都是學有專長並對社會文化等方面保持敏感的中青年學人。叢書中不拘一格，充滿批判精神、自由立場以及個體經驗的隨筆短論，是從他們大量的文化社會評論中精選出來的，表現了「知識分子對社會進步的關切和吶喊」。正如單世聯在叢書總序中所指出的，二十年的改革引發了中國空前的劇變，而跨學科的社會評論和文化批判正成為現時代最重要的文化產品，知識分子為此應該負起批判的責任。他

---

26 邵燕祥：〈序言〉，見《中國的個案》（青島市：青島出版社，1997年），頁2。

27 林賢治：《曼陀羅文叢》〈總序〉，見《平民的信使》（北京市：作家出版社，1998年），頁2-3。

說：「批判以自由為市場。作為對僵化體制和權威話語的挑戰，批判不充當任何權威系統的代言人，也不自以為是普遍真理的傳聲筒，而是學術思想和公共關懷的自由表達。批判聲音的合理存在本身，就意味著對輿論一律、統一標準、至上權威等等的否定；批判的目的，是衝破思想控制和文化霸權，創造一個每一個人都可以說話的空間。」[28]

「思想者文庫」第一輯收有舒蕪《我思，誰在？》、朱學勤《思想史上的失蹤者》、許紀霖《另一種啟蒙》、邵燕祥《非神化》、藍英年《被現實撞碎的生命之舟》和朱正《辮子、小腳及其它》。無獨有偶，這套叢書迴避了「思想家」這個提法，而使用了「思想者」。這是因為叢書不要求每位作者都如同思想史上的那些思想家一樣，有一個自成體系的原創性的思想；但可以肯定的是，他們都在不斷地思考歷史與現實、傳統與未來、中國與世界、社會與文化方方面面的問題，同時也在引導和啟發讀者思考這些問題。更難能可貴的是，叢書主編朱正認為：「每個人的思想都應該是獨特的，既然號稱思想者，就不會與別人雷同。叢書的每一位作者，他思考的範圍、題目，他思想的傾向，都各各不同。因此，每位作者只對他自己的這一本書負責，不對叢書中其他作者的書負責。每人發表的都是自己的意見。」[29]這裡真正體現了思想者對於其他思想者的理解和尊重。

「野草文叢」包括王得後《世紀末雜言》、王乾坤《一路「洋蔥皮」》、錢理群《六十劫語》、邵燕祥《夜讀抄》、孫郁《燈下閒談》、黃喬生《采蘋集》、林凱《夜雨小集》和籃子《山上的守望》。這是一批活躍於當下文壇的雜文作家和魯迅研究學者以讀書札記文化隨筆的方式，對現今文化現象進行魯迅式的審視和反思。正如錢理群所說：「在我看來，所謂知識分子（尤其是他們中間的人文學者）就是思想

---

28 單世聯：〈總序〉，見《遲到的光》（廣州市：廣東人民出版社，1998年），頁2-3。
29 朱正：〈編者的話〉，見《辮子、小腳及其它》（廣州市：花城出版社，1999年），頁12。

者，思想是他惟一的職責與職能。人文學者關心的是『應該』怎樣，而不是『實際是』怎樣。也就是說，他對人和社會的關注本質上是一種『彼岸世界』的理想關懷，他是用『彼岸理想』的價值，來對照『此岸現實』的存在，從而不斷發出自己的批判的聲音。……『批判』是人文學者與現實聯繫的極限。在這個意義上，可以把人文學者視為『批判者』，他的基本任務就是不斷揭示現實人生、社會現存思想文化的困境，以打破有關此岸世界的一切神話。」[30]

五

　　提到世紀末思想散文的興起，也許不應該忽視牛漢、鄧九平主編的「思憶文叢」。這套叢書包括《原上草》、《六月雪》、《荊棘路》三本，《原上草》輯錄了當年一些所謂「右派」的言論，主要是北京大學青年學生富於血性和思想光芒的聲音（順便說一句，該書把聞一多一九四五年五月發表在西南聯大《五四周年紀念特刊》上的〈五四斷想〉一文，當成了譚天榮的作品）；《六月雪》揭示了那場舉世震驚的反右運動的「陽謀」過程；《荊棘路》介紹了「右派」們漫長而殘酷的受難歷程。這套叢書的出版，被認為是不僅復原了一段歷史，而且更重要的是為當代人提供了「思想的燃具」，是二十世紀中國思想庫中「不容抹煞的思想遺產」。另外，還不應該忘記英年早逝的王小波。作為一個關懷整個社會、人類的知識分子，王小波在雜文隨筆中積極弘揚科學、理性、獨立、自由、寬容的理念，堅決反對愚昧、專制、教條、虛偽、奴氣等反文明的惡習，充分表現了一個人文知識分子「獨立之精神，自由之思想」。

---

30 錢理群：〈讀文有感〉，見《錢理群文選——拒絕遺忘》（汕頭市：汕頭大學出版社，1999年），頁377。

　　世紀末思想性散文隨筆的興起，不是偶然的，它像一團火，點燃起獨立思考的烈焰，在轉型期社會中發揮思想啟蒙的戰鬥作用，同時也預示著新世紀我們精神生活能得以大發展。在高度肯定其歷史作用的同時，也必須注意以下兩點：一是防止一些人做秀表演，乘機兜售「偽思想」、「劣思想」。正如王乾坤所說，「沒有一個真正的思想騎士是可以炒作出來的」，「思想者最好是野花一樣的生長」[31]。二是需要嚴肅的創作態度，王彬彬就指出：「隨筆是一種思想者的文體。隨筆要求作者有很強的獨立思考精神和一種思想的習性，要求作者有敏銳、嚴密的邏輯思維能力，要求作者有相當的理論、學術功底。」「沒有清新充沛的思想，沒有對問題的獨具慧眼的見解，最好不要率爾操觚地寫隨筆。」[32]

　　　　——本文原刊於《廣播電視大學學報》二○○一年第二期

---

31 王乾坤：〈海德格爾的良知〉，見《一路「洋蔥皮」》（福州市：福建教育出版社，1999年），頁235。

32 王彬彬：〈隨筆與扯淡〉，見《死在路上》（上海市：上海人民出版社，1996年），頁87-88。

附錄二

熱與冷

──一九九七年雜文創作鳥瞰

　　一九九七年的雜文創作充滿盎然生機，無論是一些優秀作者的雜文精品，還是雜文報刊發行量的上升，雜文園地的拓展以及一批頗具特色雜文叢書的暢銷，都讓人感到這是一個雜文創作的豐收年。但不可否認，一九九七年的雜文創作良莠不齊，參差不一，存在量多質劣的毛病。一些雜文寫手粗製濫造「精神泡沫」和「文化垃圾」，極大地敗壞了雜文的聲譽和讀者的胃口，導致雜文創作的「熱」與讀者反映「冷」的明顯反差。

一

　　一九九七年，儘管被譽為是「一份高品位的雜文雜誌」《語絲》雙月刊在出版四年後停刊，多少讓人感到惋惜，但是，各種各樣的報紙副刊、專欄仍然給廣大雜文作者提供了凌雲健筆意縱橫的機會。雜文家舒展在〈約稿，逼得我不敢偷懶〉一文中透露，除了各種日報、行業報外，雜文約稿最多的是晚報和紀檢、監察、法制方面的報刊，它們希望「通過社會上的熱點、焦點和難點，亮出雜文家的觀點」。一九九七年就全國報刊發表雜文的園地來看，《文匯報》「筆會」副刊、《南方周末》「時事縱橫」版、《中國青年報》「求實篇」專欄、《今晚報》「肝膽篇」專欄、《南方周末》「週末茶座」專欄、《四川文學》「亂彈」專欄、《讀書》「詩畫話」專欄、《方法》「管見寸思」和

「評愚增智」專欄、《上海灘》「滬瀆三家村」專欄，特別令人矚目。

　　《文匯報》「筆會」副刊最早由雜文家柯靈和唐弢創辦和主持，已走過半個世紀的風雨歷程，是國內報刊中歷史最悠久的文藝副刊。自一九九六年一月擴版以來，每週出刊六次，每次至少刊發一篇雜文。有人形容這次擴版，「不僅恢復了『筆會』五六十年代的雜文風範，而且對原來意義上的整個《文匯報》特色的復歸具有舉足輕重的作用」。¹一九九七年「筆會」副刊除了刊發常規雜文外，還特別開闢了內容豐富、形式多樣的雜文專欄，其中有「雜文漫畫組合」類專欄，如陳四益撰文、丁聰配畫的「唐詩別解」和「詩畫話」專欄，韓羽的「饒舌篇」專欄，高馬得的「畫戲話戲」專欄；有學者作家的專欄，如龍應台的「龍應台專欄」，李國文的「說三道四」專欄，曾敏之的「望雲樓隨筆」專欄，董橋的「英華沉浮錄」專欄，潘旭瀾的「太平雜說」專欄；有介紹雜文界新人的「新雜家專輯」，如「鄧高如專輯」和「吳非專輯」；還有國慶日「感受十月的陽光」五篇同題雜文等，版面生動活潑，令人耳目一新，顯示了編者銳意革新的姿態，也給一九九七年的雜文界帶來了生氣勃勃的局面。

　　在一九九七年幾個比較突出的雜文專欄中，有集體合作的，如《中國青年報》的「求實篇」專欄、《南方周末》的「週末茶座」專欄、《四川文學》的「亂彈」專欄、《方法》的「管見寸思」和「評愚增智」專欄，也有個人主持的，如陳四益在《讀書》上的「詩畫話」專欄和在《方法》上的「唐詩別解」專欄，牧惠在《雨花》上的「牧惠專欄」和《今晚報》上的「紅樓醒夢」專欄，鄢烈山在《南方周末》上的「縱橫談」專欄等。

　　《中國青年報》的「求實篇」專欄，自一九八四年底開辦以來，就深受廣大讀者和社會各界的好評，是新時期較有影響的一個雜文園

1　元三：〈副刊求疵〉，《文匯報》1997年3月13日。

地，一九九五年曾被中宣部評為中央九家主要新聞單位十大名牌專欄之一。「求實篇」的雜文保持言路寬、文路活的特色，一方面為改革中出現的新思想、新事物吶喊助威，另一方面對阻礙改革的「左」的思想、腐敗現象展開毫不留情的鬥爭。它的雜文曾彙編為《男子漢怨言》、《並非君子國奇聞》、《豪華夢》、《古今李鬼》、《過把什麼癮》、《誰最缺錢》、《爭鳴的風度》等集。在許多純文學刊物對雜文實行「關門拒客」、不屑理睬的同時，《四川文學》從一九八五年就開始創辦「亂彈」雜文專欄，十幾年來，始終如一，它所發表的雜文，頗具「文學性」和「雜文味」，選題新穎，內容豐富，形式生動，議論精闢，真可謂是「侵入了高尚的文學樓臺」。一九九七年，《四川文學》還聯合四川、湖北及宜昌雜文學會，聯合舉辦第二屆「三峽風」雜文徵文，共同推動雜文事業的發展，這在純文學刊物中是極為罕見的，也十分難能可貴。由中國自然辯證法研究會主辦的《方法》雜誌，是一本專門「評論聰明與愚蠢」的交叉科學類思想文化月刊，它的「評愚增智」和「管見寸思」兩個雜文專欄異軍突起，成為一九九七年雜壇上亮麗的風景線。它們為思想者提供一片純淨的精神家園，被讀者稱作是「點燃思想火花和開啟心智」的良師益友。

　　現任《瞭望》週刊副總編輯的陳四益，是雜文界的一個奇才。他一直對雜文持寬泛的理解，認為雜文可以有不同的文體，不同的風格，反對用一種調調兒來限定一切雜文，自築樊籬，自縛手足。因此，他在雜文創作中總是打破常規，自覺追求「三獨」：獨具隻眼、獨闢蹊徑、獨特風格。他的「詩畫話」系列，將雜感、詩歌、漫畫合而為一；「唐詩別解」系列，以古諷今，取古人之詩意批評時弊，可以說是構思巧妙，新穎別致。王蒙稱陳四益思想敏銳、犀利、豐富、活潑的雜文和丁聰寓鋒芒於圓熟憨厚之中的配畫，「構成了《讀書》

雜誌的開篇或收篇風景」²。牧惠對中國古典文學頗有研究，出版有
《水滸簡評》、《中國小說藝術淺探》、《西廂六論》等學術專著。正因
有雄厚廣闊的知識背景，牧惠在新時期創作了一批高質量的評論中國
古典小說名著的雜文。一九九七年《今晚報》上每週一次刊出的「紅
樓醒夢」專欄，作者既評論小說又借題發揮，嬉笑怒罵，縱意而論，
不僅沒有一般文藝評論的學究氣和枯燥味，而且於古典小說的怪論調
侃中體現出雜文家的匠心獨運。鄢烈山是當今青年雜文家中的翹楚，
他把雜文創作視為自己人生的一種存在方式，文章裡充滿了強烈的社
會責任感、主持正義的良知和嫉惡如仇的熱心腸。他的「縱橫談」專
欄，從一些人們習見的世態、現象、問題中，進行挖掘和探究，常常
發人所未發，是《南方周末》最受讀者歡迎的專欄之一。在讀者投票
評選中，他的〈炒板栗與股份制改造〉一文榮獲一九九七年《南方周
末》精品獎，這也是「精品獎」中唯一的一篇言論性文章。四川讀者
李銘海在〈實話實說〉一文中說出了廣大讀者的心聲：願鄢烈山能成
為這個時代的「魯迅」。

如果說一九九七年報刊上「亂花漸欲迷人眼」的專欄雜文，充分
展現了雜文創作的繁榮景象，那麼，經過精心策劃和挑選而推出的琳
琅滿目的雜文書籍，則向人們顯示了雜文創作的深度。在一九九七年
出版的數百種雜文圖書中，特別引人注目的有邵燕祥、牧惠、王向
東、陳四益等的個人專集以及一系列各具特色的雜文叢書。

儘管邵燕祥一直以詩名世，但新時期以來，他的雜文創作蓋過了
他的詩名，他從詩的王國走向了雜文的世界，成為新時期雜文界的代
表作家。邵燕祥說，改革開放以來，社會矛盾紛紛攘攘，「時有不能
已於言者」，於是，他用雜文對社會生活及時作出反應，以求與人民
「肝膽相照，聲氣相通」。自一九八六年至今，邵燕祥共出版了二十

2　王蒙：《繪圖雙百喻》〈序〉（長沙市：湖南文藝出版社，1997年，第1版）。

本雜文集，其中《憂樂百篇》獲一九八八年中國作協舉辦的全國首屆散文雜文獎，《邵燕祥隨筆》獲一九九五～一九九六年全國優秀雜文獎──「魯迅文學獎」。一九九七年三月由作家出版社推出的三卷本一百五十萬字的「邵燕祥文抄」系列：《史外說史》、《人間說人》、《夢邊說夢》，可謂是他新時期雜文創作的總結和集大成者。牧惠和王向東都擅長於以古典小說為題材系統地寫作雜文，如牧惠著有《金瓶風月話》、《歪批水滸》，王向東著有《紅樓絮雨》。一九九七年，他們又分別出版了《閒侃聊齋》和《水滸國風》。牧惠借蒲松齡的「酒杯」來澆自己的塊壘，通過聊齋中種種曲折、離奇的故事反映出現實的某些生活本質和人生哲理。王向東在《水滸國風》的寫作上雖受牧惠《歪批水滸》的啟發，但他們兩人的文章從題目的選擇到行文風格都有明顯的差異，馮英子認為：「王向東的《水滸》題材雜文，卻賦予了《水滸》以新的生命力」。[3]他們這類雜文開拓了雜文創作題材與體裁的新領域，融知識性、學術性、趣味性於一爐，被譽為衝破了雜文創作的形格勢禁，獨闢蹊徑，別出機杼。陳四益繼《繪圖新百喻》、《瞎操心》之後，一九九七年又推出《繪圖雙百喻》。他採用文言文寫作短小的寓言體雜文，以淺顯之設譬，說至精之哲理。

　　一九九七年，一系列頗具水準的雜文叢書相繼出版，不僅為當代雜文保存了一筆寶貴的資料財富，同時也為繁榮時下的雜文創作起到了推波助瀾的作用。這些叢書大多數是由幾個具有相同或相似創作風格的雜文作家個人專集共同構成系列出版，個別以主題為編選標準，以作家的單篇雜文作品組成多人合集。

　　一九九七年一月，東方出版中心以「思想性、文化性、知識性」為宗旨，推出「當代中國學者隨筆」叢書，包括鄧雲鄉的《書情舊

3　馮英子：〈無限悲憤湧筆端──簡評王向東的《水滸》題材雜文〉，《雜文報》1996年1月16日。

夢》、周汝昌的《歲華晴影》、舒蕪的《未免有情》、舒湮的《飲食男女》、來新夏的《冷眼熱心》、朱正的《思想的風景》和王春瑜的《喘息的年輪》。這些由著名學者撰寫的雜文隨筆，不僅學術品位高雅，書卷氣息濃郁，而且時時不忘關注現實人生，具有智慧之美、知識之美、思想之美和趣味之美。叢書的責任編輯雷啟立稱這套叢書是「二十世紀中國歷史衍生給世紀末讀書人的一份特殊景致」，作者「以他們的所思所感和人生經歷，讓我們看到了一代學人艱難不屈的治學人生路」。

　　一九九七年八月，長春出版社和時代文藝出版社各推出一套雜文叢書，前者是多人合集的「中國當代雜文精品文庫」，包括《「老爺」說的準沒錯》、《羨慕家有悍妻》、《兩代腐敗者的比較》、《我為什麼喜歡聽假話》和《誰來告訴我》，共收入三百位雜文家的五百餘篇作品，展示了近半個世紀尤其是九〇年代中國雜文的獨特風姿；後者為「中國當代雜文八大家」叢書，內收邵燕祥的《檢閱天安門》、舒展的《貪官的價格》、劉征的《美先生和刺先生》、蔣子龍的《當今罵壇》、牧惠的《造神運動的終結》、何滿子的《如果我是我》、章明的《上帝與傻子》以及虞丹的《做官與做人》，這八位雜文家都具有較強的憂患意識、歷史使命感和社會責任感，他們的雜文創作各有優長，或具有鞭辟入裡的論辯力量，或包含豐富的文史知識，或將流光溢彩的詩意引入雜文，或以小說家的獨特視角觀察社會，受到廣大讀者的普遍好評和厚愛。

　　如果說「當代中國學者隨筆」和「中國當代雜文八大家」兩套叢書入選的作者都是雜文創作的宿將，那麼，一九九七年十一月青島出版社推出的「野菊文叢」和十二月遠方出版社出版的「百角叢書」（第一輯）的作者則為雜文創作的中堅和新銳，也是二十一世紀中國雜文界的希望之星。前者收入鄢烈山的《中國的個案》、丁東的《尊嚴無價》、朱健國的《鋼鐵是怎樣沒煉成的》、劉洪波的《文化的見

鬼》、何龍的《當代愚公挖什麼》和蔡棟的《鬍子與學問》，後者包括
鄢烈山的《正義的激情》、毛志成的《上帝對人的最後談話》、楊東平
的《傾斜的金字塔》、李潔非的《不入流者說》、詹國樞的《沒有熱點
的世界》和解璽璋的《喧囂與寂寞》。這些作者都是目前國內最活躍
的中青年雜文家，他們的雜文是當代中國中青年雜文家渴望祖國強盛
的啼血吶喊。

　　此外，學林出版社包括陳四益、劉金、王建平和沈棲雜文集在內
的「報人隨筆雜文系列」，江西人民出版社的贛籍雜文家的「南酸棗
雜文叢書」，也在一九九七年的雜文圖書中顯示了特殊的風貌。

二

　　在經歷了一九四九年後二十七年掙扎和沉寂的艱難處境之後，當
代雜文終於在新時期迎來了它全面復興和拓展的歷史階段。新時期雜
文的繁榮是有目共睹的。但是，在繁榮中也面臨著危機，許多雜文作
者在一九九七年紛紛撰文指出，雜文創作中存在的種種亟待解決的問
題，他們認為如果不加以徹底改進和糾正，那麼，雜文發展有可能陷
入困境。

　　謝泳認為「當下的雜文讓讀者失望」的原因在於，許多雜文作者
不是深入生活，從社會現象的細微處看出時代的波瀾、人性的弱點和
社會的缺失，而只從報刊新聞中找材料，發感想，這樣雖省事又好把
握分寸，但雜文的分量也就輕了許多，且容易形成固定的套路，使雜
文變成「編者按語」或「新聞的注解」[4]。元三談到雜文是綜合性文
藝副刊的「眼睛」，可是一些副刊的雜文，品位低下，言不及義，盡
談些雞毛蒜皮、無關社會宏旨與公眾痛癢的題材。他說之所以會出現

4　謝泳：〈雜文的憂慮〉，《鄭州晚報》1997年2月22日。

這種情況，原因是多方面的，「如有些人對雜文的歌頌功能感興趣，對雜文的批判功能頗『感冒』。雜文一有揭露陰暗面，就被冠以不堅持正面宣傳的帽子。其實雜文的鞭惡、激濁與褒善、揚清是一種使命的兩個方面。揭露某些社會的陰暗面，鞭撻邪惡，正是為了發揚正氣，是行使輿論監督的應有之義」[5]。馬識途則提到當今雜文創作中應該注意的兩種傾向：一是有些「聰明的雜文家」鑒於尖銳的雜文容易導致對簿公堂、被興師問罪的窘境，於是寫起雜文來便「瞻前顧後」、「含糊其辭」、「吞吞吐吐」，甚至降低「雜文人物」的等級，只在小人物頭上開刀，或者把「九個指頭」說夠，加大保險係數，這樣的雜文有如鈍刀子割肉，半天不見一滴血，令人讀來氣悶；二是另一些「聰明的雜文家」，知道雜文之不可為，於是轉而改寫隨筆小品之類的「閒文」，與高人雅士為伍，以閒適幽默相標榜，或調侃生活，或遊戲人生，冷眼旁觀，逃避現實。[6]

　　正是由於雜文創作中存在上述種種令人堪憂的現象，一九九七年零點調查集團關於「你喜歡什麼文體」隨機調查的結果也就不足為奇了。據該集團對北京、上海、廣州、廈門、重慶一千五百名市民所進行的調查，結果表明，最受歡迎的文體是新聞報導與小說，而詩歌與雜文則成了最不受歡迎的文體。雜文從文壇上一支「突起的異軍」，居然變成「天涯淪落人」，這在雜文界引起很大震動。有人質疑這個調查沒能反映人們閱讀情況的真實性，指出：「那個抽樣調查結果可能是真實的，問題怕是選擇的調查對象有毛病，假如誰向下崗工人調查『你的文化消費是多少』？向獨生子女調查『你愛弟弟還是愛妹妹』？調查結果會比閱讀雜文的情況更令人驚訝不已」。[7]也有人認為這個調查結果並非危言聳聽，他說，綜觀時下雜文，許多篇什說是

5　元三：〈副刊求疵〉，《文匯報》1997年3月13日。

6　馬識途：〈我還要寫雜文〉，《當代雜文》1997年12月18日。

7　高深：〈雜文：猶抱琵琶半遮面〉，《文藝報》1998年2月19日。

「匕首」，卻沒有了鋒芒，說是「投槍」，卻變成了「銀樣蠟槍頭」，而且，「雜文作者雖車載斗量，然思想藝術造詣上能與魯迅比肩者可否有人，或者退而求其次，學養膽識文筆能與『三家村』幾位宿將相提並論者，可有幾位？」[8]雜文家毛志成則認為，無須去調查或統計有多少人閒下來看一兩篇雜文，這個數字是無關緊要的。雜文的主體性職能是朝醜惡人物開刀，因此，關鍵的是在雜文諷刺對象中，有多少人豎起耳朵來聽。他說唯一辦法是：「雜文再增加些力度，不僅敢講直話，而且還要敢講響話、講真話、講近話、講狠話、講諱話，使哪些被刺的對象不得不豎起耳朵」。[9]關於這個調查所引發的爭論還在繼續，這並非壞事，正如魯迅在〈小品文的危機〉中所指出：「所謂危機，也如醫學上的所謂『極期』（Krisis）一般，是生死的分歧，能一直得到死亡，也能由此至於恢復。」

　　　　　　　——本文原刊於《福建論壇》（文史哲版）一九九八年第四期

8　陳魯民：〈雜文該有點危機感了〉，《雜文界》1998年第2期。

9　毛志成：〈有關雜文的雜文〉，《東北之窗》1997年第12期。

附錄三

自由的真相

—— 淺析王小波〈一隻特立獨行的豬〉

　　一九九七年四月十一日淩晨，他因心臟病發作猝死，年僅四十五歲。他出身於貿易經濟系商品學專業，卻投身寫作，作品在中國內地、香港、臺灣等地出版發行；他辭去大學教職，專心從事創作，先後在《東方》、《讀書》、《南方周末》等知名報刊發表大量雜文，一時讀者甚眾，影響廣泛；他的小說《黃金時代》、《未來世界》先後獲得臺灣《聯合報》文學獎中篇小說大獎（第十三屆和第十六屆），是迄今惟一兩次獲此殊榮的中國內地作家；他與妻子李銀河合著的《他們的世界 —— 中國男同性戀群落透視》，是中國內地第一部反映分析同性戀文化群體的專著；他與著名導演張元合著的電影劇本《東宮・西宮》，在阿根廷國際電影節上獲得最佳編劇獎，電影上映後，入圍坎城國際電影節；他被譽為「浪漫騎士」，甚至和陳寅恪、顧準並稱為象徵自由主義的「文化英雄」，以至於網路上一度蜂擁著眾多以其「門下走狗」自居的追捧者；二〇〇五年四月，他的生平展覽及作品研討會在魯迅紀念館召開，成為第一位在北京魯迅紀念館主辦的中國當代作家個人生平遺跡展，會上，孫郁、李洱等文學界人士對其人其文給予了較高評價；但幾乎與此同時，青年評論家李美皆也連續撰文，以〈我們沒有理由不喜歡王小波〉等為題發表觀點，對他的自由主義立場及去世後的炒作提出質疑和批評。一時間，他的名字成為傳奇，成為人們津津樂道的故事，他就是王小波。

　　事實上，不論是「浪漫騎士」還是「行吟詩人」，抑或「自由思

想家」，王小波其人其文已經和「特立獨行」這個詞分不開了，這當然是因為他思想的獨立和行文的灑脫，但也應歸功於他那篇著名的雜文——〈一隻特立獨行的豬〉。以豬名篇，確實讓人眼前一亮，從現實生活中提取典型形象本來就是雜文的特徵之一，而王小波更是運用意象的無關聯性並置產生強烈戲謔或反諷的效果，將雜文透視深刻和批判犀利的特徵充分發揮出來，如〈佛洛伊德和受虐狂〉、〈救世情結與白日夢〉、〈生命科學與騙術〉等都屬於這類雜文。可以說，在這些雜文中，〈一隻特立獨行的豬〉是最具有特色的一篇，文章表面詼諧幽默實則智慧深刻，語調看似輕鬆調侃內蘊卻嚴肅沉重，不僅表達了作者對現實生活的不滿，更寄託了他對自由精神的追求。

我們知道，雜文是以議論和批評為主的雜體文學散文；雜文以廣泛的社會批評和文明批評為主要內容，一般以假惡醜的揭露和批判來肯定和讚美真善美；雜文格式筆法豐富多樣，短小靈活，藝術上要求議論和批評的理趣性、抒情性和形象性，有較鮮明的諷刺和幽默的喜劇色彩。因此，雜文的「辨理」不是枯燥的教條說理，而是需要借助各種藝術手法來實現的，抓住類型、提取典型、塑造形象等都是雜文常見的藝術表現方式，而王小波雜文的特色就是以故事的講述展開諷喻性的比附，把複雜的說理賦予到有趣的「故事」之中。〈一隻特立獨行的豬〉正是如此，文章以「文革」為背景，敘述了一隻豬的故事，描寫了它種種不可思議的行為，以及這種行為引起「領導們」的憎惡和圍剿，而最後，它在機警敏銳的躲閃後成功逃脫，成為一個流傳的「神話」。

這裡我們首先應該注意，「特立獨行」是一個比較性概念，它本身並沒有具體的標準或者尺度，任何人無法規定什麼表現才可以稱為「特立獨行」，只有當它與「庸碌平常」相比較時，才可能凸顯。因此實際上，王小波提醒我們關注的首先在於這隻「特立獨行」的豬生存的環境，那個充滿了規約限制、充滿了教條刻板、缺乏生氣活力的

環境——「文革」。事實上，縱觀王小波的作品，我們會發現，「文革」是籠罩在他所有故事之上的巨大陰影，那個年代成為一種前背景，以禁錮、壓抑、混亂和荒謬的象徵成為盤旋在文本中的碩大蒼鷹，羽翅煽動混濁的空氣，窒息著每個人的生命。

　　王小波對「文革」的記憶極為深刻，那是一場整個中華民族患上「集體性癔症」的癲狂的年代，那是一場揮之不去的夢魘。因此，他始終記得正直優秀的父親如何惶惶不可終日地度日，他不時回憶三年困難時期的饑餓經歷，他念念不忘「大躍進」和「文革」時期那些試圖取代現代科學技術的愚昧古怪的方法……從那個狂熱的革命理想主義和英雄主義年代一路走來，王小波經歷了從提筆「青山處處埋忠骨」的滿腔激情豪邁到遭遇精神肉體雙重折磨的過程，內心充滿了深切的痛苦和深刻的認識，於是回望成為他固有的姿態，正是在回望中，他一次次質詢，一次次發現，「一隻特立獨行的豬」也正是在這樣的環境中被凸顯的，文章開篇第一句話就是：「插隊的時候，我餵過豬，也放過牛。」將讀者迅速帶入「文革」情境，因此當我們看到作者調侃著「我當時的生活也不見得豐富了多少，除了八個樣板戲，也沒有什麼消遣」時，看到「領導上因此開了一個會，把它（那隻特立獨行的豬——引者）定成了破壞春耕的壞分子，要對它採取專政手段」等荒謬的現象時，也就不再稀奇了，有的只是一笑之後默默的悲哀，是對那個限制、愚昧和荒謬年代的悲哀。而王小波眼光顯然穿透了那個時代，在他看來，悲哀的與其說是時代，不如說是民族劣根性，他直言：「對生活做種種設置是人特有的品性。不光是設置動物，也設置自己。」這是全文僅有的一處直接議論，也是全文的重點之一，可以說，正是因為這種「設置」的特有品性，造成了自由的壓抑，造成了主體的缺失，也造成人性的泯滅，在這種劣根性下，人類的處境有如牲畜：「人也好，動物也罷，都很難改變自己的命運。」如果說之前王小波還能諷刺地自嘲「青春如歌」的知青生活實際上與

豬類相差無幾，都充滿了枯燥的單調和窒息的遏制，那麼此時他恐怕已經很難再輕鬆自如了，對壓抑的痛恨、對逆來順受的貶斥和對自由精神的想望溢於言表，也成為他全文的主題中心。

　　正是在這樣的情境下，那隻「特立獨行的豬」成為傲然於世的「英雄」。它「長得又黑又瘦，兩眼炯炯有光」，「像山羊一樣敏捷」，「它只對知青好，容許他們走到三米之內，要是別的人，它早就跑了」，「吃飽了以後，它就跳上房頂去曬太陽；或者模仿各種聲音」，「總而言之，所有餵過豬的知青都喜歡它，喜歡它特立獨行的派頭兒，還說它活得瀟灑」，這種種生動精彩的描寫為我們刻畫了一隻「不像豬」的豬，豬應該有豬樣，肥胖、慵懶、愚蠢，這是人類為其設置的生長方式，只有遵守這種生活方式的豬才是正常的豬，而這位被王小波尊為「豬兄」的豬，卻從形貌到行為完全違背了固有的方式，它的「瀟灑」正是一種自由的精神狀態，是不畏強權、無拘無束、灑脫自然的生命本真形態，是崇尚個性、體驗獨立、尊重主體的精神境界，也是王小波意欲表達和追求的狀態，因此文末作者由衷地感慨道：「我已經四十歲了，除了這隻豬，還沒見過誰敢於如此無視對生活的設置。相反，我倒見過很多想要設置別人生活的人，還有對被設置的生活安之若素的人。因為這個原故，我一直懷念這隻特立獨行的豬。」值得注意的是，這裡不僅是在懷念特立獨行的勇氣，更是在批判蠻橫無理的強權霸道和安命順從的懦弱。事實上，王小波從未減弱過他的批判鋒芒，他始終把追求自由和批判壓抑、反抗強權結合在一起，知青們對豬兄的喜愛與老鄉的嫌惡、領導的痛恨形成了鮮明的對比，不僅表達了知識分子對自由的追求，更反思了民眾對自由的不理解、不接受以及批判權力政治對自由的壓制，使文章從表面的生動走向背後的深刻。質疑和批判是雜文的主要特徵，而王小波更是把這種批判指向普遍人性道德，這種對國民性的反思和批判繼承了雜文旗手魯迅的魄力，也使王小波的雜文不僅具有現實針對性，也在一定

程度上擁有了歷史價值。

　　從尊敬豬，到把豬稱為「兄長」，從感慨「人和豬的音色差得太遠了」來肯定豬的優秀，到幻想揮舞雙刀和豬「並肩作戰」，王小波使用慣常的調侃性語言，雅俗錯置，正反顛倒，將雜文語言的諷刺功能發揮到了一個新的高度。而對革命話語「別有用心」的複製和嘲弄，更是產生了強烈的解構，骯髒粗鄙的「豬」、「牛屎」、「糞坑」，對比高高在上的「指導員」、「軍代表」和各種革命話語，構成了荒誕的狂歡化情景；而領導們認真嚴肅的召開大會討論一隻豬，並將其定為「破壞春耕的壞分子，要對它採取專政手段」的煞有介事，更是徹底瓦解了政治權威的神聖和莊嚴。對此，評論家林賢治曾經這樣評價：「能夠把道義感和幽默感結合起來，鍛煉出一種風格，不特五十年，就算新文學運動以來的近百年間，也沒有幾個人。魯迅是惟一的，王小波雖然尚未達到魯迅的博大與深刻，但他在一個獨斷的意識形態下創造出來的『假正經』文風，自成格局，也可以說是惟一的，難以替代的。」[1]「假正經」也好，「反堂皇」也罷，總之，王小波一直以自己獨特的話語方式褻瀆神聖、毀壞偶像、打破神話，堅守他作為一個知識分子應有的思想獨立和人格自由的立場。

　　也許因為王小波的雜文具有國民性反思和批判的鮮明立場，因此學界常自覺或不自覺地將其和魯迅進行比較，並犀利地指出王小波雜文中的不足，作家李洱在一次研討會上曾指出，王小波所有的文章都是自己個人經驗的外化，並且因為缺少對個人經驗的質疑，所以，在論述的時候總是興致勃勃、嬉笑怒罵。而這種狀態「跟魯迅比就能看出差距，魯迅對自己非常懷疑，也因此小說和雜文才這麼深刻。」[2]的確，從對「文革」著魔般的回望和對那段扭曲的人性歷史不懈的攻

1　林賢治：〈五十年：散文與自由的一種觀察〉，《書屋》2000年第3期，頁57。
2　李洱：「王小波與青年文化」研討會發言，轉引自郜大軍：《王小波雜文論：從文體到思想》（上海市：華東師範大學碩士論文，2007年），頁5。

擊，王小波一直沉溺於「文革」的歷史記憶中，他的批判也持續指向那個非常的歷史切面，這不僅遏制了他豐富的想像，更限制了他洞察歷史的視野和透視人性的眼光，使得他的雜文缺少更深刻的探掘性和更深邃的歷史性。因此，他為我們展示了一隻特立獨行的豬如何逃離秩序和規則，卻也隱隱暗示了它成為野豬後未知的將來，也許，在王小波看來，面對其時環境，自由的重點在於如何反抗權力、逃離秩序，而設想與建構則尚未啟動，但即使如此，在充斥著「沉默的大多數」的年代裡，王小波對主體自由不懈的追求已經值得珍視，他選擇「說話」，勇敢挑戰所有的「愚昧」、「無趣」、「迷信」以及「莊嚴肅穆的假正經」；他堅持「戰鬥」，充滿信心地宣稱：「我這一生決不向虛無投降，我會一直戰鬥到死。」他對自我的堅持，對自由的嚮往，對獨立的守望，都體現了一個自由知識分子的道德高度，值得我們尊重。特立獨行的王小波讓我們看到了自由的真相：既理性又激情，既現實又浪漫，既精英又平民，既深刻又有趣，自由是多麼美好，我們有理由相信，在追求自由的道路上，那隻特立獨行的豬終將不再寂寞。

——本文原刊於《名作欣賞》二〇〇八年第十二期

代後記

理論之樹常青
——我與二十世紀中國雜文史研究

　　西哲嘗言：「理論是灰色的，而生活之樹常青。」而我卻認為，生活是綠色的，理論之樹常青。理論來自生動活潑的實踐，氣象萬千的實踐推動理論研究的深入，科學的理論又指導姹紫嫣紅的實踐的發展。回顧十幾年來師從著名雜文史家姚春樹教授研究中外雜文，結合兩人合作完成國家「八五」社科基金項目《二十世紀中國雜文史》（此書於一九九九年、二〇〇〇年分獲第四屆「國家圖書獎」提名獎和福建省第四屆社科優秀成果一等獎）的歷程，談談自己治學道路上一些粗淺的認識和點滴的體會，以求教於方家。

充分的理論積累

　　了解二十世紀中國文學史的人都知道，誕生於「五四」新文化運動中的現代雜文，始終繁榮昌盛，蓬勃發展，不僅名家輩出，佳制連篇，而且出現了像魯迅這樣世界一流的雜文大師。這種景觀，在中外文學史上也是一種極為罕見的奇觀。茅盾晚年在文學回憶錄中就曾說過：「中國的現代文學史有一個既不同於世界各國文學史，也不同於中國歷代文學史的特點，這是雜文的重大作用。」與此同時，二十世紀中國雜文的理論資料、名篇佳作大多未能結集出版，散落在數以千計的報紙期刊中，要詳盡占有這一龐雜浩繁的學術資源，從中理出頭緒，並總結出規律性的內容，無疑是一項浩大艱巨的學術工程。有人

慨歎，寫史難，寫二十世紀中國雜文史更難。

　　但是，我有幸於一九八七年考上姚春樹教授的研究生，身處著名學者俞元桂教授創建的中國現代散文研究群體中。這一研究群體正如散文家郭風先生所指出：「對於我國現當代的散文藝術的創作和理論進行了開拓性的、系統的、規模宏偉的而又極其扎實的研究、整理、編著工作，其成果得未曾有，其貢獻在目前尚無出其右者。」王富仁教授在一九九九年四月七日於北京召開的《二十世紀中國雜文史》研討會上也談到：「這個研究的集體完成了中國現代散文史的寫作，完成了中國現代散文理論史的寫作，還做了大量現代散文的專題性研究，現在的雜文史的寫作是在數十年散文史研究的基礎上進行的。這就有了它難以企及的高度。雜文研究不同於小說和戲劇的研究。它是散的，雜的，分散於各種報刊雜誌，幾乎沒有一個現代作家沒有寫過雜文。僅僅這個材料的搜集整理工作，也不是一兩個人在一兩年的時間所可以完成的。較之那些用幾年時間完成的一個研究課題來，它自然有自己特有的豐富性和深厚度。」我和姚春樹教授秉承俞元桂先生下苦功夫詳細占有史料，在堅實的基礎上從事研究的治學傳統，一如既往地從鉤稽史料起步，先後編纂出版了《中國雜文大觀》、《外國雜文大觀》等書。這些工作的開展，為二十世紀中國雜文史的撰寫奠定了堅實的理論基礎。青年學者孫郁先生在九〇年代中期就說過：「二十世紀剩下的日子已不多了，所以現在稍有史學意識的人，都忙著做總結性的工作。比如二十世紀的小說史、詩歌史、散文史等。文學界這類的工作已經做得不少了，一些有分量的專著也正在紛紛問世。前幾日看見百花文藝出版社出版的《中國雜文大觀》四卷本，感慨良多，遂生出一個念頭：要是有人潛下心來寫一部二十世紀中國的雜文史，有趣的東西一定不少吧。」

　　「有趣的東西」確實不少。也許受魯迅所說「雜文是匕首，是投槍，能和讀者一同殺出一條生存的血路的東西」觀點的影響，長期以

來，許多人都把雜文視為一種戰鬥性的文體，如一九七九年版《辭海》就把「雜文」當成是「直接而迅速地反映社會事變的文藝性論文。以短小、活潑、鋒利、雋永為特點，是一種戰鬥性的文體」。實際上，魯迅緊接著又指出，「但自然，它也能給人愉快和休息」。縱觀古今中外雜文，真正「直接而迅速地反映社會事變」，短兵相接，刺刀見紅的戰鬥性強烈的雜文畢竟不占多數，（魯迅也不例外，他無疑寫了不少這類雜文，但他大量的雜文是對人性世態的評論，對中國國民靈魂的解剖，對社會倫理道德和舊風陋習的針砭，這些都同「急劇發展的社會事變」沒有「直接」的關係）絕大多數是縱談國計民生、歷史文物、學術文化、民俗人情、草木蟲魚，大大越出了政治的窄小疆域，而馳騁在文化的廣闊天地。當代雜文家謝逸就說過：「從內容看，擺生活，談思想，發感慨，抒衷情，天文地理，花鳥蟲魚，學術理論，歷史政治見解等等，都可以用雜文形式去寫，有的不妨投一下槍，但更多的卻以心平氣和談家常為宜。」本來作為一種文學形式的雜文，在取材、對象、抒寫情性、表達方法、文體樣式上是最不受侷限，最廣闊、自由、靈活，而許多人卻從狹窄的政治功利出發，把它硬裝在單一狹小的「政治」套子裡。這樣看雜文，多少有點像俄國作家契訶夫筆下的「套中人」別里科夫了。

正是在掌握大量古今中外雜文理論和雜文資料的基礎上，才有可能打破傳統關於雜文單一、線性的思維，而建立一種相對科學合理、寬泛辯證的雜文觀念和雜文史觀。因此，在《20世紀中國雜文史》中，不僅那些在疾風暴雨式的社會發展中堅決站在人民一邊，推動歷史進步，張揚正義和真理，追求光明和自由的戰鬥性雜文得到大書特書；而且大量能豐富人的精神世界，促使人的靈魂積極向上的移情益智、生動有趣的知識性、閒適性和趣味性雜文，也加以揄揚。這種雜文觀被學術界認為「比較科學、準確地抓住了雜文體裁的豐富性和多樣性，並且揭示出雜文固有的本質特徵和美學品格」。

自覺的理論追求

　　在研究二十世紀中國雜文史時，始終堅持「歷史和邏輯」的辯證統一，堅持「歷史批評和美學批評」的辯證統一，力求全面深入反映一百年來中國雜文的豐富性、複雜性、曲折性、創造性和規律性。之所以把二十世紀中國雜文作「一體化」（整體化）研究，是受到北京大學羅榮渠教授在《現代化新論》裡有關世界現代化和中國現代化論述的啟發，受到錢理群、陳平原、黃子平三人關於創建「二十世紀中國文學」研究新格局倡議的啟發。二十世紀中國雜文的現代化是研究的主旨，也是評價雜文創作、雜文理論和一切雜文現象的主要依據和標準。《二十世紀中國雜文史》從馬克思所說的「自由報刊」等現代傳媒，不依附權勢、以寫作為自由職業的雜文家獨立自主的主體人格，現代理性批判精神和寓肯定於否定之中的現代審美觀念，以及白話文的現代表達形式等幾個方面，具體考察了二十世紀中國雜文「現代性」的獲取、失落和逐步回歸的艱難曲折過程，也以「現代化」（現代性）視角和標準對雜文家的創作意蘊作了新的揭示和闡發，如：「魯迅的雜文包涵著在中國實現社會的現代化、文化的現代化、國民的思想、道德、靈魂、風習的現代化等博大深邃的現代意識、現代理性批判精神，這種現代意識和現代理性批判精神，在中國人民實現現代化的宏偉歷史進程中，是永遠不會過時的，是永遠應該學習、繼承和弘揚的。」

　　在二十世紀中國雜文史的研究過程中，還借鑑了劉勰的文體論思想。劉勰在《文心雕龍》中，曾對「論文敘筆」的文體論思想作過最系統深刻和最具活力的闡釋。他把每種文體分為四個步驟進行論述：「原始以表末」，即論述文體的起源和流變；「釋名以章義」，即解釋文體的名稱和意義；「選文以定篇」，即評論有代表性的作家和作品；「敷理以舉統」，即總結文體寫作理論的構成系統。劉勰文體論思想

值得重視的有兩點。首先是他比現在不少通行辭書只是把文體詮釋為純形式的文章「體裁」、「風格」和「語體」之類的識見高明，他固然也把文體看為一種形式，但卻是近似列寧說的，是「具有內容的形式，是活生生的實在的內容的形式，是和內容不可分離著的形式」（《哲學筆記》）。其次是劉勰從文體的歷史流變、文體的詞義學角度、代表作家作品及其寫作理論的構成系統等四個方面，多維度多方位地研究文體形式，形成一種網路式的思維結構。劉勰這種網路式的思維結構，對《二十世紀中國雜文史》的撰寫有著方法論上的啟發意義。

借用馬克思在《政治經濟學批判》〈導言〉中的話，二十世紀中國雜文這一文體也是「具有內容的形式」，是「一個具有許多規定和關係的豐富的總體」，也是個豐富複雜的網路系統。具體地說，這個網路是由下列七方面組成：一、二十世紀中國社會變革史、思想史和文化史的背景（孫郁先生看了《中國雜文大觀》後，得出一個結論：「倘寫一部二十世紀的中國雜文史，首先要弄通現當代的思想史。」）；二、二十世紀新聞傳媒、出版事業，乃至於雜文社團、流派同雜文的關係；三、二十世紀有代表性的雜文觀念與雜文理論論爭和理論建設；四、二十世紀雜文樣式與雜文藝術的發展；五、二十世紀雜文代表作家多姿多彩的創作思想和藝術經驗；六、二十世紀中國雜文對中外雜文傳統的繼承與發展；七、二十世紀推動和制約中國雜文興衰消長的諸多因素及其中所凝結的帶規律性的歷史經驗和歷史教訓。在這個網路系統中固然有綱目之分、主次之別，但又都是這個網路整體系統中不可缺乏的，正如同小腳趾雖不如大腦中樞重要，但它又畢竟是健康的完全的人不可缺少的。只有運用網路式思維結構，把這個網路系統貫穿在研究和寫作的全過程，才有可能再現二十世紀中國雜文的豐富性、多樣性、曲折性和創造性。

同時，在《二十世紀中國雜文史》中，還有一個覆蓋全書的雜文理論建設的縱橫交織網路。全書五編，每編都有專節介紹該時期雜文

理論建設概況，在評價梁啟超、章太炎、魯迅、周作人、林語堂、王力、徐懋庸、嚴秀、劉征、陳四益等雜文家時，還分別介紹了他們的雜文觀點及其在雜文理論上的貢獻。尤其是「結束語」部分，對中國古典雜文理論，外國的亞里斯多德的《修辭學》、黑格爾的《美學》、廚川白村的《出了象牙之塔》等關於議論思辨批評的散文和隨筆的有關論述，對魯迅散見於大量序跋、短文和書信裡的有關見解，加以概括整理，指出在二十世紀中國雜文的社會功能上，廣泛的社會批評和文明批評是其主要內容，而其核心則是批評、改造中國「愚弱」的「國民性」，展示中國國民的「脊樑」和「靈魂」，移情益智，進行社會思想文化啟蒙，推動中國社會的現代變革；雜文的藝術特質是議論和批評的理趣性、形象性和抒情性，格式筆法的短小精悍，靈活多樣。

正是由於對二十世紀中國雜文理論作了總結，並提出以「最富活力的魯迅的雜文理論」為主體，吸取中外古典雜文理論以及二十世紀中國其他雜文理論營養（諸如瞿秋白、馮雪峰、周作人、林語堂、朱光潛、王力等人有關雜文藝術規律的看法），在多元互補中建構「二十世紀中國雜文美學」的主張，這個理論構想得到了學術界和雜文界的肯定。何西來研究員在〈一部有開拓性的文體專史〉中指出：「重視雜文美學和雜文理論建設，是這部《二十世紀中國雜文史》的又一個重要特點。強調雜文的批判功能，強調雜文文體的理性特色，諷刺幽默特色，強調作為雜文之美的核心的理趣，強調雜文家的敏銳和憂患意識，肯定多種形態雜文構成的多元互補格局等等，都很值得注意。」吳福輝研究員也認為：「在這部書的整體框架內，著者已經敏銳地意識到了二十世紀中國雜文史上的一些典型的理論問題，並做出了初步的探討。比如，作者對中國雜文從古典向現代嬗變的歷史文化合力的思考；對五個歷史階段的劃分、界定；對二十世紀中國雜文史發展的特徵、規律、經驗教訓的總結，以及創立中國雜文美學的理論構想；不僅賦予了這部書深刻而獨到的學術價值，也預示著中國現

代雜文研究又上了一個新的臺階。它必將打開雜文研究新的理論視野。」

求真的理論勇氣

有一種流傳較廣的說法認為：中國古代沒有雜文，雜文是「五四」前後新文化運動先驅者魯迅他們創造出來的。中國古代真的沒有雜文嗎？從詞源學角度看，「雜文」一詞，最早見於劉宋范曄的《後漢書》〈文苑傳〉，其後劉勰在《文心雕龍》裡還專門撰有〈雜文〉篇評價他所認為的「雜文」。范曄和劉勰所認定的雜文，是指傳統的「正體」文章──詩、賦、銘、贊、頌之類以外的無法歸類的雜體文章，如《文心雕龍》〈雜文〉篇裡所說的「答問」、「七」體、「連珠」以及「典誥誓問」、「覽略篇章」、「曲操弄引」、「吟諷謠詠」等等。宋代蘇軾在〈答謝民師書〉和王安石的〈上人書〉裡，也是以「雜文」來泛稱傳統正體文章之外的眾多的一時無法加以歸類的文章。在中國古代，「雜文」一詞還有另一種意思，見於歐陽修《新唐書》〈選舉志〉：「進士試雜文二篇，通文律者然後試策。」即指「經史之外的應時試文」（《辭源》〈雜文〉），類似於明清以降科舉考試中士子所作的八股帖括時文了。這些有限的古代文論資源告訴人們：在中國，雜文是「古已有之」的，雜文是非正體的雜體文，至於雜文的外延和內涵是什麼？古人則是不甚了了的。因此，儘管中國有著悠久深厚的雜文傳統，但直到二十世紀雜文才作為獨立的文學類型「侵入高尚的文學樓臺」（魯迅語）。

然而，遺憾的是，雜文尤其是當代雜文一直處於文學整體研究格局的邊緣位置，甚至被排拒在「高雅的文學研究殿堂」之外。羅紹權先生在一九九二年第一期《文學自由談》上，撰文〈雜文的崛起與文學史的不屑〉，談到中國當代雜文繼承魯迅雜文的傳統，取得了顯著

成績和前所未有的影響,「以這樣的成績和影響,雜文理應在中國當代文學史著作中占有適當地位,可是,翻書多使人大失所望。一些中國當代文學史著作對雜文不屑一顧,隻字不提。八〇年代逐年出版的《中國文藝年鑑》、《中國文學研究年鑑》,也不述評雜文。就是編寫《中國當代分類文學史》叢書,雜文也只能屈就《中國當代散文史》(盧啟元主編,南寧市:廣西人民出版社,1990年)中,儘管已有《中國現代雜文史》(張華主編,西安市:西北大學出版社,1987年)、《中國現代雜文史綱》(姚春樹,石家莊市:河北教育出版社,1990年)問世在前」。這種文體的偏見既反映出長期以來學術界一種趨時和偏嗜的審美取向,也體現了一種缺乏真誠的學術勇氣的迴避傾向。而文學史作為一個完整客體,具有不可迴避性,排斥雜文的二十世紀中國文學史只能是一部殘缺不全的文學史。

正是基於此種認識,我在姚春樹教授的指導下,選擇當代最具有代表性之一的「三家村」雜文作為碩士學位論文題目,選擇「中國當代雜文史論」作為博士學位論文研究範圍,並完成了三十九萬字的專著《二十世紀中國雜文史》(下),這是國內外第一部全面研究半個世紀以來中國大陸和臺港雜文的學術著作。我的這些「敢為天下先」的努力和探索,得到了學術界的認可和好評。何西來研究員在評價《二十世紀中國雜文史》時指出:「這部專史用一半的篇幅論述了人民共和國建國五十年來雜文發展的曲折歷程,這也是有開創性的研究。由於種種歷史原因,要對這一階段的雜文作深入的探究與歷史的描述,其實是難度最大的。另外,把臺、港、澳的有代表性的雜文家也收入百年考察的視野中來,進行敘述與評論,這在大陸學者的雜文專史研究中,亦屬難能可貴。」俞潤生編審在〈回眸歷史,展望未來〉一文中也認為:「這部專著論述建國後雜文的掙扎和沉寂,有近十二萬字篇幅;論述新時期雜文的繁榮和拓展長達二十七萬字,這兩部分加起來就是三十九萬字,可以說是一部建國後的雜文史。作者把這樣長的

篇幅融入《二十世紀中國雜文史》的一個重要組成部分，這是作者具有現實主義精神的史識重要表現，也是作者站在世紀之交回眸歷史的意義所在。」「尤其值得稱道的是，作者在『新時期雜文的繁榮和拓展』中分別介紹香港雜文和臺灣雜文的情況，並進行了必要的評述。這就克服了以往由於搜集資料的困難而付諸闕如的缺憾，不但開拓了研究的領域和視野，而且起到填補空白的開啟之功。」

　　唐代歷史學家劉知幾在《史通》中對史學工作者明確提出「史才」、「史學」、「史識」三長，尤其強調「史識」的重要性。《二十世紀中國雜文史》的寫作也努力追求秉筆直書的史家品格，不為歷史諱言，不為前人諱言，力求擺脫學術界長期形成的思想偏見和審美偏嗜的干擾，發一家之長，言人所未言。如胡適、郁達夫、陶行知、張恨水、歐小牧、王實味、惲逸群等一度被歷史掩蔽的雜文家，周作人、林語堂、梁實秋、陳西瀅等異見紛陳的雜文家，張春橋、姚文元，「龔同文」等一度炙手可熱而又流毒甚廣的雜文家，都被納入二十世紀中國雜文史的研究範疇，並予以恰如其分的評說。同時，《二十世紀中國雜文史》也沒有迴避一些沉重的歷史話題。例如一九四二年延安文藝整風時期對王實味、丁玲等人過火的批判，一九四八年東北局對蕭軍的錯誤處理，一九五七年的「反右」鬥爭，一九五八年《文藝報》的「再批判」，「文革」前夕對「三家村」雜文的批判，以及「新基調雜文」理論等等。對這幾起制約二十世紀中國雜文健康發展的重大歷史事件，也作了撥亂反正、正本清源的再評價。雜文界普遍認為：「這些堅持還歷史以本來面目的治史原則，體現了作者開闊的學術視野和真誠的理論勇氣。」（王原：〈百年興衰，一部信史〉，《雜文界》1998年第2期）

　　目前，二十世紀中國雜文史的研究工作已暫告一段落，我也轉入對中國散文的現代化與民族化、世界華文文學等新課題的研究。我深知，研究工作永遠是一項充滿遺憾的事業。儘管我的治學和探索是初

步的淺陋的，但我始終都會以屈原的名言作為自己的座右銘：

　　路漫漫其修遠兮，吾將上下而求索。

　　　　　　　　——本文原刊於《東南學術》二〇〇一年第六期

作者簡介

袁勇麟

　　一九六七年生。蘇州大學文學博士，復旦大學中文博士後、新聞傳播學博士後。現為兩岸協創中心福建師範大學兩岸文化發展研究中心研究員，福建師範大學文學院博士生導師，兼任中國世界華文文學學會教學委員會主任、福建省臺港澳暨海外華文文學研究會副會長等。著有《二十世紀中國雜文史》（下）、《當代漢語散文流變論》、《文學藝術產業》、《中國當代文學編年史》（第十卷）、《大中華二十世紀文學史》（第五卷）、《華文文學的言說疆域》等。

本書簡介

　　本書主要敘述一九四九年中華人民共和國建立至一九九〇年代末期雜文的發展脈絡，一九九七年作為《二十世紀中國雜文史》（下）由福建教育出版社出版，被譽為「國內外第一部全面研究近五十年來中國大陸和台港雜文的學術論著」。《二十世紀中國雜文史》出版後在學術界、雜文界、出版界引起很大反響，一九九九年十月榮獲第四屆「國家圖書獎」提名獎，二〇〇〇年十二月，榮獲福建省第四屆社會科學優秀成果獎一等獎，《中國教育報》、《文匯讀書週報》、《中華讀書報》、《文藝報》、《雜文報》、《文學評論》、《雜文界》等二十多家報刊發表了有關書訊和評論。此次再版，全書框架觀點均保持不變，僅

修訂部分雜文家生平著述，並附錄幾篇相關論文，同時以〈誰主沉浮
——當代雜文的發展特徵和規律〉作為「代前言」，〈理論之樹常青—
—我與二十世紀中國雜文史研究〉作為「代後記」。

福建師範大學文學院百年學術論叢・第四輯　1702D05

中國當代雜文史

作　　者　袁勇麟

總 策 畫　鄭家建　李建華

發 行 人　林慶彰

總 經 理　梁錦興

總 編 輯　張晏瑞

編 輯 所　萬卷樓圖書股份有限公司

　　　　　臺北市羅斯福路二段 41 號 6 樓之 3

　　　　　電話 (02)23216565

　　　　　傳真 (02)23218698

發　　行　萬卷樓圖書股份有限公司

　　　　　臺北市羅斯福路二段 41 號 6 樓之 3

　　　　　電話 (02)23216565

　　　　　傳真 (02)23218698

　　　　　電郵 SERVICE@WANJUAN.COM.TW

香港經銷　香港聯合書刊物流有限公司

　　　　　電話 (852)21502100

　　　　　傳真 (852)23560735

ISBN 978-986-478-168-3

2018 年 9 月再版

2017 年 12 月初版

定價：新臺幣 760 元

如何購買本書：

1. 劃撥購書，請透過以下郵政劃撥帳號：

　　帳號：15624015

　　戶名：萬卷樓圖書股份有限公司

2. 轉帳購書，請透過以下帳戶

　　合作金庫銀行　古亭分行

　　戶名：萬卷樓圖書股份有限公司

　　帳號：0877717092596

3. 網路購書，請透過萬卷樓網站

　　網址 WWW.WANJUAN.COM.TW

大量購書，請直接聯繫我們，將有專人為
您服務。客服：(02)23216565 分機 610

如有缺頁、破損或裝訂錯誤，請寄回更換

版權所有・翻印必究

Copyright©2018 by WanJuanLou Books CO., Ltd.

All Rights Reserved　　　　　**Printed in Taiwan**

國家圖書館出版品預行編目資料

中國當代雜文史 / 袁勇麟著.

-- 再版. -- 臺北市：萬卷樓, 2018.09

面；公分. -- （福建師範大學文學院百年學術
論叢・第四輯・第 5 冊）

ISBN 978-986-478-168-3（平裝）

1.中國文學史 2.中國當代文學 3.雜文

820.8　　　　　　　　　　　107014157